KB265470

남북한의 비평 연구

남북한의 비평 연구

남원진 지음

도서출판 역락

옛날에 들고양이가 한 마리 있었어. 그 고양이는 원하지도 않는 주인들을 만나 100만 번 죽었다 살아났지. 그리고 어느새 그 고양이는 자유로운 들고양이가 되어 있었어. 고양이는 하얀 암코양이를 만나 행복하게 살았지. 그러다 하얀 고양이가 죽었어. 들고양이는 100만 번 울다가 죽었지.

- The Real Fork Blues, *Cowboy Bebop*에서

강인숙, 김영철, 김진기, 조남현, 장사선 선생님께 감사드린다.

결 론 / 399

서 론

　　남한 사회는 개인의 의지와 무관하게 자본의 운동 논리에 따라 굴러가는 자유주의 사회의 방향 상실의 위기에 직면해 있고, 북한 사회는 모든 분야에서 자신의 욕구를 충족시킬 수 있는 공산주의로 상정된 이상주의의 위기 상황에 놓여 있다. 남북한 사회는 자유민주주의가 일관된 진보의 역사의 끝이라는 '역사의 종언'[1]이나 현실의 총체성을 포착할 전망 상실의 위기에 직면해 있다. 이런 위기 상황에서 성립된 문학이 바로 남북한의 문학이다. 이 남북한 문학론은 같은 경험체계에서 다른 경험체계로 분화되어 그 차이에 의해 구축되어 전개된다. 이런 차이는 단순히 하나의 경험체계로 환원시킬 수 없다는 중요한 원칙을 제공해 준다. 결국 근본적인 남북한 문학론의 차이는 체제와 이념의 논리에 의한 것이다. 이런 남북한 문학의 실질적인 기원은 해방기 좌우파의 '나라 만들기'라는 명제를 중심으로 한 문학론의 대립에서 찾을 수 있다.

---

1) 후쿠야마는 "자유민주주의가 '인류의 이데올로기 진화의 종점'이나 '인류 최후의 정부형태'가 될지도 모르며, 따라서 자유민주주의는 '역사의 종말'이 된다고 주장"한다. 즉, 그는 "어떤 시대, 어떤 민족의 경험에서 생각하더라도 유일한, 그리고 일관된 진화의 과정으로서의 역사가 끝났다는 것"을 지적한다. 이는 인간사회에서 한없이 계속되는 진화의 역사는 종말에 직면했다는 지적이다.(F. Fukuyama, 『역사의 종말』, 이상훈(역), 한마음사, 1992, 7~9면)

　　해방기의 '나라 만들기'라는 과제를 중심으로 하여, 좌파 문단은 남로당의 근대적 민족문학론, 북로당의 진보적 민족문학론을 설정하고, 우파 문단은 순수문학을 표방하는 민족문학론[2]을 주장한다. 50년대 이후 남한에서 우파의 보수적 민족문학론은 구세대에 의해 연장되고, 신세대에 의해서 구세대의 민족문학론은 비판된다. 북한에서는 남로당의 근대적 민족문학론을 부르주아 사상을 전파하는 것으로 비판되고, 북로당의 진보적 민족문학론은 시간이 지남에 따라 사회주의 문학론으로 수렴된다. 해방기의 민족문학론은 전후 남북한에서 연장, 비판, 수정에 의해서 지속과 변화의 과정을 거친다. 따라서 해방기 민족문학론은 전후 문학론의 실질적인 '기원'의 역할을 한다.

　　■ 남북한 문학론의 전개 양상

우파 문단 ― 보수적 민족문학론 → 연장 + 비판 → 남한의 문학론
좌파 문단 ―┌남로당 : 근대적 민족문학론 → 비판┐→ 북한의 문학론
　　　　　　└북로당 : 진보적 민족문학론 → 수정┘

　　해방기의 좌우파의 문학론은 서로 다른 지향을 가진 민족문학론이다. 좌파 문단의 문학론이 진보주의를 기반으로 한 민족문학론인 반면 우파 문단의 민족문학론은 보수주의를 기반으로 한 순수문학론이다. 전후 남한의 문학론은 전반적인 시대 분위기를 대변하는 실존주의 문학론과 함께 저항문학론, 민족문학론, 분석비평론 등의 다양한 문학론의 전개 양상으로 표출된다. 북한의 문학론은 부르주아 문학론의 비판과 사회주의 문학론의 수립의 방향으로 전개된다. 다시 말해서 남한 문학론의 근대성은 모더니즘의 이데올로기를 대변하는 실체로 실존주의 문학론을 중심으로 다양한 문학론의 형태로 드러난다. 이에 반면 북한 문학론의 근대성은 부르주아 근대성의 비판을 통한 사회주의 문학론의 양상으로 전개된다. 결국 남북한의 비평이란 근대성에 대한 비판과 극복의 양상이라고 할 수 있으며, 새로운 근대성 창출의 장이다.

---

2) 좌우파의 대표적인 이론가인 임화, 안함광, 김동리는 민족문학을 '근대적 민족문학'(임화), '진보적 민족문학'(안함광), '순수문학' '본격문학'(김동리)이라고 표현한다.

전후 남한의 문학론이 '다원적 제한성'의 개념으로 접근할 수 있다면, 북한의 문학론은 '제한적 다원성'의 개념으로 설정된다. '다원적 제한성'이란 다양한 문학론의 전개라는 점에서 다원적이지만 집중적이고 깊이 있는 검토가 되지 않고 제한된다는 점에서 표현된 용어인 반면, '제한적 다원성'이란 제한적인 문학론의 전개이지만 제한성 속에서 다양하고 집중적인 검토가 이루어진다는 점에서 사용된 용어이다. 남한의 경우 다양한 문학론이 전개되지만 집중적인 논의가 사장되어 '세계주의'의 허상을 드러낸다면, 북한의 경우는 제한된 문학론이 전개되지만 사회주의 문학론에 대한 집중적인 논의가 이루어진다. 그러나 계급주의 시각에 제한되어 다양한 문학론의 검토가 몰각되어 '국제주의'의 허상을 드러낸다. 특히 북한은 식민지 시대의 리얼리즘론을 이어 받아 리얼리즘론의 진전된 면모를 보여준다. 결국 남한의 '반공산주의' 기획과 북한의 '반제국주의' 기획을 바탕으로 한 이런 남북한 문학론은 서로의 '일그러진 모습'을 보여주는 거울과 같은 존재이다.

따라서 이 논문은 해방기 문학론의 연장선상에 있는 전후 시기 남북한의 문학론을 중심적인 논의의 대상으로 한다. 이 논문의 목적은 개별 비평가들의 비평을 중심으로 한 문학론을 검토하여 남북한 비평의 전개과정을 설명하고, 이를 바탕으로 남북한 문학론의 근대성의 성격을 규명하는 것이다. 즉, ① 남북한 문학론의 논의, ② 남북한 문학론의 전개 과정, ③ 남북한 문학론의 대비, ④ 남북한 문학론의 전체적인 모습을 조망하는데 있다. 따라서 이 논문은 이런 논의를 중심으로 하여, 남북한의 문학론의 전개 양상과 그 성격을 규명할 것이다.

I. 남북한 비평 연구 비판

현재 남북한 문학론에 대한 일관된 관점으로 기술된 비평사는 없는 실정이고, 단지 부분적인 연구들이 축척되어 있는 상황이다. 이는 남북한 이데올로기의 차이로 인한 통일된 관점 성립이 어려운 점과 당대와 시간적 거리의 차이가 거의 없는 상황으로 인한 거시적 관점의 성립이 힘든 요인이 작용하고 있다. 현 단계는 일관된 관점의 비평사 성립이 어느 정도 불가능한 단계1)에 머물러 있지만, 거시적 관점에서 '한국근대비평사'나 '조선근대비평사'로 통합 서술될 필요성이 제기된다. 남북한 체제 인정을 기반으로 한 양 사회에 의해서 성립된 개별 비평사라는 관점에서 벗어나 근대라는 보편적 체계에 의해서 성립된 비평사로 바라본다면 통일된 관점의 비평사 기술의 가능성2)은 충분히 있다. 어차피 남북한 비평사란 근대 비평사에 포함된다. 결국 남한의 '자유주의' 체제와 북한의 '사회주의' 체제에 의해 성립된 비평이라는 개별성과 근대라는 보편성이 만나는 자리에 성립한 것이 바로 남북한 비평사이다.

북한의 문학예술은 종류에 따라 서사문학, 서정문학, 극문학으로 구분3)된다. 이런 구분에 따라 현재 평론에 대한 문학사 서술은 없는 실정이다. 실질적으로 전후 시기에 대한 『조선문학사』의 기술에서는 평론과 관련된 비평사에 대한 구체적인 서술이 없고,4) 부르주아 반동문학으로 취급되는 남한의 비평에

---

1) 김윤식, 「문학사의 흐름에 본 통일시대의 민족문학 – 통일문학사론·준통일문학사론·병행문학사론의 범주에 대한 시론」, 『문예중앙』, 2000. 가을, 86~88면.
2) 김윤식, 「남북한 현대 문학사 서술 방향에 대한 예비고찰 – 위기의식의 두 양상」, 『북한문학사론』, 새미, 1996, 29~33면.
3) "문학예술의 독자적인 부분인 문학을 묘사방식을 기준으로 하여 서사문학, 서정문학, 극문학으로 구분하고 문학의 한종류에 속하는 극문학을 형상수단을 기준으로 하여 희곡과 영화문학, 가극문학으로 구분하며 극문학의 한 형태인 희곡을 용적이나 양상을 기준으로 하여 단막희곡, 중막희곡, 장막희곡으로, 정극과 회극, 비극으로 구분할 수 있다. 이 때 문학을 제1차적으로 구분한것은 종류로 되고 제2차적으로 구분한것은 형태로 되며 제3차적으로 구분한것은 갈래나 양식으로 된다."(안희열, 『문학예술의 종류와 형태』, 문학예술종합출판사, 1996, 69~70면)
4) 1959년 조선 민주주의 인민 공화국 과학원 언어 문학 연구소 문학 연구실에서 집체적으

대한 서술도 없다.5) 따라서 남북한 비평에 대한 연구는 주로 남한의 연구자에 의해서 수행된다.

북한의 연구자들은 "미제에 복무하는 남조선반동문학"6)에 속하는 남한의 비평을 "썩어 빠진 각종 부르죠아 반동 미학"7)의 범주로 취급하여 비판의 대상으로 삼는다. 북한에서 남한의 비평에 대한 인식은 한편으로는 "우리 문학의 고귀한 유산, 특히는 프로레타리아 문학의 혁명적, 사실주의적 전통을 말살"하고, 다른 한편으로는 "매국적 부르죠아 자연주의 문학을 우리 현대 문학의 정통으로 내세움으로써 문학사를 위조"8)하는 것으로 파악한다. 그들은 남한의 비평가들을 "미제의 식민지 노예 근성"9)에 사로잡힌 반동 작가로 규정한다. 이런 남한 비평에 대한 인식은 냉전 논리의 반영이다. 이는 자본주의의 전면적 위기 상황 설정과 사회주의의 승리라는 관점에서 북한이 '민주기지'나 '혁명기지'이며, 남한은 미국의 '식민지'에 불과하다는 관점이다.

북한에서 지적하는 부르주아 미학이란 착취와 압박, 예속과 지배의 불공정한 낡은 사회관계를 유지하려는 부르주아의 이해관계를 반영한 것이다. 이는

로 서술한『조선문학통사』에서는 '1919~1930년의 문학', '1930~1945년의 문학' 부분에서 간략하게 '평론' '온갖 부르죠아 반동 문학을 반대하는 투쟁에서의 프로레타리아 문학 평론의 역할 및 사회주의 사실주의 문학의 승리'에 대한 기술이 있는 반면, '해방후 문학—평화적 민주 건설 시기의 문학', '조국 해방 전쟁 시기의 문학', '전후 시기의 문학' 부분에서 소설, 시 문학, 희곡으로 구분되어 있고, 평론에 대한 구체적 기술 대신 당의 정책이 서술되어 있다.(조선 민주주의 인민 공화국 과학원 언어 문학 연구소 문학 연구실,『조선문학통사』(하), 과학원출판사, 1959) 주체 시기『조선문학사』에서도 이런 경향이 이어져 해방 이후 평론에 대한 구체적 서술은 없다.

5) 주체 시기에는 남한 정권 비판이라는 정치적 고려에 의한 것이지만, 70~80년대 남한의 민중문학에 대한 개별적인 연구가 행해진다. 김원택은 "자주시대의 요구와 지향을 반영하여나온 문학이며 자주, 민주, 통일의 궤도를 달리는 진보적문학"으로 민중문학을 평가한다.(김원택,『남조선민중문학의 발전과 특징』, 사회과학출판사, 1992, 7면)

6) 김하명,「미제에 복무하는 남조선반동문학」(『로동신문』, 1956. 3),『새문학건설』, 문학예술종합출판사, 1993, 373면.

7) 박종식,「남조선에서 미제가 류포하는 부르죠아 반동 미학의 본질」(1957),『새 시대의 문학』, 조선문학예술총동맹출판사, 1964, 267면.

8) 계 북,「남조선의 반동적 부르죠아 미학의 정체」,『조선문학』, 1956. 6, 180면.

9) 고정옥,「해방 후 15년간의 조선 문예학 – 문학사 연구 및 고전 계승 사업을 중심으로」,『조선어문』, 1960. No.5, 99면.

문학예술의 본성을 왜곡하고 문학예술을 "부르죠아계급의 향락의 도구, 리윤추구의 수단"으로 파악한 것이다. 부르주아 문예관은 "개인의 안일과 향락을 위해서는 인륜도덕이나 사회적정의도 모르는 극단적인 개인리기주의자, 패륜패덕한으로 만드는 사회적 독해물"10)로 비판된다. 이런 북한의 관점은 남한의 비평에 대한 객관적 기술을 불가능하게 만든다. 따라서 이런 사실에서 볼 때 현재 남북한 비평에 대한 통합된 관점으로 서술된 구체적인 연구는 없는 실정이며, 단지 남한과 북한의 비평을 나누어서 연구한 성과들이 주류를 차지한다.

해방기 비평 연구는 당대의 비평적 흐름에 대한 실증적 정리나 민족주의적 관점에서 기술되다가, 80년대에 중반 이후 체계적이고 본격적인 연구가 시작된다. 김윤식은 "문제적 개인의 내면풍경 탐구"를 통하여 해방기 문단의 상황과 그 정신사를 논의11)하며, 신형기는 좌파, 우파, 중간파로 설정하여 실증적인 검토를 통하여 문단조직과 문학론를 체계화12)한다. 김성렬은 해방기를 "현재 문학론의 원점"이라고 규정하여 이 시기의 문학론과 소설창작의 전개 양상을 규명13)한다. 송희복은 해방기의 비평을 시론비평과 원론비평으로 구분하여 "허한 빈칸" 채우기 작업을 통하여 이 시기 비평의 폭과 깊이를 확대14)하며, 하정일은 "근현대문학사의 정통인 민족문학론의 이론적 근거" 규명을 위하여 민족문학의 이념적 원리인 민중연대성과 방법적 원리인 리얼리즘을 중심으로 해방기 비평을 조명15)한다. 김영진은 해방기 각 논자들의 문학론을 통하여 해방기 문학비평사의 전개과정을 체계적인 정리와 그 성격을 규명16)한다. 이 시기에 대한 연구는 문단조직론을 통한 문학이념에 관한 연구와 해방기 문학운동에 있어서의 민족문학의 이념적 실체를 규명하는 연구를 중심으로 하여 다양한 연구가 진행되고 있다. 그러나 해방기의 문학론과 남북한 문학론의 변화와 지

---

10) 윤종성·현종호·리기주,『주체의 문예관』, 문학예술종합출판사, 2000, 24면.
11) 김윤식,『해방공간의 문학사론』, 서울대학교출판부, 1989.
12) 신형기,「해방직후의 문학운동 연구」, 연세대 박사, 1987.
13) 김성렬,「광복직후 좌우 대립기의 문학연구 - 문학론 및 소설창작의 전개양상을 중심으로」, 고려대 박사, 1990.
14) 송희복,「해방기문학비평연구」, 동국대 박사, 1992.
15) 하정일,「해방기 민족문학론 연구」, 연세대 박사, 1992.
16) 김영진,「해방기의 문학비평 연구」, 전주우석대 박사, 1994.

속에 관한 연구가 미흡한 실정이다. 이런 점에서 이 시기의 문학론의 성격을 규명하여, 그 연장선상에 있는 현재 남북한 문학론의 전개 양상에 대한 심도 있는 연구가 필요하다.

전후 시기 남한의 비평에 대한 대표적인 연구는 80년대 이후 김윤식, 전기철, 한수영, 강경화, 김영민, 김혜니 등의 논문이다. 이 시기에 대한 비평 연구는 김윤식과 전기철 등으로 대표되는 정신사적 접근과 한수영, 김영민, 김혜니 등의 유형론적 접근이 중심축을 형성한다. 김윤식은 1950년대를 "신이 침묵하는, 신이 떠나 버린 시대"로 규정하고, 좌우익의 이데올로기가 내재화된 흔적도 사라진 '영도의 좌표'로 설정하여, 막연한 휴머니즘의 형태인 실존주의와 수사론의 범주에 속하는 분석비평으로 나누어서 전후 시기 비평을 논의[17]한다. 전기철은 불안의식의 내재화와 응전력을 중심으로 실존주의 문학론, 휴머니즘론, 모더니즘론, 전통론을 논의[18]한다. 한수영은 1950년대의 비평의 역사적 의미와 위상을 중심으로 하여 민족문학론, 실존주의 문학론, 모더니즘론을 논의[19]한다. 김영민은 일반 이론 전개를 중심으로 하여 민족문학론, 신세대론, 모더니즘론, 실존주의 문학론을 논의[20]한다. 김혜니는 1950년대를 다양한 문학 논의가 시작되는 전환기로 설정하여 민족문학론, 신인론·신세대 문학론, 모더니즘 문학론, 실존주의 문학론을 논의[21]한다. 그리고 강경화는 1950년대 각 비평가의 비평인식 발현 양상과 실현화 전략을 중심으로 이어령, 유종호, 고석규, 최일수, 김우종, 윤병로의 비평 세계를 논의[22]한다. 특히 이 시기에 대한 연구는 전체적 모습의 조망이라는 긍정적 의미를 부여할 수 있는 반면에, 전후 비평가의 비평 세계에 대한 깊이 있는 천착[23]이나 새로운 방법론에

---

17) 김윤식, 『한국 현대문학 비평사』, 서울대학교출판부, 1982.
18) 전기철, 「한국 전후문예비평 전개 양상 고찰 – 불안의식의 내재화와 응전력을 중심으로」(『한국전후문예비평연구』, 서울, 1994), 서울대 박사, 1992.
19) 한수영, 「1950년대 한국 문예비평론 연구 – 민족문학론, 실존주의문학론, 모더니즘론을 중심으로」(『한국현대 비평의 이념과 성격』, 국학자료원, 2000), 연세대 박사, 1996.
20) 김영민, 『한국현대문학비평사』, 소명, 2000.
21) 김혜니, 『한국근현대비평문학사연구』, 월인, 2003.
22) 강경화, 「1950년대의 비평 인식과 실현화 연구」(『한국문학비평의 인식과 담론의 실현화 연구』, 태학사, 1999), 성균관대 박사, 1998.

의한 이론적 틀의 발견24) 등과 같은 검토가 미흡하다.

김윤식은 "언어 속에 숨은 신을 찾는 일체의 행위"25)를 민족문학이라고 규정한다. 그의 50년대 비평사 연구는 한국전쟁이라는 상황이 깊은 죄의식을 수반하고, 이에 따라 신이 침묵하는 신이 떠나 버린 시대로 규정하여 그 정신사의 문제를 제기한다. 그는 좌우익의 이데올로기가 내재화된 흔적도 없이 사라진 영도의 좌표에 선 시대로 규정하고, 휴머니즘 회복과 연관된 실존주의와 수사론의 범주에 속하는 분석비평이 중심이 된 시대로 설정한다. 그의 정신사 연구는 역사의 물음에 답하는 형식이다. "민족문학이 표상하는 상징성은 언제나 현시적이면서 미래에 속하는 일이리라. 그것은 진리에 관련되는 것이다. 우리가 예술에 관련되는 것은 단지 향수(享受)라든가 유익함에 불과한 놀이가 아니라 '진리의 전개'(einer Entfaltung der Wahrheit)이기 때문이다."26) 그러나 이 연구의 한계란 구체적인 비평의 다양성이 몰각되어 관념론의 함정에 떨어질 수 있다는 것이다. 결국 이 한계란 예술이 절대적 진리를 파악하는 한 방식27)으

---

23) 김승룡, 「정태용의 비평문학」, 동국대 석사, 1985.
　　김우창, 「쉰 목소리 속에서 - 유종호씨의 비평과 리얼리즘」, 유종호, 『현실주의 상상력』, 나남, 1991.
　　김윤식, 「고석규의 정신적 소묘 - 1950년대 비평감수성의 기원」, 『시와 시학』, 1991. 겨울~1992. 봄.
　　한수영, 「최일수 연구 - 1950년대 비평과 새로운 민족문학론의 구상」, 『민족문학사연구』 10, 1997. 3.
　　류철균, 「이어령(李御寧) 문학사상의 형성과 전개 - 초기 소설 창작과 창작론을 중심으로」, 『작가세계』, 2001. 가을.
24) 김 현, 「한국비평의 가능성」, 김병익·김주연·김치수·김 현, 『현대한국문학의 이론』, 민음사, 1972.
　　김윤식, 「1950년대 한국문예비평의 3가지 양상 - 고석규의 정신적 소묘(2)」, 『오늘의 문예비평』, 1992. 봄.
　　박헌호, 「50년대 비평의 성격과 민족문학론으로의 도정」, 조건상(편), 『한국전후문학연구』, 성균관대학교출판부, 1993.
　　전승주, 「1950년대 비평에서의 '현대성' 인식」, 한국어문교육연구회, 『어문연구』 115, 2002. 가을.
25) 김윤식, 『한국현대문학사』, 일지사, 1976, 11면.
26) 위의 책, 12면.
27) 예술에서 "단순히 쾌적하고 실용적인 유희도구에 대해서가 아니라 정신을 유한성의 내용과 형식으로부터 해방시키고, 절대적인 것이 감각적 현상 속에서 현재하면서 화해하

로 규정한 헤겔 관념론의 함정이다. 이는 지나친 보편성 추구가 구체적인 엄밀
성을 상실하여 현실과 멀어진다는 것이다.

　전기철은 불안의식의 내재화와 그에 대한 응전력이라는 전후 세대의 정신
적 상황과 그 전개 양상을 중심축으로 논의를 전개한다. 그는 실존주의를 중심
으로 하여 지식의 수용과 자기 동일시, 자의식의 형성과정을 검토한다. 그의
연구는 실증적인 검토를 기반으로 하여 50년대가 지니는 문학적 의의를 사상
적으로 접근하여 문학사상사를 구성하는데 그 목적이 있다. 그러나 그가 인정
하듯이 실증적 검토에 치중한 나머지 사상적 접근은 미흡하다.28) 결국 김윤식
과 전기철의 연구는 전후 시기 정신사나 사상사의 해명이 그 중심 과제로 설정
되어 있다. 김윤식의 연구가 정신사 해명이라는 의의에도 불구하고 비평의 다
양성이라는 측면이 소홀하게 다루어진 반면, 전기철의 연구는 실증적 자료의
정리라는 긍정적 측면에도 불구하고 50년대 비평의 현실적 역사적 평가나 사
상적 과제를 제대로 해명하지 못하고 있다.

　이런 반성적 인식에서 시작된 것이 민족문학론에 의미축을 두고 논의한 한
수영 이후의 연구이다. 한수영은 민족문학론의 위상을 새롭게 자리매김하는 것
을 그 과제로 삼고 있다. 그는 이 시기의 민족문학론의 검토의 필요성을 역설
하면서 다양한 민족문학론의 이론적 기반과 그 위상 검토를 통하여 현실과 역
사적 상황의 유기적인 연결 논리와 우리 문학의 발전을 위한 가장 진보적인 이
론틀 제시의 문제를 지적하고, 아울러 외국 사조에 대한 일종의 한국문학의 대
응양식으로 나타난 실존주의 문학론과 모더니즘 문학론을 검토한다. 그의 연구
는 "가장 진보적인 이론틀"29)의 제시라는 말에서 드러나듯이 민족문학론의 전
개라는 당위성을 강조한 연구이다. 특히 이런 당위성을 강조하는 가치론은 평
가의 기준이 다른 범주와 변별되는 것을 필연성으로 삼는 배제의 원리를 기초
하여 유일한 최고의 범주로 설정하는 위험성30)을 내포한다. 이런 단적인 예가

　고 진리로 전개되는 것"이다.(G. W. F. Hegel, 『미학』 III, 두행숙(역), 나남, 1996,
　727면)
28) 전기철, 앞의 책, 1~2면.
29) 한수영, 앞의 책, 32면.
30) 이광호, 「민족문학의 역사적 범주에 관하여 - 최근 민족문학론에 대한 비판적 읽기」,

"가장 커다란 비평사적 의의"31)라는 표현에서 드러나듯 최일수의 민족문학론에 대한 '과도한' 긍정적 의미 부여이다.

한수영 연구의 연장선상에 있는 김명인은 민족문학론, 신세대론, 모더니즘론, 실존주의 문학론으로 구분하여 전후 시기의 보편적 정신과 유리된 다양한 일반 이론 전개라는 측면에서 1950년대 비평을 논의한다. 그의 근본적 관점도 최일수의 민족문학론에서 강조하는 "분단극복과 통일지향"32)에 놓여 있다. 김혜니는 한국현대비평사를 "당대 비평문학의 특징과 역사적 흐름을 조감할 수 있는 정신사적 의미를 지닌" "민족 문학으로서의 주체적 비평 문학"33)이라는 관점을 제시한다. 그는 한수영, 김영민의 논의에 힘입어 다양한 문학의 논의가 시작되는 시기로 1950년대 비평을 규정하여 민족문학론, 신인론·신세대 문학론, 모더니즘 문학론, 실존주의 문학론으로 세분화하여 검토하지만, 정신사적 규명은 이루어지지 않는다. 한수영 이후의 논의는 일반 이론 전개를 중심으로 한 유형론적 검토가 주축을 형성한다. 이 유형론은 비평의 전개에 일정한 질서를 부여하고, 그 질서에 따라 체계를 만들고, 그 체계에 따라 한 시기의 비평론의 전체적 양상의 조망을 그 목적으로 한다. 이 유형론의 한계란 도식성의 함정에 자유롭지 못하다는 것이다.

이들의 연구는 기본적으로 민족문학론을 핵심적 위치로 설정한 진보적 민족문학사의 맥락에서 다양한 비평의 양상에 대한 유형론적 범주를 설정한다. 이 논의들은 전후 시기의 정신사과 민족문학의 당위성이 모순적인 위치로 설정되는 위험성을 내포하고 있다. 진보적 민족문학론의 당위성이라는 명제가 이 시대의 정신적 상황과의 구체적 매개항에 의해 연결되지 않는다면 일방적인 진보적 민족문학론의 강조에 머물 수밖에 없다.

『실천문학』, 1994. 가을, 168면.
방민호, 「역사와 문학의 시적 완성이라는 문제 - 백낙청론」, 『동서문학』, 2000. 봄, 410~411면.
서영채, 「한국 민족문학의 개념과 역사 - 민족문학론에 대한 한 소묘」, 문학사와 비평학회, 『최서해 문학의 재조명』, 국학자료원, 2002, 251면.
31) 한수영, 앞의 책, 102~103면.
32) 김영민, 앞의 책, 114면.
33) 김혜니, 앞의 책, 3면.

전후 시기 북한 비평론에 대한 연구는 개별적인 논의가 주축이 되어 주로 80년대 이후 반동문학론 비판과 사회주의 문학론을 중심으로 검토된다. 이런 연구의 대표적인 성과가 바로 김재용과 김성수의 논문이다. 북한의 반동문학론은 부르주아 잔재 청산과 도식주의 비판[34]을 중심으로 한 연구가 주축을 이루며, 사회주의 문학론은 리얼리즘론[35]과 '민족적 특성'론[36]이 논의의 중심이 되어 검토된다. 특히 장사선의 남북한 문학론의 비교 연구[37]는 객관적 시각에

---

34) 김재용, 「북한문학계의 '반종파투쟁'과 카프 및 항일혁명문학」, 『역사비평』, 1992. 봄.
김성수, 「1950년대 북한 문예비평의 전개과정」, 조건상(편), 『한국전후문학연구』, 성균관대학교출판부, 1993.
김동훈, 「전후문학의 도식주의 논쟁 - 1950년대 북한 문예비평사의 쟁점」, 『문학과 논리』 3, 1993. 6.
김재용, 「전후 북한문학계의 도식주의 비판과 좌절」, 역사문제연구소(편), 『1950년대 남북한의 선택과 굴절』, 역사비평사, 1998.
최익현, 「1956년 8월 종파사건 전후의 북한 문학의 질서」, 이명재(편), 『북한문학의 이념과 실체』, 국학자료원, 1998.
표언복, 「북한의 '반종파투쟁'과 문학운동」, 어문연구학회, 『어문연구』 35, 2001. 4.
35) 박희병, 「북한 학계의 사실주의 논쟁의 성과와 문제점」, 『창작과 비평』, 1989. 가을.
김성수, 「우리 문학에서 사회주의적 사실주의의 발생 - 북한의 사회주의적 사실주의 논쟁 1」, 『창작과 비평』, 1990. 봄.
김동훈, 「북한학계 리얼리즘논쟁의 검토」, 『실천문학』, 1990. 가을.
김성수, 「근대문학과 사회주의 리얼리즘의 발생 - 1950~60년대 북한 학계의 사회주의 리얼리즘 발생 발전 논쟁에 대한 비판적 검토」, 김성수(편), 『우리 문학과 사회주의 리얼리즘 논쟁』, 사계절, 1992.
김성수, 「1950년대 북한 문예비평의 전개과정」, 조건상(편), 『한국전후문학연구』, 성균관대학교출판부, 1993.
김성수, 「사실주의 비평논쟁사 개관 - 북한 비평사의 전개(1945~1967)와 『문학 신문』」, 김성수(편), 『북한 『문학신문』 기사목록』, 한림대학교 아시아문화연구소, 1994.
남원진, 「전후 시대 비평 연구 2 - 북한의 사회주의 리얼리즘론의 가능성과 한계」, 『겨레어문학』 31, 2003. 10.
36) 권순긍, 「우리 문학의 민족적 특성」, 권순긍·정우택(편), 『우리 문학의 민족 형식과 민족적 특성』, 연구사, 1990.
김재용, 「북한 문학과 민족문제의 인식 - 1960년대 전반기 민족적 특성 논쟁을 중심으로」, 『현대북한연구』(경남대) 2-1, 1999. 6.
신형기, 「북한 문학에서의 '민족적 특성' 논의 - 주체 문학론의 발단」, 『민족 이야기를 넘어서』, 삼인, 2003.
37) 장사선, 「남북한 실존주의문학 수용 비교 연구」, 『비교문학』 27, 2001. 8.
장사선, 「남북한 자연주의 문학론 비교 연구」, 『국어국문학』 130, 2002. 5.

서 남북한 문학론을 대비한 의의를 갖는다. 이런 개별적인 연구는 전후 시기의 전체적 양상 조망이 아니라 특정한 부분에 한정된 검토이다. 현 시점에서 북한 비평의 공정한 평가를 위해 "망원경에서 현미경으로"38) 태도의 변화를 통한 객관적 입장을 견지할 필요가 있다. 지금까지 김재용, 김성수 등의 연구는 중요한 쟁점만 부각하는데 치중하여 세부적 검토가 결여되어 있다. 즉, 반동문학 비판론의 범주에 속하는 자연주의 비판, 도식주의 비판, 종파주의 비판과 사회주의 문학론에 해당하는 사회주의 리얼리즘론과 민족적 특성론에 대한 구체적 논쟁의 쟁점과 세부적 검토가 필요하다. 이 글은 이런 문제 의식에 기반으로 하여 세부적 검토를 통하여 구체적 쟁점을 부각하고자 한다.

김재용은 분단구조론의 시각에서 남북중심주의를 벗어나려는 지향을 갖고 "북한문학을 그 자체로 보지 않고 민족문학운동의 연장선"39)에 놓고 파악한다. 그는 북한문학 연구의 궁극적 목적이 분단구조의 해체를 통한 남북한 통합을 하기 위한 노력의 방편임을 강조한다. 자기중심적 "통일으로서의 분단극복에서 벗어나 통합으로서의 분단극복의 개념"을 설정하여, 통합으로서의 분단극복이 "정치일원주의에서 벗어나" "민중의 삶을 억압할 가능성이 높은 급변을 피해 민주의 자발성을 최대한 보장"할 수 있는 "화해와 교류의 정신에 충실한 것"40)이다. 결국 그의 문학 연구란 민족문학론에 입각해 '운동'으로서의 문학 개념을 부각시킨 것이다. 이런 입장은 문학과 정치의 긴장관계가 균형성을 잃는다면 쉽게 정치주의로 함몰될 위험성을 갖는다. 그는 8·15 직후의 노동계급의 이념에 기초한 민족문학론이라는 기본적 입장에 서서 남북한 문학론을 평가한다. 특히 한수영이 최일수의 민족문학론을 고평한 것과 마찬가지로 김재용은 안함광의 민족문학론을 "가장 탁월한 문학론"41)으로 높이 평가42)한다.

---

38) 김재용, 「북한 문예학의 전개과정과 과학적 문학사의 과제」, 『실천문학』, 1992. 봄, 269면.
39) 김재용, 『분단구조와 북한문학』, 소명, 2000, 3면.
40) 김재용, 「분단구조하의 남북 중심주의와 민족문학의 과제」, 『한국문학연구』(경희대) 3, 2000. 1, 306~307면.
41) 김재용, 『북한 문학의 역사적 이해』, 문학과 지성사, 1994, 19면.
42) 학자에게 요구되는 것은 "지적인 공정성(die intellektuelle Rechtschaffenheit)"이다. 학문의 세계에서는 "솔직한 지적 공정성 이외에는 그 어떠한 덕(德)도 통용되지 않

김성수는 민족문학적, 리얼리즘적 시각에 입각하여 "상호 상승식 통합논리를 모색"하고자 한다. 그는 민족문학과 리얼리즘이라는 관점에서 남북한의 성과를 강조한다. 즉, 어느 시기는 남한을 어느 국면에는 북한의 성과를 부각하여 "화학적 통합서술"을 지향한다. 그의 비평적 관점은 민족문학과 리얼리즘적 시각이 남북한을 하나로 통합하는 길이라는 믿음에 기반을 두고 있다. 그의 연구는 "민족 문학과 리얼리즘이라는 대의에 따라"43)라는 표현에서 볼 수 있듯이 민족문학의 관점에서 북한의 리얼리즘의 역사를 정리한 것이다. 그는 북한의 리얼리즘론의 검토를 통해 역사적 변화에 따른 "리얼리즘의 자기정립 과정"44)으로 1950년대 비평사를 평가한다.

김재용은 1950년대 이후 북한문학이 정치주의에 함몰되어 간다고 비판하며, 김성수는 1950년대가 리얼리즘의 자기정립 과정이라는 평가한다. 이들의 연구는 기본적으로 민족문학을 하나의 가치규범으로 설정하는 입장이다. 특히 민족문학에 대한 가치규범적 시각은 남한 비평 연구와 마찬가지로 배제의 원리를 기초하여 유일한 최고의 범주로 설정하는 위험성을 가지며, 근대의 모순이나 그 극복의 문제를 적절히 해명할 수 없는 한계를 가질 수 있다.

김윤식을 비롯한 남한 비평사의 연구는 대개 10년의 단위를 두고 그 비평적 성격이나 방향이 변모된 것으로 비평의 시기를 구분하며, 북한의『조선문학사』는 역사의 합목적성을 강조하여 사상적으로 승리하는 역사라는 기술의 관점에서 시기를 구분한다. 이런 비평의 서술은 비평사의 내적인 변모와 정치사·사회사와 비평사의 상호 관계를 얼마나 적절하게 반영할 수 있는가 라는 근본적인 한계45)를 안고 있다. 따라서 이 논문은 기본적으로 1950년대라는

는다." 단지 이들은 "판독(判讀)을 올바르게 하는 것에 자기 영혼의 운명이 달려 있다는 생각"에 빠져 있는 사람이다. "학문과는 무관한 모든 사람들에게 비웃음을 당하는 저 기이한 도취, 저 정열, 아울러 네가 그 판독에 성공하는 것"을 "'네가 태어나기 전에 수천 년이 경과할 수밖에 없었으며, 또 다른 수천 년이 침묵하면서 기다리고 있다'는 저 확신"을 가진 사람이다.(M. Weber,『직업으로서의 학문』, 이상률(역), 문예출판사, 1994, 57면, 39면, 19면) 따라서 이런 베버의 관점에서 선다면, 한수영이나 김재용의 민족문학론에 대한 과도한 의미 부여는 근본적으로 '지적인 공정성'에 위배된다.

43) 김성수,『통일의 문학 비평의 논리』, 책세상, 2001, 6~7면.
44) 김성수,「1950년대 북한 문학과 사회주의 리얼리즘」,『현대북한연구』(경남대) 2-2, 1999. 12, 155면.

연대기적 기술이나 북한의 시기 구분에서 벗어나 새로운 범주로 시기를 구분하여 남북한 문학론을 검토하고자 한다.

남북한의 비평이란 근대 문학의 역사적 위치에서 생성된 성취와 좌절의 과정이다. 지금까지 이 비평 연구는 민족문학이라는 개별성이라는 측면이 강조되어 근대성을 핵심으로 하는 근대라는 보편성에 대한 인식이 결여되어 있다. 그리고 현재 통일문학사에 대한 논의도 민족문학사라는 당위성의 강조로 흐를 위험성을 다분히 가지고 있다.46) 결국 남북한 문학론은 바람직하든 바람직하지 않든 민족문학론을 중심으로 한 근대가 낳은 모순과 그 극복의 역사이다. 근대 문학론이라는 보편성의 관점에서 볼 때, 남한 문학론이 전쟁이라는 상황을 만든 근대성의 모순과 관련된 형태로 표출된 것이 실존주의 문학론이고, 북한 문학론이 부르주아 근대성의 비판 형태로 제기된 것이 사회주의 문학론이다. 따라서 전후 시기 남북한 비평의 핵심적 사항이 바로 실존주의 문학론과 사회주의 문학론이다.

---

45) "연대기적 역사서술 방식이 지니는 가장 큰 맹점은, 그것이 사실의 표면 아래를 흐르는 어떤 역사적 법칙성과 객관성을 파악하지 못한다는 것, 그럼으로써 총체적인 역사상(像)의 재구성에 실패하고 역사를 낱낱이 파편화된 일화나 사건들의 모음 정도로 축소시킨다는 점에 있을 것이다. 10년 단위의 문학사 시기 구분을 문제삼는 것도 결국은 그러한 위험을 예상하기 때문이다. 이런 방식의 문학사 이해로는 20세기 이전과 이후의 역사적 '단절과 연속'에 대한 체계적인 재구성이 불가능할 뿐만 아니라, 이른바 세계사적 보편성과 한국사적 특수성의 상호관계를 입체적으로 통찰하는 안목도 형성될 수 없을 것이다."(김 철, 「문학사의 지양과 실현」, 『문학과 사회』, 1993. 봄, 57~58면)

46) 통일문학사란 일반문학사의 하위 범주인 특수문학사도 아니고 엄밀한 학술적 용어로도 부적합한 것이다. "오히려 자칫 분단체제 현실 논리의 한 산물이 될 가능성이 크며 추상적인 민족주의 문학론으로 흐를 가능성"도 내포하고 있다.(김춘식, 「근대 민족문학의 두 가지 방향과 분단기 한국문학사의 전개 - 분단기 한국문학사를 바라보는 몇 가지 관점」, 『근대성과 민족문학의 경계』, 역락, 2003, 175면) 따라서 기본적으로 통일문학사란 통일된 관점의 남북한 문학사라는 규정이거나 통일의 당위성을 강조한 문학사의 이름일 수도 있지만, 남북한 문학사를 통합한 형태인 한국문학사나 조선문학사로 규정하는 것이 바람직하다.

Ⅱ. 남북한 비평의 방법과 범위

근대(the modern age)란 '국민국가와 자본주의의 완성'1)을 그 기반으로 한다. 이 근대를 바탕으로 한 근대성(modernity)2)에 대한 논의는 ① 하버마스의 미완의 기획, ② 리오타르나 푸코 등의 탈근대성의 모델, 이를 후기 부르주아적인 이데올로기로 인식하는 ③ 마르크시즘 모델로 구별할 수 있지만 여전히 논쟁적이다. 서구의 근대성에 대한 반성적 사유에 의해 촉발된 이 논쟁은 결국 근대성이 미완의 기획인가, 아니면 수정되고 극복되어야 할 것인가의 문제이다.3)

근대성은 ① 해방으로서의 자유에 대한 이해, ② 무한하고 필연적인 발전에 대한 신화, ③ 진보적인 자연지배, ④ 객관주의, ⑤ 경험의 동질화, ⑥ 가설화, ⑦ 자연적 보편론4) 등의 성격을 갖는다. 특히 사회적 근대성은 ① 진보의 원리, ② 과학과 기술에 대한 신뢰, ③ 측정가능한 시간에 대한 관심, ④ 이성 숭배, ⑤ 자유의 이상5) 등의 상승하는 부르주아의 가치관6)이다. 이런 측면에서 파악할 때, 근대성은 이성적 사유에 대한 믿음, 자연의 수량화, 진보의 신화로 말해지는 것이다. 하버마스는 "역사의 진보에 대한 확신과 사회적 삶의 합리적 조직에 대한 확신"7)을 근대성의 과제로 설정한다. 이는 근대성이 "이성적

---

1) 김윤식, 『한국문학의 근대성 비판』, 문예출판사, 1993, 11면.
2) 일반적으로 'modernity'는 근대성이나 현대성으로 번역되지만, '현대성'이란 동시대적 측면을 부각시켜 모더니티의 현재적 영향력과 당위성을 강조한 번역임에 반해, '근대성'이란 모더니티 전반에 걸친 비판적 성찰이 진행되고 있다는 측면을 강조한 번역이다.
3) 구모룡, 『한국문학과 열린 체계의 비평담론』, 1992, 열음사, 138~139면.
4) R. Spaemann, 「현대성의 종언?」, 박상선(편), 『포스트모던의 예술과 철학』, 흙과 생기, 2002, 251~261면.
5) M. Calinescu, 『모더니티의 다섯 얼굴』, 이영숙 · 백한울 · 오무석 · 백지숙(역), 시각과 언어, 1993, 53면.
6) 실질적인 부르주아의 이데올로기는 "어떤 이상이나 이념도 현실을 넘어설 수는 없다는 무이념, 무이상의 철저한 현세주의"이다. 이런 이데올로기를 기반으로 한 부르주아의 현실 인식은 "모든 가치의 상대주의"로 연결되며, 그들에게 가치 있는 것이란 "실질적인 부와 권력"이다.(김창현, 『한일 소설 형성사』, 책세상, 2002, 41면, 116면)

주체"인 인간에 대한 믿음과 "지속적 진보로 연결되는 역사의 흐름"8)을 강조한
다는 사실을 알게 된다. 여기서 이성은 "그 자신이 가장 폭넓은 의미에서의 참
다운 실재라는데 대한 확신"9)에 기반을 둔다. 이는 계몽주의가 상정한 이성적
주체로서의 인간에 대한 믿음에 기인한다. 새로운 미래를 선취하려는 기대가
불러일으키는 시간의 가속이라는 진보에 대한 믿음10)은 근대를 규정하는 중
요한 특징이다. 따라서 이 글에서는 이성의 기획을 바탕으로 한 '진보의 신화'
로 근대성을 인식하고자 한다. 근대란 이성을 바탕으로 하여 바람직한 사회 건
설이라는 믿음에 수렴된다. 이런 진보적 사유는 '계몽의 지칠 줄 모르는 자기파
괴'를 수행하는 한계를 가진다.11) 인간이나 세계를 합리화한다는 명목 아래
인간이나 세계를 조직하고 지배하고자 하는 맹목적으로 실용화된 사유는 결국
도구적 이성으로 전락한다.12) 이런 근대 담론은 근대성, 반근대성, 전근대성,
탈근대성으로 다양하게 변주된다. 결국 근대 담론이란 다양한 근대성의 역동성
에 의해서 성립된 것이며, "자신을 끝없이 혁신하고자 하는 근대 내적 메커니즘
의 산물"13)이다.

　　한국의 근대 문학론은 근대성을 창출하고 이를 부정하는 정신을 기반으로
한 근대 내적 메커니즘의 산물이다. 전후 북한 문학론이 사회적 근대성에 대한
거부를 통한 전망의 제시라는 리얼리즘적 관점에서 성립된 것이라면, 남한 문
학론은 사회적 근대성의 비판을 통한 자본주의 사회에 대한 역겨움을 드러낸

---

7) 전경갑, 『현대와 탈현대의 사회사상』, 한길사, 1993, 327면.
8) 윤평중, 『푸코와 하버마스를 넘어서』, 교보문고, 1997, 226면.
9) G. W. F. Hegel, 『정신현상학』 Ⅰ, 임석진(역), 지식산업사, 1988, 314면.
10) R. Koselleck, 『지나간 미래』, 한　철(역), 문학동네, 1998, 334~387면.
11) M. Horkheimer, Th. W. Adorno, 『계몽의 변증법』, 김유동·주경식·이상훈(역),
　　문예출판사, 1995, 17~18면.
12) 예를 들어 도구적 이성, 정복론적 자연관, 합법칙성을 내세운 직선적이고 종말론적 역
　　사 인식의 강박 등은 인간을 해방시킨다는 명목 아래 인간을 오히려 더 구속하고 파괴
　　하는 결과를 가져오고 있음을 부인할 수 없다. 이는 결국 계몽, 발전, 인간 해방으로서
　　의 '근대 담론'이 심각한 위기에 직면하고 있다는 것이다. 이런 근대 담론이 남긴 거대
　　한 두 개의 무덤이 바로 몰락한 현실 사회주의와 하나의 리바이어던인 자본주의 세계
　　체제이다.(김명인, 「근대성과 미적 근대성 - 위기 의식의 복원과 새로운 패러다임의
　　구성을 위한 시론」, 『현대사상』, 1998. 9, 192면)
13) 권명아, 『가족이야기는 어떻게 만들어지는가』, 책세상, 2000, 143면.

모더니즘 방식에서 성립된 것이다. 전후 남한의 근대성은 모더니즘의 이데올로기를 대변하는 실체인 실존주의 문학론의 양상으로 드러나며, 북한의 근대성의 모습은 부르주아 근대성에 대한 비판과 사회주의 문학론의 전개로 나타난다. 긍정적이든 부정적이든 남한의 비평은 해방기 우파의 반근대주의 문학론의 지양 형태로 진행된 것이 전후 시기의 근대주의 문학론이며, 북한의 비평이란 좌파의 근대주의 문학론의 비판과 수정의 형태로 진행된 것이 전후 시기의 근대주의 문학론이다. 전후 시기 이후 남한의 산업화 시기의 비평이 민족문학론이나 민중문학론의 근대주의 문학론의 발전적 형태로 진행된다면, 북한의 주체 시기 비평은 근대주의 문학론의 지양 형태로 '사회정치적 생명체'를 강조하는 반근대주의 문학론으로 나아간다.

산업화 시기의 민족문학론은 민족의 주체적 생존과 인간적 발전이 요구하는 문학론이며 진정으로 인간다운 삶을 위한 문학론이다. 특히 민족문학론은 민중을 주체로 한 구체적인 반식민·반봉건의 민중적 의식의 문학적 표출이며 세계문학으로서의 선진성을 획득해야 한다는 점14)을 강조한다. 민족문학론의 관점과 방법을 더욱 진보적인 성격으로 드러낸 민중문학론은 민족문학론의 실천적 한계의 극복이라는 측면을 강조한 문학론이다. 이 민족문학론이나 민중문학론은 진보에 대한 믿음을 강화한 근대주의 문학론이다.

북한의 주체사상에서 강조하는 '사회정치적 생명체'론은 반근대적 속성을 강하게 가진 것이다. 이 생명체론은 '대가정'론에서 말하는 수령, 당, 인민의 통일체인 삼위일체의 원칙을 강조한다. 사회정치적 집단의 생명의 중심은 이 집단의 최고 뇌수인 수령이며 이런 이유로 인민은 이 뇌수의 지시에 따라 움직이는 손발에 불과한 것이다. 이는 김일성 지배체제를 철저히 옹호하고 정당화하기 위한 이념적 장치이다. 다시 말해서 이는 전통적 혈연에 기초한 가족주의적 성격이 강한 주자학적 원리를 이용하여 체제 유지를 강화하고 있다는 것이다. 북한은 사회주의 체제규범인 '하나는 전체를 위하여, 전체는 하나를 위하여'라는 집단주의 원칙과 사회정치적 생명체론을 기반으로 한 대가정론이라는 유교적 가족주의가 결합하여 새로운 권력 규범15)을 창조한다. 특히 1990년대 체

---

14) 백낙청, 「민족문학이념의 신전개」, 『월간중앙』, 1974. 7, 82면.

제 위기 극복을 위한 방안으로 주체 문학에서는 "유교 덕목의 이데올로기적 통속화라 할 충효 이념을 강조"16)하고 있다. 김정일의 주체문학론의 현실적 의미란 "체제 안정을 위한 최선의 무기가 바로 충성과 효성처럼 정신도덕적 자발성을 환기하는 주관적 요인의 강조"17)에 있는 것이다. 이에 대한 강조는 바로 1990년대 절박한 현실적 상황에 기인한 것이다. 결국 주체 시기 북한의 문학론이란 주자학적 논리를 기반으로 하는 전근대적주의 문학론이며 근대 기획이 배태한 모순 극복을 전제로 한 '근대적 반근대주의' 문학론이다.

■ 분단 시대 비평의 근대성과 반근대성

분단 시대 비평	해 방 기 비 평	우파 문단	좌파 문단
		반근대성	근대성
	전후 시기 비평	남한 문단	북한 문단
		근대성	근대성
	산업화 시기 비평	남한 문단	북한 문단
	주체 시기 비평	근대성	반근대성

---

15) 이종석은 '사회정치적 생명체론'이 "수령에 대한 충실성, 혁명적 동지애, 혁명적 의리, 수령에의 충성과 효성 등이 보여주듯이 새로운 것이라기보다는 전통적 봉건적 개념과 사회주의적 도덕률을 착종시킨 것"이며, 특히 "주자학적 전통의 가장 보수적인 유교전통과의 공명"임을 지적한다.(이종석, 『조선로동당연구』, 역사비평사, 1995, 110면, 114면) 김용옥은 황장엽의 주체사상이 "철저히 道家的 自然主義를 배제하는 儒家的 創進主義"라고 지적한다. 그는 "김일성의 조선인민공화국제국이 조선왕조의 이념체제와 사회적 도덕성의 구조를 그대로 승계한 역사"라고까지 평가한다.(김용옥, 「황장엽이 말하는 주체사상의 올바른 이해와 비판을 위하여 - 통일론의 한 초석」, 『전통과 현대』, 1997. 여름, 270면) 조용관은 1980년대부터 "'사회정치적생명체론'을 주장하면서 김일성부자에게 대를 이어 효도와 충성할 것을 강조하고" 있는 것이 "전통적 유교문화에서에서 강조하던 부자와 군신 사이에 지켜야 할 윤리규범과 유사한 성격을 띠는 것"이라고 지적한다.(조용관, 「북한 가족정책의 변화와 전통적 가정문화」, 『복지행정연구』(안양대) 14, 1998. 11, 304~305면) 이헌경은 북한 사회가 "사회주의적 가치관 및 행위규범이 유교적 그것들과 동시에 병존하는 생활 유형이 형성되어 온 것"으로, "북한을 '유교적 사회주의국가'"로 규정한다.(이헌경, 「북한사회의 유교문화」, 『세계지역연구논총』 16, 2001. 8, 277면)
16) 김성수, 「1990년대 주체문학에 나타난 충효이데올로기」, 『현대북한연구』(경남대) 5-1, 2002. 6, 209면.
17) 김성수, 「1990년대 북한 문학과 주체 사실주의」, 『통일의 문학 비평의 논리』, 책세상, 2001, 308면.

일반적으로 문학사는 "미적 관점과 역사적 관점이 통합된 하나의 전체적인 형상"18)이라고 파악된다. 진정한 문학사란 "새로운 시대를 위한 약속의 언어"이며 "자기 문학의 역사에 대한 반성과 비판의 언어"19)이며, "미래의 역사적 방향성을 가늠하면서 과거의 문학을 통시적으로 체계화"20)하는 작업이다. 이는 문학과 문학성의 역사적 해석과 전망에 관한 문제라고 요약할 수 있다. 그러나 이런 역사적 해석과 전망이라는 관점은 명백한 한계를 가진다.

체코의 비평가 웰렉은 "문학사를 쓰는 것이, 즉 문학적이며 동시에 역사일 것 같기도 한 것을 쓰는 것이 가능할까?"라는 문제를 제기하면서, '문학'의 역사와 문학의 '역사'에 대해 심각한 질문을 한다. 그는 흔히 문학의 역사라고 하는 문학사에 대해 심각한 회의를 표명한다. 문학사는 "영원한 모형을 지향하여 나가는 통일적인 진보"라는 역사의 관념으로 기술할 수는 없다. 즉, "역사란 여러 가지 가치의 도식에 관련하여 비로소 쓸 수 있는 것이며, 이러한 도식은 역사 그 자체로부터 추상되지 않으면 안 된다."21) 역사에 대한 헤겔의 동일성 철학에서 말하는 통일적인 진보 개념의 부정을 통해서, 그는 문학에 대한 가치 역사 기술의 가능성을 시사한다. 이런 측면에서 볼 때, '문학사'라는 것은 "객관적인 사실의 영역"이기보다는 "이념적·상상적으로 구성된 추상적인 공간"22)이다. 따라서 우리는 문학사를 끊임없는 진화나 통일적인 진보의 개념으로 기술되기보다는 문학 체계를 이루고 있는 요소들 사이의 상호관계의 변화를 중시하는 가치체계로 인식해야 한다.

남북한 비평은 기본적으로 같은 경험체계에서 다른 경험체계로 분화되어 그 차이에 의해 구축되어 전개된다. 이는 단순히 하나의 경험체계로 환원시킬

---

18) 한강희, 『한국 현대비평의 인식과 논리』(「1960년대 한국문학비평 연구 - 전통론, 세대론, 참여론을 중심으로」, 성균관대 박사, 1998), 태학사, 1998, 17면.
19) 권영민, 『한국현대문학사』(1945~1990), 민음사, 1993, 6면.
20) 홍창수, 「남한문학사 서술양상과 북한문학 연구동향」, 최동호(편), 『남북한 현대문학사』, 나남, 1995, 42면.
21) R. Wellek, A. Warren, *Theory of Literature*, Penguin Books, 1963, pp.252~257.
22) 이광호, 「모순으로서의 근대 문학사 - 20세기 한국 문학사에 관한 비판적 가설」, 『문학과 사회』, 1999, 겨울, 1534면.

수 없다는 중요한 원칙에 입각한 내재적·비판적 접근 방법이 요구한다. 이 접근은 각 사회가 스스로 설정한 이념에 근거하여 그 사회의 현실을 평가하는 방법이다. 이는 '밖'에서 들여다보는 선험주의적 태도와는 달리 각 사회의 독자성과 그 발전의 다양성도 인정하는 것이다. 내재적(immanent)이란 우리 인식이 경험에 의거해 있는 것으로 외재적(extern)이 아니라 선험적(transzendental)의 반의어이다. 즉, 선험적이란 경험과 이의 가능성을 넘어선다는 의미로 사용되는 반면, 외재적이나 내재적은 기본적으로 경험에 기초한 것이다. '밖'에서 들여다 본다는 뜻에서의 '외재적'이란 것이 '객관적'이라는 것으로 이해하는 것은 오류이다. 이는 '외재적=보편적=서구적'이라는 등식에 빠질 수 있는 위험성을 갖고 있다. 내재적 접근 방법이 '안'에서 들어다 본다는 의미에서 북한의 정당성만을 일방적으로 부각시키고 비판적 태도의 회피나 결여를 의미하지는 않는다. 이는 북한 비평을 사회주의가 지향하는 목적과 이념에 입각하여 설명하거나 비판해야 한다는 것이다.23) 따라서 내재적 접근 방법론이란 그 "사회가 어떤 사회이고 어떠한 사회를 장래 지향하고 있는지를 그들 자신의 언어를 통해 이해하고 나서 현실과 이상 사이에 걸린 문제가 무엇인지를 비판적으로 검토해야 한다"24)는 것이다. 남북한 비평에 대한 내재적 방법론은 '안'으로부터 분석 비판하여 비평의 내재적 작동원리와 역동성이나 발생론적 필연성을 검토할 수 있는 긍정적 측면을 갖는다. 이에 반해 이 접근이 자칫 남북한 비평의 정당성만 강화시킬 수 있는 함정을 적절히 제어하기 위해 '밖'에서 들여다보는

---

23) 송두율, 「북한사회를 어떻게 볼 것인가 - 북한사회를 제대로 인식하기 위해서는 정당한 방법론이 마련되어야 한다」, 『사회와 사상』, 1988. 12, 105~108면,
　　 이종석, 「북한 연구방법론, 비판과 대안」, 『역사비평』, 1990. 가을, 87~89면.
　　 이종석, 「북한연구 어떻게 할 것인가」, 『현대 북한의 이해』, 역사비평사, 1995, 16~19면.
　　 송두율, 「북한 연구에 있어서의 '내재적 방법' 재론」, 『역사비평』, 1995. 봄, 225~227면.
　　 강정구, 「북한 사회를 어떻게 이해할 것인가?」, 『통일시대의 북한학』, 당대, 1996, 32면.
　　 박명서, 「북한정치 연구의 접근방법과 문제점」, 『통일시대의 북한학 강의』, 돌베개, 1999, 28~34면.
24) 송두율, 「북한 : 내재적 접근법을 통한 전망」, 『역사비평』, 2001. 봄, 116면.

방법의 도움을 받을 수밖에 없다.

이런 접근 방법을 통하여 연구자의 냉전 체제와 분단의 질서관을 넘어서는 시선이나 인식론의 전환이 필요하다. 특히 연구자 자신이 익숙해져 온 '색안경'을 벗어야 한다. 그 내용은 이분법과 사도 매저키즘(남한의 반공산주의, 북한의 반제국주의라는 내용을 바탕으로 한 대립주의적 주체 형성)을 극복하고 공존의 원리를 익히는 것이다. 이는 근대 기획이 만든 진보주의, 국민주의, 국가주의, 민족주의적 단일 주체 모형을 해체하고 다중적 주체들이 적극적인 참여를 통해 역사를 만들어 가는 모델을 탐색하는 것25)이다.

남북한 문학의 기본적 차이는 남한이 개인성과 사회성의 이념을 기반으로 하여 표현론과 가치론을 동시에 주장하는 반면, 북한이 집단주의를 근거로 하여 가치론을 중심으로 하여 그 의미를 강조한다는 것이다. 이 근본적인 문학의 차이는 체제와 이념의 논리에 의해 양분되고 있음을 보여주는 것26)이다. 이 남북한의 문학적 차이에 의해서 문학사 서술의 근본적인 이질성27)이 드러난다. 남한 문학사는 문학의 실증적 서술을 중심으로 하여 다양한 미학적 원리를 바탕으로 기술된다. 이에 반해 북한 문학사는 "주체성의 원칙, 당성, 로동계급성의 원칙과 력사주의의원칙"28)을 기반으로 하여 사회주의 리얼리즘 문학과 항일혁명문학을 중심으로 기술된다.

남한 문학사는 "대개 10년의 간격을 두고 그 문학적 성격이나 방향이 변모"29)된다. 1950년 한국전쟁, 1960년 4월 '혁명'30), 1970년대 개발독재와

---

25) 조한혜정, 「분단과 공존 – 제3의 공간을 열어 가는 통일 교육을 지향하며」, 조한혜정·이우영(편), 『탈분단 시대를 열며』, 삼인, 2000, 338면.
26) 권영민, 「민족 공동체 문화의 확립을 위한 방안 – 남북한 문화예술 교류와 통합의 길은 동질성 회복」, 『문학사상』, 1992. 4, 340면.
27) 남북한 문학사의 기본적인 차이는 ① 남한이 개인집필이나 공동집필이라면 북한은 주로 관찬·국책중심의 집체집필이며, ② 남한이 다양한 방법론에 의한 학구적 성격을 띤다면, 북한은 단선적인 관점에서 간명하고 평이하게 서술한 대중적 계도의 성격을 띠며, ③ 남한이 단대사(斷代史)나 개별적 장르사가 많은 반면, 북한은 대체적으로 전 시대에 걸쳐 통관한 종합적 역사인 통사(通史)의 체계를 갖추고 있다.(송희복, 「남북한 문학사 비교연구」, 『동원논집』(동국대) 2, 1989. 12, 46면)
28) 정홍교, 『조선문학사』 1, 사회과학출판사, 1991, 3면.
29) 조연현, 『한국현대문학사』, 성문각, 1969, 27면.

유신체제, 1980년 광주민주화운동, 1990년대 현실 사회주의 해체에 따른 세계질서의 재편으로 이어지는 10년 단위의 변화가 문학에 일정한 영향을 발휘한다. 조연현의 이런 정치사회적 변화에 초점을 맞춘 문학사 기술의 문제점을 지적하면서 이후 문학사의 서술은 문학의 실증적 서술을 중심으로 하여 다양한 미학적 원리에 의해 문학사를 기술한다. 그러나 남한 비평사 서술에 있어서는 10년 단위의 서술이 지배적이다.

북한 문학사는 기본적으로 '역사 쓰기' 라는 관점에서 기술된다. 이 역사 쓰기는 "사상적으로나 도덕적으로 성장하는 이야기"이고 "숭고한 공공의 목적을 위해 투쟁하고 이를 달성하는 승리의 이야기"이다. 북한의 역사는 "철저하게 북한만의 역사"31)이다. 북한의 문학사의 시대 구분은 ① 항일혁명투쟁시기(1926~1945), ② 평화적 민주건설시기(1945~1950), ③ 조국해방전쟁시기(1950~1953), ④ 전후복구건설 및 사회주의기초건설시기(1953~1960), ⑤ 사회주의의 전면적 건설시기(1961~1970), ⑥ 사회주의 완전 승리를 앞당기기 위한 투쟁시기(1971~   )로 구분32)된다. 이런 인식을 기반으로 한 남북한 문

---

30) "4·19의 직접적 원인은 3·15부정선거였다. 자유민주주의의 기본조차 무시되는 현실에 분노하여 촉발되었던 것이다. 그런 점에서 4·19는 민주주의 이념에 토대를 둔 것이었다. 4·19를 촉발시킨 것은 민주적 가치를 중시한 학생·지식인들이었고, 이들을 후원하고 정권몰락을 마무리한 것은 미국이었고, 그 열매를 얻은 것은 야당인 민주당이었다. 이 3자 역시 친미 방공전선의 동맹군들이었다. 그런 점에서 4·19는 반공전선 내에서의 주도권 다툼에 불과했다."(임대식, 「1960년대 초반 지식인들의 현실인식」, 『역사비평』, 2003. 겨울, 305~306면)

31) 신형기·오성호, 『북한문학사』, 평민사, 2000, 4면.

32) ① 조선 민주주의 인민 공화국 과학원 언어 문학 연구소 문학 연구실의 『조선문학통사』에서는 1900~1919년의 문학, 1919~1930년의 문학, 1930~1945년의 문학, 해방후 문학—평화적 민주 건설 시기의 문학, 조국 해방 전쟁 시기의 문학, 전후 시기의 문학으로 구분한다.(조선 민주주의 인민 공화국 과학원 언어 문학 연구소 문학 연구실, 앞의 책, 차례)

② 박종원, 최탁호, 류만은 『조선문학사』(19세기말~1925)에서 19세기후반기~20세기초의 문학, 1910년~1925년의 문학으로 구분하고, 김하명, 류만, 최탁호, 김영필은 『조선문학사』(1926~1945)에서 위대한 수령 김일성동지의 지도밑에 항일혁명투쟁과정에서 창조된 혁명적문학예술, 항일혁명투쟁의 영향밑에 발전한 진보적문학으로 구분하고, 사회과학원 문학연구소는 『조선문학사』(1945~1958)에서 평화적민주건설시기 문학(1945. 8~1950. 6), 위대한 조국해방전쟁시기 문학(1950. 6~1953. 7), 전후복구건설 및 사회주의기초건설 시기 문학(1953. 7~1958)으

학사 기술의 한계는 명백하다. 이런 문학사 서술은 '문학사의 내적인 변모와 정치사·사회사와 문학사의 상호 관계를 얼마나 적절하게 반영할 수 있는가' 라는 근본적인 문제점을 안고 있다.

결국 이런 문학사는 문학사의 내적인 변모와 정치사회사와 문학사의 상호 관계를 적절하게 반영할 수 없는 근본적인 한계를 가진다. 우리는 이런 근본적인 한계를 인정하는 범위 내에서 남북한 문학사를 기술할 수밖에 없다. 이는 '한일합방'과 '한국전쟁'이라는 역사적 사건의 발생이 문학사의 일정한 인식의 변화를 가지고 왔다는 점과 아울러 남북한 문학사 기술의 '가능성'이라는 측면을 고려하여 식민지 시대의 문학과 분단 시대의 문학으로 시대를 구분할 수밖에 없다.33) 또한 남북한 문학사는 객관적인 사실의 영역이기보다는 결국 이념적·상상적으로 구성된 추상적인 것이며 '문학정신의 방향'에 따라 변화하는 것

로 구분한다.(박종원·최탁호·류 만, 『조선문학사』(19세기말~1925), 과학, 백과사전출판사, 1980, 1~2면, 김하명·류 만·최탁호·김영필, 『조선문학사』(1926~1945), 과학, 백과사전출판사, 1981, 1~4면, 사회과학원 문학연구소, 『조선문학사』(1945~1958), 과학, 백과사전출판사, 1978, 1~4면)

③ 정홍교, 박종원, 류만은 『조선문학개관』에서 19세기 후반기~20세기초 문학, 1910~1920년대 전반기의 문학, 항일혁명투쟁시기(1926. 10~1945. 8) 문학, 위대한 조국해방전쟁시기(1950. 6~1953. 7) 문학, 전후복구건설과 사회주의기초건설을 위한 투쟁시기(1953. 7~1960) 문학, 사회주의의 전면적건설과 사회주의의 완전승리를 앞당기기 위한 투쟁시기(1961~1966, 1967~) 문학으로 구분한다.(정홍교·박종원, 『조선문학개관』 I, 사회과학출판사, 1986, 7~8면, 박종원·류 만,『조선문학개관』 II, 사회과학출판사, 1986, 1~6면)

④ 정홍교는『조선문학사』에서 19세기말~1925년, 1926년~1945년, 평화적민주건설시기, 조국해방전쟁시기, 전후복구건설 및 사회주의기초건설시기, 사회주의의 전면적건설시기, 사회주의완전승리를 앞당기기 위한 투쟁시기로 구분한다.(정홍교, 앞의 책, 3면) 구체적으로 명시되어 있지는 않지만, 『조선문학사』에서는 전후복구건설과 사회주의기초건설 시기 문학(『조선문학사』 12), 사회주의 전면적 건설시기 문학(『조선문학사』 13), 1970년대 문학(『조선문학사 14), 온 사회의 주체사상화 위업에 이바지하는 문학(『조선문학사 15)으로 구분하여 1953년 이후, 1960년대, 1970년대, 1980년대 문학을 기술하고 있다. (리기주, 『조선문학사』 12, 사회과학출판사, 1999, 1면, 최형식, 『조선문학사』 13, 사회과학출판사, 1999, 1면, 천재규·정성무, 『조선문학사』 14, 사회과학출판사, 1996, 1면, 김정웅·천재규, 『조선문학사』 15, 사회과학출판사, 1998, 1면)

33) 권영민, 「해방 40년의 문학을 어떻게 볼 것인가」, 권영민(편), 『해방 40년의 문학』 4, 민음사, 1985, 13~25면.

이다.

분단 시대의 시작이라고 할 수 있는 전후 시기 비평은 한국전쟁을 통해 역사에 대한 기본적인 인식이 변화하고, 이 인식을 바탕으로 하여 새로운 비평인식과 비평가가 등장한다. 특히 새로운 인식이란 전쟁을 통한 지속적인 진보의 역사의 종언과 더불어 근대의 파산이라는 명제이다. 이 전쟁이란 진보적 사유를 바탕으로 한 바람직한 사회 건설이라는 믿음의 결과34)이지만 결국 극단적인 자기파괴의 작업을 수행한 것이다. 한국전쟁은 유토피아에 대한 기대와 그 참혹한 파괴의 모습을 동시에 상징한다. 이 파괴의 작업은 모든 것을 폐허로 만든다. 이 폐허 위에 시작한 것이 바로 전후 시기 비평이다.

전후 시기란 완전한 파괴와 전면적인 새 출발을 상징하는 1953년에서 주체사상과 민족문학론의 본격적인 시작을 알리는 1967년까지이다. 실질적으로 1952년 중반 북한은 소련의 무갈등론에 대한 일련의 논의와 이와 연관된 도식적 작품 비판이라는 내부적 요인이 작용하여 문학적 경향이 변모한다. 1952년 말 남로당계 문인에 대한 숙청과 관련하여 부르주아 반동문학에 대한 비판이 본격화된다. 이 시기 문학은 1956년 〈조선작가동맹〉의 제2차 조선작가대회를 중심으로 양분된다. 1956년 이전이 주로 부르주아 반동 문학에 대한 비판이 주축을 이루지만, 1956년은 북한의 정치적 변동의 정점에 위치한 '8월 전원회의 사건'35)의 영향으로 도식주의 비판을 핵심 사항으로 하는 제2차 조선작가

---

34) 김일성과 박헌영이 "전쟁을 통해서라도 민족을 결합시키려는 의지가 강력"했지만 한국전쟁은 사회 전체의 필요에 의한 것이 아니고 단지 "북한 지도부의 전형적인 유토피아니즘과 낭만주의의 산물"이다.(박명림, 『한국전쟁의 발발과 기원』 II, 나남, 1996, 898~899면)

35) 북한연구자들에 의해서 '8월 종파사건'으로 명명되는 이 사건은 사회주의 진영의 권력투쟁사건에 대한 소련식 평가기준에 따라 종파사건으로 규정된다. 그러나 이러한 명칭은 ① '종파사건'이라는 명칭은 권력투쟁의 승리자에 의해 사후에 내려진 정치적 평가물이라는 점에서 역사적 객관성이 미흡하다는 점, ② 소련에서도 이미 페레스트로이카 시기에 기존의 종파사건 및 반당분자에 연루되었던 인물이 정치적으로 뿐만 아니라 학술적으로도 복권 및 명예회복된 점, ③ '8월 사건'은 북한 정치형상의 '분파'의 존재가 초래한 당연한 귀결점이라기보다 당시 북한의 사회경제적 위기의 정치적 표출물이었으며, '정치적 결과의 불확실성'을 인정하는데 익숙치 않은 사회주의체제의 정치과정의 한 부분이자 일반적인 정치갈등의 한 형태로 파악되어야 한다는 점에서 수정되어야 한다. '8월 종파사건'이라는 기존의 명칭은 1956년 8월 로동당 중앙위원회 전원회의에

대회가 개최된 시기36)이다. 1956년 이후 리얼리즘 발생·발전 논쟁과 '민족적 특성' 논쟁이 활발하게 진행된다.

북한과 마찬가지로 남한에서 1956년은 신세대가 '우상'이라고 명명한 구세대의 문학에 대한 파괴를 통하여 새로운 전환기인 문학적 혁명기임을 선언한 이어령의 「우상의 파괴」(『한국일보』, 1956. 5. 6)가 발표된 상징적인 해37)이다. 또한 1955년 전후하여 전후 세대 비평가의 본격적인 활동이 시작된 시점38)이

서 발생한 사건이라는 의미에서 '8월 전원회의 사건'이라고 수정되어야 한다.(백준기, 「1950년대 북한의 권력갈등의 배경과 소련」, 역사문제연구소(편), 『1950년대 남북한의 선택과 굴절』, 역사비평사, 1998, 439~440면)

36) 1947년 이후 북한에서 문학예술에 대한 관료적 통제의 시작과 더불어 도식주의는 북한문학에 내재적 특징이 된다. 이런 북한 문단에서 1956년~1958년은 일시적이지만 전면적인 도식주의에 대한 비판이 일어난 시기이다. 이 기간은 비평에서 제한적이지만 관료적 통제에 벗어나 리얼리즘론에 대한 원론적 인식이 진전된 기간이다. 따라서 이 시기는 북한 비평의 전 기간에서 가장 제한적이기는 하지만 다원성이 인정된 기간이라는 점에 중요한 의미를 갖는다. 결국 이 시기 이후는 당 정책에 의해서 관리되는 단일성으로 나아간다.

37) "바이런도 시집을 내고 아침에 눈을 떠보니 하루밤 새 유명해져 있었다는 일화처럼 『한국일보』 문화면 전면에 '우상의 파괴'가 나온 후 제가 잘 드나들던 명동의 동방살롱에 나가 보니 명사가 되어 있더군요. '우상의 파괴 읽었어?'라는 말이 한동안 문단의 인사말이요 화두처럼 되었으니 말예요. (……) 젊은이들은 선배문인들의 섹트에 갇혀 있으면서도 자기가 그 유리벽 속에 갇혀 있는 줄을 몰랐던 거지요. 지금은 낡은 판박이 말이 되었지만 당시의 젊은이들에게는 자기를 '신세대'라고 부를 낱말조차도 주어지지 않았거든요. (……) 우리를 억누르는 그런 질식 상태에서 기성 세대를 공격한다는 것은 유명해지려는 욕망이 아니라 '숨쉬고 싶다.'라는 호흡의 문제였지요. '한국문학에 세대라는 의식이 처음 생겨나게 된 것은 이어령부터이다.'라고 말한 어느 문인의 글을 읽을 때에도 저는 낯이 뜨거워졌지만 (……)"(이어령·이상갑, 「1950년대와 전후문학」, 『작가연구』 4, 1997. 10, 175~176면) 이어령의 「우상의 파괴」는 문단적 사건이라는 의미와 구세대 비판을 통한 신세대의 의식의 발생이라는 점에서 중요한 의미를 갖는다.

38) 1955년을 전후한 시기에 고석규, 김상일, 김성욱, 김양수, 김우종, 김종후, 송욱, 신선규, 안동민, 유종호, 윤병로, 이석재, 이어령, 이영일, 이철범, 이환, 정창범, 정하은, 천상병, 최일수, 홍사중 등의 신세대 비평가가 등장한다. 김양수와 정창범은 1953년부터 글을 발표하나 본격적인 활동은 1955년 이후의 시기이다. 결국 1955년 전후는 신세대 비평가의 등장이라는 중요한 의미를 갖는다. "기성평단 자체에 의해서 우리의 외롭고 무력한 평단"(조연현, 「비평의 신세대」, 『문학예술』, 1956. 3, 160면)이라는 표현에서 보듯이, 구세대의 비평 기능의 약화는 신세대 대망론으로 이어져 많은 신세대 비평가가 등장한다. 문덕수는 "1955년 이후에 벌어진 신진 평론가들의 산

기도 하다. 따라서 남북한 문학사에서 1956년은 상징적 의미에서 중요한 비평적 전환점이다.

　　남한의 60년대 문학은 전후 문학의 연장선상에 놓여 있다.[39] 남한에서 '한글 세대'[40]의 등장을 알리는 선언이 "태초와 같은 어둠 속에 우리는 서 있다. (……) 우리는 이 투박한 대지에서 새로운 거름을 주는 농부이며 탕자이다. (……) 우리는 그 길 위에서 죽음의 패말을 세기며 쉬임없이 떠난다"[41]라고 표현되는 김승옥, 김현, 최하림의 『산문시대』 창간사이다. 따라서 1962년 6월 『산문시대』의 선언은 바로 '한글 세대'의 새로운 출발을 알리는 신호라는 상징적 의미[42]를 가진다. 『산문시대』 창간이 상징적 의미를 갖지만, 이 세대 비평

　　발적인 소전투는 무색할 정도는 아니라 할지라도 그저 심심치 않을 정도의 전황이었다고 보겠다. 이렇게 논전면을 강조해서 볼 때, 해방 20년의 평단은 '폭력평단' '유혈의 평단'이었다고도 할 수 있을 것같다"(문덕수, 「폭력과 유혈의 극복」, 『현대문학』, 1965. 4, 62~63면)고까지 지적한다. 그리고 1956년 이어령의 저항문학론과 전통단절론, 1955~1956년 정태용, 최일수의 진보적 민족문학론, 1956년 백철의 뉴크리티시즘 소개 등이라는 점에서 1956년은 중요한 비평적 전환 시기이다.

39) 서기원, 「전후문학의 옹호」, 『아세아』, 1969. 5, 228면.
　　백낙청, 「시민문학론」, 『창작과 비평』, 1969. 여름, 497~499면.

40) 김현이 지적하는 한글 세대란 '한국어로 사유하고 한국어로 글을 쓰는 세대'이며, 이들의 한국어란 '토속적 한국어와 사변적 한국어를 변증법적으로 극복한 한국어'라고 규정한다. 김현이나 김병익의 세대 구분은 문학 활동 시기와 언어 교육의 문제로 요약할 수 있는데, 이런 구분은 매우 자의적인 것이다. 같은 세대로 분류하기에는 집단 구성원의 나이 차이 편차가 심하고, 문단 경력만으로 세대가 구분되는 것은 기준의 객관성이 결여된 것이고, 그 적용 또한 다소 느슨하다는 문제점을 갖고 있다. 특히 김현의 기준을 그대로 적용하면 일제시대에 문학을 한 사람은 한국어로 사유하고 글을 쓰는 것이 편했던 세대이고, 1920~1930년대에 태어나 해방 이후에 문학활동을 시작한 이들이 오히려 일본어 사용이 손쉬운 세대라는 이상한 논리가 성립된다. 따라서 이들의 세대 구분은 특수한 작가의 예를 일반적 상황으로 설명하려는 성급한 일반화의 오류를 범하고 있다.(장영우, 「4·19 세대의 문체 의식 - 김승옥의 「무진기행」을 중심으로」, 『작가연구』 6, 1998. 10, 33~38면)

41) 산문동인, 「창간사」, 『산문시대』 1, 1962. 6, 1면.

42) 『산문시대』 동인들은 "뚜렷한 의식구조를 지니고 전후세대의 헛점을 극복하려는 작가 의식을 지닌 작가들"이며, "자의식의 내면구조의 파악에 주력"한다. 특히 김현은 "60년대 작가의식에 깊이 밀착"된 점에서 "가장 60년대다운 비평가"이다.(김윤식, 「앓는 세대의 문학」, 『현대문학』, 1969. 10, 40~41면, 김윤식, 「비평의 변모 - 의식의 문제를 중심으로」, 『월간문학』, 1969. 12, 167면)

가의 본격적인 활동은 1960년대 중반의 일이다.43) 그리고 남한의 저항문학론, 민족문학론, 분석비평론은 50년대 중반에서 논의가 시작되어 60년대 초반까지 논의가 이어진다. 60년대 초반은 50년대 문학론이 정리되면서 60년대 본격적인 순수·참여 논쟁이 시작된 시기이다.

　백낙청, 염무웅 등의 신세대 비평가의 등장과 아울러 1966년 1월『창작과 비평』의 창간은 "지식인이 모든 그 소임을 다하기 위해서는 그들이 만나 서로의 선의를 확인하고 힘을 얻으며 창조와 저항의 자세를 새로이 할 수 있는 거점"44)이라는 상징적 의미45)를 가진다. 백낙청의 권두 논문「새로운 창작과 비평의 자세」는 순수문학과 참여문학의 극복을 위한 민족문학론의 시발점을 이룬다. 또한 1968년은 김현, 김주연, 김치수, 염무웅 등의『6·8문학』이 창간된 해이다.46)

　북한에서 1958년~1961년은 주체문학의 발단이 되는 '민족적 특성' 논쟁이 활발하게 전개된 시기이다. 1957년에서 1963년까지는 리얼리즘 논쟁이 진행된다. 그리고 1962년 주체문학의 발단을 알리는 상징적 사건이 전면적인

---

43) 남한에서 1962년은 이어령의 선언과 마찬가지로, 한글 세대의 등장을 알리는 선언이 발표된 해라는 상징적 의미를 갖는다.(이는 한글 세대 비평가가 김현 밖에 없다는 점과 본격적인 활동은 60년대 중반이라는 사실에서 어느 정도 무리한 설정이다.) 1950년대 후반에서 60년대 초반 문학의 순수성과 참여성에 관한 논의가 시작되어 1963년 이형기와 김우종의 논쟁의 시작으로 순수·참여 논쟁이 본격화된다. 1962년 북한 비평에서 중요한 의미를 갖는 '민족적 특성'론이 끝나면서 결국 주체문학으로 수렴되는 시기이다. 따라서 전후 시기의 구분에서 1962년은 ① 1962년 남한의 한글 세대의 등장, ② 1963년 본격적인 순수·참여 논쟁의 시작, ③ 1961년 '민족적 특성' 논쟁이 끝나면서 주체 문학으로 수렴되기 시작한 것 등의 중요한 비평적 전환점이다.

44) 백낙청,「새로운창작과 비평의 자세」,『창작과 비평』, 1966. 겨울, 38면.

45) 백낙청이 중심이 된『창작과 비평』은 가로쓰기와 한글체, 동인체제, 제도화된 잡지가 아니라 지식의 자유로움을 반영한 잡지라는 점에서 의미를 갖는다.(김병익·김동식,「4·19 세대의 문학이 걸어온 길」,『작가연구』9, 2000. 4, 186면)

46) 1966년 이후는 4·19 정신을 계승한 구중서, 김병걸, 백낙청, 염무웅, 이선영, 임중빈, 임헌영, 조동일 등의 신세대 비평가의 본격적인 활동이 시작된 기간이며, 1967년 12월 28일~1968년 3월 26일은 이어령과 김수영의 불온시 논쟁이 벌어진 기간이며, 1968년은 김승옥, 김주연, 김치수, 김현, 박태순, 염무웅, 이청준 등의『6·8문학』(1969년 발행)이 창간된 해이며, 특히 1966년은 백낙청을 중심으로 한 민족문학론의 시발점이며 진보적 민족문학론을 표방한『창작과 비평』의 창간이라는 상징적인 해이다.

혁명전통 수립이라는 당의 정책에 맞서 카프 문학의 정통성을 고집한 〈조선문학예술총동맹〉의 위원장 한설야의 숙청47)이다. 따라서 북한에서 1962년은 민족적 특성론이 끝나면서 전면적인 혁명전통 수립이라는 주체 시기의 서막을 알리는 중요한 시기이다.

1962년부터 1967년까지는 주체 시기의 시작을 알리는 준비기에 해당되며, 1967년부터는 "영생불멸의 주체사상을 구현하고 있는 가장 혁명적이며 과학적인 문예리론"48)이라고 말해지는 주체문예이론을 강조하는 본격적인 주체 시기의 개막을 알리는 시기49)이다. 따라서 남북한비평사에서 1960년대 후반은 중요한 문학사적 전환기이다. 전후 시기 비평과 남북한의 산업화 시기와 주체 시기 비평의 시기 구분은 1966~1967년으로 잡을 수 있다. 따라서 1962년에서 1966~1967년은 남한의 민족문학론과 북한의 주체문예이론의 성립을 위한 준비기에 해당된다. 이 시기는 남한의 경우 순수·참여 논쟁에서부터 민족문학론의 가능성을 모색한 기간이며, 북한의 경우 1962년 이후 전면적인 혁명전통 수립을 위한 항일혁명문학 강조의 시기이다. 북한의 주체 시기란 유일한 혁명적 전통이 김일성의 항일혁명문학임을 천명한 시기이다.

따라서 전후 시기는 제1기 : 1953년~1956년, 제2기 : 1956년~1962년, 제3기 : 1962년~1967년으로 세분화할 수 있다. 제1기는 남한에서 실존주의문학론, 북한은 반동문학비판론이 중요한 논의 사항이며, 제2기는 남한에서 실존주의문학론, 저항문학론, 민족문학론, 분석비평론, 북한에서 반동문학비판론, 리얼리즘론, '민족적 특성'론이 논의된 가장 활발한 비평적 기간이며, 제3기는 남한에서 민족문학론으로 수렴되는 전통론과 순수·참여논쟁, 북한에서 주체 문학으로 수렴되는 전형론, 대작 장편 창작론 등이 논의된다. 상징적

---

47) 김재용, 「냉전시대 한설야 문학의 민족의식과 비타협성」, 『역사비평』, 1999. 여름, 253~254면.

48) 사회과학원 문학연구소, 『북한의 문예이론』(『주체사상에 기초한 문예이론』, 사회과학 출판사, 1975), 인동, 1989, 8면.

49) 북한은 1967년 5월 〈조선로동당〉 중앙위원회 제4기 15차 전원회의를 기점으로 해서 제한적 다원성에서 유일사상체계로 변모한다.(이승현, 「1960년대 북한의 권력구조 재편과 유일사상의 대두 – 제한적 다원성에서 유일체제로」, 『현대북한연구』(경남대) 5-1, 2002. 6, 12면)

의미를 중심으로 한 기계적 구분은 어느 정도의 '무리한' 설정이지만, 남북한 비평의 시기를 동시적으로 파악하기 위한 설정이다. 이런 설정은 50년대 초반, 50년대 중반, 60년대 초반, 60년대 후반이라는 기본 구도를 남북한 비평에서 상징적 의미를 갖는 연도를 중심으로 설정한 것이다.

　　남북한 비평사의 기술은 비평의 내적 변화를 중심으로 정치사회사의 변화를 참고할 수 밖에 없다. 전후 시기는 파괴와 새 출발을 의미하는 1953년에서 주체문학론과 민족문학론의 시작을 알리는 1967년까지이다. 우리는 남북한 전후 비평의 실질적인 '기원'을 해방기 좌우파의 문학론의 대립에서 찾고, 전후 비평의 핵심적 시기를 1956년에서 1962년까지로 잡고자 한다. 이 시기에 남한의 경우 이어령을 주축으로 한 신세대의 등장과 실존주의 문학론, 저항문학론, 민족문학론, 분석비평론50) 등의 다양한 문학론의 전개와 북한의 경우 부르주아 반동문학 비판, 리얼리즘론, '민족적 특성'론을 중심으로 한 사회주의 문학론에 대한 논의가 활발하게 이루어진다.

■ 전후 남북한의 문학론

	기　　간	남 북 한 의　 문 학 론	
		남한의 문학론	북한의 문학론
제1기	1953 ~ 1956	실존주의 문학론	반동문학 비판론
제2기	1956 ~ 1962	저항 문학론 민족 문학론 분석 비평론 실존주의 문학론	반동문학 비판론 리얼리즘론 민족적 특성론
제3기	1962 ~ 1967	전통론 순수·참여 논쟁론	전형론 대작 장편창작론

---

50) 전후 시기 남한의 분위기를 대변하는 것이 바로 실존주의이고, 북한에서도 남한 문학의 실체를 미국식 부르주아 퇴폐문학으로 평가하는 실존주의로 파악한다. 루카치는 실존주의를 모더니즘의 이데올로기를 대변하는 문학적 실체라고 지적한다. 『후반기』 동인과 같은 남한의 모더니즘 운동은 시인들이 중심이 되어 시, 시론, 시집 등과 관련되어 전개된다. 이런 측면에서 이 운동은 비평사의 범주에 넣기보다는 시사에 포함시키는 것이 타당할 것으로 보여 이 글에서는 배제시킨다. 따라서 이 글에서는 모더니즘 문학론에 포함되는 실존주의 문학론과 분석비평론을 중심으로 기술하고자 한다.

따라서 이 연구는 내재적·비판적 접근방법론을 통하여, 개별 비평가들의 평론을 중심으로 하여 각 문학론을 검토하고, 이 문학론 검토를 통해서 남북한 비평의 전개 과정을 규명하고자 한다. 이 논문은 첫째, 남북한 비평의 실질적인 '기원' 역할을 하는 보수적 민족문학론과 진보적 민족문학론을 간략하게 서술하고, 둘째, 보수적 민족문학론의 연장과 비판의 형태인 남한의 다양한 비평 양상을 서술하고, 셋째 근대적 민족문학론의 비판과 진보적 민족문학론의 수정인 북한의 문학론을 서술하고, 넷째 남북한 문학론의 핵심 영역인 민족문학론, 리얼리즘론, 전통론, 실존주의 문학론 등을 대비하여, 이를 기술할 것이다. 이를 통하여 이 논문은 남북한 문학론의 근대성을 규명할 것이다.

제 1 장

전후 비평의 기원

1945년 8월 15일은 '자유를 향한 황홀한 열망'의 실현을 상징한다. 진정한 독립이란 해방이 준 선물이며 또 다른 도전을 의미한다. 그러나 "도둑같이 온 해방"이며 "하늘이 준 떡"1)이라는 독단론을 인정한다고 하더라도 해방은 우리에게 많은 문제점을 제기해 준다. 이 해방의 근본적 문제점은 '주어진 해방'이며 '좌절된 해방'이라는 점이다. 이는 "한국을 일본의 독점적 지배에서 해방시켰으나 미·소의 이중 통제하에 둔 것은 해방을 우습게 만들었으며 1945년 8월에 모습을 드러내고 있는 것처럼 보였던 통일 국가를 하나의 환상"2)이자 신화로 만들어 버린다. 결국 해방기는 '가능성의 정치영역'3)이었지만 실질적인 의미에서는 국제질서의 재편성과정이면서 단지 우리 민족에게는 체제의 공백기를 의미하는 진공 상태의 공간이었다.

이 해방의 기본 명제는 정치와 문화 조직의 동반 관계이다. 이 두 조직은 같은 운명으로 연결된 상동성을 가진 것이다. 정치 체제의 선택은 곧 문학적 입장의 선택을 의미한다. 문인들은 이 선택을 통해 좌·우파의 조직에 가담하

---

1) 함석헌, 『함석헌 선집』 1, 한길사, 1996, 377면, 379면.
2) B. Cumings, 『한국전쟁의 기원』, 김자동(역), 일월서각, 1986, 527면.
3) 조현연, 「'자유민주주의' 지배담론의 역사적 궤적과 지배 효과 - '반공주의적 자유민주주의'에서 '자유주의'적 민주주의로」, 조희연(편), 『한국의 정치사회적 지배담론과 민주주의 동학』, 함께 읽는 책, 2003, 300면.

여 민족문학론을 개진한다. 일제 시대의 지상과제가 '나라 찾기'에 있었다면 해방기의 과제는 '나라 만들기'에 집중된다. '나라 만들기'라는 과제를 중심으로 두 조직은 그들의 민족문학론을 개진한다.

해방기 좌파의 문학론은 잠정적으로 이성의 힘에 의한 진보의 역사를 바탕으로 한 변증법적 문학론이라고 할 수 있다. 헤겔의 변증법이란 기본적으로 근대적 사고 방식에서 연유한다. 근대적 사고의 핵심이 이성에 의한 진보의 변증법이다. 현실과 문학의 과학성을 강조하는 변증법적 문학론이란 진보주의를 바탕으로 하는 근대주의 문학론을 말하는 것이다. 이에 반해 우파의 문학론은 전통적 사유 방식의 발현형태인 유기론적 문학론의 특징을 가진다. 자연과 인간의 유기적인 합일을 지향하는 우파 문학론은 시대정신이 사장된 영원성, 보편성을 지향하는 순수문학론으로 정식화된 반근대적 속성을 가진 문학론이다. 이 순수문학론은 은밀하게 정치지향성을 내포하고 있다. 좌파과 우파의 문학론은 시대적 한계(정치적 급격한 변화)로 인해 두 문학론을 연결시킬 매개항이 부재하는 근본적인 한계를 가진다. 다시 말해서 이는 두 문학론의 한계를 지양한 새로운 문학론 형성에 기여하지 못한 점이다. 이러한 좌파과 우파의 문학론의 틈바구니에 백철, 김광균, 홍효민, 염상섭 등이 주장한 소위 '중간파' 또는 '절충파' 문학론이 놓여 있다. 이들의 문학론은 좌파이나 우파 문학론에 아무런 영향을 주지 못하고 단지 하나의 움직임에 불과한 것4)이었다.

---

4) '중간파' 또는 '절충파' 문학론은 좌파나 우파 문학론에 아무런 영향을 주지 못하고 단지 하나의 움직임에 불과한 것이다. "가령 백철이 좌·우익의 중간에 서서 진정한 의미에서의 '새로운 유파'를 건설할 수 있는 제3의 '신윤리 문학'을 주장했을 때 좌·우의 문인들은 이같은 백철의 주장을 일소에 붙여버리고 마는 것이다. 현인이 백철의 주장을 일종의 기만의 '탕평책'이며, 막연한 제의에 불과한 것이라고 규정하는 것이나, 임긍재가 '인간에게 남성과 여성은 있되 중성은 없는 것과 마찬가지로' '순수문학과 비순수문학(당의 문학)은 있되 제3문학(중간문학)은 없다'고 말하는 것이 바로 그렇다."(정과리·홍정선, 「한국현대문학사」 3, 『문예중앙』, 1988. 가을, 345~346면)

Ⅰ. 민족문학론

　민족은 "공통의 언어, 지역, 경제적 생활 그리고 공통의 문화에 나타나는 심리적 성격을 기초로 하여 역사적으로 형성된 사람들의 안정적 공동체"[1]로, 특히 인종적이나 종족적인 것이 아니라 역사적으로 형성된 공동체이다.[2] "봉건제의 폐지와 자본주의의 성장과정"과 함께 성립된 민족은 "자본주의의 시대에 해당되는 역사적 범주"[3]이지만, 실질적인 의미에서 역사적으로 기획된 '상상의 공동체'이다.

> 　민족은 본래 제한되고 주권을 가진 것으로 상상되는 정치공동체이다. 민족은 가장 작은 민족의 성원들도 대부분의 자기 동료들을 알지 못하고 만나지 못하며 심지어 그들에 관한 이야기를 듣지도 못하지만, 구성원 각자의 마음에 서로의 교통(communion)의 이미지가 살아 있기 때문에 상상된 것이다. (……) 민족은 제한된 것으로 상상된다. (……) 어떤 민족도 그 자신을 인류와 동일시하지 않는다. (……) 민족은 주권을 가진 것으로 상상된다. 왜냐하면 이 개념은 신이 정한 계층적 왕국의 합법성을 계몽사상과 혁명이 무너뜨리던 시대에 태어났기 때문이다. (……) 마지막으로 민족은 공동체로 상상된다. 왜냐하면 각 민족에 보편화되어 있을지 모르는 실질적인 불평등과 수탈에도 불구하고 민족은 언제나 심오한 수평적 동료의식으로 상상되기 때문이다.[4]

　민족이란 제한되고 주권을 가진 것으로 상상되는 정치공동체이다. 근대적인 민족이란 상상의 공동체이며, 아무런 중심이 없는 텅빈 동질성을 형성하는

---

1) J. V. Stalin, 「맑스주의와 민족 문제」, 『스탈린 선집』 1, 서중건(역), 전진, 1990, 45면.
2) 스탈린은 민족의 가장 결정적인 형성 요소를 경제적 요인으로 파악한다. 이러한 스탈린식 민족론은 구 소련의 공식적 민족론의 토대를 형성한다. 그의 민족론은 "민족 개념의 본질적 이중구조에 있어서 사회경제적 요소와 언어·문화적 요소간에 구체적으로 어떠한 상호 영향관계가 존재하는지에 관해 납득할 만한 해명이 결여되어 있다."(박호성, 『남북한 민족주의 비교연구』, 당대, 1997, 105~106면)
3) J. V. Stalin, 앞의 글, 50면.
4) B. Anderson, 『민족주의의 기원과 전파』, 윤형숙(역), 나남, 1991, 21~22면.

공동체 없는 공동체이다. 이 공동체는 균질적인 공허한 시간을 가진 것이며 실재하는 것이 아니라 조작된 것이다. "인간언어의 숙명적 다양성 위에 자본주의와 인쇄기술의 수렴이 그 기본 형태에 있어 현대 민족(nation)을 위해 무대를 만들어 놓고 새로운 형태의 상상된 공동체의 가능성을 창조"[5]한다. 이 텅빈 동질성을 기반으로 한 민족문학은 근대 기획이 낳은 대표적인 담론이다. 따라서 이 민족문학은 텅빈 동질성 형성과 함께 타자를 억압하고 배제하는 원리로 작용한다. 이는 유일한 최고의 범주로 설정된 민족문학이 다른 것에 대한 배제의 원리로 작용하기 때문이다.

세계문학의 보편성 속에서 바라볼 때, 민족문학은 '아마도' 각 민족의 고유한 정서와 토착성에 기반을 둔 문학일 것이다. 그러나 한국에서 민족문학이란 용어는 독특하게 구별되는 의미 체계를 형성하고 그 의미가 변화되는 개념이다.

> 민족문학은 그러므로 정치적으로는 우파적 성격을 띠며, 문학적으로는 복고조를 내용으로 한다. 그것은 국민문학(민족문학)이 계몽주의와 밀접한 관련을 맺고 있는 것과 무관하지 않다. 한국의 계몽주의가 한국 현실의 모순을 파헤치는 것을 목적으로 삼는 대신 당위성을 항상 그 일관된 주장으로 밀고 와, 계몽주의자들의 시혜적 특성을 두드러지게 드러낸 것은 한국 계몽주의의 치명적 약점이다. 물론 한국의 계몽주의가 식민지화에 대한 반발로서 형성된 것이라는 점도 있지만 반식민지화에 너무 집착하여 한국 재래 사회구조의 모순을 눈감아버린 것은 계몽주의자들의 정신의 한 성향을 잘 보여준다. 여하튼 우파적 보수주의, 복고조, 계몽주의라는 세 지주는 민족주의 문학의 근간을 이룬다. 해방 후의 순수문학자들, 김동리, 서정주, 조연현, 박두진, 박목월, 조지훈 등의 문학이 쉽게 민족문학으로 규정될 수 있었던 것도 그러한 민족문학의 세 지주가 그들의 행동반경을 지탱할 수 있는 유일한 지주였기 때문이다. 그리고 그들의 권력 지향적 측면도 그러한 민족문학의 특성에서 벗어나는 것이 아니다.[6]

---

5) 위의 책, 69면.
6) 김 현, 「민족문학·그 문자와 언어」, 『월간문학』, 1970. 10, 119면.

민족문학은 우파적 보수주의, 복고주의, 계몽주의를 정신적 기반을 가진 권력 지향적 성격을 갖는다. '탁월한' 전략가 김현은 이 담론에 대한 '역겨움'을 다음과 같이 드러낸다. "그것은 지나치게 국수주의적인 냄새를 풍기며, 지나치게 복고적이며, 지나치게 교조적이다. 그것이 포함하는 권력 지향적 특성이 또한 나에게는 싫다. 민족문학은 다시 한마디로 자르자면 한국 우위주의라는 가면을 쓴 패배주의자의 문학에 지나지 않는다. 그것은 사관이 결여되어 있는 문학이며, 그런 의미에서 정신의 나치즘화에 쉽게 가담한다."7) 이런 민족문학에 대한 강력한 비판적 기능을 가진 담론이 같은 이름의 민족문학이다. 일반적으로 이 민족문학을 '진보적' 민족문학이라고 지칭한다.

> '민족문학'의 주체가 되는 민족이 우선 있어야 하고, 동시에 그 민족으로서 가능한 온갖 문학활동 가운데서 특히 그 민족의 주체적 생존과 인간적 발전이 요구하는 문학을 '민족문학'이라는 이름으로 구별시킬 필요가 현실적으로 존재해야 하는 것이다. 다시 말해서 그것은 민족의 주체적 생존과 그 대다수 구성원의 복지가 심각한 위협에 직면해 있다는 위기의식의 소산이며 이러한 민족적 위기에 임하는 올바른 자세가 바로 국민문학 자체의 건강한 발전을 결정적으로 좌우하는 요인이 되었다는 판단에 입각한 것이다. (……) 따라서 이러한 민족문학론은 민족이라는 것을 어떤 영구불변의 실체나 지고의 가치로 규정해 놓고 출발하는 국수주의적 문학론 내지 문화론과는 근본적으로 다르다. 현실적으로, 그러니까 정치・경제・문화 각부문의 실생활에서 '민족'이라는 단위로 묶여져 있는 인간들의 전부 또는 그 대다수의 진정으로 인간다운 삶을 위한 문학이 '민족문학'으로 파악되는 것이 가장 바람직한 때와 장소에 한해 제기될 뿐이며, 그 때와 장소의 선정은 어디까지나 '진정으로 인간다운 삶'에 대한 모든 인간의 염원을 공유하는 입장에서 이루어지는 것이기 때문이다.8)

민족이라는 것을 어떤 영구불변의 실체나 지고의 가치로 규정해 놓고 출발하는 국수주의적 문학과 달리 진보적 민족문학이란 '민족의 주체적 생존과 인간적 발전이 요구하는 문학'이며 '진정으로 인간다운 삶을 위한 문학'이다. 백낙청은 민족문학이 민중을 주체로 한 구체적인 반식민・반봉건의 민중적 의식의

---

7) 위의 글, 119면.
8) 백낙청, 「민족문학이념의 신전개」, 『월간중앙』, 1974. 7, 82면.

문학적 표출이며 세계문학으로서의 선진성을 획득해야 한다고 지적한다. 민족
문학론은 민중의 단합을 강조하면서 다른 민족에 대한 배타적인 입장을 담보한
이분법적 논리를 기반으로 한 문학론이다. 문화적 차이에 의한 민족문학의 독
자성이나 우수성의 근거로 파악하는 현상은 도덕성을 담보한 논리이다. 민중의
억압에 대한 저항과 해방을 위한 단결과 진보를 추구하는 민족문학론은 각 민
족이 가지는 도덕화의 논리 속에 내장되어 있는 것이다. 민중의 승리란 도덕적
힘에 대한 믿음에 기인한 것이다. 이 문학론이란 이성적 사유에 의한 민족의
도덕적 성장을 강조하는 반면 억압적 타자에 대한 저항의 논리이다.9) 이 문학
론은 근대가 낳은 계몽적 기획의 대표적 담론이다. 이 문학론에서 진보의 사유
를 기반으로 하는 계몽의 원리는 중심을 강조하고 주변을 억압하고 배제하는
논리로 작용한다. 이런 사유가 지속적으로 작용한다면 '계몽의 지칠 줄 모르는
자기파괴'의 위험에 직면하게 된다. 이 진보적 민족문학 역시 이성을 기반으로
한 진보의 신화라는 근대성의 다른 얼굴10)에 지나지 않는다.

> 그것은 복고주의와 더불어 참다운 민족주의 · 민족문화의 발흥을 저해하는
> 요소로서 마땅히 경계되고 규탄되어야 하지만, 그 올바른 극복의 길은 오직
> 참다운 민족주의의 실현뿐이다. 국수주의를 두려워한 나머지 민족주의 자체를
> 경계하고 민족문화 · 민족문학의 이념 자체를 부인한다면 이는 본말을 뒤집는
> 꼴이며, 사이비 민족주의자들에게 그럴듯한 반론의 구실이나 주어 민중의 정

---

9) "한국 사회의 민족주의에 대한 이해가 규범적 인식의 틀에 갇혀 있었던 것은 발생론적으
로 충분히 이해할 수 있다. 식민지와 독립 후의 참혹한 내전 그리고 분단의 고착화로 이
어지는 특수한 역사적 조건 속에서 민족은 사실상 국가의 공백을 채워 주는 신화적 실체
였다. 민족주의가 도덕적 정언 명령이자 사회적 규범으로 받아들여진 것은 이 점에서 당
연하다."(임지현, 「한반도 민족주의와 권력 담론 – 비교사적 문제 제기」, 『당대비평』,
2000. 봄, 184면)

10) 이 진보의 신화를 추동시킨 것이 추락의 공포이며, 이 신화의 결과란 바로 정신적 황폐
화이다. "하나의 목표를 향해 달리는 대열을 벗어나 예외로 남는 것은 곧 낙오자가 되
는 것을 의미했다. 개발에 앞장선 영웅들이 부는 호루라기 소리를 신호로 남을 밀치고
뛰어야 하는 선착순의 경주에서 모두는 익명(匿名)화될 수밖에 없었다. 외부의 강대한
타자가 부정되었던 것같이 내부의 타자가 오직 유린의 상대가 되는 상황에서는 자신의
얼굴도 사라진다. 정신적 파탄과 황폐화는 필연적 귀결이다. (……) 남을 배제함으로
써만 나를 확보할 수 있는 삶은 치열하지만 이미 파탄된 경주이다."(신형기, 「민족 이
야기를 넘어서」, 『민족 이야기를 넘어서』, 삼인, 2003, 28~30면)

신을 더욱 산란케 하고 민족적 각성을 지연시키는 결과나 가져올 뿐이다. 참
다운 민족문학이 선진적인 세계문학이 듯이 식민지적 상황에서의 민족주의 역
시 그것이 맞서 싸우는 상대의 국제적 성격 때문에라도 국제주의적 성격을 띨
수밖에 없는 것인데 민족주의냐 세계주의냐 하는 식의 때늦은 탁상공론은 당
면한 민족적 위기의 인식을 흐리게 하기에나 알맞은 것이다.11)

특히 그의 민족문학론은 민중의 단합을 강조하면서 다른 민족에 대한 배타
적인 입장을 담보한 이분법적 논리인 민족주의 이데올로기를 기반으로 한다.
그가 말하는 '참다운' 민족주의는 대항 민족주의를 기반으로 하고 있다. 그는
민족주의 이데올로기가 지닌 위험성을 과소평가하고 있으며, 대항 민족주의에
서 적의 침입에 맞서 민족의 단합을 외치는 것이 도덕적 정당성을 획득하지만
절대적 근거를 가진 것이 아니라는 사실을 간과하고 있다. 일반적으로 국민적
정체성 구성은 자신의 특성을 정의하는 내적 규정과 타자의 특성과 자신의 특
성을 차별화하는 외적 규정을 수반한다. 민족주의는 국민 형성 혹은 국민적 정
체성 형성 과정에서 핵심적인 이데올로기로 기능을 한다. 이 이데올로기는 특
정한 정체성을 중심으로 국민 통합의 근거를 제공한다. 논리적으로 식민지 체
험을 가진 국가에서 이 이데올로기는 자신의 역사와 전통에 대한 식민 담론의
규정을 해체하고, 민족적 발전을 저해하는 외적 세력에 대한 타자의 규정을 발
전시키는 것을 전제로 한다. 이 이데올로기는 자신의 역사와 전통을 긍정적으
로 의미화하고 타자의 본질을 부정적으로 의미화하는 담론 전략을 취한다.12)
특히 이 민족주의는 "신과의 동맹을 지킨다는 것은 충실의 상징이며, 이 동맹을
깬다는 것은 배신의 모델"인 "배신과 복수의 폭력의 변증법"을 그 뿌리로 하고
있다. 근대의 "'계몽'의 개념은 배신에 대한 잠재적으로 보편적인 동맹관계의
개념이 없이는 생각할 수 없다."13) 결국 민족주의를 기반으로 한 민족문학론
이란 근대가 낳은 대표적 계몽의 기획이다.

한국문학에서 민족문학이란 프로문학에 대한 대타의식에서 출발한 용어이

---

11) 백낙청, 앞의 글, 90면.
12) 전효관, 「분단의 언어, 탈분단의 언어 – 통일 담론과 북한학이 재현하는 북한의 이미지」,
　　조한혜정·이우영(편), 『탈분단 시대를 열며』, 삼인, 2000, 69면.
13) J. Habermas, 『현대성의 철학적 담론』, 이진우(역), 문예출판사, 1994, 378면.

다. 이 용어는 나까니시 이노스케(中西伊之助)의 「새로운 민족문학의 수립」(『문예운동』 2, 1926. 5)이란 평론에서 사용되기 시작하여, 김동인의 「민족문학과 무산문학의 박약한 차이점과 양 합치성」(『삼천리』 1, 1929. 6), 김영팔의 「본질적으로 양문학은 빙탄의 관계」(『삼천리』 1, 1929. 6), 문일평의 「민족문학의 수립」(『문예공론』 2, 1929. 6)에서부터 본격적으로 사용된다. 그러나 민족문학이란 용어는 민족주의 문학이나 국민문학과 거의 유사한 의미로 사용된다. 1920년대 사용된 "조선으로 돌아가자!" "진정한 국민문학을 건설하자!"라는 구호로 대표되는 민족문학이란 실상 '문단상의 조선주의'라고 명명할 수 있다. "'조선주의'는 다시 말하면 조선 민족 정신의 발현, 문학 고전의 부활, 민족적 예술 형식의 창조, 외래 사조 추종의 배척 등이 그 중심 골자인 듯한다."14) 이 시기에 사용된 민족문학론은 우파적 보수주의, 복고주의라는 정신적 기반을 가진 권력 지향적 성격을 갖는다. 이런 민족문학의 정신적 기반은 해방기를 거쳐 한국전쟁 이후까지 확대 재생산된다. 1920년대 민족문학이 계급을 대타적 개념으로 파악하는 보수주의적 개념에서 사용된 것이라면 프로문학은 민족주의를 반동적인 것으로 규정하고 계급 관계에서 민족을 파악한다. 이 프로문학과 그 연장선상에 놓여 있는 해방기의 좌익의 민족문학론15)은 진보적 민족문학론과 관

---

14) 김기진, 「문예 시평 – 문단상 조선주의」(『조선지광』, 1927. 2), 홍정선(편), 『김팔봉 문학전집』 1, 문학과 지성사, 1988, 277~278면.

15) 김재용은 해방기의 좌익 문학운동을 과거 일제 시대의 프로문학운동의 연속선상에서 파악한다. "해방 직후에 들어선 문건(조선문화건설중앙협의회-인용자)과 예맹(조선프롤레타리아예술연맹-인용자)은 일제하 카프에 가담하였던 문학인들이 주축이 되었으며 해소파는 문건으로, 비해소파는 예맹으로 각각 이어졌음을 알 수 있다. 임화와 김남천을 중심으로 이루어진 문건은 1930년대 후반 프로문학을 부정하고 시민문학에 기반을 둔 민족문학을 주장했으며 이를 해방 직후에 인민문학의 성격을 띤 민족문학으로 수정하였다. 이기영, 한설야 등을 중심으로 한 예맹은 1930년대 후반에도 계속 프로문학을 그 중심으로 두었던 것처럼 해방 직후에도 프로문학을 그대로 고수하였다."(김재용, 「카프 해소·비해소파의 대립과 해방 후의 문학운동」, 『역사비평』, 1988. 가을, 252면) 임규찬은 김재용의 이러한 주장에 대해서 다음과 같이 반박한다. "해소파·비해소파의 구분은 임화, 김남천이라는 문건의 주도적 인물이 카프해산계를 실제로 제출했다는 현상 하나만으로 모든 역사적 사실을 평가하려는 형식주의적 접근이라고밖에 할 수 없다. 오히려 카프해산기에 있어서 임화는 '지위사수책'으로 오인할 정도로 카프의 유지에 힘을 썼다는 기록이 있고, 대부분의 사람들은 당시 일제의 탄압과 투옥 등으로 해산을 필연적인 사태로 받아들였다고 보아야 할 것이다." 해방기에는 "동일한 계급

련성을 갖는다. 해방기 좌익의 '인민민주주의 민족문학'이란 우리 민족의 민주주의적인 민족성원인 절대 다수의 노동인민이 다 함께 행복한 생활을 향락할 수 있는 민족 전체의 문학이다. 이런 좌익의 민족문학론은 지속과 변화의 과정을 거치면서 주체문학론이나 민족문학론, 민중문학론, 노동해방문학론으로 재생산된다.

적 입장을 견지하면서도 당대 현실에서 그것을 어떻게 구현할 것인가에 두 입장의 차이가 놓여 있다. 문건(조선문학건설본부-인용자)은 그런 점에서 당대 과제와 조직의 문제에 전선을 곧바로 대응시킴으로써 계급간의 차별성, 그리고 노동자계급의 독자성과 당파성에 대한 철저한 인식이 행해지지 못하고 인민성에 갇히는 결과를 낳고 만다. 반면 프로문맹(조선프롤레타리아문학동맹-인용자)은 이데올로기 독자성을 중시한 원칙적 측면의 타당성을 가지고 있지만 당시 통일전선이 의미하는 중요성을 전술적 차원으로 격하함으로써 조직문제에 대해서는 불철저하였다."(임규찬, 「카프 해소·비해소파를 분리하는 김재용에 반박한다」, 『역사비평』, 1988. 겨울, 223~224면, 236면) 이에 대해 김재용은 "해소파·비해소파를 카프라는 조직 자체를 해소하느냐 하지 않느냐 하는 것으로 구분한다든가, 혹은 프로 문학을 그대로 지키느냐 그렇지 않느냐 하는 것으로 이해하는 것"을 비판하면서 "카프 해소·비해소파는 그런 것을 기준으로 이루어진 것이 아니라 '프로 문학의 이념'을 해소하느냐 하지 않느냐에 달린 것"이라고 지적한다.(김재용, 『북한 문학의 역사적 이해』, 문학과 지성사, 1994, 15면) 해방 후 홍효민의 「문학계 동향」,(『1947년판 예술연감』, 예술신문사, 1947) 4면에서 '비해소파'(윤기정, 홍구, 박아지, 박세영 등)라는 용어가 처음 사용된 것으로 보인다.

Ⅱ. 우파의 민족문학론

우파 문단을 대표하는 보수적 민족문학론은 '순수문학' 또는 '본격문학'이라는 명칭으로 정식화된다. 우파의 민족문학론은 박종화·변영로 등이 중심이 된 〈중앙문화협회〉(1945. 9. 18)에서 박종화·오상순·이헌구 등이 중심이 되어 결성된 〈전조선문필가협회〉(1946. 3. 13)를 이어 〈조선청년문학가협회〉(1946. 4. 4)의 구성원들을 통해서 형성 전개된다. 〈조선청년문학가협회〉의 중심 인물이 정태용·김동리·조연현·서정주·조지훈 등이다. 이 두 단체는 〈전국문화단체총연합회〉(1947. 2. 12)를 결성하고, 그 이후 〈한국문학가협회〉(1949. 12. 9)를 결성한다. 우파의 민족문학론은 김동리 등에 의해 순수문학론으로 정식화된다. 이 우파의 문학론은 좌파의 '정치'에 대한 대응논리로 '순수'를 선택한 것이지, 순수한 의미의 순수문학론은 아니다.1)

1. 민족문학론

우파 진영의 단체는 박종화·오상순·이헌구 등이 중심이 된 〈전조선문필가협회〉와 산하단체인 김동리·조연현·조지훈 등이 조직한 〈조선청년문학가협회〉이다. 우파의 두 단체는 거의 동일한 노선을 지향하지만, 구성원의 차이가 구세대와 신세대이고 그들의 지향점이 '민족'과 '순수'라는 점에서 다소 애매하지만 조금의 변별점을 가진다. 구세대의 문학론으로 박종화의 문학론은 민족

---

1) 이에 대한 구체적인 예는 〈전조선문필가협회〉 결성대회에 김구·안재홍·조소앙·원세훈 등이 초청되고 이승만의 축사와 미군정장관의 축사가 대독되는 것이나, 〈조선청년문학가협회〉의 결성식에 김구·조소앙의 축사와 이승만의 격려사가 대독되는 것이나, 단독정부수립이후 〈전국문화단체총연합회〉의 인사들이 정치에 참여하는 것으로 나타난다. 특히 단독정부수립이후 김광섭이 경무대 비서관, 이헌구가 공보처 차장, 김영랑이 공보처 출판국장, 서정주가 문교부 예술과장으로 취임한 것으로 볼 때, 그들의 순수문학에 대한 주장이 문자 그대로 순수가 아님을 보여 준다.(김윤식, 「해방후 남북한의 문화운동」, 김윤식(외), 『해방공간의 문학운동과 문학의 현실인식』, 한울, 1989, 18~20면) 따라서 그들의 활동은 정치적인 헤게모니 장악을 위한 정치적 행위이다.

의식을 기반으로 하는 대항 민족주의적 차원의 민족문학론이다. 대항 민족주의
에서 적의 침입에 맞서 민족의 단합을 외치는 것은 도덕적 정당성을 획득하지
만 절대적 근거를 가진 것은 아니다. 이 민족주의가 그 근거를 정서적 공감대
에 기반을 두는 이유가 여기에 있다. 대항 민족주의는 일반적으로 민족적 적을
설정하여 "민족적 일체감에 대한 호소를 손쉽게 유발할 수 있"지만, "국민통합
이라는 지배세력의 정책적 고려에 부응하여, 형식적이고 맹목적으로 추구되는
'민족단합'의 지극히 효율적인 이데올로기로 전락할 수 있"고 "'가상적인' 외부의
적이 끊임없이 설정되는 동시에 '실질적인' 민족 내부의 적이 은폐될 수 있"[2]는
문제를 가진다. 그리고 근대 민족주의는 대부분 국가주의의 다른 이름이며 전
체주의가 관철되는 하나의 방식으로 작용한다.

> 민족은 전통적인 심리를 기초로 하야 신화가 같고 전통이 같고 언어를 같
> 이 하고 문자를 같이 하고 풍속 습관이 같고 생활하는 강토를 함께 보장 유지
> 하고 거족적인 이해관계에 있어서 회로애락을 같이하는 때문 비로소 집단의식
> 이 성립되고 이 집단의식은 곧 강렬한 민족의식으로 되는 것이다.[3]

박종화에게 민족이란 "외적을 방어하기 위한 민족정신"을 지닌 것으로 다분
히 약소민족의 비애를 전제로 한 저항의식을 담은 것[4]으로 나타난다. 이는 민
족을 계급구성의 복합성으로는 보면서도 공동운명체로 이해하는 입장이다. 일
제 강점기에 모든 민족은 함께 수난을 경험한 것이라는 식의 공동운명체적 민
족관은 그로 하여금 영구불변의 실체로 민족을 상정하는 민족 절대주의적 관점
에서 민족을 신성화시키는 논리로 진전하게 만든다.

그는 "미군의 군정밑이라고 이 민족의 문학이 흔들릴 리 없고 소비에트의
점령지대라고 이 민족 문학이 뿌리째 없어질 위험은 조금도 없는" 것이면서 "우
라고 해서 미국의 문학이 아니 되고 좌라고 해서 소비에트의 문학이 아니 되는

---

2) 박호성, 『남북한 민족주의 비교연구』, 당대, 1997, 47면.
3) 박종화, 「민족문학의 원리」, 『경향신문』, 1946. 12. 5.
4) 박종화·이종우·조한영·김진섭·오종식, 「민족신정(정신-인용자)이념과 그 앙양방법
   론」, 『민족문화』, 1949. 10, 26면.

오직 민족자결이 천년긍지를 잊어버리지 않는 조선민족의 문학을 더 현양(顯揚)하는 데 목적이 있는 것"임을 강조한다. 그가 주장하는 민족문학이란 "삼천만의 민족적 긍지를 고양시킬 수 있는 민족문학"5)이다.

> 조선민족은 하나요 둘이 아니다. 더구나 셋도 아니요 넷도 아니다. 조선 사람은 삼천만이나 조선민족은 다만 하나다. 아득하고 오래기 반만년 전 송화강반(松花江畔) 백두산(白頭山) 아래 성(聖)스러운 천리천평(千里千坪) 신시(神市)의 때로부터 가까이 설흔여섯 해 동안, 뜻 아니한 왜노(倭奴)의 잔인한 압박과 구속 밑에서 강제로 동조동근(同祖同根)의 굴레를 뒤집어씌우고 창씨와 개명(創氏改名)까지 당했던 을유년 팔월 십사일 어제까지—조선민족은 다만 하나요, 둘이 아니다.
> 또다시 앞으로 조선민족은 억천 만년 백겁(百劫)을 감돌아 '한밝'의 밝은 광명을 동방으로부터 세계에 부어내리고, 삼천만(三千萬) 겨레가 삼억만(三億萬) 민족이 되고, 삼억만 민족이 십억(十億) 창생이 되는 때까지 조선민족은 다만 하나요 둘이 아니다.6)

그의 민족관은 근대사회에서의 부르주아 민족정기론에 입각한 민족관이다. 그는 조선민족이 하나라는 사실을 강조하여 민족적 긍지를 고양시키고자 한다. 민족주의는 "개개인의 최고의 충성심을 으례히 민족 국가에 바쳐야 한다고 느끼는 하나의 심리 상태"이다. 민족주의 문학은 "사회 운동 노선상의 민족주의에 근거한 문학으로, 민족주의의 이상을 실천하는 것으로서 그 중요 임무를 삼는 형태의 문학만"7)을 의미한다. 특히 일제 강점기의 민족주의 문학은 '나라 찾기'라는 과제를 추구한 것으로 저항 문학적 의식을 가진 것이다. 그의 민족문학이란 민족적 긍지를 바탕으로 하여 외세에 대한 저항의식을 강조하는 대항 민족주의 문학론이다. 그는 민족문학의 원천인 저항의식을 기반으로 민족문학 건설을 주장한다. 그의 민족문학론은 저항의식을 강조하지만, 실질적인 의미에서는 민족의 영웅 찬양에 머무는 현저히 추상적인 성격을 가진 것이다.

---

5) 박종화, 「민족적 긍지를 고양하라」, 『백민』, 1948. 5, 33면.
6) 박종화, 「서설(序說)」, 『민족』(예문각, 1947), 『한국역사소설전집』 5, 을유문화사, 1960, 209면.
7) 김윤식, 『한국근대문예비평사연구』, 일지사, 1976, 108면.

이제 와서는 사람이 낳은 과학이 사람을 떠나서 과학은 독자적으로 과학을 조성한 인간을 전멸시키려고 반역하고 있다. 이제와서 인간은 또다시 이 과학을 선도하기 위하여 과학과 싸워야 할 것이다. 이것이 인간저항의식의 본연의 태도이다. 나가면 나갈수록 인간은 저항하고 살아나가지 아니하면 아니된다. 우리의 문학은 이 저항의식과 보조를 같이 하지 아니하면 아니된다. 이것은 산 문학이 살아 나가는 길이다. (……) 우리는 자기자신인 인간을 위하여 인간의 집단인 민족을 위하여 '휴맨이즘'의 본연한 자세로 저항하면서 민족문학을 계속 전개시키지 아니하면 아니된다. (……) 이 저항의식이 곧 민족문학의 원천이 되는 것이며 한국현대문학이라거나 세계문학으로 통하는 '휴맨이즘'의 공통된 길이다.8)

그가 주장하는 문학론은 과학주의를 비판하고 인간 집단인 민족을 위하여 휴머니즘의 본연의 자세로 저항하는 민족문학론이다. 이 민족문학은 한국현대문학이며 세계문학이며 휴머니즘의 공통된 길로 통하는 문학이다. 저항의식을 기반으로 한 민족문학이 전후 보수적 민족문학과 마찬가지로 '막연한' 휴머니즘의 길로 나아간다는 사실에서 그의 민족주의 문학론은 추상성과 몰역사성을 기반으로 한 문학론임을 알 수 있게 한다. 해방기를 거쳐 50년대 후반『춘향전』에서 저항의식을 추출하려는 전통의식이나 근대의 과학주의 비판은 어느 정도 인정되지만, 그의 민족주의 문학론은 추상적인 부르주아 민족정기론을 기반으로 한 보수주의이며, 추상성을 바탕으로 한 반근대적 속성을 가진 문학론이라는 한계를 가진다.

2. 순수문학론

보수적 민족문학론은 '순수문학' 또는 '본격문학'이라는 명칭으로 정식화된다. 순수문학론의 대표적 논의는 김동리의 순수문학론, 조지훈의 순수시론, 조연현의 생리문학론이다. 이 문학론은 영원성, 보수성, 몰역사성을 기반으로 한 반근대적 성격을 가진 문학론이며 근대적 기제를 활용하여 근대를 비판하는

---

8) 박종화, 「민족문학의 기본자세」, 『현대문학』, 1958. 2, 139~143면.

'근대적 반근대주의' 문학론이다.

김동리는 30년대 후반 '세대-순수논쟁'을 거치면서, 해방 이후 좌익의 인민민주주의 민족문학론에 대한 대항 논리로 '구경적 생의 형식'이라고 정식화한 순수문학론을 주장한다. 그는 "본질적으로 인간성 옹호의 정신"9)을 문학정신이라고 규정하고, 순수란 신세대 작가들의 모든 비문학적인 야심과 정치주의에 대립하는 정신이며, 이에 도전하는 정신임을 강조한다. 그에게 문학이란 "사람이 제 생명의 구경의식을 탐구하는 사업"이며 "개성과 생명의 구경 추구"10)이다. 이런 연장선상에서 해방 이후 그의 민족문학론이 정립된 것이다. 특히 그의 문학론은 역사의 진보성을 무시하고, '운명' 탐구를 통한 생의 절대성을 추구하는 문학론으로 개진된다. 따라서 이런 면에서 그의 문학론은 반근대성을 특징으로 한다.

해방 이후 그는 〈조선청년문학가협회〉 결성과 그 '강령'을 구체적인 이론화 작업의 수행과 「조선문학의 지표 - 현단계 조선문학의 과제」(『청년신문』, 1946. 4. 2), 「민족문학문제」(『수산경제신문』, 1946. 6. 10)에서 민족문학론을 정식화한다. 그 후 그는 「순수문학의 진의 - 민족문학의 당면과제로서」(『서울신문』, 1946. 9. 15)에서 '민족문학은 순수문학이다' 라는 자신의 문학론을 개념화한다.

> 순수문학이란 한마디로 말하면 문학정신의 본령정계(本領正系)의 문학이다. 문학정신의 본령이란 물론 인간성옹호에 잇스며 인간성옹호가 요청되는 것은 개성향유를 전제한 인간성의 창조의식이 신장되는 째이니만치 순수문학의 본질은 언제나 휴맨이즘의 기조(基調)되는 법이다. (……) 민족문학이란 원칙적으로 민족정신이 기본되어야 하는 것이며 민족정신이란 본질적으로 민족단위의 휴맨이즘 이외의 아무것도 아니기 째문이다. 우리는 민족적으로 과거반세기동안 이족(異族)의 억압과 모멸속에 허덕이다가, 오랜 역사에서 배양된 호매(豪邁)한 민족정신이 그 해방을 초래하여 오늘날의 민족정신신장의 역사적 실현을 보게 되었거니와, 이것은 곳, 데모크라씨-로써 표방되는 세계사적 휴맨이즘의 연속적 필연성에서 오는 민족단위의 휴맨이즘으로서 규정할 수 있는 것이다. 이와가치 민족정신을 민족단위의 휴맨이즘으로 볼째 휴맨이즘을

---

9) 김동리, 「'순수'이의 - 유씨의 왜곡된 견해에 대하야」, 『문장』, 1939. 8, 144면.
10) 김동리, 「신세대의 정신 - 문단 '신생면'의 성격, 사명 기타」, 『문장』, 1940. 5, 82면.

그 기본내용으로 하는 순수문학과 민족정신이 기본되는 민족문학과의 관계란 벌서 본질적으로 별개의 것일 수 업다는 것을 알 수 잇다.11)

김동리는 순수문학이 인간성 옹호를 본질로 하는 '본령정계의 문학'이라고 정의한다. 이 순수문학은 '휴머니즘'을 기조로 하는 문학이다. 민족문학은 민족정신을 기본으로 하는 문학이며, 본질적으로 민족정신이란 민족 단위의 휴머니즘인 까닭으로 순수문학과 동일한 것이다. 김동리는 '민족문학=순수문학'이란 논리를 도출한다.12) 순수문학은 개성의 자유와 인간성 옹호를 의미하며 궁극적으로는 '공통된 운명을 발견하고 이것의 타개에 노력하는 것', 즉 '구경적 생의 형식'을 지향한다.

> 우리는 한사람씩 한사람씩 천지 사이에 태어나 한사람씩 한사람씩 천지 사이에 살아지고 있다는 사실을 통하여, 적어도 우리와 천지 사이엔 떠날래야 떠날 수 없는 유기적 관련이 있다는 것과 이 '유기적 관련'에 관한 한 우리들에게는 공통된 운명이 부여되어 있다는 것을 발견하게 되는 것이다. 우리는 우리들에게 부여된 우리의 공통된 운명을 발견하고 이것의 전개에 지향하지 않

---

11) 김동리, 「순수문학의 진의 − 민족문학의 당면과제로서」, 『서울신문』, 1946. 9. 15.

12) 김동리의 '순수문학은 민족문학이다'라는 도식은 너무 엉성하고 그 논리는 지나칠 정도로 허술하다. "순수문학 〉 문학정신 〉 인간성 옹호 〉 휴머니즘 〉 민족단위의 휴머니즘 〉 민족정신 〉 민족문학이라는 연결고리를 통해 결국 순수문학과 민족문학이 별개의 것이 아니라는 엄청난 결론에까지 이르게 되는 것이다. (……) '순수문학은 문학정신의 본령정계의 문학이다. 문학정신의 본령은 인간성 옹호에 있으며, 그것이 바로 휴머니즘이다. 그리고 휴머니즘에는 민족별로 각각 민족단위의 휴머니즘이라는 것이 있다. 이 민족단위의 휴머니즘이 바로 민족정신이다.'라는 식의 막연하기 짝이 없는 규정들을 어떻게 다 받아들이라는 것인지 알 수 없는 노릇이다." 그가 순수문학과 민족문학을 연결시키려는 시도의 논리적 파탄은 무엇인가? 이에 대한 근본적인 이유는 「순수문학의 진의」라는 글이 "당시(해방기) 민족이 처해 있던 시대적 현실이 빠져 있기 때문이다. 구체적인 민족현실에 대한 아무런 분석도 없이 순전히 관념 속에서만 순수문학을 민족문학에 억지로 연결시키려 했기 때문이다. 김동리는 여기에 '휴머니즘'이라는 중간항을 끌어들였지만, 휴머니즘 자체가 어떤 체계적인 인식방법이나 세계관으로 성립할 수 없는 막연한 개념이었던 데다가, 무엇보다 일정한 역사적 상황에 놓여있는 민족현실을 사상시켰다는 근원적인 오류로 인해 오히려 더 큰 혼란에 빠져들고 말았던 것이다."(류양선, 「해방기 순수문학론 비판 − 김동리의 비평 활동을 중심으로」, 『실천문학』, 1995. 여름, 394~395면)

으면 안된다. 우리가 이 사실을 수행하지 않는 한 우리는 영원히 천지의 파편에 그칠 따름이요, 우리가 천지의 분신임을 체험할 수는 없는 것이며, 이 체험을 갖지 않는 한 우리의 생은 천지에 동화될 수 없기 때문이다. 그리고 우리는 우리에게 부여된 우리의 이 공통된 운명을 발견하고 이것의 타개에 노력하는 것, 이것을 가르쳐 구경적 삶이라 부르는 것이다. 왜 그러냐 하면 이것만이 우리의 삶을 완수할 수 있는 길이기 때문이다.[13]

김동리의 '구경적 삶'이란 신명(神明)을 갖는 것, 자아 속에서 천지의 분신을 발견하는 것이다. 즉, 구경적 삶이란 우리와 천지 사이의 유기적 관련이 있다는 것, 이 유기적 관련을 통해서 공통된 운명을 발견하고 이것의 타개를 지향하는 것이다. 이 '구경적 삶'은 문학 정신(문학의 내용(사상))의 바탕이 되는 것이다. 이 문학 정신을 바탕으로 한 문학은 바로 '구경적 삶의 형식'이 된다. 이런 운명의 발견과 타개를 지향하는 구경적 삶의 형식이란 현저히 종교적 수행이나 구도 정신과 별반 다른 것이 없다. 김동리가 종교와 문학을 구별하면서 문학을 "자기자신 속에 혹은 자기자신들을 통하여 영원히 새로운 신을 찾고 구하는 것"[14]이라고 하더라도 결국은 종교와 큰 차이는 없다. 따라서 김동리의 순수문학은 '구경적 삶'을 다룬 문학의 다른 이름이다. 이로 볼 때 그의 순수문학이란 단지 편의상의 명칭에 불과하다. 김동리의 인간성 옹호를 본질로 하는 이 문학론의 전제가 바로 추상성과 몰역사성이다. 이런 성격은 문학을 인간 존재의 근원적 의미와 운명에 대한 탐구의 한 방식으로 본다는 점에서 몰역사적 보편주의 관점이다.

몰역사적 보편주의 관점의 문학론이 바로 그의 반근대주의 문학론이다. 근대주의 문학론이 이성을 기반으로 한 진보의 역사를 다룬 것이라고 인정한다면, 그의 '구경적 삶'을 다룬 문학이란 근대가 상정한 역사를 무화시키는 전근대주의 문학론이다. 특히 그의 문학론은 "근대를 부정하고 대안의 모색을 강하게 부르짖으면서도, 부정과 초월을 위해 그가 동원하는 것은 전형적인 '근대적

---

13) 김동리, 「문학하는 것에 대한 사고 – 문학의 내용(사상성)적 기초를 위하여」, 『백민』, 1948. 3, 44~45면.
14) 김동리, 「문학하는 것에 대한 사고 – 나의 문학정신의 지향에 대하여」, 『문학과 인간』, 백민문화사, 1948, 101면.

인 사유 기제'들이다."15) 이런 측면에서 그의 순수문학론이란 근대기획이 배태한 모순 극복을 전제로 한 근대적 반근대주의 문학론이다. 이런 그의 순수문학론은 해방기에서 〈조선문학가동맹〉이라는 타자로부터 자신을 특권적으로 차별화하는 권력지향적 성격을 가진 것이다. '순수문학'으로 표방되는 김동리의 민족문학론은 1950년대에도 「민족문학의 이념과 현실」(『문화춘추』, 1954. 2)과 같은 평론으로 그대로 확대 재생산된다.

조지훈은 순수문학론을 근간으로 하는 순수시론을 정립한다. 특히 그는 〈조선청년문학가협회〉의 민족문학론에 전통과 고전의 가치 발견과 의미를 부가시켜 준다. 그의 해방기 본격적 시론의 출발은 1946년 4월 4일 〈조선청년문학가협회〉 창립대회에서 강연한 「해방시단의 과제」라고 할 수 있다. 그는 이 강연에서 민족시 정립과 순수시에 관한 견해를 피력한다.

> 모든 불순한 야심과 음모를 버리고 진정한 시정신을 옹호하는 것이 언제나 다름없는 시의 순수성이지만, 이때까지 우리가 가져온 '순수'의 개념은 자칫하면 무사상성(無思想性), 무정치성(無政治性)이란 이름에로 떨어질 위험성이 다분히 내포되어 있었던 것입니다. (……) 시의 사상성은 어떤 주의(主義)의 편당성(偏黨性)에보다도 전인간적(全人間的) 공감성에 그 뿌리를 두어야 할 것입니다. 결국 어떠한 사상이라도 시 속에 포섭될 때 시가 되는 것이므로 주체는 시에 있는 것이요, 사상은 시를 구성하는 요소에 지나지 않는 것이기 때문입니다. 시가 가진 사상이란 그 예술성을 무시하고는 사상으로서의 가치를 상실하는 것이므로 기운생동이라는 동양의 미학은 바로 이 사상성의 예술화를 가리킨 것이라고 믿습니다.16)

그는 '어떤 주의의 편당성'을 지향하는 것을 '불순한 야심과 음모'로 치부하고, 그가 주장하는 시정신이란 '전인간적 공감성'에 근거한 개성의 자유를 옹호하고 인간성 해방을 추구하는 정신임을 지적한다. 일반적으로 서구의 순수시란 "의미가 완전히 배제된 채 순수한 소리의 음악적, 암시적인 효과만이 있는

---

15) 한수영, 「'순수문학론'에서의 '미적 자율성'과 '반근대'의 논리 – 김동리의 경우」, 『국제어문』 29, 2003. 12, 160면.
16) 조지훈, 「해방시단의 과제」, 『조지훈 전집』 3, 나남, 1996, 223면.

시"17)를 의미한다. 그러나 그의 시론은 동양 미학의 한 전범인 '기운생동'(氣韻生動)18) 등을 지적한 것으로 보아, 서구의 순수시 개념과 다른 유기론적 문학론이다. 서구의 순수시가 순수한 음악의 상태를 지향하는 시인 반면에 그의 순수시란 개성의 옹호나 인간성 해방의 추구를 지향하는 시이다. 이 순수시론은 좌파의 문학론에 대한 대타의식의 발로인 김동리가 정식화한 우파의 순수문학론의 연장선상에 있다. 따라서 조지훈의 순수시론은 좌파의 민족문학론에 대항하기 위한 논리이다. 특히 그는 해방기 문학론에서의 "시대정신이란 주로 역사적 필연성을 표방하고 그 필연성의 노선을 가정하는 것, 사상성이란 어떠한 기성주의의 공식"19)이라고 지적한다. 그는 이러한 시대정신이나 사상성이란 유물사관과 그 사상에 불과한 것으로 파악한다. 따라서 그의 시론은 이런 시대정신이나 사상성을 넘어선 본질적이고 초역사적인 성격을 가진다. 조지훈의 순수시론은 이러한 성격으로 인해 '초월'을 지향하는 문학론이다.

조지훈의 시론의 정점이라고 할 수 있는 방송용 원고로 집필된『시의 원리』는 "1948년 봄"에 기초한 것으로, '시란 무엇인가'에 대한 탐구서이다. 그는 이

---

17) "순수시란 일반적으로 비시적인 불순물을 제거한 순수하고 이상적인 시를 말한다. 순수시는 설명적인 용어라기보다는 규정적인 용어로 쓰인다. 그 이유는 이것이 시 자체보다도 시가 열망하는 이론적인 이상을 가리키기 때문이다. 따라서 그 내용에 있어서 비시적인 것을 배제하는 시 이론은 순수시의 범주로 분류한다. 넓은 의미로 볼 때, 순수시란 16세기 영국 시인 필립 시드니의 희비극에 대한 비평뿐만 아니라 18세기 숭고성의 개념과 같은 폭넓은 역사적 범주 속에서 발생하는 다양한 견해에도 적용될 수 있다. 그러나 순수시는 좁은 의미로는 프랑스 상징주의자들이 말한 대로 의미가 완전히 배제된 순수한 소리의 음악적, 암시적인 효과만이 있는 시를 가리킨다."(이정일, 「미국 순수시의 발자취 – 미국 현대시의 한 측면에 대한 몇가지 단상」, 『현대시』, 1996. 4, 32면)

18) 중국의 남북조시대에 활동한 남제(南齊)의 화가이며 비평가로 알려진 사혁(謝赫)은 그의 소책자 「고화품록」(古畵品錄) 서(序)에서 작품들을 대상으로 비평의 기준을 내세우고 그 기준에 따라서 화가들을 6등급으로 나누고 기준의 잣대(척도)인 '육법'(六法)을 제시한다. 사혁의 육법은 ① 기운생동(氣韻生動), ② 골법용필(骨法用筆), ③ 응물상형(應物象形), ④ 수류부채(隨類賦彩), ⑤ 경영위치(經營位置), ⑥ 전모이사(傳模移寫)이다. 여기서 기운생동이란 유해속(劉海粟)의 설명처럼 '율동적인 조화'와 '생명의 움직임'이라는 두 개의 개념이 결합된 것이다. '기'(氣)는 정신적인 승화·인간성의 고결함·감정의 깊이 등을 의미하며, '운'(韻)은 음악적인 리듬과 그것이 영혼 위에 남기는 영향을 이르며, '생동'(生動)은 표현이라는 의미에서 생명 그 자체를 말한다.

19) 조지훈, 「문학의 근본과제」, 『조지훈 전집』 3, 나남, 1996, 24면.

저술에서 본질적이고 초역사적인 시의 원리를 탐구한다. 특히 "해방직후 시단의 혼미에 대한 계몽과 당시 횡행하던 유물사관의 횡포에 대한 비판"을 위한 것이며, "시가 산문 앞에 굴복하는 자기학살"20)이 행해지는 현실에 대한 반성을 위한 것이다. 이런 점을 인정한다면, 그가 『시의 원리』를 쓴 의도란 좌파 문학론에 대한 비판과 더불어 소설에 대한 시의 영역 확보라는 점이다. 이 저술은 좌파 문학론에 대한 순수시론의 확립을 위한 것이다. 그의 순수시론은 좌파의 근대성에 대항한 시란 "논리의 기초 위에 구조되는 것이 아니라 생명의 직관 속에 체험되는 것"21)이라는 점에서 반근대성을 기반으로 한 문학론이다.

그에게 있어 "시생명의 본질은 '시를 사랑하는 인생 속에 내재하여 생성하는 자연'"이다. "모든 시관은 그 시인의 우주관에서 비롯된다. 그러나 시인의 우주관은 논리의 기초위에 구조되는 것이 아니라 생명의 직관 속에 체험되는 것이다."22) 그의 세계관은 인간을 자연의 일부로 파악하는 유가적 세계관을 드러낸다.

> 생명은 자랄려고 하는 힘이다. 생명은 지금에 있을 뿐 아니라 장차 있어야 할 것에 대한 꿈이 있다. 이 힘과 꿈이 하나의 사랑으로 통일되어 우주에 가득 차 있는 것이 우주의 생명이 아니겠는가. 우주의 생명이 분화된 것이 개개의 생명이요, 이 개개의 생명의 총체가 우주의 생명이라고 볼 것이다. 그러므로 나는 '시를 자기 이외에서 찾은 저의 생명이요, 자기에게서 찾은 저 아닌 것의 혼'이라고 한다. 다시 말하면 '대상을 자기화하고 자기를 대상화하는 곳에 생기는 통일체정신'이 시의 본질이라고 나는 믿는다. '인간의식과 우주의식의 완전일치의 체험'이 시의 구경(究竟)이라고 믿어진다는 말이다. 이런 뜻에서 우주의 생명적 진실을 수정(受精)함으로써 시를 생탄(生誕)시키는 것은 시인의 보편한 지향이라 할 것이다.23)

그는 시의 본질을 '대상을 자기화하고 자기를 대상화하는 곳에 생기는 통일

---

20) 조지훈, 「서 – 개판에 즈음하여」, 『시의 원리』(산호장, 1953), 신구문화사, 1959, 3~4면.
21) 위의 책, 12면.
22) 위의 책, 15면, 12면.
23) 위의 책, 23~24면.

체 정신'이라고 지적한다. 이러한 개념 설정은 중국의 형이상학파가 표명하는 '도(道)'의 개념과 유사성을 드러낸다. 중국의 형이상학파가 지적하는 우주의 원칙인 '도'는 "만물의 원칙이며 모든 존재의 전체"를 의미한다. 그들은 "문학이 자연의 도를 밝힌다"[24]고 생각한다. 사공도(司空圖)는 시의 개념을 "시인의 자연의 도에 대한 포착과 일치의 구체화"[25]라고 규정한다. 조지훈은 시정신을 '인간의식과 우주의식의 완전일치 체험'이라고 정의하고 이를 '시의 구경(究竟)'이라고 한다. 이는 주체와 객체의 조화와 통일이라는 동양의 유기론적 세계관[26]의 반영이다. 동양의 유기론은 자연과 인간의 합일을 통한 영원성을 강조한다는 점에서 반근대적 사유방식이다. 그의 순수시론은 동양의 유기론적 사유를 바탕으로 한 반근대주의 문학론이다. 따라서 김동리와 마찬가지로 조지훈의 순수시론은 근대기획의 모순 극복을 전제한 근대적 반근대주의 문학론이다.

'자발적인 친일문학'[27]으로 등단한 조연현은 해방기 '진보적 민주주의 문학론'[28]에서부터 '본격소설론', '비평의 논리와 생리'를 지나 '구경을 상징하는 사람들'에 대한 탐구인 '도스토예프스키론' 등에서 그의 비평관을 개진한다. 이런 다양한 비평론에도 불구하고, 그의 실질적인 비평의 출발점은 "근대정신이 결정적으로 파산한 자리"[29]에서 시작된다. 이는 이성을 기반으로 한 실증주의, 과학주의, 합리주의, 유물주의를 그 기반으로 하는 근대성에 반하는 반근대적 속성을 가진 것이다. 이런 정신을 바탕으로 한 그의 비평이란 주체의 확

---

24) 劉若愚, 『중국의 문학이론』, 이장우(역), 명문당, 1994, 49~51면.
25) 위의 책, 100면.
26) 서양의 세계관에서의 "실체와 형식이라는 이분법"과 달리 동양의 세계관은 유기화된 전체(道)는 "결코 실체가 아니라 우주적 조화 그 자체"로 파악한다.(송두율, 『계몽과 해방』, 당대, 1996, 18면)
27) 조연현은 '자발적인 친일문학'으로 등단한 평론가에 속하며, 그는 『동양지광』에 「아세아 부흥론 서설」(1942. 6), 「니체적 창조」(1942. 12), 「문학자의 입장」(1943. 1)과 『국민문학』에 「자기의 문제로부터」(1943. 8) 등의 일본어로 쓴 친일적인 글을 발표한다.(김 철, 「순수의 정체 - 붓과 칼의 일치」, 반민족문제연구소, 『청산하지 못한 역사』 2, 청년사, 1994, 281~282면)
28) 조연현은 1946년 1월 『예술부락』 창간호에 발표한 「새로운 문학의 방향」에서 〈조선문학가동맹〉의 강령인 진보적 민주주의 문학론을 주장한다.(위의 책, 283~284면)
29) 김윤식, 「근대성 또는 주인과 노예의 변증법」, 『현대문학』, 1991. 11, 89면.

립과 생명의 표현의 한 방식으로 논리에 맞선 생리 문학론이며, 창조적 비평을 지향하는 문학론이다.

그는 「논리와 생리」에서 유물론적 사상과 관련되는 것을 '논리'로 보고 이를 비판하고, 순수문학론의 견지에서 현실적 필연성에서 오는 '생리'를 긍정적으로 평가한다. 즉, 논리가 이론적 필연성에 오는 것에 불과하지만, 생리란 현실적 필연성에서 발생하는 생명 표현의 한 방식이다.

> 대체로 논리가 한 개의 개념이라면 생리란 인간의 현실 그 자체일 것이다. 아모리 현실을 완벽하게 이론화하였드라도 논리는 현실은 아닌 것이다. 그러나 생리는 어느 인간이고 자기의 생리를 버서날 수 없다는 점에서 생리는 인간의 최고의 그리고 가장 직접적인 현실일 것이다. 그러므로 논리가 모-든 문제를 합리적으로 규정할 수 있는데 반하여 생리는 생명적으로 영위하는 도리 밖게는 없는 것이다. 그것은 논리란 언제나 한 개의 가정에서 출발되는 것이기 때문에 그가 필요한 결론을 위해서라면 그 결론을 초래할 수 있는 가정을 얼마든지 설정할 수 있는데 반하야 생리는 항상 어찌할 수 없는 절대적인 것에서부터 출발되는 것이기 때문에 생리의 결과는 운명적인 것이 되는 것이다. 다시 말하면 논리의 결론이란 것은 이론적 필연성에서 오는 것에 불과한데 비하야 생리의 결과는 현실적 필연성에서 온다는 것이다. (……) 다시 말하면 논리적 가능성은 생리적으로 얼마든지 불가능할 수 있으나 생리적 가능성은 얼마든지 논리적으로도 가능할 수 있다는 것이다.[30]

그는 유물사관의 생리적 부적응성을 지적하면서 논리적 가능성은 생리적으로 얼마든지 불가능할 수 있으나, 생리적 가능성은 얼마든지 논리적으로도 가능할 수 있다는 것을 역설한다. 논리가 여러 가지 가정을 상정하는 반면에 생리란 절대적인 것이며 운명적인 것이다. 그의 기본적인 도식은 '논리=유물사관', '생리=순수문학론'으로 설정된다. 그의 순수문학론은 어찌할 수 없는 절대적인 것이며 운명적인 것이다. 따라서 그가 설정한 문학론은 절대적이고 운명적인 것의 탐구인 생명 표현의 한 방식인 것이다.

그는 비평문학론의 집약인 「비평의 논리와 생리」에서 '생명의 표현의 한 방

---

30) 조연현, 「논리와 생리 - 유물사관의 생리적 부적응성」, 『백민』, 1947. 8, 49면.

식'인 비평의 개념을 개진한다. 그는 비평의 최초의 요구가 "대상에 대한 정확한 인식과 정당한 평가"인 가치판단에 있고, 그 비평의 궁극적 목적이 이러한 "가치판단을 통하여 자기의 세계를 완성해 가는 시나 소설과 마찬가지의 가치 창조의 과업"에 있음을 역설한다. 그의 생리문학론은 가치 판단과 가치 창조를 지향하는 창조적 비평론이다. 이 창조적 비평은 "비평하는 주체의 생명의 표현"31)이다.

이 창조적 비평을 그는 달리 '삶의 몸부림'으로 표현한다. 그는 삶의 몸부림으로서의 비평이 "누가 뭐라고 어렵게 풀이해도 그것은 자신의 인생적 경륜이 다른 그것과의 교섭이나 충돌에서 빚어지는 문학적 산물"이며, 진정한 비평의 양상이란 "자신의 살 길을 찾아가는 방법"이라고 지적한다. 그의 비평관의 핵심은 바로 "평론가가 자신에게 부딪칠 어떠한 문제이든 그 모든 것을 요리하고 해결해나갈 자신의 방법은 항상 한 가지로 고정되어 있는 것이 아니라 자기에게 부딪치는 문제의 성질에 따라서, 그때그때의 자신의 상황에 따라서 늘 달라질 수밖에는 없다"는 것이다. 그는 결국 "비평이란 무엇보다도 먼저 그것은 그 사람의 삶의 표현이어야 할 것"32)임을 역설한다.

그의 비평은 세계에 대한 창조적 직관을 통한 삶의 표현이다. 이는 창조적 직관을 중시하는 인상주의 비평이며, 이를 통한 삶의 표현이라는 점에서, 베르그송(H. Bergson)의 생철학의 방법과 유사하다. 베르그송의 직관적 방법이란 "개념적인 껍질 속에 흐르는 생명에 몰아적으로 잠입하여 그것과 합일함으로써 그 생명 자체를 흐르는 그대로 포착하는 것"을 말한다. 생철학에서는 "비이성적이고 반이성적인 운동, 생성, 변화가 참된 존재"33)임을 강조하기 때문에 반근대적 사고의 특성을 가진다.

조연현의 비평은 이성을 기반으로 한 과학주의나 유물주의를 그 특성으로 하는 근대성에 반하여 주체의 확립과 생명의 표현의 한 방식인 창조적 비평을

---

31) 조연현, 「비평의 논리와 생리 - 나의 비평문학론」, 『백민』, 1949. 2. 33면, 39면.
32) 조연현, 「삶의 몸부림으로서의 비평 - 비평의 근원과 그 방식」, 『조연현 전집』 4, 어문각, 1977, 14~15면.
33) 한전숙, 「현대의 여러 인식이론」, 김여수·차인석·한전숙, 『철학개론』, 양서원, 1993, 122~124면.

지향한 문학론이다. 그가 이성을 기반으로 한 근대가 배태한 모순의 극복을 위한 방법으로 선택한 것이 바로 직관을 중시하는 생명의 구경 탐구라는 반이성적이며 반근대적 속성을 가진 것이다. 그의 비평론은 생활 세계의 발견이라는 중요한 의미망을 형성[34]하지만, 삶의 몸부림을 통한 인생의 의미 발견이란 종교적 구도 행위에 비견할 수 있다는 점에서 초월적 속성을 가진 것이다. 따라서 김동리, 조지훈과 마찬가지로 조연현의 생리문학론은 근대기획의 모순 극복을 전제로 한 근대적 반근대주의 문학론이다.

　해방기 우파 문학론은 영원성, 보편성을 지향하는 순수문학론으로 정식화된 반근대적 속성을 가진 문학론이다. 이들의 문학론은 동양 사유의 기원인 유기론적 사고를 기반으로 한 몰역사성을 특징으로 하는 순수문학론이다. 이 문학론은 좌파의 민족문학론의 대타의식에 의해 형성된 것이며 강력한 정치적 성격의 이데올로기라는 점에서 정치주의 문학론이다. 즉, 이들의 문학론은 좌파 문학론에 대한 대항논리적 성격을 가진 것이다. 이런 측면에서 또 다른 이데올로기로서의 권력 체계이다. 우파 문학론은 순수문학이라는 교묘한 포장을 한 문학론이다. 이 문학론은 근대의 모순을 비판하지만, 정치주의적 권력 체계라는 성격에 의해 근대의 이성이 배태한 선택과 배제의 담론을 기반으로 한 이분법적 사고에 갇힌 문학론이다. 이 문학론이 제시한 단순한 과학주의나 유물주의 비판을 통한 '근대 초극'의 논리란 이성을 기반으로 한 진보의 사유나 이성의 자기파괴에 대한 깊이 있는 인식이라고 파악하기에는 미흡하다. "견고한 모든 것은 대기 속에 녹아 버리고, 신성한 모든 것은 세속화"[35]되는 근대성의 복

---

34) 후설은 갈릴레이 이후 자연과학이 생활세계를 수량화하고 기호로 이념화한 객관적 자연을 참된 존재로 간주함으로서 객관성에 의미를 부여하고 해명하는 주관성을 망각하는 학문의 위기를 초래한 것이라고 진단한다. 그는 근대의 총체적 위기를 극복하기 위한 방법으로 생활세계를 분석하고 생활세계로 되돌아갈 것을 지적한다. 생활세계로 되돌아가는 것은 경험된 세계를 단순히 받아들이는 것이 아니라, 그 속에 이미 침전된 역사성을 근원으로까지 소급해서 그 통일적 총체성의 지평구조를 분석하는 것이다. (이종훈, 「생활세계를 통한 선험적 현상학」, E. Husserl, 『유럽학문의 위기와 선험적 현상학』, 한길사, 1997, 49~53면) 조연현의 삶의 몸부림을 통한 인생의 의미 발견은 생활세계의 발견이지만, 경험적 생활세계를 수용하고 분석한 것이지 후설이 지적한 인간성이 지닌 은폐된 이성(선험적 주관성)을 드러내 밝히는 자기 이해의 길은 아니다.
35) "생산의 끊임없는 변혁, 모든 사회 상태들의 부단한 동요, 영원한 불안과 격동 등이 부

합성이나 모순성[36]에 대한 풍부한 통찰로 파악하기에는 한계를 지닌다. '근대의 초극'에 대한 논리가 근대성에 대한 깊은 통찰에 이르지 못한다면, 그것은 근대 이전으로의 역행을 의미한다. 우파의 반근대적 문학론이란 실상은 전근대적 문학론이다. 이 전근대적 문학론의 몰역사성은 정치적 억압의 현실을 인정하는 역할을 수행한다. 바로 이 문학론은 현실의 반공 논리를 승인하는 방식으로 작동한 것이다. 결국 우파의 문학론은 긍정적이든 부정적이든 근대기획의 자기 혁신 과정에서 파생된 근대적 반근대주의 문학론이다.

우리는 우파의 민족문학론이 주장한 문학 독자성 옹호를 위한 그들의 노력은 인정해야 하지만, 이 독자성이 국가, 정치, 이데올로기 및 각종의 사회적 제도들과 문학 예술과의 상호 관계라는 범위 안에서 이들 사이의 상호 규정력과 영향력을 확인하는 것이지 문학을 이들로부터 분리 독립시키는 것으로부터 입증되는 것이 아니라는 주장[37]도 인정해야 한다. 따라서 우리는 좌파와 우파의 문학론이 대타 관계 설정이라는 근본적인 모순에서 벗어난 두 문학론 극복의 방식에 대한 모색이 필요하다.

3. 리얼리즘론

김동리는 그의 순수문학론을 정립하는 과정에서 그의 창작방법을 '작가적 리얼리즘' 또는 '본격적 리얼리즘'으로 규정한다. 그러나 그의 리얼리즘은 객관적 현실을 반영하는 원리를 기반으로 한 것이 아니라 작가적 입장에서 파악한 리얼리즘이란 측면에서 '추상적 리얼리즘'이라고 규정할 수 있다.

그지음 문단에선 리얼리즘이 바짝 성히 논의되고 있었다. 평가(評家)들은

르주아 시대를 다른 모든 시대와 구별해 준다. 굳고 녹슨 모든 관계들은 오래되고 존귀한 표상들 및 의견들과 함께 해체되고, 새롭게 형성된 모든 것들은 정착되기도 전에 낡은 것이 되어 버린다."(K. Marx, F. Engels, 『공산주의 선언』, 김태호(역), 박종철출판사, 1998, 7면)
36) M. Berman, 『현대성의 경험』, 윤호병·이만식(역), 현대미학사, 1994, 12~40면.
37) 김 철, 「한국 보수우익 문예조직의 형성과 전개」, 『문학과 논리』 3, 1993. 6, 25면.

이땅의 문단현실이나 문학적 전통에서 모종의 리알리즘이 가능한가 어떤가, 또 그러한 문학적 의장을 확립할 문단적 지반이 성취하여 있는가 어쩐가 그런 것은 생각해볼 겨를도 없이, 왈, 사회주의적 리알리즘이다. 왈 변증법적 리얼리즘이다. 왈, 또 무슨 객관적 리알리즘이다 하고 참으로 다색다채한 공중누각이 처처에 건조되는 형편이 있다.38)

그는 1930년대 후반 '세대-순수논쟁'을 거치면서 자신의 소설수업을 밝히는 과정에서 자신의 리얼리즘을 '작가적 리얼리즘' 또는 '본격적 리얼리즘'이라고 규정한다. 그가 파악한 카프의 창작방법논쟁인 '프롤레타리아 리얼리즘', '유물변증법적 창작방법론', '사회주의 리얼리즘'에 대한 부정적 입장을 드러내면서, 다양한 공중누각을 곳곳에 건조하는 형편이라고 힐난한다. 그의 카프 창작방법론논쟁에 대한 구체적인 인식은 지극히 피상적이다. 특히 한효 대 안함광, 김두용의 사회주의 리얼리즘 수용 찬반 논쟁에서, 그가 지적하는 문단현실이나 문학적 전통과 같은 '조선적 특수성'에 대한 인식은 중요한 논쟁의 대상으로 부각된 것이다. 또한 객관적 현실의 반영 원리인 리얼리즘에 대한 그의 이해는 '무지'나 '무시'에 가까운 것이지만, 작가적 입장에서 리얼리즘을 새롭게 구상한 것이란 점에서 주목이 된다.

작가적 관점에서 그는 작가에게 진정한 의미의 엄밀한 리얼리즘을 요구하는 사람도 없고, 어떤 작가의 작품에서도 리얼리즘의 엄밀한 토구(討究)를 시험해 본 사람도 없다고 단언한다. 그는 근본적이고 본질적인 문제인 작가와 작품 사이에 운명과 같은 관계에 있는 리얼리즘의 유기성에 대한 탐구도 없이, 어떤 작품이라도 '현실적이다' '비현실적이다' 라는 가장 피상적인 견지에서 임의대로 단정한다고 비난한다.

그제나 이제나 자기의 작품은 그대개가 비평가 제씨들로부터 반리알리즘이란 각인을 맞게되는 모양이나, 자기로서 볼때는 적어도 비평가들이 짜정 '레알'이라고 허락한 그러한 '리알리즘'들 보다는 자기가 좀더 본격적 리알리즘에 가까운 자이라고 믿는 까닭이다.

---

38) 김동리, 「나의 소설수업 - '리알리즘'으로 본 당대작가의 운명」, 『문장』, 1940. 3, 173~174면.

자기의 우견(愚見)에 의하면 어떠한 주관이나 객관이 그 자체가 따로 떠러 저서는 아무런 리알리즘도 성립될 수 없다는 것이다. 작자의 주관과 아무런 교섭도 없는 현실(객관)이란 어떠한 경우에도 그 작가적 리알리즘과는 아무런 상관도 없는 것이다. 한 작가의 생명(개성)적 진실에서 파악된 '세계'(현실)에 비로소 그 작가적 리알리즘은 시작 하는 것이며, 그 '세계'의 여율(呂律)과 그 작가의 인간적 맥박이 어떤 문자적 약속아래 유기적으로 육체화 하는데서 그 작품(작가)의 '리알'은 성취되는 것이다. 그러므로 아모리 몽환적이고, 비과학 적이고 초자연적인 현상이드라도, 그것은 가장 현실적이고 상식적이고 과학적 이 다른 어떤 현상과 꼭 마찬가지로 어떤 작가의 어떤 작품에 있어서는 훌륭 히 레알리즘이 될 수 있는 바이다.39)

그의 견해에 의하면 '본격적 리얼리즘'은 어떠한 주관이나 객관이 그 자체 가 따로 떨어져서는 아무런 리얼리즘이 성립할 수 없고, '작가적 리얼리즘'이란 한 작가의 생명(개성)적 진실에서 파악된 '세계'(현실)에서 시작하는 것이며, 그 '세계'의 여울과 그 작가의 인간적 맥박이 어떤 문자적 약속 아래 유기적으로 육체화하는 것에서 그 작품(작가)의 '리얼'이 성취되는 리얼리즘이다. 결국 그의 '작가적 리얼리즘'이란 작가적 입장에서 파악한 리얼리즘이며, 작가의 "극히 초 라한 운명"40)과 그 '구경적 형식'에 관련된 리얼리즘이다. 그의 절대적 운명관 을 기반으로 한 리얼리즘이기 때문에, 세계의 여울과 그 작가의 인간적 맥박이 유기적으로 육체화된 작품은 훌륭한 리얼리즘 작품이 되지만, 그렇지 못한 작 품이란 반리얼리즘 작품이 된다. 따라서 작가적 리얼리즘이란 아무리 몽환적, 비과학적, 초자연적인 현상이라도, '세계의 여울과 작가의 인간적 맥박'이 유기 적으로 육체화된 작품이라면 가장 현실적, 상식적, 과학적인 다른 어떤 현상과 마찬가지로 어떤 작가의 어떤 작품에 있어서도 '훌륭한' 리얼리즘이 될 수 있는 것이다.

그의 이런 리얼리즘에 대한 주장은 이에 대한 무지 아니면 무시에 가까운 '독단적' 발상이다. 리얼리즘은 객관적 현실에서 일어나는 현상을 주관이 그대 로 반영한다는 모사설(模寫說)을 기반으로 한 것이다. 그러나 김동리의 사유 방

---

39) 위의 글, 174면.
40) 김동리, 「'순수'이의 – 유씨의 왜곡된 견해에 대하야」, 『문장』, 1939. 8, 143면.

식은 모사설과 대립되는 현실이란 인간의 주관에 의해서 가공되어 만들어진 대상으로 파악하는 인식 방법인 구성설(構成說)의 발상이다. 세계란 인간의 주관적 해석에 의해서 구성되어 만들어진 현실이다. 그의 발상이란 작가의 주관적 해석(작가의 운명)에 의해서 구성된 작품은 아무리 몽환적, 비과학적, 초자연적인 현상도 가장 현실적, 상식적, 과학적인 것이 될 수 있다는 논리이다. 주관과 객관의 합일을 강조하는 그의 리얼리즘 논리는 낭만적 사고 방식이지만, 정확하게는 주관과 객관의 조화·통일의 원리를 기반으로 하는 동양의 유기론적 사고 방식41)이다.

결국 그의 '작가적 리얼리즘'은 역사의 진보성을 배제한 '운명' 탐구를 통하여 생의 절대성을 추구하는 문학론의 창작 방식이다. 현실을 반영을 한다는 점에서는 리얼리즘의 속성을 가진 것이지만, 그 현실이 객관적 현실이 아니라 작가의 주관에 의해서 가공된 현실이란 측면에서 추상성을 면하기 어렵다. 즉, 김동리의 '작가적 리얼리즘'은 달리 '추상적 리얼리즘'이라고 재규정할 수 있다. 이 추상적 리얼리즘은 유기론적 사유방식을 기반으로 한 낭만주의이며, 객관적 현실의 반영이나 진보성, 역사성을 무화시킨 리얼리즘이다. 결국 그의 순수문학론과 리얼리즘론은 몰역사성을 기반으로 한 반근대주의 문학론이다.

이런 작가적 리얼리즘의 원리를 바탕으로 한 그의 문학론은 해방기에는 순수문학론으로 정식화되고, 전후 시기에는 인간주의적 민족문학론으로 연장되면서 확대 재생산된다. 해방기에서 전후 시기에까지 리얼리즘에 대한 구체적인 탐구는 없지만, 이런 작가의 '운명'을 기반으로 한 그의 기본적인 정신은 연장된다.

---

41) 서양의 세계관에서의 "실체와 형식이라는 이분법"과 달리 동양의 세계관은 유기화된 전체(道)는 "결코 실체가 아니라 우주적 조화 그 자체"로 파악한다.(송두율, 『계몽과 해방』, 당대, 1996, 18면) 낭만적 사유 방식이 주관과 객관의 분리를 기본 전제로 하여 합일하는 방식이라면, 유기론적 사유는 주관과 객관의 분리를 전제하지 않는 조화·통일의 방식이다.

Ⅲ. 좌파의 민족문학론

해방기 좌파의 민족문학론은 '인민민주주의 민족문학'으로 정식화된다. 좌파의 문학단체 결성은 해방과 함께 임화·김남천·이원조·이태준 중심의 〈조선문학건설본부〉(1945. 8. 16)를 결성하고 이를 확대해 〈조선문화건설중앙협의회〉(1945. 8. 18)를 구성하고, 이기영·한설야 중심의 〈조선프롤레타리아문학동맹〉(1945. 9. 17)을 결성하고 이어 여러 분야를 통합하여 〈조선프롤레타리아예술동맹〉(1945. 9. 30)을 결성1)하며, 이 두 단체는 박헌영의 지령에 의해 〈조선문학가동맹〉(1946. 2. 8~9)으로 통합된다. 그리고 이기영·한설야·안막·송영·윤기정·이북명·김사량·박세영 등이 월북하여, 북한문단의 중심적 역할을 한 〈북조선문학예술총동맹〉에 참여한다. 1946년 9월 '철도총파업' 이후 정치적 악화로 〈조선문학가동맹〉의 인물인 이태준·임화·김남천·이원조·안회남·오장환·지하련·김동석·조운·엄홍섭 등이 월북한다. 북한문학단체의 경우 〈북조선문학예술총련맹〉(1946. 3. 25)에서 조직을 재정비하여 〈북조선문학예술총동맹〉(1946. 10. 13~14)이 결성되고, 그 이후 〈조선문학가총동맹〉(1951)이 결성되어 그 중심 세력으로 군림한다.

이 문학 단체를 중심으로 한 해방기의 문학론은 정치지향성이 매우 강하게 나타난다. 박종화 등을 중심으로 결성된 〈중앙문화협의회〉는 이승만의 대외적

---

1) 이기영은 1944년에 소개했던 강원도 내금강 병무리에서 해방을 맞고 강원도 인민위원회 일에 관여하면서 1945년 11월까지 함흥과 철원을 오가며 보내며, 12월 초에 처음으로 서울에 나타난다. 한설야는 해방 전후 고향 함흥에 거주하면서 함흥과 평양을 오가다가 서울에 나타난 것이 1945년 12월 10일경이다. 이기영과 한설야가 늦어도 1946년 1월 중순 이전에 다시 이북으로 넘어간다. 한 달 정도 서울에 머물러 있는 동안 서울의 정세를 파악하는 것, 〈조소문화협회〉를 창립한 것, 두 차례의 좌담회에 참석한 것, 수필 비슷한 것을 기고한 것 등이 그들이 서울에서 한 일이다. 따라서 이기영과 한설야는 실질적으로 서울에서 활동한 것은 아니다. 이런 사실에서 〈조선프롤레타리아문학동맹〉을 실질적으로 주도한 것은 이기영·한설야가 아니라 윤기정·한효·윤세평·송영·박세영·권환 등이다.(김승환, 「해방공간의 북한문학 – 문화적 민주기지 건설론을 중심으로」, 『한국학보』, 1991. 여름, 204~208면)

인 선전기관 역할을 하고, 임화 중심으로 결성된 〈조선문학가동맹〉은 남로당과 밀접한 관계를 유지하면서 신탁통치 반대운동을 한다. 해방기의 기본 명제는 정치와 문화 조직의 동반 관계로, 두 조직은 같은 운명으로 연결되어 있다. 정치 체제의 선택은 곧 문학적 입장의 선택을 의미하며, 문인들은 이 선택을 통해 좌·우파의 조직에 가담하여 민족문학론을 개진한다. 이런 사실은 박헌영의 '8월 테제'에 제시한 '부르주아 민주주의 혁명론'을 바탕으로 하여 임화의 민족문학론이 개진된 사실에서도 쉽게 알 수 있다.

〈조선공산당〉의 '8월 테제'에서 드러난 '부르주아 민주주의 혁명론'은 1928년 〈코민테른〉 6차 대회에서 나온 '12월 테제'를 기반으로 한다. 〈코민테른〉 7차 대회의 인민전선론이나 신민주주의론은 '12월 테제'에 대한 자기 비판의 형식으로 제출된 것이다. 마오쩌둥(毛澤東)의 신민주주의론에서 식민지·반(半)식민지 혁명의 제1단계는 "사회적 성격으로 볼 때 기본적으로 여전히 자산계급민주주의적인 것이며 그 객관적 요구는 자본주의의 발전을 위한 길을 닦는 것이라고 할 수 있지만 이러한 혁명은 이미 낡은, 자산계급에 의하여 영도되는, 자본주의사회 및 자산계급독재의 국가를 건립하는 것을 목적으로 하는 혁명이 아니라, 새로운 무산계급에 의하여 영도되는 혁명으로서, 제1단계에 있어서는 신민주주의사회를 건설하고 각 혁명적 계급들 간의 연합독재의 국가를 창건하는 것을 목적으로 하는 혁명을 의미한다. 그러므로 이러한 혁명은 또한 사회주의의 발전을 위하여 더욱 광활한 길을 닦아주는 것이다."[2] 결국 신민주주의론은 현 단계가 아직 프롤레타리아 사회주의 혁명이 아니라 새로운 형태의 부르주아 민주주의 혁명이지만 이미 프롤레타리아 사회주의 세계혁명의 일부분임을 강조한 것이다. 〈조선공산당〉의 부르주아 민주주의 혁명론에서 현 단계에 대한 인식은 "박헌영이 일제하 소련에서 교육을 받을 즈음의 레닌이나 스탈린 등의 노선과 정책을 교조적으로 이행하고 있는 수준이며, 또 이는 〈코민테른〉의 12월 테제로 비약되었던 것을 기계적으로 수용하였다 할 것이다. 즉, 스탈린이나 모택동 등의 브르조아 민주주의 혁명단계설을 약간의 편차만 갖고 도입하고 있다. 이같은 관점은 박헌영 등의 재건파가 적극적인 합작·통합 논의를

---

2) 毛澤東, 「신민주주의론」(1940. 1), 『모택동 선집』 2, 김승일(역), 박영사, 2002, 378면.

전개하면서 지도력을 신장시킬 수 있는 힘이 될 수 있었으며, 이같은 단계설정
만이 내부모순을 부분적으로 내포하고 있던 자신들의 입장을 당내에서 확보할
수 있었으리라고 추측된다."3)

> 금일 조선은 부르조아 민주주의 혁명의 계단(階段)을 걸어가고 있나니 민
> 족적 완전독립과 토지문제의 혁명적 해결이 가장 중요하고 중심되는 과업으로
> 서 있다. 즉 다시 말하면 일본의 세력을 완전히 조선으로부터 구축하는 동시
> 에, 모든 외래자본에 의한 세력권 결정과 식민지화 정책을 절대 반대하고 근
> 로인민의 이익을 옹호하는 혁명적 민주주의 정권을 내세우는 문제와 동시에
> 토지문제의 해결이다. 우리 조선 사회제도로부터 전(前)자본주의적 봉건적 잔
> 재를 깨끗이 씻어버리고 자유발전의 길을 열어주기 위하여, 우리는 토지문제
> 를 혁명적으로 해결하지 않으면 안 된다. (……) 노동자, 농민, 도시소시민과
> 인텔리겐챠는 조선혁명의 현 단계인 부르조아 민주주의 혁명의 동력이 되는
> 것이다.4)

해방직후 〈조선공산당〉은 '8월 테제'를 통해 조선의 혁명단계를 부르주아
민주주의 혁명의 단계로 설정한다. 그 중심 과업은 민족의 완전 독립과 토지문
제의 혁명적 해결을 중심으로 진보적 민주주의 국가 건설을 목표로 설정된다.
이 '8월 테제'를 기준으로 하여 조선공산당 중앙위원회의 결정서인 「조선민족
문화건설의 노선(잠정안)」이 발표된다.

> 3. 문화운동의 기본임무가 조선의 부루조아민주주의혁명수행을 위한 광범한
> 투쟁의 일익임을 인식하고 먼저 우리문화 가운데 남어잇는 일본제국주의적 문
> 화잔재와 봉건주의적 유물의 청산 등 구문화의 질곡으로부터의 해방을 위하여
> 투쟁하여야한다. 이것과의 투쟁업시는 민주주의적 민족문화의 건설은 불가능
> 한 것이오 민주주의적 민족문화의 건설업시는 쏘한 조선에잇서 앞으로 더욱
> 놉흔 정도의 문화건설은 곤란한 것이다.
> 4. (……) 우리의 혁명단계은 푸로레타리아계단이 아니라 민주주의혁명계단

---

3) 윤여탁, 「해방정국의 문학운동과 조직에 대한 연구 - 좌파 문단을 중심으로」, 『한국학
　보』, 1988. 가을, 182면.
4) 조선공산당 중앙위원회, 「현 정세와 우리의 임무 - 1945년 9월 20일」, 김남식(편),
　『남로당 연구』 II, 돌베개, 1988, 22~23면.

에 처해있다. 따라서 건설될 신문화는 사회주의 혹은 푸로레타리아적인 문화가 아니라 반제국주의적, 반봉건적인 민주주의적 민족문화요 무산계급의 반자본주의적 문화가 아니다. 그러므로 우리는 우리고문화(古文化)의 장점을 계승하고 외국의 진보적 문화를 비판적으로 섭취하야 우리민족의 특성을 발휘한 새문화를 세워야한다.
6. 우리의 민족문화는 민족의 해방과 국가의 완전독립 토지문제의 평민적 해결의 기초우에서 통일된 민주주의적 민족문화이어야한다. (……) 민주주의문화인 동시에 인민의 문화로서의 민족문화─이것이 우리민족문화의 당연한 성격이 되어야한다.5)

진보적 민주주의 국가 건설이라는 정치노선에 따라 문화운동도 조선의 부르주아 민주주의 혁명수행을 위한 광범한 투쟁의 일익임을 인식하고 일본 제국주의적 문화 잔재와 봉건주의적 유물의 청산이 기본 임무로 설정된다. 현 단계에 건설된 민족문화는 사회주의나 프롤레타리아적인 문화가 아니라 반제국주의적, 반봉건적인 민주주의적 민족문화이며, 무산계급의 반자본주의적 문화가 아니다. 따라서 현 단계의 민족문화는 민족의 해방과 국가의 완전 독립, 토지문제의 평민적 해결의 기초 위에서 통일된 '민주주의적 민족문화'이다. 이런 〈조선공산당〉의 노선은 박치우·신남철에 의해 민족문학론에 대한 이론적 바탕을 형성6)하며, 임화 등의 〈조선문학건설본부〉 세력에 의해 문학론이 완성된다.

북한에서는 1946년 8월 28일에 〈북조선공산당〉과 〈조선신민당〉의 합동으로 〈북조선로동당〉이 창립된다. 이들의 기본적 인식은 현 시점의 혁명단계가 인민민주주의 혁명의 초기 단계, 즉 부르주아 민주주의 혁명단계로 인식한다. 이러한 인식의 일치로 인해서 김일성과 김두봉을 대표로 하여 양당이 합당된

---

5) 조선공산당 중앙위원회, 「조선민족문화건설의 노선(잠정안)」, 『신문학』, 1946. 4, 141~142면.
6) 박치우, 신남철은 민족문화의 과도기성과 계급성을 지적한다. 특히 박치우는 민족문화에 대하여 부르조아적 계급 규정성과 그에 따른 경계을 강하게 피력한다. 이러한 이론적 배경은 당시 사회주의 이론의 수준과 함께 조선공산당(남로당)의 문화정책과도 밀접한 관련을 맺고 있는 것으로 보인다.(임헌영, 「8·15직후의 민족문학관 - 문학가동맹과 민족문학론」, 『역사비평』, 1987. 가을, 142~143면)

다. 〈북조선로동당〉의 창립은 북한에서 강력한 단일 좌파 정당의 탄생을 의미한다. 즉 〈북조선로동당〉의 창립은 "북조선공산당과 경쟁가능성을 지닌 조선신민당이 공산당과 합당함으로써 북한사회에서 노동당이라는 이름의 배타적 유일정당"이 출범한 것을 의미한다. 이는 남한의 좌파에 대한 북한의 지도의욕을 공개적으로 보여준 첫 시도로, "구체적으로 조선공산주의운동의 지도자가 북한뿐만 아니라 남한에서도 박헌영이 아니라 김일성이어야 한다는 인식과 연결되어 있는 것"7)이다.

> 진정한 민주주의 방향으로 전진하고 있는 북조선, 반동 세력의 독점 하에서 또다시 반동적 반민주 반인민 방향으로 거꾸로 뒷걸음을 치고 있는 남조선, 오늘 조선은 서로 상극되는 두 가지 로선으로 걸어 나가고 있습니다. 오늘 조선 인민 앞에 엄중하게 제기되는 문제는 하루바삐 남조선의 반동적 로선을 극복하고 남조선에도 북조선과 같이 철저한 민주주의적 개혁을 실시하며, 그러므로써 통일적인 완전 독립 국가를 세우는 데 있는 것입니다.8)

〈북조선로동당〉의 목적은 민주주의 민족통일전선을 바탕으로 한 조선의 완전한 민주주의 독립국가 건설이다. 북조선의 민주주의란 "그전 자본주의 국가의 낡은 국회식 민주주의가 아니고 새로운 조선의 진정한 민주주의를 위한 투쟁이며 광범한 인민대중의 민주주의이며 진보적 민주주의이다."9) 북조선은 조선의 민주주의 개혁의 책원지이며 민주주의 발원지의 역할을 하고 있는 곳이며, 토지개혁, 로동법령, 남녀평등권, 중요 산업기관 국유화, 인민 교육의 민주주의적 개혁이 실현된 곳이다. 그에 반해서 남조선은 반동 세력의 독점 하에서 또다시 반동적 반민주 반인민 방향으로 거꾸로 뒷걸음을 치고 있는 곳이다. 이러한 노선과 인식은 문예단체에 그대로 이어져 진보적 민주주의에 입각한 민족문학론과 서울중심주의 비판과 평양중심주의로 나타난다.

북한문예단체는 1946년 3월 25일 〈북조선문학예술총련맹〉이 결성되고,

---

7) 이종석, 『조선로동당연구』, 역사비평사, 1995, 192면.
8) 김일성, 「북조선로동당 창립에 대한 보고」(1946. 8), 돌베개 편집부(편), 『북한 '조선로동당' 대회 주요 문헌집』, 돌베개, 1988, 19면.
9) 위의 글, 21면.

1946년 10월 13~14일에 전체대회를 열어 조직을 재정비하여 〈북조선문학
예술총동맹〉을 결성한다. 〈북조선로동당〉의 기본 노선에 입각해서 창립된 문
예단체가 바로 〈북조선문학예술총동맹〉이다. 이 단체는 진보적 민주주의 민족
문학론, 서울중심주의 비판과 평양중심주의, 김일성주의 문학운동을 강조한다.

　『민성』 주최로 1946년 11월 23일 오후 3시부터 7시 30분에 걸쳐 평양
소재 예술가후원회 식당인 신영(新迎)에서 열린 좌담회에서,

> 이　찬 : 우리들의 문화예술운동은 전체 사업의 유기적 일환이며 그 중요한 원
> 동력의 하나이며 또 그렇게 되지 않으면 안될 것입니다. 북조선의 문화예술운
> 동은 이 원칙 밑에서 출발하였고 이 원칙을 따라 꾸준히 노력하고 또한 발랄
> 히 성장해 왔습니다. 이것은 우리 문화예술인 자신의 노력보다도 위대한 우리
> 김장군의 영명한 영도와 우리의 진정한 해방을 붉은 군대의 적극적 방조(幇
> 助)로 인함이었음은 물론, 오늘 현재 그리고 또 명일엔 더욱 더 활발한 노력
> 과 성장이 가져지고 있고 또 가져질 것임은 의심할 나위가 없는 것입니다.[10]

> 한설야 : 여기서 한가지 특히 지적해 둘 것은 '서울중심주의'의 극복문제인데,
> 이건 북조선의 독선적 견지에서가 아니라 '서울중심주의'의 사상적 근거를 구
> 명함으로써 제기되는 문제입니다. (……) 현재에도 남조선에서는 인민의 정권
> 을 잡지 못했으므로 해서 서울은 민주주의의 중심이 못됩니다. 또 나쁜 잔재
> 를 청산해야 할 것은 누구나 다 아는 사실이고 보매 역시 서울은 문화의 중심
> 도 될 수 없을 것입니다. 이와 반대로 북조선에서는 모든 국가 운전(運轉)에
> 인민들이 참가하고 있습니다. 민주주의화의 중요한 표현은, 국가를 운전하는
> 데와 국가의 모든 문제를 해결하는 데 인민들이 참가하는 정도에서 볼 수 있
> 는 것입니다.[11]

　〈북조선문학예술총동맹〉은 북조선이 수립하려는 문학이 근대적인 의미의
민족문학이 아니라 진보적 민주주의 민족문학 수립임을 강조한다. 이 단체는
남조선의 서울을 이조봉건사회의 중심지, 일본의 강도문화의 중심지, 나쁜 잔

---

10) 한설야(외), 「북조선의 문화의 전모」(『민성』, 1947. 1~2), 『문예중앙』, 1995. 여
　　름, 162면.
11) 위의 글, 166면.

재가 가장 많은 곳으로 비판한다. '서울중심주의' 비판을 통하여 조선에 있어서 민주주의의 책원지(策源地)이며, 민주주의 문화의 핵심이 되는 북조선을 중심으로 한 '평양중심주의'를 주장한다. 이 평양중심주의와 함께 '위대한 우리 김장군의 영명한 영도'라는 김일성주의, "김일성 노선 위에 서서 사상상 조직상 행동상 작품상 새로운 제고와 굳센 통일을 가져오기 위하여 노력"12)하는 것을 북한문학의 원칙으로 설정한다.

1. 민족문학론

기본적으로 좌파에서 지적하는 민족이란 "부족, 종족과 달라서 근대에 이르러 만들어진 한개 근대적인 개념"이며 "자본주의 사회의 산물"이다. "민족문학은 민족의 문학이오, 민족의 문학이란 전민족의 자유와 평등을 위한 문학인 것"이다. 좌파의 민족문학론은 현 단계에 있어서 "민족의 완전해방을 위하야 제국주의(=독점금융자본주의)와, 봉건적 잔재를 물리치는 문학"이며, 이러한 이념 아래 "민족전체 즉, 노동자계급을 선봉으로 한 농민층, 소시민층 그리고 자본가계급의 일부까지를 포함한 민족전체의 해방을 위한 문학을 수립"13)하는데 있음을 강조한다.

박헌영의 '8월 테제'에 제시한 민족통일전선을 바탕으로 하여 임화는 「현하의 정세와 문화운동의 당면임무」에서 문화통일전선을 주장한다. 그는 지금 문화운동의 근본과제를 '부르주아 민주주의 혁명'의 수행에 있음을 지적하며, 이 문화혁명의 주체가 "문화혁명에 있어서 가장 혁명적 계급인 노동자계급을 위시한 농민과 중간층과 진보적 시민"14)을 중심으로 형성된 통일전선에 있음을 강조한다.

일본제국주의가 붕괴한 이래 조선의 문화건설내지는 예술적 창조에 관해서

---

12) 안 막, 「신정세와 민주주의 문화예술전선 강화의 임무」(『문화전선』, 1946. 11), 이선영·김병민·김재용(편), 『현대문학 비평 자료집』 1, 태학사, 1993, 139면.
13) 김영석, 「민족문학론」, 『문학평론』, 1947. 4, 7~10면.
14) 임 화, 「현하의 정세와 문화운동의 당면임무」, 『문화전선』, 1945. 11. 15, 1면.

여태까지 논의된 여러가지의 노력을 통하야 우리는 대체로 다음과 같은 결론을 얻는데 성공하였다.

첫째로 문화 또는 예술의 영역에 있어 일본제국주의가 지배하든 흔적을 일소해야 할 것.

둘째로 종래로부터 우리의 문화적 예술적 발전의 장애물이 되어오든 문화와 예술우에 남아 있는 봉건적 잔재를 청산할 것.

셋째로, 새로운 건설에 있어 외국문화의 섭취와 고전의 정당한 계승을 방해하는 국수주의적 경향을 배제할 것.

이리하여 진정한 의미의 근대적인 조선문화내지는 예술창조의 윤곽을 획한 것이요, 이렇게 그어진 윤곽속을 통하여 건설된 문화와 예술은 자연히 민족문화, 민족예술이라고 규정하게 된 것이다.15)

그는 〈조선문학가동맹〉 결성 이후 현 단계에 건설될 민족문화의 구체적 내용으로 '제국주의의 흔적 일소' '봉건적 잔재 청산' '국수주의적 경향 배제'16)로 요약한다. 그는 「조선 민족문학건설의 기본과제에 관한 일반보고」에서 해방된 지금 건설되어야 할 문학을 "민주주의적인 민족문학"이라고 지적한다. 민주주의적인 민족문학이란 일본제국주의 잔재의 소탕과 이 장애물을 제거하는 투쟁을 통하여 건설되는 "완전히 근대적인 의미의 민족문학"17)이다. 그는 1920～1930년대 프로문학의 계급문학과 민족문학의 대립 구도 설정에 대한 오류를 비판한다.

「민족문학의 이념과 문학운동의 사상적 통일을 위하여」에서 그는 "인민이외의 사람—왕후, 귀족, 영주, 승려들을 제외함으로써 봉건사회로부터 자본주의사회로의 전환기는 민족이라는 새로운 인간집합체"18)가 형성된다고 지적한

---

15) 임 화, 「조선에 있어 예술적 발전의 새로운 가능성에 관하여 – 민족문화건설전국회의에서 보고한 연설요지」, 『문학』, 1946. 7, 115면.

16) 임헌영은 좌익의 민족문학론의 '국수주의적 경향 배제'에 대해서 상당한 의미를 부여한다. "민족문화에서 흔히들 반제 · 반봉건으로만 이론적 향방을 좇는 입장은 이 당시 상황을 그릇 관찰한 결과라 할 수 있다. 즉 계급적 입장을 반국수주의로 집약시킨 것이 8 · 15 직후의 민족문학론이다."(임헌영, 「8 · 15직후의 민족문학관 – 문학가동맹과 민족문학론」, 『역사비평』, 1987. 가을, 144면)

17) 임 화, 「조선민족문학건설의 기본과제에 관한 일반보고」, 조선문학가동맹, 『건설기의 조선문학』, 조선문학가동맹 중앙집행위원회서기국, 1946. 6, 41～42면.

다. 봉건주의를 타도한 후의 사회는 자본주의 사회이며 시민사회이다. 이 시민사회는 특권자(왕후, 귀족, 영주, 승려)가 사라진 보통시민인 인민이 지배히는 인민적 사회이다. 이 인민의 이념을 기반으로 한 문학만이 민족문학이 될 수 있는 것이다. 인민만이 민족의 형성자이며 민족문학의 진정한 건설자인 것이다. 인민의 문학이 곧 민족문학인 것이다. 이 단계에서 임화의 민족문학론은 인민과 민족의 갈등 관계가 해소된다.

> 민족문학이라는 숭고한 개념은 편의에 따라서 선택되는 구호도 아니며, 일시의 방편으로 차용될 수단도 아니다.
> 더구나 진부한 문학적 반동가류의 견해를 합리화식히기 위한 구실은 더욱 될 수 없는 것이다. 민족문학은 우리 민족의 당면한 역사적 현실 가운데서 생성, 발전하여 나아갈 대문학의 사상적 예술적 본질이 통일적으로 표현된 개념이며 그 목적의 달성을 위하여 전노력을 경주하고 있는 문학가동맹의 움즉일 수 없는 실천목표일 다름이다.[19]

> 현대의 민족문학은 분명히 노동계급의 이념에 기초하여 있고, 노동계급은 또한 자기의 이념이 인민의 이념으로 될 것을 주장하고 인민의 이념이 또 민족의 이념이기를 요청한다. 그러나 노동계급이 자기의 이념을 인민의 이념으로 민족의 이념으로 요청함은 시민계급의 경우와 같이 자기가 인민과 민족의 특권적 지배자가 되기 위하여서가 아니라 자기와 더부러 모든 인민층이 목적의식을 갖이고 통일전선으로 결합하는 것을 도웁기 위함이다. 이 도움이 없으면 농민과 소시민은 제국주의와 봉건유제를 청산하고 민족을 해방하여 민주국가를 건설하는 전선에 자각적으로 결합되어 오기가 어려운 때문이다.[20]

〈조선문학가동맹〉의 실천 목표는 민족의 당면한 역사적 현실 가운데서 생성, 발전하여 나갈 문학의 사상적, 예술적 본질이 통일적으로 표현된 민족문학의 목적 달성을 위하여 전 노력을 경주하는 것이다. 현 단계의 민족문학이란 분명히 노동계급의 이념에 기초한 것이며, 노동계급의 이념이 인민의 이념이

---

18) 임 화, 「민족문학의 이념과 문학운동의 사상적 통일을 위하여」, 『문학』, 1947. 4, 11면.
19) 위의 글, 9면.
20) 위의 글, 14면.

며, 인민의 이념이 민족의 이념임을 요청하는 문학이다. 반제국주의성, 반봉건
성, 철저한 민주성에 입각한 노동계급의 이념은 민족의 이념이다. 이 노동계급
의 이념은 시민계급의 경우와 같이 자기가 인민과 민족의 특권자가 되기 위한
것이 아니라 노동계급과 함께 전 인민이 목적의식을 갖고 통일전선으로 결합하
는 것을 돕기 위한 이념이다. 따라서 그는 노동자계급을 위시한 농민과 중간층
의 진보적 시민을 기반으로 하는 인민성을 바탕으로 한 인민민주주의 민족문학
론을 정립한다. 결국 그의 문학론은 인민의 연대성에 기초한 민족문학론이
다.21) 기본적으로 그의 민족문학론은 객관적 현실과 연관된 문학 이념의 수립
을 강조한 것이다. 임화가 인식한 해방기의 객관적 현실이란 계급혁명의 단계
가 아니라 부르주아 민주주의 혁명 단계에 있다는 것이다. 이는 〈조선공산당〉
의 기본 노선인 현 단계의 혁명이 진보적 민주주의 국가 수립을 목표로 한 부
르주아 민주주의 혁명의 단계라는 설정의 충실한 반영이다.

이원조가 지적한 민족문학이란 "우리민족의 어느 일부 소수인이나 특권계
급의 이익을 옹호하고 생활감정을 표현하는 문학이 아니라 우리민족의 절대다
수인 노동인민이 민주주의적인 민족성원으로 다같이 행복된 생활에서 다같이
향락할 수 있는 민족전체의 문학"22)이다.

우리 민족이 해방된 오늘에 있어서 우리 문학은 어떠한 길을 걸어야할 것
인가. 일찌기 정치적으로 프로레타리아 예술운동이 민족해방투쟁이었고 계급

---

21) 임화가 인민성을 바탕으로 한 인민민주주의 민족문학을 수립을 강조한 이유는 무엇일
   까? "그것은 1930년대 후반 이래로 임화가 낭만주의론과 현실주의론 사이를 오가면서
   많은 고민을 했던 사실과 관련이 있는 것으로 보인다. 즉, 그가 주관적 일탈로 치달을
   가능성을 가진 낭만주의론에 경도되었다가 다시 자기 부정을 거쳐 사회주의 현실주의
   론으로 입장을 정리하는 등 새로운 문학이념의 정립을 위해 부단히 노력한 것은 그때
   까지 자신이 절대적 이념으로 신봉하고 있던 노동자계급의 당파성만으로는 더 이상 반
   파시즘 인민전선이 제출될 정도로 변화한 당시의 현실에 대처할 수 없었기 때문이라는
   것이다. 이런 고민의 연장선상에서 그는 해방이 되었을 때도 역시 노동자계급 당파성
   만으로는 변화된 현실정세에 적절하게 대응할 수 없으며, 새로운 이념의 창출이 불가
   피하다고 생각한 것으로 볼 수 있다."(김외곤, 「해방공간의 민족문학 논쟁과 카프의 문
   학이념」, 『문학사상』, 1995. 7, 42면)
22) 이원조, 「조선문학비평에 관한 보고」, 조선문학가동맹, 『건설기의 조선문학』, 조선문
   학가동맹 중앙집행위원회서기국, 1946. 6, 52면.

해방의 투쟁이 아니듯이 우리 문화운동도 계급문학운동이 아니었고 민족문학
해방인 것은 오늘에 와서도 사태는 조금도 다름이 없는 것이다. (……)
  우리 문학운동의 강령에는 '일본제국잔재의 소탕' '봉건잔재의 청산' '국수주
의배척'의 3항목을 길이 우리 민족문학의 자유스러운 발전을 도하거니와, 만
약 일본치하에서는 계급문학을 부르짓다가 해방된 오늘에 어찌 민족문학수립
을 도하느냐 한다면 첫째, 우리가 말하는 민족문학이란 민족주의 문학이 아니
라는 것을 밝히는 동시에 민족문학으로서 신문학이 제 발전과정에서 당연히
져야할 반일적 반봉건적 요소를 버리고 시민계급문학으로 전화하면서 민족문
화수립의 영도권은 당연히 반일적이요 반봉건적인 프로레타리아 문학진영으
로 넘어오는 것이지만 시민계급문학은 반일적이요 반봉건적인 요소를 포기했
을 뿐만 아니라 도리혀 고사야담, 궁정비화 등 봉건제도를 회상하고 과장하는
문학으로서 일제의 비호하에 서게되니 프로레타리아 문학은 이러한 비민족문
학적인 일체반동적 경향을 폭로하고 비판하고 공격하면서 반제국주의적이요
반봉건적이요 반국수주의적 민족문학수립의 정통을 계승해서 오늘날 그 과업
을 수행하려는 것이다. 그러므로 이것을 결코 계급문학이 아니고 민족문학이
라는 것을 강조하는 바이다.
  그러나 이러한 민족문학이란 결코 우리 민족문학의 어느 일부 소수인이나
특권계급의 이익을 옹호하고 생활감정을 표현하고 문학이 아니라 우리 민족의
절대다수인 노동인민이 민주주의적인, 민족성원으로 다 같이 행복된 생활에서
다 같이 향략할 수 있는 민족전체의 문학이 아니어서는 안되는 것이다.23)

그는 민족문학운동의 기본 내용을 임화와 마찬가지로 '일본제국잔재의 소
탕' '봉건잔재의 청산' '국수주의 배척'을 지적하면서 민족주의문학이나 계급문
학이 아니라 반제국주의적, 반봉건적, 반국수주의적 민족문학임을 강조한다.
따라서 민족문학이란 노동인민이 다 같이 행복한 생활을 향락할 수 있는 민족
전체의 문학이다. 청량산인(이원조)24)은 인민적 민주주의 민족문학이란 "새로
운 역사적 풍부한 전망과 진지 치열한 지향을 가져서 인민의 생활 감정을 조직

23) 이원조, 「민족문학확립에」, 『조광』, 1946. 3, 21~22면.
24) 청량산인(淸凉山人)은 독립운동가이자 시인으로 유명한 이육사(이원록)의 아우 이원
  조이다. 청량산은 경북 안동과 봉화의 경계에 있는 명산이며, 이 산 아래 안동군 도산
  면 원천동(원촌동)은 이육사와 이원조가 태어난 장소이다.(김윤태, 「조지훈」, 『역사비
  평』, 2001. 겨울, 28면)

하고 인민의 의식 정서를 제고시키는 인민속에서 창조되고 인민이 향락하며 유열하는 그러한 인민적 민주주의민족문학인 것"25)임을 역설한다.

임화는 지금 단계의 문학 이념이 민족의 이념이며 인민의 이념이며 노동계급의 이념임을 강조한다. 현대의 민족문학은 분명히 노동계급의 이념에 기초하고 있고, 노동계급은 또한 자기의 이념이 인민의 이념으로 될 것을 주장하고 인민의 이념이 또 민족의 이념이기를 요청한다. 현재의 단계에 있어서는 노동계급의 이념은 노동계급만의 이념이 아니라 인민 가운데 포함된 모든 계층의 공동의 이념이다. 이러한 그의 민족문학론은 이원조에 의해서 더욱 정교화된다.

> 조선에 있어 반제 반봉건의 민주개혁은 역사적으로 부르죠아지가 수행하는 것이 아니라 무산계급을 중심으로 한 전인민의 손으로 수행되는 것인 만큼 무산계급도 무산계급문화사상으로 영도되는 전인민적인 민족문화 가운데 있는 것이니 이러한 민주개혁을 함으로써 이러한 인민적 민족문화를 건설함으로써 무산계급의 계급적 해방과 무산계급의 계급문화가 수립될 가능성이 보장되는 때문이다. 다시 말하면 이러한 민주개혁과 민족문화건설은 전인민적 해방이며 전인민적 문화건설인 동시에 앞날의 무산계급의 독자적 해방과 독자적 문화건설의 터전을 닦는 것이다. 그리고 이것이 곧 오늘날 무산계급적 요구인 것이다. 그러므로 전인민적 민주개혁과 전인민적 민족문화건설은 무산계급의 계급성이나 이익과 완전히 합치되는 것이기 때문에 이와 반대로 무산계급독자의 계급성이나 이익만을 주장하는 것은 도리어 무산계급의 계급성을 말살하는 것이며 무산계급의 이익에 배치되는 것이다.26)

> 인민적 민주주의는 반봉건, 반제의 민주개혁에 있어 역사적 단계는 부르죠아혁명단계에 속하나 부르죠아지는 노쇄한 수사(垂死)의 제국주의은 변했으므로 이러한 민주개혁에 참가하지 못할 뿐만 아니라 인민의 착취자, 압박자 전제자로서 이 민주개혁에서 타도의 대상이 되고 그대신 이 개혁은 역사의 새 담당자인 프로레타리아트를 중심으로 농민, 인테리, 도시소시민의 전근로인민의 손으로 수행되는 민주주의인 것이다. (……) 세계 각 식민지 반식민지의 특수성에 따라 서로 다소간의 차이는 있으나 이것은 기본적으로 토지의 무상

---

25) 清凉山人, 「민족문학론 — 인민민주주의민족문학건설을 위하여」, 『문학』, 1948. 4, 107면.
26) 위의 글, 101면.

몰수, 무상분배, 중요산업국유화, 기타 언론 출판 집회 결사 신앙 파업 인격의
자유를 철저적으로 보장하는 민주주의이며 이러한 민주주의를 위해 싸우고 이
러한 민주주의의 정치 경제를 반영하는 것이 곳 우리가 말하는 인민적 민주주
의민족문학인 것이다.27)

이원조가 「민족문학론」에서 주장한 것은 민족문학의 이념에 철저한 것이
노동자계급의 독자성을 확보하는 길이라는 것이다. 현 단계의 무산계급의 요구
란 민주개혁과 민족문화건설이 전인민적 해방이며 전인민적 문화건설인 것과
함께 미래의 무산계급의 독자적 해방과 독자적 문화건설의 터전을 닦는 일이
다. 따라서 그는 전인민적 민주개혁과 전인민적 민족문화건설은 무산계급의 계
급성이나 이익과 완전히 합치되는 것이라고 지적한다. 이에 반해서 무산계급의
계급성이나 이익만을 주장하는 것은 오히려 무산계급의 계급성을 말살하는 것
이며 무산계급의 이익에 배치되는 것이다.

그는 반봉건, 반제의 민주개혁에 있는 지금의 역사적 단계에서 인민적 민
주주의는 역사의 주체인 프롤레타리아트를 중심으로 하여 농민, 지식인, 도시
소시민의 전 근로인민의 손으로 수행되는 민주주의임을 피력한다. 이를 기반한
문학이 인민적 민주주의 민족문학이다. 현 단계의 인민적 민주주의의 정치적
행동강령이란 인민이 민족의 주인공이 되어 인민의 자유와 평화와 행복을 위한
인민정권 하에서 인민의 자주독립국가를 건설하는 것이다. 이 행동강령에 따라
인민적 민주주의 국가건설을 위해 싸우고 이러한 국가에 복종하는 것이 인민적
민주주의 민족문학의 과제이다. 이에 반한 문학이란 인민의 문학이 아니며 민
족문학이 될 수 없는 것이다. 따라서 그의 주장은 민족문학의 이념에 철저한
것이 노동자계급의 독자성을 확보하는 길이라는 것이며, 이 문학이 인민적 민
주주의 민족문학인 것이다.28) 임화나 이원조의 인민적 민주주의 민족문학론

---

27) 위의 글, 104면.
28) 임헌영은 '계급문학론=민족문학론'이란 임화나 이원조 등의 〈조선문학가동맹〉의 주장
    에 대해 부정적인 평가를 한다. "민족문학론과 계급문학론은 일치시키고자 했을까라는
    문제는 프로동맹과의 이론적 대립을 해소시키려는 의도도 있었지만 너무 민족문학론
    을 이상화시킨 결과일 수도 없지 않다." "문학가동맹은 민족문학을 초기에는 구호로 내
    세웠을 가능성도 배제할 수 없으나, 프로동맹측으로부터의 이론적 공격을 방어하기 위

은 '민족문학=계급문학'의 논리를 기반으로 한 것이다. 임화·이원조가 중심이 된 〈조선문학가동맹〉의 민족문학론은 〈조선공산당〉의 기본 노선인 현 단계의 혁명이 진보적 민주주의 국가 수립을 목표로 한 부르주아 민주주의 혁명의 단계라는 설정에 충실한 문학론이다.

안함광은 한 좌담회에서 민족문학론을 '진보적 민주주의에 입각한 문학'임을 제시한다.

> 북조선의 문학노선은 어떠하냐? 한 말로 말한다면 진보적 민주주의에 입각한 민족문학을 창건, 수립하려는 것입니다. 남조선 문학자대회 회의록 가운데서 '근대적인 의미의 민족문학 창건'을 당면과업으로 하고 있는 글을 본 일이 있는데 이것은 옳지 못하다고 생각합니다.
>
> 그 이유를 말한다면 이론문제로 들어가야 하겠는데, 좌석의 성질상 이론의 문제로 들어가는 번폐(煩弊)는 약하고 한 말로 말하자면 우리가 수립하려는 국가가 근대적인 의미의 민주주의 국가인 것이 아니라, 진보적인 의미의 민주주의 국가인 거와 한가지로 우리가 수립하려는 문학도 근대적인 의미의 민족문학이 아니라 진보적 민주주의 민족문학을 수립하라는 것입니다.[29]

진보적 민주주의 민족문화의 궁극적 지향목표와 입장은 "노동자 농민 기타 근로대중의 기본적 요구를 실현하는 데 두어야 할 것이며 그의 당면적 과업은 일제잔재 세력과 봉건적 세력을 철저히 숙청한 기초 위에 민족통일전선을 촉성"[30]하는데 있다.

> 오늘날 정치적 과업이 프롤레타리아혁명이 아니라 진보적 민주주의 국가의 수립이라는 것은 두말 할 것도 없습니다. (……) 오늘의 진보적 민주주의의 당면사업은 하나가 '민족'의 문제이며 또 다른 하나가 '토지'의 문제이라 하겠

한 것과 순수문학과의 논쟁을 통하여 보다 정교화해가는 과정 속에서 계급문학과 거의 일치시키려는 경향을 노골적으로 드러냈을 가능성도 있다."(임헌영, 「8·15직후의 민족문학관 – 문학가동맹과 민족문학론」, 『역사비평』, 1987. 가을, 149면)

29) 한설야(외), 「북조선의 문화의 전모」(『민성』, 1947. 1~2), 『문예중앙』, 1995. 여름, 173면.

30) 안함광, 「민족문화론」(『해방기념평론집』, 1946. 8), 김재용·이현식(편), 『안함광 평론선집』 3, 박이정, 1998, 16면.

는데 '민족'의 문제는 민족 사상의 통일의 문제이며 '토지'의 문제는 봉건적 세력의 숙청의 문제입니다. 다시 말하면 '민족'의 문제는 가사 혈연과 생활지역과 언어와 생활양식과 풍속 등의 동일하다 하더라도 일체의 친일파 민족반역자 등의 반민족적 반민주주의적 악질분자들을 깨끗히 소탕한다는 문제가 아닐 수 없겠으며 '토지'의 문제는 봉건적 토지착취제의 문제가 아닐 수 없겠는데 이 후자는 목하 북조선 토지개혁령의 실시로써 구체적으로 집행 중에 있다는 것은 만인공지의 사실입니다.[31]

현재의 북조선 인민에게 부여된 최고의 임무는 프롤레타리아혁명이 아니라 진보적 민주주의 국가를 수립하는 것이다. 현재의 당면과제는 친일파, 민족반역자 등의 반민족적 반민주주의적 악질분자들의 소탕과 봉건적 토지착취제의 철폐이다. 그가 주장한 진보적 민주주의 국가 수립의 현실적 근거는 바로 북한의 '무상몰수 무상분배' 원칙에 입각한 토지개혁(1946. 3. 5~8)[32]의 전면적 실시이다. 그는 이러한 현실적 근거에 입각하여 진보적 민족문학론을 주장한다. 그의 민족문학론에서 가장 선결 문제인 '계급'과 '민족'의 갈등 문제, 민족문학과 계급문학의 관계 설정이 중요한데, 이를 집중적으로 설명한 것이 「민족문학재론」이다. 이는 민족문학과 계급문학이 모순되는 것이냐, 모순되지 않는 것이냐, 모순되지 않는다면 어떠한 모양으로 모순되지 않느냐에 대한 것이다.

한말로 하자면 민족이란 것은 언어와 영토 경제생활 및 문화의 공통성에 나타나는 심리적 정신상태의 공통성에 의해서 결합된 인간의 역사적으로 형성된 항구적인 공동체이다. 이렇게 민족이란 개념에 대한 생물학적 견해 또는 일체의 관념론적 이해를 떠나서 과학적인 유물론적 이해를 가질 때 민족형성의 필수적 조건의 하나인 심리적 정신상태의 공통성이란 것도 생활조건의 변동과 발전에 따라 질적으로 변동하며 발전하게 될 것은 두말 할 것이 없다. 따

---

31) 위의 글, 15~16면.
32) 1946년 3월 5일 북조선임시인민위원회는 「북조선토지개혁에 관한 법령」을 제정·공포하고, 3월 8일 「토지개혁법령에 관한 세칙」을 공포한다. 토지개혁 법령에서 말하는 소유의 개념이란 "일반적으로 알고 있는 소유의 개념이 아니라 '경작권 내지 관리권'이나 다름 없"는 것이다. 이후 북한의 1953년에서 시작되어 1958년에 완료된 농업협동화로 농민의 실질적인 토지소유권은 소멸한다.(조용관, 「북한 가족정책의 변화와 전통적 가정문화」, 『복지행정연구』(안양대) 14, 1998. 11, 291~293면)

라서 민족의식이란 것도 당해 시대의 물질적 조건에 의하여 추출되어지며 제
약되어 지는 것이니 결코 언어라든가 생활풍습의 공통성이라는 것이 민족의식
의 결정적 조건일 수는 없는 것이다.33)

민족은 언어와 영토 경제생활 및 문화의 공통성에 나타나는 심리적 정신상
태의 공통성에 의해서 결합된 인간의 역사적으로 형성된 항구적인 공동체이다.
이 민족이 가지는 의식이란 것도 생활조건의 변동과 발전에 따라 변동하며 발
전하는 것이다. 현재 진정한 민족통일을 쟁취하기 위하여 민족통일을 반대하는
모든 친일파나 민족반역자를 제외한 그의 태도는 민족에 대한 과학적 유물론적
견해 위에 기초하고 있다. 현 단계에서는 계급적 존재를 부인할 수 없는 것이
며 민족통일전선의 쟁취가 결코 계급적 존재를 부인하거나 계급적 의식을 억압
하는 것은 아니다. 그는 민족의식이란 계급의식과 모순되는 것일 수는 없다고
강조한다. 조선의 현 단계에서 인민의 이익과 인민의 행복을 옹호하는 인민의
나라를 수립하는 것이 선결 과제이며 이러한 발전과 함께 민족의식도 발전하게
되는 것이다. 이런 생활의 역사적 발전과 함께 발전하는 민족의식이 계급의식
과 모순되지는 않는다. 지금의 조선에 있어서는 민족사회생활의 발전은 또한
계급사회생활의 발전 및 자기양기를 약속하고 있는 것이기 때문에 민족문학은
계급의식을 무시하지 않으며, 사회발전의 역사적 본질과의 관련 위에서 민족의
식과 계급의식의 통일을 문학적으로 창조 형상화할 충분한 현실적 조건과 가능
성을 가지고 있다.

민족문학에 있어서의 민족의식과 계급의식은 모순되어지지 않으며 그가 주
장하는 바 계급성과 민족성은 상충되지 않는 것이니 우리가 여기에서 아무 주
저없이 단정할 수 있는 것은 민족문학은 계급적 내용을 가질 수 있으며 따라
서 민족문학과 계급문학은 결코 대립물이 아니라는 점이다. 그러나 민족문학
에 있어서의 계급적 내용이란 것은 오늘에 있어 무산계급의 독재정치를 세우
려는 것이 아니라 진보적 민주주의의 방향을 걷고 있다는 것은 주지의 사실이
다. 이것은 정치적 현단계의 특성 좀 더 기반적인 의미에서는 낙후된 조선현

---

33) 안함광, 「민족문학재론」(『민족과 문학』, 문화전선사, 1947), 김재용·이현식(편),
    『안함광 평론선집』 3, 박이정, 1998, 29면.

실의 객관적 조건에 의한 제약인 것은 두말 할 것이 없다.

근로 인민대중의 진보적 민주세력이 영도하는 반일제, 반봉건의 문학이며 진보적 민주주의 내용을 민족적 형식으로 표현하는 민족문학은 계급적 현실의 본질을 민족생활의 전적 발전과의 연계 위에서 포착 형상화함에 있어 아무런 주저도 가지지 않았다는 점에 있어 계급문학과 공통되어지면서 다른 한편에 있어서는 그 당면적인 방향과 목적이 무산계급 독재정치의 실현에 있는 것이 아니라 진보적 민주주의 국가 수립에 있다는 점에 있어 그것과 구별되어지는 것뿐이다.34)

민족문학은 계급적 내용을 가질 수 있기 때문에 민족문학과 계급문학은 결코 모순되는 것은 아니다. 민족문학에 있어서는 계급적 내용은 현 단계에 있어 무산계급의 독재정치를 세우려는 것이 아니라 진보적 민주주의의 국가 수립을 목적으로 하기 때문에, 이것은 정치적 현 단계의 특성으로서 낙후된 조선 현실의 객관적 조건에 의해 제약되는 것이다. 이러한 그의 민족문학론은 민족문학이 계급적 현실의 본질을 민족생활의 전적 발전과의 연계 위에서 포착 형성하는 점에서 계급문학과 공통되면서 그 당면적인 방향과 목적이 무산계급 독재정치의 실현에 있는 것이 아니라 진보적 민주주의 국가 수립에 있다는 점에서 계급문학과 구별될 뿐이라는 것이다. 결국 그의 진보적 민족문학이란 인민대중의 진보적 민주세력인 프롤레타리아를 중심으로 진보적 민주주의 내용을 민족적 형식으로 표현하는 문학이다.

이원조가 지적하는 현 단계에서 인민적 민주주의 민족문학은 프롤레타리아를 중심으로 농민, 인테리, 도시소시민의 전근로인민의 손으로 수행되는 민주주의를 기반으로 한 문학이다. 그는 민족문학의 이념에 철저한 것이 노동자계급의 독자성을 확보하는 길이며, 이 문학이 인민적 민주주의 민족문학이라는 것이다. 따라서 안함광의 '진보적 민주주의 민족문학'과 이원조의 '인민적 민주주의 민족문학'은 민족문학의 이념적 성격이나 구체적인 내용에 있어서는 일치하고 있다. 그들의 민족문학론은 '민족문학=계급문학'의 논리를 바탕으로 한다. 특히 이 논리는 1920~1930년대 프로문학이 계급문학과 민족문학의 대

---

34) 위의 글, 38면.

립 구도 설정에 대한 오류를 수정한 것이다. 임화나 이원조가 민족성에서 계급성의 방향으로, 안함광이 계급성에서 민족성의 방향으로 접근하여 도출한 것이 바로 '민족문학=계급문학'의 논리이다. 이 접근 방향의 차이는 남한과 북한의 현실적 상황에 기인한다.

임화나 이원조의 민족문학론은 월북 이후 북한 문예학자들에게 집중적인 비판을 받는다. 북한의 비평가들은 임화가 계급문학을 부정하고 부르주아 반동문학을 선전하고 이승만 정권에 기여한 것이라고 비판한다. 그러나 임화의 민족문학론이 계급문학을 부정한 것이 아니라 단지 현 단계의 민족문학이 인민성을 기반으로 한 근대적인 민족문학의 건설의 단계에 있다는 설정이다. 계급문학의 부정이나 부르주아 반동문학을 선전한 것이란 비판은 결국 남로당 숙청과 관련된 정치적 개입에 의한 것이다.

2. 프로문학론

임화나 이원조를 중심으로 한 〈조선문학건설본부〉에서 그 연장선상에 있는 〈조선문학가동맹〉의 문학론은 인민 연대성을 기초로 한 민족문학론이다. 한효나 안막 등이 제시한 〈조선프롤레타리아예술동맹〉이나 그 연장선상에 있는 〈북조선문학예술총동맹〉의 문학론은 계급성에 기초한 민족문학론이다. 한효나 안막은 임화나 이원조가 제시한 노동자계급을 위시한 농민과 중간층의 진보적 시민을 기반으로 하는 인민성을 바탕으로 한 인민민주주의 민족문학을 비판한다. 그들의 비판의 핵심은 임화나 이원조 문학론의 기만적인 타협주의와 비계급성에 대한 것이다.

한효는 「예술운동의 전망」에서 "예술은 그자신이 한개의 이데올로기-적 형태이기 때문에 결코 허식과 정책적인 가장을 허용치 않는다"고 전제한다. "정치는 그 정책에 따라 모종의 가장도 할 수 있고 또 타협해서는 않될 것과 타협도 하고 받어드리어서는 않될 것을 받어드릴 수도 있다. 그러나 예술은 그 자신이 이 이데올로기-적 형태인 까닭에 이러한 가식을 불허한다." "정치는 경우에 따라 당파성을 초월하야 민족통일전선도 만들 수 있고 인민전선을 구성할 수도

있으나 예술은 어떠한 경우에 있어서든지 초계급적일 수가 없고 쏘한 초당파적
일 수가 없다." 그는 "당파성을 초월한 어떠한 이데올로기—도 존재할 수 없"[35]
다고 지적한다. 그가 주장하는 가장 정당한 예술이론이란 프롤레타리아 예술론
인 것이다.

> 어떠한 정치적 목표를 위하야 우리의 예술을 떳떳이 내세우지 못하고 막연
> 한 민족문화니 문화의 인민적 기초이니 하는 따위의 허식이 필요하다고 생각
> 하는 것은 실로 푸로레타리아―트의 현실에 대한 태도를 비계급적인 것으로 쏘
> 는 반푸로레타리아트적인 것으로 변경해야된다는 생각과 동일하다고 말하지
> 않을 수가 없다. 따라서 그것은 우리의 주체적인 예술운동과 계급의식의 형태
> 로서의 예술의 본질성을 거부하는 가장 위험한 경향이다.
> 우리는 금후 우리의 예술운동의 질적 앙양과 더부러 일체의 반동적 비계급
> 적 예술이론과 싸우지 않으면 아니된다. 이 싸움이야말로 한개의 숙명적인 것
> 이며 동시에 맑스주의예술이론의 결정적인 승리를 보증하는 것이다. 이러한
> 경우에 있어서 우리가 항당(恒當) 적을 극복시킬 수 있는 최대의 가능성은 우
> 리의 예술이 가장 진보적인 계급이며 쏘한 역사가 그의 승리를 보증하고 있는
> 계급―즉 푸로레타리아계급의 현실에 대한 태도의 표시인 점에 있다는 것을
> 이해하지 않으면 아니된다. 말하자면 적의 이론의 극복을 위해서는 우리는 어
> 떠한 경우를 막론하고 푸로예술을 내세우고 우리가 맑스주의자라는 것을 표명
> 하지 않으면 않된다. 그것은 푸로레타리아예술이론만이 가장 정당한 예술이론
> 인 까닭이다.[36]

그는 〈조선문화건설중앙협의회〉의 활동의 근본적인 오류가 주체적인 조직
활동의 거부이며, 이는 철두철미한 타협주의에 있다고 비판한다. 이 타협주의
는 바로 그들의 비계급성의 근원인 것이다. 그 비판의 구체적인 내용으로 "중간
파를 획득한다느니 광범한 문화인을 조직한다느니 하는 정치적 지표는 그들의
이데올로기-의 타협성을 은폐하기 위한 좋은 용어"이고, "그들은 중간파를 획
득하기 전에 그들 자신이 이미 중간파가 되어 있었든 것"이다. 그는 "중간파의
획득 광범한 문화층의 조직화! 이것은 우리 예맹 및 각 동맹원의 당면적인 거

---

35) 한 효, 「예술운동의 전망 - 당면과제와 기본방침」, 『예술운동』, 1945. 12, 2~3면.
36) 위의 글, 3~4면.

대한 투쟁목표"37)라고 표나게 드러낸다. 이러한 사실을 생각해 볼 때, 한효는 〈조선문화건설중앙협의회〉의 비계급성을 비판하면서 〈조선프롤레타리아문학동맹〉의 계급성을 강조한 것이다. 따라서 그는 〈조선프롤레타리아문학동맹〉의 지금 과제가 프롤레타리아 문학의 확립에 있음을 강조한다. 결국 그는 가장 진보적인 계급인 프롤레타리아 계급을 중심으로 하는 계급성에 기초한 프로문학론을 주장한다.

안막은 「조선문학과 예술의 기본임무」에서 조선 민족의 신민주주의 문화건설을 사실상 장해하고 있는 일체의 기회주의적 편향의 극복을 위한 과감한 투쟁을 지적한다.

> 오늘날 문화 예술 건설의 극좌적 기회주의자들은 첫째로 현단계 조선 혁명의 새로운 민주주의적 성질을 왜곡하고 민주주의 민족 통일 전선이란 것이 무산 계급이 영도하는 '각 민주 계급 연합전선'임을 이해치 못하고 비원칙적 투항주의적 통일 전선을 환상하고 있으며 둘째로 이들 사이비 맑스레닌주의자들은 '민족 문화'라는 개념에 '민족'이란 것을 그 근거에서 분리시키어 다시 말하면 민족을 구성하는 구체적 계급관계에서 분리 시키며 추상적인 민족의 개념을 날조하고 주장하고 있다.
>
> 그리하여 그들은 '민족 문화의 초계급성'을 주장하였으며 조선 민족 문화를 형성하는 기본적 동력인 무산 계급 문화를 부정하고 무산 계급 문화사상의 영도를 반대하지 않을수 없던 것이다.38)

그는 〈조선문학가동맹〉을 '극좌적 기회주의자들'39)이나 '사이비 마르크스-레닌주의자들'로 규정하고 무산계급 문화사상의 영도를 반대하고 있다고 비난한다. 그의 구체적 비판 내용은 〈조선문학가동맹〉의 민주주의 민족전선이 무산계급이 영도하는 '각 민주계급 연합전선'이라는 사실을 이해하지 못하고 비원칙적이고 투항주의적인 통일전선을 환상하고 있고, 그들이 주장하는 '민족문화'

---

37) 위의 글, 6면.
38) 안 막, 「조선문학과 예술의 기본임무」(『문화전선』, 1946. 7), 이선영·김병민·김재용(편), 『현대문학 비평 자료집』 1, 태학사, 1993, 65면.
39) 안막은 「조선문학과 예술의 기본임무」에서 '극좌적'으로 표기한 것을 「조선민족문화건설과 민주주의 노선」에서 '극우적'으로 고쳐 사용한다.

의 '민족'은 구체적 계급관계에서 분리된 추상적인 민족 개념을 날조한 것이다. 따라서 그는 그들이 조선 민족문화를 형성하는 기본적 동력인 무산계급문화를 부정하고 무산계급 문화사상의 영도를 반대할 수밖에 없다고 주장한다.

그는 현 단계 혁명 과정이 "의연히 자산계급 민주주의적 성질을 가진" 자산계급 민주주의 혁명, 신민주주의 혁명과정에 놓여 있는 것이지, "사회건설을 목적으로 하고 있는 무산계급 사회주의적 성질을 가진" 혁명 단계가 아님을 지적한다. 이에 따라 현 단계에 새로 건설된 민족의 민주주의 문화는 "무산계급과 그 문화사상이 영도하는 인민대중의 반제, 반봉건 반팟쇼적 문화며 일체의 자본주의문화를 반대하는 문화는 아니다." 이 신민주주의문화는 "조선민족의 영토, 생활환경, 생활양식, 전통, 민족성 등의 '민족형식'을 통하여 형성되고 발전됨으로써 '내용에 있어서 민주주의적 형식에 있어서 민족적' 문화"40)이다.

> 현단계에 있어서 건설될 신민주주의문화는 무산계급과 무산계급문화가 영도하는 인민대중의 반제국주의적 반봉건주의적 문화인 것이다. 참으로 조선인민대중적 문화는 무산계급만이 영도할 수 있는 것이고 자산계급이 영도하는 문화는 인민대중에 속할 수 없는 것이다.
> 이러한 조선민족의 민주주의문화는 우리 민족의 영토 생활환경 생활양식 언어습관 전통과 민족성에 의하여 민족형식을 통함으로써 "내용에 있어서 신민주주의적, 형식에 있어서 민족적"(모택동) 문화며 사회주의 사회에 있어서의 "내용에 있어서 사회주의적, 형식에 있어서 민족적"(쓰딸린) 문화는 아직도 아닐 것이다.41)

그는 민족문화건설의 민주주의 노선을 정확하고 구체화하기 위하여 "일체의 반인민적 반무산계급적인 반동적 문화건설의 주장과 의도에 대한 과감한 투쟁"이 필요하며, 현 단계 문화예술 전선에 잠입해 있는 "극우적 극좌적인 일정의 기회주의적 편향을 극복을 위한 투쟁"이 있어야 함을 피력한다. 이를 극복한 신민주주의 문화론은 "무산계급과 무산계급문화가 영도하는 반제국주의적 반

---

40) 안　막, 앞의 글, 61면, 63면.
41) 안　막, 「조선 민족문화 건설과 민주주의 노선」(『해방기념평론집』, 1946. 8), 이선영·김병민·김재용(편), 『현대문학 비평 자료집』 1, 태학사, 1993, 109면.

봉건주의적 문화며 민족적 인민대중적 과학적 문화"42)를 기반으로 한 것이다.

마오쩌둥(毛澤東)의 '신민주주의론'에서는 현 단계의 혁명은 기본적으로 부르주아 민주주의 혁명 단계이며 그 객관적 요구는 자본주의의 발전을 위한 길을 닦는 것임을 지적한다. 신민주주의론은 현 단계가 아직 프롤레타리아 사회주의 혁명이 아니라 새로운 형태의 부르주아 민주주의 혁명이지만 이미 프롤레타리아 사회주의 세계혁명의 일부분임을 강조한 것이다. "민족적, 과학적, 대중적 문화가 바로 인민대중의 반제, 반봉건적 문화이며 신민주주의적 문화이며 중화민족의 새 문화이다."43) 신민주주의 문화는 "민족적 특성과 서로 결합하여 일정한 민족적 형식"에 "민주주의적 내용"을 담은 문화이다. "중국문화는 자신의 형식을 가져야 하는 바 그것이 곧 민족적 형식이다."44) 그러나 스탈린이나 마오쩌둥의 유명한 명제는 프롤레타리아적 내용이나 신민주주의적 내용이 민족적 구체성을 통하여 표현된다는 것이지 문학적 개념은 아니다. 특히 민족적 형식이란 문학에서 민족적 특성으로 구체화된 것으로, 민족적 특성은 민족적 형식의 구체적 형상화이다. 결국 안막의 신민주주의 문화론이란 마오쩌둥(毛澤東)의 신민주주의론을 기계적으로 적용한 것이다.

〈조선문학가동맹〉과 〈북조선문학예술총동맹〉의 차이점은 민족문학의 이념적 성격이나 구체적인 내용은 유사하지만, 프로문학의 헤게모니 장악에 대해 상반된 이해에 기인된다. 〈조선문학가동맹〉은 프로문학의 헤게모니 장악에 대한 유보적 입장인데 반해, 〈북조선문학예술총동맹〉은 가장 선결적인 문제로 파악하고 있다.

〈조선문학가동맹〉의 민족문학론은 당의 테제와 그것의 문학적 적용을 통한 부르주아 민주주의 혁명의 완수를 목표로 한다. 그들의 문학론은 정치의 일부분으로서 실천 방안 모색의 과정이라고 할 수 있다. 좌파의 문학론은 조선의 현 단계를 '부르주아 민주주의 혁명'으로 설정하고, 이 단계를 넘어선 높은 차원의 '프롤레타리아 혁명'에로의 전환을 가장 중요한 문제로 설정한다. 〈조선프

---

42) 위의 글, 110면, 109면.
43) 毛澤東, 「신민주주의론」(1940. 1), 『모택동 선집』 2, 김승일(역), 박영사, 2002, 420~421면.
44) 위의 글, 419면.

롤레타리아예술동맹〉의 민족문학론은 계급성을 강조한 문학으로, 프로문학의 헤게모니 장악이 가장 선결적인 문제로 파악하는 입장을 가진 문학론이다. 이러한 입장은 〈북조선문학예술총동맹〉에게 그대로 이어진다. 따라서 이런 문학론적 입장은 이성적 사유를 중심으로 하여 바람직한 사회 구현이라는 목적을 지향하는 근대주의 문학론이다. 이 좌익의 문학론은 '진보'라는 믿음을 바탕으로 한 정치와 문학의 일원론을 지향하는 문학론이다.

이 좌파의 민족문학론은 중심과 주변을 구분하는 근대 계몽주의 이분법적 원리이다. 근대 계몽주의적 이분법이란 이성적인 부분과 비이성적인 부분, 깨인 부분과 깨이지 못한 부분을 구분하고 이성적인 부분, 깨인 부분, 선진적인 부분의 중심성을 강조한다. 이 논리는 선진적 부분과 후진적 부분으로 분할하는 근대적 이분법에 기초한 것이다.45) 좌파의 진보적 민족문학론이 이성과 진보성의 강조, 반이성과 보수성에 비판이라는 근대 계몽주의적 이분법의 논리를 담고 있다. 이는 '근대적인 민족문학론'이나 '진보적인 민족문학론'에 대한 주장만 있지, 이 문학이 가질 수 있는 퇴행성에 대한 구체적인 논의는 결여되어 있다.

3. 리얼리즘론

진보적 리얼리즘은 식민지 시대 프로문학의 공식주의에 대한 자기 비판의 성격을 가진 것으로 사회주의 리얼리즘을 조선의 현실에 그대로 적용될 수 없다는 내부 입장을 수용한 측면을 갖고 있다. 진보적 민족문화 수립 과정에서 필요한 진보적 정신과 현실 반영의 원리가 '진보적 리얼리즘'이다. 진보적 리얼리즘은 민주개혁의 지향점과 창작방법론의 발전단계를 복합적으로 고려하여 쓰이는 용어이다.

9. 이러한 여러 가지 문화활동에 잇어 방법과 형식은 각자의 영역과 개성에 싸라 상당한 굴신성의 자유를 부여할 수 잇스나 예술활동에 잇어 기본방향은

---

45) 이진경, 『맑스주의와 근대성』, 문화과학사, 1997, 59~60면.

혁명적 로만티시즘과 진보적 리아리즘이 기조가 되지 안흐면 아니된다. 진보
적 민족문화수립과정에 잇어 형식의 이러한 특색은 내용의 충실을 전제로 하
는 것으로 작가, 예술가는 민중 가운대에 자기를 두어야 할 쑨 아니라 급속히
그 사상적 내용을 충실히 하기 위하야, 조선혁명의 성질과 임무에 대한 깊은
신념과 투철한 지식을 갓기 위하야 문화의 진보적 정신에 의한 재교양이 필요
할 것이다.46)

〈조선공산당〉 중앙위원회의 결정서(잠정안)에서는 예술활동의 기본 방향을
'혁명적 낭만주의'와 '진보적 리얼리즘'으로 잡고 있다. 김남천은 「새로운 창작
방법에 관하여」(『중앙신문』, 1946. 2. 13~16)에서 진보적 민주주의 건설을 위
한 투쟁과 관련된 민족문학의 건설을 위한 새로운 창작방법을 '혁명적 낭만주
의'와 '진보적 리얼리즘'에 입각할 것을 지적한다.

이러한 리알리즘이 현실적으로 진보적 리알리즘이어야하는 까닭은 어데 있
으며 또 그것이 혁명적 로맨티시즘을 계기로서 내포하지 안으면 아니되는 까
닭은 어데 있는 것일까.
그것은 첫재로 우리가 거족적으로 총역량을 결집해서 싸우고 승리적으로
해결하여야 할 민족적 역사적 과제가 진보적 민주주의의 건설이라는데 있지
안으면 아니되겠다. (……)
둘째로 그것은 과학적 유물론 더 명확히는 유물변증법과 맞붙는 리알리즘
이 아니면 아니되겠다. 왜 그런고하면 리알리즘은 언제나 그대로 리알리즘이
아니오 구체적으로는 어떤 세계관과 관련하는 것이므로 우리는 현실을 유동성
과 발전성에 있어서 파악하는 과학적 유물론의 무장없시 진정한 진보적 리알
리즘을 이해할 수 없다고 생각한다.
셋째로 그것이 혁명적 로맨티시즘을 커다란 계기로 하여야하는 이유는 무
엇일까. 도대체 로맨티시즘의 토대가 되는 것은 현실에 만족치 안고 명일과
미래에로의 부단한 전진 다시말하면 현실적인 몽상 미래를 위한 의지 가능을
위한 치열한 꿈 등인 것인데 일본제국주의에 의하여 해방은 되었으나 국수주
의와 봉건적 잔재와 일본제국주의적 잔재를 소탕하고 토지문제의 혁명적 해결
과 전취에 의하여 비로서 민주주의적 과제의 해결을 볼 수 있는 현재의 민족

---

46) 조선공산당 중앙위원회, 「조선민족문화건설의 노선(잠정안)」, 『신문학』, 1946. 4,
143면.

적 과제야말로 이것을 위하여 싸우는 민족의 거대한 꿈과 영웅적인 정신과 함
께 정히 민족의 위대한 로맨티시즘이 아닐 수 없기 때문이다.47)

그는 국수주의, 봉건적 잔재, 일본 제국주의적 잔재 소탕, 토지문제의 혁명
적 해결과 전취라는 민족적 과제 해결이라는 진보적 민주주의 혁명의 단계에
있는 현 시점에서 민족적 거대한 꿈과 영웅적인 정신을 그리는 혁명적 낭만주
의에 근거한 과학적 유물론을 기반으로 한 진보적 리얼리즘을 강조한다. 이는
지금의 민족적 역사적 과제가 진보적 민주주의의 건설에 있기 때문에 진보적
리얼리즘이고, 현실을 유동성과 발전성에서 파악하는 과학적 유물론으로 무장
한 리얼리즘이며, 현실에 만족하지 않고 내일과 미래에로의 부단한 전진, 다시
말하면 현실적인 몽상, 미래에 대한 의지, 가능을 위한 치열한 꿈 등을 가진 리
얼리즘이다. 따라서 그가 지적한 창작방법론이란 "혁명적 로맨티시즘을 계기로
내포한 진보적 리알리즘이란 하나의 종합적인 스타일을 갖추는 민족문학의 수
립의 커다란 기본적 창작태도"48)이다.

그는 먼저 리얼리즘을 "객관적 현실을 주로해서 주관을 그에 종속시키는
것"으로 "현실을 선입견을 가지지 않고 현실을 있는 그대로를 그리려고 하는 태
도"이며, 아이디얼리즘을 "주관적 관념을 주로해서 객관적 현실을 이에 종속시
키는 것"으로 "현실에 선입견을 가지고 임하여 그것으로써 현실을 재단할려는
창작태도"49)로 정의한다. 그의 이러한 해석은 리얼리즘과 자연주의의 변별성
을 모호하게 만든다. 그가 지적하는 '객관적 현실을 주로 해서 주관을 종속시키
는 것'이란 자연주의의 "현실의 직접적 재생산의 철저한 주관화"50)이다. '현실
을 선입견을 갖지 않고 현실을 그대로를 그리려고 하는 태도'는 리얼리즘의 선
택 원리인 '시각(perspective)'의 문제에 위배된다. 리얼리즘의 선택 원리인 시
각이란 "한 작가가 그의 세부묘사를 선택하고 자연주의적 함정을 피하는 기준

---

47) 김남천, 「새로운 창작방법에 관하여」, 조선문학가동맹, 『건설기의 조선문학』, 조선문
　　학가동맹 중앙집행위원회서기국, 1946. 6, 168~169면.
48) 위의 글, 169면.
49) 위의 글, 166면.
50) G. Lukács, 「예술과 객관적 진리」, 이춘길(편), 『리얼리즘미학의 기초이론』, 한길사,
　　1985, 50면.

으로서 작용하는가를 보여주어야" 한다. 리얼리즘은 "본질적인 것의 선택이고 비본질적인 것의 제거"[51]이다. 결국 그가 지적하는 리얼리즘이란 자연주의의 다른 이름에 불과한 것이다. 그가 리얼리즘을 작가가 현실을 그리는 방식이나 양식으로 이해한 것은 소련의 사회주의 리얼리즘에 대한 논쟁에서 집중적으로 비판받는 견해[52]이다.

김남천의 혁명적 낭만주의를 내포한 진보적 리얼리즘은 민주변혁기의 '변형된 사회주의 리얼리즘'[53]의 형태이다. 사회주의 리얼리즘은 "이제까지 세계의 예술적 전유의 모든 긍정적인 계기를 내포한다는 점을 '혁명적 낭만주의'라는 개념"으로 설명한다. 그러나 "현실에 대한 과학적 인식없이 단지 주관적으로 '원하는 것, 가능한 것을 덧붙일 때'는 루카치의 표현대로 '경제적 주관주의의 미학적 대응물'에 불과할 것이다." 이는 사회주의 리얼리즘론에 대한 오해를 불러 일으키는 "긍정적인 전범으로서의 주인공, 주요갈등의 직선적 명료성, 낙관적 결말 등의 '무갈등 이론'으로 흐를 위험성"[54]도 가진다. 이러한 혁명적 낭만주의는 사회주의 리얼리즘 방법 개념에 대한 이해에서 사회주의 리얼리즘을 교조화시키는 위험성을 내포한다. 그의 진보적 리얼리즘이란 자연주의와 혁명적 낭만주의를 기계적으로 결합한 것으로, 현실을 주관적으로 추상화시키는 위험을 다분히 안고 있다.

한효의 진보적 리얼리즘이란 인민과 함께 생활하고 투쟁하고 건설하는 인민적 현실인 가장 진보적인 현실을 그리는 새로운 창작방법이다.

> 인민적 현실이 가장 진보적인 현실일 것은 더 말할 필요가 업는 일이다. 왜 그러냐하면 인민과 함께 생활하고 투쟁하고 건설한다는 그 생활자체가 이미 진보적인 현실인 까닭이다. 그럼으로 우리는 이러한 진보적 현실을 그리는 새로운 창작방법을 진보적 리얼리즘이라고 규정하는데 추호의 이의도 업다. 우리의 모든 리얼리즘론은 여기서 새로운 결론을 엇게 되엇다. 진보적 리얼리즘

---

51) G. Lukács, 『우리시대의 리얼리즘』, 문학예술연구회(역), 인간사, 1986, 53면.
52) 김영룡, 「사회주의 현실주의 논의의 역사적 전개에 관한 일 고찰」, 문학예술연구소
(편), 『현실주의 연구』 I, 제3문학사, 1990, 24~25면.
53) 하정일, 「해방기 민족문학론 연구」, 연세대 박사, 1992, 129면.
54) 김영룡, 앞의 글, 23면.

은 푸로레타리아 리알리즘 유물변증법적 창작방법 사회주의리알리즘 등의 모든 리알리즘론을 거처서 도달한 우리문학의 최고의 창작 방법이다. (……) 진보적 리알리즘은 우리의 민족문학의 지도적 스틸-이다. 그것은 오늘의 인민대중의 거보속에서 싹트기 시작하는 새로운 진보적 사회관계의 산물이며 동시에 우리민족의 온갖 선행적인 문화발전의 소산이다. 그럼으로 우리는 진보적 리알리즘이 다만 역사적 귀결일 쑌 아니라 새로운 시대의 결과라는 것을 강조한다. 우리가 인민의 일원으로써 새로운 시대의 위대한 기초를 축조하는 과정에 잇다는 것 민족문화건설의 진보적 단계에 입각해 잇다는 것 이러한 사정이 우리에게 진보적 리알리즘의 창작방법을 제창할 가능성을 부여하엿다.55)

그는 진보적 현실을 그리는 새로운 창작방법인 진보적 리얼리즘이 모든 리얼리즘론을 거쳐서 도달한 우리 문학의 최고의 창작방법이며 민족문학의 지도적 스타일이라고 지적한다. 현 단계는 인민의 일원으로서 새로운 시대의 위대한 기초를 축조하는 과정에 있다는 것, 민족문화 건설의 진보적 단계에 입각해 있다는 점에서 진보적 리얼리즘의 창작방법을 제창할 가능성을 부여한다. 그는 "모든 제국주의적 문화잔재와 봉건적 질곡에 항쟁하고 민족의 해방 국가의 완전독립 토지문제의 평민적 해결을 위한 인민대중의 투쟁"56)이라는 진보적 현실이라는 현 단계의 차이로 진보적 리얼리즘과 사회주의 리얼리즘을 구별한다.

진실로 인민의 편이 된 작가 쏘는 편이 되려고 하는 작가에 의하야 창조된 문학—그것은 곳 인민의 문학이다—만이 사회의 온갖 모순 발전의 제경향 인민혁명의 승리의 역사와 그 근원 그리고 건설되는 인민정권의 역사적 예견 등에 잇서서 그리여지는 현실의 의의를 예술적 형상을 빌어서 완전히 체현할 수 잇다.

그럼으로 참으로 인민의 편이 된 작가는 자기 임무를 인민대중의 과업에다 공연하게 결부한다. 그 창작에의 충동은 인민대중에 대한 동감이고 가장 억센 진보적 이념이다. 이러한 진보적 이념에 의하야 씨워지는 문학은 현실의 본질적 측면 그 중추가 되는 역사적 경향 승리의 과정에 잇는 인민항쟁의 근원 등 전형적 형상과 전형적 상태를 가장 바르게 묘사할 수 잇다.57)

---

55) 한 효, 「진보적 리알리즘에의 길 – 새로운 창작노선」, 『신문학』, 1946. 4, 138~139면.
56) 위의 글, 137면.
57) 위의 글, 137면.

당파성을 이념적 원리로 하는 사회주의 리얼리즘과 달리 그는 인민연대성을 이념적 원리로 하는 진보적 리얼리즘이 현 단계의 지도적 창작방법임을 강조한다. 그의 인민연대성을 원리로 하는 진보적 리얼리즘은 임화나 이원조의 '인민민주주의 민족문학론'을 구체화시킨 창작방법론이다. 그리고 이 리얼리즘은 전형적 상황과 전형적 인물을 묘사하는 예술적 원리인 전형론을 기반으로 한다.

그의 전형론의 바탕은 "세부의 충실함 이외에도 전형적 상황에서의 전형적 성격들의 충실한 재현"[58]이라는 엥겔스의 리얼리즘론을 토대로 하고 있다. 엥겔스의 리얼리즘론은 "세부묘사가 그 자체로서 진실성 여부를 판가름받을 대상은 아니라는 것, 전체와의 관련 속에서 확정된 세부사실이 구체적이고 진실해야 한다는 것, 전형적 인물과 전형적 상황이 세부사실들 속에서 형성되어간다는 것, 전형적 인물은 등장인물을 구체성을 지닌 인물로 형상화하는 작업과 불가분의 관계에 있다는 것, 전형적 상황은 단순히 외부환경의 전형성이 아니라는 것, 등장인물과 사건들의 상호관계에 따라 빚어지는 특정한 국면이 사회의 보편적 규정들을 주도적인 것으로 나타내고 있을 때 전형적 상황이라는 것, 따라서 전형적 인물과 전형적 상황은 역동적 체계를 이룬다는 것, 전형적 상황에서의 전형적 인물을 진실하게 재현하는 문학은 현실의 총체성을 보여준다는 것"[59]으로 요약할 수 있다.

> 새로운 현실의 구체성 가운데서 인민의 억센 생활을 바라보고 그 속에서 새로히 건설되는 전형적 정황과 전형적 인간을 포착하지 안흐면 아니된다.
> 그럼으로 우리는 모든 문학작품의 가치를 다음의 두가지 통일에 의하야 규정할 수 잇다.
> 　1. 현실의 모방반영의 정확성
> 　2. 그 반영모방의 전형성
> 현실의 모방반영의 정확성이란 물론 리얼리티-의 정확성을 이르는 것으로

---

58) F. Engels, 「엥겔스가 런던의 마가렛 하크니스에게」, K. Marx, F. Engels, 『맑스·엥겔스 문학예술론』 1, 조만영·정재경(역), 돌베개, 1990, 163면.
59) 최유찬, 「현단계의 성격 : 비판적 리얼리즘」, 실천문학 편집위원회(편), 『다시 문제는 리얼리즘이다』, 실천문학사, 1992, 108~109면.

이것과 전형성과의 완전한 통일이 업시는 여하한 천재적 수법으로 씨워진 작품이라하드라도 결코 우수한 작품이라고 말할 수 업다. 객관적 현실—즉 예술적 대상은 한업시 복잡하다. 이 복잡한 현실가운데서 기본적이고 본질적인 현실을 정확히 그 전형성에 잇서서 그려내면 낼사록 그 작품은 위대한 작품일 수 잇다. 이에 반하야 그리어진 현실이 도리어 비기본적이고 비본질적인 것일 때에는 그 작품은 피상적이고 부분적임을 면할 수 업스며 쏘한 비속하고 저회적(低徊的)이 아닐 수가 업다.[60]

그의 전형론의 원리는 현실의 구체성과 전형성의 완전한 통일에 기반한다. 이는 기본적이고 본질적인 현실을 정확히 그 전형성의 원리에 의해서 충실하게 묘사하는 것이다. 이는 세부의 충실함과 전형적 상황에서의 전형적 성격들의 충실한 재현이라는 엥겔스의 논리를 구체화한 것으로 보이지만, 논리적으로 매우 허술하다. 리얼리즘의 전형적 상황은 단순히 외부 환경의 전형성이 아니며, 등장 인물과 사건들의 상호관계에 따라 빚어지는 특정한 국면이 사회의 보편적 규정들을 주도적인 것으로 나타내고 있는 상황이다. 이 전형적 상황에 있어서 전형적 인물이란 등장 인물을 구체성을 지닌 인물로, 형상화된 인물이다. 그가 제시하는 전형적 상황이란 "불행의 배제를 위하야 쏘는 극복을 위하야 노력하지 안흘 수 업"는 정황이며, "이 정황속에서 부절히 궐기하고 전진하고 투쟁하는 인물의 성격"[61]이 전형적 성격이다. 그가 불행한 현실을 극복하기 위한 상황에서 투쟁하는 인물을 설정한 것은 혁명적 낭만주의의 영향이다. 그가 지적하는 혁명적 낭만주의는 "사회주의적 리얼리즘이 수동적 관조적 리얼리즘이 아니고 실천적 능동적 리얼리즘임을 보증하는 동시에 그것으로 하여금 현실을 그 운동 발전에서 포착케하고 현재에서 그 미래성을 관찰케하는" 것이다. 그는 현단계에 제기된 "새로운 창작방법 '진보적 리얼리즘'과 더부러 우리의 '혁명적 로맨틔시즘'은 씃업이 발전하고 비약할 것"[62]이라고 지적한다.

한효의 인민연대성과 전형의 원리를 중심으로 한 진보적 리얼리즘론은 김

---

60) 한 효, 앞의 글, 135면.
61) 위의 글, 133면.
62) 한 효, 「조선적 낭만주의론 - 그 이론적 형성에 대한 사적 고찰」, 『신세대』, 1946. 8, 130~131면.

남천의 '진보적 리얼리즘'에 내포된 자연주의의 위험성을 넘어선 보다 진전된 면모를 갖고 있지만, 그의 전형의 원리는 혁명적 낭만주의에 귀속됨으로서 현실을 추상화할 위험을 가진다. 따라서 한효나 김남천의 '진보적 리얼리즘'은 현실의 밖에 있는 이상을 작품 속에 구현하기 위해서 필연적으로 현실의 어떤 부분을 과장하거나 왜곡하는 낭만주의적 방법으로 함몰될 수 있다.

> 북 조선 문학가 예술가들은 아주 짧은 기간 내에 우리들의 모든 참을 수 없는 결점을 급속히 극복하고 참으로 조국과 인민에게 복무하는 문학 예술의 중요한 역할을 원만히 조성하기 위하여 고상한 사상과 고상한 예술성으로 충실된 창작을 허다히 내놓음으로써 조선 인민의 문화적 욕구를 충족시키기 위하여 꾸준히 노력할 것이다.[63]

1947년 1월 1일 김일성은 사상적, 정치적, 예술적으로 고상한 작품을 생산할 것[64]을 지적한다. '진보적 리얼리즘'과 상당히 유사하지만, 이런 고상한 작품의 창작과 관련된 북한의 '고상한 리얼리즘'은 긍정적 인물의 성격 묘사를 고려하여 창안된 용어이다. 이 고상한 리얼리즘의 근거가 〈북조선문학예술총동맹〉 제1차 확대상임위원회(1947. 1. 15~18)에서 '건국사상총동원운동'과 관련하여 당면과제로 제시한 결정서 「민주 건국을 위한 노력과 투쟁을 고무하자」에서 나오는 '고상한 사상과 고상한 예술성'이다. 1947년 3월 28일 〈북조선로동당〉 중앙위원회 상무위원회 제29차 회의의 결정서 「북조선에 있어서의 민주주의 민족 문화 건설에 관하여」에서 '고상한 사실주의'라는 창작방법이 공식화[65]된다.

---

63) 북조선 문예총 제1차 상임위원회, 「민주 건국을 위한 노력과 투쟁을 고무하자」, 안함광, 『조선문학사』(교육도서출판사, 1956) 3, 연변교육출판사, 1957, 372면 재인용.

64) "작가, 예술인들은 우리 사회의 민주주의적변혁을 정확하게 반영하며 새생활창조를 위한 위대한 투쟁에로 인민대중을 동원하는, 사상정치성이 높고 예술성이 높은 작품들을 많이 창작하여야 할것이다."(김일성, 「이미 얻은 승리를 공고히 하며 새로운 승리를 쟁취하기 위하여」, 『김일성저작집』 3, 조선로동당출판사, 1979, 6면)

65) 한중모, 「해방후 사회주의적 사실주의 문학의 발전과 혁신」, 『조선어문』, 1960. No.4, 21~22면, 안함광, 앞의 책, 371~372면.

우리 조선 인민들 특히 우리 청년들로 하여금 조국과 인민을 진실로 사랑하는 헌신적 애국자가 되게하며 조국과 인민의 이익을 무엇보다 고상히 여기며 조국과 인민의 복리를 위하여 투쟁하며 민주주의를 위한 투쟁에 있어서 용감한 혁신자가 되며 어떠한 난관이든지 능히 극복할 수 있는 준비성을 가지며 조국의 원수들에게 대하여 무자비한 자가 되며 선진적 우방과 친선할 줄 알며 세계평화와 인류의 행복을 위하여 공헌할 줄 아는 그러한 고상한 민족적 품성을 가진 '새로운 조선사람'으로 형상하는데 있어서 예술과 문학은 다른 민주주의적 문화수단들과 더불어 그 역할은 거대하고도 고귀한 것이다. (……) 오늘날 새로운 조선문학에 있어 요구되는 새로운 긍정적 전형은 국가와 인민을 진심으로 사랑하는 민주주의 조국건설을 위하여 헌신적으로 투쟁하는 모든 낡은 구습과 침체성에서 벗어난 높은 민족적 자신과 민족적 자각을 가진 고상한 목표를 향하여 만난을 극복할 줄 아는, 모든 문제를 해결하는데 있어서 높은 창의와 재능을 발양하는 고독치 않고 배타적이 아닌, 다른 사람들을 이끌고 용감하게 나아가는 그야말로 김일성장군께서 말씀하신 생기발랄한 민족적 품성을 가진 그러한 조선사람의 형상을 말하는 것이다.66)

고상한 리얼리즘이란 고상한 인물인 '새로운 조선사람'을 형상화하는 창작방법이다. 고상한 인물이란 국가와 인민과 민주주의 조국건설을 위하여 헌신적으로 투쟁하며 고상한 목표를 위하여 고난을 극복할 줄 아는 새로운 조선사람이다. 고상한 민족적 품성을 가진 '새로운 조선사람', 김일성이 「북조선 민주 선거의 총결과 인민위원회의 당면 과업」이라는 연설의 한 부분인 "생기발랄한 민족적 품성을 가진 그러한 조선사람의 형상"을 의미한다. 그는 조선사람의 노력과 투쟁과 승리와 영예를 고상한 리얼리즘적 방법으로 고상한 사상성과 예술성을 가진 예술작품을 창작할 것을 지적한다.

우리의 레아리즘은 한마디로 말하면 과거 문학사상에 있어서 고전적 자연주의 비판적 레아리즘의 발전적으로 지양한 형태이며 과거의 모든 레아리즘의 비약적인 새로운 변혁과정에서 나오는 것이다.
우리의 고상한 레아리즘은 전근로인민들의 새로운 민주주의적 세계관에 기

---

66) 안 막, 「민족문학과 민족예술 건설의 고상한 수준을 위하여」(『문화전선』, 1947. 8), 이선영·김병민·김재용(편), 『현대문학 비평 자료집』 1, 태학사, 1993, 241~243면.

초하여 과거의 레아리즘을 발전적으로 양기한 위에서 출발하는 것이다.
　그러므로 그것은 자연주의 레아리즘에서 보는바와같은 현실의 말쇄적 사실
을 피상적으로 나열하는 그와같은 방법을 답습하는 것이 아니다. 그것은 우리
가 가지고있는 선진적인 과학적 세계관으로부터 나오는 방법으로써 사회의 백
면상을 표면적으로 표현하는 것이 아니라 사회현실에 있어서 어떠한 것이 필
연적이며 어떠한 것이 우연적인 것을 인식할 수 있는 다시말하면 무엇이 본질
적인가를 인식할 수 있는 세계관에 의거하는 것으로써 창조되는 방향으로 인
도되는 것이다.67)

한식이 지적하는 '고상한 리얼리즘'은 고전적 자연주의나 비판적 리얼리즘
을 발전적으로 지향한 형태이며, 과거의 모든 리얼리즘의 비약적인 새로운 변
혁과정에서 나온 것이라고 주장한다. 이 리얼리즘은 자연주의 리얼리즘의 현실
의 말쇄적 사실을 피상적으로 나열하는 방법을 지양한 형태로 사회 현실의 본
질적인 것을 인식할 수 있는 세계관에 의거해서 창조되는 창작방법론이다. 이
리얼리즘은 "인민들의 각개인이 민주주의 생산경쟁과 돌격활동과 애국적 경쟁
심과 반동에 대한 불타는 증오심과 생산증감에 대한 지향과 민주주의 조국건설
에 대한 자부심과 모든 고상한 애국열로 정치와 노동에 대한 새로운 관계에서
발전하는 창발적 의식 희생적 정신과 심리 등"의 성격을 가진 고상한 인물을 그
리며, "새로운 조선사회발전의 각계급과 남북지역의 본질적인 차이 등을 정확
히 파악하는데서부터 그 예술적 개괄의 근거가 발족하는 것"68)이기 때문에,
근본적으로 자연주의 리얼리즘과 판이하게 다른 창작방법론이다. 그렇지만 설
령 자연주의 리얼리즘이 현실의 말쇄적 사실을 피상적으로 나열하는 방법이라
는 점을 인정한다고 하더라도, 그의 고상한 리얼리즘이 고상한 인물을 형상화
하는 창작방법론이라는 것을 제외한다면 자연주의나 리얼리즘과 판이하게 다
른 방법론은 아니다. 그의 주장과는 달리 현실적 조건에 따라 자연주의나 리얼
리즘에서도 고상한 인물을 형상화할 수 있을 뿐만 아니라 그의 고상한 인물이
란 사회주의 리얼리즘의 긍정적 인물과 거의 유사한 개념이다. 결국 그의 고상

---

67) 한　식, 「조선문학의 발전을 위하여 – 창작방법에 대한 제문제」, 『문학예술』, 1948.
　　4, 30면.
68) 위의 글, 31면.

한 리얼리즘이란 과거의 모든 리얼리즘을 비약적으로 발전시킨 창작방법론은
아니다.

> 부정을 그리기위한 부정 또는 그와반대로 부정과 투쟁하지 않은 긍정 즉
> 긍정만을 그리는 긍정 이것은 양자가 다 옳지못한 편파한 경향들이다. 긍정은
> 부정을 부정하는데서만이 생장할 수가 있는 것이며 또 부정적 인물과 사건을
> 그린다는 것은 긍정적 인물과 사건들이 거대한 장성을 하는 마당에 있어서의
> 하나의 계기 모-멘트로 그리여야 할 것이며 긍정과 부정을 상대주의적으로 분
> 리하는 것과 또 일방 기계적으로 야합시키는 것은 더말할것도 없이 그는 고상
> 한 예술작품들을 쓸 수가 없는 방법이 되고 말 것이다. 우리는 우리민주사회
> 가 발전하고 있는 정세에 있어서 이와같은 새로운 환경에서 발생되고 있는 적
> 극적 정세와 성격들을 문학창조의 기본인물들로 창작하는 과정에 있어서 가장
> 자각적이고 능동적이고 생산적인 긍정적 전형 등을 파악하고 표현하는데 있어
> 서 유기적 연관에 있어서 그 하나가 대립물로 소멸하는 과정 붕괴하고마는 인
> 물들의 부정적 타이푸들을 묘사하여야 할 것이다.69)

그가 지적한 고상한 인물이란 적극적 정세와 성격들을 문학창조의 기본 인
물들로 창작하는 과정에 있어서 가장 자각적이고 능동적이고 생산적인 긍정적
전형이다. 자각적이고 능동적이고 생산적인 전형이란 결국 사회주의 리얼리즘
의 긍정적 주인공에 불과하다. 리얼리즘의 전형이 객관적 현실에서 만들어져
가는 전형70)인 반면에 고상한 리얼리즘의 고상한 인물이란 만들어진 전형이
다. 이 고상한 인물이란 필연적으로 북한의 주체사상의 근본 요구를 전면적으
로 구현한 자주적 인간의 전형을 설명한 '공산주의적 인간학'으로 나아가게 된
다.

공산주의적 인간학은 "사람을 중심으로 생각하고 사람을 위하여 복무하는
주체사상의 근본요구를 전면적으로 구현하고 있는 주체의 인간학"이다. 이 주
체의 인간학은 "수령에게 끝없이 충직하고 수령이 개척한 혁명위업수행에 몸바

---

69) 위의 글, 36~37면.
70) "전형적인 것은 존재한다기보다 형성되어 가며 또한 평균적인 것 역시 형이상학적 실
　　체라기보다 하나의 형성과정이며 모순적인 사회의 규정들간의 한 가지 투쟁 결과라는
　　진리를 표현한다."(G. Lukács, 『미학서설』, 홍승용(역), 실천문학사, 1987, 267면)

쳐 투쟁하는 공산주의자의 전형을 훌륭히 창조하는 것"71)이다. '사회정치적 생명체론'을 기반으로 한 이 주체적 인간학이란 김일성 지배체제를 철저히 옹호하고 정당화하기 위한 이념적 장치의 역할을 한다.

발전과 진보에의 길은 커다란 창조적 정열로써 능동적하고 자각적인 확고한 신념을 얻게 하는 것이다. 현재와 미래에 대한 이와같은 굳은 신념은 우리로 하여금 인간활동과 조국창건에 대한 창조적인 의욕을 더욱 불타게 하는 것이며 승리에 대한 명명한 낙관적 전망과 세기적 승리를 더욱 공고히하며 전민족적으로 이 승리를 향유하기위한 투쟁에 대한 열의와 희생적인 애국의 열정들은 우리문학창조에 있어서 커다란 동력으로 되는 로만티즘의 정신을 내포하는 것이니 그것은 더욱 풍부히하는 것이며 더우기 그와같은 생활적 사상적 심리적 특징으로써 다음에 오는 제재의 선택과 구성 가운데 결정적인 것을 부여하고 나가는 것이다.72)

리얼리즘은 사회발전에 의존하여 발전하는 것이며 그러므로 혁명적 낭만주의는 사회주의 사실주의와 함께 그의 구성부분으로 발생한 새로운 낭만주의이며 과거의 어떠한 사실주의와도 관계지울 수 없는 낭만주의이기 때문이다. (……) 혁명적 낭만주의는 과거의 어떠한 낭만주의—진보적 낭만주의까지도 포괄하여—와도 구별되는 사회주의 사실주의와의 관계 속에서만 나타나는 새로운 낭만주의이며 그러므로 과거의 어떠한 사실주의와도 관계지울 수 없는 것이다.73)

고상한 리얼리즘의 특출한 성격은 그것이 맑스 레닌주의적 사상성과 당파성으로써 이룩된 리얼리즘이라는 점에 있다. 과거의 어떠한 리얼리즘도 일찌기 이러한 성격을 갖추지 못했었다. 우리 문학에 있어서의 새로운 내용과 그 탁월성은 맑스 레닌주의적 사상성과 당파성이 문학적 방법으로서의 사실주의를 새 역사적 단계로 제고시키는 힘이라는 것을 똑똑히 보여주고 있다.74)

---

71) 사회과학원 문학연구소, 『북한의 문예이론』(『주체사상에 기초한 문예이론』, 사회과학출판사, 1975), 인동, 1989, 68면, 78면.
72) 한 식, 앞의 글, 41면.
73) 이정구, 「창작방법에 대한 변증법적 이해를 위하여」(『문학예술』, 1949. 9), 이선영・김병민・김재용(편), 『현대문학 비평 자료집』 1, 태학사, 1993, 366~367면.
74) 한 효, 「민족문학에 대하여」(『민족문학에 대하여』, 문화전선사, 1949), 이선영・김

현재와 미래에 대한 능동적이고 자각적인 확고한 신념, 발전과 진보에의 길, 승리에 대한 명명한 낙관적 전망, 승리를 향유하기 위한 투쟁에 대한 열의와 희생적인 애국의 열정들을 담은 낭만주의를 내포한 고상한 리얼리즘은 기본적으로 긍정적 주인공과 혁명적 낭만주의를 기반으로 하는 사회주의 리얼리즘의 미학적 원리와 차별성이 없다. 이정구의 글 「창작방법에 대한 변증법적 이해를 위하여」에서는 '새로운 또는 고상한 리얼리즘'이란 '사회주의적 사실주의'와 관계 속에서 나타나는 혁명적 낭만주의을 내포한 창작방법론이다. 한효의 글 「민족문학에 대하여」에서는 고상한 리얼리즘이란 마르크스·레닌주의적 사상성과 당파성으로써 이룩된 리얼리즘이다. 따라서 북한에서 고상한 리얼리즘은 점차 시간이 지남에 따라 사회주의 리얼리즘과 변별성이 거의 없어진다.75) 이 고상한 리얼리즘은 현실에 대한 과학적 인식이 없이 주관적으로 원하는 것이나 가능한 것을 첨가하는 "경제적 주관주의의 미학적 대응물"76)이나 자연주의의 "현실의 직접적 재생산의 철저한 주관화"77)로 전락한다. 한식이 지적한 고상한 리얼리즘이란 그가 비판한 자연주의와 혁명적 낭만주의가 결합된 개념이다. 그리고 고상한 리얼리즘은 긍정적인 전범으로서의 주인공, 주요 갈등의 직선적 명료성, 낙관적 결말 등의 '무갈등 이론'으로 변모한다. 결국 고상한 리얼리즘은 사회주의 리얼리즘의 교조화이다.

해방기 좌파의 창작방법론은 남한의 진보적 리얼리즘과 북한의 고상한 리얼리즘이다. 남한의 '진보적 리얼리즘'이 민주개혁의 지향점과 창작방법론의

병민·김재용(편), 『현대문학 비평 자료집』 1, 태학사, 1993, 420면.

75) 북한에서 1950년대 이후 '고상한 리얼리즘'은 '사회주의적 사실주의'와 동일한 것으로 재규정하여, 해방 후 문학은 사회주의적 사실주의 방법에 철저히 입각하여 발전한 것으로 왜곡된다. "당은 우리 문학가들이 공장, 광산, 철도, 농촌, 어장 등 대중 속에 깊이 들어 가서 조선 인민의 영웅적 로력과 투쟁을 '고상한 사실주의적 방법'(북조선 로동당 중앙 위원회 상무 위원회 제 29 차 회의 결정)으로 묘사할 것을 호소하였는바 여기에서의 '고상한 사실주의적 방법'은 곧 사회주의적 사실주의 방법을 의미한다."(한중모, 앞의 글, 22면) "당은 이에서 '고상한 사실주의'의 기본 특성을 밝혀 주었는바, 그 성격과 사명에 있어서 바로 사회주의적 사실주의를 말한 것이다."(김하명, 「조선 로동당의 문예정책의 빛나는 승리」, 윤세평(외), 『전진하는 조선 문학』, 조선작가동맹 출판사, 1960, 19면)

76) G. Lukács, 『우리시대의 리얼리즘』, 125면.

77) G. Lukács, 「예술과 객관적 진리」, 50면.

발전단계를 복합적으로 고려하여 사용하는 용어인데 반해, 북한의 '고상한 리얼리즘'은 긍정적 인물의 성격 묘사를 고려하여 만들어낸 용어이다. 김남천의 진보적 리얼리즘은 혁명적 낭만주의를 내포한 민주변혁기의 변형된 사회주의 리얼리즘의 형태이다. 그의 진보적 리얼리즘이란 자연주의와 혁명적 낭만주의가 기계적으로 결합된 것으로, 진보적 현실을 주관적으로 추상화시키는 위험을 다분히 안고 있다. 한효의 인민연대성과 전형의 원리를 중심으로 한 진보적 리얼리즘론은 김남천의 진보적 리얼리즘에 내포된 자연주의의 위험성을 넘어선 보다 진전된 측면을 갖고 있지만, 그의 전형의 원리는 혁명적 낭만주의에 귀속됨으로서 현실을 추상화할 위험을 가진다. 북한의 고상한 리얼리즘은 모든 긍정적 계기를 내포하는 혁명적 낭만주의와 고상한 민족적 품성을 가진 긍정적 인물의 성격 묘사를 기반으로 한다. 이 고상한 인물이란 필연적으로 주체형 공산주의 혁명가로 변모한다. 이 주체형 공산주의 혁명가란 수령에게 끝없이 충직하고 수령이 개척한 혁명위업수행에 몸바쳐 투쟁하는 공산주의자의 전형이다. '사회정치적 생명체론'을 기반으로 한 이 주체적 인간학이란 김일성 지배체제를 철저히 옹호하고 정당화하기 위한 이념적 장치의 역할을 한다.

　진보적 리얼리즘과 마찬가지로 이 고상한 리얼리즘은 현실의 외부에 존재하는 이상을 작품 속에 실현하기 위해서 반드시 현실의 어떤 부분을 왜곡하거나 과장하는 낭만주의적 방법을 동원할 수 밖에 없는 '목적론'[78]적 사고가 낳은 필연적 산물[79]이다. 특히 고상한 리얼리즘은 점차 시간이 지남에 따라 사회주의 리얼리즘에 대한 오해를 불러일으키는 긍정적인 전범으로서의 주인공, 주요 갈등의 직선적 명료성, 낙관적 결말 등의 '무갈등 이론'과 사회주의 리얼리즘의 교조화로 전락한다.

---

[78] "'목적론'은 어떤 궁극적인 목적에 비추어 의미들에게 중요성의 등차에 따라 질서를 부여하고 순서를 매겨 그 서열을 정하는 방식이다."(T. Eagleton, *Literary Theory - An Introduction*, Basil Blackwell Publisher, 1983, pp.131~132)

[79] 좌익의 문학론에서 "근대 이후적 전망이 역으로 근대를 지배할 때 일종의 '목적론'이 발생하게 된다. '근대 이후'라는 목적이 먼저 설정되고 그 목적에 맞춰 근대가 규정되는 상황이 벌어진다는 것이다. 그 결과 근대 내부에서 근대 이후적 계기를 찾는 것이 아니라 근대 이후라는 목적에 맞는 요소들만이 자의적으로 취사선택된다."(이선영·하정일, 「해방 직후의 민족문학론과 근대관」, 『민족문학사연구』 8, 1995. 12, 44면)

　　특히 이 진보적 리얼리즘이나 고상한 리얼리즘은 현실의 어떤 부분을 과장하거나 왜곡하는 낭만주의적 방법을 동원할 수 밖에 없는데, '민족의 거대한 꿈' '영웅적인 정신' '고상한 사상과 고상한 예술성'을 강조하는 이러한 낭만주의적 방법은 '목적론'적 발상이 낳은 산물이며, 이 담론은 중심과 주변을 구분하는 근대 계몽주의 이분법적 원리이다. 근대 계몽주의적 이분법이란 이성적인 부분과 비이성적인 부분, 깨인 부분과 깨이지 못한 부분을 구분하고 이성적인 부분, 깨인 부분, 선진적인 부분의 중심성을 강조한다. 따라서 진보적 리얼리즘이나 고상한 리얼리즘이 영웅성이나 혁명성을 강조하는 혁명적 낭만주의에 기반하고 있는 것은 목적론적 사고와 근대 계몽주의 이분법적 원리를 함축하고 있다.

제 2 장

전후 비평의 전개

I. 남한의 문학론

　　1950년 6월 25일, 한국 전쟁은 "북한의 김일성과 박헌영이 군사적 수단에 의해 남한과 북한을 통일하려는 의지에서 구상하게 되"고 이에 대해 "스탈린에게 제의하여 동의를 얻고 이어서 중국의 모택동의 동의에 의해 최종적인 합의에 도달하여"[1] 발발한다. 이 전쟁은 북한의 혁명과 건설을 위한 '민주기지론'이 통일을 위한 '국토완정론'[2]으로 대체되고 소련과 중국이 이를 수용하여 전쟁이 전개된 것이다. 이 전쟁의 결과 남북 분단, 한미 안보관계의 구축, 자본주의 세계체제에의 편입, 국가와 시민사회의 관계형성, 반공주의의 구축 등의 전후 남한 사회의 기본 질서가 형성[3]된다.

---

1) 박명림, 『한국전쟁의 발발과 기원』 II, 나남, 1996, 866면.
2) 스탈린의 일국사회주의론이 '확보된 한 지역에서의 사회주의 구축'이듯, 민주기지론 역시 확보된 북한지역에서의 사회주의 구축이다. 북한지도부의 민주기지론은 스탈린의 일 지역 사회주의 노선의 한국화이다. 강렬한 통일의지를 담은 국토완정론은 민주기지론에 따른 사회주의 구축이 완료되자 이제 전국 혁명을 추구하겠다는 의지를 담은 것이다. (박명림, 『한국전쟁의 발발과 기원』 I, 나남, 1996, 90~91면)
3) 박명림, 『한국전쟁의 발발과 기원』 II, 883면.

특히 한국 전쟁 이후 남한 사회에서의 생존은 반공주의에 순응하는 것이며, 반공주의를 자기 내면화하는 것이다. 남한에서 반공주의는 지배체제의 전유물로 시작되지만 어느 순간 국민의 생활 논리로 흡수된다.4) 국민 전체에게 죽음을 직면케 하는 근대규율권력은 다른 국민에게는 생존의 유지를 보증하는 권력의 이면이다. 모든 국민의 생존이라는 명목으로 전쟁이 행해지며, 국민들 전체가 생존의 필요라는 명목 아래 서로를 죽이도록 훈련받는다. '삶을 관리하는 권력'은 '살아 남기 위해서는 죽일 수 있어야 한다'는 원리를 기반으로 한 것5)이다. 남한의 반공산주의 기획은 '자본주의의 본질 속에 내재하는 부정적 잠재력(인간 파괴의 잠재력)'을 가진 '반동적 모더니즘'6)과의 공모관계를 가진 것이다. 반공주의는 반동적 사유의 전통을 계승한 것이지만 근본적으로 새로운 방식인 대중을 반공산주의 기획에 동원하는 방식을 통해 형성된 것이다. 남한 정권의 '반공' 이데올로기는 자유민주주의에 대한 대중적 동의를 활용하여 반공산주의를 강화하려는 세련된 시도이며 변혁에 대한 일정한 경계를 통하여 변혁 운동과 방향에서 진보성을 제거하는 매우 교묘히 위장된 논리이다. '반공' 이데올로기의 내용이란 실질적으로 아무런 내용도 없다는 것이다.7) 그 내용은 더 나은 무엇에 대한 대체물로서 오직 기만당한 사람들의 절망에 의해 근근히 유지될 수 있었던 것이다. 반공주의의 공포는 자명한 것임에도 불구하고 끊임없이 우리를 반추시키는 악몽처럼 거짓말이 만들어내는 공포다.

남한의 1945년 상황이 "혁명적 물결이 가득하고 새로운 국가와 사회를 건설하기 위한 부푼 희망과 빠른 움직임들로 넘실대던 해방의 해"라는 사실과 달리 1953년의 상황은 "좌절과 죽음, 기아와 절망, 시체와 분단, 그리고 미래에 대한 암울한 전망이 모든 이들의 사고와 삶을 무겁게 짓누르"고 있는 "완전한 파괴, 전면적 새출발"8)의 상황이다.

---

4) 강경성, 「반공주의」, 『역사비평』, 1999. 여름, 280~281면.
5) M. Foucault, 『성의 역사』 1, 이규현(역), 나남, 1990, 147~148면.
6) M. Neocleous, 『파시즘』, 정준영(역), 이후, 2002, 20면.
7) 김정훈·조희연, 「지배담론으로서의 반공주의와 그 변화 — '반공규율사회'의 변화를 중심으로」, 조희연(편), 『한국의 정치사회적 지배담론과 민주주의 동학』, 함께 읽는 책, 2003, 123~124면.
8) 박명림, 앞의 책, 884면.

현하의 한국을 실제로 보지않고는 이나라 민족들이 품은 자국에 대한 실망와 낙담이 어떠한 것인가를 판단할 수는 없을 것이다. 비참의 구렁에 떨어진 이 민족을 앞에 놓고는 제 아모리 무정한 자일지라도 자신의 무력함을 탄식치 않을 수 없으며 눈시울이 뜨거워지지 않을 수 없다. 참으로 이 거대한 비극은 우리들의 힘의 한계를 초월한 것이며 다만 아연실색하며 '어쩌면 좋을가' 라는 말을 되푸리 할수 밖에 도리가 없었다. (……) 도처에 대포가 있고 기관총이 놓여져 있고 참호가 있다. 까시 돋친 철조망이 둘리워져있으며 전차가 있다. 또한 비행기와 군용열차와 화물자동차가 있으며 검푸른 녹이 쓰런 잔체(殘體)와 계곡에 떨어진 철교와 폐허가 잠자고 있다.9)

전쟁이란 극단적인 '이성의 자기파괴'10)의 방식이다. 외국 종교문화인이 본 전쟁으로 인한 폐허의 모습은 우리의 힘의 한계를 초월한 것이며 다만 아연실색하여 "어쩌면 좋을가" 라는 말을 되풀이 할 수밖에 도리가 없는 상황이다. 이런 절망적 상황이란 폐허 그 자체이며, "폐허가 잠자고 있"는 모습이다. 이런 폐허의 상황이란 절대적 가치의 소멸을 상징하는 신의 부재, 신의 결여의 성격을 갖는다. 신들이나 신이 사라졌을 뿐만 아니라, 신성의 광채가 세계사 속에서 꺼져버린 밤의 시대는 가난한 시대11)이다. 이는 해방기와 달리 전후 시기는 "신이 침묵하는, 신이 떠나 버린 시대"인 것이다. 정치적인 두 이데올로기의 극단적 대립 양상과는 달리 비평 이데올로기가 내재화된 흔적도 찾아 볼 수 없는 "영도의 좌표"12)이다. 결국 1953년 비평 문단 모습이란 바로 절대적 가치 상실과 완전한 파괴와 전면적 새 출발의 상황이다.

전후 시기는 해방 공간과 달리 '나라 만들기'라는 지상과제가 사라진 시대이며, 폐허 위에서 성립한 '가난한 시대'이다. 이 시대는 '거대한 괴물'로 상징되는 근대 문명이 한 순간 잿더미가 된, 이성의 신화를 기반으로 한 근대가 폐허가 된 시대인 것이다. 이러한 근대 파산의 시대에 새로운 근대성의 창출이라는

---

9) 로오쥬 뱅 엑크, 「한국기행」, 『현대문학』, 1955. 2, 83면.
10) M. Horkheimer, Th. W. Adorno, 『계몽의 변증법』, 김유동·주경식·이상훈(역), 문예출판사, 1995, 17면.
11) M. Heidegger, 「가난한 시대의 시인」, 『시와 철학』, 소광희(역), 박영사, 1975, 207면.
12) 김윤식, 『한국 현대문학 비평사』, 서울대학교출판부, 1982, 271면.

기본 명제를 기반으로 한 근대주의 문학론이 바로 이 시대 비평사이다. 이런 근대성 창출의 모습이 바로 저항문학론, 민족문학론, 분석비평론, 실존주의 문학론이다.

1. 저항문학론

1.1. 저항의 문학론

분단시대의 비평은 한국의 근대 비평의 이념적 두 기둥인 사회주의 사상과 민족주의 사상이 거의 소멸되고 내재화된 상태에서 시작된다. 전후 시기란 결국 두 이데올로기가 소멸된 자리에서 새 목소리로 새로운 근대성을 창출하는 시기이다. 이 새로움은 이어령의 '화전민 의식'과 '저항의 논리', 유종호의 '처녀지 개간의 기초 작업'과 '비순수의 선언'에 담긴 논리이다. 전후 세대의 이 논리는 분명히 권력지향적인 것[13]이다. 이들의 논리는 구세대에 대한 신세대의 헤게모니 장악이라는 상징적 의미를 갖는다. 그들의 이런 성격은 구세대 비판이나 전통단절론에서 잘 드러난다.

> "우리들의 앞에서 하나의 문장이 끝났다는 이야깁니다. 우리들의 앞에는 거대한 '피어리어드', 전세대의 역사가 종식된 그 흔적의 '피어리어드'가 있고 그래서 다음 문장은 우리들에게서 부터 시작된다는 이야깁니다." (……) 확실히 지금은 어려운 시대입니다. 그래서 이 세대를 성실하게 살아가려면 역사적 정신의 주체인 '주어'를 탐색하려면—우리에겐 없던 결투 정신, 그 대결의 혼이 있어야 합니다. 그 결투의 윤리말입니다.[14]

---

13) "비평적 담론이 권력이라는 사실을 분명히 인식하는 것이다. 비평적 담론 자체의 내부에 선다는 것은 이 비평적 담론의 권력을 의식하지 못하는 것을 뜻하는데, 자신의 언어를 사용하는 것보다 더 자연스럽고 귀에 거슬리지 않기 때문이다."(T. Eagleton, *Literary Theory - An Introduction*, Basil Blackwell Publisher, 1983, p.203)

14) 이어령, 「주어없는 비극 - 이 세대의 어둠을 위하여」, 『조선일보』, 1958. 2. 10~11.

엉겅퀴와 가시나무 그리고 돌무더기가 있는 황료(荒蓼)한 지평위에 우리는 섰다. 이 거센 지역을 찾아 우리는 참으로 많은 바람과 어둠속을 유랑해 왔다. (……) 그것은 이 황야 위에 불을 지르고 기름지게 밭과 밭을 갈아야 하는 야생의 작업이다. 한손으로 불어 오는 바람을 막고 또 한손으로는 모래의 사태를 멎게하는 눈물의 투쟁이다.

그리하여 우리는 화전민이다. 우리들의 어린 곡물을 싹을 위하여 잡초와 불순물을 제거하는—그러한 불의 작업으로써 출발하는 화전민이다. 새세대 문학인이 항거하여야 할 정신이 바로 여기에 있다.

항거는 불의 작업이며 불의 작업은 신개지를 개간하는 창조의 혼이다. 저 잡초의 더미를 도리어 풍양한 땅의 자양으로 바꾸는 마술이 성실한 반역, 힘과 땀의 노동은 이 세대 문학인의 운명적인 출발이다.15)

이어령은 전후 시기를 '주어 없는 비극의 시대'로 규정한다. 주어 없는 시대란 전범으로 삼아야 할 규범이나 전통이 없는 시대를 의미한다. '우리들의 앞에서 하나의 문장이 끝났다' 라는 그의 선언은 구세대의 '역사의 끝'이며 신세대의 '역사의 시작'을 알리는 상징적 선언이다. 그는 바람과 어둠 속에서 수난의 성장을 거친 엉겅퀴, 가시나무, 돌무덤이 있는 적적한 지역에 선 화전민을 신세대로 규정한다. 그가 인식한 인간의 역사나 문명이란 "끊임없는 욕망과 제어할 수 없는 가상이 마침내 죽음의 바다 그 심연 속으로 빠지게"16) 하는 긴 여로에 불과한 것이다. 이 문명이 한순간 모든 것을 잿더미로 만든 것이다. 이 폐허 위의 작업이란 눈물의 투쟁이며 불의 작업이다. 불의 작업이란 신개지를 개간하는 창조의 작업이다. 이는 새로운 규범이나 새로운 전통 창출의 작업이다. 그에게 전후 시기란 '운명적 출발'의 상징이며, 새로운 규범 창출의 역사이다. 이 새로운 규범이란 새로운 근대성의 창출이며, '불의 작업', '결투의 정신'을 통하여 이룩되는 것이다. 이 정신의 연장이 '저항의 논리'이다. 이 저항의 논리는 구세대 배제와 신세대의 옹호라는 양면적 성격을 가진 것이다. 그가 외치는 '화전민 의식'의 화려한 수사 뒤에 숨겨진 의미란 구세대 비판과 전통 단절이다.

---

15) 이어령, 「화전민지대 - 신세대의 문학을 위한 각서」, 『경향신문』, 1957. 1. 11.
16) 이어령, 「화전민지대 - 신세대의 문학을 위한 각서」, 『경향신문』, 1957. 1. 12.

우리의 정체를 감추기 위하야 그 거추장스런 달팽이의 껍질을 등지고 다닐
필요는 없다. 혈혈단신 물려받은 유산도 없이 우리는 우리의 새로운 작업을
개시해야 된다.

오십유년의 신문학시대 그것을 과도기나 초창기의 혼란이라 부르기엔 너무
나 지루하고 긴 세월이었다.

우리는 이 문학선사시대의 암흑기를 또다시 계승할 아무런 책임도 의욕도
느끼지 않는다.

지금은 모든 것이 새로이 출발해야 될 전환기인 것이다. 낡은 것을 거부하
는 혁명의 우상을 파괴하라!17)

그는 1950년대를 '이코노크라스트(iconoclast)'의 깃발을 높이 들 때이며,
구세대 문학과 신세대 문학이 반드시 교차되어야 할 문학적 혁명기로 규정한
다. 그는 신문학 시대를 문학의 암흑기로 규정하고, 이 시대를 낡은 것을 거부
하고 우상을 파괴하고 새롭게 출발할 전환기로 파악한다. 그는 기성 문인을 일
체의 우상으로 단죄하고, 강경한 어조로 한국문단을 "시는 표어에서 끝나고 소
설은 야담에서 또한 평론은 정실과 파당의 의전문(儀典文)으로 귀결된 적막한"
곳으로 비판한다. 그가 "써도 좋고 안 써도 좋은 글"18)로 구세대의 문학적 가
치를 비판한 것은 전통부정론으로 이어지고, 이 논리는 구세대 배제의 논리이
며, 신세대 옹호의 논리로 귀결된다. 그의 강한 구세대 비판에 드러나는 것은
자기 정체성에 대한 사유의 결여이다. 결국 그의 화려한 수사 뒤에 숨어 있는
것이란 자기 인식의 결여와 내면의 빈곤이다.

그가 신세대에게 강조한 것이 바로 '불의 작업'이며 '결투의 정신'이며 '저항
의 논리'이다. 그는 문학적 혁명기의 언어가 "안락의자처럼 휴식을 주는 것이
아니라 여자의 목걸이 같은 것이 아니라 풍향처럼 바람에 울리는 음악이 아니
라" "우리의 마음을 일깨우는 자명고"이며 "죽어간 모든 인간의 이름으로 호명
되는 언어"19)라고 명명한다. 그리고 그는 신세대 작가가 가질 신념으로, "역사
에의 관심이며 그것에 대한 책임을 자각하려는 정신", "인간이 인간을 사랑할

---

17) 이어령, 「우상의 파괴 – 문학적 혁명기를 위하여」, 『한국일보』, 1956. 5. 6.
18) 이어령, 「화전민지대 – 신세대의 문학을 위한 각서」, 『경향신문』, 1957. 1. 11.
19) 이어령, 「그날 이후의 문학 – 6 · 25를 기억하는 '매니페스토'」, 『조선일보』, 1959. 6. 24.

수 있도록 애정을 만들어 주어야 할 것", "사람들로 하여금 그의 적과 그의 벗을 명확히 가리켜주는 일"20)이라고 역설한다.

그의 이런 '계몽의 기획'은 구세대 권력 부정을 통한 신세대 권력 창출의 논리이다. 그는 구세대의 지배적 권력을 부정적으로 인식하고 이를 배제하고, 새로운 권력, 즉 새로운 세대의 담론을 창출한다. 그 새로운 담론의 근거가 바로 저항의 논리이다. 그의 비평에서 저항의 논리란 현실과 역사의 성찰, 현실과 사회의 변혁의 한 형식이다. 그 대표적인 평론이 「현대작가의 책임」(『자유문학』, 1958. 4), 「작가와 저항」(『지성』, 1958. 겨울), 「현대의 악마」(『신군상』, 1958. 12), 「사회참가의 문학」(『새벽』, 1960. 5) 등이다.

> 가해자의 역사 앞에선 피해자들의 공동운명애를, 그 인간애를 저버리지 않는 것이다. (……) 현대의 작가가 글을 쓴다는 것은 곧 홉·푸로그의 Last Jest와 같은 것이며 헐고 뜯기고 이지러진, 그리하여 거기에서 인간다운 형체도 찾아볼 수조차 없는 오늘의 인간들에게 다시금 인간의 감정을 불러 일으켜 주게끔하는 것이다. (……) 역사를 응시하고, 인간이 무엇인가를 알고, 내가 어느 곳에 위치해 있는가를 참으로 반성할 작가들은 우랑우땅놀음의 Last Jest의 횃불을 드는 사람인 것이다. (……) 이러한 작가의 행동을 통해서만 우리는 정녕 상실한 모든 인간의 의미를 획득할 것이다.21)

그는 작가의 저항이란 가해자의 역사 앞에선 피해자들의 공동운명애와 인간애를 상실하지 않기 위한 것이라고 지적한다. 그는 공적인 체험을 통하여 작가적 행동의 전기가 형성하는 것이며, 그 행동성이란 인간의 이름을 빌어 인간의 얼굴을 박탈한 가해자들에 대해 저항하는 것이라고 지적한다. 현대 작가가 글을 쓴다는 것은 헐벗고 이지러진 인간다운 형체도 찾아볼 수 없는 현대의 인간들에게 인간의 감정과 상실한 모든 인간의 의미를 불러 일으켜 주게끔 하는 것이다. 그는 '역사를 응시하고', '인간이 무엇인가'를 알고, '내가 어느 곳에 위치해 있는가'를 반성하고, '작가의 행동'을 강조하지만, 현저히 추상적 성격을 갖는다. 그의 인간이란 한국인이 아니라 보편적 인간이고, 그의 역사는 한국의

---

20) 이어령, 「현대의 악마 - 오늘의 문학과 그 근거」, 『신군상』, 1958. 12, 89면.
21) 이어령, 「작가와 저항 - HOP-FROG의 암시」, 『지성』, 1958. 겨울, 59~60면.

역사가 아니라 보편적 역사이다. 그의 저항이란 추상적 무시간성을 기반으로
한 것이다.

> 역사가 인간을 살육하는 문명을 낳았다면 그 같은 역사를 만든 책임은 우
> 리 인간이 져야할 것이며 따라서 당연히 우리는 그러한 역사의 움직임에 대해
> 서 저항하지 않을 수가 없다. '자연이 일으키는 사건' 그것의 책임은 신(?)이
> 져야 한다. 그러나 '역사'가 저지르고 있은 이 현실의 모든 사고는 '인간'이 져
> 야만 할 책임이다. (……) 그리하여 우리는 이윽고 인간이 인간과 싸워야 하
> 는 슬픈 계절을 맞이하였다. 인간이 인간과 싸워야 한다는 것은 인간이 인간
> 의 역사와 대결한다는 말이며 그 역사 속에서 우리가 눈을 떠야한다는 것이며
> 새로운 역사의 움직임을 기대한다는 것이며 오늘의 이 역사적 현실을 비판하
> 고 폭로하고 그리고 지양해 나가야 한다는 것이다.22)

그는 인간을 살육하는 문명을 낳은 것이 인간의 역사라면, 그 역사에 대한
책음은 바로 인간이 져야할 것이며, 이 역사의 전개에 대해서 저항해야만 한다
고 지적한다. 이런 측면에서 그의 저항이란 근본적으로 문명에 대한 저항을 통
한 인간 구원의 작업이다. 그의 저항은 인간이나 문학을 억압하는 모든 것에
대한 저항이다. 이런 의미에서 그의 저항은 역사성과 구체성이 결여되어 있다.
그의 저항이란 '무엇'은 설정되어 있지만, '어떻게'에 대한 구체적인 대답은 없
다. 또한 그의 시간 인식이란 구체적 시간이 아니라 보편적인 시간이며, 역사
란 동일한 비극의 반복과 심화의 과정일 뿐이다. 그의 추상적 역사관은 당대
현실의 성격이나 민족 현실에 대한 구체적인 인식은 없다. 그의 인간성과 역사
성 옹호의 본질은 바로 추상성과 몰역사성이다. 결국 그의 저항문학론은 몰역
사성을 내포한 문학론이다. 60년대 이후의 그의 저항은 초기의 대사회적 담론
을 계속 유지하지 못하고, 문학을 억압하는 것에 대한 저항의 형태23)로 변모

---

22) 이어령, 「현대의 악마 - 오늘의 문학의 그 근거」, 87면.
23) 이어령의 문학을 억압하는 것에 대한 저항의 형태를 파악할 수 있는 것이 김수영과 이
    어령의 논쟁이다.
    이어령, 「'에비'가 지배하는 문화 - 한국문화의 반문화성」, 『조선일보』, 1967. 12. 28.
    김수영, 「지식인의 사회참여 - 일간신문의 최근 논설을 중심으로」, 『사상계』, 1968. 1.
    이어령, 「누구 그 조종을 울리는가? - 오늘의 한국문화를 위협하는 것」, 『조선일보』, 1968.

한다.

이어령과 마찬가지로 유종호의 비평 논리는 한국문학의 낙후성에 대한 인식, 구세대에 대한 비판의 논리이다.

> 우리의 과업은 오히려 미래의 수확을 위한 시초작업을 수행하는데 있을는지도 모른다.
> 사실 크게 보아 현금의 우리의 작업은 처녀지 개간의 기초 작업일지도 모른다. 그 점에 우리에게는 좀더 '프렛쉬'하고 발랄한 '프론티어'정신이 필요할는지도 모른다. '페시미즘'의 온상 속에서도 때로 기적은 일어난다.24)

> 새로운 문학작품이란 항상 전대의 문학작품을 비평하고 나서는 것이니깐요. 이때 무엇인가 기성적인 것에 대해서 부정을 하는 거지오. 뿌르스트나 지이드의 작품들은 실상 19세기의 리얼리스트들이 소유하고 있던 현실개념과 사실개념을 일면 비평하고 있는 것입니다. '나는 이렇게 본다.'는 선언에는 결국 '나는 당신들이 보았다고 하는 것을 그대로 받아들일 수가 없다'는 신념이 잠재해 있는 것입니다.25)

'기성적인 것', 즉 구세대의 논리에 대한 부정과 '나는 구세대들이 보았다고 하는 것을 그대로 받아들일 수가 없다'는 신념이 잠재되어 있는 것이 바로 '비순수의 선언'이다. 그는 한국의 문학의 성격이란 '패배의 미학', '운명론적 페시

---

2. 20.
김수영, 「실험적 문학과 정치적 자유 – 「오늘의 한국문화를 위협하는 것」을 읽고」, 『조선일보』, 1968. 2. 27.
이어령, 「서랍속에 든 '불온시'를 분석한다 – 「지식인의 사회참여」를 읽고」, 『사상계』, 1968. 3.
이어령, 「문학은 권력이나 정치이념의 시녀가 아니다 – 「오늘의 한국문화를 위협하는 것」의 해명」, 『조선일보』, 1968. 3. 10.
이어령, 「불온성여부로 문학평가는 부당 – "논리의 현실검증 똑똑히 해보자"」, 『조선일보』, 1968. 3. 26.
김수영, 「불온성에 대한 비과학적 억측 – 위험세력설정의 영향 묵과 못해」, 『조선일보』, 1968. 3. 26.
24) 유종호, 「우리 문학 전통의 확립 – 가시밭을 거쳐야하는 내일에의 길」, 『세계』, 1960. 4, 233면.
25) 유종호, 「비순수의 선언 – 「하여지향」론」, 『사상계』, 1960. 3, 291면.

미즘'이고, '한국적'이란 말은 토속적인 '전근대적 인간상'을 싸고도는 후광26)으로 파악한다. 현재의 한국문학의 문화적 낙후성, 후진성을 갖고 있기 때문에 '처녀지 개간 기초 작업'을 해야 하고, 전통단절론에서 드러나듯 서구의 '선진' 문학을 수용해야 한다는 논리로 귀결된다. 이는 신세대의 세계주의 허상을 단적으로 드러낸다. 이는 '한국적=전근대적', '서구적=근대적'이라는 논리를 내포한 한국문학이나 구세대 비판에서 잘 드러나는 것이다. 결국 이는 추상적 세계주의의 허상이다. 새로운 근대성이란 바로 몰역사성을 기반으로 한 신세대의 세계주의나 보편주의의 허상의 다른 이름이다.

1.2. 전통 단절론

1930년대 '이식문화론'이 한국문화의 후진성과 그 극복을 위한 서구문화의 채용이라는 문화적 비극을 합리화시킨 논리라면, 1950년대 '전통단절론'은 이를 '전통의 빈곤', '우리들에겐 돌아갈 전통이 없다'는 비극적 명제로 부각시킨 것이다.27) 임화의 '이식문화론'을 자의적으로 계승한 전후의 '전통단절론'은 한국문화의 후진성에 대한 비극적 인식28)이다. 이 전통론은 전후 세대의 한국전쟁 이후의 폐허 위에선 신세대의 세계주의나 보편주의의 정신적 경향을 대변한다. 한국전쟁 이후의 정신적 폐허 위에서 전통단절론이 제기된 사실에서, 서구의 두 사상에 의해 민족의 운명이 결정된다는 비극적인 인식이, 바로 이 논리의 정신적 뿌리이다. 이런 정신적 뿌리 위에선 이어령, 유종호의 전통단절론은

---

26) 유종호, 「토착어의 인간상」, 『현대문학』, 1959. 12, 201면.
27) 김윤식 · 김　현, 『한국문학사』, 민음사, 1973, 16~17면.
28) "한국전란이 버러진 이나라의 그 기막힌 비참한 광경과 말할수 없는 사회적 혼란을 목격한 어떤 외국인은 '이(세기적 비극과 민족적 수난)속에서 무엇인가 새로운 것이 나오지 않는다면 한국인은 야만인종일 것이다'라고 말하였다고 한다. 우리딴에는 '반만년의 빛나는 역사와 문화를 자랑하는 백의민족이네 지능과 체력에 있어서 탁월한 자질을 가진 우수민족이네' 하지만 여지껏 아무런 새로운 것이 나오지 않고 있는것을 보며는 정히 그 외국인의 말처럼 야만인종일런지도 모른다. 그렇지 않으면 선천적으로 남의 문화의 모방과 추종 밖에는 할줄 모르는 용졸(庸卒)한 민족인지- 지금 같아서는 새로운 것이 나오기커녕 과거에 가졌던것까지 자꾸만 잃어버리고 있는 형편이 아닌가?"(한기식, 「민족문학건설의 기본과제」, 『고대문화』, 1955. 12, 41면)

세계주의의 허상을 잘 드러낸다. 신세대의 전통단절론의 대척점에 있는 것이
구세대 김동리나 조연현의 전통계승론이다.

> 우리의 전통은 어떤 것일까. 전통의식이 근세 개아(個我)의 자각과 민족의
> 식과의 소산이라면, 개아의 자각과 민족의식을 일으킬만한 자주적인 사적
> moment를 갖지 못한 우리가 전통이란 말조차 어색한 감을 주며, (……) 우
> 리 민족은 지정적(地政的) 제약의 탓으로 전통에의 맹목적 굴복의 생활을 간
> 신히 계속해 왔으니 (……) 거미줄 같이도 가엾은 생활의 흐름이었었다. 개아
> 의 자각전의, 민족의 의식전의 잠자는 전통이었었다.[29]

> 혹자는 민족문화에서 우리의 전통을 발견할 수 있다고 주장할 것이다.
> 그러나 그것은 한갓 허세에 불과 한 것이다.
> 왜냐하면 진실한 의미에서의 전통이란 과거에서 현재에 통하는 가치가 아
> 니라 오히려 미래에서 현재에 현재로 부터 과거에 통하는 영속적인 가치이기
> 때문이다.
> 토속적인 취미, 풍토적인 미감각 이러한 것이 결코 전통이 될 수 없다는 것
> 은 여기서 새삼스레 말한 필요조차 없을 것이다.[30]

전통의식이란 근대 개인의 자아 각성과 민족의식의 소산이라고 파악한 한
교석은 한국문화는 전통에의 맹목적 굴복 생활의 지속과 가엾은 생활의 흐름으
로 파악하면서, 개인의 자각과 민족의식의 인식 전인 '잠자는 전통'으로 파악한
다. 이봉래는 민족문화에서 전통을 발견할 수 있다는 주장은 허세에 불과하고,
토속적인 취미나 풍토적인 미감각이란 결코 전통이 될 수 없고, 추상적이고 복
고적인 전통론을 부정한다. 그가 파악한 진실한 전통이란 과거에서 현재에 통
하는 가치가 아니라 오히려 미래에서 현재에, 현재로부터 과거에 통하는 영속
적인 가치이다.

이런 신세대의 전통부정론과 마찬가지로, 이어령의 「우상의 파괴 – 문학적
혁명기를 위하여」(『한국일보』, 1956. 5. 6), 「화전민지대 – 신세대의 문학을 위
한 각서」(『경향신문』, 1957. 1. 11~1. 12), 「우리 문화의 반성 – 신화없는 민족」

---

29) 한교석, 「전통과 문학 – 전통의식의 서론」, 『사상계』, 1955. 7, 157~162면.
30) 이봉래, 「전통의 정체」, 『문학예술』, 1956. 8, 155면.

(『경향신문』, 1957. 3. 13~3. 15), 「주어없는 비극 – 이 세대의 어둠을 위하여」
(『조선일보』, 1958. 2. 10~2. 11), 「현대의 신라인들 – 외국문학에 대한 우리자
세」(『경향신문』, 1958. 4. 22~4. 23)에서 보편주의나 세계주의, 전통단절론의
시각이 잘 드러난다. 이는 서울대『문리대학보』그룹의 엘리트 의식을 바탕으
로 한 "일종의 세계시민적이고 보편주의적 세계관"31)의 반영이다. 이런 그의
기본 시각은 김동리나 조연현의 전통주의나 동양주의와 대척점에 있다.

> 어떠한 위기가 오고 문화의 '카오스'가 일어나면 '전통으로 돌아가라'고 말
> 할 수 있는 서구인은 그 미병사(美兵士)와 같이 행복하다. 우리들에겐 돌아갈
> 전통이 없다. 시대의 문화를 비판하고 균제하는 전통 그것이 없다. (……) 같
> 은 한국인이면서 서로 서로의 언어가 통하지 않는 갑갑한 현황 신화없는 민족
> 만이 가질 수 있는 억울한 형벌이다. (……) 전통이라는 표준어가 없는 이상
> 우리의 문화가 앞으로 있을 한국의 문화가 언제나 그같은 한결같은 사이비적
> 문화의 요화(妖花)를 피울 것을 예언한다.32)

그의 기본적 인식은 세대와 세대의 단절, '나'와 '너'의 차단된 비극적인 영
토와 그 시대에서 살고 있다는 것이다. 한국문화는 그 시대의 문화를 비판하고
균제하는 전통이라는 표준어가 없는 상황, 서로 서로의 언어가 통하지 않는 갑
갑한 상황에 놓여 있는 문화, '뿌리없는 문화', '모방으로서의 문화'33)이다. 한
국에 신화가 없다는 것은 한국의 민족이 그 민족적 '자아'를 소유하지 못한 것
이며, 정신적 생활의 빈곤과 무력성을 말해주는 서글픈 현상이다. 이런 그의
시각에서 자연스럽게 '우리들에겐 돌아갈 전통이 없다'는 전통부정론의 선언은
지극히 당연하다. 특히 이는 구세대 문화 전체에 대한 극단적인 부정이다.

그의 전통부정론의 시각은 조연현과 전통에 대한 논쟁에서 어느 정도 수정
된다. 조연현의 「민족적 전통과 인류적 보편성 – 서정주와 김동리의 전통에 대
한 태도를 중심으로」(『문학예술』, 1957. 8)에 대한 반론 형식이 그의 「토인과 생

---

31) 류철균, 「이어령(李御寧) 문학사상의 형성과 전개 – 초기 소설 창작과 창작론을 중심
　　으로」, 『작가세계』, 2001. 가을, 356면.
32) 이어령, 「우리문화의 반성 – 신화없는 민족」, 『경향신문』, 1957. 3. 14.
33) 이어령, 「우리문화의 반성 – 신화없는 민족」, 『경향신문』, 1957. 3. 13.

맥주 - 전통의 터너미노로지」(『연합신문』, 1958. 1. 10~1. 12)이다.

조연현의 이 글을 쓴 근본적인 동기는 "전통을 무시하는 기계주의적인 진보주의자들"인 전통부정론자들의 비판과 현 단계의 전통주의에 대한 개념 규정이다. 즉, 이어령 등의 신세대의 전통론에 대한 비판이며, 민족적 특성과 인류적 보편성의 모순 극복이다. 그는 전통을 "단순한 과거의 유물이 아니라 과거를 지배해 왔고, 현재에 작용되면서 미래를 다시 좌우할 힘으로서 변모해 가는 불멸의 근원적 주체적인 역량"으로 정의한다. 그는 서정주의 시적 경향의 변모(반전통적→전통적)와 김동리의 소설적 경향의 변모(전통적→반전통적)를 비교하면서, 새로운 전통 모색의 문제를 논의한다. 그는 전통적인 것이 "전통에 대한 불신이나 부정이 아니라 전통에 대한 가장 강렬한 반성이며, 새로운 전통에의 열렬한 모색"34)이라고 주장한다.

> 우리가 생각할 수 있는 것은 정관적, 정신적, 윤리적, 도덕적인 것이 전통적인 것이라면 행동적 육감적인 것은 친서구적인 것으로서 한국이나 동양의 전통적인 요소와는 이질적인 것이며 반윤리적, 반도덕적인 것이 반전통적인 것임은 더 말할 것도 없다는 사실이다.35)

> 민속성과 전설성, 인물의 한국적 전형, 현실의 한국적 양상 등은 김동리의 문학적인 출발이 민족적인 특성위에 기반되어 있었던 것을 말하는 것으로서 그의 초기의 전통적인 입장을 설명해 주는 것이 된다.36)

> 자연에 관한 것이 그의 시의 중요한 시의 제재와 주제로 바꿔진 것이다. (……) 초기에 가졌던 행동적, 육체적인 경향이 정관적, 정신적인 경향으로 바꿔진 동시에 초기의 반윤리적 반도덕적인 경향이 윤리적, 도덕적인 방향으로 변모되면서 또한 그것은 자연적 질서에까지 지양해 보려는 방향으로 나타났다. (……) 초기에 있어서는 그의 작품이 개인적인 감정의 기반위에 서 있었는데 비해서 후기에 와서는 그 개인적이던 것이 한국적, 동양적인 정서나

---

34) 조연현, 「민족적 특성과 인류적 보편성 - 서정주와 김동리의 전통에 대한 태도를 중심으로」, 『문학예술』, 1957. 8, 186면, 174~175면.
35) 위의 글, 179면.
36) 위의 글, 181면.

사상으로 변모된 점이다.[37)]

  그는 전통적인 것이 정관적, 정신적, 윤리적, 도덕적인 것으로 규정하고, 이에 반해 행동적, 육감적인 것이 친서구적이며 반윤리적, 반도덕적인 것이 반전통적인 것이라고 규정한다. 그가 파악한 전통적이란 것은 김동리와 서정주의 문학 경향을 비교하면서 도출해 낸 것과 유사하다. 그는 김동리의 전통적 요소가 ① 민속성과 전설성, ② 인물의 한국적 전형, ③ 현실의 한국적 양상 등이며, 서정주의 ① 자연에 대한 제재와 주제, ② 정관적, 정신적, 윤리적, 도덕적인 경향, ③ 한국적, 동양적인 정서와 사상 등이 전통적이라고 파악한다. 그는 이런 전통적인 것에 대한 파악을 통해서, 초기와 후기의 김동리(민족적 특성→인류적 보편성)와 서정주(인류적 보편성→민족적 특성)의 변모에서 발생하는 모순을 해결하고자 한다. 그는 이 모순의 해결을 괴테의 '가장 민족적인 것은 가장 세계적인 것이며, 가장 세계적인 것은 가장 민족적인 것'이라는 명제에서 찾고 있다.

> 그것이 무엇이냐 하면 '가장 민족적인 것은 가장 세계적인 것이며, 가장 세계적인 것은 가장 민족적인 것'이라는 궤-테의 말이다. 세계적인 것을 지향했던 서정주가 필연적으로 한국적 동양적인 세계도 결실되고, 한국적인 결실을 가지려 했던 김동리가 필연적으로 세계적인 것을 지향하게 된 것은 궤-테의 말처럼 민족적인 것만이 세계적인 것이 될 수 있고, 세계적인 것은 언제나 민족적인 것이었던 필연의 과정을 벗어날 수 없었기 까닭이다. 이렇게 볼때 서정주와 김동리는 그 문학적 출발에 있어서나 현재의 지향에 있어서나 서로 상반된 것이 아니라 동일한 노선위에 있었던 것임을 알 수 있게 된다. 이것은 곧 민족적인 특성은 그대로 인류적인 보편성에 통하는 것이며, 인류적인 보편성의 구체적인 내용이 민족적 특성임을 증언하는 것이 된다.[38)]

  그는 괴테의 말을 인용하면서, 서정주가 보편적, 반전통적 세계에서 자연적, 전통적 세계로 변모한 것이나 김동리가 민족적, 전통적 세계에서 보편적

------

37) 위의 글, 181~182면.
38) 위의 글, 185면.

세계로 변모한 것은 정당한 것이며, 궁극적으로 동일한 노선 위에 서 있다고 판단한다. 그의 결론이란 민족적 특성과 인류적 보편성의 개념적 차이에도 불구하고 이 둘은 별개의 세계가 아니라 동일한 하나의 세계라는 것이다. 이는 세계적 동시성 추구이다. 그는 괴테의 말을 통하여 전통적인 것과 반전통적인 것의 모순을 해결한다. 그러나 그의 논의의 핵심이란 전통에 대한 '주체성'39)을 강조한 것 같지만, 사실 신세대의 전통 부정에 대해서 구세대인 서정주나 김동리의 문학이 현대적 성취를 훌륭하게 이룩했다는 주장에 있다. 결국 그의 주장이란 구세대의 권위 확인에 있다.

조연현의 이 글은 동양과 서양의 성격을 기계적으로 분리한 것,40) 전통적인 것에 대한 논리적인 근거 제시의 결여, 민족적 특성과 인류적 보편성 사이의 구체적인 매개항 없이 괴테의 말로 처리한 점 등의 문제점을 갖고 있다. 특히 그의 전통주의가 말하는 '민속성' '전설성' '토속성'이란 지방주의에 가깝다. 민족이 역사적으로 형성된 것41)이라는 점에서 볼 때, 그의 '불멸의 근원적 주체'라는 영구불변의 민족 개념 설정이란 국수주의적 성격이 강하다. 국수주의 문학은 민족이라는 것을 어떤 영구불변의 실체나 지고의 가치로 규정한다.

이에 대해 이어령은 조연현의 전통관을 전통이 아니라 풍속주의나 지방주

---

39) "전통은 그것이 옛날것인 동시에 현재도 작용되고 있는 어떤 힘이다. 옛날 것이 현재에도 작용되고 있다는 것은 현재를 지배하는 행위의 주체성을 말하는 것으로서 이러한 행위의 주체성은 현재의 주체자가 의식적이든 무의식적이든, 혹은 적극적인 의지에서든, 무의지적인 타성에서든 이것을 수용함으로써 형성된 것이기 때문에 유물과 같은 객관적인 전승이 아니라 주체적인 전승이라고 보지 않을 수 없는 것이다."(위의 글, 176면)

40) 조연현의 이런 논리는 동양이 신비하고 비합리적인 관념에 지배되는 세계라는 '오리엔탈리즘'의 편견이 숨어 있다. "시인이든 학자이든 간에 오리엔탈리스트란 동양에 대하여 말하고 동양에 관하여 서술하며 동양의 신비스러운 것을 서양을 위하여 파헤치는 인간이라고 하는 사실, 곧 그러한 외면성이야말로 오리엔탈리즘의 전제조건인 것이다."(E. W. Said, 『오리엔탈리즘』, 박홍규(역), 교보문고, 1991, 47면)

41) 민족은 "공통의 언어, 지역, 경제적 생활 그리고 공통의 문화에 나타나는 심리적 성격을 기초로 하여 역사적으로 형성된 사람들의 안정적 공동체"이며, 인종적이나 종족적인 것이 아니라 역사적으로 형성된 공동체이다. 민족은 "봉건제의 폐지와 자본주의의 성장과정"과 함께 성립한 "자본주의의 시대에 해당되는 역사적 범주"이다.(J. V. Stalin, 「맑스주의와 민족 문제」, 『스탈린 선집』 1, 서중건(역), 전진, 1990, 45면, 50면)

의라고 비판한다.

> 전통은 오히려 지방색 즉 '푸로빈시어리즘'을 부정하는 운동이라는 말이며
> 조씨의 전통관은 사실 가장 비전통관이라는 뜻이다. 위대한 고전만이 혹은 면
> 면히 줄지어 흐르는 '종교성'만이 문학에 있어서 전통의 힘이 되어 진다는 이
> 야기다. (……) 이상의 말을 조씨가 잘만 정독한다면 내가 다 말하지 않는다
> 해도 한민족의 풍속주의, 지방주의가 곧 전통주의가 아니라는 것을, 아니 그
> 정반대의 것이라는 것을 알 것이다.42)

그는 조연현의 전통관을 지방주의나 풍속주의에 불과하며, 이것은 반전통
주의라고 비난한다. 그는 엘리어트의 「전통과 개인의 재능」(1919)에 나타난
전통론을 빌려 전통이란 "각국 문학으로 하여금 그 지방성을 탈각시키려고 노
력하는"43) 것이며, 지방감정을 극복하는 운동이라고 피력한다. 그는 문학의
전통이란 위대한 고전만이 혹은 면면히 줄지어 흐르는 종교성만이 문학에 있어
서 전통의 힘이라고 강조한다. 그는 전통이란 구체적인 대상(고전작품)의 문제
이지 지방주의나 풍속주의의 문제가 아니라는 것이다. 엘리어트의 전통이란 그
자신의 창작에 도움을 줄 수 있는 영문학과 유럽 문학이며, 시간적 계속성의
개념이기보다 그에게 바람직하다고 실감되는 선대의 창작의 주제와 방법이다.
그의 전통은 과거가 현재에 대하여 작용하는 큰 힘이며, 현재에 방향과 활력을
주는 것이다.44) 엘리어트 전통론의 '역사의식'은 과거와 현재의 시간을 초월한
상호교섭의 가능성을 강조45)하지만, 역사학에서 말하는 '진보'나 '발전'의 의미

---

42) 이어령, 「토인과 생맥주 - 전통의 '터너미노로지'」, 『연합신문』, 1958. 1. 11~12.
43) 이어령, 「토인과 생맥주 - 전통의 '터너미노로지'」, 『연합신문』, 1958. 1. 12.
44) 이상섭, 『복합성의 시학』, 민음사, 1987, 18~19면.
45) "전통은 첫째로 역사적 감각을 포함하는데, 그것은 누구나 25세 이후에 계속하여 시인
　　이 되려는 사람에게는 거의 필수불가흠(必須不可欠)한 것이라 말할 수 있다. 그런데
　　그 역사적 감각이란 과거의 과거성 뿐만 아니라 그 현재성에 대한 지각을 내포한다. 역
　　사적 감각은 사람을 강요하여 뱃속 깊이 들어 있는 제 자신의 세대로 더불어 무엇을
　　쓰게 할 뿐만 아니라, 호오머 이후의 구주문학(歐洲文學)의 전부와 그 안에서 제 자신
　　의 나라의 문학 전부가 한 동시적 존재를 가졌고 한 동시적 질서를 구성한다는 감정을
　　가지고 쓰게 한다. 이 역사적인 감각— 그것은 일시적인 동시에 무시간적인 것의 감각
　　이요 또한 무시간적인 것과 일시적인 것을 합친 것의 감각이다— 이 한 작자를 전통적

를 거부하고 있다는 점에서 그의 '역사의식'은 반역사적인 개념46)이다. 특히 그의 이데올로기는 반동적이고 보수적인 성격을 가진 것47)이다. 신세대의 전통부정론은 이런 엘리트의 전통론의 허상을 제대로 인식하지 못하고, 그의 전통론에 기대어 그들의 논의를 전개한다.

이어령은 엘리어트의 전통론에 힘입어 조연현의 전통관을 지방주의로 비판한 것이다. 그의 이 전통론의 수용은 초기의 전통단절론의 사고를 수정한다. 그의 전통이란 "풍속 습관같은 지역적 특성 시간적 특성이 아니라 타임레스 스페이스레스의 가치를 지니고 있는 힘", 즉 "고전작품이나 종교정신 같은 것"48)이다. 그가 제시하는 진정한 전통주의를 실현하는 방법은 "서구인이 동양에 관심을 갖듯이 동양인이 서구문화에 관심을 가지는 것"49)이라고 제시한다. 결국 이 지점에서 위대한 고전이 있는 한 전통은 존재하기 때문에, 그의 전통단절론은 수정된다. 그러나 그가 주장하는 진정한 전통주의가 동양인이 서구문화나 위대한 고전에 관심을 가지는 것과 연결되기 때문에, 그의 세계주의는 합리화된다. 결국 그의 전통론은 주체적 인식 결여라는 문제는 여전히 남는다. 그가 인식한 한국의 유일한 전통이란 작가 이상(李箱)이외에 없다. 그가 이상론50)

으로 만드는 물건이다. 그리고 그것은 동시에 한 작가로 하여금 시간에 있어서의 자기의 위치, 곧 자기의 동시화성을 가장 날카롭게 의식하게 하는 물건이다."(T. S. Eliot, 「전통과 개인적 재능」, 양주동(역), 『자유문학』, 1956. 12, 229~230면)

46) 한수영, 『한국현대 비평의 이념과 성격』(「1950년대 한국 문예비평론 연구 - 민족문학론, 실존주의문학론, 모더니즘론을 중심으로」, 연세대 박사, 1996), 국학자료원, 2000, 109면.

47) T. Eagleton, *Literary Theory - An Introduction*, Basil Blackwell Publisher, 1983, pp.39~40.

48) 이어령, 「바람과 구름과의 대화 - 왜 문학논쟁이 불가능한가」,(『문화시대』, 1958. 10), 『저항의 문학』, 예문관, 1965, 58면.

49) 이어령, 「토인과 생맥주 - 전통의 '터너미노로지'」, 『연합신문』, 1958. 1. 12.

50) 이어령, 「이상론 - '순수 의식'의 뇌성과 그 파벽」, 『서울문리대학보』, 1955. 9.
이어령, 「나르시스의 학살 - 이상의 시와 그 난해성」, 『신세계』, 1956. 10, 1957. 1.
이어령, 「묘비없는 무덤앞에서 - 추도·이상20주기」, 『경향신문』, 1957. 4. 17.
이어령, 「속·'나르시스'의 학살 - 이상의 시와 그 난해성」, 『자유문학』, 1957. 7.
이어령, 「이상의 문학 - 그의 20주기에」, 『연합신문』, 1959. 4. 18~19.
이어령, 「이상의 소설과 기교(상) - 「실화」와 「날개」를 중심으로」, 『문예』, 1959. 10.
이어령, 「이상의 소설과 기교(하) - 「실화」를 중심으로」, 『문예』, 1959. 12.

에 매달린 이유의 하나도 전통론에 대한 자기 수정 과정이다. 신세대의 이상 열풍도 그와 무관하지 않다. 결국 전후 시기 그의 전통단절론은 세계주의나 보편주의의 허상인 자기인식이나 민족적 주체성의 결여를 잘 드러낸 것이다.

전통의 빈곤이라고 하는 것은 이 땅에 태어난 문학자일 것 같으면 누구나 한번씩은 표백해 보는 공통적 탄성이지만, 비평부문에 있어서의 이러한 탄성은 가장 절실한 것이 아닌가 한다. 전통의 빈곤을 좀더 구체적으로 살펴보면, 이것은 작가에게는 따라야 할 규범이 없다는 뜻이 되고 비평가에게는 의지할 만한 가치의 기준이 없다는 뜻이 된다. 혹은 반발할 만한 규범도 전도할만한 가치의 기준도 없다는 뜻이 된다. 이러한 역경에다가 다시 오늘날의 우리 문학세계에 벌어지고 있는 온갖 후진적이며 '안테파탕'적인 혼돈상태를 부가해 본다면 이들 젊은 비평지망자들의 앞길이 결코, 평탄할 수 없다는 사실이 명백해진다.51)

우리는 전통의 발견이나 발굴에 동분서주할 필요는 없다. 또 전통의 '아리바이'를 역설할 필요도 없다. 문제는 몇 세대후의 사람들에게 우리가 겪은 바와 같은 빈곤의 탄성을 다시는 발하지 않도록 하는데 있을 것이다. 이런 의미에서 우리의 과업은 오히려 미래의 수확을 위한 시초작업을 수행하는데 있을는지도 모른다.
사실 크게 보아 현금의 우리의 작업은 처녀지 개간의 기초 작업일지도 모른다. 그 점 우리에게는 좀더 '프렛쉬'하고 발랄한 '프론티어'정신이 필요할는지도 모른다. '페시미즘'의 온상 속에서도 때로 기적은 일어난다.52)

남에게서 배운다 하더라도 배움을 실천하여 주체가 있는 이상, 자기의 것은 은연중 제 빛을 발하기 마련이다. 그렇다면 소위 전통에 대한 지나친 쇄국적 비개방적 태도도 결국은 의곡된 자격지심이 변형된 형태에 지나지 못할 것이다. (……) 타파해야 할 인습마저를 전통이란 미명으로 수식하는 옹졸한 사고는 조속히 지양되어야 할 것이다. 그러므로 우리는 60년대의 문학의 과제

이어령, 「날개를 잃은 증인 - 이상론」, 『한국단편문학대계』 3, 삼성출판사, 1969.
이어령, 「이상문학의 출발점」, 『문학사상』, 1975. 5.
51) 유종호, 「비평의 반성」, 『현대문학』, 1958. 4, 246~247면.
52) 유종호, 「우리 문학 전통의 확립 - 가시밭을 거쳐야하는 내일에의 길, 『세계』, 1960. 4, 233면.

가 소박한 전통개념의 수정과 이에 따른 시야의 확장에 있어야 한다고 믿고
싶다.53)

유종호는 '전통 빈곤'이나 '단절'로 한국문학을 표현하면서, 전통단절론을
주장한다. 그는 "문화사 전반에 걸쳐 고스란히 해당하는 얘기겠지만 한국의 문
학사를 일별할 것 같으면 하나의 단절, 단층이 엄존해 있다"54)고 주장한다. 그
는 작가들이 따라야 할 규범이 없고, 비평가들이 의지할만한 가치의 기준이 없
는 한국문화의 후진성을 지적한다. 그가 파악한 한국적이란 "우리에게 있어 '전
통적'이란 '후진적'이란 말이 수식된 미사여구"55)에 불과한 것이다. 이 전통단
절론은 구세대 비판이며, 신세대의 처녀지 개간 작업이라는 의미를 담고 있다.
그가 파악한 한국의 문학이란 '패배의 미학', '운명론적 페시미즘'의 온상이며,
'한국적'이란 말은 토속적인 '전근대적 인간상'을 싸고도는 후광에 불과한 것이
다. 현재의 한국문학의 문화적 낙후성, 후진성을 갖고 있기 때문에 '처녀지 개
간 기초 작업'을 해야하고, "열린 창문을 통해서 들어오는 서구문학"56)인 '선진'
문학을 수용해야 한다는 것이다. 결국 그의 논리를 정리하면, '한국적＝전근대
적', '근대적＝서구적'이라는 논리로 귀결된다. 그의 세계주의나 보편주의 허상
을 여실히 드러낸다.

구세대 조연현의 전통계승론이 전통주의나 동양주의의 관점에 선 것이라
면, 그 대척점에 있는 신세대의 전통단절론은 보편주의나 세계주의의 시각이
다. 김동리가 모방과 추종에서 벗어나 동양의 전통 속에서 새로운 것을 찾아서
"세계문학의 일환으로서의 근대문학"57)을 성취할 것을 강조한 것처럼, 조연현
은 민족적인 특성이 인류적인 보편성과 통하는 것이며, 인류적인 보편성의 구
체적인 내용이 민족적 특성이라고 강조한다. 그러나 그들의 논리인 전통주의의
본질이란 지방주의나 풍속주의에 가까운 것이다. 구세대의 전통주의나 신세대

---

53) 위의 글, 231~232면.
54) 유종호, 「현대시의 50년」, 『사상계』, 1962. 5, 304면.
55) 유종호, 「우리 문학 전통의 확립」, 230면.
56) 유종호, 「성장과 심화의 궤적 - 한국문학 20년」, 『사상계』, 1965. 8, 330면.
57) 김동리, 「한국문학의 방향 - 새로운 정신원천으로서의 동양」, 『서울신문』, 1957. 6. 13.

의 세계주의는 구체적 역사성에 기반을 둔 논리라기보다는 허상에 가깝다.

> 우리 민족문학의 현대적 방향에 가장 요구되는 문제는 서구의 현대문학의 비판적인 섭취와 전통의 올바른 계승을 통한 주체성의 확립이라는 이 두 개의 커다란 문제가 서로 밀착되고 통일되는 데 있다고 믿게 되는 것이다.[58]

> 우리 문학에 전통이 없다는 가정밑에서 우리 문학을 좀더 깊이있게 통찰하지 않은데서 나오는 것이며 나아가서는 진정 우리 문학의 주체적 위치를 망각해 버리고 서구문학이 겪은 현대적인 경로를 그대로 답습하려는 경향에서 오는 것이다.[59]

신세대나 구세대에 반해, 최일수의 전통론은 민족문학의 현대적 방향을 '서구의 현대문학의 비판적인 섭취'와 '전통의 올바른 계승을 통한 주체성의 확립'이라는 두 명제를 기반으로 한다. 그는 현대문학의 근본적 특질인 저항정신이란 역사적 내용과 의식성이라는 주체적 형식을 지닌 문학정신임을 강조한다. 그는 한국문학에 전통이 없다는 부정론에 대해서 좀더 깊이 있게 통찰하지 못한 것[60]이며, 주체적 위치를 망각하고 서구문학에 대한 답습이라고 비판한다.

---

58) 최일수, 「우리문학의 현대적 방향 – 전통의 올바른 계승을 위하여」, 『자유문학』, 1956. 12, 171면.

59) 최일수, 「현대문학의 근본특질 – 정의를 세우기 위한 논쟁을 전개하면서」, 『현대문학』, 1957. 1, 80면.

60) '한국문학에 전통이 없다'는 것에 대한 최일수의 반론은 당위적인 이념 강조의 성격이 강하다. 전통 부정에 대한 '좀더 깊이 있게 통찰하지 않은 것'이라는 비판의 구체적인 근거가 『춘향전』의 저항 정신이다. "춘향이의 마음처럼 끝까지 기다림으로 해서 기다리는 것을 기다리게 하는 근기(根氣)있는 저항속에다 심어놔야 하며 또한 그 바탕 위에서 울어나와야 하지 않을가. (……) 춘향이가 현재 놓여있는 같은 경우의 인간들 즉 우리 민족들에게 공통적으로 일관되는 고유한 상황속에 비추어진 하나의 행동적인 자세인 것이다."(최일수, 「문학의 세계성과 민족성」, 『현대문학』, 1958. 4, 223면) 그의 저항 정신에 대한 1950년대 논의는 『춘향전』을 제외한 다른 작품에 대한 구체적인 탐구가 없으며, 그의 시각은 한국문학의 대부분의 작품에 대해서 후진적인 것이란 근본적인 시각이 전제되어 있다. 그는 현대문학에 대해서도 상당히 부정적이다. "불행히도 오늘 우리 문학의 작품 가운데는 현대에 있어서 '리얼리즘' 정신의 저조로 말미암아 이러한 비판적이며 저항적인 작가정신을 상실해 버리고 그저 옛날 봉건적인 풍속의 유습을 우리 민족의 유일한 상징으로서 삼거나 또는 현대작품에 있어서도 단순히 남녀관

한국전쟁으로 야기된 분단된 현실 속에서 우리 문학이 지향해야 할 목표는 통일을 구현시키기 위한 민족 정신의 발현에 있다. 그는 올바른 민족 정신의 발현을 위해 『춘향전』과 같은 평민문학이 보여준 평등정신과 저항정신의 계승이 필요함을 피력한다. 그는 민족문학이 결코 전통을 무시하거나 거부하는 것이 아니라, 전통을 자각하게 조장하고, 그것이 나아가서는 문학 자체의 개성적인 창의성까지 사장해 버리고, 표현의 내면적인 필연성마저 상실한 나머지 인습으로 되어 버리기 때문에, 이에 대해서 비판하고 반대하는 것임을 강조한다. 기본적으로 그의 전통론은 현실적 성격과 구체적 역사를 기반을 둔 "주체적 창조정신"[61]을 강조하는 주체적 계승론이다. 그의 구체적 현실 인식은 민족문학의 건설 방향을 분단극복을 위한 통일에 두고 있다. 그러나 민족문학의 건설에 대한 방향만 규정되어 있지, 분단의 원인에 대한 문제나 그 규명에 대한 인식은 결여되어 있다. 따라서 최일수의 전통론은 구세대나 신세대의 몰역사성에서 현실에 대한 구체적 규정을 통한 역사성을 띠고 있다는 점이 특징적이지만 이념적 성격이 강하다.

　　전통단절론이나 계승론은 한국문학의 '후진성'을 기본적인 전제로 한다는 점에서, 두 인식은 근본적으로 동일하다. 전통의 발견이나 민족문학의 연속성을 강조하는 입장은 근대 따라잡기의 함정에 자유롭지 못하다.[62] 신세대의 전

계의 신기한 풍속을 표면적으로 그리는데 그쳐버리고 있다."(최일수, 「문학의 세계성과 민족성」, 『현대문학』, 1958. 2, 170~171면) 따라서 그의 전통론은 부정론이 상정한 한국문학의 후진성이라는 기본 전제는 동일하며, 단지 이념적이고 당위적인 성격만을 강조한 차이가 있다. 그의 "후진문학"(최일수, 「한국문학의 근본특질 - 정의를 세우기 위한 논쟁을 전개하면서」, 『현대문학』, 1956. 12, 188면) 등 한국문학의 후진성에 대한 언급은 여러 곳에서 발견된다.

61) 최일수, 「문학의 세계성과 민족성」, 『현대문학』, 1958. 4, 216면.

62) "단일한 시-공간 안에서 공동의 역사적 체험을 지닌 유기적 연속체적 집단으로서의 '민족'이라든가, 그 민족을 정서적으로 연결하는 '전통'이라든가 하는 것은 역사적 상상물이고 하나의 이미지이며, 무엇보다도 근대의 산물이다. 한편 띠냐노프에 따르면, 전통이란 개념은 '하나의 체계 속에서 어떤 용도와 역할을 갖고 있는 하나 또는 여러 개의 문학적 요소들의 부당한 추상화에 지나지 않는 것'일 뿐이다. 다시 말해, '민족' '전통' '고유성' '단일성' 등의 수사에서 우리가 떠올릴 수 있는 바의, 시간적-공간적으로 매그럽게 연결된 유구한 생명적 유기체로서의 어떤 고정불변의 집단, 공동의 체험과 기억으로 연결된 집단적 삶의 형태…… 이것은 근대 세계가 만들어낸 하나의 이미지 내지

통단절론은 서구 편향적 시각과 근대성 창출에 일정한 역할을 한다. 서구 편향
적인 근대성 창출은 일정하게 근대 따라잡기의 형태인 추상적인 세계주의나 보
편주의로 드러난다. 이 근대 따라잡기의 모습은 보편주의와 세계주의의 미궁
속에서 헤맨 '제2의 개화기'63)로 표현된다. 특히 신세대의 근대성의 창출이란
일정하게 주체적 인식 결여라는 점에서 허상에 가깝다. 주체성 결여에 대한 반
성적 사유가 50년대 후반 이후의 전통 재인식64)이라는 계기를 마련한다.

> 우리문학의 전통은 향가에서 시조로 흐르는 절충적인 것보다는 춘향전 등
> 의 평민문학에서 정성(定成)되어지는 주체성의 확립과 인간평등의 자유정신
> 의 통일된 정신속에서 찾아볼수 있는 것이다.65)

> 고전은 한 역사적인 단계위에 놓고 종적으로 고찰되어야 한다. 횡적인 고
> 찰에선 졸작이란 낙인밖엔 있을 수 없는 것도 종적인 고찰에선 귀중한 가치를
> 제공해 준다. 즉 그것은 현대문학에 그대로 전승되어 온 전통을 밝혀 주고 수
> 성적(隨性的)으로 진행하는 현대문학의 방향과 수정되어야 할 방향을 제시해
> 주기도 한다.66)

> 나는 보다 우리의 근대문학이 이미 실학파문학으로 부터 태동되어서 전통
> 속에 깊숙히 노정되었던 사실을 발굴하는 작업이 긴요하다는 것이다.67)

는 이데올로기에 지나지 않는다."(김 철, 「'국문학'을 넘어서 - 국문학 연구 방법론에
대한 하나의 제안」, 한국문학연구회, 『현역중진작가연구』 Ⅲ, 국학자료원, 1998,
239~240면)

63) 고 은, 『1950년대』, 청하, 1989, 14면.

64) 전통은 "계기적이면서 동시에 동일한(아니면 적어도 유비적인) 현상들의 집합에 단일
한 시간적 지위를 부여하고자 한다. 또 전통의 개념은 역사의 분산을 同一者 le même
의 형태 아래에서 다시 생각할 수 있도록 해준다. 나아가 이 개념은 시원으로의 무한
한 소급을 통해 단절 없이 거슬러 올라가기 위해, 모든 출발점들의 고유한 차이를 환
원하도록 해준다. 전통이라는 개념에 입각해 사람들은 존속의 기초 위에서 새로움들을
배제시킬 수 있으며, 그들로부터 시원성에로, 천재에로, 개인에게로 그 공적을 이전시
킬 수 있는 것이다."(M. Foucault, 『지식의 고고학』, 이정우(역), 민음사, 2000, 4
3~44면)

65) 최일수, 「우리문학의 현대적 방향 - 전통의 올바른 계승을 위하여」, 『자유문학』,
1956. 12, 185~186면.

66) 김우종, 「항거없는 성춘향」, 『현대문학』, 1957. 6, 219~220면.

50년대 중반 이후는 근대 파산의 목소리인 '화전민 의식'을 바탕으로 한 전통단절론에 대한 전통을 재인식하고자 한 시기이다. 전통 재인식의 대표적인 논의가 평민문학에서 '저항 정신'을 추출하여 이를 계승하고자 한 최일수, 연암 박지원의 문학에서 근대문학의 기점을 잡으려는 윤병로, 고전의 현대적 재해석을 통해 전통의 새로운 국면을 열어 보이려고 한 김우종의 전통의 재인식 등이다. 60년대 전통론은 유종호, 이어령 등의 전통단절론, 조동일, 천이두 등의 반성적 계승론(반성적 극복론), 정태용, 장일우의 주체적 계승론(주체적 수용론)으로 세분화된다. 반성적 계승론은 단절론을 극복하기 위한 대안으로 고전문학 속에서의 전통 찾기, 한국적인 것 찾기에 기반을 둔다면, 주체적 계승론은 대상을 발견하는데 그치지 말고 이에 상응하는 논리를 찾아 방법적으로 심화시키는 논점이다.68) 50년대 중반에 시작된 전통론은 60년대 이후 전통의 재인식과 산업화 시기의 민족문학이나 민중문학론으로 수렴된다. 그러나 전통론에서 '주체성'의 강조란 서구 중심적 사고를 반영한 '유럽중심적 반유럽중심주의'69)이다. 이는 "자신의 정체성을 고정시키는 문화적 헤게모니의 장치"70)인 오리엔탈리즘의 편견에서 자유롭지 못하다. 결국 전통론에서 '근대적 반근대주의'는 근대 따라잡기의 함정에 해당된다.

근대는 과거와는 다른 것으로 자기를 규정하는 유일한 시대이며, 근대 기획은 공통적으로 '전통' 부정의 방식을 취한다. 근대적 주체의 정체성을 구성하는 중요한 특질이며 고유한 성격이 바로 '정치적 고아 의식'71)이다. 결국 이는 기성세대에 대한 결별을 통한 자기 정체성 확인 작업이다. 저항문학론은 구세대 비판과 신세대 옹호의 논리와 전통단절론을 기반으로 한 문학론이다. 신세

---

67) 윤병로, 「전통의 제문제 - 실학과 관련해서」, 『자유문학』, 1959. 3, 294~295면.
68) 한강희, 「1950~60년대 전통론의 이월 및 정체성 모색의 세 국면」, 『성균어문연구』 32, 1997. 12, 248~250면.
   한강희, 『한국 현대비평의 인식과 논리』(「1960년대 한국문학비평 연구 - 전통론, 세대론, 참여론을 중심으로」, 성균관대 박사, 1998), 태학사, 1998, 287~288면.
69) 김 철, 앞의 글, 240면.
70) 姜尚中, 『오리엔탈리즘을 넘어서』, 이경덕·임성모(역), 이산, 1997, 189면.
71) 권명아, 『가족이야기는 어떻게 만들어지는가』, 책세상, 2000, 23면.

대의 구세대 비판과 전통단절론은 자기 정체성에 대한 사유의 결여를 보여준다. 그들의 논리란 '한국적=전근대적', '서구적=근대적'이라는 한국문학의 낙후성에 대한 인식과 한국문화 비판의 논리이다. 결국 신세대의 이런 주장은 서구의 '선진' 문학을 수용이라는 추상적 세계주의의 허상을 보여준다. 신세대의 새로운 근대성이란 바로 몰역사성을 기반으로 한 신세대의 세계주의나 보편주의 허상이다. 이 허상의 비판이 자기 정체성 확인을 통한 전통의 재인식이다. 이런 전통론은 근대 따라잡기의 함정이다.

2. 민족문학론

2.1. 보수적 민족문학론

전후 시기의 민족문학론은 해방기 민족문학론의 연장선상에 놓여 있다. '순수문학', '본격문학'으로 규정된 보수적 민족문학론이 이 시기에 그대로 연장되어 확대 재생산되고, 신세대에 의해서 이 민족문학론에 대한 비판의 형태로 제출된 것이 진보적 민족문학론이다. 이 두 민족문학론은 세계문학을 향한 민족문학과 분단극복을 지향하는 민족문학의 방향으로 전개된다. 다시 말해서 전후 시기는 해방기 민족문학론의 연장이며 비판의 성격을 동시에 갖고 있다.

한국문학에서 민족문학이란 프로문학에 대한 대타의식에서 출발한 용어이다. 민족문학이란 용어는 민족주의 문학이나 국민문학과 거의 유사한 의미로 사용된다. 1920년대 사용된 "조선으로 돌아가자!" "진정한 국민문학을 건설하자!"라는 구호로 대표되는 민족문학이란 실상 '문단상의 조선주의'라고 명명할 수 있다. "'조선주의'는 다시 말하면 조선 민족 정신의 발현, 문학 고전의 부활, 민족적 예술 형식의 창조, 외래 사조 추종의 배척 등이 그 중심 골자인 듯한다."72) 이 시기에 사용된 민족문학은 우파적 보수주의, 복고주의를 정신적 기반을 가진 권력 지향적 성격을 갖는다. 이런 민족문학의 정신적 기반은 해방이

---

72) 김기진, 「문예 시평 ─ 문단상 조선주의」(『조선지광』, 1927. 2), 홍정선(편), 『김팔봉 문학전집』 1, 문학과 지성사, 1988, 277~278면.

후 1950년대까지 확대 재생산된다.

> 그때 내가 생각으로는, 문학이란, 사람이 제생명의 구경의의를 탐색하는
> 사업이려니 하였다. 이렇게 말하면 그것은 하필 문학적 동기가 아니요, 종교
> 적 그것이라고도, 또는 철학의 형이상학적 그것이라고도 하겠지만, 종교나 철
> 학보다 결국 문학을 취한 것은, 문학엔 그러한 사상이 인생 혹은 운명을 통하
> 여 구체적으로 형상화(창작)되는 것이었고, 그것이 내성격에 대단히 맞었든
> 것이다. (……) 개성과 생명의 구경 추구! 이것이 이 땅 문단 '신세대'의 문학
> 정신이었든 것이다.73)

> 순수문학이란 한마디로 말하면 문학정신의 본령정계(本領正系)의 문학이
> 다. 문학정신의 본령이란 물론 인간성옹호에 잇스며 인간성옹호가 요청되는
> 것은 개성향유를 전제한 인간성의 창조의식이 신장되는 째이니만치 순수문학
> 의 본질은 언제나 휴맨이즘의 기조(基調)되는 법이다. (……) 민족문학이란
> 원칙적으로 민족정신이 기본되어야 하는 것이며 민족정신이란 본질적으로 민
> 족단위의 휴맨이즘 이외의 아무것도 아니기 째문이다. (……) 이와가치 민족
> 정신을 민족단위의 휴맨이즘으로 볼째 휴맨이즘을 그 기본내용으로 하는 순수
> 문학과 민족정신이 기본되는 민족문학과의 관계란 벌서 본질적으로 별개의 것
> 일 수 업다는 것을 알 수 잇다.74)

김동리는 "본질적으로 인간성 옹호의 정신"75)을 문학정신이라고 규정하
고, 순수란 신세대 작가들의 모든 비문학적인 야심과 정치주의에 대립하는 정
신이며, 그에게 도전하는 정신임을 강조한다. 그에게 문학이란 사람이 '제 생명
의 구경의식을 탐구하는 사업'이며, '개성과 생명의 구경 추구'이다. 그는 30년
대 후반 '세대-순수논쟁'을 거치면서, 해방 이후 좌파의 인민민주주의 민족문학
론에 대항 논리로 '구경적 생의 형식'이라고 정식화한 순수문학론을 주장한다.
해방 이후 그는 〈조선청년문학가협회〉 결성과 그 '강령'을 구체적 이론화 작업

---

73) 김동리, 「신세대의 정신 - 문단 '신생면'의 성격, 사명 기타」, 『문장』, 1940. 5, 82~
83면.
74) 김동리, 「순수문학의 진의 - 민족문학의 당면과제로서」, 『서울신문』, 1946. 9. 15.
75) 김동리, 「'순수'이의 - 유씨의 왜곡된 견해에 대하야」, 『문장』 1939. 8, 144면.

의 수행과 「조선문학의 지표 - 현단계 조선문학의 과제」(『청년신문』, 1946. 4. 2), 「민족문학문제」(『수산경제신문』, 1946. 6. 10)에서 민족문학론을 이론화하고, 「순수문학의 진의 - 민족문학의 당면과제로서」(『서울신문』, 1946. 9. 15)에서 '민족문학은 순수문학이다' 라는 자신의 문학론을 정식화한다.

그는 순수문학이 인간성 옹호를 본질로 하는 '본령정계의 문학'이라고 정의한다. 이 순수문학은 '휴머니즘'을 기조로 하는 문학이다. 민족문학은 민족정신을 기본으로 하는 문학이며, 본질적으로 민족정신이란 민족 단위의 휴머니즘인 까닭으로 순수문학과 동일한 것이다. 그는 '민족문학=순수문학'이란 논리를 도출한다. 순수문학은 개성의 자유와 인간성 옹호를 의미하며 궁극적으로는 '공통된 운명을 발견하고 이것의 타개에 노력하는 것' 즉 '구경적 생의 형식'을 지향한다. 그의 인간성 옹호를 본질로 하는 이 문학론의 전제가 바로 추상성과 몰역사성이다. 이 순수문학론은 해방공간에서 〈조선문학가동맹〉이라는 타자로부터 자신을 특권적으로 차별화하는 권력지향적 성격을 가진 것이다. '순수문학'으로 표방되는 김동리의 민족문학론은 전후 시기에도 「민족문학의 이상과 현실」(『문화춘추』, 1954. 2), 「한국문학의 방향」(『조선일보』, 1957. 6. 13~6. 17)과 같은 글에서도 그대로 확대 재생산된다.

> 내가 표방하는 민족문학 즉 인간주의적 민족문학은 한마디로 말하면— 따라서 그것이 또한 결론이기도 하겠지만— 그것은 곧 세계문학이란 뜻이다.
> 여기 세계문학이란 것은 물론 세계 안에 있는 모든 문학이란 뜻이 아니요 정당한 번역을 통해서 언어와 혈족과 국적을 달리하는 세계의 교양있는 대부분의 남녀에 의하여 '세계문학'에 해당하는 감동과 수준이 입증될 수 있는 문학을 가리키는 말이다. 다시 말하면 이러한 의미의 세계문학의 일환이 될 수 없다면 내가 말하는 의미의 민족문학이 될 수는 없는 것이다. 세계문학의 일환이 될 수 있는 '민족의 문학'이라야 진정한 민족문학이라는 것이다.76)

> 그렇다면 '세계문학의 일환으로서의 근대문학'이라고 하는 대신 '현대문학'이라고 바꾸어 놓으면 어떤가 '현대문학'이라고 하는 것보다 어쩐지 뒤떨어진

---

76) 김동리, 「민족문학의 이상과 현실 - 민족문학수립제1기의 점청(占晴)을 위하여!!」, 『문학춘추』, 1954. 2, 68면.

감이 나서 (……) 성 급한 청년들은 항의를 하려 할 것이다. (……) 첫째 모든 문명은 전통을 떠나서 형성되지 않는다. (……) 둘째로 우리의 문화는 뒤떨어져 있다. (……) 그런데 '니힐리즘'은 절망을 말하는 것이니까 취할 것이 못되고 '카토릭'주의는 후퇴를 뜻하는 것이니까 취할 바 못되고 공산주의나 폭력주의는 파괴니까 취할 수 없고 전통적인 합리주의는 답보(踏步)니까 취할 수 없고 실존주의는 목적성이 없다. 결국 세계는 동양주의로 나아가는 길이 남아 있을 뿐이다. (……) 우리의 정신의 역사를 살펴 보라 그것이 언제나 역사적인 신기원(新紀元)을 지을 때는 반드시 지역의 새로운 정신원천(精神源泉)을 발견 함으로써 이루어지지 않았던가.[77]

김동리의 「민족문학의 이상과 현실」은 해방 이후 10년간의 민족문학론에 대한 정리와 평가를 목적으로 한 글이다. 그는 해방 이후 전개된 민족문학론을 '계급주의적 문학론', '민족주의적 민족문학론', '인간주의적 민족문학론'으로 구분한다. 그는 해방 이후 자신이 지속적으로 주장해 오던 문학론이 인간주의적 민족문학론임을 지적하면서, 민족문학이란 '세계문학의 일환으로서의 근대문학'임을 피력한다. 그의 인간주의적 민족문학론에서 인간주의는 그가 민족정신을 '세계사적 휴머니즘의 일환인 민족단위의 휴머니즘'[78]이라고 정의한 것과 관련된 표현이다.

그는 인간주의적 민족문학이란 '세계문학의 일환으로서의 근대문학'임을 주장한다. 그는 세계문학을 정당한 번역을 통해서 언어와 혈족과 국적을 달리하는 세계의 교양 있는 대부분의 남녀에 의하여 '세계문학'에 해당하는 감동과 수준이 입증될 수 있는 문학으로 규정한다. 여기서 주목되는 것이 '언어와 혈족과 국적'이라는 표현인데, 이를 통해 그가 파악하는 '민족'이란 고정불변의 실체임을 알 수 있다. 그의 세계문학이란 기본적으로 몰역사성을 담보한 표현이다. 그는 '현대문학'이 아니라 '근대문학'으로 주장하는 이유를 ① 모든 문명은 전통을 떠나서 형성되지 않는 것, ② 우리의 문화는 뒤떨어져 있다는 것을 지적한다. 이런 기본적 전제에서도 전후 시기 신세대나 구세대의 한국문화의 후진성

---

77) 김동리, 「한국문학의 방향 - 새로운 정신원천으로서의 동양」, 『서울신문』, 1957. 6. 13~17.
78) 김동리, 「순수문학의 진의 - 민족문학의 당면과제로서」, 『서울신문』, 1946. 9. 15.

이라는 기본적인 인식이 드러난다. 그는 이런 민족문화의 후진성을 극복하기 위한 방편으로 새로운 정신의 원천인 동양주의를 주장한다.

특히 그의 「민족문학의 이상과 현실」에서 주장하는 인간주의적 민족문학이 세계문학이라는 표현은 신세대처럼 세계주의를 표방한 것이 아니라 핵심은 세계주의의 비판에 있다. 그는 이 글에서 마르크스주의 문학론과 모더니즘론을 비판한다. 그 비판의 핵심은 모더니즘론에 있다. 모더니즘론의 비판은 ① 모더니즘 문학인들이 문학쟁탈전의 무기로 삼기에만 급급한 것, ② 새로운 것이라는 선언, ③ 현대문학의 생리적이고 정당한 이해를 방해한 것 등이다. 이 비판에서 강조점이란 문학쟁탈전의 무기로 삼고 있다는 비판인데, 이는 신세대에 대한 구세대의 권위 확립을 위한 것이다. 또한 신세대의 세계주의나 보편주의의 허상을 비판한 것이다. 이를 통해 그가 주장하는 것이란 결국 동양주의나 전통주의이다. 이어령의 조연현의 전통관 비판과 마찬가지로 그의 동양주의는 지방주의나 풍속주의에서 자유로운 것은 아니다. 그리고 이 글의 문제점은 동양이나 서양의 기계적 분리, 민족문학과 세계문학의 무매개적인 관계 설정의 문제, 동양을 정신의 원천으로 파악하는 오리엔탈리즘의 편견79) 등이다. 특히 그의 인간주의 문학론은 민족을 고정불변의 실체로 파악한 몰역사성을 기반으로 한 보수적 민족문학론이다.

> 문화일반도 적게는 민족을 크게는 종족을 단위로 하여 일종의 고유성격적 문화를 구성하고 있으며 또 이것은 어떠한 획기적인 민족혈통상의 변천이 있기 전에는 유전으로 세대로부터 세대로 전승되어 나려온다.80)

김종후는 「민족문학소론」에서 비교언어학이나 민족심리학적 관점의 필요성을 지적하면서, 민족의 구성요소인 언어를 절대화한다. 즉, 그는 언어를 정신적인 모체로 파악하고, 언어의 구성과 정신에서 민족심리를 파악해야 한다면 언어의 차이와 민족심리의 차이를 인정해야 한다는 것이다. 또한 그는 민족을 종족적 토대로 파악하고, 민족을 절대화하는 관점에 서 있다. 결국 민족문화는

---

79) E. W. Said, 『오리엔탈리즘』, 박홍규(역), 교보문고, 1991, 47면.
80) 김종후, 「민족문학소론 - 사고방법에 대한 소고」, 『현대문학』, 1956. 3, 197면.

민족생리화되고, 이 생리화된 문화는 일종의 유전성을 띠고 민족의 혈족의 혈통에 계승된다는 점을 강조한다. 그는 종족이나 민족간의 정신적인 간격을 무시하고 정신문화의 단일화만을 시도하는 것은 어리석은 일이라고 비판한다. 이런 이론적 구도는 민족문학이 역사의 변화나 세계화가 되더라도 민족의 변하지 않는 특질을 설정하여, 민족문학의 절대성을 강조하는 사고방식이다.

김동리나 조연현의 문학론을 확대한 논리가 김양수가 주장하는 민족문학론이다. 그는 민족의 역사가 그 민족의 전통에서 이루어지는 것이며, 한 민족의 전통이란 그 민족의 민족정신의 실체이며, 민족정신의 실체란 한 민족의 전통의 정수라고 한다면 그 민족의 각각 집단생활이 추출해낸 그 민족사회의 생활이념이며 천부(天賦)의 발로라고 지적한다. 그는 민족이란 것을 절대적인 것으로 상정한다. 이런 민족을 절대화하는 사고 방식은 김동리, 조연현, 김종후, 김양수 등의 보수적 민족문학론의 기본적 전제이다.

그는 세계의 일체화를 낳은 근대가 산업주의, 전체주의, 집단혁명, 조직의 과잉, 통계와 수의 신화 등을 낳고, 물질문명의 풍요를 이룩했고, 이 기술지상주의적인 물질문명이 서구의 근대를 파탄의 위기에 직면하게 했다고 파악한다. 서구가 근대를 어떻게 넘어서느냐가 역사의 과제인데 반해 아시아는 어떻게 해서 근대화로 들어가느냐 하는 것이 과제라고 지적하고, 그는 '아시아적 세계의 혼란과 후진성과 기형성과 모순과 회삽(晦澁)'의 핵심을 "서구에 있어서 근대가 붕괴하는 단계에 있어 아세아가 근대화에 직면했다고 하는 사태의 복잡함에 원인이 있다"고 집약한다. 그는 아시아의 '세계적 동시성'에 대한 지향은 문명이 이룩한 '물질'과 그것을 극복할 수 있는 '방법'을 동시에 추구하는 것이며, 이를 아시아의 '지방인 근성'을 넘어선 주체의 확립 수단으로 사용해야 한다고 지적한다. 그는 민족문학의 이념을 '지방인의 근성'을 극복하고, 인류전체의 과제에 대응하는 것이라고 파악한다. 그는 서구의 물질문명의 모순과 동양의 후진성을 극복할 수 있는 "정신혁명 수행의 길"과 "주체확립"81)의 길이 민족문학 확립의 과제로 제시한다.

---

81) 김양수, 「민족문학확립의 과제 - 20세기적 관점에서 본 방법론」, 『현대문학』, 1957. 12, 209~211면.

> 민족적인 것은 세계적인 것을 위하여 자신과 대결해야 하며 세계적인 것은 민족적인 것에서 보편성을 추구하고 추출하기 위해서 스스로를 정리하여야 한다. 그리하야 민족적인 시력은 전세계의 정신적 시력을 형성하는데로 집중되어야 하며 전세계의 정신적 시력은 민족적인 시력의 초점을 바로잡아 올리는 데 있는 것이다. (……) 전 세계의 정신적 시력과 국제적인 시점을 토대로 오늘의 세계를 비평하고 자기의 민족을 비평하고 자기 스스로를 또한 비평하는 것이야말로 민족문학이 확립되는 길이며 정신과 실제로서 인류 및 세계의 일체화를 위하여 현재의 불합리 및 부조리와 대결하는 길인 것이다. (……) 민족문학이 수행해야 할 과제는 이렇듯 세계와 인류라는 광장에서 문학의 광장인 비평의 광장을 넓히고 확립시켜 가는데 있으며 이 과업을 수행하는 길만이 20세기 현대에 있어서의 민족문학 확립의 과제가 되는 것이기도 하다.[82]

그는 민족적인 것이란 세계적인 것을 위하여 자신과 대결해야 하며, 세계적인 것이란 민족적인 것에서 보편성을 추구하고 추출하기 위해서 스스로를 정리해야 한다고 지적한다. 김양수의 이런 논리는 조연현의 「민족적 전통과 인류적 보편성」(『문학예술』, 1957. 8)의 논리를 그대로 확대한 것이다. 즉, 조연현이 민족적 특성과 인류적 보편성의 개념적 차이에도 불구하고 이 둘은 별개의 세계가 아니라 동일한 하나의 세계라고 한 세계적 동시성 추구라는 논리의 연장이다. 김양수는 이런 논리를 "세계적 및 인류적 보편성을 지향하는 것"[83]이라고 지적한다. 그는 민족문학 확립의 길을 전 세계의 정신적 시력과 국제적인 시점을 토대로 현 세계를 비평하고 각 민족을 비평하고 자기 스스로를 비평하는 것이며, 정신과 실제로서 세계의 일체화를 위하여 현재의 불합리, 부조리와 대결하는 길이라고 결론을 짓는다.

조연현과 마찬가지로, 그의 논리란 서구와 아시아를 기계적으로 분리한 이분법적 사고, 아시아 문학의 후진성에 대한 인식이나 서구 문명을 극복할 방안을 동양에서 찾는 것은 관념론의 산물이다. 또한 민족적인 것과 세계적인 것 사이의 구체적인 매개항 없이 세계적 동시성의 추구란 공허한 논리이다. 특히 그는 서구의 근대문학이 "개성의 자각이라는 확고한 신념과 주체의식에서 자율

---

82) 위의 글, 212~213면.
83) 위의 글, 212면.

적으로 출발"한 것에 반하여 한국문학의 후진성을 "그러한 명확한 근대적 정신을 형성하는 주체의식의 자율적인 자각이 없이 출발된 것"84)에 그 원인을 찾고 있다. 그의 이런 관념적 사고의 지향점은 직관을 중시하는 '생명제일주의' 문학이다. 그는 "생명제일주의의 문학을 지향하는데서부터 우리문학의 세계문학민족으로서의 민족문학의 정체도 명확해지는 것"85)이라고 결론을 내린다. 그의 한국문학의 세계화란 조급한 논리는 민족의 현실이나 역사에 대한 구체적 파악이 없는 몰역사적 성격이 강한 것이다. 특히 보수적 민족문학론에서 강조하는 '세계문학의 일환으로서의 민족문학'이란 한국 작가에 있어 보수적인 체질과 서구적 현대주의에의 민감성이 불가분의 관계가 있음을 보여준다. 이들의 문학론은 서구문학에 수용에 대한 생리적 친화력 같은 것을 보여준다.

따라서 보수적 민족문학론은 민족문학의 배타적 자기동일성을 강화하는 경향이며, 민족을 절대적 가치로 상정하는 몰역사적 성격으로 인해 민족문학 역사의 구체적 단계에 따른 특수성을 사장시킨다. 이 문학론은 민족을 절대적인 것으로 상정하여 정서적 공감대나 민족적 통합에 대한 호소에 가깝지만, 국민통합이라는 지배세력의 정책적 고려에 부응하여, 형식적이고 맹목적으로 추구되는 민족단합의 효율적인 이데올로기로 전락할 수 있다. 이 문학론은 가상적인 외부의 적을 설정하는 동시에 실질적인 내부의 적을 은폐하는 속성을 갖고 있을 뿐만 아니라 지극히 추상적이고 관념적인 민족 개념과 함께 정치적인 이데올로기의 속성이 강한 문학론이다. 이런 사실은 그들의 반공 이데올로기를 내면화한 것에서도 잘 드러난다. 전후 남한 사회에서의 생존은 반공주의에 순응하는 것이며, 반공주의를 자기 내면화하는 것이다. 남한의 반공주의는 지배체제의 전유물로 시작되었지만 어느 순간 국민의 생활 논리로 흡수된다. 모든 국민의 생존이라는 명목으로 전쟁이 행해지며, 국민들 전체가 생존의 필요라는 명목 아래 서로를 죽이도록 훈련받는다. '삶을 관리하는 권력'은 '살아 남기 위해서는 죽일 수 있어야 한다'는 원리를 기반으로 한 것86)이다.

---

84) 김양수, 「한국현대문학의 지향점 – 속·민족문학 확립의 과제」, 『현대문학』, 1958. 1, 198면.
85) 김양수, 「생명제일주의의 문학 – 보유·민족문학확립의 과제」, 『현대문학』, 1958. 4, 215면.

또한 그들의 민족이라는 미명 아래 행해지는 감정적 표현은 파시즘의 온상이 되고 그 그늘을 그리워하게 만드는 위험성을 지닌다. 파시즘이 가장 쉽게 뿌리를 드리우는 것은 민족의 우월성이라는 신화이며 타민족과의 투쟁에서 이겨야 된다는 당위성이다.87) 그들의 몰역사성은 정치적 억압의 현실을 인정하는 역할을 한다. 바로 이 문학론은 현실의 반공 논리를 승인하는 방식으로 작동한 것이다. 그들의 문학론은 황폐한 현실을 그대로 승인하는 방법이며, 어떤 변혁의 꿈도 무화시키는 허무주의를 담지하고 있다. 그들의 문학의 공간이란 정치적 실천과 문학을 분리하여 현실의 변혁이 불가능하고 알 수 없기에 주어진 현실을 그대로 승인하게 만드는 순수나 운명적 공간이다.88) 이 문학론은 삶과 실천으로부터 유리된 채 체제의 긍정적인 보상과 은폐의 기능을 수행한다. 따라서 보수적 민족문학론은 어떤 변혁의 희망도 사장시키는 반공 이데올로기를 내면화하여 지배 이데올로기를 공고히 하는 역할을 한다.

2.2. 진보적 민족문학론

1) 진보적 민족문학론

김동리로 대표되는 보수적 민족문학론을 비판하면서 정태용, 최일수는 진보적 민족문학론을 개진한다. 특히 최일수의 진보적인 민족문학은 분단 극복이라는 문제를 중심 과제로 삼고 있다. 먼저 정태용은 「민족문학론」에서, '민족'이란 용어가 "근대 시민사회와 더불어 형성"된 "'민족국가'와 함께 등장"89)한 개념이라고 지적한다.

어떠한 시대 어느 지역 혹은 나라의 작가들이 의식적이고 아니고간에 그

---

86) M. Foucault, 『성의 역사』 1, 이규현(역), 나남, 1990, 147~148면.
87) 김 현, 「소설은 왜 쓰는가 - 나에 대한 비판에 대한 대답으로서」, 『월간문학』, 1970. 3, 215면.
88) 신형기, 「남북한 문학과 '정치의 심미화'」, 김 철·신형기(외), 『문학 속의 파시즘』, 삼인, 2001, 319~320면.
89) 정태용, 「민족문학론 - 개념규정을 위한 하나의 시고」, 『현대문학』, 1956. 11, 40면.

시간적 공간적 위치가 그 시대의 세계사적인 사건들을 짊어지고 해결해야할 운명을 지고 있는 민족이나 집단에 소속해 있으며, 그 작가 또한 의식, 무의식 임을 막론하고 그 문제를 문학적 정신으로서 실천했다면, 그러한 작품들은 가 장 민족적인 동시에 세계문학의 대표작으로서 능히 그 자리를 확보할 수 있을 것이다. (……) 무엇이나 다 민족문학이 될 수는 없다. 우리 문제를 주체적으 로 행동하고 체험하고 사상하고 해결해 가는 산 인간의 감정과 이성과 지성의 바탕을 옳게 조직하고 형상한 작품만이 민족문학일 것이요 또 그것이 우리 문 학자가 수행해야 할 문학상 임무가 아니고 다른 어디에 있을 것인가? 인간적 으로나 민족적으로나 위기에 직면했다고 느끼면 느끼는 그만치 어떠한 방법으 로도 도피하거나 회피할 수 없이 맡아서 해내야 할 일이 바로 민족문학이란 명제 속에 들어 있는 것이다.90)

정태용은 보수적 민족문학을 비판하면서, 민족문학을 우리 문제를 주체적 으로 행동하고 체험하고 사상하고 해결해 가는 산 인간의 감정과 이성과 지성 의 바탕을 옳게 조직하고 형상한 작품이라고 정의한다. 그는 이런 민족문학을 세계문학과의 연관 속에서 파악하면서, 그 시대의 세계사적인 사건들을 짊어지 고 해결해야할 운명을 지닌 민족이나 집단에서, 그 문제를 문학적 정신으로 실 천한 문학을 세계문학의 대표작이라고 지적한다. 정태용의 민족문학론은 몰역 사성에서 구체적 역사성으로 방향을 전환시키는 이정표 역할을 한다. 전후 시 기, 민족문학론은 이성을 바탕으로 한 '진보의 신화'91)라는 강력한 담론이 정

---

90) 위의 글, 46~48면.
91) 근대의 본질적 특성인 근대성이란 역사가 "이성적으로 진행"된다는 믿음과 역사의 발전 법칙이 "자유의 개념의 진전"으로 파악한 헤겔적 논리의 반영이다.(G. W. F. Hegel, 『역사철학강의』, 김종호(역), 삼성출판사, 1990, 70면, 491면) 그러나 윌러스턴은 '구성신화' 또는 '근대 세계의 연극'이 바로 우리가 인식하는 '정상적인' 근대의 모습이 라고 지적한다. 현재 우리의 지배적인 구성신화는 3가지 오류, 즉 ① 근대 국가를 분석 단위(사회 행위의 장)의 원초적인 단위로 설정하는 것, ② 등장 인물의 배역이 이중으 로 허위 조작된 것, ③ 무엇보다도 기본 줄거리가 잘못된 점(이 전략은 봉건제에서 자 본주의 세계경제로의 이행, 즉 직접 생산자로부터의 잉여착취가 낡은 체제에서 그랬던 것보다 좀더 간접적이고 표면에 잘 드러나지 않는 또 다른 생산양식을 채택하는 것이 다) 등의 오류를 갖고 있다.(I. Wallerstein, 『사회과학으로부터의 탈피』, 성백용 (역), 창작과 비평사, 1994, 73~78면) 따라서 헤겔의 논리를 기반으로 하는 근대성 을 이성에 의한 바람직한 사회 건설의 믿음으로 재규정할 수 있다. 그러나 근대성의 이성이나 진보에 대한 믿음은 허구에 불과한 것이다. 이런 논리를 인정한다면, 근대성

태용에 의해서 도출되어 최일수에 의해 확대 재생산된다.

최일수는 「현대문학과 민족의식」에서 "한국문학이 올바른 역사적 전통의 계승과 현대성의 섭취"[92]라는 한국문학의 2대 명제를 제시한다. 이 명제를 기반으로 하여 그는 비판적인 사고와 민족지성의 강인한 의지력으로 분단의식 극복을 제시한다.

> 현대적인 서사정신이란 올바른 전통의 계승에 입각한 민족문학의 현대화를 말하는 것이며 그것은 분단된 민족의 통일의식이요 또한 현대적인 지성과 감성 그리고 사유와 행동, 이지와 정서가 동일성 위에 밀착되어진 그러한 통일된 인간을 민족적인 현실생활 속에서 창현하면서 근원적인 창조의 계기를 개시하는 민족정신을 말하는 것이다. (……) 오늘에 있어서는 분열된 주체를 통일시킴으로써 근대의 관조문학을 지양하고 행동적인 사회참여와 새로운 인간의 형성이 그 기저가 되면서 전통의 올바른 계승과 현대문학의 비판적인 섭취를 주체적인 토대 밑에서 이룩하려는 이른바 새로운 현대의 방향을 모색하는 데 있는 것이다.[93]

그는 현 단계 민족문학의 과제란 전통의 올바른 계승과 외래문학에 대한 비판적인 섭취의 통일 문제로 파악하고, 그 바탕 위에서 그의 지향점은 이념 대립과 분단의 현실 상황에서 통일지향의 새로운 민족문학의 수립이다. 특히 그의 민족문학의 지향과 모색은 구체적 역사성 위에 놓여 있다. 이 역사성 위에서 그는 분단 극복을 위한 민족문학의 현대화 문제를 역설한다. 그는 민족문학의 현대적 방향이 서구의 현대문학의 비판적인 섭취와 전통의 올바른 계승을 통한 주체성의 확립에 있다고 지적한다. 한국전쟁으로 말미암아 분단된 현실 속에서 우리 문학이 지향해야 할 목표는 통일을 구현시키기 위한 민족 정신의 발현에 있다. 그는 올바른 민족 정신의 발현을 위해 우리 고전문학의 평등정신과 저항정신의 계승이 필요함을 지적하고, 우리 문학이 행동적인 인간 형성과

을 '진보의 신화'로 규정할 수 있다.
92) 최일수, 「현대문학과 민족의식 - '헤밍웨이'의 순수감각비판」, 『조선일보』, 1955. 1. 12.
93) 최일수, 「우리문학의 현대적 방향 - 전통의 올바른 계승을 위하여」, 『자유문학』, 1956. 12, 173~177면.

적극적인 사회참여의 방향으로 나아가야 한다고 피력한다. 그는 "민족의 역사적인 과업"이 바로 "조국통일"[94]임을 역설한다. 따라서 그의 민족문학의 궁극적 지향점은 분단된 조국의 현실을 기반으로 하여 분단 극복에 있다.

> 이러한 동양의 제문학이 비록 그 수준에 있어 뒤떨어져 있을지라도 현대로 지향하기 위한 주체적이며 비판적인 각도에서 문학의 세계성과 민족성을 구명하고 특히 후진된 동양의 민족문학들의 내면에 흐르는 세계적인 일관성을 문학사적으로 분석하고 비판하면서 서구문학과 대비하여 후반기 현대라는 특정한 역사적 시대에 있어서 우리와 같은 정체된 민족문학이 어떻게 하면 그 자체내에 세계성을 보다 풍부하게 지닐 수 있는가에 대한 독창적인 방법론을 찾아 보려는 것이다.[95]

> 문학에 있어서 세계성이란 하나의 막연한 인간주의나 가공적인 '코스모포리타니즘'에 있는 것이 아니라 그것은 어디까지나 개개의 민족문학들이 그 영향력에 있어서 중국문학과 우리 문학 또는 인도문학과 '세이론'문학의 경우처럼 수난의 강약을 고사하고 상호교류하면서 성장하는 이른바 개개민족의 하나하나가 지니고 있는 그 특수한 질적인 독자성을 철저하게 발현하면서 그 독자성을 통하여 세계적으로 일관되는 총화적인 흐름을 말하는 것이다.[96]

그는 이 문제의 연장선상에서 민족문학과 세계문학과의 관계를 새롭게 모색하는 단계로 나아간다. 그는 동양의 후진문학이 현대로 지향하기 위한 주체적이고 비판적인 각도에서 문학의 세계성과 민족성을 구명하고, 정체된 민족문학이 어떻게 하면 그 자체 내에 세계성을 보다 풍부하게 지닐 수 있는가 하는 문제에 대해 논의한다. 그는 무엇보다 초민족적 초시대적인 절대가치로서의 보편적인 인간성(순수인간)의 세계를 비판하며, 문학에 있어서 세계성이란 하나의 막연한 인간주의나 가공적인 '세계주의'에 있는 것이 아니라 각 민족의 각자가 지니고 있는 그 특수한 질적인 독자성을 철저하게 발현하면서 그 독자성을 통하여 세계적으로 일관된 총체적인 흐름이라고 지적한다. 그는 민족문학론을 통

---

94) 최일수, 「문학의 세계성과 민족성」, 『현대문학』, 1957. 12, 216면.
95) 위의 글, 216~217면.
96) 최일수, 「문학의 세계성과 민족성」, 『현대문학』, 1958. 1, 204면.

하여 당대 지식인97)의 세계주의의 허상을 비판적으로 인식하고, 구세대의 전통계승론에 대해서도 "보수적인 전통일방주의"98)로 그 보수적 성격을 비판한다.

> 여기서 세계성을 좀더 구체적으로 분석하면 인간 혹은 민족의 주체적인 자각이나 자립을 통한 세계의 통일적인 해석과 평가를 할 수 있는 성격을 말하는 것이다. (……) 그것은 일반적이면서도 극히 주체적이며 객관적이면서도 주관적인 성격을 띠우고 있다. (……) 실상 문학에 있어서 세계성은 민족문학이라는 고유한 형식에 있어서 세계적인 내용의 공통성을 말하는 것이며 한편 세계문학이란 민족문학을 초월해버린 하나의 가공적인 차원의 문학을 말하며 동시에 개개의 문학을 혼합해 놓은 것을 말하기 때문이다.99)

그가 구체적으로 분석한 세계성이란 인간 혹은 민족의 주체적인 자각이나 자립을 통한 세계의 통일적인 해석과 평가를 할 수 있는 성격의 것이다. 이런 평가는 인간이나 민족의 '주체성'을 강조한 것이다. 그는 다시 문학에 있어서 세계성이란 민족문학이라는 고유한 형식에 있어서 세계적인 내용의 공통성을 말하는 것임을 지적한다. 그는 문학이 사회의 역사적인 성격의 동일성 위에서 비로소 세계적인 공통성이 가능하며, 그 공통성도 역사적으로 발전하면서 하나

---

97) "이와같이 문학이 사회의 현실적 창현으로부터 고립되고 미분화의 일반적인 개념에서 이론의 깊이 보다는 사전처럼 박식만 하려하는 그러한 중도반절의 읍적(邑的) 지식인들에 의해서 담능(擔能)되고 있는 현실이 아무런 비판과 자각도 없이 이대로 지속되는 한 동남아문학은 비약을 목전에두고 역사적인 기대를 어긴채 보다 심각한 정체로 위기를 숙명처럼 끌고 나가지 않으면 안되는 것이다."(최일수, 「동남아문학의 특수성 - 문학일반의 소개와 비평을 겸하여」, 『시와 비평』, 1956. 1, 98면)

98) "사실 오늘날 우리 문학의 전통주의가 민족문학의 특성으로서 제기하고 있는 이른바 '멋'과 '맛'이란 고삽취미(枯澁趣味)의 관조문학은 마치 불란서문학의 이러한 전통주의와 똑같은 보수적 성격을 띠우고 있는 것이다. 특히 우리 신문학의 대선배인 노대가의 대부분이 이 전통주의에 호응하고 있는데, 그 문학정신의 근원적인 토대를 분석해 보면 유교의 주자사상과 근대의 객관주의가 파생한 정적인 관조정신과의 융합속에서 하나의 보수적인 전통일방주의가 이루어지고 그것이 곧 '멋'과 '맛'이란 고삽미학으로서 나타나 있는 것을 볼 수 있다."(최일수, 「문학의 세계성과 민족성」, 『현대문학』, 1958. 4, 340면)

99) 최일수, 「문학의 세계성과 민족성」, 『현대문학』, 1958. 1, 205~206면.

의 사상적 체계를 이룬 세계정신으로 나타난다고 강조한다. 이 세계문학의 총화성은 각 민족이 서로 자기의 고유성을 초월해 버리는 것이 아니라 각 민족의 문학의 상호작용과 민족 상호간의 교류를 통하여 이루어지는 것이다. 결국 그의 민족문학의 세계화를 위한 그의 기본적 전제란 구체적인 역사성, "역사적인 전망"100)이다.

그의 민족문학론의 주장은 민족문학이 세계와 교류하는 세계화의 길에서 그 자체의 고유성을 특질로 인식하고 자각하면서 민족문학의 세계화로 통합된다는 점을 부각시킨다. 그리고 1970년대 이후의 민족문학론에서 제기되는 '분단문학론'이나 '제3세계문학론'의 이론적 맹아를 최일수의 민족문학론에서 볼 수 있다. 따라서 그의 민족문학론은 현실주의적 시각과 역사에 대한 전망을 기반으로 한 분단극복을 위한 민족문학의 현대화라고 할 수 있다.

그러나 그의 분단 문제의 원인 규명의 결여나 현재의 민족 현실과 세계의 정세 파악에 대한 견해는 극히 초보적이고 피상적이다. "지금 바야흐로 우리의 문전에 와있는 원자력 시대라는 이제까지 예상조차 못했던 고도한 문명의 전개는 아직도 미적지근한 진행되고 있는" 착잡하고 "복합된 세계화의 도정을 보다 빠른 속도로서 손쉽게 이루워 버릴 것으로 믿는다"101) 라는 문명예찬론 같은 표현이나 구체적인 현실 파악 없이 현재를 '비약기'로 규정한 것 등이 그 단적인 예이다. 이는 그의 진보에 대한 믿음의 반영이다. 또한 그의 진보적 민족문학론에서도 한국문학의 후진성과 그 연장선상으로 동양문학이 후진적인 것으로 상정한다. 이런 시각은 그의 민족문학이 전후 세대의 보편적인 인식인 근대 따라잡기의 함정에 자유롭지 못함을 단적으로 드러낸다. 단지 구체적인 역사성을 기반으로 하여 주체적 시각을 강조한다는 당위적 성격이 강하다는 차이가 있다. 특히 그의 문학론은 민족문학론의 '주체' 개념이 애매하며, 구체적인 역사 분석도 피상적이다. 이런 점은 해방기의 좌파의 민족문학론에서 후퇴한 것으로 보인다.

결국 정태용, 최일수에 의해 제기된 민족문학론은 '이성을 통한 바람직한

---

100) 최일수, 「문학의 세계성과 민족성」, 『현대문학』, 1957. 12, 222면.
101) 최일수, 「문학의 세계성과 민족성」, 『현대문학』, 1958. 2, 167면.

사회 건설'이라는 명제에 수렴된다. 진보적 민족문학론은 좌파의 민족문학론과 마찬가지로, 헤겔주의로 말해지는 '진보의 신화'라는 강력한 근대 계몽 담론을 재생산한다. 특히 이 문학론은 배제와 선택의 관계에서 이루어진 대표적인 비평적 담론102)이다. 김동리나 최일수의 민족문학론은 타자와 관계에서 휘두르는 권력관계에서 이루어지는 것인데, 이 권력은 보수적 민족문학론이나 진보적 민족문학론, 어느 것을 선택하든 간에 강력한 배제의 원리를 가진 것이다. 특히 그들이 평가하는 작품이란 한국문학 전체가 아니라 특정한 문학만을 대상으로 한다. 민족문학론은 긍정적으로 평가되는 대상 작품이 극히 적고, 그 외의 작품들은 비판의 대상이 된다. 결국 민족문학론의 선택과 배제의 원리 추구는 동일한 문법 속에 갇혀 버리고 마는 폐쇄성을 갖게 된다. 그들의 민족문학론은 60년대 이후 더 이상 진전되지 못한다. 이들은 변화하는 역사적 상황에서 현실적인 탄력성을 확보할 수 없는 폐쇄성에 갇혀 버린 것이다. 따라서 우리 시대의 과제는 배제와 선택의 기획인 민족문학론을 넘어서 현실적 탄력성의 확보를 통한 타자의 인정과 상호 긍정의 새로운 '열린' 문학 모색의 길을 찾는 것이다.

특히 민족문학론은 민중의 단합을 강조하면서 다른 민족에 대한 배타적인 입장을 담보한 이분법적 논리인 민족주의 이데올로기를 기반으로 한다. 국민적 정체성 구성은 자신의 특성을 정의하는 내적 규정과 타자의 특성과 자신의 특성을 차별화하는 외적 규정을 수반한다. 민족주의는 국민 형성 혹은 국민적 정체성 형성 과정에서 핵심적인 이데올로기로 기능한다. 이 이데올로기는 특정한 정체성을 중심으로 국민 통합의 근거를 제공한다. 논리적으로 식민지 체험을 가진 국가에서 이 이데올로기는 자신의 역사와 전통에 대한 식민 담론의 규정을 해체하고, 민족적 발전을 저해하는 외적 세력에 대한 타자의 규정을 발전시키는 것을 전제로 한다. 이 이데올로기는 자신의 역사와 전통을 긍정적으로 의미화하고 타자의 본질을 부정적으로 의미화하는 담론 전략을 취한다.103) 이런

---

102) "비평적 담론의 권력은 권위가 타자와 관계되는 가운데 휘두르는 권력인데, 이는 담론을 규정하고 유지하는 자들과 선택되어 담론에 받아들여진 자들 사이의 권력 관계이다. 그것은 담론을 훌륭하게 구사하거나 그렇지 못한 데 따라서 면허증을 부여하거나 하지 않을 수 있는 권력이다."(T. Eagleton, *Literary Theory - An Introduction*, Basil Blackwell Publisher, 1983, p.203)

민족주의 이데올로기의 위험성에 항상 노출되어 있는 것이 바로 진보적 민족문학론이다.

2) 민족적 리얼리즘론

최일수는 그의 민족문학 논의에서 민족적 '리얼리즘'을 제시한다. 그는 제국주의적 수단으로 근대의 침략주의가 아시아의 민족 형성을 '낙태'시킨 시기에, 문학에서도 주관적인 개인주의 문학이 민주주의적 평등 정신과 벌어지게 되고, 성장하는 민족의 통일된 자주 정신을 분해시키기 위해 보수적인 '윤리'로 대체된다고 지적한다. 세계의 현대문학도 문학사의 계기적 과정이 된 제2차 세계대전을 전후하여, 시민사회적인 자유주의 문학은 집단적인 민족문학과 '파시즘'의 위협으로부터 민주주의를 발전시키려는 특수한 역사적 시대정신을 그 배경으로 한다. 이런 배경 아래에서 현대문학은 민주주의 발전을 위하여 '리얼리즘'도 내면적인 유파와 외면적인 유파를 융합한다. 이런 지적에서 볼 때, 그는 리얼리즘을 내면적인 유파와 외면적인 유파로 구분한 것으로 보인다. 그는 리얼리즘을 다양하게 구분한다.

> 이 소설은 근대문학에 있어서 '내추랄·리아리즘'의 전승을 현대문학시대로 지양함으로 있어 몰사회적 몰민족적 태도와 범인간적반응의 공식화로 내향하면서 주의깊이 순단시킨 가장 추상적인 형태를 취한 작품이다. 그는 문학에 있어서 사상성의 개입은 소설의 소재를 더럽히고 위조케 하는 관념을 조장시킨다고 말한다.

> 개인주의가 민주주의의 중요한 발전적 계기가 된 것처럼 심리주의 문학도 역시 한때는 현대문학에 공헌한바 컸었다. 확실히 '죠오지·엘리웃트'의 심리적 '리아리즘'은 관조적이며 정적인 자연세계로부터 행동하는 인간사회로 옮기게 하였던 것이다.

---

103) 전효관, 「분단의 언어, 탈분단의 언어 - 통일 담론과 북한학이 재현하는 북한의 이미지」, 조한혜정·이우영(편), 『탈분단 시대를 열며』, 삼인, 2000, 69면.

현대적인 서사정신이 새로운 사조를 대표하였고 독자성과 자유를 향유하는 '아시아'의 민족적 현실정신이 가장 새로운 유파로 성장하면서 있는 것이다. 이러한 사실들은 이른바 서구의 문학이 감각적인 '리아리즘'에서 정체하고 '데 코레이숀'에만 소일하고 있는 오늘의 경향에 비추어 볼때 너무나도 뚜렷한 현상이 아닐 수 없다.

2차대전후 '지이드'나 '봐레리'의 순수적 전통을 물려 받은 작가 '어네스트·헤밍웨이'는 문학에 있어서 치밀한 예술본질의 공식을 추구하면서 '봐지니아·울프'의 이른바 감각적 수법을 토대로 하여 문학으로부터 민족이나 정치성을 제거하려는 신심리주의의 절정기를 대표하고 나아가서 새로운 감각적인 '리아리즘'을 개척하였다.104)

근대문학의 '자연주의 리얼리즘'은 몰사회적 몰민족적 태도와 범인간적 반응의 공식화로 내향하면서 주의깊이 순단시킨 가장 추상적인 형태를 취한 것이다. 이 리얼리즘에서 정치성의 개입은 소설의 소재를 더럽히고 위조케 하는 관념을 조장시키는 것이다. 즉, 그가 파악한 '자연주의 리얼리즘'은 정치성을 제거하여 몰사회적이고 몰민족적 태도와 범인간적 반응의 공식화한 가장 추상적인 형태의 리얼리즘이다. 그리고 현대문학의 리얼리즘은 관조적이고 정적인 자연 세계로부터 행동하는 인간 사회로 방향을 전환한 '심리적' 리얼리즘, 기교적인 것에 몰입하는 감각적인 '리얼리즘', 감각적 기법을 토대로 하여 문학으로부터 민족이나 정치성을 제거하는 신심리주의를 표방하는 감각적인 '리얼리즘' 등으로 구분된다. 구체적인 언급은 없지만, 그는 이런 현대문학의 리얼리즘을 아마도 심리주의 문학으로 대표되는 내향적인 리얼리즘으로 파악한 것으로 보인다. 이 리얼리즘의 특징은 민족이나 사회 의식 등의 정치성을 제거한 것이다. 이런 사실에서 그가 지향하는 리얼리즘이란 정치성을 강조한 리얼리즘일 것이다. 이런 그의 리얼리즘의 이해란 극히 피상적이고 깊이 고민한 흔적도 보이지 않고, '민족적' 리얼리즘 개념을 설정하기 위한 당위적인 성격이 강하다.

후반기에 처한 현대문학의 성격은 이미 역사적으로 그 기능을 상실해버린

---

104) 최일수, 「현대문학과 민족의식 – '헤밍웨이'의 순수감각비판」, 『조선일보』, 1955. 1. 12.

개인주의적 자아의식을 지양하는 민족적인 자주정신의 새로운 발현이며 동시
에 그 선진성을 역사적으로 약속받고 새로이 성장하면서 있는 산문과 서사시
의 현대적 정신이다. 이러한 사실들은 1차대전후 정적이며 관조적인 근대문학
에서 현실적이며 행동적인 현대문학으로 이양한 것과 마찬가지로 2차대전후
에 있어서 민주주의가 개인의 평등에서 민족간의 평등으로 상향하고 또한 내
면적인 신심리주의와 감각파문학의 경향으로부터 민족적 '리아리즘'으로서의
현대적 서사문학으로 지향하고 있음을 말해 주고 있다.105)

그의 제1차 세계대전을 전후한 근대문학과 현대문학의 피상적인 구분도 문
제가 있지만, 제1차 세계대전 이후 정적이며 관조적인 근대문학에서 현실적이
며 진취적인 현대문학으로 이양한 것이나 제2차 세계대전 후 개인의 평등에서
민족간의 평등으로 상향되고 문학에서 신심리주의나 감각파 문학의 경향에서
민족적 '리얼리즘'으로서의 현대적 문학으로 지향하고 있다는 설정은 더욱 문제
적이다. 그의 주장은 마치 현대문학 예찬론이나 민족의식을 강조하는 민족 예
찬론으로 보이는 당위적이고 이념적인 설정이다. 당대의 시대적 상황(반공 이데
올로기에 의한 탄압)을 고려할 때, 정치성이 강한 리얼리즘에 주목했다는 점은
어느 정도 인정할 수 있지만, 그의 리얼리즘에 대한 이해는 극히 피상적이다.

그는 민족문학이 창조적 역할과 기능을 가진 작가의 민족적 세계관을 반영
하는 필연적인 작용을 적극 허용해야 하며, 작가의 역사적 시대 정신을 통하여
진실을 객관적으로 창조할 수 있는 논리적 해명과 이에 대한 형상적인 표현의
합법칙성을 제시할 수 있어야 됨을 강조한다. 그는 작가가 자신의 민족의식을
가장 객관적인 위치에 세워서 작품 속에 그 사상성을 제시할 수 있어야 하고,
현실의 올바른 반영을 통하여 독자로 하여금 민족의식을 지향하는 것을 고양시
켜야 됨을 주장한다.

문학속에 제시되는 작가의 이러한 민족적인 세계관의 반영은 동시에 사상
성의 반영이기도 한 것이며 또한 작품속에 작가의 민족의식이 반영된다는 것
은 문학의 현실적 참여에 대한 이론적 배경인 것이다. 그러므로 문학의 정치
성은 민족의식이라는 하나의 역사적 시대정신이 주제에 직접적으로 밀착하는

---

105) 위의 글.

현대성의 반영이기도 하는 것이다. (……) 현대적 서사문학이 지향하는 민족
적 '리아리즘'은 이러한 역사적 시대정신으로서의 통일된 민족의식을 있는 그
대로 반영하며 나아가서 약소민족들이 완전한 자유를 확보해야하고 또한 확보
할 수밖에 없으며 그리고 주권의 자립이 계속적으로 수행되면서 있는 이러한
역사적인 관점에서 현실을 파악하고 인식하는 작가의 세계관이 문학속에 구체
적으로 반영하고 또한 현실적으로 참여하게 되는 것을 적극 제기하게 되는 것
이다. (……) 여기서 밝혀 두어야 할 것은 그 작가의 주관적인 편견에서 나온
개념적인 것을 기계적으로 작품에 주입시키려고 할때에 문제가 될뿐이라는 점
이다. 문학에 있어서 정치적 과오는 이러한 주입주의에 있는 것이다. 왜냐하
면 주입주의야말로 문학예술의 형상적 본질을 극도로 무시하기 때문이다.106)

그의 민족적 '리얼리즘'은 ① 작가의 민족적인 세계관의 정당한 반영과 현
실의 올바른 반영, ② 역사적 시대정신인 민족의식을 있는 그대로 반영할 것과
약소민족의 자주성 확립에 역점을 둘 것, ③ 작가의 주관적인 편견에서 나온
개념적인 것을 기계적으로 작품에 주입하는 것이 아니라 문학예술의 형상적 본
질을 정확하게 인식하는 것 등으로 요약된다. 그는 이 리얼리즘이 상아탑에 앉
아서 사념의 분비를 위주로 하거나 관조적인 경험의 천박한 지식을 유일한 소
재로 하여 신변잡사만을 묘사하는 것이 아니라 민족과 인류의 자유와 자주라는
현실 속에 직접적으로 참여하여 그 핵심 속에서 얻어낸 소재의 현실성을 묘사
하는 것이라고 지적한다. 결국 그의 민족적 '리얼리즘'은 작가의 민족 의식이라
는 세계관과 객관적 현실을 반영하는 리얼리즘이다.

이러한 풍속이 풍속으로써 세태화 해버리지 아니하기 위해서는 그 내면에
'모랄'의 의미가 반영되어야 하고 또 풍속묘사나 표현은 그 당대에 이에 대한
강력한 비판으로서의 작가정신이 넘쳐 흘러야 할 것이다. 그런데 불행히도 오
늘 우리 문학의 작품 가운데는 현대에 있어서 '리얼리즘' 정신의 저조로 말미
암아 이러한 비판적이며 저항적인 작가정신을 상실해 버리고 그저 옛날 봉건
적인 풍속의 유습을 우리 민족의 유일한 상징으로서 삼거나 또는 현대작품에
있어서도 단순히 남녀관계의 신기한 풍속을 표면적으로 그리는데 그쳐버리고
있다.107)

---

106) 위의 글.

그러나 그의 민족적 '리얼리즘'은 작가의 세계관과 객관적 현실을 반영하는 리얼리즘의 변증법적 통일에 대한 인식은 결여되어 있다. 특히 이는 객관적 현실의 올바른 반영만을 강조하게 되면 세계관에 대한 창작 방법의 우위라는 입장을 반영하는 인식론주의적 편향의 오류를 범할 수 있고, 세계관만 강조하다 보면 비속 사회학주의로 함몰될 수 있다. 그는 남한 문학이 '리얼리즘' 정신의 저조로 인해 비판적, 저항적 작가 정신을 상실하고 봉건적 풍속을 민족의 유일한 상징으로 파악하거나 현대 남녀 관계의 신기한 풍속을 표면적으로 묘사하는 경향을 비판한다. 이런 그의 비판에서 볼 때, 그가 강조하는 민족적 '리얼리즘'은 민족 의식을 가진 작가의 세계관을 강조하는 입장에 가깝다.

> '리얼리즘'하나만 하더라도 있는 그대로의 사실과 반드시 있어야 하고 또 있을 수 밖에 없는 현실성과의 차이를 개재하고 있다.
> 그리고 '있는 그대로의 사실'이 정적이며 관조적인데 비하여 '반드시 있어야 하고 또 있을 수 밖에 없는 현실' 속에는 동적인 행동성이 개재하고 있는 것이다.
> 이 정적인 관조성이 무엇보다도 근대문학의 유일한 근본특질이었으며 동적인 행동성은 현대문학의 근본특질이 되고 있다.
> 그리고 정적인 관조의 내면에는 적자생존의 자연개척시대의 근대정신이 가로놓여 있었고 동적인 행동에는 근대정신이 배경이 되고 있다.
> 이와같이 현대문학은 '리얼리즘'에 있어서도 근대와 근본적으로 차질되는 역사적 내용이 있는 것이다.[108]
> 이러한 무수한 변동속에서도 현대문학이 '있는 그대로'를 묘사하려던 정적인 관조에서 한걸음 더 나아가 '반드시 있어야 할 것'을 창현하고 또 '의당 있어야 할' 필연적인 것을 추구하는 이른바 행동적인 의식적인 저항정신을 토대로 하고 있다는 이러한 역사적 단계의 한 특질에는 아무런 변질이 없이 일관되고 있는 것이다.[109]

그의 리얼리즘에 대한 논의는 리얼리즘의 구체적인 개념이 매우 혼란스럽

---

107) 최일수, 「문학의 세계성과 민족성」, 『현대문학』, 1958. 2, 170~171면.
108) 최일수, 「현대문학의 근본특질 - 정의를 세우기 위한 논쟁을 전개하면서」, 『현대문학』, 1956. 12, 193~194면.
109) 위의 글, 194면.

고, 리얼리즘에 대한 기초적인 생각을 정리한 것으로 보인다. 자연주의적 '리얼리즘'을 언급하면서 정치성의 배제를 비판한 것으로 보아, 그가 자연주의가 정치성을 배제하는 몰사회적이고 몰민족적인 것으로 파악한 것으로 보인다. 그는 자연주의를 "인생을 단편적이나 또는 평면적으로 묘사"[110]하는 것이라고 지적한다. 그는 '리얼리즘' 정신을 비판적이며 저항적인 작가 정신으로 파악하고 있고, 근대문학의 리얼리즘은 '있는 그대로 사실'을 묘사하고 현대문학의 리얼리즘은 '반드시 있어야 하고 또 있을 수 밖에 없는 현실'을 묘사하는 것으로 구분한다. 그가 설정한 자연주의적 '리얼리즘'은 있는 그대로 사실을 묘사하는 정치성이 배제된 것이고, 현대문학의 리얼리즘은 정치성과 반드시 있어야 할 것을 묘사하는 것이다. 이런 사실을 볼 때, 그의 자연주의적 '리얼리즘'은 서구의 자연주의에 가깝고, 민족적 '리얼리즘'은 변형된 리얼리즘(또는 사회주의 리얼리즘)에 가깝다.

자연주의적 '리얼리즘'은 리얼리즘의 선택 원리인 '시각'의 문제에 위배된다. 이는 자연주의와 리얼리즘의 근본적인 차이 중 하나인 리얼리즘의 선택 원리인 '시각'의 문제이다. 리얼리즘의 시각이란 "한 작가가 그의 세부묘사를 선택하고 자연주의적 함정을 피하는 기준으로서 작용하는가를 보여주어야" 한다. 리얼리즘은 "본질적인 것의 선택이고 비본질적인 것의 제거"[111]이다. 자연주의란 결국 "객관적 현실 전체과정의 올바른 반영"[112]을 강조하는 리얼리즘의 원리에 위배되는 문학을 지칭한다. 결국 자연주의적 '리얼리즘'이란 현실을 있는 그대로 묘사하는 자연주의이다.

그의 '민족적 리얼리즘'은 '반드시 있어야 할 것'이나 '의당 있어야 할' 필연적인 것의 강조는 사회주의 리얼리즘의 '혁명적 낭만주의'나 '낙관적 전망'의 개념이다. 고리끼는 사회주의 리얼리즘과 비판적 리얼리즘의 근본적인 차이를 "적극적인 미래지향적인 요소"에 근거하여 "이제까지 세계의 예술적 전유의 모든 긍정적인 계기를 내포"[113]하는 점에서 혁명적 낭만주의를 설명한다. 소련

---

110) 위의 글, 193면.
111) G. Lukács, 『우리시대의 리얼리즘』, 문학예술연구회(역), 인간사, 1986, 53면.
112) G. Lukács, 「예술과 객관적 진리」, 이춘길(편), 『리얼리즘미학의 기초이론』, 한길사, 1985, 60면.

의 1950년대 이후 리얼리즘 논쟁에서는 전망의 형상화로 대치된다. 사회주의 리얼리즘에서 혁명적 낭만주의를 객관적 현실에 대한 과학적 인식 대신 주관적인 전망으로 설정되면 사회주의 리얼리즘을 교조화하는 역할을 하게 된다. 이런 개념에서 볼 때 그의 '민족적 리얼리즘'은 낙관적 전망을 형상화하는 사회주의 리얼리즘에 가깝고, 사회주의 리얼리즘에서 강조하는 당파성 대신에 민족 의식을 강조하는 리얼리즘이다. 따라서 그의 민족적 리얼리즘이란 변형된 리얼리즘이다. 그의 리얼리즘은 객관적 현실의 반영이 아니라 '반드시 있어야 하고 또 있을 수 밖에 없는 현실'의 당위성을 형상화한다 점에서 현실을 추상화하는 자연주의이다.

> 이러한 점이 정신이나 사상면에서만 보더라도 '휴맨이즘'을 귀족적이며 고전적 교양에 의해서 자아의 인간성을 찾으려던 그러한 근대인의 이기적인 문화주의로부터 이를 지양하여 모든 질곡으로부터 인간을 해방해야하고 또한 민중을 토대로 하면서 단순한 인간성의 해방이 아니라 새로운 인간을 형성하고 그러하기 위해서 새로운 사회의 건설이 필요되며 따라서 행동적인 것이 요청되는 그러한 '휴티'(휴머니티-인용자)로 옮겨지고 있는 것이다.114)

그가 강조하는 민족 의식이란 저항 정신이며, 불합리한 사회에 대한 새로운 '휴머니즘'으로서의 반항 정신이다. 이 '휴머니티'는 이기적인 문화주의를 지양하고 모든 질곡으로부터 인간을 해방해야 하고, 대중을 토대로 하면서 단순한 인간성의 해방이 아니라 새로운 인간을 창현하고, 이를 위해서 새로운 사회의 건설에 필요한 행동적인 것이 요청되는 '휴머니티'이다. 그의 민족 의식이란 불합리에 맞서는 저항 정신이자 반항정신이며, 그런 '휴머니티'이다.

따라서 최일수의 자연주의적 '리얼리즘'이란 현실을 있는 그대로 묘사하는 자연주의이며, 그가 강조하는 '민족적 리얼리즘'은 낙관적 전망을 형상화하는 사회주의 리얼리즘(변형된 리얼리즘)에 가깝고, 사회주의 리얼리즘에서 강조하는 당파성 대신에 민족 의식을 강조하는 리얼리즘이다. 특히 그의 '민족적 리얼

---

113) E. John, 『마르크스-레닌주의 미학입문』, 임홍배(역), 사계절, 1989, 181면.
114) 최일수, 앞의 글, 195면.

리즘'은 세계관만을 강조하는 비속 사회학주의에 떨어질 수 있고, 그의 사고는 현실의 외부에 존재하는 이상을 실현하기 위해서 반드시 현실의 어떤 부분을 왜곡하거나 과장하는 낭만주의적 방법을 동원하는 '목적론'적 사고에 가깝다. 특히 이런 목적론적 사고는 현대문학에 대한 과장적인 낙관적 해석이 이를 반영한다.

김동리의 민족문학론은 '구경적 삶'을 다룬 순수문학론이다. 그의 인간성 옹호를 본질로 하는 순수문학론은 추상성과 몰역사성을 기반으로 한 문학론이다. 이는 문학을 인간 존재의 근원적 의미와 운명에 대한 탐구의 한 방식으로 파악한다는 점에서, 몰역사적 보편주의적 시각이다. 그의 문학론은 추상성과 몰역사성을 특징으로 하는 반근대주의 문학론이다. 근대주의 문학론이 이성을 기반으로 한 진보의 역사를 다룬 문학론이라면, '구경적 삶'을 다룬 순수문학은 근대의 역사를 무화시키는 반근대주의 문학론이다. 결국 김동리의 민족문학론은 계급성을 배제한 보수성, 몰역사성, 추상성을 기반으로 한 전근대주의 문학론이다. 이런 그의 문학론은 근대 모순 극복이라는 전제를 기반으로 한 근대적 반근대주의 문학론이다. 특히 이 문학론은 현실의 반공산주의 기획을 승인하는 방식으로 작동하여 지배 체제를 공고히 하는 역할을 한다.

전후 남한의 민족문학론은 김동리의 순수문학론이 확대 재생산된 인간주의적 문학론과 같은 보수적 민족문학론, 이 문학론을 비판한 진보적 민족문학론이다. 최일수의 진보적 민족문학론은 민족의 주체성을 바탕으로 한 이념 대립과 분단의 현실상황 극복을 위한 통일지향적 민족문학론이다. 보수적 민족문학론에 반해 그의 진보적 민족문학론은 구체적인 역사성을 기반으로 한 문학론이다. 그의 진보적 민족문학론은 역사의 '주체' 개념이 애매하며, 구체적인 역사분석도 피상적이라는 점에서 좌파의 민족문학론에서 후퇴한 것이지만, 남한의 1970년대 이후 민족문학론에서 제기된 '분단문학론'이나 '제3세계문학론'의 이론적 맹아를 찾을 수 있다. 그의 진보적 민족문학론은 1970년대 이후의 남한의 진보적 민족문학론의 실질적인 기원의 역할을 한다. 최일수의 민족적 리얼리즘은 작가의 민족 의식이라는 세계관과 객관적 현실을 반영한 리얼리즘이다.

그가 강조하는 '민족적 리얼리즘'은 혁명적 낭만주의 또는 낙관적 전망을 형상
화하는 사회주의 리얼리즘(변형된 리얼리즘)에 가깝고, 사회주의 리얼리즘에서
강조하는 당파성 대신에 민족의식을 강조하는 리얼리즘이다. 전후 민족문학론
은 근대 계몽 담론을 바탕으로 한 근대주의 문학론이다. 이 문학론의 배제와
선택의 전략은 자신의 역사를 긍정적으로 의미화하고 타자를 부정적으로 의미
화하는 민족주의 이데올로기의 논리를 수반한다.

3. 분석비평론

　　소박한 인상비평은 한국적인 저널리즘의 단평란(시평류)에선 캄푸러쥬가
될지모르지만 이것이 해방뒤 문과대학의 교실로 옮겨질 때에 그런 추상적인
설명으로선 해소를 감당할 도리가 없이 되었다. 왜 감명적이냐? 어떤 작품조
건에서 온것이냐 하는 반문에 대답할 지식과 방법론을 준비하지 못하고 문학
교수가 강단에 설 수 없게된 것이다. 여기서 뉴 크리티시즘이란 그것이 성행
하게 된 큰 원인이 문과대학의 작품해석의 강의와 관련 되어 있었다는 사실을
기억할 필요가 있다. 여기에 또 하나 뉴 크리티시즘을 한국에 도입해서 써야
할 현실적인 이유가 있는 것이다.[115]

　　이 점이 중요하거니와, 뉴크리티시즘이 대학 중심으로 전개되고 있다는 사
실. 백철은 다만 '뉴크리티시즘 그것이 아니더라도 현대 비평의 특질로서 그
분석비평의 과정을 중요하게 채용할 것'이라 했지만, 그것이 대학과 그 주변에
서 뿌리를 내리고 있다는 백철의 지적은 참으로 충격적이지 않았을까. 왜냐하
면 대학에서 문학공부하기란 학문으로 문학을 다루는 것이며, 따라서 과학(객
관)적인 것이어야 한다고 믿고 대학에 들어왔던 청년들에게는 이것만큼 고무
적인 것이 없는 것처럼 보였던 것이지요. 뉴크리티시즘 곧 학문이라는 생각이
굳어졌던 것입니다. 뉴크리티시즘이 뭔지 잘 알지는 못하나, 좌우간 분석비평
의 일종이며, 이것만이 학문이라는 일종의 물신적인 생각에 사로잡혔던 것으
로 기억됩니다.[116]

---

115) 백　철, 「뉴크리티시즘의 행방」, 『세대』, 1966. 2, 91면.
116) 김윤식, 「신비평에서 사상 쪽으로 – 내가 경험한 60년대의 신비평」, 『한국근대문학
　　　사상연구』, 아세아문화사, 1994, 380면.

남한의 전후 비평에서 주목할 점은 대학의 지적 풍토를 내면화한 새로운 비평인식을 가지고 등장한 전문적인 비평가들이다. 그 대표적인 전후 비평가는 고석규(부산대 국문과), 김붕구(서울대 불문과), 김양수(국학대 사학과), 김용권(서울대 영문과), 김우종(서울대 국문과), 송욱(서울대 영문과), 유종호(서울대 영문과), 윤병로(성균관대 국문과), 이봉래(일본 릿쿄대), 이어령(서울대 국문과), 이영일(영남대 영문과), 이철범(동국대 영문과), 정명환(서울대 불문과), 정창범(연세대 사학과), 천상병(서울대 상대), 홍사중(서울대 사학과) 등이다.117) 특히 이 시기 전반(全般)의 폐허라는 인식을 넘어서, 전후 비평가들은 〈현대평론가협회〉를 결성하고, 1959년 1월 동인지『문학평론』(발행인 이영순, 편집인 김용권, 주간 이철범)을 창간한다. 이런 대학의 지적 풍토에 의해서 백철, 김용권을 중심으로 '새로운' 비평의 가능성으로 소개된 것이 바로 미국의 뉴크리티시즘이다.

이 비평은 기본적으로 낭만주의적 이론을 부정하면서 나온 것으로, T. E. 흄, T. S. 엘리어트, I. A. 리챠즈, C. 브룩스, J. C. 랜섬, A. 테이트 등의 사상을 중심으로 형성된 것이다. 그 사상적 골격은 "북부의 산업 자본주의에 대항하기 위하여 남부의 전통적인 농본주의를 부활 강화해야 한다"118)는 것이다. "특수한 언어분석 고답적인 비평, 철저한 과학주의 및 기술주의적 비평"인 뉴크리티시즘은 "반동적이며 귀족적이며 봉건제적 의식"119)이라는 세계관에 그 뿌리를 두고 있다. 이 비평은 "근본적으로 순전한 비합리주의, 농업운동으로서의 우익적인 '피와 토지'의 정치운동 그리고 종교적 교리와 밀접히 연관된 비합리주의"120)이다. 따라서 이 비평은 노예제도를 기반으로 한 농본주의적 전통에 입각한 보수주의적 이데올로기에 근거하고 있다. 이런 세계관을 기반으

---

117) 전문적인 대학교육을 받은 비평가의 반대편에서 문단을 지키고 있던 평론가가 경신중학 중퇴의 전직 양곡조합서기 김동리, 목포상고 중퇴의 신문기자 최일수, 혜화전문 중퇴의 잡지편집자 조연현, 혜화전문 출신의 동국대 도서관 직원 정태용 등이다. (류철균, 「이어령(李御寧) 문학사상의 형성과 전개 – 초기 소설 창작과 창작론을 중심으로」,『작가세계』, 2001. 가을, 358면)

118) 이상섭,『복합성의 시학』, 민음사, 1987, 12면.

119) 김윤식, 「뉴크리시즘에 대하여 – 한국문학연구방법과 관련하여」,『숙명여대논문집』9, 1969, 12, 12면.

120) T. Eagleton, *Literary Theory - An Introduction*, Basil Blackwell Publisher, 1983, p.49.

로 한 이 비평은 문학의 내적인 언어 분석에서 출발하여 비평의 내재적 가치를 중시한다. 이 비평은 이런 내재적 가치를 토대로 의미의 드라마, 긴장, 갈등, 아이러니, 역설 등에 주력한다. 특히 이 비평은 작품의 세밀한 분석과 내적 유기성의 해명이라는 방법론에 의해서, 지나치게 작품만을 강조한다는 측면에서 폐쇄성을 드러내고 있다. 이런 사실에서 볼 때 뉴크리티시즘은 보수적 세계관과 과학적 분석방법을 강조한 비평론이다.

　남한에서 뉴크리티시즘은 1930년대 김기림, 이양하, 최재서 등에 의하여 엘리어트나 리챠즈의 이론을 중심으로 소개되다가, 1950년대 본격적으로 수용된다.

> 　엘리어트와 리챠즈의 이름은 3, 40년대에 이미 소개되고 언급된 일은 있었으나 '신비평'과의 관련하에서 논급된 적은 없었던 것으로 여겨진다. 대개는 영국의 현대문학, 특히 영시에 있어서의 새로운 경향, 이를테면 20년대의 형이상적 시와, 30년대의 전위적 사회적 시와 관련해서, 새로운 경향의 비평관으로서의 논의되었다. 물론 리챠즈의 과학적 견해도 소개되었었다.(김기림씨 『시의 이해』) 그러던 것이 '신비평'이라는 말로 소개된 것은 아마 P.E.N 런던 대회에 참석한 우리나라 대표단이 돌아와 그들의 보고문이 본지에 발표되었을 때가 처음이 아니였던가 기억한다.[121]

> 　우리 문단에 뉴크리티시즘이 단편적으로 소개되기 시작한 것은 1956년 무렵부터라고 기억하고 있다. 그러나 뉴크리티시즘이 더 우리 비평계와 독자의 주목을 끌게 된 것은 1957년 말에 내가 미국에서 「클리언스 브룩스와의 인터비유기」, 뒤 이어서 1958년 초에 「분석비평의 의의」라는 뉴크리티시즘을 소개하는 논문이 국내에서 발표된 것이 더 구체적인 계기로 된 것 같다.[122]

　백철은 「세계문학과 우리문학 - 비판적 위치에서 본 작가회의」(『조선일보』, 1956. 9. 14~9. 26)에서 뉴크리티시즘을 소개하고, 「뉴크리티시즘에 대하여」에서 이 비평을 비판적으로 수용해야 한다는 점을 지적하면서, 이를 본격적으

---

121) 김용권, 「뉴크리티시즘과 한국비평문학」, 『자유문학』, 1960. 10, 284면.
122) 백　철, 앞의 글, 86면.

로 소개한다. 그는 1956년 7월 8일~7월 14일 영국에서 열린 제28차 국제 P. E. N 대회에, 4인(백철, 이무영, 이하윤, 이헌구)으로 구성된 한국대표단으로 참석하면서, 이 비평에 대해 본격적으로 소개하기 시작한다. 이 대회는 사무적 회의와 문학적 회의가 나누어져 진행된다. 7월 10일~7월 13일까지의 문학적 회의는 '저자와 독자'라는 주제 아래에서 몇 부분으로 구분하여 토의가 진행된다. 이 회의는 '문학은 문학이외의 길이 없다'는 것으로 결론이 내려진다.123) 국제 P. E. N 대회에서 주목되는 것이 평론분과위원회 의제인 '비평가의 직능'에 관한 것으로, 여기서 뉴크리티시즘에 대한 심도 있는 논의가 진행된다. 특히 평론분과 회의에서는 엠프슨의 참석과 그의 발제문「평론가는 시골 상점주인과 같은 것이다」나 프라즈의「비평가는 예술가의 부속물이 아니다」에서 지적한 뉴크리티시즘에 비판이 주목된다.

제28차 국제작가대회 이후 뉴크리티시즘은 백철과 김용권에 의해서 집중적으로 소개된다. 이 비평과 관련하여 백철은「뉴크리티시즘에 대하여」(『문학예술』, 1956. 11),「I. A. 리챠즈와의 문학대화」(『사상계』, 1958. 5),「비평가의 자격과 할 일」(『동아일보』, 1958. 6. 24~7. 1),「뉴크리티시즘의 제문제」(『사상계』, 1958. 11),「분석비평의 의의」(『문학의 개조』, 신구문화사, 1959),「뉴크리티시즘의 행방」(『세대』, 1966. 2) 등의 글을 발표한다. 김용권은 R. 웰렉의「문학연구론」(『사상계』, 1957. 4), R. M. 스톨먼의「뉴크리티시즘」(『문학예술』, 1957. 4~5) 등의 번역문과「I. A. 리챠즈의 비평과 그 방법」(『사상계』, 1957. 11~12),「비평의 문맥」(『자유문학』, 1958. 4),「전통」(『지성』, 1958. 여름),「작품평가의 기준」(『문학평론』, 1959. 1.),「뉴크리티시즘과 한국비평문학」(『자유문학』, 1960. 10) 등을 통해 본격적으로 소개한다. 또 이 시기에 W. 엠프슨의「평론가는 시골 상점주인과 같은 것이다」(『자유문학』, 1956. 12), A. 테이트의「소설기교론」

---

123) 백 철,「세계문학과 우리문학 – 비판적 위치에서 본 작가회의」,『조선일보』, 1956. 9. 14~26.
　　이헌구,「국제작가대회의 성과 – 펜·클럽회의에 대한 단편적인 소감」,『신세계』, 1956. 10, 104~107면.
　　이하윤,「제28차 국제'펜'대회 인상기」,『자유세계』, 1956. 10, 241~249면.
　　이하윤,「제28년차 세계작가회의」,『자유문학』, 1956. 12, 239~246면.

(『자유문학』, 1958. 4) 등이 번역된다. 특히 R. 웰렉과 A. 웨렌의 공저 『문학의 이론』(신구문화사, 1959)이 백철과 김병철에 의해서 번역되고, 문덕수에 의해 이 책의 시 이론에 관한 중요한 부분인 웨렌이 기술한 제4부 제15장인 「이메지 은 유 상징 신화」(『현대문학』, 1959. 12)가 번역된다.

3.1. 분석비평의 수용

1) 분석비평 수용의 긍정

백철은 「뉴크리티시즘에 대하여」에서 리챠즈, 엘리어트, 랜섬, 테이트 등 을 간략하게 소개하면서, 뉴크리티시즘이 1930년대 시작된 현대 비평의 주요 한 비평 유형이며, 주로 시를 대상으로 하여, 그 용어에 대한 언어학적인 분석 과 연구에 주력하는 경향이라고 지적한다.

> 접근은 어렵고 결과는 가끔 균형을 잃고 있읍니다. 이런 종류의 비평주의 는 아카데미의 세계에 속하고 있는 미국의 수많은 젊은 학자들의 손에서 알렉 산더식교양의 일부를 상기케하는 한 현실에까지 상승되고 있는 것입니다. 어 제까지 새로운 문학의 생산을 위한 처녀지라고 생각되어 오던 나라에서 너무 도 난숙한 문화현상을 볼 수 있다는 것은 기이한 일입니다. 이러한 의미에서 나는 오늘날 너무나 많은 아카데믹한 비평주의가 결정적으로 존재하고 있다는 것을 말해두고저 하는 바입니다.124)

> 과연 그 형식조건에 대한 세밀한 학문적인 주역(註譯)과 온갖 과학수단의 분석 등은 '뉴 크리티시즘'을 따를 수가 없으나 이것만을 가지고 문학의 참된 가치를 이해하지 못한 것이다. '그런'이 '뉴 크리티시즘'은 작품평가를 못한다 고 한 것은 그 때문이다. 문학작품은 필요에 의해선 역시 그 배경적인 조건위 에서 통일적인 판단을 가하지 않으면 결코 그 작품의 참된 가치에 도달할 수 없을 것이다. 그 점에서 우리는 현대의 비평으로 '뉴 크리티시즘'이란 학파가 있는 것을 기억하는 동시에 이것을 대하는데는 어데까지나 비판적인 태도를

---

124) M. Praz, 「비평가는 예술가의 부속물이 아니다」, 편집부(역), 『자유문학』, 1956. 12, 291~292면.

취해야 할 것이다.[125]

그는 이 비평의 중요한 특질이 ① 문학작품의 테크닉을 분석하는 것(작품의 문장, 용어적 스타일, 조직, 운각(韻脚), 암유(暗喩) 등에 대한 전문적인 분석 연구), ② 중복된 상징성, 비유적인 의미, 미묘한 심리학적인 교섭에 대한 민감한 반응을 표시하는 것 등이라고 지적한다. 프라즈의 글을 인용하면서, 그는 이 비평이 아카데믹한 비평의 유행에 의한 분석 방법에 대한 편중이며, 하나의 난숙기의 문학 현상으로 비판한다. 그는 문학작품은 필요에 의해서 그 배경적인 조건 위에서 통일적인 판단을 행하지 않으면 그 작품의 참된 가치에 도달할 수 없다는 점을 강조한다. 그의 비판은 백철 자신의 견해라기보다 P. E. N 런던대회에서 뉴크리티시즘에 대해 비판한 부분을 그대로 인용하여 소개한 것이다. 이런 부정적 입장에도 불구하고 그는 과학적 분석 방법이란 측면에서만 뉴크리티시즘의 비판적 수용을 주장한다.

> 우리 한국의 문학비평의 입장에서 뉴크리티시즘을 일차 현대비평으로 평가해서 받아 들일 것은 필요한 일이면서 동시에 그것을 받아 들이는 조건이란 전게한 세 가지의 조건 즉 문학을 일차 그 자체의 내적 조건에서 파악하는 일, 둘째 언어의 조건에서 한국 비평가는 일차 특별한 의의를 갖고 임해야 되는 일,(여기는 우리가 신문학사상 한 번도 이 언어의 문제에 대하여 진실한 검토를 한 일이 없으니만치 하나의 중요한 문학사적인 의미를 띤 것이라고 보고 싶은 면이다.) 셋째, 그 분석의 비평방법인데 여기도 한국의 비평이 일차 받아들여서 크게 참고해야 할 면이다.[126]

> 우리 비평의 기성사실과 대조해 볼 때에 이 실제적인 분석의 비평방법이 우리에게 큰 반성을 주는 것은 사실이다. (……) 비평가가 작품을 감정하는 전문가라면 우리는 좀 더 전문가다운 교양과 동시에 그 감정 분석의 전문적인 수법을 활용해야 할 것이다. 이 점에서 우리 한국의 문학비평은 일차 종래의 것에 그 분석과정을 추가해서 개편할 필요를 부득이 느끼게 된다. 그것이 비

---

125) 백　철, 「뉴·크리티시즘에 대하여」, 『문학예술』, 1956. 11, 181면.
126) 백　철, 「뉴크리티시즘의 제문제 ─ 그 현대성에 대한 평가와 섭취를 중심으로」, 『사상계』, 1958. 11, 409~410면.

> 록 '뉴·크리티시즘'과 같은 것이 아니라도 내가 먼저 말한 바, 현대비평의 특
> 질로서 그 분석비평의 과정을 중요하게 채용해야 할 것을 느낀 것이다.[127]

그는 「뉴크리티시즘의 제문제」에서도 뉴크리티시즘이 문학의 외부가 아니라 문학자체의 그 내부적인 조건에 의해서만 작품을 보고 판단하는 경향으로 이해하면서, 비판적 수용의 조건으로 ① 문학을 일차 그 자체의 내적 조건에서 파악하는 일, ② 언어의 조건에서 비평가는 일차 특별한 의의를 갖고 임해야 되는 일, ③ 그 분석의 비평방법을 한국의 비평이 크게 참고하는 일 등을 제시한다. 이 글에서도 역시 뉴크리티시즘의 비평 이론과 방법에 분명한 한계가 있음을 강조한다. 그는 「분석비평의 의의」에서도 뉴크리티시즘이 실제적인 분석의 비평방법이 우리에게 큰 반성을 주는 것이며, 현대 비평의 특질로서 그 분석비평의 과정을 중요하게 채용해야 할 것을 거듭 강조한다.

그는 분석적 방법에 대한 구체적인 극복 방안에 대한 언급이 없을 뿐만 아니라, 이 방법론을 적용한 구체적 성과물도 없는 점으로 미루어 보아, 이 비평을 단순히 소개한 입장 이상은 아니다. 특히 그의 수용론은 문학의 언어적 조건을 강조하지만, 시의 원리를 해명하는데 사용되는 용어(의미의 드라마, 긴장, 갈등, 아이러니, 역설 등)에 대한 설명이 없어, 그 구체성이 결여되어 있다. 그의 비판적 수용론의 문제점은 뉴크리티시즘의 분석 방법론에 대한 인식은 있지만 그 세계관에 대한 이해가 결여되어 있다는 것이다. 뉴크리티시즘과 같은 비평이 아니라도 그 분석비평의 과정을 중요하게 채용해야 할 것을 지적한 그의 주장은 "주체성을 중시하는 입장" 같지만 사실 '공허한 추상론'[128]에 가까운 편의

---

127) 백　철, 「분석비평의 의의」, 『문학의 개조』, 신구문화사, 1959, 305면.

128) 백철은 "과거나 현재에 있어서 우리 문학이 기계적으로 외국문학의 유행경향을 받아드리든 태도를 반성하고 언제나 우리문학의 주체성을 중시하는 입장에서 독자적인 방법과 태도를 취해야 할 것"을 주장하지만, 그의 전반적인 비평활동에서 볼 때 누구보다도 먼저 '선진' 외국이론을 수용하고자 한 비평가이다. 그는 한국문학사에서 외국문학의 유입을 평가하면서 "안이한 사조소개 등의 추상적인 길"(백철, 「외국문학의 도입문제 – 주로 번역문학에 대하여」, 『문학예술』, 1955. 9, 79면, 74면)을 걸었다고 비판하지만, 실질적인 그의 활동에 있어서 그의 문학론 소개는 안이한 태도가 여실히 드러난다. 김윤식이 "자유주의적 인텔리 기질과 정열"(김윤식, 『한국근대문예비평사연구』, 1976, 일지사, 216면), "저널리즘에 대한 민감성", "양철모양 가볍고 한

적인 발상이다. 이는 세계관과 상관없이 그 방법론만 중요하다는 것이다. 어떤 비평론의 수용에 있어서도 "자각적 태도"129)가 필요하다. 따라서 뉴크리티시즘의 구체적인 세계관에 대한 인식이 결여되어 있는 것으로 보아, 그의 이 비평에 대한 이해는 문학 작품을 분석적인 해석 방법으로 파악한 측면이 강하다. 백철의 이 수용론은 객관적 과학성을 기반으로 한 비평의 확립이라는 어느 정도 긍정적 의미를 갖지만, 실질적인 의미에서는 '매우 위험한 편의적인 발상'130)이다. 특히 이 비평의 세계관에 대한 깊이 있는 인식 없이 단지 분석적인 비평 방법만을 강조하여 수용의 정당성을 강조한 것은 다분히 문제성을 가진 것이다.

김용권은 리챠즈의 비평에 대한 소개와 더불어 뉴크리티시즘의 중심 용어를 설명하고 적용한 대표적 수용자이다. 그는 뉴크리티시즘의 접근방법이 "어디까지나 작품 자체에 밀접한 분석"131)이며, "하나의 방법으로서의 신비평을 부정해야 할 이유는 없다"132)고 지적한다.

> 그것을 무시하건 말건, 어디까지나 개개 비평가의 자유이다. 그러나 그것을 통해서 비평의 대상이 좀 더 정확히 포착되고 작품을 설명하고 평가하는 비평의 언어가 한결 명확성을 띨 수 있게 된다면, 현재의 막연한 관념적 비평의 과다가 시정될 것만은 확신할 수 있겠다. (……) 그리고 신비평이나 앞으로 우리 나라를 찾아올 다른 어떠한 비평사상, 비평방법이든지 간에 그것이 우리의 비평행위의 한 내용이 되기 위해서는 여기에 대한 좀 더 깊고 넓은 이해가 선행되어야 할 줄로 믿는다.133)

그는 ① 심미주의와 과학적 방법의 결합, ② 과학적인 태도를 뉴크리티시

번 사용한 뒤에는 아무짝에도 쓸모없는 것"(김윤식, 『한국근대문학연구방법입문』, 서울대학교출판부, 1999, 88~89면) 등의 표현이나, 그의 비평에 대해서 논의하면서 '웰컴'이라는 단어를 부각하는 것에도 그의 이런 모습이 잘 나타난다.
129) 문덕수, 「비평의 수입문제와 반항의 윤리」, 『현대문학』, 1959. 8, 225면.
130) 송왕섭, 「전후 '신비평'의 수용과 그 의미」, 『성균어문연구』 32, 1997. 12, 305면.
131) 김용권, 「작품평가의 기준」, 『문학평론』, 1959. 1, 63면.
132) 김용권, 「뉴크리티시즘과 한국비평문학」, 286면.
133) 위의 글, 286면.

즘의 특질로 지적한다. 그는 작품을 인간의 역사적이고 사회적 요소에서 분리시켜 마치 고립된 보석처럼 보고(시의 존재학), 인간의 정념을 합리적이고 추상적인 과학 이상으로 정밀히 기술한 언어적 구성물(시의 경우)의 형태적 모든 요소를 분석 설명하려는 것이 이 비평의 입장임을 지적한다. 그는 이 비평의 근본적 주장이 바로 '과학적인 객관성'이라고 지적한다. 현재의 막연한 관념적 비평의 시정을 위해서 뉴크리티시즘의 수용을 주장하면서, 뉴크리티시즘을 포함한 외국문학비평이 우리 비평 행위의 한 내용이 되기 위한 깊고 넓은 이해가 필요함을 역설한다.

> 지식이란 과학의 산물이라고 흔히 생각되는데 어떻게 시가 지식이 될 수 있느냐는 문제는 매우 흥미있다. (……) 시는 지식에 대한 체험이고, 그 자체가 체험체여서 우리는 인간의 마음속에서 일어나는 일, 시인의 마음에 발생하는 하나의 사건을 시를 통하여 체험함으로써 인간에 대한 구체적인 지식을 얻는 것이다. (……) 현대의 대표적 뉴·크리틱의 이론을 요약하면 결국 '시는 지식이다'라는 말로 귀결되는 것이다. (……) 이러한 감정과 이성의 분열을 지적하고 '포괄의 시'를 주창하고 나선 것이 I. A. 리차즈다. 그것이 엘리옽의 이론에서는 사유화된 감정, 감정화된 사상의 시, 소위 형이상시의 시론인 것이다. 이들 현대비평의 두 개척자의 뒤를 이은 뉴·크리티시즘의 전위 비평가들은 '시는 지식'이라고 대담하게 선언하고 나선 것이다.134)

이창배는 「지식으로서의 시」라는 제목으로 연재된 뉴크리티시즘에 대한 논의를 소개하면서, '시는 지식이다'라는 명제가 이 비평의 귀결점이라고 지적한다. 그는 이 비평의 전위 비평가들이 시란 지식에 대한 체험이고, 인간의 마음속에서 일어나는 일, 시인의 마음에 발생하는 하나의 사건을 시를 통하여 체험함으로써 인간에 대한 구체적인 지식을 얻는 것이란 점에서 '시는 지식이다' 라고 지적한다. 이런 비평가들의 주장은 시를 체험세계의 총체적 파악 또는 본체론적(本體論的) 지식의 대상으로 해석한 것이다. 그는 이런 긍정적인 면에 대한 소개와 더불어 이들의 비평 방법에 있어서 시의 구조의 분석을 중점적으로 하

---

134) 이창배, 「시는 지식이다 - 뉴·크리티시즘의 작금」, 『사상계』, 1961. 11, 342~
  343면.

여, 그 역사적 배경이나 시인의 사상적 배경을 등한시한 점이나 지엽적인 모순과 허점을 내포한 한계를 소개한다. 그는 이런 한계를 내포한 것이지만 그들은 여전히 '시는 지식이다'라는 기본적 자세는 변함이 없다고 소개한다. 그의 뉴크리티시즘에 대한 논의는 영미문단의 뉴크리티시즘의 단순한 소개 이상의 의미를 갖지는 않는다.

> 양주동교수가 말한 것처럼 "그 해학적 사설이 자못 지나친"것이 아니라 Brooks가 말하는 "역설(逆說)"과 "기롱(譏弄)"의 효용을 자못 이용한 우수한 시임을 알 수 있다. 그리고 이러한 분석을 통하여 또한 Brooks의 이른바 시의 "구조"적인 연정방법(硏定方法)을 우리의 고전에 적용하여 어느 정도 정확한 평가가 가능하리라고 본다. 이상으로서 본가의 문학적 가치는 부여되었다고 보는 바, 이러한 평가가 정당한 것이라면 종래에 본가를 고려시대의 민요라고 보아온 오류는 응당 시정되어 마땅 하리라고 보며, 또한 이러한 작품분석의 시도가 좀더 광범위한 우리의 고전 해석에 기울어지기를 기대하여 마지 않는 바이다.135)

뉴크리티시즘의 원리를 가지고 「쌍화점」을 재해석한 정병욱은 고전문학의 작품평가의 방법적 결여라는 약점을 지적하면서 이 비평의 원리를 적극적으로 수용할 것을 주장한다. 그는 과거의 고전문학 연구가 언제나 작품을 떠나 추상적인 논단에 머무른 가장 큰 원인이 작품평가의 기준이 없다는 것이라고 피력한다. 그는 작품 분석 작업의 적극성을 가지고 작품을 정확하게 가려내는 눈을 갖출 것을 지적한다. 그는 문학의 정확한 평가를 하기 위하여, 시의 구조적인 분석 방법을 적극적으로 고전문학에 적용할 것을 강조한다. 그의 뉴크리티시즘에 대한 입장은 비평방법론이라기보다 학문연구방법론으로 적극적으로 활용할 수 있다는 측면에서 수용할 것을 주장한 것이다. 결국 그의 입장은 학문의 객관성 추구라는 점에서 긍정적으로 평가한 것이다.

---

135) 정병욱, 「쌍화점고」, 『문리대학보』(서울대) 10-1, 1962. 7, 24면.

2) 분석비평 수용의 부정

문덕수는 「비평의 수입문제와 반항의 윤리」에서 백철이 뉴크리티시즘을 우리가 일차 받아 들여야 한다고 강조하는 측면에 있어서는 공감하지만, 이 수용에서 주체적 자각이 필요함을 역설한다.

> 이러한 조건의 내용에 대해서는 물론 이론(異論)이 있을 수 없으나, 그 조건이 마치 당국에서 제시한 상품수입 조건같은 인상을 주는 것은 웬일일가? 만약에 '뉴크리티시즘'의 섭취가 박래품(舶來品)이나 원조물자의 도입같은 것이라면 모르되, 그것이 비평이요 비평방법이라면 반드시 비평관이 있을 것이니, 그렇게 되면 그러한 조건으로서는 곤란하다. 우리가 선진사조나 비평관을 먼저 도입한 선구자로서의 명예를 획득하는 것은 좋지만, 우리가 그러한 선진사조나 비평관의 수입상인으로 타락하거나, 문학사에 그 수입품목과 내역을 기재하는 서기가 되어서야 되겠는가![136]

그는 백철이 「뉴크리티시즘의 제문제」에서 제기한 비판적 수용의 조건인 ① 문학을 일차 그 자체의 내적 조건에서 파악하는 일, ② 언어의 조건에서 한국 비평가는 일차 특별한 의의를 갖고 임해야 되는 일, ③ 그 분석의 비평방법인데 여기도 한국의 비평이 일차 크게 참고하는 면을 제시한 것에 대해서 의문을 제기한다. 그는 그 조건이 당국에서 제시한 상품 수입 조건 같은 인상을 받는다고 지적한다. 그는 박래품이나 원조물자를 도입하는 수입상인이 아니라면, 그것이 비평이고 비평방법이라면 반드시 비평관이 있을 것이니, 백철의 수용 조건이 문제성을 드러낸 것이라고 평가한다. 그는 자기의 비평관이 없는 사이비 비평가가 아니라면 비평관의 유입에서 자각적 태도가 중요하다는 것을 강조한다.

> 우리는 아직 후진성을 벗어나지 못하고, 따라서 선진 비평을 수입해야 하는 것도 마땅한 일이지만, 선진 비평의 수입에 있어 그것이 상품이 아닌 이상, '조건'이 필요한 것이 아니라, 태도가 필요한 것이다. '뉴크리티시즘'만 하더라

---

136) 문덕수, 앞의 글, 223~224면.

도 '자각적 태도'만 확립된다면 어떠한 금과옥조라도 그러한 조건은 문제가 안된다. '뉴크리티시즘'을 받아 들이는 것이, 남들이 쓰던 수술태나 해부도를 비용(備用)하거나 구입하는 것과 같은 것이라면 모르되, 그것이 적어도 하나의 비평관인 이상, 비평관은 반드시 인생관 내지 세계관우에서만 설수 있는 것이다. 인생관이나 세계관은 필경 자기의 '생의 자각적 태도'인 만큼 한 비평관의 수입에 있어서도 '자각적 태도'에서 받아 들여야 한다는 것은 두말할 여지가 없다.137)

그는 비평의 유입에 있어 그것이 수입상품이 아닌 이상, '조건'이 필요한 것이 아니라 '태도'가 필요하다는 점을 강조한다. 그는 뉴크리티시즘의 수용에서 그것이 적어도 하나의 비평관인 이상, 비평관은 반드시 인생관 내지 세계관 위에서만 설 수 있는 것이며, 인생관이나 세계관은 필경 자기의 '생의 자각적 태도'인 만큼 한 비평관의 수입에도 '자각적 태도'에서 수용해야 함을 거듭 강조한다. 백철의 전반적인 비평활동138)을 볼 때, '선진사조나 비평관을 먼저 도입한 선구자의 명예를 획득하는 것'이나 '상인형의 수입 비평가', '문학사에 그 수입 품목과 내역을 기재하는 서기' 라는 표현은 백철과 관련된 지적139)으로 보인다. 결국 그는 백철의 뉴크리티시즘 수용론을 긍정적으로 파악하고 있지 않다. 즉, 그는 백철이 '자각적 태도'에 의해서 이 비평을 수용한 것이 아니라는 관점이다. 따라서 그는 이 비평의 수용에 대해 세계관이나 인생관을 문제삼으며 비평관의 수입에 있어서 자각적 태도를 역설한 것이다. 또한 그의 관점은 이 비평의 수용에 있어서 비평관이 아니라 단순한 분석 방법론의 수입에 반대하는

---

137) 위의 글, 224~225면.

138) "사람들은 말한다. 백철 비평에서 아무것도 배울 것이 없다라고. 그는 어느 시대에나 시대 사조에 민감, '웰컴!'을 외쳐 마지않았다. 계급문학이 유행하자 재빨리 NAPF 회원이 되었고, 농민문학론을 썼고 KAPF 회원으로 변신하였다. 전주사건 이후 그는 '비애의 성사'를 나와 외쳤다. '웰컴 휴머니즘'이라고. 신체제에 영합하는 '사실수리설'을 누구보다 먼저 소리높이 외쳤던 것이다."(김윤식, 『해방 공간 문단의 내면 풍경』, 민음사, 1996, 361면)

139) "조연현씨와 더불어 평단의 쌍벽이라고 할 수 있는 백철씨의 비평은 어딘지 좀 무성 격적이라는 인상을 준다. 이 땅에 뉴크리티시즘을 수입한 공로와 노익장의 비평활동은 평단의 한 장로로서의 체면을 유지하고 있으나, 그의 비평은 너무나 시류적인 듯하다."(문덕수, 「폭력과 유혈의 극복」, 『현대문학』, 1965. 4. 72면)

입장이다. 백철 등의 전반적인 입장이 분석 비평 방법론을 강조한 반면, 그는 뉴크리티시즘의 세계관이나 비평관을 문제 삼고 있는 입장이다. 그러나 그는 이 비평에 대한 자각적 태도만을 강조할 뿐 이 비평에 대한 깊이 있는 이해나 그 구체성이 결여되어 있다.

백철이나 김용권 등이 뉴크리티시즘의 수용에 대해 어느 정도 긍정적인 것에 반해, 유종호는 회의적인 태도를 갖고 있다. 그는 「비평의 반성」에서 최근 해석적, 분석적 경향의 장점과 함께 우려를 표명한다.

> 최근의 비평문 속에서 또 하나 우리들의 주목을 끄는 것은 어구의 해석적 분석적 경향이다. 이러한 비평문속에서 우리들은 한 시구나 언어군에 기대한 전례없는 세밀한 분석설명을 접하고 때때로 감탄도 하게 된다. 환영할만한 경향이다. 우리는 이러한 분석적 경향의 장점적 요소인 지적 계량의 일면을 충분히 인정하면서도 일변, 이러한 가상할만한 분석적 노력이 왕왕 범하게되는 원작자(비평대상작품의)를 당황하게 할만한 지나친 배려나 무익한 친절에 대하여 적지않은 의구심을 느낄 때가 있다. (……) 이 땅의 분석적 경향이 그 최초의 의욕에도 불구하고 또 다른 형태의 인상비평의 양상을 띄우게 되었다는 것은 흥미있는 사실이다. 뿐만 아니라 어떤 지식의 오도적 응용이 대상을 있는 그대로 본다는 타당성을 상실하고 비평대상작품의 원래의 모습을 지나치게 변모시키는 수가 있다는 사태를 우리는 그대로 간과할 수가 없다.140)

유종호는 뉴크리티시즘의 시구나 언어군에 대한 전례없는 세밀한 분석과 설명에 대해서 긍정적인 반응을 보이지만, 실제적으로는 상당한 비판적인 시각을 갖고 있다. 그는 '가상할만한 분석적 노력이 왕왕 범하게 되는 원작자(비평대상작품의)를 당황하게 할만한 지나친 배려나 무익한 친절에 대하여 적지 않은 의구심'을 표현한다. 최근 비평의 분석적 경향에 대해 비판하면서 그는 지식의 오도적 적용이 대상을 있는 그대로 본다는 타당성을 상실하고 대상작품을 지나치게 변모시킨다고 비판한다. 그는 이런 경향의 대표적인 예가 바로 '이상론'이라고 지적한다. '이상론'에서 「오감도」의 '13인의 아해(兒孩)'에 대한 여러 분석을 평하면서, 그는 어느 정도의 객관적 타당성을 상실하고, 허망한 마술을 통

---

140) 유종호, 「비평의 반성」, 『현대문학』, 1958. 5, 225~226면.

과한 인상주의라고 비판한다. 결국 그의 입장이란 최근 분석적 경향에 대한 비판에 주안점을 두고 있다.

또한 그의 뉴크리티시즘에 대한 이해는 시구나 언어에 대한 세밀한 분석 정도로 이 비평을 이해하고 있다. 이 비평의 핵심은 언어의 정밀한 분석을 통한 복잡한 '의미의 구조'를 파악하는 것이다. 이 비평에서 말하는 훌륭한 시란 '유기체적 통일체'로서의 시141)이다. 그의 이 비평에 대한 이해는 리챠즈, 엠프슨, 브룩스에 대한 언급이나 "나는 이 땅의 분석적 경향이 반드시 저쪽의 분석비평을 본뜬 것이라고 보지는 않는다"142)는 표현에서 볼 때, 뉴크리티시즘에 대한 어느 정도의 이해는 갖고 있지만, 그 이해란 피상적이고 일면적이다. 그의 이해란 단지 정밀한 시구나 언어군에 대한 정밀하게 해석하는 분석적 경향 정도로 생각한 것143)이다.

이런 피상적 이해에서 진전된 면모를 보이는 글이 한국문학의 20년을 다룬 「성장과 심화의 궤적」이다.

> 비슷한 시기에 노장 백철은 뉴·크리티시즘을 소개하기 시작했다. 백철 자신의 비평행위에 있어서 활력제 구실을 한 것은 사실이나 그 타이밍이 맞았는지는 불명이다. 난숙할대로 난숙한 문학을 소재로 하여 내재적분석을 위주로 하는 이 유파의 비평 방법 답습은 모든 것을 기초에서부터 정립해야 하는 우리의 처지에선 한갓 트리비얼리즘으로 빠질 위험성이 많다. (……) 그들이 표방한 비역사주의는 문학작품의 문맥을 중시하는 나머지 문학작품이 그 발생의 전부를 걸고 있는 역사적 문맥을 무시함으로써 문학비평의 중요관심을 스스로 포기했다는 상실감을 갖게 한다. (……) 이 말은 이 방법의 선용이 가져올 풍요의 가능성을 부정하는 것이 아님은 물론이다.144)

유군은 뉴 크리티시즘을 한국에 도입하는 일에 대한 회의적인 반문을 하고

---

141) 이명섭, 「뉴크리티시즘 시론」, C. Brooks(외), 『신비평과 형식주의』, 고려원, 1991, 13~23면.
142) 유종호, 앞의 글, 226면.
143) 김병철도 "'말의 분석' 따위의 수사적·형식적 비평방법" 정도로 뉴크리티시즘에 대해 피상적으로 인식한다.(김병철, 「뉴우·크리티시즘」, 『월간문학』, 1968. 12, 177면)
144) 유종호, 「성장과 심화의 궤적 - 한국문학 20년」, 『사상계』, 1965. 8, 330면.

있는 것이다. 유군은 그 반문의 이유로서 뉴 크리티시즘의 비역사주의를 지적하고 '기껏 박식한 테크니션이란 인상만을 주는 것은 현대의 전문화 세분화 현상에 조응하는 현상이라 치더라도 뉴 크리티시즘의 약체성을 드러내고 있다'고 논평을 가했다. 그런데도 한국에서 지금 뉴 크리티시즘을 도입 해 들일 필요가 있겠느냐, 따라서 그 성과란 지극히 의문적이라는 뜻을 표시한 것이다. (……) 내가 그저 맹목적으로 뉴 크리티시즘을 끌어 들이자는 것이 아니고 비판적이었다고 하는 의미가 이런 가감론(加減論)에도 있는 것이다. 그만치 뉴 크리티시즘은 조건부로서 우리 비평사위에 도입 활용할 필요가 있다고 본 것이다.145)

백철의 비판적 수용론에 반해, 유종호는 뉴크리티시즘이 백철의 비평행위에 활력제 구실은 한 것이지만, 이 비평의 수용 시기의 적절성에 대해서 의문을 제기한다. 그는 뉴크리티시즘 방법의 선용이 가져올 풍요의 가능성을 인정할 수 있지만, 난숙할 대로 난숙한 문학을 소재로 하여 내재적 분석을 위주로 하는 비평 방법의 답습은 모든 것을 기초부터 정립해야 하는 우리의 현실적 상황에서는 위험성을 내포한 것이라는 점을 들어, 이 비평의 수용에 대해 부정적인 입장을 견지한다. 특히 그는 이 비평의 비역사주의가 역사적 문맥을 중시하는 문학비평의 중요한 관심을 포기한 것이며, 기성적 가치나 질서에 대한 승인이나 조화를 전제한 것일 수 있다고 비판한다.

이런 유종호의 회의적 입장에 대해 백철은 단지 이 비평을 조건부로서 우리 비평사 위에 도입 활용할 필요가 있다는 점을 강조한다. 그는 이 비평의 수용에 주의할 것이 바로 비판적이어야 할 것, 특히 이 비평이 비판받고 있는 그 언어 조건에 작품 평가의 전부를 의지하는 편중에 대하여 오직 비평의 일부 과시의 방법으로만 효용될 것이라고 지적한다. 그는 뉴크리티시즘의 공평성과 객관성을 강조하면서 한국에서의 영향을 과소 평가해서는 안 된다고 주장한다.

뉴크리티시즘의 한국적 수용에 대해서 백철은 분석적 비평을 통한 과학적 객관성의 추구라는 측면에서 긍정적으로 평가하는데 반해, 유종호는 이 비평의 비역사주의가 기성적 가치나 질서의 승인을 전제를 한 것이라는 점에서 회의적

---

145) 백 철, 「뉴크리티시즘의 행방」, 86~91면.

으로 평가한다. 유종호나 백철은 이 비평의 가능성과 한계를 동시에 지적하지만, 이들의 입장은 서로의 강조점이 다른 것에 불과하다. 결국 뉴크리티시즘에 대한 근본적인 성찰은 결여되어 있다.

3) 분석비평가의 수용

남한에서 뉴크리티시즘과 관련된 비평가인 엘리어트, 리챠즈, 브룩스, 엠프슨, 테이트, 원터즈, 랜섬 등이 백철, 김용권, 송욱 등에 의해서 소개된다. 1930년대 김기림, 이양하, 최재서 등에 의하여 엘리어트나 리챠즈의 이론이 소개되고, 50년 중반 이후 가장 집중적으로 소개된 비평가가 리챠즈이다. 특히 1930년대 이양하의 「리-챠즈의 문예가치론」(『조선일보』, 1933. 1. 21~1. 31), 최재서의 「비평과 과학 – 현대주지주의문학이론의 건설」(『조선일보』, 1934. 8. 31~9. 5), 김기림의 「과학과 비평과 시 – 현대시의 실망과 희망」(『조선일보』, 1937. 2. 21~2. 26), 이양하가 일문으로 번역한 『과학과 시』(研究社, 1932) 등에서 리챠즈에 대한 이론이 소개된다.146) 1950년대 김기림의 『시의 이해 – I. A. 리챠즈를 중심으로』(을유문화사, 1950)와 백철과 김용권의 평론에서 본격적으로 소개된다.

> "세상에선 나를 심리학적인 비평가로 치는 사람도 있는 모양이지만 내가, 비평가로서 출발하면서 서 있는 입장은 차라리 미학적인 입장이다. 심리학적인데서 작품의 동기와 의미를 찾는 동시에 그 동기와 의미는 미학적인 조건과의 관련해서 문학비평 본질을 규정한 것이다. 그것은 단순히 심리학의 이야기가 아니다. 나의 비평체계를 이해하는데는 그 점을 강조해서 보는 것이 좋은 줄로 생각한다. ……"147)

백철은 「I. A. 리챠즈씨와의 문학대화」에서 하버드 대학에 재직 중인 리챠즈와 면담한 내용을 소개한다. 그는 이 대화에서 일반적으로 뉴크리티시즘이라

---

146) 한계전, 『한국현대시론연구』, 일지사, 1983, 164~165면.
147) 백 철, 「I · A · 리챠즈와의 문학대화 – 비평은 설명이 아니고 이해시키는 일이라고」, 『사상계』, 1958. 5, 85면.

고 하지만 그 비평가에 따라서 여러 가지의 차이가 있어서 이 비평을 단일한 명칭으로 부르기가 어렵다는 점, 리챠즈가 뉴크리틱에 대해 큰 호감을 갖고 있지 않은 것 같다는 점을 소개한다. 그는 리챠즈가 비평가의 임무란 알리는 것이 아니라 이해를 시키는 것이라는 점, 일반적으로 그를 심리학적인 비평가로 파악하지만 그의 비평가로서 출발이 미학적인 입장이라는 점, 문학 비평의 본질이 심리학적인 것에서 작품의 동기와 의미를 찾는 동시에 그 동기와 의미가 미학적인 조건과의 관련하여 규정하는 것이라는 점에서 그것은 단순한 심리학의 이야기가 아니라고 한 그의 입장을 충실히 소개한다. 그리고 「비평가의 자격과 할 일 – Y. 윈터즈씨는 이렇게 말한다…」에서도 윈터즈의 대담 내용을 소개한다. 따라서 그의 대담은 뉴크리티시즘 비평가의 단순한 소개 이상의 의미를 갖지는 않는다.

백철의 뉴크리티시즘에 대한 비평이 저널리즘적 성격이 강한 반면, 김용권은 이 비평을 학문적인 성격이 강한 입장에서 소개한다. 백철의 리챠즈에 대한 소개가 단순한 문학 대화를 통한 간략한 형태라면, 김용권은 영문학을 전공한 전문적인 입장에서 리챠즈의 비평을 체계적인 형태로 소개한다. 그는 「I. A. 리챠즈의 비평과 그 방법」에서 리챠즈의 여러 이론 중에서 뉴크리티시즘과 관계가 깊은 '시의 전달성', '가진술론(Pseudo-statement theory)', '신념' 등의 초기 시론을 중심으로 소개한다.

그는 먼저 리챠즈의 문학접근방식이 주로 심리주의 내지 과학주의적인 경향임을 지적한다. 리챠즈는 시적 경험이란 독특한 경험이 아니라 여러 가지 경험과 엄밀하게 같은 종류의 경험이라고 주장한다. 단지 시는 경험의 심히 한정된 조각이다. 시는 낯선 요소가 침입하는 경우에는 다소간이나마 손쉽게 무너지는 경험의 조각이다. 시는 거리에서나 언덕에서 느끼는 일상적인 경험보다 훨씬 고도로 미묘하게 조직된 것이다. 그것은 취약하지만 전달될 수 있는 것이다. 그는 리챠즈 비평 이론에서 중요한 개념이 바로 '경험'과 '전달될 수 있다'는 것이라고 지적하면서 시의 전달성을 설명한다. 그는 리챠즈의 영향을 받은 비평가들이 한결같이 미적 경험과 미적 경험이 아닌 것을 명확히 구별해야 함을 지적한다. 이는 그들의 비평의 실제적 기초가 된다.

여기서 시의 가기술론(Pseudo statement theory)이 나타난다. 가기술(假記述)이란 '우리들의 충동과 태도를 해방하고, 조직할 때 주로 그 효과에 따라서 시인을 받는 언어형식'을 말한다. (……) 이미 명백할 것이지만 시는 언어를 정서적 방면으로 사용한 가기술이라는 것이다. (……) 그러면 가기술로서의 시는 어떻게 해서 가능한가. (……) 시는 논리의 진, 위를 기술한다든가 사실을 묘사한다든가 하는 개념적인 내용을 전연 가지지 않는다는 점이 이해되어야만 한다. (……) 이 같이 태도의 조정에다 중심을 두게되면 잘안된 시나 나쁜 시라 할지라도 태도를 조정할 수 있음으로 잘된 시와 좋은 시와의 구별을 어떻게 설명할 것인가하는 난점이 생긴다. 또한 그 구별을 조정의 깊이와 넓이에 두고 어떤 시와 다른 시를 구별한다 하더라도—이 가정에서 끌어낼 수 있는 결론이다—그 넓이와 깊이를 어떻게 측정할 수 있는가는 점은 의문이 아닐가.148)

리챠즈는 절박한 현대의 상황이 어느 의미에서는 미술적 세계관에서 과학적 세계관으로의 변화인 '자연의 중립화'에 기인한다고 진단한다. 이런 절박한 현실의 과제를 해결하는 것은 새로운 기적적 수단이 아니라 시적 독자성을 내세우는 일이다. 이것이 시의 '가진술론'이다. 가진술은 우리들의 충동과 태도를 해방하고 조직할 때 주로 그 효과에 따라서 인정을 받는 언어형식을 말한다. 그는 시인이 하는 일이란 "경험의 총체에 질서와 연관성을 부여하는 것"149)이고, 이런 시가 '가진술'이라고 규정한다. 참된 진술이 인생에 유익하나 그것만이 우리의 태도와 정서를 조정하는 것은 아니다. 종교나 철학 등 가진술의 쇠퇴와 과학과 물질주의의 실패에 처한 현대에서는 이를 대신한 감정과 태도를 조정하고 통일시킬 수 있는 것이라면 가진술이라 할지라도 충분한 존재 이유가 있다. 이런 그의 설명은 리챠즈의 이론을 거의 정확하게 소개한 것이다. 시는 논리의 진위를 진술한다든가 사실을 묘사하든가 하는 개념적인 내용을 전혀 갖지 않는다. 시인의 임무란 진위에 대한 기술의 수용과는 아무런 관련이 없도록 만드는 것이다. 그는 이런 입장에 대해서 잘 안된 시와 잘된 시, 나쁜 시와 좋

---

148) 김용권, 「I. A. 리챠즈의 비평과 그 방법 - 「과학과 시」를 중심으로」, 『사상계』, 1957. 12, 187~188면.
149) 이윤섭, 「I. A. 리쳐즈의 시론과 믿음의 문제」, 『안양대학교논문집』(인문과학편) 17, 1997. 12, 113면.

은 시의 구별을 어떻게 설명할 것인가의 문제점과 어떤 시와 다른 시의 그 넓이와 깊이를 어떻게 측정할 수 있는가 라는 의문을 제기한다.

> 리챠즈는 언어의 기능을 과학적인 것과 정서적인 것으로 이분하였듯이 신념도 과학적인 신념(Scientific belief)와 정서적 신념(emotive belief)으로 구별한 후, 전자는 사실에 기초하고 사물을 있는 대로 설명, 언급하는데서 생겨나는 논리적, 과학적 확신이고 후자는 사실아닌 다른 원인과 관련하고 주로 태도를 환기, 발전시키는 '목적없는 신념'(objectless belief)이라고 불렀다. 그런즉 '우리가 사는 세계의 본질에 관한 투명하고 편견없는 의식과 이 세계에서의 삶을 훌륭하게 만드는 태도의 발전은 둘다 필요한 것이며 어느 것이고 다른 한 쪽에 종속할 수 없다'고 말한다.150)

1924년 『문학비평원론』과 1926년 『과학과 시』에서 리챠즈는 시에서의 '신념'의 문제를 설명한다. 그는 신념을 과학적인 신념(scientific belief)과 환정적 신념(emotive belief)으로 구별한다. 과학적인 신념은 사실에 기초하고 사물을 있는 대로 설명하고 언급하는데서 생겨나는 논리적이고 과학적인 확신이다. 환정적 신념은 사물 아닌 다른 원인과 관련하여 주로 태도를 환기시키고 발전시키는 목적없는 신념이다. 그는 『실제비평』에서도 "충동의 재조정과 충동간의 상호간섭을 최소한으로 제약할" 수 있는 것이 환정적 신념의 효용이며, "과거의 별반의 차이없는 외적 세계에 대해서 잠정적이고 임시적이나마 부분적인 자기완성"151)을 달성시키는 재조정의 계기로서 시적 경험의 중요성을 주장한다.

김용권은 이 글의 마지막 부분에서 리챠즈에 대한 부정적인 평가를 소개하면서, 현대비평가의 이론 중에서 현대과학의 다양한 학문적 성과를 적용시킨 이론도 없고, 그 방법론의 정밀성이나 실증성에 있어 그의 이론처럼 과학적 접근방법을 반영시킨 것도 없다고 그의 이론을 긍정적으로 평가한다. 이런 리챠즈의 이론에 대한 김용권의 거의 정확한 설명은 백철과 달리 학문적인 성격이 강한 것이다.

김용권의 리챠즈의 정확한 이해와 긍정적인 평가와 달리 송욱은 1962년 3

---

150) 김용권, 앞의 글, 190면.
151) 위의 글, 190면.

월부터 1963년 5월까지 『사상계』에 연재한 「시학평전」에서 리챠즈의 '과학적 시관'에 대해서 부정적인 태도를 갖고 비판한다. 그는 "시를 써 보겠다는 생각 때문에" 외국 시론을 공부하기 시작한 것이라고 고백한다. "그 시론이란 문화전통이 다르고 언어가 다른, 그 나라의 문학배경을 바탕으로 하여 주로 자기 나라의 시문학을 대상으로 삼고 이룩된 것이기 때문에, 그것이 우리 한국시인에게 곧 쓸모 있는 구실을 하기는 매우 드문 노릇"152)이라고 전제한다. 기본적으로 그의 관점은 외국 시론의 주체적 수용에 있다.

이런 입장의 연장선상에서 영미 시론과 프랑스의 시론을 중심으로 하여 외국 시론을 소개한다. 그는 『과학과 시』를 중심 대상으로 하여, 「I. A. 리챠야즈 시관에 대한 비판」이라는 큰 제목 아래, 1. 과학의 신자 리챠야즈, 2. 심리학적 가치관, 3. 종교적인 것과 형이상학적인 것의 부정, 4. 전통적 질서를 대신할 시의 질서, 5. 합리화된 충동과 인간기계론, 6. '시 즉 사이비진술'론으로 구분하여 리챠즈 시론을 논의한다.

> 오천년전, 혹은 백세대 이백세대전―이런 말투로 보아 우리의 시에 대한 생각도 매우 달라져야 한다는 것을 강조하고 있다. 그리고 위와 같은 엄청난 수자의 이용은 리챠야즈의 주장에 거의 폭력에 가까운 인상을 주고 있다. (……) 이것은 오천년전의 과학이 쓸모가 없게 된 것과 마찬가지로 과거의 모든 시론은 가치를 잃었으니 과학적인 자기의 시론만을 따르라고 하는 마치 혁명가의 폭력행위와 같은 '주장'이 아닌가? 과학의 '예언자'다운 의분이 엿보이기도 하는 구절이다.153)

> 물리학처럼 심리학이 발달하기를 바라고 이 '가정'위에 터무니 없는 희망을 걸려고 하는 것은 좀 황당한 태도가 아닌가, 물리학의 대상인 물질세계보다, 심리학의 대상인 인간의 심리는 훨씬 복잡하고 과학의 인과율이란 망을 훨씬 넘어선 것이다. (……) 이 두 시인의 생각으로 미루어 보더라도 시작의 '경험'만을 통해서 얻을 수 있는 것이 시에서도 중요한 것이 아닐까. 그리고 이러한

---

152) 송　욱, 「시학평전 – 문학배경을 비교하는 안목으로 한국시인의 입장에서」, 『사상계』, 1962. 3, 364면.
153) 송　욱, 「시학평전 – 문학배경을 비교하는 안목으로 한국시인의 입장에서」, 『사상계』, 1962. 6, 354면.

> 경험의 가치를 결정하는 표준은 예술 밖에 있는 다른 경험의 가치를 규정하는
> 표준과는 다른 면을 지니고 있으리라. 일례를 들면 작품의 우열이나 완성 혹
> 은 미완성을 판단하는 표준이 그것이다.154)

송욱은 리챠즈가 과학의 결함을 밝히고 시의 장점을 상세하게 설명하지만, 그의 주장이 과학자의 입장과 유사한 것이라고 지적하면서, 그를 '과학의 신자', 특히 '심리학의 신자'라고 피력한다. 그는 『과학과 시』의 제1장 한 부분을 인용하면서, 자신의 견해를 다음과 같이 주장한다. 그는 과거의 모든 시론이 가치를 상실했기 때문에 자기의 시론만을 따르라고 하는 것이 마치 '혁명가의 폭력행위'와 같은 주장이며 '과학의 예언자다운 의분'이라고 지적한다. 그의 이런 주장은 치밀한 논리적 분석이라기보다는 단편적인 단상에 가깝다. 특히 눈에 띄는 것은 '폭력에 가까운 인상', '혁명가의 폭력행위', '과학의 예언자다운 의분'과 같은 표현이다. 그의 이런 지적은 거의 인상이나 감정적인 비판에 가까운 것이다. 이런 단편적인 단상, 인상, 감정적인 비판은 리챠즈의 시론을 설명하는 전편에서 발견된다.

그는 리챠즈의 심리학적 가치관을 설명하면서, 물리학처럼 심리학이 발달하기를 바라는 가정 위에 터무니없이 희망을 걸려는 태도는 좀 황당하고 지적한다. 그는 물리학의 대상인 물질 세계보다 심리학의 대상인 인간의 심리는 훨씬 복잡하다고 지적하고 과학의 인과율의 망을 훨씬 넘어선 것이기 때문이라고 설명한다. 그리고 시적 경험이 다른 경험의 가치를 규정하는 표준이 동일한 것이라는 것에도 의문을 가진다. 그는 시작의 경험만을 통해서 얻을 수 있는 것이 시에서 중요한 것이며, 이런 경험의 가치를 결정하는 표준이 예술밖에 있는 다른 경험의 가치를 규정하는 표준과는 다른 측면을 갖고 있다고 지적한다. 특히 이런 그의 지적은 그가 시론을 바라보는 기본적 관점을 알 수 있게 한다. 이는 그가 시를 쓰는 시인의 창작 체험에 가장 큰 비중을 두고 있음을 알게 한다. 그는 이런 관점에서 리챠즈의 시론에 대해 계속 의문을 제기한다.

---

154) 위의 글, 355~357면.

리챠아즈를 따르면 과학을 제외하고 종교나 형이상학, 철학 등이 모두 지식으로서 별로 가치가 없는 감정의 요구라는 것이다. 단순화의 과정이 과학적 방법의 일면이라고 하더라도 이는 지나친 단순화라고 하겠다. 그리고 슬픈 사실은 과학이 우리가 '무엇을 느껴야 하는가', '무엇을 해야 하는가' 이런 문제에 대해서 직접 대답을 해주지 않고 이러한 목적에는 적합하지 않다는 것이다.155)

여기서 주목할 것은 리챠아즈가 놀라운 논리적 비약을 하고 있는 사실이다. 시인의 생활을 알고 있는 사람은 위에 인용한 견해가 얼마나 웃스운 말인가를 누구나 짐작하리라. (……) 리챠아즈의 시의 내용에 대한 태도는 너무나 경험론적이며 실증적이어서 이런 엄청난 맹점을 드러내고 만 것이다. (……) 언어의 지배자와 경험의 지배자가 어떤 시인 안에서 아무런 인과관계를 누릴 수 없다고 치면 시의 새로운 질서는 어디서 나온 질서인가? 질서의 근원이 무너진 셈이다.156)

리챠즈는 절박한 현대의 상황은 마술적 세계관에서 과학적 세계관으로의 커다란 변화인 '자연의 중립화'에 기인한다고 지적한다. 그는 과거의 정신적 세계를 지배하던 전통적 질서가 쇠퇴하자, 이런 절박한 현대의 상황을 해결할 방법을 시의 새로운 질서에서 모색하고자 한다. 송욱은 자연의 중립화를 설명하면서 종교적인 것과 형이상학적인 것을 부정하는 리챠즈의 입장에 의문을 던진다. 그는 리챠즈의 이런 놀라운 고집이 인간의 정신 가운데 심리학의 대상이 될 수 있고 과학적 방법으로 취급할 수 있는 측면만을 과장해서 사고하는 그의 경험론적이고 실증주의적 태도에서 기인한 것으로 판단한다. 그는 과학을 제외한 종교, 형이상학, 철학이 별로 가치가 없는 감정의 요구라는 리챠즈의 지적을 지나친 단순화라고 비판한다. 그가 과학을 비판하는 것은 '무엇을 느껴야 하는가', '무엇을 해야 하는가'에 대해서 아무 대답도 하지 않는다는 것이다. 그는 리챠즈가 지적한 '시인은 언어의 지배자인데 이는 그가 경험 그 자체의 지배자인 까닭이다' 라는 부분은 놀라운 논리적 비약이라고 비난한다. 그는 리챠즈의

---

155) 위의 글, 359면.
156) 위의 글, 361~362면.

시의 내용에 대한 태도가 너무 경험적이며 실증적이어서 이런 엄청난 맹점을 드러낸 것이라고 비판한다. 특히 그의 기본적인 관점은 '무엇을 느껴야 하는가'라는 시를 창작하는 시인의 체험에 무게 중심을 두고 있다. 이런 사실은 '시인의 생활'을 강조하는 것에서도 잘 드러난다.

> 사이비진술 즉 시를 모든 믿음과 격리하고 그것을 우리의 태도를 정돈하는 '수단'으로서만 보존함이 과연 있을 수 있는 일일까. 시를 써 본 사람이면 누구나 느끼는 바지만 시를 항시 '수단'으로만은 생각할 수 없는 것이다. (……) 리챠아즈는 시의 원천이 되는 종교, 전통, 도덕적 권위, 철학적인 욕구 등을 모두 부정하고 이러한 것을 완전히 벗어난 시가 우리를 구제해 주는 마지막 등불이라고 주장한다. 그러나 이러한 시는 그의 머릿속이나 심리학 실험실 안에서만 상상할 수 있는 환상에 지나지 않는다. 그는 '시창작의식'에 대한 완전한 무지 내지는 무시 때문에 자기를 구제하는 의사를 죽이고 그 시체나 환상 앞에서 치료해 줄 것을 빌다시피 하는 정신병자와 같은 어리석은 처지에 빠지고 말았다.157)

리챠즈의 저서 『과학과 시』의 핵심적 개념은 '가진술론(Pseudo-statement theory)'이다. 그는 가진술이란 '우리들의 충동과 태도를 해방하고 조직할 때 주로 그 효과에 따라서 인정을 받는 언어형식'이라고 지적한다. 송욱은 그의 가진술론의 기술적 공헌은 인정하지만, 여전히 과학은 사실만을 다루고 시는 충동이나 태도만을 노린다는 생각을 보여준다고 지적하면서, 가진술, 즉 시를 모든 믿음과 격리하고 그것을 우리의 태도를 정돈하는 '수단'으로서만 보존함이 과연 있을 수 있는 일인가 라고 의문을 제기한다.158) 그는 리챠즈가 시의 원천이 되는 종교, 전통, 도덕적 권위, 철학적인 욕구 등을 부정하고, 이러한 것에서 완전히 벗어난 시가 우리를 구제해 주는 마지막 등불이라는 주장이 '환상'

---

157) 위의 글, 366면.
158) 뉴크리티시즘의 입장에서, 시의 의미란 시인의 의도나 시로부터 도출된 독자의 주관적 감정과 상관없이 객관적으로 존재한다. 여기서 의미란 공적이고 객관적이며 문학 텍스트의 언어 그 자체에 새겨져 있는 것이지 작가가 가지고 있었던 충동이나 독자의 자의적이고 개인적인 의의가 아니다. (장경렬, 「언어, 시간, 그리고 비평의 문제 ― 폴 드 만의 경우」, 『외국문학』, 1988. 가을, 31면)

에 지나지 않는다고 지적한다. 다시 그는 시를 창작하는 시인의 관점에서 '시창작 의식'에 대한 완전한 무지나 무시 때문에 이런 오류가 생긴 것으로 파악한다. 그는 이런 무지나 무시가 자기를 구제하는 의사를 죽이고 그 시체나 환상 앞에서 치료해 줄 것을 빌다시피 하는 정신병자와 같은 어리석은 처지에 빠진 것으로 비난한다. 결국 송욱의 리챠즈에 대한 대부분의 평가는 시인의 시 창작 체험과 의식을 바탕으로 한 것이다. 리챠즈 수용에 있어서, 김용권이 비교적 정확한 이해와 긍정적인 평가를 바탕으로 한 학문적인 성격이 강한 반면, 송욱은 자신의 창작 체험과 의식과 관련하여 리챠즈의 '과학적 시론'을 비판적으로 파악한다. 특히 송욱의 리챠즈 시론의 소개는 논리적 분석보다 단편적인 단상에 가깝고, 지나친 감정적 판단이나 인상에 의지하고 있다.

　　송욱은 브룩스에 대한 수용에서 리챠즈에 대한 단상에 가까운 지적보다는 어느 정도 객관적이고 긍정적인 견지에서 평가한다.

　　　　브룩크스의 테니슨 시작품에 관한 해설을 읽을 때, 우리는 우선 치밀하고 빈틈 없이 시의 '의미구조'를 해부해 놓은 점에 놀라지 않을 수 없다. 그러나 우리가 그의 평론을 읽고 느끼는 것은 시를 읽고 얻는 감흥을 북돋아 주는 것이 아님을 어찌하랴! (……) 시의 '원천'은 역설이나 '심리적 분석'(브룩크스는 시를 이렇게도 설명한다) 그 이전에 있다. 분석의 뒤에 오는 종합이 아니라 분석을 앞선 종합 즉 직관의 세계에 시가 의지하고 있는 것은 두말할 것도 없다. 만일 시인이 브룩크스의 말대로 역설이나 아이로니, 그리고 심리학적 분석만으로 작품을 만들려고 한다면, 그는 변변한 작품을 쓰지 못하게 되거나 미치고 말 것이다.[159)]

　　미국 뉴크리티시즘의 모범적인 비평가인 브룩스는 『잘 빚은 항아리(The Well Wrought Urn)』에서 영국의 빅토리아조의 대표적인 시인 테니슨(Alfred, Lord Tennyson)의 시 「눈물, 덧없는 눈물(Tears, Idle Tears)」의 의미 구조를 역설과 아이러니의 관점에서 세밀하게 분석한다. 그는 이 시처럼 시인이 "그의 체험을 분석하여, 불균형적이고 심지어는 명백한 모순처럼 보이는 여러 다양한

---

159) 송　욱, 「시학평전 - 문학배경을 비교하는 안목으로 한국시인의 입장에서」, 『사상계』, 1962. 7, 229면.

요소들을 완전히 참작하여 그것들을 새로운 통일성으로 몰고 갈 수 있을 때 그는 풍요함과 깊이뿐만 아니라 극적인 힘까지도 확보하게 된다"[160]고 지적한다. 송욱은 "시구조분석의 정밀성이야 말로 아마 그가 비평가로서 명성을 떨치게 된 이유"[161]라고 지적한다. 그는 역설과 아이러니의 관점에서 테니슨의 시를 분석한 브룩스의 비평 작업을 인정한 후, 이런 작업을 통하여 한국시 비평에 구조 분석의 정밀성이 필요함을 지적한다. 그는 리챠즈의 가진술론과 마찬가지로 브룩스의 역설과 아이러니의 공과에 대한 긍정적인 평가에도 불구하고, 다시 시를 창작하는 시인의 입장에서 브룩스의 한계를 지적한다. 그는 만일 브룩스의 말대로 시인이 역설, 아이러니, 심리학적 분석만으로 시를 쓴다면, 제대로 된 작품을 창작하지 못하거나 미치고 말 것이라고 비판한다.

그는 테니슨의 이 작품을 재해석하면서, 브룩스의 분석이 논리의 측면에서 본 역설과 심리의 법칙에 의존한 것은 너무나 합리적이지만, 겉만 스치는 해석이 아닌가 라는 의문을 제기한다. 그는 테니슨의 시를 분석하면서, 이 작품에서 가장 강렬한 효과를 발휘하는 것은 마지막 연이라고 할 수 있겠지만, 사랑과 죽음과 부활이라는 영원의 문제로서 거룩한 바탕을 마련해 주는 것은 제2연이라고 주장하며, 이 때문에 참으로 극적인 전환점을 지니는 동시에 균형을 얻고, 눈물을 시작하면서도 놀라운 깊이를 얻는다고 평가한다. 그는 '굴레 벗은 뉘우침'은 궁극적으로 부활에 대한 절망이라는 인류가 영원히 지녀야 할 신성의 문제라고 지적하고 '거룩한' 절망을 빚어내는 것이 바로 시의 바탕이 될 수 있다고 해석한다.

미국의 신비평가의 대표적인 사람인 브룩크스의 방법이 지닌 장점과 단점이 어느 정도 밝혀졌으리라. 이 나라의 비평은 브룩크스의 장점이 매우 소중하고 또한 절실하게 필요한 단계에 있을 것이다. 우리의 시나 시론도 논리와 과학 이 두가지에 대한 대결을 겪어야 하는 단계에 놓여 있으니 말이다. 그러나 우리는 역설, 아이로니, 그리고 심리학적 방법 등은 시를 설명하는 '수단'에

---

160) C. Brooks, 「테니슨의 눈물의 동기」, 『잘 빚어진 항아리』, 이경수(역), 문예출판사, 1997, 235면.
161) 송 욱, 앞의 글, 224면.

지나지 않으며 이러한 수단은 작품의 모든 면을 드러내지는 못하고 또한 시작
품의 바탕을 송두리째 밝히지도 못할 뿐더러, 작품의 우수를 판단하는 둘도
없는 기준이 되는 것도 결코 아니라는 사실을 잊지 말아야 한다. 시는 시론보
다 넓은 것이며, 시를 빚어내는 창작력은 논리나 과학적 합리성을 띄어 넘은
요소를 반드시 지니고 있는 것이 아닐까 생각한다.162)

그는 브룩스의 역설과 아이러니을 통한 구조 분석의 정밀성이 우리 비평에
서 절실하게 필요한 단계임을 강조하지만, 이런 분석 개념은 단지 시를 설명하
는 수단에 지나지 않는다고 그 단점을 피력한다. 그는 이런 수단으로 작품의
모든 면을 분석할 수 없으며, 시작품의 바탕을 모두 해석하지 못하며 작품 평
가의 유일한 기준도 될 수 없다고 강조한다. 다시 시를 창작하는 시인의 입장
에서, 그는 시는 시론보다 넓은 것이며, 시를 빚어내는 창작력은 논리나 과학
적 합리성을 뛰어넘는 요소를 반드시 가지고 있다고 지적한다. 브룩스처럼 시
의 구조를 분석하고 그 작품을 충분히 감상한 것이라고 생각하는 것은 "마치 과
일의 화학적 성분만을 분석하고 끝내 과일의 맛을 보지 못한 사람"과 같은 어리
석은 짓이며, 브룩스의 방법은 "어디까지나 시의 맛을 보는 '준비'로서 중요할
따름이다."163) 그러나 브룩스는 '과일의 화학적 성분만을 분석'한 것이 아니라
'과일'의 정밀한 분석을 통하여 복잡한 '의미의 구조'를 파악하는 입장이다. 그
는 시의 각 요소들간의 유기성을 밝혀 '유기체적 통일체'인 시에서 표현되는 상
상력 자체의 확장이나 촉발을 강조한다. 뉴크리티시즘은 시의 심미적 요소를
경험하게 하려는 예술적인 감상 태도의 연장이다.

아무리 세밀하게 시작품의 의미를 분석한 뒤에도 밝혀지지 않는 성분이 남
아 있는 것이다. 따라서 비평은 작품이 담고 있는 비합리적이며 설명할 수 없
는 부분을 모두 알기 쉽게 정리해놓을 수는 없다. 이것이 바로 작품의 존재이
유의 하나이며 비평이 대신해서 작품의 효과를 발휘할 수 없는 원인이 아닌
가! 그리고 본느후아는 영·미의 비평이 그 목적을 잃게 된 것은 그 대전제인
언어의 기능에 관한 실증적 구분법에 있다고 하면서164)

---

162) 위의 글, 231면.
163) 위의 글, 229면.

본느프와(Yve Bonnefois)는 "개념적 언어를 통해서 어떤 시작품의 일정한 주제로부터 아무리 미묘한 의미를 이끌어 낼 수 있다고 할지라도 그 결과 전체는 진리에 관한 과학적 개념을 가지고 대개는 시작품의 가치를 타락시키고 마는데 지나지 않는다"고 지적한다. 송욱은 이 지적을 인용하면서 "여기 드러난 논점은 대개 내가 I. A. 리챠아즈의 시관에 대한 비판에서 말한 것과 그리 거리가 먼 것은 아니다"165)고, 자신의 관점이 합당함을 피력한다. 본느프와의 관점을 빌어, 그는 시작품의 의미를 아무리 정밀하게 분석한다고 해도, 밝혀지지 않는 부분이 생기게 마련인데, 이것이 바로 작품의 존재 이유의 하나임을 말하면서, 영미 비평의 목적 상실성은 바로 언어의 기능에 관한 실증적 분석법에 있다고 비판한다. 결국 송욱은 리챠즈의 가진술론이나 브룩스의 역설과 아이러니의 공과를 인정하지만 이 비평에 대해 비판적 입장과 동시에 유보적 태도를 견지한다. 그의 이런 평가는 기본적으로 시인의 시 창작 체험과 의식을 바탕으로 한 것이다.

3.2. 분석비평의 적용

1) 분석비평 적용 시론

구체적인 뉴크리티시즘의 수용과 실천은 송욱의 「시와 지성」(『문학예술』, 1956. 1), 『시학평전』(일조각, 1963), 정한모의 「문체로 본 동인과 효석」(『문학예술』, 1956. 5~12), 이철범의 「작년도의 우수작 – 분석비평의 입장에서」(『조선일보』, 1958. 1. 24), 정병욱의 「쌍화점고」(『문리대학보』(서울대) 17, 1962. 7), 김종길의 「시와 지성」(『세대』, 1963. 9), 「실험과 재능」(『문학춘추』, 1964. 6), 「시와 이성」(『문학춘추』, 1964. 8), 『시론』(탐구당, 1965), 「시와 음악」(『사상계』, 1966. 3~5)을 거친 이후, 김종길, 이상섭, 김용직, 김우창에 이르러 본격적인 성과물들이 나타난다.

---

164) 송 욱, 「시학평전 – 문학배경을 비교하는 안목으로 한국시인의 입장에서」, 『사상계』, 1962. 9, 272면.
165) 위의 글, 272~273면.

뉴크리티시즘의 입장에서 시나 소설을 분석한 것은 아니지만, 뉴크리티시즘의 이해를 바탕으로 하여 쓴 글이 김용권의 「비평의 문맥」과 「작품평가의 기준」이다. 특히 뉴크리티시즘의 이론적 탐색을 통하여 현재 비평 경향의 문제점을 제기한 점에서 중요한 평론이다. 그의 글은 이 비평의 개념을 원용하여 비평가들의 용어 문제를 지적한 경우라고 할 수 있다. 이 방법론의 정밀성과 실증성이라는 관점을 바탕으로 하여, 비평 문맥의 명확성을 지적한 글이 바로 그의 「비평의 문맥」이다.

> 한 진술, 한 논문이 어떤 의미를 전달할 때 무엇보다도 중요한 것은 그 의미—지적 및 감정적인 의미를 포함해서—를 전달하는 문맥의 통일성과 타당성일 것이다. (……) 문맥을 중심으로 하여 몇몇 비평작품에 나타난 용어의 객관적 의미와 극명성을 생각해봤다. (……) 비평의 용어는 막연한 분위기를 이르키는데 쓰지 말고 허공에 뜬 구름을 잡는 것같은 애매한 말을 나열하지도 말일이다. 햇빛을 가린 구름을 물리칠 수 있는 길은 이밖에도 많을 것이다.166)

그는 현재 비평 경향의 문제점을 용어의 객관적 의미에서 본 비평 문맥(Context)의 혼란이라고 지적한다. 한 진술이나 논문이 어떤 의미를 전달할 때 가장 중요한 것은 의미를 전달하는 문맥의 통일성과 타당성이다. 그는 최일수, 김양수, 문덕수, 김경린, 김규동, 김우종, 이활, 이어령 등의 평론을 검토하면서, 현재 비평의 경향이 ① 이질적인 문화적인 문맥이 완전히 이해되지 않아서 발생하는 의미의 불명확성, ② 상이한 언어습관이 미분화한 상태로 결합되어 문화적 문맥의 미정리와 불안정성 등을 지적한다. 그는 비평에서 '용어의 객관적 의미와 극명성'을 강조한다. 비평의 용어는 막연한 분위기를 발생시키는 데 사용하지 말고, 허공에 뜬구름 잡는 것 같은 애매한 용어를 나열하지 말아야 한다. 그의 이런 비평 경향에 대한 비판은 외국 이론과 용어들의 무분별한 적용과 그 개념들의 정확한 이해 부족에 대한 것이다. 이런 입장은 「전통 – 그 정

---

166) 김용권, 「비평의 문맥 – 용어의 객관적 의미에서 본」, 『자유문학』, 1958. 4, 232~
243면.

의를 위하여」, 「작품평가의 기준」에도 그래도 이어진다.

　　작품 창작 이전의 외적 원인과 작품이 일으키는 효과는, 그것으로서 제각기 독특한 연구분야를 형성하며, 어느 의미에서는 상당한 무게를 가지고 있는 것이지만, 이 둘은 결코 작품과 혼동해서 생각될 수 없다고 하는 그들의 주장은 우리의 관심을 끌을만 하다. 간단한 작품의 경우에는 구별이 가능할 수 있지만, 시공적으로 거리가 있는 작품이라든가, 고전을 해석하는 경우에도 이 구별이 어김없이 가능할 것인가 하는 물음에 대해서는, 우리의 접근방법이 너무나 안이한 성격을 띄고있다. 인상주의나 전기적 접근방법은 그 자체가 관점의 차이를 표명하는 입장이라고 보겠으나, 그 어느 경우를 막론하고 비평의 용어가 명확하고 객관적인 것이 바람직한 이유는 충분히 있다 할 것이다.[167]

뉴크리티스즘에서 지적하는 '의도의 오류(intentional fallacy)'와 '감동적 오류(affective fallacy)'를 설명하면서, 그는 현재 우리의 접근방법이 작품의 외적 원인이나 작품이 일으키는 효과, 즉 작품 외부의 작가 의도나 작가의 전기적 사실과 작품의 독자의 심리적 효과에서 작품을 평가하는 기준에 대해서 문제제기를 한다. 현재 인상주의나 전기적 접근방법에 치중한 입장은 너무나 안이한 성격을 가지고 있고, 비평의 용어가 명확하고 객관적이지 못한 것이다.

　　김씨가 말한 '제작동기'라는 말은 '의도'와 같은 뜻으로 볼 수 있을까. 안씨는 작가의 입장에서 '의도'가 작품속에 차지하는 정의와 무게를 적었던 것이다. 그러나 놀라운 일은 안씨가 쓴 소설월평은 '인상'이라는 제목 아래, 주로 그의 심리적 반응(인상)을 적고 있다. 이것을 작품평가의 기준으로 삼기에는 '의도'에 대한 그의 강조와는 너무나 거리가 먼 것이 있다.[168]

그는 김우종의 「비평의 공백지대는 허용될 수 없다 - 순수문학과 대중문학을 위요한 제문제」(『한국일보』, 1958. 10. 6)와 안수길의 「어려운 작품과 쉬운 작품 - 명료성이 주는 친근감」(『동아일보』, 1958. 7. 29)을 대상으로 하여 정확한 용어 사용 문제를 제기한다. 그는 김우종이 말한 '제작동기'라는 말이 '의도'

---

167) 김용권, 「작품평가의 기준」, 63면.
168) 위의 글, 64면.

와 같은 뜻으로 볼 수 있을까 라고 의문을 제기하고, 안수길이 쓴 소설월평이 '인상'이라는 제목 아래, 주로 그의 심리적 반응(인상)을 적고 있다고 지적하면서, 이것을 작품평가의 기준으로 삼기에는 '의도'에 대한 그의 강조와는 달리 용어의 개념이 너무나 다르다고 지적한다. 그는 현재 비평의 기준이 대부분 전기나 인상에 의한 접근방식으로 나타나고, 양자의 비논리적인 결합에 의해서 만들어진 것이라고 지적하고, 비평가의 독서에서 온 연관성이 없는 지식이 원용되거나 시인 '송(頌)'을 쓰고 있다고 비판한다. 이는 현 비평 경향의 과도한 전기나 인상을 중심으로 한 작품의 외재적 접근방법에 의한 비논리성을 극복하고, 작품의 내재적 접근방법에 의한 비평 용어의 객관성과 명증성, 작품평가 기준의 확립을 역설한 것이다. 이런 입장을 정리할 때, 그의 주장이란 작품 자체에 밀착한 분석을 통한 비평의 과학적 객관성의 추구라고 할 수 있다. 이런 관점에서 볼 때 그는 뉴크리티시즘의 수용에 긍정적인 입장을 견지하고 있다.

송욱은 1956년 『문학예술』에 발표한 「시와 지성」에서 "시의 구조를 가장 정밀하게 분석"[169]하는 방법을 강조한다. 그는 앤드류 마벌(Andrew Marvell)의 「수줍어하는 애인에게(To His Coy Mistress)」와 이상화의 「나의 침실로」의 비교를 통하여 분석 비평적 방법을 실제적으로 적용한다.

> '마돈나' 가엾어라 나는 미치고 말었는가 없는소리를 내귀가 들음은—

> '마아벌'의 작품과 나란이 놓고 볼때에 상화의 이작품은 확실히 사춘기에 있는 문학소년의 소산이다. 이것은 자기의 정열을 그대로 터러 놓고 동정을 구하는 어떻게 보면 우습기도한 작시태도라 하겠다.[170]

그는 마벌과 비교하면서 이상화의 감성적 태도가 체험을 지나치게 단순화한 것으로 비판한다. 그는 전체적인 시의 인상을 지적하는 방법을 통하여 해석한 것이 아니라 시작품의 각 시행을 나누어서 분석하는 방식으로 그의 논의를 전개한다. 이런 식의 그의 분석적 방식은 당시 시를 평가한 관행으로 볼 때 극

---

169) 위의 글, 135면.
170) 송 욱, 「시와 지성」, 『문학예술』, 1956. 1, 143~144면.

히 드문 경우이다. 이런 분석비평적 자세는 「시와 지성」을 거쳐 리챠즈와 브룩
스의 비평 방법을 비판적으로 수용한 『시학평전』에서 더욱 확대되어 적용된다.
백철의 주장과 마찬가지로, 그는 뉴크리티시즘이 문학의 언어적 조건을 강조하
는 분석적 태도는 중요하지만, 문학적 배경, 역사적 배경, 문화전통을 무시할
수 있다는 점을 간과해서는 안 된다고 지적한다.

> 나는 주지주의문학정신에서 비평을 일삼으려 한다. 그러므로 나의 관점은
> 대체로는 '안티·로만티시즘'의 입장에 서게 되는 것이다.171)

이철범은 「작년도의 우수작」에서 비평가의 문학적 비평 관점에 따라서 문
학 작품이 서로 다른 여러 가지 모양과 색깔이 나타난다고 지적한다. 그는 자
신의 비평 관점이 주지주의적 비평 정신에 입각한 것이며, 반낭만주의적 관점
이라고 주장한다. 그는 주지주의적 관점에서 작년도의 우수작을 선정할 것이라
고 말하며, 김성한, 선우휘의 소설과 김수영, 전봉건, 송욱의 시를 평가한다.
그러나 그의 실제 분석에서는 일반적인 분석적 방법을 사용한다. 그의 뉴크리
티시즘에 대한 이해는 단순히 비평적 관점에 따라서 작품이 다르게 해석되기
때문에 자신의 입장이 이 비평의 관점이라고 지적하고 있지만, 이 비평에 대한
구체적인 이해가 결여되어 있고, 단지 주지주의 입장에서 작품을 분석하는 정
도로만 이해하고 있다. 그는 실제 작품 분석에도 뉴크리티시즘에서 사용되는
원리를 원용하고 있지 않다. 결국 그의 뉴크리티시즘에 대한 이해란 주지주의
에 입각한 분석방법 정도로 파악한 것이다.

정한모는 「문체로 본 동인과 효석」에서 1. 작가 문체(서론), 2. 작가와 작
품, 3. 인상과 비평, 4. 주제와 구성, 5. 표현과 방법, 6. 문장의 구조, 7. 작가
와 문장습벽, 8. 작가와 감각표현, 9. 여타의 문제들, 10. 말미 부언으로 구분
하여 김동인과 이효석의 작품을 치밀하게 분석한다.

> 이러한 점에서 누구나 다 가지고 있다고 할 수 있는 문체, 특히 작가에게서

---

171) 이철범, 「작년도의 우수작 – 분석비평의 입장에서」, 『조선일보』, 1958. 1. 24.

그 문체를 살펴 본다는 것은 이러한 기본조건 아래에선 용이한 일같기도 하며 누구나 다 할 수 있는 일일지도 모르지마는 그것이 다만 윤곽에서 끝이는 짓이거나 또는 독자적인 주관에 입각한 인상을 마음대로 추출해내는 것이 아니고 언어학 내지 심리학같은 과학적인 부문의 참가도 기다려 주름살 하나까지도 밝혀나가는 일에 이르러서는 작가가 그 작품에 경주한 창작적 노력이상의 노력이 필요할지도 모른다.172)

그는 문체를 통하여 김동인, 이효석 작품의 "문장의 구조"가 아니라 "작가가 작품을 통하여 우리에게 주는 개성적인 것 독자적인 인상"173)에 대한 것을 검토한다. 특히 그는 언어학과 심리학과 같은 과학적인 부문의 참가를 통한 과학적인 분석 방법을 지적한다. 그의 실제적인 문체 분석은 '4. 주제와 구성'에서 '9. 여타의 문제들'까지이다. 그는 '6. 문장의 구조' 부분에서 ① 문장의 길이, ② 외현(外顯)과 내현(內顯)(가. 주제어의 처리, 나. 접속어에 나타난 특징)으로 구분하여, 문장수 총자수 조사표, 자수 문장수 단어수 조사표, 대화자수 조사표, 작품별총자수와 대화자수와의 비, 주객어내현문의 비율표, 접속어 조사표174)를 만들어 그 수와 비율을 조사하는 치밀함을 보인다.

그러나 그의 문체 분석은 치밀한 조사와 검토를 기반으로 한 학문적 성격이지만, 분석비평에서 언어학이나 심리학을 원용한 과학적 객관성을 추구하는 분석 방법과는 거리가 있다. 그의 연구는 정교한 분석을 통한 과학적 방법의 검토라는 점은 인정되지만 언어학이나 심리학을 원용한 과학적 분석방법은 아니다. 특히 작품 평가에서 작품에 사용된 어휘를 검토하고 그 통계를 잡고 반영 비율에 대해 분석하는 것과 같은 기계적이고 통계적 처리 방식은 사실 뉴크리티시즘의 방법과는 무관한 것이다.

2) 분석비평 적용 본격론

고전문학 작품을 재해석한 「쌍화점고」에서 정병욱은 뉴크리티시즘의 개념

---

172) 정한모, 「문체로 본 동인과 효석」, 『문학예술』, 1956. 6, 199면.
173) 위의 글, 200면.
174) 정한모, 「문체로 본 동인과 효석」, 『문학예술』, 1956. 10~11.

을 원용하여, 「쌍화점(雙花店)」에 대한 기존 해석을 수정하고, 이 작품을 브룩스가 지적한 '역설'의 효용을 잘 활용한 우수한 '창작시'라고 평가한다.

> Cleanth Brooks와 Robert Penn Warren의 "Modern Rhetoric"에 의하면 암유(暗喩)는 단어 또는 관념으로 이루어지고 상징은 사물 또는 행위로써 이루어진다고 한다. 따라서 본가에서 "내손모글 주여이다"라는 행위는 분명히 상징에 속한다. 그리고 손목을 쥔다는 행위는 곧 간음 또는 능욕을 통한 당시의 사회기강의 문란상태를 의미하는 것이라 하겠다. (……) 궁정에도 사원에도 외국군대의 막사에도 민가에도 인간으로서의 삶은 이미 상실되었다는 그 절박한 현실을 풍자한 것이 곧 본가의 궁극의 주제인 것이다.175)

그에 의하면, 「쌍화점」에서 제1연의 '회회(回回)아비', 제2연의 '사주(社主)', 제3연의 '용', 제4연의 '술집주인'이 등장하는데, 이는 각각 '몽고의 점령군', '승려', '군주', '상인'을 상징한다. 특히 '용'은 동양에서 '용상' '용포' '용안' 등의 어의에서 볼 수 있듯이, 용은 군주를 의미한다. 이를 보편적인 의미에서 정리하면, 제1연은 '외국 군대', 제2연은 '종교계', 제3연은 '궁정', 제4연은 '일반 민가'를 각각 상징한다. '내손모글 주여이다'라는 행위는 간음이나 능욕의 행위를 상징한다. 이 시가는 이런 행위를 통하여 당시 사회의 문란 상태를 보여주는 작품이다. 결국 「쌍화점」의 주제는 외국 군대, 종교계, 궁정, 서민할 것 없이 간음이나 능욕이 횡행하는 그러한 상태이다. 이 시가는 궁정에도 사원에도 외국군대의 막사에도 민가에도 인간으로서의 삶이 이미 상실되었다는 그 절박한 현실을 풍자한다. 이런 분석 작업을 통하여 그는 뉴크리티시즘의 '상징'이라는 개념을 중심으로 하여 「쌍화점」의 주제를 이끌어 낸다.

> 위으로 궁정으로부터 아래로 일반민가에 이르기까지 숨막히게 긴박한 현실 속에서 허덕이는 군상을 통렬히 풍자하고 보니까 폭군 충렬왕의 앞에서 교미(嬌眉)를 떨고 있는 자신임을 깨달은 작자는 다시 한번 자기분열을 수행하지 않으면 안되었다. 그것이 바로 가벼운 윗트로 처리된 "이말스미 이 밧긔 나명 들명" 이하의 "삿긔 광대" "샹긔 샹좌", "드레바기", "싀구바기"였다. 그리고 나

---

175) 정병욱, 앞의 글, 24면.

> 아가서는 "긔자리에 나도자라 가리라 긔잔듸 ᄀ티 덦거츠니 업다"로서 선행하
> 는 심각성을 완전히 은폐하여 폭군 충렬왕의 촉노(觸怒)를 면하고 아울러 탕
> 군 충렬왕을 전총(專寵)을 입게 된 것이다. (……) Brooks가 말하는 "역설
> (逆說)"과 "기롱(譏弄)"의 효용을 자못 이용한 우수한 시임을 알 수 있다.176)

그는 양주동이 지적한 "그 해학적 사설이 자못 지나친" 것이 아니라 브룩스
가 말하는 역설과 희롱의 효용을 잘 이용한 우수한 시임을 주장한다. 작자는
당시의 궁정에서부터 일반 민가에까지 문란한 사회 상태를 통렬히 풍자한 후,
폭군 앞에서 아리따운 태도로 아양을 부리고 있는 자신의 모습을 깨닫고, 이를
가벼운 위트로 '이 소문이 이 밖에 번지면' 이하의 '새끼 광대' '새끼 상좌' '두레
박' '바가지'의 탓으로 돌린다. 이런 위트를 사용한 후 '그 자리에 나도 자러 가
리라 그 잔 데같이 난잡한 곳이 없다'고 진술함으로 선행하는 심각성을 완전히
은폐한다.

그는 브룩스가 창안한 '역설(paradox)'의 개념을 원용하여 「쌍화점」을 새롭
게 분석한다. 위트의 가장 일반적이고 가장 중요한 기능은 아이러니를 생산해
내는 기능이다. 역설은 표면적으로 모순되는 것처럼 보이지만 진실의 요소를
내포한 진술로, 먼저 의혹을 일으키고 다음 단계에서 그 정반대의 상태인 수긍
으로 돌변하게 만드는 힘을 갖고 있다.177) 「쌍화점」의 표면적 진술은 간음이
나 능욕이 횡행하는 난잡한 행위를 풍자한 것과 나도 난잡한 행위를 하고 싶다
는 서로 모순된 진술이다. 하지만 표면적인 진술과 달리 내면적인 진술은 인간
으로서의 삶이 이미 상실되었다는 절박한 현실을 풍자한 것이라는 면에서 진실
을 내포하고 있다. 이런 사실에서 정병욱의 분석은 역설을 원용한 것이다. 그
는 이런 뉴크리티시즘의 원리를 이용하여 분석한 후, 이런 원리의 효용을 잘
이용한 우수한 시임을 증명한다.178) 그는 브룩스의 시의 구조적인 분석방법을

---

176) 위의 글, 24면.
177) 김용직, 『현대시원론』, 1991, 학연사, 279~294면.
178) 브룩스는 "과학자의 진리는 역설의 흔적이 모조리 제거된 언어를 요구하지만, 시인이
　　 말하는 진리는 분명히 역설을 통해서만 접근될 수 있다"고 지적한다. 그는 좋은 시의
　　 일반적 특질은 역설에 있다고 강조한다.(C. Brooks, 「역설의 언어」, 『잘 빚어진 항
　　 아리』, 이경수(역), 문예출판사, 1997, 13면)

적용하여 고전문학을 어느 정도 정확한 평가를 할 수 있을 것이라고 강조한다. 따라서 그는 이 비평의 원리를 작품 분석의 방법적 원리로 원용한 경우이다. 그의 이런 수용은 실천비평방법론이라기보다는 학문연구방법론으로 활용한 것이다.

한국시의 현황과 문제점을 비평한 김종길은 「실험과 재능」에서 엘리어트의 개념을 중심으로 하여, 한국 시단의 침체의 원인을 재능과 비평적인 지성의 결여로 파악한다.

> 엘리어트의 말처럼 예술 자체가 진보하는 것은 아니겠지만 예술의 소재에는 시대가 나아감에 따라 달라지는 부분이 생기게 되고 그 달라지는 부분의 소재를 시를 만들자면 자연히 시의 매재(媒材)가 되는 언어의 새로운 조절과 적응이 따르게 되리라는 것은 이해하기 어렵지 않다. (……) 실험이란 반드시 어떤 유파에 의해서 이루어지는 것만도 아니며, 시인에게 특별한 실험의식이나 이론이 있어서 이루어지는 것도 아니다. 한 시인의 개성이나 독창성이나 천재는 그 자체의 언어, 스스로의 새로운 언어를 찾아내려고 하는 것으로 시사적으로는 그것이 곧 하나의 새로운 실험의 구실을 하게 되는 것이다.[179]

시인은 개성과 재능을 가지고 시인 스스로의 새로운 언어를 찾아내려고 하는 실험을 한다. 실험이 성공하게 하는 구체적인 조건이란 자신의 재능이나 역량의 한계를 잘 알고 그것에 맞게 자기 실험의 정도나 규모를 조절하는 시인의 비평적인 지성이다. 김종길은 현재 우리시의 침체가 시인이 새로운 작품을 창작하기 위해 실험하고 있지만, 시인의 재능과 비평적인 지성의 결여에 주원인이 있다고 진단한다. 특히 그는 현재 가장 대담하고 과격한 실험가인 송욱과 성찬경의 작품이 지나친 실험에 치우쳐 좋은 작품을 생산하지 못한 것으로 평가한다.

그의 구체적 지적을 보면, 송욱의 실험은 "대부분이 우리 말을 두고 편(pun)이나 패러디(parody)를 시험해 보"고 있는 것이며, "정형을 지향하는 급한 템포의 짧은 시행이나 형이상학파 시인들처럼 폭력적인 메테포나 논리적 비

---

179) 김종길, 「실험과 재능 – 우리 시의 현황과 그 문제점」, 『문학춘추』, 1964. 6, 209~210면.

약을 꾀하는 점"도 과격할 정도로 대담하다. 성찬경은 "우리 말의 결합능력이나 의미능력을 무리할 정도로 시험"하기 때문에, "작품이 되기에는 너무나 과중한 실험"180)을 하고 있는 시인이다. 그는 이런 점에서 송욱이나 성찬경의 현재 실험이 무의미한 것은 아니지만, 그 정도가 지나친 것들이어서 그 성과는 의외로 적을 것이라고 진단한다. 특히 그의 평문은 뉴크리티시즘에서 강조하는 문학의 언어적 조건에 대한 섬세한 분석이 돋보이는 글이다. 이런 언어적 조건에 대한 분석은 구체적 시월평에서 잘 드러나 있다.

> 그러면 '지적인 시'란 어떠한 것일까? (……) 엘리어트는 「형이상학파 시인론」에서 말한 '사상의 감각적 파악'이니 '사상을 장미꽃 향기처럼 직접 느낀다' 느니 하는 것이 바로 그것이다. (……) '지적인 시'란 사고의 육중한 웨이트를 치켜 올리는 역기를 말하는 것이 아니다. 발레리와 더불어 시를 '지적인 체조'라고 부르더라도 그 체조는 아름다워야 하며 즐거워야 한다. 엘리어트가 말하는 '지적인 시인과 사색적인 시인의 차이'를 우리는 분간 하고 있는 것일까? 사상을 장미꽃 향기처럼 느끼지 못하는 시인은 '지적인 시인'이 아니라 '사색적인 시인'인 것이다.181)

그의 근본적 비평의 잣대는 '지적인 시'의 개념에 두고 있다. 엘리어트의 지적인 시란 "특정한 정서의 형식이 되는 한 묶음의 사물, 하나의 정황, 일련의 사건들을 발견"하여 표현하는 방법으로 쓰여진 시이다. 즉, 이 시는 "관념을 관념으로 서술하고 심적 상태를 그대로 토로하는 것이 아니라 관념도 감각할 수 있게 표현하고 심적 상태도 객관적이오 구체적인 관찰의 내용"182)을 표현한 시이다. 그는 민재식의 시에 대해서 지성과 현대성을 들어, 그를 자기의 미묘한 정서에 충실할 수 있는 현대적인 시인으로 평가한 반면, 성찬경에 대해, 사상을 장미꽃 향기처럼 느끼지 못하는 시인인 사색적인 시인이라고 평가한다. 그는 엘리어트의 '사상의 감각적 파악'이라는 할 수 있는 '지적인 시' 개념을 원

---

180) 위의 글, 129~130면.
181) 김종길, 「시와 지성 - 재식·찬경의 시세계」, 『세대』, 1963. 9, 196~199면.
182) 김종길, 「엘리어트와 현대시 - 현대시에 있어서의 그의 위치」, 『현대문학』, 1956. 3, 278면.

용하여 문학의 언어적 조건을 섬세하게 분석한다. 이런 분석은 분석비평의 원리를 내재화시킨 대표적 경우이다.

> '해일'을 불러오고 '하늘 안 천길 깊이 묻었던 델 파네'고 하는 시적 신통력을 발휘하는 것은 묻지 않기로 하더라도 인용된 끝줄의 '주절히 주절히 매여달고'할적에 무엇을 매여다는 것인지는 물어보지 않을 수 없다. 미국의 비평가 이보어·윈터즈의 말을 빌리지 않더라도 한편의 시가 먼저 '이성적 구조'(rational structure), 즉 패러프레이즈할 수 있는 내용을 가져야 한다는 것은 이 시인도 부인하지 않을 것이다. 그렇다면 앞에서 한 물음을 이 시인은 어떻게 대답할 것인가? 요즈음 그 많은 시인들 가운데는 이러한 '이성적 구조'의 결여를 드러내는 작품을 쓰는 시인이 더러 있기는 하다. 그러나 서정주씨와 같은 시인에게 이러한 결여를 보는 것은 우리 시단의 '중대한 사건'이 되지 않을 수 없다.183)

그는 「시와 이성」에서 서정주의 「외할머니네 마당에 올라온 해일」과 「이 븨인 금가락지 구멍에」를 뉴크리티시즘의 원리를 이용해서 비판한다. 그는 서정주가 그의 「외할머니네 마당에 올라온 해일」를 소네트라고 쓰고, 심지어 남성운, 여성운이라는 것까지 시험해 본 것으로 이야기한 것에 대해서, 형태적인 실험으로도 별로 의미가 없고, 작품의 내용도 그야말로 '접신'의 경지에 있지 않은 사람은 쓰지도 못하는 것이며 작품으로 간주할 수도 없다고 비판한다. 그는 패러프레이즈(paraphrase)할 수 있는 내용(추상적인, 과학적, 철학적, 산문적 내용 명제로 진술할 수 있는 내용)을 가져야 한다는 점에 너무 집착하여, 서정주의 시를 이성적 구조의 결여로만 비판한다. 이 시와 마찬가지로 그는 「이 븨인 금가락지 구멍에」에 대해서도 신통력을 발휘하는 이성적 구조의 결여를 지적한다.

김종길은 뉴크리티시즘의 논리를 원용하여 시를 예리하게 분석 적용한 대표적 비평가이다. 이러한 뉴크리티시즘의 논리의 내재화 양상이 잘 드러난 것이 바로 1964년 『시론』에 수록된 월평이나 이후 평론들이다. 김종길과 서정주

---

183) 김종길, 「시와 이성 - 서정주사백의 「내 시정신의 현황」을 읽고」, 『문학춘추』, 1964. 8, 276면.

의 논쟁184)에서 잘 드러나듯이, 그의 비평은 엘리어트에 대한 애착과 언어의 구조에 대한 정밀성과 세련성을 그 분석의 기준으로 삼는다. 그는 「의미와 음악」에서 훌륭한 시란 시의 각 요소인 어의, 운율(리듬), 형상(이미저리), 어조가 "고루 유기적인 관련 아래에 적절하게 부합되거나 반발하면서 복잡한 의미의 구조"185)를 이루는 시라고 지적한다. 그가 말하는 훌륭한 시는 뉴크리티시즘에서 지적하는 '유기체적 통일체'로서의 시이다. 그 대표적인 분석의 예가 바로 서정주의 「추천사」이다. 결국 그의 비평은 섬세한 심미안을 가지고 옥석을 가리는 작업이다. 이런 그의 비평 작업은 다양한 비평적 접근을 막는 폐쇄성을 갖고 있다. 그의 「시와 음악」(『사상계』, 1966. 3~5) 이후, 「현대시의 구조」(『월간문학』, 1969. 1), 「시의 해석」(『심상』, 1974. 9) 등에서 분석비평적 원리를 원용한 구체적 성과를 거둔다.

　전후 시기 대학의 지적 풍토와 문단의 비과학적인 비평적 경향에 대한 비판의 기능이라는 측면에서 뉴크리티시즘은 새로운 비평의 가능성으로 소개된다. 특히 이는 대학에서 문학을 전공한 비평가들의 등장과 인상주의나 감상주의적인 막연한 관념적 비평적 경향에 대한 비판적 기능으로, 과학적이고 분석적인 비평의 수립이라는 문제 의식에서 소개된 것이다. 이 비평 수용에 있어서 백철, 김용권, 이창배, 정병욱 등이 긍정적인데 반해, 유종호는 회의적인 입장을 갖고 있다. 1930년대 김기림, 이양하, 최재서 등에 의하여 엘리어트나 리챠즈의 이론이 소개되고, 50년대 이후 엘리어트, 리챠즈, 브룩스, 엠프슨, 테이트, 원터즈, 랜섬 등이 백철, 김용권, 정병욱, 송욱 등에 의해서 소개되며,

---

184) 김종길, 「실험과 재능 – 우리 시의 현황과 그 문제점」, 『문학춘추』, 1964. 6.
　　서정주, 「내 시정신의 현황 – 김종길씨의 「우리 시의 현황과 그 문제점」에 답하여」, 『문학춘추』, 1964. 7.
　　김종길, 「시와 이성 – 서정주사백의 「내 시정신의 현황」을 읽고」, 『문학춘추』, 1964. 8.
　　서정주, 「시평가가 가져야 할 시의 안목 – 김종길씨의 「시와 이성」을 읽고」, 『문학춘추』, 1964. 9.
　　김종길, 「쎈스와 넌쎈스」, 『문학춘추』, 1964. 11.
185) 김종길, 「의미와 음악 – 분석적 시론」, 『사상계』, 1966. 3, 220면.

김용권, 송욱에 의해 가장 집중적으로 소개된 비평가가 리챠즈이다. 김용권은 리챠즈에 대해 긍정적인데 반해 송욱은 부정적이다.

1950년대는 뉴크리티시즘의 적용이 시론적인 것에 반해 60년대 이후 정병욱, 송욱, 김종길에 의해서 본격적으로 적용된다. 60년대 이 비평은 문학의 내재적 가치를 강조하는 분석비평론으로, 순수문학론의 이론적 근거의 하나로 작용한다. 결국 50년대 뉴크리티시즘의 수용은 분석적 방법에 의한 비평의 객관성 추구라는 의미를 갖는다. 60년대 이후 정병욱, 송욱, 김종길에 의해서 본격적인 수용과 적용이 이루어진다. 특히 이 비평은 대학의 지적 풍토에 의해서 정착되기 시작한다. 그러나 이들의 수용은 분석적 방법에 대한 강조만 있지, 농본주의적 전통에 입각한 보수주의적 이데올로기에 근거한 측면에 대한 인식은 결여되어 있다.

전후 분석비평론은 대학의 지적 풍토에 의해서 수용되고, 한국 문단의 비과학적인 비평적 경향에 대한 비판의 기능을 한다. '뉴크리티시즘'은 비평의 과학성이나 객관성을 강조하는 근대적 측면과 보수적 세계관으로 말해지는 반근대적 특성을 동시에 갖고 있다. 특히 그들의 반근대적 사유는 "인류의 과학과 역사적 진보에 대한 낭만적인 신념에 대한 부정적인 사유를 전제"[186]로 한 것이다. 한국의 '뉴크리티시즘'에 대한 논의는 과학성과 객관성에 대한 인식만 드러나지 그 세계관의 보수성에 대한 인식은 없다. 결국 남한의 분석비평론은 과학성, 객관성이라는 근대적 측면에 대한 인식은 있지만, 보수성이라는 반근대적 측면에 대한 인식은 거의 없다. 주체적 자각을 통한 '정체성'을 확인도 없이 분석 비평적 방법론의 유입은 보편주의나 세계주의의 허상에 다른 이름이다. 뉴크리티시즘의 세계관에 대한 깊이 있는 검토의 결여란 비판적 수용이든 회의적 부정이든 주체적 자각의 결여를 의미하며, 근대 따라잡기인 서구화를 지향하는 보편주의나 세계주의의 허상일 뿐이다. 특히 이는 신세대의 서구중심적 사고 방식의 반영이며, 서구 문학을 이상적인 것으로 파악하는 발상과 관련된 것이다. 결국 대학교육을 통한 분석비평에 대한 관심은 이념적 중립성이나 거

---

186) 김춘식, 「모더니즘의 전통과 반전통 - 신비평(New Criticism)을 중심으로」, 『국어국문학논문집』(동국대) 18, 1998. 2, 59면.

리 두기, '이데올로기'에 대한 혐오즘과 관련된 것이지만, 실질적인 의미에서는 반공 이데올로기의 자기 내면화에 해당된다.

4. 실존주의 문학론

실존철학은 이론적 명징성이 결여된 것으로 널리 알려진 것으로, "만일 어떤 하나의 특정한 방법에 의해 연결되어 있고 그 방법을 통해서 설명해 낼 수 있는 어떤 단일적인 대상을 소유하고 있는 하나의 사상을 실존철학에서 생각한다면, 그런 실존철학이란 사실 존재하지 않는다."[187] 즉, 실존철학이라고 명명되는 것은 각기 다른 경향적 특징을 가진 것이기 때문에, 단일적인 철학을 이끌어내기란 사실 힘들다. 단지 연구자들에 의해서 명명된 "주체적 존재로서의 실존의 본질과 구조를 밝히려는 철학적 입장을 널리 실존철학"[188]이라고 부르는 것일 뿐이다. 특히 그들에게 주목된 것은 전통적 "형이상학의 반대 운동"[189]으로 파악된 측면이다. 실존철학이란 "절대적 이성에 의거한 체계적 철학의 종말"[190]을 상징한다.

> 우리의 경우는 비평 지향이 좀 있었기에 어떻게든 에세이를 구해서 읽고는 있었지만 사실 철학적으로 수용할만한 텍스트는 거의 없었고 손우성과 같은 극소수의 사람들만이 텍스트를 가지고 있었을 뿐입니다. 다만 기분상으로 보아서 어떤 실존적인 무드에 대한 …… 전염성이라는 것에 대해서는 개방이 되어 있었지만 하나의 사상으로 받아들이기에는 정신적인 통로를 거친 것은 아니었죠.[191]

전후 시기 실존철학의 변형 형태인 실존주의나 이 문학은 사상적인 요소가 어느 정도 탈색된 세계적 유행 사조로 수용된다. 한국 문단에 유입된 실존주의

---

187) F. Zimmermann, 『실존철학』, 이기상(역), 서광사, 1987, 14면.
188) 『세계철학 대사전』, 교육출판공사, 1985, 654면.
189) F. Zimmermann, 앞의 책, 14면.
190) 위의 책, 96면.
191) 유종호·이남호, 「1950년대와 한국문학」, 『작가연구』 1, 1996. 4, 228면.

는 사르트르나 카뮈의 작품을 통한 유입이라는 사실에서 다분히 오해의 소지를 가진다. 사르트르의 소설 『구토』는 『존재와 무』와 대응되고, 카뮈의 『이방인』과 『페스트』는 『시지프스의 신화』와 『반항인』과 각각 대응된다. 실존철학이나 실존주의는 소설과 철학서를 동시에 이해하지 않고 접근하기란 상당히 어렵다. 이 시기의 실존주에 대한 열광은 사르트르나 카뮈의 사상적 접근이 아니라 한때의 세계적 유행 사조적인 의미에서 수용된다. 전후 시기 실존철학, 실존주의, 실존문학, 실존주의문학 등은 동어반복적인 성격이 강하다. 실존주의는 사상이 탈각된 상태인 '실존적인 무드'나 '유행성 독감'192) 정도로 이를 스스로 왜곡시킨 상태로 받아 들인다. 특히 실존주의 수용이나 유행은 지식인의 세계주의의 허상과 반공 이데올로기의 자기 내면화와 깊은 관련이 있다. 이 시기 실존주의는 신세대의 세계적 동시성 추구라는 '주체적 자각'이 사장된 보편주의나 세계주의의 허상과 관련된 것이다. 전후 현실의 사상적 통제의 탈출구 역할과 반공 이데올로기를 자기 내면화하게 된 계기를 제공한 것이 바로 실존주의이다.

　한국문단에 실존철학과 실존주의 작가의 소개는 1920년대부터 시작된다. 실존주의에 대한 중요한 수용 양상은 먼저 1920년 김기전의 「역만능주의 급선봉」(『개벽』, 1920. 6), 「신인생의 수립자」(『개벽』, 1920. 7)와 박달성의 「동서문화사상에 현하는 고금의 사상을 일별하고」(『개벽』, 1921. 1)에서 니체의 사상이 소개되고, 30년대에는 1931년에 발표한 이헌구의 「불란서문단종횡관」(『문예월간』, 1931. 12), 신남철의 글 「나치스의 철학자 하이덱겔」(『신동아』, 34. 11), 평론가 이헌구의 「앙드레 지드의 인간상적 방랑」(『신동아』, 34. 11)을 시작으로 해서, 35년에는 김광섭의 「산·텍크쥬페리의 소설 남방 비행편」에서 이 소설의 줄거리가 소개되고 있으며, 39년에는 「안드레·말로의 소설 『전쟁』」이 소개되며, 40년에는 비평가 최재서의 논문 「현대소설연구」(5)에서 말로의 소설 『정복자』, 『인간조건』을 분석하는 등의 소개가 있다. 말로의 「문학과 정치」(『사해공론』, 36. 8)가 전원배에 의해 번역 소개되며, 박상현이 하이데거의 명저

---

192) 황문수, 「역자 후기」, F. Heinemann, 『실존철학』, 황문수(역), 문예출판사, 1979, 280면.

『존재와 시간』을 해설하고, 또한 박종홍이 「현실파악의 길」(『인문 평론』, 39. 12)에서 야스퍼스와 하이데거의 철학 사상 소개를 볼 수 있다.193) 이러한 소개는 대부분이 번역, 논설, 해제 등의 형태를 통해 단편적으로 실존철학과 실존주의 문학의 내용을 언급하고 있을 뿐이며, 깊이 있는 연구로 보기에는 미흡하다. 또한 사르트르나 카뮈로 대표되는 실존주의 문학에 대한 언급은 거의 없다.

해방 이후 실존주의 문학의 유입은 주로 48년 이후 주로 미국과 일본을 통해서 본격화된다. 이 수용에서 가장 집중적으로 소개된 것이 사르트르이고, 그 다음이 카뮈이고, 그 외에는 카프카나 보봐르가 소개되는 정도이다. 해방 후 50년까지의 실존주의 수용 양상이 프랑스 실존주의, 특히 사르트르의 수용이 그에 대한 지대한 관심을 가졌던 미국을 통해 들어온 것이나 미국을 거쳐 일본에서 유입된 점이 주목되며, 또한 이 수용에서 본격적인 연구물이 없으며 주로 계몽적인 면이나 시사적인 측면에 치중되어 있는 한계를 드러낸다.

이 시기 사르트르의 소설, 문학론, 철학, 희곡이 소개되고, 특히 작품으로는 「벽」, 『구토』, 『더러운 손』이 검토되는데 주로 존재론적 인간 탐구에 집중되어 소개되지만, 그의 후기 참여문학에 대한 분석은 거의 없는 실정이다. 따라서 그에 대한 주 관심사는 "유폐된 자아의 내면 탐구"194)라는 측면에 머물러 있다. 그리고 사르트르와 달리 카뮈는 『페스트』를 중심으로 훨씬 가볍게 다루어지고 있다. 50년 이후 외국문학 전공자인 손우성, 김붕구, 이환, 정명환 등에 의해 관심이 증가된다.

해방 후 비평에서 실존주의 문학이 '고민 문학'으로 이해되었으며, 즉 실존주의 수용이 사르트르의 참여문학의 방향이 아니라 미국의 모더니즘의 세례를 받은 실존적 정신분석의 방향으로 편중되어 유입된다. 실존적 정신분석이란 "인간은 하나의 전체"로 "아무것도 열어보이지 않는 어떤 취미, 어떤 버릇, 어떤 인간적인 행위란 있을 수 없는 것"으로 "인간의 경험적인 행위들을 해독하는 것

---

193) 조남현, 「실존주의 수용과 내면화 양상」, 『한국 현대문학사상 탐구』, 문학동네, 2001, 56~57면, 60~61면.
194) 전기철, 「해방후 실존주의 문학의 수용양상과 한국문학 비평의 모색」, 한국현대문학연구회, 『한국전후문학연구』, 태학사, 1991, 158면.

이다."195) 그러나 이 수용은 기본적으로 심리분석 차원으로 한정되어 있으며, 사르트르의『존재와 무』제4부에서 주장한 실존적 정신 분석이 집중적으로 수용되거나 연구된 것은 아니다.

전후 시기는 한국전쟁과 함께 일본의 프랑스 문학에 대한 열광으로 인해 우리 나라에 실존주의는 유행처럼 한 시기를 풍미한다. 한국전쟁은 그들에게 전쟁을 직접 체험하게 만들고 삶과 존재의 문제, 인간 조건의 문제를 스스로에게 질문하게 한다. 이러한 사실은 유럽의 제1·2차 세계대전으로 실존주의가 유행사조가 되어 세계를 풍미하는데, 이러한 실존주의의 세계성과 맞물려 자연스럽게 수용된다.196) 또한 문학인들은 피난지 부산에서 기성문학에 대한 염증으로 새로운 문학에 대한 관심 형태로 일본에서 유입된 사르트르, 카뮈를 중심으로 한 실존주의 문학에 심취하여 피난지 골방에서 극한 사항에 직면한 인간의 삶에 대한 성찰로 실존주의를 수용한다.

4.1. 실존주의의 수용

해방 공간의 좌·우파의 대립 등으로 대표되는 혼란 상황은 6·25라는 한국전쟁으로 더욱 첨예화된다. 이러한 사실은 개인과 민족의 문제뿐만 아니라, 인간의 기본적인 생존이라는 문제까지도 불투명하게 만든다. 이런 의미를 내포하고 있는 한국전쟁은 예술이나 문학뿐만 아니라 이데올로기 같은 것을 사치품으로 만들어 버리고, 인간의 생존이 우람한 성벽처럼 우뚝 솟아 있게 만든다. 전쟁이라는 상황은 삶에 대한 논리적이고 합리적인 파악이나 법칙을 사라지게 한다. 또한 남북한 어느 쪽에 속하는 작가이든, 이들에게 가장 절실한 것은 문학 이전의 생존 문제, 단 하나라고 해도 과언이 아니다. 이런 전쟁이라는 한계 상황으로 인해 폐허의식이나 불안의식은 보편화된다. 이 의식은 허무의식과 연결되어서 '땅끝 의식'과 관련된다. 김동리의 표현에 빌리자면 "'끝의 끝', '막다

---

195) J. P. Sartre,『존재와 무』2, 손우성(역), 삼성출판사, 1990, 381면.
196) 김윤식,「싸르트르와 우리 세대 - 싸르트르의 무덤을 찾아서」,『황홀경의 사상』, 홍성사, 1984, 238면.

른 끝', 거기서는 한걸음도 더나갈수 없는, 한 걸음만 더 내디디면 바다에 빠지거나 '허무의 공간'으로 떨어지고 마는 그러한 '최후의 점(點)' 같은 것"으로 표현된다. 이 '땅끝 의식'은 박운삼(전봉래)이 음독자살하면서 남긴 유고시 "저 어리광을 부리듯한 / 푸른 물결에 / 마음은 드디어 / 견딜 / 수 없는가"197)와 동일한 의미로 사용된다. 이 '땅끝 의식'은 마음의 견딜 수 없음이며, 마음의 가난함을 상징하며, 이 가난함은 절망, 불안, 죽음과 같은 열망을 생성시킨다. 이 마음의 견딜 수 없음이 이 시대의 실존주의에 대한 경사로 드러난다.

전후 문학에서 이런 한계 상황은 실존주의를 자연스럽게 수용될 충분한 입지를 지니고 있다. 프랑스 실존주의 문학은 "나찌 점령군에 반대하는 레지스탕스 운동에 참가하고, 해방의 기쁨과 제4공화국에 대한 환멸을 동시에 체험했던 프랑스의 급진적 지식인들에 의해 매우 대중적으로 표현"198)된다. 이는 "인간은 확실성을 보장하는 회의에서 이 현사실을 의식하지 않고 오직 절망, 구토, 불안 그리고 권태 등에서만 의식한다"199)는 측면이 가세하여, 이 시대를 풍미한 하나의 유행처럼 그 시대를 휩쓸고 지나간다.

이런 상황하에 놓여 있는 전후 시기 문학은 "일종의 직관 중심의 모더니즘 문학의 역할"을 실존주의 문학이 수행했을 뿐 만 아니라, "묘하게도 현실 참여와 묘사의 경향" 또한 "실존주의의 한 주류인 휴머니즘, 앙가쥬망"200)이 하고 있다. 사실, 루카치가 주장하고 있듯이, 실존주의는 물신 숭배의 한 모습으로 제국주의 시대의 모순을 자유 일반에 대한 추상적 경험에 의해 모색된 개인주의적 내면탐구201)이며, 또한 그는 모더니즘 이데올로기를 대변하는 문학적 실체로 실존주의202)를 평가한다. 특히 북한에서는 주관적 관념론의 변종이며 미국식 부르주아 퇴폐문학203)으로 실존주의를 평가하기도 한다. 이런 입장에서

---

197) 김동리, 「밀다원시대」, 『현대문학』, 1955. 4, 94면, 119면.
198) G. Novack, 「서문」, G. Novack(편), 『실존과 혁명』, 김영숙(역), 한울, 1983, 14면.
199) F. Zimmermann, 앞의 책, 41면.
200) 최혜실, 「실존주의 문학론」, 구인환(외), 『한국전후문학연구』, 삼지원, 1995, 147면.
201) G. Lukács, 「실존주의냐 맑스주의냐」, G. Novack(편), 앞의 책, 151면.
202) G. Lukács, 『우리시대의 리얼리즘』, 문학예술연구회(역), 인간사, 1986, 31~33면.
203) "악명 높은 프로이드주의, 실존주의 '이론'에 기초하고 있는 남반부 문학 예술에서의

보면 실존주의와 모더니즘 관계는 자연스럽게 받아들여진다. 그러나 현실 참여 경향과 관련된 사르트르의 수용은 이 시대의 문제성을 드러내는 것이다. 다시 말해서 당대의 문인들은 사르트르의 초기 사상에서 후기 참여 경향으로의 변화에 대한 진지한 탐구 없이 휴머니즘을 찬양한다. 사르트르는 인간성 옹호라는 소박한 휴머니즘에 대해서 비판적 입장204)을 견지하고 있다. 한국 문단의 실존주의의 수용이나 그에 대한 논의에서 비평가들은 긍정적 입장과 부정적인 입장으로 나누어진다.

1) 실존주의의 긍정

전후 시기에 집중적으로 소개된 사르트르와 카뮈 등의 실존주의는 주로 프랑스문학 전공자에 의해서 이루어지는데, 외국문학 전공자인 양병식, 손우성, 김붕구, 정명환, 이환 등에 의해서 번역·정리·비평 등의 형태로 소개된다. 해방기부터 실존주의 문학의 분위기를 소개한 대표적인 인물인 프랑스문학자이며 정신과 의사인 양병식은 일본의 〈불란서문학회〉를 드나들면서 「샤르트르의 문학론」(『문예』, 1953. 9), 「샤르트르문학론(하)」(『문예』, 1953. 11)과 같은 번역문을 중심으로 실존주의 문학을 한국에 이입시킨 사람이다. 그러나 전후 시기 당시로는 선구적인 측면을 가지나, 저널리즘에 호응한 번안적 해설의 차원에 머물러 있다. 그리고 손우성은 사르트르와 카뮈에 대한 평가에서 출발하여 실존주의를 수용한 연구자이며, 김붕구는 말로, 카뮈, 사르트르에 대한 지속적 관심을 보여준 프랑스문학 전공자이며, 정명환은 지금까지 꾸준히 실존주의에 대한 소개와 검토를 하고 있는 대표적인 연구자이다.

살인과 란륜을 자행하는 패덕적인 성격 파산자들이 바로 인민의 건전한 정신과 그들의 계급 의식을 말살하기 위한 것임을 구태여 설명할 필요도 없다."(최탁호, 「해방 후 문학 예술에서 레닌적 당성 원칙을 위한 당의 투쟁」, 『조선어문』, 1960. No.5, 85면)

204) "'진부한 '휴맨이스트''의 인간존재에의 긍정은 '남에게서 얻어들은 것 천지'로 그에게는 느껴지는 것이다. '나는 '휴맨이스트'도, 아니요, '반휴맨이스트'도 아닌,' 인간존재의 탐구자로서의 '로강뺑'의 위치는 매우 곤란한듯 느껴진다."(이교창, 「인간존재의 탐구 – 싸르트르 「구토」론」, 『문학예술』, 1956. 12, 188면)

실존주의는 심리주의가 극단의 분석에 의한 필연적인 귀납을 행함으로서 일종의 결정론적 인생관으로부터의 생명주권 회복에 대한 기도(企圖)로 보인다. (……) 지금 세계는 같은 고민의 속에 살고 있으며, 내 정신의 움지김이 바로 시대의 호흡에 통합을 느끼는 만치, 싸르트르가 실존주의라고 명명한 현대사조는 19세기 객관자연주의에 대립되며, 또한 객관세계에서 현실세계로 잠깨어나는, 주관적이며 생동적인 자연주의의 상승파동이라고 추단하고 싶어지는 바이다.205)

'까뮤'에게는 신은 없다. 신의 자리에 인간이 있다. 다만 이 인간이란 신은 절대자가 아니요 개인 각자가 자기 혈맥에 느끼는 현실의 존재이다. 관념상으로 영원히 존재하는 인간이 아니고 여기 이 세상에 서로 운명과 싸워가는 인간들이다. 그것은 부조리인간이며 반역인간이다. 자유인간이다. 자유이기에 반역하며, 인간적 반역에서 절도가 나온다. 절도는 반역에서 나오며, 반역에 의해서 생명을 가진다.206)

손우성은 「현대불문학의 향방」에서 사르트르를 중심으로 하여 실존주의를 일종의 결정론적 인생관으로부터의 생명주권 회복에 대한 기도(企圖)로 파악한다. 특히 '지금 세계는 같은 고민 속에 살고 있으며, 내 정신의 움직임이 바로 시대의 호흡에 통한다'는 그의 지적은 신세대의 세계적 동시성 추구라는 보편적 인식의 반영이다. 실존주의는 신세대의 보편주의나 세계주의 추구라는 측면에서 수용된다. 그는 50년대 초반 사르트르에서 후반 카뮈를 중심으로 하여 실존주의를 논의한다. 그의 「부조리 인간」에서 카뮈의 부조리 인간과 반역 인간에 대해서 설명한다. "어느날 인간은 이 힘드는 고역인 생을 질머지운 운명의 신에 대해서 '어째서?'라며 의문을 던"207)지며 인간의 부조리한 삶을 발견하고 부조리한 인간 조건에 대해서 반역하여 인생을 세워나가는 자유인간이다. 결국 그는 카뮈의 인간이란 부조리 인간이며 반역인간이며 자유인간임을 역설한다.

싸르트르는 이미 윤리시대에 속한다. (……) 그는 세상을 만들어감이 아니

---

205) 손우성, 「현대불문학의 향방 - 세대의 파동」, 『문예』, 1953. 2, 18~20면.
206) 손우성, 「부조리 인간 - 까뮤의 사상적출발」, 『자유문학』, 1958. 1, 153면.
207) 위의 글, 147면.

고 자기 자유에 대한 세상의 반응에 책임을 져 나간다. 그 뿐이다. 그에게는 사람이 세운 무슨 체계 무슨 의미가 모두 의미가 없다. 어째서 그가 사회주의적인 주장을 세우는지 그 근거는 다만 주관에 있고 조리(條理)에 있지 않다. 그러며 그는 조리 없는 조리를 복잡하게 꾸며 나간다. 까뮈는 관념의 피해를 가장 많이 주장하며 인간성의 권위라는 한 관념의 권위를 세운다. 사람이 세상을 살아가는데 사람을 존중하는 것 밖에 다른 길이 없다. '서로 사랑하며 살아 갑시다'라는 평범한 말을 가장 자극적인 언어로 주장한다.208)

그는 현대가 인간 발견의 시대에 속하며 현대인간의 특징이 자유의 추구에 있다고 파악하는 관점에서 프랑스 작가들을 검토한다. 지드는 과거에 인간의 본성으로 간주되는 모든 관념을 파괴하려는 시도를 통해서 새로운 인간, 행동하는 인간을 검토한다. 말로는 비판과 판단을 거치지 않고 먼저 옳다고 생각되는 길에 뛰어 들어서 살아 나가며 비판하는 행동적 인간을 주장한다. 사르트르는 인간의 본질을 탐구하는 주관의 윤리를 주장하며, 그에게는 인간이 세운 체계나 의미가 모두 무의미하다. 그의 사회주의적 주장은 다만 주관에 있고 체계적 논리에 근거한 것이 아니다. 카뮈는 인간이 이 세상을 살아가는데 인간을 존중해야 된다는 것을 통하여 인간성의 권위를 주장한다. 그의 이런 평가는 인간 탐구에 초점을 맞춘 것이다. 따라서 그는 사르트르를 사회주의적인 주장과 관련하여 부정적인 비판을 행한 반면에 인간 탐구나 인간성 존중이라는 점에서 카뮈를 긍정적으로 평가한다. 또한 그는 사르트르의 사상에 대해서 자아 중심의 개인주의로 이해한 반면, "현실인간을 거부해 놓고 그리고 진지한 인간이면 누구나 다 자기 마음속 깊이 간직하고 있는 완벽성으로의 갈망을 제시하는 태도에 더 공감을 느끼지 않을 수 없다"209)고 마르셀에 대해서 긍정적으로 평가를 한다.

전후 시기 전반적인 이해 수준에 비해 손우성의 카뮈에 대한 사상적 파악은 정당한 것이지만, 그의 카뮈나 사르트르의 부조리에 대한 이해는 존재 자체의 모습과 연관된 사르트르의 부조리와 달리 카뮈의 부조리가 나와 세계의 관

---

208) 손우성, 「질서와 자유에의 길 - 까뮈의 사상을 넘어서」, 『사상계』, 1960. 5, 60면.
209) 손우성, 「인간은 죽었다 - 가브리엘·마르셀의 개성과 부정」, 『세대』, 1964. 3, 47면.

계에서, 우리와 세계의 관계에서 발생하는 것이라는 두 사실을 명확히 구분하여 인식하지 못하고 있다. 그는 카뮈의 반항이 절대적인 허무주의에 대한 반항이며 폭력의 시인과 역사의 절대화를 근거로 한 모든 혁명에 대한 거부라는 궁극적인 의미를 파악하지 못하고, 단지 운명과 싸우는 인간의 반항으로 이해하는 한계를 가진다.

특히 그는 주관의 윤리와 사회주의적 주장과 관련하여 사르트르를 비판적으로 인식한다. 그는 사르트르의 개인적 인간관에서 사회적 인간관으로, 개인적인 기투(企投)에서 집단적인 기투(企投)로의 전환이 갖는 어려운 시도의 의미에 대한 파악210)이 결여되어 있다. 사르트르의 사회주의적 주장이 논리적 체계를 갖지 않고 주관에 의한 것으로 파악한 그의 비판은 반공 이데올로기의 감염과 관련된다. 그의 이 이데올로기의 자기 내면화는 논리적 판단 이전에 사회주의적 주장에 대한 거리감이나 "혁명, 투쟁, 타도, 반역" 등이 "현대의 성화(聖化)된 유행어"211) 정도로 판단하여 비판적으로 인식하게 만든다.

이환은 철학과 문학의 대화라는 관점에서 실존주의의 철학적 기반을 검토한다. 그는 현대를 이성에 대한 공격이 가장 격렬한 시대로 파악하고, 이런 기반 위에서 실존주의를 이해한다. 즉, 그는 그들이 이성의 왕도를 단념하고 모순, 이율배반, 고뇌, 불안 등에 지배되는 비극의 우주에서 출발하여, 가장 견고한 체계나 보편적인 합리주의일지라도 결국 인간사유의 비합리성 앞에서 파괴됨을 밝히고 일체의 확실성이 화석화된 색채 없는 사막의 한복판을 단호히 걸어가는 인간상으로 파악한다. 그의 이런 해석은 실존주의에서 철학과 문학의 관계를 설명한 것이며, 합리적 이성에 대한 불신에서 출발하여, 합리적 이성에 벗어난 존재와 주체적 존재인 인간에 대한 탐구라는 실존주의의 핵심을 제대로 이해한 것이다.

그는 철학자로서 사유함에 앞서 즉 '무엇을 인식할 것이냐가 아니라, 무엇을 할 것이냐'를 추구한 까뮈의 이른바 부조리의 인간이었다. 그는 부조리의

---

210) F. Jamenson, 『변증법적 문학이론의 전개』, 여홍상 · 강영희(역), 창작과 비평사, 1984, 213~214면.
211) 손우성, 「질서와 자유에의 길」, 56면.

발견이상의 것을 한다. 즉 그는 부조리를 산 것이다. 그의 대상은 소위 객관적 개념적인 사유의 테두리안에서 넘쳐흐르는 구체적인 것 현실적인 것, 어떤 특정의 개별자, 우연적인 것—결국 하나하나의 예외자인 고독한 실존이다. 그는 위안 도덕 모든 휴식의 원리를 거부하여 인간의 존재로 하여금 막다른 지점에서 실존의 모순과 역설과 대결케하며 결단과 비약을 각오시키는 것이다. (……) 카프카가 마주친 우주의 고전적 침묵 또스또엡스키의 사형수의 체험, '잃어버린 조국의 상기도 없고, 결속의 나라의 희망도 없는' 까뮈의 이방인, 말르로의 절망의 행동주의, 싸르트르의 실존의식—이 모든 현대의 상징들은 우주와 인간을 감도는 망막한 카오스를 헤치어 일순(一瞬) 소름끼치는 명석에 도달한 의식의 파노라마인 것이다. 그것은 부조리의 의식이며 절망의 승인이며 또한 절망을 이겨 나가는 영웅주의이다.212)

그는 「실존주의문학의 철학적 기반」에서 합리적 이성의 거부라는 실존주의의 철학적 기반 위에서 실존주의를 긍정적으로 평가한다. 그는 모든 위안, 도덕, 휴식의 원리를 거부하고, 인간 존재의 막다른 지점에서 실존의 모순과 역설에 대결하여, 결단과 비약을 각오한 부조리 인간이라고 카뮈를 평가한다. 그는 부조리 의식, 절망의 승인, 절망을 이겨나가는 영웅주의 등의 의미를 부여하여 실존주의를 긍정적으로 평가한다. 그는 "온갖 사상을 측정하여, 판단하는 어떤 근원적인 인간 흐름의 모체"인 것 같은 인상을 주며, "모든 사상과 모랄을 뒷받침하고 있는 필연의 자랑"213)으로 휴머니즘을 긍정한다. 손우성이나 정종214)과 마찬가지로 그도 실존주의를 존재론적 인간 탐구라는 점에서 옹호하며, 이를 휴머니즘과 연결시킨다.

시론이 우리에게 밝혀 주는 점은 실존주의는 하나의 문제를 제시 일수는

---

212) 이 환, 「실존주의문학의 철학적 기반」, 『문학예술』, 1956. 1, 152~155면.
213) 이 환, 「휴—마니즘과 실존주의 - 지성과 심정」, 『문학예술』, 1956. 7, 187면.
214) "까뮤는 현대인에게 바른 반항적태도를 가지고 살 것을 가르친다. '반항적 인간'이란 어떠한 경우에도 '아니'(non)라고 하고, 또는 '그렇다'(oui)고 하는 인간을 말한다. 반항이 가지는 스스로의 한계를 인정하면서 모두가 힘을 모아 역사에 있어서의 부정과 폭력, 비인간성과 자유의 침해에 반항하여, 인간성을 수호하려고 하는 태도를 옳다고 보는 것이다."(정 종, 「부조리의 철학 - 그래도 우리는 살아야만 하는가」, 『현대문학』, 1961. 5, 252면)

있으나 그의 해결에서는 아직도 요원하다는 것이다. 실존주의는 앞으로 극복되기를 기다리는 인간의 근원적인 비극의 층을 들어 낸 점에 있어서는 어떤 사상 보다도 날카로웠고, 그의 비극의 감수라는 점에 있어서도 한결 심각 하였다. 분명히 극한을 향하여 억제 할수 없는 욕망에 설레인 현대의 모험을 그 안에서 지양하여, 인간 존재의 궁극의 상을 투명하게 조명한 것이다. (……) 그들은 감히 구원과 해결에의 희망을 거부 하노라고 외친다. 그들은 절망을 받아 드리며 절망을 살며 절망을 죽여야 한다고 만든다. 그러나 그들은 이 애타는 동경과 절망을 안고 죽어도 눈을 감을수가 없는 존재자들이 아닌가!215)

그는 휴머니즘의 시각에서 다시 실존주의의 문제점을 지적한다. 실존주의가 인간 존재의 근원적인 비극과 그 비극의 궁극의 모습을 투명하게 조명한 것은 인정하지만, 그 해결은 아직도 아득히 멀다고 평가한다. 그는 실존주의가 인간 존재의 근원적인 절망을 받아들이고 절망에 살고 절망에 죽어야 한다는 측면에서 해결책은 없는 것으로 실존주의를 파악한다. 결국 실존주의의 인간 존재 탐구에 대해서는 긍정적으로 평가하지만, 그 해결책의 부재에 대해서 극히 부정적으로 평가한다. 그는 인간의 한계 안에서 휴머니즘은 질식한다고 주장한다. 그의 실존주의 탐구란 인간의 한계 극복을 위한 휴머니즘 탐구의 다른 이름이다.

이렇듯 절망에서 출발한 행동주의건만, 문학사상에 획기적인 전환을 가져왔다는 사실을 주목하지 않을 수 없다. 첫째 그것은 문학을 담배 연기 자욱한 실내에서 넓은 세계로 해방시켰다. 둘째로 절망에서 출발했고, 항시 생사의 접경을 넘나드는 행동세계를 무대로 하는 이상 그것은 끊임없이 인간의 근본 조건과 운명에 대면하는 문학이 아닐 수 없다. 셋째로 따라서 문학은 이미 미학적 위안이나 흥미거리가 아니고 인간총체에 대한 산 '증언'이다. 이것을 매우 중대한 일이다.216)

김붕구는 담배 연기 자욱한 실내에서 넓은 세계로 해방시킨 점, 항시 생사의 접경을 넘나드는 행동세계를 무대로 하는 이상 그것은 끊임없이 인간의 근

---

215) 이 환, 앞의 글, 189~201면.
216) 김붕구, 「실존주의문학」, 『사상계』, 1958. 8, 73면.

본조건과 운명에 대면하는 문학이 아닐 수 없다는 것으로 행동주의 문학을 파악한다. 그는 이 문학이 이미 미학적 위안이나 흥미거리가 아니라 인간 총체에 대한 산 '증인'의 문학이라고 긍정적인 평가를 한다. 그에 반해 사르트르에 대해서는 부정적으로 평가한다. "까뮈가 내면적, 시적 실존의 방향으로 넘어간데 대하여 싸르트르는 역사적이며 사회적인 방향으로 넘어뛴다. 철두철미 산문적이며 투쟁적인 그는 시종 (희곡과 소설까지도) 논쟁적이며 그것도 물어뜯는듯한 조매(嘲罵)를 꺼림없이 퍼붓는다. (……) 시는 고사하고 문학까지 상실하지 않을가싶다, 철저하게 현실(실제)적이다."[217] 따라서 말로나 카뮈에 대한 긍정적인 평가와 사르트르에 대한 부정적 입장(특히 후기의 사상)을 통해, 그는 실존주의 문학에 있어 말로나 카뮈의 행동주의 문학을 긍정적으로 수용한 측면을 갖는다.

그는 이 행동주의 문학을 휴머니즘과 연결시키고, 휴머니즘 재건의 길을 다음과 같이 지적한다. "역사상에 그리고 현재도 수많은 방향과 가치를 내걸고 저마다 휴머니즘의 깃발을 내세웠지만 휴머니즘의 기반은 최소한(공동의 목표는 없을 망정) 인간이 서로 어떤 점에서 공통의 거점우에 서고 있다는 인간의 어떤 본성을 인정하는데서 성립할 수 있을" 것이다. 이 입장에서 그 공통적 기반의 예는 말로가 보여준 "인간적인 위엄"[218]이라든가 카뮈가 추구한 '반항 정신'이다. 그는 실존주의 문학을 휴머니즘과 연결시키며, 이 휴머니즘을 통하여 이데올로기를 비판한다.

> 허망하게도 그들은 신이라는 절대자를 지고의 자리에서 끌어내린 대신 새로운 절대적인 이념을 그 자리에 올려놓은 것입니다(이점으로 보면 참으로 역설적인 사실이지만 '맑시즘'은 기독교교리의 세속적 인계자라는 것입니다). 그들은 '영생' '신의 은총'대신 '역사의 필연' '계급없는 사회' 등등의 이념을 모시게 된 것입니다! 과연 그 '이데올로기'가 출현한 것은 과학이 신앙으로 되어버린 시대였습니다. 이리하여 신앞에 무릎을 꿇고 허덕였듯이 또다시 피와 살로 된 생사람은 이념이라는 절대자앞에 무릎을 꿇고 기어가야 할판입니다.[219]

---

217) 위의 글, 80면.
218) 김붕구, 「휴머니즘의 재건 – 까뮈를 중심으로한 비판」, 『자유문학』, 1958. 2, 21면.
219) 위의 글, 32면.

김붕구는 카뮈의 반항 정신을 휴머니즘과 연결시키고, 공산주의의 이데올로기를 비판한다. 이는 말로나 카뮈의 행동주의 문학에 대한 긍정과 사르트르의 후기 사상에 대한 부정적 평가와 대응한다. 그의 이러한 태도는 전후 문학의 휴머니즘의 찬양과 이데올로기 혐오증을 그대로 반영한 것이다. 이데올로기에 대한 그의 혐오증은 "무엇을 위하여? 목적을 위하여, '역사의 필연'을 위하여! 농담도 작작하라는 것"220)과 같이 극단적으로 표현된다. 한편 카뮈의 반항은 형이상학적이거나 사회적인 "허망(虛妄)에 대면한 인간의 유일한 '인간적 태도'"이며, "인간으로서는 도저히 넘을 수 없는 '한계'(limite)와, 그 다음 과도(démesure)를 거부하는 '적도'(또는 중용 mesure, niveau moyen)"의 정신이다. 이런 정신을 가진 반항인은 자기 이해타산을 초월하여 "반항함으로써 공동체를 위하여 목숨을 걸고 인간의 존엄을 지키는 가장 고귀한 인간"221)이다. 그는 이런 정신을 지닌 반항인을 인간의 본연(인간성)의 토대인 휴머니즘과 연결시켜 긍정적으로 평가한다. 따라서 그는 실존주의 수용에 있어서 말로나 카뮈에 대한 긍정적인 평가, 사르트르에 대한 부정적 평가를 통해 행동주의 문학을 긍정적으로 받아들인다.

정명환은 "현대문학의 실존주의적 경향의 필연성과 그 한계를 명시하고 이를 넘어서는 새로운 문예사조로서의 '휴마니즘'의 필연성"222)을 제시한 P. H. 시몽의 『소송된 인간(인간소송)』의 서론 부분을 번역한다. 그는 인간 당위의 문제를 다룬 '윤리적 문학'으로 실존주의 문학을 파악하여 휴머니즘과 연결시킨다.

> 그들에게는 유신론자, 무신론자 또는 신비주의자, 합리주의자의 구별보다는 더욱 중요한 공통적 테에마가 있었으니 그것은 바로 '역사와 운명에 대한 인간의 권위의 재확립'이었다. 죽음과 맞선 말르로, 숙명과의 투쟁에 나선 아누이유, 악마의 유혹을 늘 물리치려고 애쓴 메르나노스, 의젓한 사람들의 위선과 허위를 정면으로 공격한 날카로운 싸르트르, 그리고 부조리한 인간의 여

---

220) 위의 글, 33면.
221) 김붕구, 「니힐리즘을 넘어서 - 까뮈의 '정오의 사상'」, 『세계』, 1960. 3, 173면.
222) P. H. Simon, 「실존주의와 휴마니즘」, 정명환(역), 『지성』, 1958. 여름, 64면.

건으로부터 반항의 복음을 캐어 낸 까뮈— 그들에게 있어서, 작품이란 인간윤리의 재발견을 위한 가장 효과적인 수단이었으며 1940년대의 불란서문학의 공격을 이루는 것은 바로 그들의 이러한 노력의 궤적이다.223)

그는 카뮈, 사르트르 등의 '실존주의 문학'을 중심으로 한 40년대 작가와 나탈리 사로트 등의 '반소설' 운동을 축으로 하는 50년대 작가를 대비하면서 카뮈 이후 프랑스 문단을 소개한다. 40년대 작가와 50년대 작가는 '의지의 개재'에 따라 구분된다. 그는 실존주의 문학이 '역사와 운명에 대한 인간의 권위의 재확립'이라는 공통된 주제를 기반으로 한 '인간 윤리의 재발견' 문학임을 지적한다. 이에 반해 50년대 문학은 '역사적 인간의 부정'과 '가치판단의 기권'이며, '인간재건의 문학의 후퇴'를 의미한다. 그는 통일된 이념을 갖지 못한 50년대 작가는 사회와 단절하고 "'계획도 희망도 없고 다만 사실만에 주의를 기울이고 있는' 군상들이 그 잡다한 모습을 늘어 놓고 있을 따름"224)이라고 진단한다. 결국 그는 50년대 문학을 비판적으로 인식하면서 인간 당위의 문제를 중요하게 여기고 새로운 윤리와 행동을 제창한 실존주의 문학을 긍정적으로 파악한다.

> 이성과 자아와 희망이 무근거한 것이라고 고발하므로서 휴머니즘은 매우 어려운 처지에 빠지고 말았다. 사실 휴머니즘이라는 말이 현대에 있어서 처럼 자주 그리고 절박하게 논의의 대상에 오른 일은 없으며 이것은 곧 휴머니즘의 존망의 위기에 처해 있다는 것을 의미한다. 그리고 우리는 여기에서 전시대의 행복한 가설을 무너뜨린 현대작가들은 어떠한 새로운 근거하에 휴머니즘을 재건하려는 것이냐는 질문을 내놓을 수가 있다. 만일, 우상파괴의 다음에 와야 할 가치의 재건이 이루어지지 않았다고 하면 허무의 의사(醫師)를 규탄한 그들 자신도 역시 허무의 의사가 아니겠느냐는 끔찍한 의심을 품어볼 수가 있는 것이다. 한데 이 의심은 불행하게도 정당한 것이다. (……) 오늘날의 의사들은 어떠한 처방도 효력이 없다는 것을 스스로 깨닫고 의사로서의 신분을 자진해서 부정하는 사람들이다. 아니 차라리 인간의 의사는 인간의 검시관(檢屍官)으로 변모한 것이다.225)

---

223) 정명환, 「까뮈이후」, 『사상계』, 1960. 7, 263∼264면.
224) 위의 글, 265면.

그는 현대가 이성과 자아, 희망을 무근거한 것이라고 고발하는 휴머니즘 위기의 시대이며, 이에 대한 정열을 잃어버린 시대로 파악한다. 그는 '허무의 의사'에서 유희성을 유일한 유용성으로 만들어 버린 '허무의 장난꾼'으로 전락한 현대 작가들을 비판적으로 인식한다. 현대문학의 특징은 "파괴되어야 할 가치가 무엇인지는 알면서도 정립해야 할 가치가 무엇인지 모르는 답답함"[226]이다. 그는 현대 사회에서 문학의 기능이 무언인가를 질문하면서 당위의 문제인 휴머니즘의 재건을 강조한다. 이런 사실에서 김붕구 등의 외국문학 전공자들은 존재론적 인간 탐구라는 측면에서 실존주의를 긍정적으로 평가하며, 이를 휴머니즘과 연결시켜 윤리와 행동을 강조한다. 그러나 이런 윤리나 행동의 주장은 구체적 역사성이 결여된 보편적인 성격을 강조한 것에 불과하다. 이런 보편주의는 "체제의 일원적인 통합력"[227]으로 작동한다.

> '싸르트르'는 다시 말할 필요도 없이 20세기가 산출한 가장 참신(嶄新)한 사상가의 한사람이며, 우리나라에서도 이미 낯익은 존재가 되어있다. 철학의 영역을 넘어서지 못했던 실존사상이 하나의 구체적 생활감정으로서 금일 서구문학을 지배하고 있는 것이 사실이라면, '싸르트르'는 이러한 현대서구문학의 입장을 대변하고 있다해도 과언은 아닐상 싶다.
> 그러나, 벗도 많지만 적도 적지 않은 것이 모든 새로운 사상가의 공통적 운명이다. '싸르트르' 역시 그 예에서 벗어날 수 없으니 그에 관해서 지금까지 나온 평론의 대부분은, 가령 기독교와 같은 일정한 입장에서 그에게 공격을 퍼붓는 것이 아니라면, 심취자들의 절대적 찬사에 불과했다.[228]

그는 사르트르를 현대 서구문학의 입장을 대변하는 가장 참신한 사상가의 한 사람이며, "생성을 위한 부정의 작업"이라는 점을 강조하여 "현대를 사는 최대의 비평가의 한 사람"[229]이라고 평가한다. 그는 초기의 긍정적 평가에서 전

---

225) 정명환, 「현대문학과 휴머니즘의 위기 - 20세기문학의 반인간적 경향」, 『세대』, 1964. 3, 87~88면.
226) 위의 글, 88면.
227) 姜尙中, 『오리엔탈리즘을 넘어서』, 이경덕 · 임성모(역), 이산, 1997, 189면.
228) 정명환, 「머릿말」, R. M. Albéres, 『싸르트르의 사상과 문학』, 정명환(역), 신양사, 1958, 5면.

후 시기를 지나면서 점차로 부정적인 측면을 강조하는 입장에서 사르트르 문학을 평가한다. 그는 사르트르를 중심으로 실존주의를 이해하는 가운데, 참여 문학에 대한 비판을 통해 실존주의 일반에 대한 비판적 입장을 지닌다. 결국 그는 사르트르의 실존주의를 모순으로 가득 찬 사상으로 평가하면서 그 좌절을 강조한다. 특히 그는 사르트르의 참여 문학이 "정치적 정열에 사로잡혔던 사르트르가 문학마저 정치의 테두리 속으로 끌어들이기 위해서 시도했던 실패한 자기강요적인 글"의 형태이며, "참여에 대한 환멸은 결코 변신을 가져 온 것이 아니라, 스스로 입었던 갑갑한 옷을 벗어 던지는 계기를 마련한 것"[230]으로 평가한다. "사르트르가 지금도 살아 있다고 말할 수 있는 것은 그가 어떤 분야에서 결정적인 해답을 주었기 때문이 아니라 (누구도 그런 능력을 가진 사람은 없다), 도리어 현대의 중요한 모든 문제를 제기했고, 또 그것을 해결하려던 그의 노력이 문제를 더 꼬이게 만듦으로써 우리를 더 깊은 반성으로 유도하기 때문이다."[231] 그는 사르트르의 사상과 문학의 모순을 강조하면서 "오늘날의 인간의 운명을 성찰함에 있어서, 사르트르의 좌절은 어떤 대안의 제시보다도 중요한 뜻을 내포하고 있는 것"[232]으로 평가한다.

전후 시기 프랑스문학 전공자들의 긍정적인 수용은 실존주의를 존재론적 인간 탐구의 표본으로 이해하고, 이를 통해 휴머니즘을 추구한 것이다. 이들의 수용은 전후 이데올로기에 대한 혐오증이나 반공의식의 내면화와 밀접한 관련이 있다. 남한 사회에서 한국전쟁 이후의 생존은 반공주의에 순응하는 것이며, 반공주의를 자기 내면화하는 것이다. 한국 사회에서 반공주의는 지배체제의 전유물로 시작되지만 어느 순간 국민의 생활 논리로 흡수된다. 이 실존주의 수용이 전후 세대의 사상적 탈출구의 역할을 한 것은 사실이지만, 정치의식의 거세

---

229) 정명환, 「사르트르의 문학과 행동 – 후기의 표현을 중심으로」, 『세계의 문학』, 1979. 봄, 111면.
230) 정명환, 「사르트르의 문학참여론에 대한 비판적 고찰」, 『문학을 찾아서』, 민음사, 1994, 56면.
231) 정명환, 「머리말」, 한국사르트르연구회(편), 『사르트르와 20세기』, 문학과 지성사, 1999, 15면.
232) 정명환, 「사르트르 또는 실천적 타성태의 감옥」, 한국사르트르연구회(편), 『사르트르와 20세기』, 문학과 지성사, 1999, 328면.

를 의미한다. 또한 전후 세대는 실존주의가 제국주의의 해외 침략을 위한 사상 문화적 침투 수단의 하나[233]라는 사실을 간과하고 있다.

2) 실존주의의 부정

우리 문단에 그러한 요소가 새로운 풍조로서 영향을 끼친것만은 사실이었다. 그리고 또한 그것이 독자들사이에 충분히 소화되지 못했다할지라도 무서운 힘으로써 도시지식층과 또한 그러한 성분의 젊은 현대작가들에 의하여 병리적으로 영합되었다는 것만도 사실인 것이다.

그러나 우리민족문학이 그엄숙한 입체성의 확립을 위한 피어린 수난을 겪어온 오늘에 있어서 현실의 불안에 대하여 고민과 권태를 느끼기만하면 그러한 정체적 몸부림과 잃어버린 세대를 피의 체험으로써 넘어선 오늘의 민족적 현실에 비추어 이 외래 유파를 비판하고 지양해야할 시기가 왔다고 보는 것이다.[234]

원래 '니힐이즘'은 현대인 그 중에서도 자유주의적 사상을 가진 도시지식인이 혼란과 개방의 전환기에 있어서 정치적 종교적 절망가운데 사회와 현실에서 분열되어 현존가치와 전통을 일체부인함으로써 인간성을 일방적으로 옹호하려는 20세기의 시대적 사조이다. (……) 가장 '니힐이틱'한 도시지식인자체가 '니힐'을 시대적인 특질에서 관찰하지 않고 또한 그것이 일정한 자유주의 '인테리'에 의해서 발상되고 있다는 그러한 근본적인 인식으로써 자아를 정시하면서 그 핵심을 본질적으로 파악하려하지 않으면서 다만 '니힐'을 인간의 유한한 생명체에다 숙명적인 것으로 결부시킴으로써 현실의 모든 가치를 일체부정하고 '니힐'의 세계를 주관적으로만 초극하려는데서 오는 것이라고 본다.[235]

대부분의 외국문학 전공자들은 존재론적 인간 탐구라는 측면에서 실존주의를 긍정적으로 평가하며, 이를 휴머니즘과 연결시켜 이해한다. 이에 반해 문덕

---

233) 박종식, 「실존주의문학사조의 반동적 본질」(1975), 『문학사조와 작가정신』, 평양출판사, 1993, 91면.
234) 최일수, 「실존문학의 총화적 비판 - 하나의 서론적 고찰」, 『경향신문』, 1955. 4. 13.
235) 최일수, 「니힐의 본질과 초극정신」, 『현대문학』, 1955. 10, 171~175면.

수는 '서양 박래품 철학 용어'의 유행 현상을 지적하면서, 반항이 "이기주의에 야합하고" "지성과 윤리를 배척"236)한다고 비판한다. 최일수는 현 문단의 상황을 중심으로 하여 실존주의가 젊은 지식층 사이에 병리적으로 영합한 것을 비판적으로 인식한다. 그는 자유주의적 사상을 가진 도시지식인이 혼란과 개방의 전환기에 있어서 정치적 종교적 절망 가운데 사회와 현실에서 분열되어, 현존 가치와 전통을 일체 부정함으로써 인간성을 일방적으로 옹호하려는 20세기의 시대적 사조로 니힐리즘(nihilism)을 파악한다. 니힐리즘은 제1차 세계대전을 전후하여 불안과 동요를 극단적인 내면화에서 파생된 병리적인 현상과 대응된다. 이는 도시지식인의 역할을 사회나 역사적인 전통과 동화시키지 못하고, 이들의 무정부적 개인주의 사상과 사회와 무한한 고립상태에서 발생한 것이다. 결국 그는 실존주의를 니힐리즘의 한 경향으로 파악한다.

> 첫째 인간자체의 내면세계에 대한 반항은 인간 자신의 원래부터 가진 그릇된 점과 약한 점, 그리고 타성적인 점 등 이러한 인간이 숙명적으로 지니고 있는 모순, 이른바 부조리의 기인(起因)을 다루는 까뮤의 『이방인』, 『시지포스의 신화』등 계통의 내면적 반항의 문학에 속한다.
> 그리고 둘째는, 인간이 권력이나 또는 불법이나 기구등 이러한 외부로부터의 사회적인 모순에서 오는 것에 대한 반항인데 이것은 후란츠·카후카의 『성』이나 『심판』에서처럼 죄없는 인간이 보이지 않는 외부의 권력에 의해서 무참하게 개죽음을 당하고 마는 모순된 현실이나, 또는 커다란 지배력이 신비화하여 인간이 신비에 도저히 가까이 할 수 없는 지배자에 대한 반항의 형태에 속하는 것이다.237)

최일수는 반항의 형태를 인간이 인간 자체의 내면에 대한 반항을 주제로 한 문학 형태(카뮈)와 인간이 인간의 외부에서 오는 것에 대해 반항하는 형태의 문학(카프카)으로 구별한다. 카뮈의 인간 내면에 대한 반항은 인간이 숙명적으로 지니고 있는 모순인 부조리를 일으키는 원인 탐구와 관련된 것이다. 카프카의 인간 외부에 대한 반항은 권력, 불법, 기구 등의 사회적인 모순에서 발생하

---

236) 문덕수, 「비평의 수입문제와 반항의 윤리」, 『현대문학』, 1959. 8, 227면.
237) 최일수, 「반항적 문학 – 왜곡된 배리의 전통에 맞서며」, 『현대문학』, 1961. 4, 214면.

는 것과 연관된다. 카뮈와 카프카의 반항에 대해 설명한 후, 그는 동양문학의 입장에서 카뮈의 인간 자체 내에서 기인하는 모순보다는 카프카의 사회적인 모순에서 빚어지는 반항을 강조한다. 그는 일제강점기 근대문학을 무저항문학으로 규정하여 비판하고 구체적 행동형태인 저항의 문학을 주장한다. 그는 인간 내면 세계를 탐구하는 실존주의적 경향에 대해서 비판적 입장을 견지하고 있다.

그러나 그의 실존주의 이해란 일면적인 성격이 강하다. 사르트르는 인간의 자유가 획득된 자유가 아니라 인간조건으로 인해 "자유로이 있도록 운명 지어진 것"238)이고, "자유의 선고를 받는 것"239)이라고 지적한다. 이런 인간이란 본래 고독한 존재이므로 고독과 허무를 극복하기 위해서 자신의 실존 속에서 스스로 창조해야만 한다. 사르트르는 『구토』에서 로캉텡이 "한 권의 책", 되도록이면 "한 권의 소설"240)을 쓰리라는 희망에 의해 구토를 물리치고 문학에 의한 구원 가능성을 제시한다. 카뮈의 『이방인』에서도 뫼르소가 부조리 인식을 통하여 세계의 "애정어린 무심함"241)(tendre indifférence)에 마음을 열었기에 행복에 이른 것이다.242) 따라서 "부조리의 인간은 자살하지 않을 것이다. 그는 자기가 그 어떤 확신도 포기하지 않으며 내일도 희망도 없이 그렇다고 체념하지도 않으면서 살고자 한다. 부조리의 인간은 반항 속에서 자기 자신을 긍정한다. 그는 정열로 가득 찬 주의를 기울여서 죽음을 응시하는데 바로 그 집요한 응시가 그를 해방한다."243) 실존주의는 허무주의를 조장하는 것이 아니라 그 극복 가능성을 제시한다. 결국 최일수의 평가란 실존주의의 본질에 대한 평

---

238) J. P. Sartre, 『존재와 무』 2, 202면.
239) J. P. Sartre, 『실존주의는 휴머니즘이다』, 왕사영(역), 청아, 1983, 31면.
240) J. P. Sartre, 『구토』, 방 곤(역), 문예출판사, 1983, 263면.
241) A. Camus, 『이방인』, 『카뮈 전집』 2, 김남주(역), 청하, 1993, 116면.
242) "어느 이른 새벽에 형장을 향한 감옥의 문 앞에 서게 될 때의 사형수의 신과도 같은 자유로운 행동의 가능성, 삶의 순수한 불꽃을 제외하고는 모든 것에 관한 저 믿을 수 없는 무관심, 이런 상태에서 죽음과 부조리는 이치에 맞는 유일한 자유의 원리가 된다. 이 자유야말로 인간의 심정이 겪을 수 있고 또한 살 수 있는 것이기에 말이다."(A. Camus, 『시지프스의 신화』, 『카뮈 전집』 4, 김혜숙(역), 청하, 1994, 80~81면)
243) J. P. Sartre, 「『이방인』 해설」, 김화영(편), 『카뮈』, 문학과 지성사, 1978, 44면.

가라기보다는 시대의 유행에 대한 평가일 뿐이다.

　그는 민족문학을 지향하는 입장에서 서구 사조의 무분별한 수용에 대한 비판적 견해244)를 피력한다. 즉, 실존주의적 불안과 허무의식을 극복하면서 민족문학을 확립할 것을 주장한 것이다. 그의 비평의 지향점은 이념 대립과 분단의 현실 상황에서 통일지향의 새로운 민족문학의 수립이다. 특히 그의 민족문학의 지향과 모색은 구체적 역사성 위에 놓여 있다. 이 역사성 위에서 그는 분단 극복을 위한 민족문학의 현대화 문제를 역설한다. 그는 민족문학론을 통하여 당대 지식인의 세계주의의 허상을 비판적으로 인식하며, 민족문학이 세계와 교류하는 세계화의 길에서 그 자체의 고유성을 특질로 인식하고 자각하면서 민족문학의 세계화로 통합된다는 것을 지적한다. 따라서 그의 이해란 민족문학론의 관점에서 보편주의나 세계주의의 허상의 하나로 실존주의 문학을 비판적으로 인식한 것이다.

　　실존주의는 가장 근대적인 것이요 근대적인 정황속에서 출발한 것이다. (……) 요컨대 실존주의는 철저한 개인주의에서 출발해서 그것이 세계의 본연의 존재방식임을 증명하고 그 개인들의 불안과 절망을 타당화시키기 위하여 그것은 인간과 세계(동일한 것이지만)의 본질적인 바탕으로서 세상은 부조리와 불안의 거대한 기업체의 순환이며 생활이란 부조리의 확대 재생산에 불과하다고는 것을 지적하고 있다. 그러나 허무나 절망에 빠질 수는 없는 연유로 하여 불안, 절망, 한계 등의 조건을 직시하고 대결하는 극한상황에서 어쨌든 그것을 초월하고 초인으로서 자각하게 되는 것이다. (……) 그 초인은 부조리의 조폐창이나 중앙은행이 되는 것이기 보다는 일테면 천재나 지도자가 되는 것이라고 말하고 있다.245)

---

244) "그들이 이러한 내면적인 초극의 비통한 부르짖음이 그것이 외국의 '모던이즘'이던 '슐·리얼리즘'이던 '다다이즘'의 모방이던 간에 동란후의 우리 시단에 하나의 시대적인 조류로써 나타났던 것이다. (……) 단절의 방법이 이제까지의 모든 전통까지도 부정해야 하는 것이 과연 옳은 일인가. 그리고 민족보다는 세계인이 되려하고 민족이라 하면 그저 낡아버린 것으로 개념화하면서 주체성보다는 범인간에 진리에 근원을 두려 하는 것이 가장 옳은 시적 사고인가 또 내면편향으로 인한 자아분열의 정체를 어떻게 보아야 할 것인가"(최일수, 「현대시의 순수감각비판 - 55년도의 시집을 중심으로」, 『문학예술』, 1956. 4, 151~162면)

245) 정태용, 「실존주의와 불안 - 불안의 심리적 형상과 극복」, 『현대문학』, 1958. 9,

실존주의를 가장 근대적인 것이고, 근대적인 정황속에서 출발한 것으로, 정태용은 파악한다. 그는 근대적이란 인간이 그 안에서 일정한 본성과 장소를 차지한다고 생각되는 자연관과 사회적 질서를 해체하기 시작한 것이며, 근대적인 인간이란 미래의 장소를 상실하고 '카오스(chaos)'의 변두리에서 한계상황 속에의 실존하는 것이라고 파악한다. 그는 실존이라는 것은 자기자신의 존재에 대해서는 책임이 있으나 자기가 현재 존재하는 일에 대해서는 책임이 없다고 지적한다. 그는 실존주의가 철저한 개인주의에서 출발한 것이며, 개인들의 불안과 절망을 타당화시키는 것으로 이해한다.

> 그것으로 오늘날의 문제가 해결 안될 뿐 아니라 그것은 서구의 실존주의자들처럼 놀고 먹으면서 나는 누구냐고 질문이나 할 수 있는 사람들의 불안과 고민의 불은 어쩌면 순간적, 심리적으로는 해소시킬지 몰라도 근대이후의 인간들이 고민하고 불안하고 절망하는 근본을 해결하는 것은 되지 못하는 것이다. (……) 불안을 그러한 종교적 심리적 파토스로서 극복하려면은 차라리 훨신 윤리적 면을 강조했거나 아니면 오히려 신을 긍정하는 종교로 만들었음이 부조리 극복에는 더욱 용이했을 일인데 현대의 신을 믿지 않는 인간중심의 사고방식과 모랄을 확립시킬 수 없는 데서 이러한 사상이 나왔으리라고 생각됨으로써 우리들은 물론 실존주의의 의도와 고충을 충분히 이해할 수 있고 이러한 고충이 또한 현대인의 심리적 불안과 그 존재의의를 타당화시키려는 절망적인 노력의 대표적 증상임을 부인할 수 없다.246)

그는 실존주의가 서구의 실존주의자들처럼 놀고 먹으면서 '나는 누구냐'고 질문이나 할 수 있는 사람들의 불안과 고민을 순간적이고 심리적으로 해소시킬지 몰라도, 근대 이후의 인간들의 고민, 불안, 절망을 근본적으로 해결할 수는 없다고 신랄하게 비난한다. 그는 불안을 종교적, 심리적 정념(情念)으로서 극복하려면 차라리 훨씬 윤리적 면을 강조하거나, 신을 긍정하는 종교를 만드는 것이 부조리 극복에 더욱 용이할 것이라고 힐난한다. 그의 결론이란 실존주의의 의도와 고충은 이해할 수 있지만, 이런 마음이 현대인의 심리적 불안과 그 존

224~227면.
246) 위의 글, 228~229면.

재의의를 타당화시키려는 절망적인 노력의 대표적 증상이라는 것이다.

그의 실존주의 이해는 일면적인 타당성은 있지만 극히 피상적이다. 또한 그는 각기 다른 실존주의에 대한 구체적인 이해247) 없이 실존주의를 단일한 것으로 혼합하여 비판한다. 특히 철저한 개인주의란 사르트르의 참여적 경향에 대한 깊이 있는 이해의 부족이고, 신을 부정한 것이란 무신론적 실존주의와 유신론적 실존주의에 대한 몰이해에 해당되고, 실존주의와 불교와 관련시킨 문제점, 니체의 '초인' 개념은 서로 다른 실존주의에 적용시키기에는 무리가 있다. 단지 실존주의가 불안과 절망을 타당화시킨다는 것은 실존주의의 사상적 측면이 사장되어 세계 유행사조로 풍미한 사실과 관련된다. 결국 최일수와 마찬가지로, 그의 실존주의에 대한 이해란 세계적인 유행사조적 측면에서 풍미한 실존주의248)에 대한 것이다. 정태용과 최일수의 비판이란 민족문학의 관점에서 실존주의의 병리적인 면과 사상성 결여에 대한 것이다. 그들의 전후 한국문단의 실존주의 풍미에 대한 비판은 타당한 것이다. 이는 신세대의 세계적 동시성 추구하는 세계주의나 보편주의적 경향에 대한 비판적 기능을 수행한 것이다.

이에 반해 이교창은 어느 정도 실존주의에 대한 정확한 이해를 바탕으로 하여 한국 문단의 실존주의에 대한 경향을 비판한다. 그는 한국 문단에서 사상의 교체가 심한 것을 지적하면서, 실존주의도 같은 경우로, 이기주의자, 배덕자, 향락주의자, 허무주의자의 오명과 오해의 길로 접어들고 있다고 비판한다.

> 사변후 우리 문단에서도 실존주의 문학을 중심으로 많은 논의가 거듭되어 왔다. 처음에는 난해하다는 평, 다음에는 분명하지 못하다는 평, 그 다음에는 나온 것이 인간에 대한 신뢰를 잃어버린 불안과 절망의 문학이며 도덕과 윤리에 배반된다는 평이 나왔다. 이 평은 실존주의 문학에 대한 어느 정도의 이해

---

247) "실존철학은 무엇인가? 실제적인 정의가 요구되는 경우에는 이 물음에 대답할 수 없다. 이 말이 지시하는 실체는 없기 때문이다. '하나의' 실존철학은 존재하지 않고 심각한 차이를 가진 다양한 철학 등이 있을 뿐이다."(F. Heinemann, 앞의 책, 246면)
248) "흔히들 실존주의에서 무엇을 기대하는가 하는 의혹을 품고 실망하여 마침내 오해의 길로 오도되어 가는 듯한 감을 준다. 그런 오해는 실존주의자로 하여금 이기주의자, 배덕자, 향락주의자 혹은 허무주의자의 오명을 서슴지 않고 던진다."(이교창, 앞의 글, 174면)

가 되어진 이후의 비평이다. 이 비평이 정당한 평이라 가정한다 하더라도 이
것은 예술과 도덕의 차원을 이해못하는 평론이 아니면 완고한 도덕자형의 문
화정책가가 할수 있는 평이다. 그 다음에 전쟁후의 병들은 서구 중산 지식인
의 이데오로기와 의식의 표현이며 자본주의 문명의 말기적 현상이라는 논의가
나왔다. 물론 타당한 것이다. 그러나 이것은 인간정신과 예술을 사회구조의
반영이라고 보는 맑스주의 문학의 비평이 아니면 사회심리학자나 문화사가 추
구할 영역이다.249)

그는 한국 문단의 실존주의 논의를 거의 정확하게 정리하면서, 실존주의
문학의 논의가 단편적인 시비가 아니면 개념 유희에 가까운 성격을 가지고 있
다고 지적하면서, 인간의 본질적인 모습을 이해하고 구명하는데 너무나 문학인
들이 안일한 태도를 가지고 있었던 것은 아닌가 라는 의문을 제기한다. 그는
한 작품의 문제를 두서너 마디의 명제로 단순히 해결하는 것은 극히 위험한 발
상이며, 인간의 근본 해석에 대하여 재검토를 요구하고 있는 새로운 사상인 실
존주의에 대하여 추상적이고 애매한 관점에서 시평적인 언급을 하는 것을 경계
하는 것이 좋을 것이라고 지적한다. 그는 이런 경향에서 탈피하기 위해서 실존
주의 문학 작품의 구체적인 탐구가 필요함을 역설한다. 이런 입장에서 그는 사
르트르의 소설 『구토』의 주인공인 '로캉텡'의 인간상과 삶의 문제를 탐구한다.
전후 시기의 전반적인 이해 수준과 비교할 때, 그는 사르트르의 『구토』를 거의
정확하게 해석한다. 그는 실존주의가 인간존재 탐구에 적지 않은 공헌을 한 것
이라고 평가하며, 사르트르의 『구토』를 그 존재를 한 인물로 구상화하여 의식
의 현상을 해석학적으로 묘사한데에는 그의 독특한 공헌을 인정한다고 평가한
다. 이런 측면에서 볼 때, 그는 사르트르의 『구토』에 대한 정확한 이해250)를

---

249) 위의 글, 174~175면.
250) 그는 『구토』의 핵심 주제인 '존재와 의식의 현상학'을 정확하게 이해하고 있지만, 그
  의 특이한 해석은 오독에 가깝다. 특히 사르트르의 '자아의 초월성'을 정신분석학의
  용어인 '자아(Ego)' '본능적 욕구충동(Id)' '초자아(Super ego)'를 사용한 해석은 어
  느 정도 무리가 있다. 사르트르는 "한 개인의 자기 기만에 대한 책임성을 면제"받게
  하는 "거짓말장이 없는 거짓 말"의 개념에 기초하고 있다는 점에서 프로이트의 정신
  분석학을 비판한다. 그가 사르트르의 실존주의와 관련하여 '諸行無常, 是生滅法' 등
  과 같은 불교적 개념의 어휘 사용도 문제가 있다. 특히 불교의 절대적 '무(無)'와 사

바탕으로 하여 한국문단의 논의를 비판한 것이다.

> 그들은 다같이 인간존재의 근원을 탐색하고, 그 긍정을 향하여 최대의 노력과 성실을 경주하였고, 또 부분적으로 성공하였다는 점에서 누구나 부정할 수 없을 것이다. 이렇게 보면 실존주의는 전세대의 문학제유파의 총결산이요, 그의 유산을 충실히 이어 받고 있는 것으로 보여진다. (……) 물론 실존주의 문학은 현대의 구라파의 것이다. 시대와 공간의 속성을 지니고 있다. 그러나 그 속성보다도, 그 본질이 우리에게는 문제인 것이다. (……) 진리의 획득에 있어서 현대는 너무나 사고, 정서, 감각에만 의존하여왔던 것은 아닐가? 그렇다면 실존주의는 그러한 시대풍조에 대한 경고의 책무를 스스로의 임무로 생각하고 시대에 도전하여 오는 것일 것이다.[251]

그는 사르트르, 카뮈, 카프카의 작품을 평가하면서, '인간존재의 발굴과 실존의식의 변혁' '인간존재와 행동의 근원' '인간존재와 교통의 가능과 근원' 등을 인간존재의 기본적이고 근원적인 문제를 제출한 것으로 긍정적으로 평가한다. 그는 인간존재의 근원을 탐색하고, 그 긍정을 향하여 최대의 노력과 성실을 경주하였고, 또 부분적으로 성공하였다는 점에서 누구나 부정할 수 없을 것이며, 이런 점에서 실존주의는 전세대의 문학을 충실히 이어 받고 있는 것이라고 지적한다. 그는 실존주의가 너무나 사고, 감정, 감각에만 의존하는 시대풍조에 대한 경고의 책무를 스스로의 임무로 생각하고 시대에 도전하여 온 것으로 결론을 내린다.

실존주의에 대해서 최일수나 정태용이 민족문학의 관점에서 실존주의를 비판하는 반면에, 이교창의 실존주의에 대한 입장은 한국문단의 실존주의에 대한 몰이해를 비판하고, 실존주의문학에 대해서는 긍정적인 입장이다. 그리고 그

르트르의 상대적 '무'(결여의 '무')는 명확한 개념적 차이가 있다. 불교에서 없어져야 할 자아의 성질인 욕망은 사르트르에겐 가장 기본적인 의미에서 비인격적 의식에 소속된 것이다. 사르트르의 욕망의 파괴는 불교의 열반(涅槃)의 '무'가 아니라 절대적인 파괴를 의미한다.(W. Sahakian, 『서양철학사』, 권순홍(역), 문예출판사, 1989, 456~457면, J. P. Sartre, 『존재와 무』 1, 손우성(역), 삼성출판사, 1990, 34면)

251) 이교창, 「실존주의문학의 내용과 형식」, 『문학예술』, 1957. 4, 140~144면.

는 실존주의에 대한 어느 정도 객관적인 입장을 견지하고 있다.

4.2. 실존주의의 내재화

1) 실존의식의 내재화

전후 시기의 실존주의에 대한 전반적인 인식 결여에 반해서, 고석규에 의해서 실존주의가 내재화된 형태인 실존의식 탐구가 나타난다. 그의 비평은 자기 세대의 운명에서 연유하는 위기의식의 산물이다. 전후 세대의 운명적 모습인 폐허란 여백의 공간이며 창조의 공간이다. 고석규의 "여백은 그들의 영원한 갈망의 표적"이며, "부재의 존재를 말하는 것"252)이다.

> 그들은 말할 수 없는 정적에 싸여 있습니다. 정적! 그렇습니다. 지금은 아무런 음운도 들을 수 없는 것이나 사실 그들의 침묵은 우리에게 무엇인가 전하고 있는 것입니다.
> 그들의 고독한 위치와 경건한 자세를 바라볼수록 정적이란 다만 들을 수 없는 소리에 절로 상태한 것입니다. 그들은 저마다 소리와 같은 파문을 던지며 저 무한한 공백 속에서 스스로의 위치를 떠나기 위하여 울고 있는 것인지도 모릅니다. 분명히 들려올듯한 그들의 환한 울림, 그것은 차라리 이름할 수 없는 빛깔이라고도 할 것입니다.
> 보일 수 없는 내부에서 자꾸 흘러가는 빛깔의 고민이 있을지언정 왜 빛깔은 저 여백의 하찮은 부면(部面)에 자기를 물들이는 것입니까. 한결같이 밝은 빛과 보염하게 울리는 빛과 또는 얼룩진 빛과 그 밖의 많은 빛문(紋)을 생각할 수 있습니다. 이 빛깔이란 우리들 눈으로 가리지 못할 조화 속에 이루워진 것입니다. 한 마디로 말하여 그것들은 모두 괴로워하는 표현이라 할 수 있습니다.
> 정적은 하나의 표현이올시다. 그리고 그것은 하나의 빛이올시다. 빛은 아름다운 것입니다. 무한한 것입니다. 저 많은 빛깔의 아름다움은 얼마나 직관적이며 신비적이며 또 원시적인 것입니까.253)

---

252) 고석규, 「여백의 존재성」, 고석규·김재섭, 『超劇』, 삼협문화사, 1954, 30면.
253) 위의 글, 24~25면.

　　고석규는 부조리한 현실 극복의 논리로 실존의식을 기반으로 한 형이상학적 성채를 구축한다. 그의 비평 인식은 현저히 서구의 형이상학적 사유 방식에 접근하고 있다. 이 사유 방식으로 말미암아 그는 존재 탐구의 내면성으로 깊이 침윤된다. 내면지향적 비평은 비평적 자기 투입을 통하여 주체지향의 담론을 형성한다. 주체 지향의 담론을 그는 '여백의 존재성'이라고 명명하고, 무한한 공백 속에서 울고 있는 '이름할 수 없는 빛깔'이라고 인식한다.

　　이런 주체 지향의 비평은 역설정신을 기반으로 한 「시인의 역설」에서 유려하게 펼쳐진다. 특히 「시인의 역설」에서 '윤동주론'이라고 할 수 있는 「'어둠'에 대하여」는 그의 내면 지향의 편린이 고스란히 드러나 있는 평론이다. 그가 이 글에서 쓰고자 한 것은 윤동주를 통한 어둠에서 익어간 사상, '고석규론'에 다름 아니다. 윤동주이면서 고석규에게 "어둠은 나의 소유로서가 아니라, 나의 전체를 지배하는 나"인 것이다. "어둠으로 말미암은, 어둠으로서의 자기 존재에 대하여 그는 몹시나 초췌하며 암담했던 모양이다."254)

　　　비록 '대칭위치'로써의 밝음을 예지하면서도 그것을 휘잡지 못하는 스스로의 묽은 준비를 탄회(嘆懷)하였음은 사뭇 육중한 어둠의 도가니 속에 그가 질식되는 그만한 이유에서였을까.
　　　아닐 것이다. "오늘에 있어서는 다만 말 못하는 비극의 배경이다." "오로지 밤은 나의 도전의 호적(好敵)이면 그만이다"(……)라는 절박된 긴장감으로 미뤄볼진대 어둠으로서의 자기 존재를 애써 부정하며 타소(打消)하려는 생생한 노력이 비쳐져, 이른바 '사상'이란 어둠으로서의 자기 존재를 밝음으로서의 자기 존재와 대칭시키는 "나의 염원"(……)이라고도 생각되는 것이다.255)

　　윤동주의 어둠을 통해서 그는 자기 존재의 '어둠'에서 자기 존재의 '밝음'으로의 내면 탐구의 여정을 그린 것이다. 윤동주가 어둠을 극복하지 못했듯이, 고석규 또한 그의 어둠을 극복하지 못하고 존재의 내면 속으로 깊이 침잠하고 만다. 즉, 그는 윤동주의 어둠을 통해서 그 자신의 운명의 얼굴을 본 것에 불과하다. 그가 간절히 원한 것은 열이다. "빛이 많다고 해서 더 많은 열이 있는 것

----

254) 고석규, 「시인의 역설」, 『문학예술』, 1957. 8, 202면.
255) 위의 글, 202면.

이 아닌 것이다. 사람들의 말을 들으면 괴테는 운명할 때 '빛을! 빛을! 아직도 더 많은 빛을!' 하고 말했다고 한다. 그러나 우리가 원하는 것은 '빛을, 아직도 더 빛을'이 아니다. 우리는 추위 때문에 얼어 죽는 것이지, 암흑 때문에 죽는 것이 아니다. 밤이 죽이는 것이 아니라 얼움이 죽이는 것이다."256) 따라서 고석규의 실존의식을 기반으로 한 내면 지향의 비평은 폐쇄성을 담보로 한 것이다. 이는 현실과 타자와의 교섭이 불가능한 비평적 공간을 형성한 것이다.

2) 실존주의 논쟁

전후 시기에 비평 문단에서 주목되는 것이 김동리와 이어령의 일명 '실존주의' 논쟁257)이다. 이 논쟁은 김동리의 「본격작품의 풍작기」(『서울신문』, 1959.

---

256) M. Unamuno, 『생의 비극적 의미』(외), 장선영(역), 삼성출판사, 1976, 305면.
257) 이어령, 「1958년의 소설 총평」, 『사상계』, 1958. 12.
　　김동리, 「본격작품의 풍작기 - 불건전한 비평태도의 지양 가기(可期)」, 『서울신문』, 1959. 1. 9.
　　김우종, 「중간소설론을 비평함 - 김동리씨의 발언에 대하여」, 『조선일보』, 1959. 1. 23.
　　김동리, 「논쟁조건과 좌표문제 - 김우종씨의 소론과 관련하여」, 『조선일보』, 1959. 2. 1~2.
　　이어령, 「영원한 모순 - 김동리씨에게 묻는다」, 『조선일보』, 1959. 2. 9~10.
　　원형갑, 「금단의 무기 - 이어령씨의 「영원한 모순」을 읽고」, 『연합신문』, 1959. 2. 15.
　　김동리, 「좌표이전과 모래알과 - 이어령씨에 답한다」, 『조선일보』, 1959. 2. 18~19.
　　이어령, 「못박힌 기독은 대답없다 - 다시 김동리씨에게」, 『세계일보』, 1959. 2. 20.
　　이어령, 「논쟁의 초점 - 다시 김동리씨에게」, 『경향신문』, 1959. 2. 25~28.
　　김동리, 「초점, 이탈치말라 - 비평의 윤리와 논리적 책임」, 『경향신문』, 1959. 3. 5~6.
　　이어령, 「희극을 원하는가?」, 『경향신문』, 1959. 3. 12~14.
　　김동리, 「'눈물'의 의미」, 『경향신문』, 1959. 3. 20~22.
　　이철범, 「언쟁이냐 논쟁이냐 - 김동리씨와 이어령씨의 논쟁을 보고」, 『세계일보』, 1959. 3. 28.
　　임순철, 「서글픈 만용이 아니었기를 - 독자로서 김동리·이어령씨에게 말한다」, 『경향신문』, 1959. 3. 30.

1. 9)에서 '비평적 정신의 타락'이라고 비평 태도에 대한 비난에 대한 김우종의 반론 「중간소설론을 비평함」(『조선일보』, 1959. 1. 23)에서 출발해서, 한말숙의 「신화의 단애」와 추식의 『인간제대』(작품집)에 대한 실존성의 문제로 비화되자, 이에 대한 이어령의 비판으로 인해 양자간의 논쟁이 본격화된다.

김동리는 「논쟁조건과 좌표문제」(『조선일보』, 1959. 2. 1~2. 2)에서 "내가 그 작품에 '실존성'을 지적한 것은 한말숙씨의 「신화의 단애」나, '극한의식'을 인정한 것은 추식씨의 『인간제대』(작품집)와 유주현씨의 「언덕을 향하여」에 대해서다. 그리고 '지성적' 오상원씨의 작품을 두고 한 말이다."258)라고 지적하고 있지만, 구체적으로 이 작품들이 실존성이나 극한의식의 관련에 대한 아무런 언급이 되어 있지 않다.

이에 대해 이어령은 「영원한 모순 - 김동리씨에게 묻는다」(『경향신문』, 1959. 2. 9~2. 10)에서 이것에 관련해 문제제기를 하고 있다.

① 오상원의 문장은 과연 지성적인가? 그에게 필요한 것은 정서적인 문장도 지성적 문장도 아니라 우리의 국어부터 배워야 한다는 사실이다.
② 한말숙의 「신화의 단애」에서 실존성을 인정할 수 있는가? '실존'이라는 개념을 명확히 이해하지 못했기에 '실존성'이라는 조작어를 만들 수 있는 것이며, 한말숙의 작품은 에로티즘에 불과하며 실존주의라고 날조한 것이다.
③ 추식의 「인간제대」에서 '극한의식'을 지적할 수 있는가? 야스퍼스의 '실존상황(Grenzsituation)'을 인용하면서 추식의 작품의 주인공의 몸부림이 '인간존재의 어둠'이 아니라 '사회의 어둠'에서 연유한 것이며, 또한 '존재의 벽'이 아니라 '사회의 벽'을 향한 것이기에 이 작품을 극한의식과 관련시키는 것은 오해이다.

김동리는 이에 대한 반박으로 「좌표이전과 모래알과 - 이어령씨에 답한다」(『경향신문』, 1959. 2. 18~2. 19)에서 '실존성(Existenzialität)'은 하이데거의 『존재와 시간』에 나오는 철학용어를 번역한 것이며, 야스퍼스나 말로 사이에, 말로와 카뮈 사이에 극한의식의 차이가 있는 것처럼, 추식의 극한의식도 종래 실존주의의 그것과의 차이일 뿐이라고 지적한다.

---

258) 김동리, 「논쟁조건과 좌표문제」, 『조선일보』, 1959. 2. 2.

야스퍼스의 한계상황(Grenzsituation)은 "인간 그 자체에 결부되어서 그의 유한성에 근거를 두고 있는 실존에 속하는 상황들"을 의미한다. 이 한계 상황들은 "사유가 한계 상황에 부딪치면 좌초한다는 것, 개별자가 그것들에 대해서는 극복될 수 없는 무지의 관계에 놓여 있다"[259]는 특징을 가진다. 우리는 "현존재의 한계로 이끌어 가고 우리의 실존 전부를 동요하게 하는 상황" "절대적 우연, 투쟁, 고뇌, 죄책, 죽음의 상황"[260]을 체험한다.

추식의 작품 「부랑아」의 박달이는 시골뜨기 어린 소년들을 의미하는 '삘기새끼'를 잡아서 생활을 하는 '양아치'이다. 「인간제대」의 명철(明哲)은 군에서 제대 후 매춘가(賣春街)에서 서울역 삼등대합실, 남대문 지하도, 파고다 공원을 반복적으로 돌아다니는 것이 일상 생활이 된 실업자이다. 박달이의 소망이 "사람들이 살고 있는 틈새에 가서 꼬옥 끼어 살고 싶"[261]은 것이나, 명철의 "인간대열(人間隊列)에서 제외된 것이 억울"[262]해 하는 것은 그들이 사회에 의해서 소외된 부적응자라는 것을 알 수 있게 한다. 그들의 한계상황이 인간의 유한성에 근거해서 발생하는 상황이 아니라 이어령이 지적한 '사회의 어둠'에서 오는 것이다. 실존철학에서 말하는 한계상황과는 거리가 멀다. 그렇다면 김동리가 지적한 추식만의 한계상황에 대한 설명이 필요하지만, 그는 구체적인 설명을 하지 않고 있다.

이어령은 「논쟁의 초점」(『경향신문』, 1959. 2. 25~2. 27)에서 실존성의 용어 문제의 잘못은 인정하지만, 한말숙 소설의 ×미술 대학 학생인 진영(眞英)이 창부일 뿐 실존적 자각을 가진 인물이 아니라고 지적한다.

> 어디로 갈까? 오백환으로 재워줄 여관은 없다. 설혹, 재워 준다드래도, 불을 지펴 줄 리는 없다. 이토록 추운 밤에, 내 몸을 꽁꽁 얼려 재우다니. 죽으면 썩는 몸이다. 살아 있는 이 순간 다시는 없을 이 지극히 소중한 순간을, 나는 내 몸을 해필이면 얼려 재워야만 한다는 말인가? 그것은 안될 말이다. 진영은 경일(慶一)한테 가서 자리라고 생각했다.[263]

---

259) F. Zimmermann, 앞의 책, 110~111면.
260) F. Heinemann, 앞의 책, 82면.
261) 추 식, 「부랑아」, 『현대문학』, 1955. 6, 215면.
262) 추 식, 「인간제대」, 『현대문학』, 1957. 7, 129면.

한달 밀린 밥값 대신, 화구 일체와 책 전부를 빼앗긴채, 하숙을 쫓겨 나온
진영은, 통금 싸이렌을 듣자, 어쩔 수 없이, 준섭의 하숙을 찾아 갔던 것이다.
그것은 경일의 하숙 보다 가깝고, 파출소(派出所)보다는 갈만한 곳이었기 때
문이다.264)

진영은 벽을 향해 몸을 도리키며, 좀전에 헤어진 청년을 생각해 보기로 했
다. 삼십만환! 삼만환의 열배다. 내일을 생각지 않는 진영에게는, 오히려 버
찰 만치 많은 돈이다. 하숙비를 내고, 아니 자취를 하자. 등록비도 걱정 없
구……. 그러나, 진영은 그 이상 더 생각을 이을 수가 없었다. 경일이 그를 와
락 껴 안았기 때문이다. 경일의 포옹은 언제나 기분이 좋다. 그러나 그 깨끗한
뒤통수의 청년의 홀드 또한 부드럽고, 기분 좋은 것이었다고 진영은 생각했
다.265)

위의 예문은 진영이 경일과 자는 이유, 준섭의 하숙으로 가는 이유, 어느
청년과 일주일간 동거를 하는 이유에 대해 설명한 부분이다. 이런 면에서 볼
때, 진영의 성격은 충동적이며 낙관적일 뿐만 아니라 성에 대한 본능충족적 면
모를 갖고 있다. 그녀는 인간의 실존에서 오는 불안과 고뇌가 담겨 있지 않고,
무책임한 말만 하고 있을 뿐 인간 실존과는 무관하다. 이는 자신의 고유한 가
능성에 대한 이해와 선택 그리고 결단을 통하여 본래적 자아를 이룩하려는 하
이데거의 실존성266)과 거리가 멀다. 한말숙의 소설에서는 실존성과 관련되는

---

263) 한말숙, 「신화의 단애」, 『현대문학』, 1957. 6, 108~109면.
264) 위의 글, 109면.
265) 위의 글, 112면.
266) 하이데거는 '현존재(Dasein)'의 근본 규정틀이 '세계-내-존재(In-der-Welt-sein)' 라고
　　　지적한다. 이는 현존재가 어떤 세계 속에 이미 존재하고 있는 것으로 내던져 있는 존재라
　　　는 것이다. 현존재의 근본 규정틀인 '세계-내-존재'로서, 이것은 '피투성(Geworfen-
　　　heit)', '실존성(Existentialität)', '퇴락성(Verfallenheit)'이라는 차원에서 긴밀히
　　　연결되어 있다. 그는 이를 실존범주라고 한다. 현존재는 자신의 자유의지와 무관하
　　　게 어떤 구체적인 여건과 상황 속에 내던져진 존재로서 이러한 사실성에 제약받고
　　　있으나 자신의 고유한 가능성에 대한 이해와 선택 그리고 결단을 통하여 본래적 자
　　　아를 이룩할 수 있는 실존성(비본래성에서 본래성으로 이행)과 함께, 대중 사회의
　　　익명성에 매몰되어 무비판적인 '속인(das Man)'으로 전락될 위험성에 직면하게 되
　　　는데, 이를 퇴락성이라 한다. 이러한 세인으로 퇴락할 상황에서 현존재가 본래적인
　　　자기에로 자신을 내어 던질 때, 이것을 기투(Entwurf)라 한다. 실존은 본래적인 존

것은 전체적인 구성과 유기적인 관련이 없어 보이는 "진영은, 다만, 그의 실존을 재확인할 따름이다"[267]와 같은 단편적인 문장이 삽입되어 있을 뿐이다.

김동리·이어령의 논쟁에서 알 수 있듯이, 이 논쟁은 실존성이란 용어에 집중되어 있고, 실존철학이나 실존주의에 대한 깊이 있는 이해는 이루어지지 않고 있다. 이러한 사실은 대부분 전후 시기 문인에게 적용되는 문제이기도 하다. 전후 실존주의란 정치적 억압 상황에서의 사상적 탈출구의 역할을 한 것이지만, 이에 대한 열광은 세계적 동시성 추구라는 미망에 사로잡혀 보편주의나 세계주의 허상을 드러낸 것이다. 그리고 전후 시기의 "문학적 의식이란 '인간 탐구'에 관심이 있었으며, 그 인간 탐구의 표본으로서 실존 문학이 이해되고 있을 따름"이며, 여기에서 "가장 중요한 것은 휴머니즘"[268]이다. 따라서 휴머니즘의 탐구를 통한 실존주의가 실존주의 문학을 탄생시킨 것이다. 이 추상적 휴머니즘은 현실의 변혁을 불가능하며, 주어진 현실을 그대로 승인하는 방식으로 작동한다.

실존주의 문학론은 전후 시기 지식인의 고민을 집약적으로 반영한 문학론이다. 전후의 정신적 불모의 상황에서 새로운 근대성의 창출의 모색이 전후 시기 비평이다. 이 시대의 새로운 근대성 창출의 한 측면을 차지한 것이 바로 실존주의 문학론이다. 실존철학은 일반적으로 주체적 존재로서의 실존의 본질과 구조를 밝히려는 철학적 입장을 말한다. 합리적 이성에 대한 불신에서 시작된 이 철학은 합리적 이성에 벗어나서 존재와 주체적 존재인 인간에 대한 탐구를 주요한 관심사로 한다. 이 실존철학에서 영향을 받은 실존주의는 세계와 인간에 대한 탐구를 중심으로 한 프랑스의 사르트르와 카뮈 등의 사상을 기반으로 한 사유 방식이다. 사르트르와 카뮈 등의 실존주의를 바탕으로 한 문학이 실존주의 문학이다.

실존주의는 합리적 이성에서 벗어나 존재와 주체적 존재인 인간에 대한 탐

재 방식의 태도로 기투하는 현존재의 존재방식을 의미한다.

267) 한말숙, 앞의 글, 116면.

268) 전기철, 『한국전후문예비평연구』(「한국 전후문예비평 전개 양상 고찰 - 불안의식의 내재화와 응전력을 중심으로」, 서울대 박사, 1992), 서울, 1994, 63면.

구라는 측면에서 근대성의 모습을 드러낸다. 이는 합리적 이성 비판이라는 근대성의 단절과 주체적 인간 탐구라는 근대성의 지속의 특성을 동시에 갖고 있다. 따라서 근대 담론의 하나인 실존주의는 개인의 자아 탐구라는 면에서 근대성을 지속시킨 반면, 개인의 사회적 속성인 개인의 기본적인 인간관계를 부정함에 따라 근대성 단절의 길을 제시한 것이다.

전후 남한의 실존주의의 수용은 사르트르나 카뮈의 작품을 중심으로 수용된다. 50년대 중반 이전에는 사르트르가, 50년대 중반 이후에는 카뮈가 중심적으로 수용되며, 50년대 후반에는 다시 사르트르의 참여문학에 대한 관심이 집중된다. 특히 전후 시기는 사르트르나 카뮈를 중심으로 한 인간존재에 대한 관심에서 실존주의가 검토된다. 전후 문학의 관심사는 인간 탐구에 있었으며, 그 인간 탐구의 표본으로서 실존주의 문학이 이해된다. 인간 탐구의 가장 중요한 것이 바로 휴머니즘이다. 전후 시기는 휴머니즘의 탐구를 통한 실존주의가 실존주의 문학을 탄생시킨 것이다. 50년대 이후에는 작가의 참여나 책임을 강조하는 참여문학적 경향으로 관심이 이동된다. 작가의 참여란 "구체적인 자유"에 대한 호소이다. 이 호소는 "어떤 특수한 사건에 있어서의 구체적인 분노로 향하는 것이며 어떤 특수한 제도를 변하게 하려는 의지로 향하는 것이다."[269] 60년대 이런 작가의 참여를 강조하는 실존주의 수용은 인간존재 탐구에서 사회에 대한 관심으로의 이동을 의미한다.

50년대 실존주의 문학론은 전후 정신적 황폐화와 휴머니즘의 긍정의 논리를 동시에 보여주는 문학론이다. 전후 프랑스문학 전공자들의 수용은 사르트르나 카뮈의 인간존재에 대한 탐구를 중점적으로 검토된다. 손우성은 사르트르를 중심으로 하여 실존주의를 일종의 결정론적 인생관으로부터의 생명주권 회복에 대한 기도(企圖)로 파악하며, 50년대 후반 카뮈를 중심으로 하여 카뮈의 인간이란 부조리 인간이며 반역인간이며 자유인간임을 강조하여 긍정적으로 평가한다. 김붕구는 행동주의 문학을 인간 총체에 대한 산 '증인'의 문학이라고 긍정적으로 평가한 반면, 사르트르의 참여적 경향에 대해서 부정적으로 비판한다. 그는 행동주의 문학을 휴머니즘과 연결시키고, 휴머니즘 재건의 길을 강조

---

269) J. P. Sartre, 「작가의 책임」, 용설란(역), 『자유문학』, 1960. 10, 139~140면.

한다. 프랑스 전공자들의 실존주의 탐구란 주로 휴머니즘과 관련하여 실존주의를 긍정적으로 수용한다.

이에 반해 진보적 민족문학론을 주장하는 비평가들은 극단적인 개인주의로 파악하여 부정적으로 평가한다. 전후의 절망, 불안, 허무, 죽음 등을 유행시킨 세계적 유행사조로서 실존주의를 비판한다. 최일수는, 실존주의가 자유주의적 사상을 가진 도시지식인이 혼란과 개방의 전환기에 있어서 정치적 종교적 절망 가운데 사회와 현실에서 분열되어, 현존 가치와 전통을 일체 부정함으로써 인간성을 일방적으로 옹호하려는 니힐리즘의 한 경향으로 파악한다. 그는 니힐리즘의 불안과 동요를 극단적인 내면화에서 파생된 병리적인 현상을 비판한 것이다. 정태용은 실존주의가 철저한 개인주의자들의 고민, 불안, 절망을 타당화시키려는 절망적인 노력의 대표적 증상이라고 비판한다. 이들의 주장은 실존주의의 사상 체계를 비판한 것이 아니라 세계 유행사조로 풍미한 실존주의를 비판한 것이다. 진보적 민족문학론을 주장하는 비평가들은 민족문학의 관점에서 실존주의의 병리적인 측면과 관련하여 저항 정신이나 정치성의 결여를 비판한다. 그들의 주장은 세계주의나 보편주의의 한 경향으로 실존주의를 파악한 것으로, 신세대의 주체성이 결여된 세계주의의 허상을 비판하는 역할을 한다.

한국전쟁 이후의 절망, 불안, 죽음 등을 절대화한 실존주의에 대한 탐구란 세계적 동시성을 추구한다는 미망에서 헤맨 추상적 세계주의나 보편주의의 허상이다. 뉴크리티시즘 수용과 마찬가지로 한 때의 유행처럼 불안, 절망, 죽음 등을 절대화한 것이란 주체적 자각과 자기 정체성의 결여를 의미하며, 근대 따라잡기인 서구화를 지향하는 보편주의나 세계주의의 허상일 뿐이다. 이는 서구 이론 수용의 이념적 중립성이라는 포장과 달리 지배 이데올로기의 내면화로 인한 서구 편향적 면모이다. 신세대의 실존주의 수용은 전후 이데올로기에 대한 혐오증이나 반공의식의 내면화와 밀접한 관련이 있다. 남한 사회에서 한국전쟁 이후의 생존은 반공주의에 순응하는 것이며, 반공주의를 자기 내면화하는 것이다. 한국 사회에서 반공주의는 지배체제의 전유물로 시작되지만 어느 순간 국민의 생활 논리로 흡수된다. 결국 이 분석비평론이나 실존주의 문학론의 수용이 전후 세대의 사상적 탈출구의 역할을 한 것은 사실이지만, 정치의식의 거세를 의미한다. 이는 반공규율권력을 승인하고 공고화하는 역할을 한다.

Ⅱ. 북한의 문학론

북한 사회의 성립은 강력한 지도자에 의한 이상적 사회 건설이라는 명제와 연결된다. 이런 이상적 사회 건설이라는 유토피아적 사유 방식의 한계는 "강력한 한 두 사람의 소수 집권적 통치를 요구하는 것"으로, "그것은 독재로 흐르기 쉽다"는 것이다. 이런 성격을 가진 북한 사회는 "이성을 던져 버리게 하고, 그 대신 정치적 기적을 바라는 절망적 희망"을, "지상에 천국을 건설하고자 하는 최선의 의도가 있다 해도, 그것은 단지 하나의 지옥"[1]을 만들지도 모르는 사회이다. 결국 북한 사회의 모순이란 이상적 사회 건설이라는 진보적 사유의 한계이며 이는 근대의 모순과도 관련된다.

공산주의 사회는 "권위에 대한 도덕적, 지적 통제의 근원으로, 나아가 구성원들이 정통과 이단이라는 명분으로 서로 경쟁하고 투쟁하는 집단"인 "일종의 준거집단"이다. 이 사회에서 "전체사회를 유일한 명령체계로 건설하고자 하는 것은 공식적 세계관에서 도출된 목적 합리성, 즉 '공산주의 건설'에 의해 정통화"된다. 이는 사회주의 체제에서 명령을 하달하는 당의 지도자의 정통성은 형식적이며 법적인 합리성이 아니라 공산주의 건설이라는 목적 합리성을 의해서 논증된다. 결국 이 사회에서 모든 지배행위의 정당성은 "사회주의 건설과 공산주의 수립이라는 지상 과제를 수행하기 위한 합당한 명분"[2]에 의해서 정당화된다. 북한 사회도 마찬가지로 이러한 지배 행위의 정당성에 의해 사회가 유지되고 발전하는 사회이다.

해방기 북한에 수용된 정치 이데올로기는 스탈린이 해석하는 마르크스-레닌주의인 소련형 마르크스-레닌주의이다. 북한이 추진하는 모든 정치 체제의 모형이나 통치이념의 준거로 작용한 것이 바로 스탈린이 해석한 마르크스-레

---

1) K. R. Popper, 『열린사회와 그 적들』Ⅰ, 이한구(역), 민음사, 1997, 221면, 230면.
2) 전미영, 『김일성의 말, 그 대중설득의 전략』, 책세상, 2001, 83면.(C. Johnson, *Change in Communist Systems*, Stanford Univ. Press, 1970, p.4, T. H. Rigby, *Political Legitimation in Communist State*, Rigby and Feher(ed.), Macmillan, 1982, p.10)

닌주의이다. 초기 북한 사회에서는 아직 마르크스-레닌주의나 공산주의가 공식적인 명제로 작용되지 않고 '반제반봉건 민주주의'라는 용어가 사용되지만, 1955년 4월 김일성의 교시 「모든 힘을 조국의 통일독립과 공화국 북반부에서의 사회주의 건설을 위하여」에서 사회주의 기초 건설에 관한 사상이 체계화된다. 이후 1956년 제3차 〈조선로동당〉 대회에서 〈조선로동당〉의 활동 지도적 지침을 마르크스-레닌주의 학설로 설정하여 북한 발전 단계를 공식적으로 '인민 민주주의'3)로 선언한다. 특히 이 인민 민주주의는 사회주의로 이행하는 과도기 형태인 프롤레타리아 독재의 기능을 가진 것으로 공식적으로 규정한다. 북한 사회에서 1956년은 "북한 정권을 인민민주의 정권으로 규정하고 이에 따라 사회주의 건설을 위한 프롤레타리아 독재 체계 구축의 필요성을 역설하기 시작"4)한 중요한 의미를 갖는 해이다.

60년대 중반에 북한 사회는 중소 이념분쟁 속에서 소련의 우경 수정주의나 중국의 좌경 모험주의를 비판하면서 1967년 5·25교시를 통해서 독자적·고립적인 사회주의 체제 구축을 통해 1967년 이후 유일사상체계를 확립하고 이전 시기와 다른 뚜렷한 변모를 보이기 시작한다.5) 북한의 조선문학사는 1960년대 초반까지 사회주의 미학의 확립을 목표로 하고, 1960년대 중반을 지나면서 김일성 유일사상에 입각한 새로운 방향을 전환해 간 당의 문예정책을 그대로 반영한다. 북한 문학사는 1967년 주체사상이 확립된 시기를 시점으로 하여 상당한 문학 기술의 차이를 드러낸다. 주체 시기 이후 문학은 김일성이 '타도제국주의동맹'6)을 결성한 1926년을 문학사의 전환기적 기점7)으로 잡고 있다.

---

3) 김일성, 「당 중앙위원회 사업 총결 보고」(1956. 4), 돌베개 편집부(편), 『북한 '조선로동당' 대회 주요 문헌집』, 돌베개, 1988, 75면.
4) 전미영, 앞의 책, 86면.
5) 신우현, 『우리 시대의 북한철학』, 책세상, 2000, 76~77면.
6) "최근에 우리는 조선현대사의 시점 문제도 새롭게 해결되었다. 1926년 '타도제국주의동맹'(ㅌ·ㄷ)의 결성을 우리나라 현대역사의 시발점으로 규정하였다. (……) 조선인민의 운명과 혁명의 전도는 새세대 공산주의자들에게 맡겨졌다. 이 시대적 사명을 띠고 탄생한 것이 'ㅌ·ㄷ'였다. 타도제국주의동맹은 우리나라에서 처음으로 되는 참다운 공산주의적 혁명조직이었다. 'ㅌ·ㄷ'의 결성은 새시대의 탄생을 알리는 역사적 선언이었으며 'ㅌ·ㄷ'가 결성됨으로써 조선인민의 혁명투쟁은 주체사상의 기치 밑에 자주성의 원칙에서 진행되는 새로운 출발을 하게 되었다. 이것은 'ㅌ·ㄷ'의 결성이 조선 현대역사의 시

기본적으로 북한 문학은 북한의 정치 사회 체제에서 창작된 문학이며, 공식적인 사회주의 문학이며, 일정한 계급에 종사하는 계급투쟁의 강력한 무기의 하나이다. 레닌은 「당조직과 당문헌」(1905. 11. 13)에서 문학을 포함한 당문헌은 "일반 프로레타리아트의 사업의 일부분으로 되여야 하며, 전체 로동 계급의 전체 자각적인 전위대에 의하여 운전되는 한 개의 유일하고 거대한 사회 민주주의라고 하는 기계의 '작은 바퀴와 나사못'으로 되여야 한다"고 지적한다. 결국 문학을 포함한 당문헌은 "조직적이며, 계획적이며, 통일적인 사회 민주당 사업의 일 구성 부분으로 되여야 한다."8) 그의 당파성은 당의 이념과 정책에 대한 일관된 지지와 당과의 이데올로기적 조직적 결속을 핵심으로 한다. 그는 문학 예술에서 인민성을 강조한다. "예술은 인민에게 속하는 것입니다. 그것의 뿌리는 바로 노동하는 대중의 한 가운데에 깊이 심어져야 합니다. 그것은 이들 대중에게 이해되고 사랑받아야 합니다. 그것은 그들의 감정, 사고, 의지를 결합시키고 제고해야만 합니다. 그것은 활동을 자극하고 그들 속의 예술적 본능을 계발해야만 합니다."9) 이는 문학과 예술이 인민의 사상의 반영이며 대중의 참여와 영향 아래서 발전한다는 것이며 인민의 창조적 역할에 대한 강조이다. 북한에서도 문학예술이 인민대중을 위한 것이며 인민이 사회주의 문화의 창조자임을 강조한다.

사회주의 문학의 당파성에 반해 북한의 주체문예이론의 당성은 "당에 대한 끝없는 충실성" "백절불굴의 혁명정신"이며 "수령에 대한 충실성"으로 굴절된다. 북한의 당성 개념은 "문학예술의 사상적 경향성, 당파성과 근본적으로 구별"되는 것으로 지적된다. "사회주의적 사실주의 문학예술에서 당성을 훌륭히 구현하는 문제는 수령에 대한 충실성을 구현하는 문제와 밀접히 통일되어 있으며 수령에 대한 충실성을 통하여 가장 철저하게 구현된다."10) 사실 사회주의

점으로 되는 기본근거이다."(전영률, 「위대한 수령 김일성동지와 친애하는 지도자 김정일동지의 현명한 영도밑에 역사과학이 걸어온 자랑찬 40년」, 이병천(편), 『북한학계의 한국근대사논쟁』, 창작과 비평사, 1989, 306면)

7) 박종원·류 만, 『조선문학개관』 II, 사회과학출판사, 1986, 1면.
8) V. I. Lenin, 「당 조직과 당 출판물」, 『문학에 관하여』, 조선로동당출판사, 1957, 3면.
9) C. Zetkin, 「레닌에 대한 나의 추억」, V. I. Lenin, 『레닌의 문학예술론』, 이길주(역), 논장, 1988, 333면.

문학이 당의 정책적 지도와 정치적 지도 아래 성립된 것이지만, 기본적으로 북한의 문학은 철저하게 정치 조직 체계에 의해 관리되는 문학이다.

> 오늘 우리 문학은 인민들을 프로레타리아 국제주의 사상으로 일관된 고상한 애국주의로 교양함에 의하여 그들의 온갖 힘을 오로지 조국의 승리를 위하여 조직하며 고무추동한다. 이러한 인민성을 체현하는 우리의 문학은 맑스-레닌주의적 세계관으로 일관되어 있으며 창작방법으로서는 사회주의 리얼리즘에 의거한다. (……) 그들의 매국적 반동문학은 문학의 발생을 유심론적으로 해석하면서 일체의 인민적 전통을 적대시하며, 국어의 순결성과 일체의 민족적 특성을 무시하거나 복고주의적으로 해석하면서 자기 민족의 것보다는 양키의 것들이 좋고 우수하다고 떠들어 대며 사람들을 고상한 애국주의 사상으로 교양할 대신에 침략의 사상적 무기인 꼬스모뽈리찌즘을 전파한다. (……) 그들의 반동문학은 필연적으로 자기의 방법과 형식에 있어서도 생활의 합법칙성에 충실한 리얼리즘과는 반대로 형식주의와 자연주의 기타 그것들의 잡다한 아류로써 특징된다.11)

전후 북한 문학은 기본적으로 마르크스-레닌주의적 세계관을 바탕으로 하여 창작방법으로 사회주의 리얼리즘에 입각하고 있다. 북한 문학은 부르주아 민족주의와 세계주의를 바탕으로 한 형식주의와 자연주의 등의 양식을 가진 부르주아 반동문학을 비판하고, 고상한 애국주의와 프롤레타리아 국제주의를 바탕으로 리얼리즘 방법을 강조한다. 사회주의 이론에서 근본적으로 프롤레타리아 국제주의와 민족주의는 서로 양립할 수 없는 것12)이지만, 북한은 사회주의 이론과 민족주의가 갖는 윤리적 요소를 활용하여 체제의 정당성이나 권력의 근

---

10) 사회과학원 문학연구소, 『북한의 문예이론』(『주체사상에 기초한 문예이론』, 사회과학출판사, 1975), 인동, 1989, 92~93면.

11) 안함광, 「문학의 사상성과 예술성」(『문학론』, 1952), 이선영·김병민·김재용(편), 『현대문학 비평 자료집』2, 태학사, 1993, 380면.

12) "그들에게는 얻어야 할 세계가 있다." "만국의 프롤레타리아여, 단결하라!" "노동자에게는 조국이 없다. 그들에게 없는 것을 그들로부터 빼앗을 수는 없다."(K. Marx, F. Engels, 『공산주의 선언』, 김태호(역), 박종철출판사, 1998, 58면, 32면) 이 주장은 프롤레타리아 국제주의를 강조하고 부르주아 민족주의를 비판한다. 결국 이 국제주의와 민족주의는 서로 양립될 수 없는 것이다.

거로 삼는다. 북한은 민족주의를 부르주아 민족주의로 규정하고 북한의 민족주의적 경향성을 고상한 애국주의로 재규정한다. "조선의 공산주의자들이 우리 나라를 사랑하는것은 로동계급의 국제주의와 배치되지 않을뿐아니라 완전히 일치"하는 것으로 "국제주의와 애국주의는 서로 뗄수 없는 문제"13)이다. 이런 민족주의는 "제국주의적 억압과 착취를 체험한 지역에서의 사회주의가 민족적 정향을 그 본질의 하나"로 하여 "민족적 정서에 편승할 수 있는 전술적 배려"14)의 특징을 가진다.

북한 문학에서 인민성은 예술성의 최고 형태이며, 당성은 인민성의 담보자이며 방조자이다. 문학의 당성은 문학의 인민성의 최고 형태가 된다. 북한문학의 이 인민성은 도덕적 인간중심주의를 기반으로 한 것이다. 도덕적 인간의 형상화는 북한 문학에서 제시하는 인간 관계의 기본 틀로 제시된다. 이 도덕적 인간은 당성에 근거한 인간이며, 이 인간의 당성은 수령에 대한 충성심에 의해 결정된다. 결국 북한 문학의 도덕적 인간중심주의는 수령에 대한 충성심으로 수렴된다. 이러한 기반을 중심으로 하여 전후 시기는 사회주의 미학에 기반을 둔 문학에서 주체 시기는 주체 사상에 근거한 가장 과학적이고 혁명적인 문학을 지향한다.

1. 반동문학 비판론

북한의 사회주의 미학은 '반제국주의 기획'을 기반으로 하여 반동 문학 예술에 대한 비판과 사회주의 문학 예술에 대한 긍정이라는 기본적 구도을 갖고 있다. 사회주의에서는 '부르주아 이데올로기냐? 프롤레타리아 이데올로기냐?'에 대한 문제에 오직 설 뿐 중간 노선은 없음을 강조한다. 사회주의적 이데올로기에 대한 모든 과소 평가나 부정은 부르주아 이데올로기의 강화를 의미한다. 이로 인해 사회주의 문학은 프롤레타리아 이데올로기에 입각한 문학과 이

---

13) 김일성, 「사상사업에서 교조주의와 형식주의를 퇴치하고 주체를 확립할데 대하여」, 『김일성저작집』 9, 조선로동당출판사, 1980, 479면.
14) 박호성, 『남북한 민족주의 비교연구』, 당대, 1997, 121~122면.

를 반대하는 부르주아 이데올로기를 기반하는 문학으로 양분된다. 이런 의미에서 사회주의 문학이란 프롤레타리아 이데올로기를 주장하는 문학에 대한 옹호와 부르주아 문학과 프롤레타리아 문학에 잠입한 사이비 마르크스주의자, 수정주의자, 절충주의자, 기회주의자, 종파주의자들의 문학과의 투쟁 문학이다.

다시 말해서 사회주의 문학은 리얼리즘에 대한 강조와 반리얼리즘에 대한 비판을 기본적인 구도로 설정되어 있다. 레닌은 "표현주의(expressionism), 미래주의, 입체주의(cubism), 그리고 그밖의 '주의들(isms)'에 따른 작품들을 예술적 천재의 최고의 표명으로 고찰하는 것은 나의 능력밖의 일입니다. 나는 그것을 이해하지 못합니다. 나는 그것으로부터는 어떠한 기쁨도 경험하지 못합니다"15)라고 지적하면서, 그는 이러한 반리얼리즘적 경향에 대하여 강하게 비판한다. 이러한 리얼리즘과 반리얼리즘의 대립 관계는 새로운 것과 낡은 것의 대립으로 설정된다. 그러나 1950년대 소련 논쟁 이후 문학의 발전을 리얼리즘과 반리얼리즘의 투쟁 과정으로 보는 입장은 여러 세기에 걸쳐 발생하고 발전한 문학의 경향들을 하나의 경직된 도식 속에 집어넣으며 문학의 발전의 특수성을 무시한 것으로 심각하게 비판받는다.

> 작가, 예술인들이 로동계급의 립장과 관점을 확고히 견지하여만 현실에서 벌어지고 있는 모든 사건들과 현상들을 로동계급과 근로인민대중의 리해관계의 견지에서, 사회발전의 객관적 요구에 맞게 정당하게 분석평가하고 로동계급적인 것과 부르죠아적인 것, 혁명적인 것과 반혁명적인 것, 진보적인 것과 반동적인 것을 정확히 가려내여 진실하게 반영할 수 있으며 작품에서 로동계급적 선을 똑똑히 세울 수 있다.16)

북한의 문학이란 적에 대한 저항을 강조하는 대항 민족주의의 논리에 기반한 것이다. 이 문학은 저항의 정당성을 강화하기 위해 부르주아 이데올로기에 대한 가차없는 비판을 수행한다. 또한 이 문학은 새로운 것과 낡은 것의 대립

---

15) C. Zetkin, 「레닌에 대한 나의 추억」, V. I. Lenin, 『레닌의 문학예술론』, 이길주 (역), 논장, 1988, 332~333면.
16) 사회과학원 문학연구소, 『북한의 문예이론』(『주체사상에 기초한 문예이론』, 사회과학 출판사, 1975), 인동, 1989, 103면.

을 기반으로 한 역사적 합목적성을 강조하는 진보주의 문학이며, 이 문학의 중심 과제는 바로 자연주의를 반대하는 투쟁과 사실주의를 옹호하는 투쟁이다. 결국 사회주의 문학은 새로운 것과 낡은 것의 기본적인 대립구조를 가진 진보주의 문학이다. 이 문학은 프롤레타리아, 사회주의, 진보주의로 대표되는 새로운 것과 부르주아, 자본주의, 봉건주의로 대표되는 낡은 것이라는 이원성(dualism)의 축을 갖고 있다. 이런 성격은 노동계급성에 기인한다. 노동계급의 이익과 지향을 반영하며, 노동계급의 혁명에 봉사하는 "공산주의적혁명정신으로 교양하는 당의 힘있는 무기"17)가 바로 북한의 문학이다.

> 그들의 매국적 반동문학은 문학의 발생을 유심론적으로 해석하면서 일체의 인민적 전통을 적대시하며, 국어의 순결성과 일체의 민족적 특성을 무시하거나 복고주의적으로 해석하면서 자기 민족의 것보다는 양키의 것들이 좋고 우수하다고 떠들어 대며 사람들을 고상한 애국주의 사상으로 교양할 대신에 침략의 사상적 무기인 꼬스모뽈리찌즘을 전파한다. (……) 그들의 반동문학은 충실한 리얼리즘과는 반대로 형식주의와 자연주의 기타 그것들의 잡다한 아류로써 특징된다.18)

> 우리 문학은 사회주의 레알리즘의 깃발을 높이 들고 온갖 반동적 부르죠아적 편향들과의 원칙적이며 무자비한 투쟁 속에 당적 문학으로 장성 발전하여 왔다. 한편으로 오늘의 현실에서 가장 주되고 긍정적인 요소들을 거세하며 부정적인 낡은 것을 지배적인 지위에 올려 세움 으로써 우리의 현실을 의곡하며 비방하는 형식주의, 데카단쓰, 부르죠아 자연주의 등의 관념적인 예술 방법의 영향을 반대하여 우리는 완강한 투쟁을 전개하였다. 다른 한편으로 우리는 인민 민주주의 제도의 무궁무진한 생활력을 반영하면서 개화하고 있는 우리의 현실 생활을 묘사함에 있어서 그것을 빈약하게 하며 도식화하며 바로 그렇게 함으로써 우리 인민들의 고상하고도 다양한 정신적 면모를 단순화하고 의곡하는 독단주의, 도식주의 등 사회주의 레알리즘의 비속화를 반대하여서도 진출하였다.19)

---

17) 김일성, 「천리마시대에 맞는 문학예술을 창조하자」, 『김일성저작집』 14, 조선로동당 출판사, 1981, 453면.
18) 안함광, 「문학의 사상성과 예술성」(『문학론』, 1952), 이선영·김병민·김재용(편), 『현대문학 비평 자료집』 2, 태학사, 1993, 386면.

북한의 반동문학이란 침략의 사상적 무기인 세계주의와 이를 기반으로 한 형식주의와 자연주의의 잡다한 아류의 양식을 갖는 문학이다. 이 반동문학은 문학의 발생을 유심론적으로 해석하고, 모든 인민적 전통, 국어의 순결성, 민족적 특성을 복고주의적으로 해석하거나 무시하고 '고상한 애국주의' 사상으로 교양하지 않고 침략의 사상적 무기인 제국주의나 세계주의를 전파하는 문학이다. 이에 반해 북한의 문학은 사회주의 리얼리즘을 기반으로 하여 부르주아적 반동문학과 무자비한 투쟁 속에서 '당적 문학'으로 발전한 문학이다. 이 문학은 긍정적인 요소들을 거세하고 부정적인 것을 지배적인 것으로 묘사하여 우리 문학을 빈약하게 하고 도식화하는 여러 경향과 투쟁하고 인민들의 고상한 정신적 면모를 단순화하고 왜곡하는 독단주의, 도식주의 등 사회주의 리얼리즘의 비속화를 반대하는 문학이다. 이런 선명한 대립 구도를 가진 북한 문학은 사회주의 문학과 반대되는 모든 문학이나 작가를 부르주아 반동문학이나 작가로 규정하고 비판한다. 이로 인해 식민지 시대 대부분의 작가들이 '부르주아 반동 작가'로 비판받는다.

이런 '부르주아 반동문학'에 부정적 평가는 1980년대 제3차 조선문학자대회 이후 어느 정도 실증적인 엄정함을 유지하려는 경향으로 변모한다. 1990년 이후 간행된 『조선문학사』(1~15)는 "매 시기를 대표하는 작가들의 력사적공적과 제한성을 올바로 천명하는데 힘을 넣었다"[20]고 지적한다. 북한 문학사에서 반동 작가들의 역사적 공적과 제한성에 대한 공정한 기술 의지는 문학적 유산에 대한 포용책과 북한 문학에 대한 어느 정도의 자신감의 표현이다.

1.1. 자연주의 비판

1) '자연주의'론

북한문학은 새로운 것과 낡은 것의 대립을 축으로 하여, 비평의 중심 과제가 자연주의 비판과 사실주의 수립이다. 북한의 사회주의 문학에서 자연주의란

---

19) 김하명, 「부정적 인물의 형상화에 대하여」, 『조선문학』, 1954. 9, 84면.
20) 정홍교, 『조선문학사』1, 사회과학출판사, 1991, 3면.

현실의 합법칙성을 발견하지 못하고 있는 그대로만의 현실을 묘사할 뿐이며, 어떤 우연적인 사실을 현실의 본질에서 파악하지 못하고, 이 현실에 대해 긍정적 의의를 부여하는 것을 의미한다. 자연주의는 "부르죠아 계급의 이해 관계를 표현하며 그들의 경제적 및 정치적 지배를 신성화하며 고정화하기" 위한 것으로 "부르죠아적 반동적 이데올로기"를 기반으로 한 것이다. 북한의 "사실주의는 바로 인민에 대한 사랑이며 원수에 대한 미움이며 그리하여 인간을 옹호하며 인간의 적을 쳐부시는 숭고한 싸움인 것이다."21) 이런 사실에서 보듯, 북한 문학이란 사실주의에 대한 긍정과 자연주의에 대한 부정이라는 이원적 구조를 기반으로 한 것이다.

"현실을 인식한다는 미명하에 사물들의 재현을 진실에 이바지 하기 위한 수단"이기 보다는 "그 자체를 목적"하는 "허위의 리얼리즘"은 "자연주의에로 전락하거나, 기록적이고 일화적이고, 정밀한 사실주의에로 전락"22)한다. 루카치는 자연주의가 "전체 운동의 가능한 한의 완전한 반영"을 지향하는 리얼리즘과 달리 "우연적으로 추출된 단편의 기계적 재생산"이며 "현실의 직접적 재생산의 철저한 주관화"23)라고 지적한다. 자연주의와 리얼리즘의 근본적인 차이 가운데 하나가 바로 리얼리즘의 선택 원리인 '시각'의 문제이다. 리얼리즘의 시각이란 "한 작가가 그의 세부묘사를 선택하고 자연주의적 함정을 피하는 기준으로서 작용하는가를 보여주어야" 한다. 리얼리즘은 "본질적인 것의 선택이고 비본질적인 것의 제거"이다. 자연주의적 스타일의 연장이 "시각이라는 개념을 박탈"24)하는 모더니즘 문학인 것이다. 자연주의란 결국 "객관적 현실 전체과정의 올바른 반영"25)을 강조하는 리얼리즘의 원리에 위배되는 문학을 지칭한

---

21) 한 효, 「자연주의를 반대하는 투쟁에 있어서의 조선문학」(『문학예술』, 1953. 1~4), 이선영·김병민·김재용(편), 『현대문학 비평 자료집』 2, 태학사, 1993, 495면, 520면.

22) A. S. Vásquez, 「오늘날에 있어서의 마르크스주의와 예술」, H. Arvon, 『마르크스주의와 예술』, 오병남·이창환(역), 서광사, 1981, 157면.

23) G. Lukács, 「예술과 객관적 진리」, 이춘길(편), 『리얼리즘미학의 기초이론』, 한길사, 1985, 50면.

24) G. Lukács, 『우리시대의 리얼리즘』, 문학예술연구회(역), 인간사, 1986, 53면, 33면.

25) G. Lukács, 「예술과 객관적 진리」, 60면.

다.26) 이런 의미에서 북한에서 자연주의는 생활을 왜곡하기 위하여 비본질적인 것과 우연적인 것을 추구하는 반동적 사상조류27)이다.

> 자기가 보고 들은 어떤 우연적인 사실을 현실의 본질면에서 검열 평가하지 아니하고 그대로 인증해 버리는 것은 벌써 그러한 사실에다 어떤 긍정적 의의를 부여하는 것이라 할지라도 결국에 있어 독자에게는 그러한, 비본질적인 것을 허위적으로 일반화시킨다는 것을 의미한다. (……) 자연주의는 생활을 있는 그대로만 그릴 뿐으로 있어야 할 생활을 그리지 못하며 생활의 합법칙성을 발견하지 못한다. (……) 그것은 생활을 그저 자질구레하게 묘사할 뿐으로 생활의 의의를 심화하지 못하며 또 독자를 전형적인 사실, 전형적인 성격에로 안내하는 것이 아니라 비전형적인 우연적인 경지에로 안내한다.28)

안함광은 현실을 우연적인 사실 등의 비본질적인 것을 허위적으로 일반화시키는 것을 자연주의로 파악한다. 즉, 자연주의는 있는 그대로의 현실을 묘사할 뿐 있어야 할 현실이나 생활의 합법칙성을 발견하지 못하고, 객관적 현실을 전형적인 사실과 전형적인 성격으로 형상화하지 못하고 비전형적이고 우연적인 현실을 그린다. 그가 지적하는 자연주의란 리얼리즘과 달리 우연적으로 추출된 단편의 기계적 재생산이며 현실의 직접적 재생산의 철저한 주관화로 파악하는 사회주의 미학에서 지적하는 자연주의의 본질과 관련된다. 그러나 그가 창작방법과 세계관의 변증법적 통일을 강조하지 않고, 객관적 현실의 올바른 반영만을 강조하게 되면 세계관에 대한 창작 방법의 우위라는 입장을 반영하는 인식론주의적 편향의 오류를 범할 수 있다.

---

26) 이런 현실의 올바른 반영을 강조하는 루카치의 견해는 세계관에 대한 창작 방법의 우위라는 입장의 반영이며 그의 '인식론주의'와 '객관주의'적 편향을 드러낸 것으로 비판을 받는다.

27) 김정일은 자연주의가 "현실을 현상적으로, 기계적으로 묘사하며 생활의 본질과 진실을 의곡하는 부르죠아문학예술의 주되는 사상조류"라고 지적한다.(김정일, 「현실발전의 요구에 맞게 작가들의 정치적식견과 창작적기량을 결정적으로 높이자」, 『김정일선집』 6, 조선로동당출판사, 1995, 408~409면)

28) 안함광, 「1951년도 문학창조의 성과와 전망 – 김일성 장군의 격려의 말씀을 받들어 문학가들은 창조사업을 어떻게 진행하였나」(『인민』, 1952. 1), 이선영·김병민·김재용(편), 『현대문학 비평 자료집』 2, 태학사, 1993, 159~161면.

한효는 「자연주의를 반대하는 투쟁에 있어서의 조선문학」에서 자연주의에 대해서 신랄하게 비난한다. 안함광의 자연주의에 대한 비판이 리얼리즘의 관점에서 객관적 현실의 올바른 반영이라는 면을 강조한 반면, 한효는 리얼리즘을 반대하는 모든 부르주아 반동문학과 관련된 것이라는 극단적인 이데올로기적 입장에서 자연주의를 평가한다.

> 모든 자연주의적 요소—현실에 대한 왜곡, 무도덕, 허구, 인간증오, 동물적 본능의 과장, 케케묵은 기만적 설교, 초현실주의, 신비주의 감각주의 등 각종 유파를 포함한 일체의 형식주의적 요소들과 견결한 투쟁을 전개하는 것은 모든 작가들에게 있어서 가장 중요하고 긴급한 과업으로 되는 것이다. (……) 자연주의는 흔히 리얼리즘적인 외피를 쓰고 나타나는 반리얼리즘이다. 자연주의는 리얼리즘과는 아무런 공통성도 없으며 그 본질에 있어서 리얼리즘과 적대적인 점에서 특징적이다. (……) 자연주의자들에 의한 전형성의 거부는 소위 묘사의 '객관성' '사실성' '사진성'들과 직접 연결되며 따라서 그것은 그 본질에 있어서 주관적 외면적인 가식으로 되며 또 그 구성에 있어서 묘사되는 것에 대한 자의적인 해석으로 되지 않을 수 없다. (……) 자연주의적 일반화는 객관적 진실을 표현하는 그러한 일반화인 것이 아니라 그 진실을 왜곡하는 그러한 '일반화'이다.[29]

한효는 자연주의의 가장 중요한 요소가 바로 현실의 본질적인 면을 사장시키고 비본질적인 것을 확대하여 현실을 왜곡하는 것이라고 지적한다. 자연주의가 전형성을 거부하는 것은 소위 묘사의 객관성, 사실성, 사진성과 직접 연결되며 그 본질에 있어서 현실을 자의적으로 해석하는 것이다. 자연주의적 일반화는 객관적 진실을 표현하는 일반화가 아니라 그 진실을 왜곡하는 일반화이다. 자연주의적 요소는 현실에 대한 왜곡, 무도덕, 허구, 인간증오, 동물적 본능의 과장, 케케묵은 기만적 설교나 초현실주의, 신비주의, 감각주의 등 각종 유파를 포함한 모든 형식주의적 요소들이다. 자연주의의 현실 묘사가 긍정적인 모든 장면을 버리고 병실 세계를 묘사하는 것은 반리얼리즘적 특징이다. 결국 자연주의란 "사람들의 머리를 흐리멍텅하니 취하게 만드는 것"[30]이다. 그는

---

29) 한 효, 앞의 글, 392~405면.

자연주의가 리얼리즘적 외피를 쓰고 나타난 리얼리즘과 적대적인 반리얼리즘임을 강조한다.

김명수도 지적하듯이 자연주의는 "현실을 있는 그대로 보여주는 방법이 아니라 현실의 본질적인 것을 덮어두고 비본질적인 것을 확대함으로써 현실을 외곡하는 적대적 방법"이고, 리얼리즘은 "현실에 있을 수 없는 것을 있다고 말하지도 않으며 현실에 있는 것을 없다고 말할 수도 없는 오직 생활의 진실만을 말할 권리와 의무를 가진 방법"31)이다. 한효나 김명수의 이런 자연주의와 리얼리즘의 대립 관계 설정은 북한 문학에서 지속적으로 유지되는 기본적인 구도이다. 북한 문학이 지속적으로 강조해 온 이런 대립 구도는 객관적 현실의 올바른 반영만을 강조하는 인식론주의적 편향이다.

한효는 자본주의 사회의 모든 부패한 것과 추악한 것을 대표하는 것으로 자연주의를 평가한다. 자연주의의 주제는 "강도, 방화, 살인, 발광, 방탕, 간통, 매음을 더 한층 자세히 또 노골적으로 그림으로써 썩어져 가는 자본주의의 모든 부패한 것과 추악한 것"이며, 자연주의는 "현실의 모든 추악한 것과 부패한 것들을 다만 묘사하는 데만 그친 것이 아니라 그것들을 될 수 있는 데까지 확대하며 미화하며 그리하여 그것에다가 어떤 '긍정적인 의의'를 부여"32)하는 것이다.

> 오늘 미제와 리 승만의 팟쇼 통치하에 있는 남조선은 압제와 살륙, 기아와 질병의 소굴로 되어 있을 뿐만 아니라, 퇴폐적인 자연주의 문학이 범람하는 더러운 진창으로 변하고 있는 것이다. (……) 자연주의는 제국주의적 부르죠아 문학의 전체가 그러하듯이 완전히 정신 허약 상태에 있는 현대 부르죠아 문학에서 극도의 반동성과 반예술성에 도달하고 있다. 그는 력사의 행정에 의하여 사멸의 운명에 직면한 제국주의 말로를 유지해 보려고 갖은 방법을 다하여 사회 발전의 객관적 제 현상을 호도하는 데 광분하고 있다.33)

---

30) 위의 글, 491면.
31) 김명수, 「문학 예술의 특수성과 전형성의 문제」, 『조선문학』, 1956. 9, 167~168면.
32) 한 효, 앞의 글, 445면.
33) 박 임, 「남조선의 반동적 자연주의 문학」, 한 효(외), 『문예전선에 있어서의 반동적 부르죠아 사상을 반대하여』(자료집 2), 조선작가동맹출판사, 1956, 265~266면.

박임도 반사실주의적 예술인 자연주의가 제국주의 부르주아 문학의 정신 허약 상태를 반영하는 문학의 반동성과 반예술성을 대표하는 퇴폐적인 것임을 지적한다. 반동적 자연주의는 부르주아 계급의 이익을 표현하고 부르주아들의 이익을 사상적으로 옹호하는 사조이며, 제국주의 부르주아 퇴폐주의의 가장 중심적 역할을 하는 것이다. 그는 남한에 범람하고 있는 퇴폐적 자연주의의 경향성을 ① 인간 증오 사상과 동물주의의 선전, ② 민주 진영에 대한 중상 비방과 전쟁 선동, ③ 인간 허무주의와 무저항주의의 설교, ④ 데카당적 방탕과 음란한 색정주의의 예찬, ⑤ 고귀한 민족 고전의 왜곡 말살과 세계주의 배양 등으로 비판한다. 남한의 자연주의 문학이란 "사물의 현상에 대한 객관적 본질의 인식을 거부하면서 자기의 반인민적 본질을 더욱더 로골적으로 드러내여 퇴폐적 제 경향으로 부화하고 있"[34]는 것이다. 이런 북한의 남한 문학에 대한 기본적 태도는 제국주의 반동문학을 비판하는 '반제국주의' 기획의 일환이다. 한효나 박임이 사용한 자연주의란 모든 부패한 자본주의 문학을 대표하는 개념이다. 안함광이 자연주의에 대해서 어느 정도의 미학적 관점에서 평가하지만, 한효는 리얼리즘과 대립되는 모든 부르주아 문학을 통칭하여 사용한다. 그의 이런 입장은 부르주아 반동문학 비판을 통하여 북한의 사회주의 미학 체계 확립이라는 점은 인정할 수 있지만, 이데올로기에 의한 극단적인 평가는 속류사회학적 주장이며 모든 것을 계급적 관점에서 보려는 계급환원주의의 오류이다. 결국 그에게 자연주의란 프롤레타리아 이데올로기와 관련이 없는 모든 문학이다.

한효는 남한의 자연주의가 반리얼리즘적 본질을 노골적으로 표명하고 있고 "노골적인 퇴폐적 제 경향 심지어는 극단적 형식주의와 합류하는 방향으로 나아가고 있다"고 지적한다. 이는 "남조선 반동 문학에서만 볼 수 있는 것이 아니라 이것이 바로 현하 부르죠아 문학 전반의 부패상이며 퇴폐상"[35]을 드러낸 것이다. 그의 자연주의에 대한 비판은 객관적인 입장에서 평가하려는 것이 아니라 이데올로기나 당의 관점에 의한 일방적인 매도에 가깝다. 이러한 일방적인 매도는 '부르주아 작가'에 대한 부정적인 측면만 극대화하여 드러내며, 특히

---

34) 위의 글, 286면.
35) 한 효, 앞의 글, 484면.

김동인이나 염상섭 등에 대한 평가에서 가장 신랄하게 표현된다.

> '개성의 숭배' '자아의 확충' '모든 정상적이며 건전한 것에 대한 부정' 이러한
> 정신의 가장 노골적으로 표명된 작품은 염상섭의 장편 『만세전』이다. (……)
> 아무런 참된 것도 건전한 것도 없는 '어두운 현실'—그가 부딪치는 모든 생활의
> 단편들, 그것은 '공동 묘지'며 그 중에서도 "구데기가 우글 우글하는 공동 묘지"
> 인 것이다. (……) 염상섭의 문학의 밑바닥에는 인간에 대한 생물 생리학적 견
> 해가 놓여 있다. (……) 예술에 있어서의 생물주의는 이와같은 '미학적'발견에
> 서 이렇게 인간을 증오하며 멸시하며 더없이 더러운 것으로 폭로한다.36)

> 김동인의 단편 「광념쏘나타」에서 흉악한 방화자이며 여자의 시체를 간음하
> 는 그런 변태성욕자를 자기의 주인공으로 삼았으며 방인근은 단편 「노총각」에
> 서 유부녀에 대한 정욕으로 말미암아 발광하게 되는 생강행상인을 묘사하였으
> 며, 최독견은 그의 장편 『행원염사』에서 이 사내 저 사내로 옮아가면서 방탕한
> 생활을 계속하고 그것으로 그 무슨 정복감을 만족시키는 그런 탕녀의 행장기를
> 썼으며, 주요섭은 단편 「아네모네의 마담」에서 간통을 가장 자랑할만한 미덕으
> 로 묘사하였으며, 이효석은 단편 「들」에서 개들의 교정을 인간의 성생활로 대
> 치시키려고 하였으며, 현진건은 1929년에 쓴 그의 단편 「약가와 정조」에서 약
> 값 대신에 자기의 아내의 정조를 마치 맛난 음식을 권하듯이 의사에게 권하는
> 그런 남편과 또한 그것에 꺼림낌도 없이 순종하는 그런 아내를 그리었으며, 나
> 도향은 이 시기에 쓴 그의 단편 「뽕」에서 안협집이라는 한 음분녀의 간통 생활
> 과 정욕의 갈등을 묘사하였다. (……) 30년대의 대표적 퇴폐 작가 이상은 자
> 기의 작품 「날개」에서 인간은 그 천성에 있어서 말할 수 없이 추악한 것이라는
> 것을 설복했으며 사회의 온갖 도덕적 규범을 '무의미'한 것이라고 선언하였다.
> 일본 제국주의에 매수된 주구인 회곡작가 유치진은 그의 회곡 「자매」에서 부르
> 죠아 사회의 부패성과 도덕적 파산을 애써 가리워 두려고 시도하면서 무능과
> 순종을 '미덕'으로, 계급 투쟁을 비도덕적이고 부정한 것으로 선언하였다.37)

그는 자연주의의 본질적 특성이 생물주의이며, 이 생물주의를 가장 충실하
게 자기의 작품에서 보여준 작가가 염상섭이라고 평가한다. 그는 개성의 숭배,

---

36) 위의 글, 410~411면.
37) 위의 글, 445면.

자아의 확충, 모든 정상적이며 건전한 것에 대한 부정의 정신을 가장 노골적으로 드러낸 작품이 바로 염상섭의 「만세전」이라고 비난한다. 그에 의하면, 염상섭 문학이란 인간의 생물주의를 바탕으로 한 인간을 증오하고 멸시하며 추악한 것을 폭로한 문학이다. 위에서 보듯, 이런 일방적인 매도는 김동인, 이효석, 현진건, 나도향, 이상 등 대부분의 '부르주아 작가'에게 해당되는 평가이다. 한효가 「자연주의를 반대하는 투쟁에 있어서의 조선문학」에서 비판한 식민지 시대 작가들은 이광수, 염상섭, 김동인, 김안서, 남궁벽, 전영택, 황석우, 주요한, 임로월, 박종화, 박영희, 홍로작, 오천원, 이종수, 김기진, 임화, 임정재, 양명, 양주동, 최독견, 주요섭, 이효석, 현진건, 나도향, 이상, 유치진, 백철, 김남천, 이원조, 최재서, 윤백남, 이태준, 허윤석, 김진주, 김영랑, 김광섭, 황순원, 최명익, 김사량 등이고, 이에 반해 긍정적으로 평가한 작가가 최서해, 이상화, 이기영, 송영, 김창술, 이익상, 조중곤, 윤기정, 김두용, 박세영, 이찬, 권환, 안막, 이북명, 엄흥섭, 조벽암, 강경애, 홍명희 등이다.38) 이러한 사실에서 알 수 있듯이 북한에서 긍정적으로 평가되는 작가나 프롤레타리아 작가를 제외한 모든 작가들은 비판의 대상이 된다. 결국 이런 평가는 사회주의 미학의 자기 정립이라는 긍정적인 측면을 인정하더라도 '반제국주의' 기획의 일환으로 진행된 극단적인 계급환원주의의 폐단이다. 이런 연장선상에 있는 북한의 평가란 결국 '앙상한 뼈대'만 남은 문학사를 만들 수 밖에 없는 결과를 낳는다. 이러한 문제점으로 인해 1980년대 이후 '반동 작가'들에 대한 평가가 역사적 공적과

---

38) 안함광은 대학 교재용으로 기술한 『조선문학사』에서 '조명희, 최서해, 이상화, 김소월, 이기영, 한설야, 홍명희, 강경애' 등을 중점적으로 서술한다. 윤세평은 간략한 통사적 체계로 서술한 『해방전 조선 문학』에서도 '나도향, 김소월, 이상화, 최서해, 조명희, 이기영, 한설야, 송영, 박팔양, 박세영, 엄흥섭, 이북명' 등을 중심적으로 기술한다. 조선 민주주의 인민 공화국 과학원 언어 문학 연구소 문학 연구실의 집체작인 『조선문학통사』에서는 '조명희, 이기영, 한설야, 송영, 최서해, 이상화, 김창술, 박세영, 박팔양, 나도향, 김소월, 이북명, 엄흥섭, 강경애, 홍명희, 유완희, 안용만, 권환'과 더불어 아동문학과 관련하여 '남궁만, 김북원, 홍구, 이원우, 김우철, 정천산' 등을 서술한다.(안함광, 『조선문학사』(교육도서출판사, 1956) 3, 연변교육출판사, 1957, 2~4면, 윤세평, 『해방전 조선 문학』, 조선작가동맹출판사, 1958, 5~6면, 조선 민주주의 인민 공화국 과학원 언어 문학 연구소 문학 연구실, 『조선문학통사』(하), 과학원출판사, 1959, 21~154면)

제한성에 대한 공정한 기술 의지로 표현된다. 이는 북한이 지속적으로 유지해
온 리얼리즘과 반리얼리즘(자연주의)의 대립 관계 설정의 기본적 한계에 대한
인식이기도 하다.

  2) '형식주의'론

  일반적으로 마르크스주의가 문학의 사회적 기능을 강조하는 반면에 형식주
의는 심미적 기능을 강조한다. 러시아 형식주의는 "총체로서의 문학"이 아니라
"특정한 작품을 문학 작품이게끔 만드는 것"인 "문학성"39)을 우선적인 대상으
로 한 체계적인 문학 분석의 방법이다. 이들이 강조하는 것은 "예술의 고립화가
아니라 미적 기능의 자율성"40)이다.41) 그러나 문학은 형식주의가 강조하는
본질적인 것(형식)과 마르크스주의가 강조하는 비본질적인 것(내용)의 변증법
적 변화 과정을 거쳐서 형성된다.
  소련 사회주의 미학에서는 현대사회의 예술적 발전의 기본적 내용으로 "리
얼리즘과 형식주의와의 투쟁"이라고 지적한다. "그것은 서로 대립하는 예술방
법의 단순한 투쟁이 아니다. 역사적으로 리얼리즘이 세계문화의 진보선상에서
새로운 최고의 단계인 것에 비해 형식주의는 반동 부르조아지가 예술을 이끌고
간 '문화의 막다른 길' 이외의 것도 아니다."42) 이런 의미에서 북한의 평가에서
도 자연주의와 마찬가지로 형식주의도 신랄하게 비판된다. 그러나 그들 비판의
실질적인 내용이란 형식주의의 본질에 대한 비판이라기보다는 '형식' 우위를 강
조하는 경향에 대한 비판과 더불어 자연주의와 마찬가지로 현실을 왜곡하는 경

---

39) V. Erlich, 『러시아 형식주의』, 박거용(역), 문학과 지성사, 1983, 220~221면.
40) R. Jakobson, 「시란 무엇인가?」, 『문학 속의 언어학』, 신문수(역), 문학과 지성사,
  1989, 158면.
41) 형식주의자들이 지적한 '문학성'이란 한 종류의 담론과 다른 종류의 담론의 서로 구별
  이 되는 관계들의 함수이지 영속적으로 주어진 속성은 아니다. 이들은 '문학'을 정의하
  려는 것이 아니라 문학 텍스트들에서 뿐만 아니라 다른 많은 곳에서 발견될 수 있는
  언어의 특별한 사용으로 '문학성'을 정의한다.(T. Eagleton, *Literary Theory - An
  Introduction*, Basil Blackwell Publisher, 1983, p.5)
42) 소련과학 아카데미(편), 『마르크스 레닌주의 미학의 기초이론』 II, 신승엽·전승주·
  유문선(역), 일월서각, 1988, 336면.

향에 대한 비판이다.

> 그 현실을 과학적으로 본질적으로 통찰 파악하지 못하는 데로부터 오는 내
> 용의 빈약성을 다만, 형식의 힘으로써 도호하려는 형태로서 오늘의 형식주의
> 는 나타나고 있다. 이와 아울러 형식이란 것을 고정적인 것으로 생각하는 것
> 과 관련되는 경우도 있다. 형식이란 결국 무엇을 표현하기 위한 형식인 한에
> 있어서 그것은 내용의 발전과 함께 발전한다. 그럼에도 불구하고 부절히 발전
> 하는 현실생활 가운데서 새로운 형식을 탐구하며 창조하려 하지 않고, 형식은
> 마치 생활과는 관계 없이 독립적으로 존재하는거와나 같이 여기면서 새 내용
> 에 낡은 형식을 '만능고' 사용하듯이 답습하려는 형태로도 그것은 나타나고 있
> 다.43)

안함광은 형식주의가 객관적 현실의 본질을 파악하지 못 하고 형식의 힘을
강조하는 입장에서 나타나는 경향으로 파악하고 있다. 이는 형식을 고정된 것
으로 생각하는 것과 관련된 것으로 내용과 형식의 변화 발전을 인식하지 못하
는 경향이다. 이런 그의 지적은 형식주의를 형식을 강조하는 입장으로 보고,
객관적 현실의 본질을 인식하지 못하는 자연주의와 비슷한 경향으로 파악한 것
이다. 결국 그는 자연주의나 형식주의가 현실의 진실을 왜곡하는 유파로 인식
한다. 이는 마르크스-레닌주의적 관점에서 파악한 것이지만, 형식주의에 대한
깊이 있는 인식이 아니라 일면적이고 피상적 견해이다.

> 자연주의와 형식주의는 혁명적으로 발전하는 생활의 진리이며 현재 미래
> 및 과거의 진리 새로운 것을 향하여 나아가는 생활의 타승할 수 없는 운동을
> 가장 중요한 것으로 간주하는 사실주의와는 정반대로, 정치에 대한 무관심 무
> 사상성 퇴폐주의들로써 특징 지울 수 있다. 그렇기 때문에 부르조아지의 예술
> 인 형식주의적 자연주의적 예술은 오늘 인민들의 전진운동 곧 현실을 혁명적
> 발전을 통하여 진실하게 묘사할 것을 요구하는 사실주의적 예술과는 날카롭게
> 대립하는 것이며44)

---

43) 안함광, 「1951년도 문학창조의 성과와 전망」, 162~163면.
44) 신고송, 「연극에 있어서 형식주의 및 자연주의적 잔재와의 투쟁」(『문학예술』, 1952.
  1), 이선영 · 김병민 · 김재용(편), 『현대문학 비평 자료집』 2, 태학사, 1993, 167면.

　　형식주의와 자연주의는 온갖 외면적 차이에도 불구하고 이 두 개의 류파를
　결합시키는 주요하고 결정적인 것은 형식주의와 자연주의가 다 같이 현실을
　외곡하고 있는 점에 있으며 이 두 개의 류파가 다 같이 온갖 방법을 다하여 사
　상적으로 내용이 충실한 예술을 반대하며 현실 생활의 진실한 표현을 반대하
　여 투쟁하고 있는 그 점에 있는 것이다.45)

　신고송은 리얼리즘과 적대적인 경향을 자연주의와 형식주의로 파악한다.
그는 리얼리즘이 혁명적으로 발전하는 생활의 진리와 새로운 것을 향해 가는
생활의 운동을 핵심으로 하는 것인 반면, 정치에 대한 무관심 무사상성 퇴폐주
의를 특징으로 하는 것이 자연주의와 형식주의로 파악한다. 신고송과 마찬가지
로 한효도 형식주의와 자연주의는 외면적인 차이를 가진 것이지만 현실을 왜곡
하는 점에서 동일하다고 파악한다. 이는 사상적으로 내용이 충실한 예술을 반
대하고 현실 생활의 진실한 표현을 반대하여 투쟁하는 것이 바로 자연주의와
형식주의인 것이다. 이는 전형적 창조를 거부하고 우연적인 사실이나 기록을
현실 묘사의 진실성으로 가장하여 현실의 진실한 표현을 반대하여 현실을 왜곡
하는 것이다. 신고송이나 한효의 지적은 리얼리즘과 적대적인 경향인 자연주의
나 형식주의를 본질적으로 동일한 것으로 파악하고 있다.

　형식주의는 "예술의 사상성을 거부하며 관념적 '형식미'와 '신비'의 세계"46)
로 이끄는 부르주아 반동미학이다. 이런 부정적 평가는 김정일이 1986년 5월
17일 문학예술부문 일군들과 한 담화에서 "사상예술적 내용을 무시하고 형식
만을 내세우는 반동적 경향"47)이라고 비판한 것에도 그대로 이어진다. 1990
년대 『주체문학론』에서도 "형식주의는 형식을 내용과 분리시키고 내용을 형식
에 복종시킴으로써 문학작품의 사상성을 떨어뜨릴뿐아니라 예술성자체도 손상
시키"고 "현대부르죠아문학에서 형식주의는 형식을 내용으로부터 떼내어 절대
화함으로써 형식자체를 기형화하고 파괴하는데 이르고있다"48)고 비판한다.

---

45) 홍순철, 「문학에 있어서의 당성과 계급성」, 『조선문학』, 1953. 12, 93면.
46) 박종식, 「남조선에서 미제가 류포하는 부르죠아 반동 미학의 본질」(1957), 『새 시대
　　의 문학』, 조선문학예술총동맹출판사, 1964, 289면.
47) 김정일, 「혁명적문학예술작품창작에서 새로운 앙양을 일으키자」, 『김정일선집』 8, 조
　　선로동당출판사, 1998(제2판), 392면.

북한에서 지적하는 형식주의란 "시대의 요구와 예술 발전의 합법칙성을 외곡하여 문학예술의 사상적내용을 거부하고 예술지상주의, 기교본위주의로 이끌어 나감으로써 문학예술을 극도로 퇴폐화, 반동화하여 문학예술을 제국주의자들의 침략과 예속의 도구로, 사람들의 사상정신세계를 변질시키는 수단"[49]이다. 북한의 계급적 관점에서의 형식주의에 대한 평가란 자연주의와 함께 현실을 왜곡하는 것으로 비판된다. 이는 북한이 지속적으로 유지해 온 '반제국주의' 기획의 일환이다.

이런 사실에서도 북한의 사회주의 문학이란 리얼리즘에 대한 강조와 반리얼리즘에 대한 비판을 기본적인 구도로 설정된 문학임을 알 수 있게 한다. 즉, 북한문학의 중심 과제란 바로 자연주의를 반대하는 투쟁과 사실주의를 옹호하는 투쟁인 것이다. 현실을 왜곡하는 자연주의나 형식주의에 대한 투쟁은 사회주의 미학 체계 확립이라는 점은 인정할 수 있지만, '반제국주의' 기획에 따른 형식주의나 자연주의에 대한 극단적인 평가이다.

3) '기록주의'론

김일성 장군께서는 말씀하시기를 "영웅이라 해서 반드시 신기한 전설적인 비범한 인간을 찾으려고 애쓰는 작가, 예술가들이 있습니다. 이러한 창작적 태도로서는 우리 영웅을 옳게 묘사할 수 없습니다. 우리의 영웅들은 어제의 노동자, 농민, 사무원, 학생들이며 또는 그들의 자제들입니다."라고 하시었다.

그러므로 우리가 영웅이라 해서 무슨 선천적인 선택된 사람이나 비범한 사람을 찾을 것이 아니라 노동자, 농민, 사무원, 학생들과 그들의 자제들 속에서 찾을 것이지만은 이러한 보통 사람들이 어떻게 해서 비범한 위훈을 세웠으며 특출한 영웅적 행동을 하였는가를 구체적인 인간과 사실을 통하여 형상적으로 보여주는 것이 곧 영웅 형상화의 길인 것이며 이러한 구체적인 인간과 사실을 그 전형적인 환경에서 전형적인 인간으로 형상하는 것만이 영웅을 옳게 형상화된 것으로 되는 것이다.[50]

---

48) 김정일, 『주체문학론』, 조선로동당출판사, 1992, 50면.
49) 안희열, 『문학예술의 종류와 형태』, 문학예술종합출판사, 1996, 404면.
50) 이원조, 「영웅 형상화의 문제에 대하여」(『인민』, 1952. 2), 이선영·김병민·김재용 (편), 『현대문학 비평 자료집』 2, 태학사, 1993, 177면.

　북한에서 자연주의의 가장 특징적인 표현의 하나가 기록주의이다. 이 기록주의는 '조국해방전쟁기'의 영웅 형상화 문제와 밀접한 관련을 갖고 있다. 이 시기 가장 특징적인 것이 적에 대한 증오의 정신과 인민에 대한 사랑을 바탕으로 하는 애국주의 사상을 기반으로 하는 대중적 영웅주의이다. 이 애국주의 사상은 "인민들의 사상 도덕적 유일성과 단결성을 창조하기 위한 문학의 근본 주제"이며, "창작에 고상한 인민성과 예술성을 부여"51)하는 것이다. 1951년 6월 30일 작가 예술가들과의 담화에서 김일성의 교시 「우리 문학예술의 몇가지 문제에 대하여」에서 우리 영웅이 "전설적인 비범한 인간"이 아니라 새 제도에서 성장한 "어제날의 로동자, 농민, 사무원, 학생들이며 그들의 자제들"과 같은 인민임을 지적하며 "대중적 영웅주의"52)를 강조한다. 이에 따라 이 시기의 영웅 형상이란 애국주의 사상을 가진 노동자, 농민, 사무원, 학생들과 같은 대중적 영웅이다. 이런 김일성의 지적에 따라, 이원조는 이 시기 영웅의 형상이 예술적으로 형상화된 영웅이 아니라 "노트식 영웅"53)이라는 점을 비판한다.

　　이것은 노트식 영웅이요, 예술적으로 형상화된 영웅이 아니다. 영웅들의 과거가 사실에 있어서 대부분이 다 이러하다고 하더라도 이러한 경력 가운데서도 매개의 인간은 매개의 특징이 있는 것이며 예술은 이와같은 유형적인 사실 가운데서 매개의 특징을 선명하게 표현하는 것을 자기 임무로 삼는 것이며 이것을 이른바 예술적 형상화라고 하는 것이다. (……) 영웅을 형상화한 작품들이 전투장면이나 영웅적 행동, 그 자체가 단순하며 비슷 비슷하다고 해서 그들의 과거 생활과 그들의 개성을 그린것이 이것 또한 천편일률의 유형에 떨어진 것은 무슨 때문이다? 이것이 다른 아닌 노트식 영웅 제조 방법에서 유래한 것으로서 작가, 예술가들이 영웅의 생활과 그의 사상 감정과 내면적 발전에 대해서 깊이 연구하지 않고 다만 노트에다가 그의 이력서와 전투 정형과 몇가지의 담화를 적은 것으로써 작품을 쓰기 때문이란 것을 우리는 단언할 수

---

51) 엄호석, 「조국해방전쟁 시기의 우리 문학 – 작품들을 통하여 본 그의 몇가지 특징」(『인민』, 1952), 이선영·김병민·김재용(편), 『현대문학 비평 자료집』 2, 태학사, 1993, 190~191면.
52) 김일성, 「우리 문학예술의 몇가지 문제에 대하여」, 『김일성저작집』 6, 조선로동당출판사, 1980, 402면.
53) 이원조, 앞의 글, 182~183면.

있는 것이다.54)

이 시기 영웅을 형상화한 대부분의 작품은 일제 시대 일본인이나 지주에게 학대를 받는 빈농의 아들로 태어나서 온갖 고생을 다하다가 해방 이후 토지를 분배받고 행복한 생활을 영위하다가 군대에 들어가 전투에 앞장설 것을 상부에 요청하여 전투에 나가서 용감히 싸운 영웅을 묘사하고 있다. 이원조는 도식적인 영웅은 노트식 영웅이지 예술적으로 형상화된 영웅이 아니라고 비판한다. 그는 이런 도식적 경향의 영웅을 형상화하게 된 이유를 영웅의 생활, 사상, 감정, 내면적 발전에 대해 깊이 연구하지 않고, 노트에다가 그의 이력서와 전투 정형과 몇 가지 담화를 적은 것으로 작품을 쓰는 '노트식 영웅 제조 방법'에 있다고 지적한다.

한효는 "문학에 있어서 '있는 그대로'의 자연주의적 추구는 악명 높은 '사실 문학'에의 통로"이며 이 통로는 "전쟁 후 우리 문학에 농후한 흔적을 남기고 있는 기록주의"55)임을 지적한다. 이 기록주의는 전형화를 거부한다는 점에서 자연주의의 한 특색이다. 그는 전형화를 거부하는 자연주의적 추구라는 점에서 기록주의를 비판한다. 특히 그는 영웅 형상화의 문제에서 기록주의적 추구가 리얼리즘을 기록주의로 대치하고 영웅 전기를 소설로 평가하는 오류를 범하고 있다고 비판한다. 한설야는 "대상을 '있는 그대로' 피상적으로 촬영함으로써 현실의 본질을 의곡하는 자연주의적 독소"가 기록주의라고 지적한다. 그는 영웅 형상화 문제에서 "전형 창조의 기본 임무의 수행으로서가 아니라 기록적 촬영식의 추구로 일관된 전투 기록"56)에 대한 일소를 지적한다. 김명수는 "작가들이 로동자들 앞에서 탐방 기자식으로 취재 노트를 펼쳐들고 '자 말씀하시오' 식의 태도를 견지하는"57) 기록주의적 잔재를 비판한다.

한효는 영웅 형상화에 대해 비판하면서 기록적 사실과 실증 문헌을 기술하

---

54) 위의 글, 182~183면.
55) 한 효, 앞의 글, 499면.
56) 한설야, 「전국 작가 예술가 대회에서 진술한 한설야 위원장의 보고」, 『조선문학』, 1953. 10, 127~128면.
57) 김명수, 「우리 문학의 형상성 제고를 위하여」, 『조선문학』, 1954. 6, 132~133면.

는 기록주의를 비판한다. 그는 이러한 영웅 형상화의 문제와 관련하여 이원조의 영웅 형상화에 대한 견해를 비판한다. 그는 "작가들을 기록적 사실과 실증 문헌의 노예로 전락시킬 수 있는 위험성을 내포한 주장"이 바로 이원조의 견해라고 비난하며, 그를 "비애국주의적 종파분자"로 평가한다. 그는 이원조의 무책임한 입장이 일부 작가들이 은폐된 자연주의인 기록주의를 사실주의로 오인하여 작가들의 고상한 창조적 역할을 망각하는 경향으로 유도한다고 지적한다. 그는 영웅 형상화에서 전형성을 강조하면서 전형성을 벗어난 영웅 형상화에 대하여 말하는 것이 무의미하며 사회주의 문학 예술에 대한 배반이라고 비판한다. 이는 사회주의 리얼리즘의 기본 원칙과 관련하여 "새로운 생활을 창조하고 있는 인간들을 가장 높은 형상성과 예술성을 가지고 묘사하라"는 말과 부합된다. 사회주의 리얼리즘은 "작가들을 실증 문헌의 노예로 만들며 기록적 디테일의 일면적 진실에 그들을 얽어매려는 온갖 종류의 자연주의적 시도와 심각히 대립"[58]되는 것이다. 그는 사회주의의 고상한 목적이 인간 증오에 근원을 두고 있는 자연주의에 반대하여 가장 창조적 미래의 인간들이며 역사적으로 전진하는 사회주의의 인간들을 옹호하며 이런 사회주의자들을 더욱 아름답게 형상화하는 일임을 지적한다. 그러나 그의 평가와 달리 이원조 역시 전형적인 환경에서 전형적인 인간을 형상화하는 것을 강조하고 노트식 영웅 제조 방법인 기록주의를 비판하고 있다. 이런 그의 평가는 남로당계의 숙청과 관련된 비판이다.

자연주의의 한 특징인 기록주의는 전쟁 시기의 영웅 형상화 문제와 밀접하게 관련되어 있다. 북한 문학은 "인간에 대한 지극한 사랑에 근거하여 우리 시대의 새 형의 인간들의 참된 모습을 형상화하는 것"[59]이라는 고상한 원칙에 입각하고 있다. 엄호석은 "우리 시대의 특징이며 조국 해방 전쟁 시기에 자기의 곤난한 전투의 시련 속에서 구현한 조선 인민의 가장 우월한 정신적 특징"[60]이 혁명적 낙관주의임을 강조한다. 이 혁명적 낙관주의를 기반으로 형성되는 것이 전쟁 영웅, 천리마 기수, 노동 영웅 등의 형상화와 관련된 대중적 영웅주

---

58) 한 효, 앞의 글, 502면, 401면.
59) 위의 글, 517면.
60) 엄호석, 「인민 군대와 우리 문학」, 『조선문학』, 1958. 2, 112면.

의이다. 북한 문학은 영웅주의적 특성과 인도주의적 본질을 기반으로 한 고상한 성격을 가진 영웅에 의한 승리의 이야기이다. 이러한 영웅주의가 지속적으로 반복되는 것이 북한 문학의 기본적 특징이다.

1.2. 도식주의 비판

도식주의는 문학에 있어서 생활을 공식화하고 개념화하고 단순화하는 것이다. 도식주의란 "작가가 생활로부터 출발하여 생활의 진실을 묘사는 것이 아니라 일정한 작가의 사상으로부터 출발하여 생활을 그에 알맞도록 강요하며" "새 것과 낡은 것과의 투쟁으로 특징지여지는 생활의 굴신성, 예리성, 그리고 복잡성을 이모저모 깎아버리고 평탄하게 만들며 단순화하는 경향"을 의미한다. 이는 생활의 모순과 부정적인 측면을 내포한 복잡한 상태를 진실하게 묘사하여 주인공의 긍정적 성격을 객관적으로 형상화하는 대신에 작가의 의도에 따라 그 긍정적 성격에 대응하는 '선의'의 묘사와 사실을 고의적으로 왜곡시켜 가는 것이다. 이 도식주의 결과 "생활의 복잡한 모순성으로 조성되는 긴장한 시츄에숀의 전환은 내부적으로가 아니라 작가의 설명으로 외부로부터 강요"61)하게 되며 평면적이고 일직선적인 사건이 전개된다. 도식주의적 경향이란 결국 사회주의 리얼리즘의 속류화이며, 그 극복이란 객관적 현실의 반영이라는 리얼리즘의 기본적인 원칙에 입각하는 것이다. 이는 사상적으로는 교조주의의 극복이며 미학적으로는 비속 사회학주의의 극복이다. 이에 반해 사회주의 리얼리즘을 객관적 현실을 예술적으로 묘사하는 것으로 인식할 경우 하나의 특정한 방식으로만 간주하여 자연주의의 평균화를 초래할 위험성을 갖는다.

북한 문단의 도식주의 창작은 '고상한 사실주의' 창작 방법이 공식화되면서 시작된다. 고상한 사실주의는 〈북조선문학예술총동맹〉 제1차 확대상임위원회(1947. 1. 15~18)에서 제시한 결정서 「민주 건국을 위한 노력과 투쟁을 고무

---

61) 엄호석, 「문학 발전의 새로운 징조 - 최근의 작품들과 그 경향을 말함」(『문학예술』, 1952. 11), 이선영·김병민·김재용(편), 『현대문학 비평 자료집』 2, 태학사, 1993, 280면.

하자」에서 나오는 '고상한 사상과 고상한 예술성'을 근거로 하여 1947년 3월 28일에 노동당 중앙위원회 상무위원회의 결정서 「북 조선에 있어서의 민주주의 민족 문화 건설을 위하여」에서 '고상한 사실주의'라는 창작방법이 공식화된다. 1947년 이후 북한 문단의 고상한 사실주의와 관련하여 도식주의 작품이 창작되기 시작되고, 1952년 당성을 절대화하는 방식으로 드러난 말렌코프(G. M. Malenkov)의 전형론이, 1956년 제2차 조선작가대회에서 진실에 대한 관념적 규정을 부각하는 방법인 말렌코프의 전형론을 비판하면서 도식주의에 대한 공식적인 비판이 행해진다. 1958년 10월 14일 김일성은 「작가, 예술인들 속에서 낡은 사상 잔재를 반대하는 투쟁을 힘있게 벌릴데 대하여」라는 교시에서 부르주아적 사상 잔재의 청산을 강조하며, 이에 따라 1959년 〈조선작가동맹〉 중앙위원회 제4차 전원회의 보고에서 제2차 조선작가대회에서 행한 도식주의 비판은 정당하지만, 여러 작가들이 이를 기회로 하여 개인적인 소부르주아적 개인 취미를 가지고 '사회주의적 사실주의'를 왜곡하고 이에 이탈하는 편향을 드러내는 오류를 범한 것으로 비판된다. 1956년 8월 이후 '천리마 운동'62)을 계기로 하여 공산주의 교양의 강화와 이로 인해 도식주의적 작품이 창작된다.

그 이후 김정일은 1980년 1월 8일 〈조선작가동맹〉 제3차 대회 참가자들에게 보낸 서한 「현실발전의 요구에 맞게 작가들의 정치적 식견과 창작적 기량을 결정적으로 높이자」에서 "작품의 정치사상적 풍격과 예술적 가치를 규정하

---

62) 1958년 중국의 마오쩌둥(毛澤東)의 '대약진 운동'과 마찬가지로 천리마 운동은 천리마를 타고 달리는 '인민의 전진 속도가 비상히 빠르다'는 속도의 초과를 강조한다. 이는 역사발전의 단계적 제한성이나 그것을 불가피하게 하는 객관적 여건을 단번에 비약할 수 있을 것이라는 믿음에 근거를 둔다. 천리마 시대는 평범한 것과 영웅적인 것을 결합하는 대중적 영웅주의와 새로운 공산주의자가 되는 인간 개조를 강조한다. 이 비약과 인간의 모범이 되는 것이 바로 김일성과 항일무장투쟁 전사들이다. 이 유격대 전사들은 공산주의 혁명정신을 선취한 공산주의자로 천리마 기수의 표본이 된다. 천리마 운동은 항일유격대식으로 살고 투쟁해야 한다는 것임을 보여준다. 결국 천리마 운동은 '유격대 국가'로 가는 길의 서막을 연 것이다.(박종식, 「우리 문학에서 주체의 확립과 민족적 특성」(『조선문학』, 1961. 2), 권순긍·정우택(편), 『우리 문학의 민족 형식과 민족적 특성』, 연구사, 1990, 252~254면, 265면, 신형기·오성호, 『북한문학사』, 평민사, 2000, 220~221면)

는 철학적 깊이"63)를 강조하며, 1986년 5월 17일 문학예술부문 일군들과 한 「혁명적 문학예술작품창작에서 새로운 앙양을 일으키자」라는 담화에서 "사상예술성이 높고 호소성이 강한 문학예술작품을 많이 창작"할 것을 강조하면서 "도식주의적인 경향"64)을 비판한다. 이는 북한 문학의 획일성65)에 대한 반성으로 현실적 상황을 반영할 것을 교시한 것이다. 1992년 김정일의 『주체문학론』에서 창작에서 중요한 것은 "도식적인 틀에서 벗어나는 것"임을 강조하면서 다시 도식주의가 비판된다. 그러나 실질적인 의미에서는 "수령형상을 창조하는 것"이 "주체문학건설의 기본의 기본"이며, 우리의 문학에서 "수령의 형상을 창조하는 것을 주선으로 확고히 틀어쥐고 나가야 한다"66)는 것을 강조한다. "오늘 우리의 주체문학예술이 창조하고 있는 수령, 당, 대중의 혼연일체의 통일로 이루어져있는 사회정치적생명체의 뇌수이며 중심인 수령의 형상, 혁명적수령관이 확고하게 선 주체형의 공산주의자의 전형적인 형상은 지난날의 문학예술에서는 찾아볼 수 없는 완전히 새로운 형상이다."67) 주체문학론에서는 수령과 인민의 가부장적 혈연관계를 그리는 것이 유일한 형상 대상이며 형상 원칙이라고 주장한다. 주체적 공산주의자에게는 사심 없는 혈연 관계만 있을 뿐이기에, 어버이 수령에 대한 최고의 찬사 이외에는 다른 표현이 불가능하다. 결국 주체

---

63) 김정일, 「현실발전의 요구에 맞게 작가들의 정치적식견과 창작적기량을 결정적으로 높이자」, 『김정일선집』 6, 조선로동당출판사, 1995, 408면.

64) 김정일, 「혁명적문학예술작품창작에서 새로운 앙양을 일으키자」, 『김정일선집』 8, 조선로동당출판사, 1998(제2판), 368면, 394면.

65) 김정일은 "우리 소설들을 보면 사상적내용이 깊지 못하고 단조롭고 무미건조하며 세부묘사가 약합니다. 소설이 주제분야가 다양하지 못할뿐아니라 사건전개와 인물설정에서도 작가의 개성이 느껴지지 않으며 개념화된 상식적인 생활이 지루하게 라렬되여 흥미가 없습니다. 소설에서 다양한 인간생활을 철학적으로 깊이있게 그리지 않고 세부묘사를 하지 않기때문에 작품을 읽으면서 사색할 여지가 없고 뒤대사가 느껴지지 않으며 읽을 때뿐이지 여운이 없습니다. 시문학의 경우에도 우리 시대 인민들의 념원과 의지, 신념을 비롯한 주도적인 감정들을 서정을 통하여 느낄수가 없으며 시가 산문화되다보니 조금만 문장을 풀어서 련결시켜놓으면 강연제강이 될만큼 직선적이며 겉만 번지르르하고 내용이 없습니다"라고 지적한다.(김정일, 「현실발전의 요구에 맞게 작가들의 정치적식견과 창작적기량을 결정적으로 높이자」, 405~406면)

66) 김정일, 『주체문학론』, 조선로동당출판사, 1992, 242면, 126면.

67) 윤종성·현종호·리기주, 『주체의 문예관』, 문학예술종합출판사, 2000, 23면.

문학이란 "늘 현실긍정의 문학으로 되어야 한다"68)는 것을 강조한 문학론이다.

1) 전형론

1953년 9월 26~27일 한설야는 전국 작가예술가 대회에서 기조 연설에서 사회주의 리얼리즘이 볼세비키적 당성과 인민성을 위하여 투쟁하는 문학 예술의 기본 방침을 지적하면서 "우리 문학 예술은 응당 새로운 생활과 새로운 인물을 표현하여야하며 혁명적 락관주의와 영웅주의를 표현하여야 함"을 주장한다. 우리 문학 예술에서는 "의식적이고 철저한 정치적 방향성"69)인 당성을 표현해야 한다. 그는 당성이 문학 예술에서 가장 소중한 내용이며 경제건설 투쟁을 위한 인민들의 신심을 강화할 수 있는 고상한 애국주의와 대중적 영웅주의를 강조한다.

> 혁명적 로만티시즘은 사회주의 레알리즘의 한 구성 요소입니다. 거기에는 어떤 병립성도 자립성도 있을 수 없습니다.
> 우리 작가들은 결코 사실들이나 실증 문헌들의 노예가 되여서는 안됩니다.
> 말렌꼬브 동지는 "형상에 대한 의식적인 과장과 강조는 전형성을 잃지 않으며 오히려 그것을 더욱 완전히 발로시키며 그것을 강조한다" 고 말하였습니다.
> 우리에게 무엇이 요구됩니까?
> 우리에게는 픽숀이 요구되며 과장과 강조가 요구됩니다. 그리고 이것은 의식적인 요구이며 사회주의 레알리즘의 요구입니다. 이것이 없이는 어떠한 전형도 창조할 수 없습니다.
> 우리는 하나의 인물에다가 반드시 여러 사람들에게서 관찰한 우리 시대의 수다한 특징들을 부여하여야 하겠습니다. 우리는 픽숀에 의거한 여러가지 부차적인 모티브들과 특징들을 사회주의 레알리즘의 기본 원칙에 부가하면서 인물을 대담히 수식하여야 하겠습니다.70)

---

68) 김성수, 「1990년대 주체문학에 나타난 충효이데올로기」, 『현대북한연구』(경남대) 5-1, 2002. 6, 222면.
69) 한설야, 「전국 작가 예술가 대회에서 진술한 한설야 위원장의 보고」, 『조선문학』, 1953. 10, 127면, 132면.
70) 위의 글, 131면.

1952년 10월 소련의 제19차 공산당 대회에서 말렌코프는 다만 "긍정적" 주인공들만 등장시켜 진정한 "갈등"을 약화시킬 수밖에 없었던 소련 문학이 지니고 있는 온순한 어리석음과 아둔하고 지리한 낙관주의인 소련 문학의 "현실 호도적 행위"를 비판[71]하지만, 그의 전형화란 기본적으로 당파성의 강조와 절대화의 특징을 가진다. 이 전형론을 기반으로 하여 한설야는 허구의 필요성과 의식적인 과장과 강조가 요구되는 것이 사회주의 리얼리즘이라고 지적한다. 그는 허구에 의거하여 의식적인 과장과 강조를 통하여 우리 시대의 수다한 특징들을 부여하여 인물의 전형을 창조할 것을 피력한다. 이 과장과 강조는 생활의 진실에 대한 개념적 규정을 부각시키는 방법이다. 이런 성격을 가진 그의 혁명적 낙관주의를 바탕으로 한 전형화는 도식주의의 함정에 빠지는 결과를 초래한다.

> 말렌꼬브 동지가 쏘련 공산당 제19차 대회에서 한 보고 중에서 전형성의 문제에 해명을 위하여 규정한 명제는 우리의 문학 발전에 심중한 의의를 갖는다.
> "전형적이란 것은 맑쓰-레닌주의적 리해에 있어서는 결코 어떤 통계적 평균성을 의미하지 않는다. 전형성이란 소여의 사회 력사적 현상의 본질에 합치하는 것이며 단순히 가장 많이 보급되어 있으며 자주 반복되며 일상적으로 일어나는 현상을 말하는 것은 아니다. ……(중략)……
> 전형적인 것은 사실주의 예술에 있어서 당성이 발현되는 기본 분야이다. 전형성의 문제는 항상 정치적 문제이다."[72]

안함광은 현실의 본질적 측면을 형상적 수단에 의하여 일반화하는 전형화를 우리 문학의 가장 중요한 특징적인 속성이라고 지적한다. "사실주의적 예술의 일반화는 복잡한 사실들을 단순히 통계하는 것이 아니며 그것들을 냉담하게 고착시키거나 라열하는 것"이 아니라 "예술가는 주어진 바 생활 현상에 대하여 스스로 해석 판단하며 또한 평가와 선고와 전망을 내려야만 한다."[73] 리얼리

---

71) H. Arvon, 『마르크스주의와 예술』, 오병남·이창환(역), 서광사, 1981, 120면.
72) 안함광, 「소설 문학의 발전상과 전형화상의 몇가지 문제」, 『조선문학』, 1954. 2, 130면.
73) 위의 글, 130면.

즘 문학은 여러 가지 현상 중에서 본질적인 것을 파악하고 그것들의 상호관계 속에서 전형화하는 것이 필요하다. 그는 작가가 객관적 현실에서 그가 취재한 전형적인 것들을 통일된 형상 가운데 하나의 전형성을 갖기 위해서는 구체적 개성을 통하여 일반화되지 않으면 안 된다고 지적한다. 그는 객관적 현실과 구체적 개성을 통하여 일반화된 것인 전형화는 당성이 발현되는 기본 분야로 항상 정치적 문제라고 강조한다. 그의 전형화란 말렌코프의 입장인 당파성의 강조나 절대화를 수용한 것이다.

> 우리의 문학 예술인들은 아직도 근로자들의 창조적 노동과 현실 생활과 멀리 떨어져 있는 경우가 많은바 이것은 그들의 창작 활동에 극히 부정적으로 작용하고 있습니다. 작가 예술인들이 공장과 농촌으로 많이 찾아 다니고 있으나 흔히 거기에서 벌어지는 생활의 본질을 통찰하지 못하고 피상적인 현상들에 사로 잡히고 있습니다. 이것은 이들이 우리 사회 발전의 본질을 모르고 우리 당의 정책을 파악하지 못하고 있기 때문입니다.
>
> 문학 예술인들은 맑스-레닌주의로 더욱 무장하고 인민대중의 생활 속에 더욱 깊이 파들어 간다면 그들은 우리 사회의 전형을 옳게 포착할 수 있을 것이며 그들의 작품은 우리 인민의 기대와 요구를 충족시킬 수 있을 것입니다.
>
> 당은 우리 문학 예술인들이 맑스-레닌주의 세계관으로 무장하고 인민들의 생활을 더욱 깊이 연구하기 위한 사업을 가일층 완강히 진행하며 우리나라와 세계 각국의 고전적 작품들을 깊이 연구하며 부단히 자기의 예술적 소양을 높임으로써 더욱 우수한 작품들을 인민대중에게 제공하며 우리 인민들을 조국에 대한 무한한 사랑과 우리 전도에 대한 혁명적 낙관주의로 교양하는 사업에서 거대한 성과를 거두리라는 것을 확신하는 바입니다.74)

〈소련공산당〉 제20차 대회의 결정인 집단지도원칙과 개인숭배 비판과 관련하여 김일성은 집단지도원칙을 수용하는 한편, 개인숭배의 책임을 박헌영과 허가이에게 돌리는 이중전술을 구사한다. 1956년 제3차 공산당 대회는 김일성의 의도대로 진행되어 개인숭배 비판은 오히려 박헌영과 남로당계 비판의 분위기로 전환된다.75) 김일성은 「당 중앙위원회 사업 총결 보고」에서 현 단계의

---

74) 김일성, 「당 중앙위원회 사업 총결 보고」(1956. 4), 돌베개 편집부(편), 『북한 '조선 로동당' 대회 주요 문헌집』, 돌베개, 1988, 163면.

혁명의 최대 과업이 "남조선 인민들을 제국주의와 봉건주의 압박으로부터 해방하고 조국의 민주주의적 통일을 달성"하는 것이라고 지적한다. 그는 문학 예술인에게 과거 사회에서 이어져 온 자유주의적 산만성의 극복과 이광수, 임화, 이태준, 김남천 등 부르주아 반동작가들의 사상적 악영향을 완전히 숙청할 것을 지적한다. "반동적 부르죠아 사상을 반대하는 견결한 사상 투쟁을 완강히 전개하며 사회주의 레알리즘의 창작 방법을 엄격히 립각하여 자연주의, 순수 예술의 각종 표현들을 반대하여 견결히 투쟁할 것"76)을 강조한다.

〈소련공산당〉 제20차 대회와 〈조선로동당〉 제3차 대회의 결정과 관련된 1956년 10월 14~16일 제2차 조선작가대회에서 한설야는 1953년 전국 작가예술가 대회에서 강조한 말렌코프의 전형론을 비판한다. 한설야는 소련 문학 이론에서 범한 오류를 기계적으로 답습하여 전형성 문제를 정치성의 발현으로만 인식하고 전형화의 방법이 반드시 과장하여만 되는 것으로 인식한 오류를 비판한다.

> 여기서부터 우리는 부지부식간에 생활의 다양한 모습과 그의 변증법적 발전 과정을 거부하게 되었으며 력사적 구체적 환경을 망각하는 결과를 가져 오게 되었습니다.
> 이것은 곧 창작에서의 개성적 다양성을 포기하고 일정한 도식을 안출하여 이와 대치하는 후과를 가져 왔습니다.
> 전형화는 개성적이며 구체적이며 감흥적인 미학적 형식으로 생활 현상과 개성을 일반화하고 그 일반성을 다시 개성화하는 예술에서의 창작 수단인 것입니다.
> 전형적 형상에는 현실 생활의 보다 성격적인 특질이 반영되여야 하며 어디까지나 현실의 기계적 재현이나 사진식 복사가 허용되지 않습니다.
> 보다 전형적인 것은 현실의 특질을 보다 광활하게 보급하되 그것은 시종 선명한 개성, 개별적인 운명, 뚜렷한 화폭의 본질을 해부하여 놓아야 합니다. 도식적인 작품들은 우리 생활의 특질을 전형적으로 보일 수 없습니다.

---

75) 백준기, 「1950년대 북한의 권력갈등의 배경과 소련」, 역사문제연구소(편), 『1950년대 남북한의 선택과 굴절』, 역사비평사, 1998, 479면, 서동만, 「1950년대 북한의 정치 갈등과 이데올로기 상황」, 위의 책, 316면.
76) 김일성, 위의 글, 163면.

　왜냐하면 그것은 형상의 외피를 겉핥기만 하고 심오한 내면 세계를 드러내
지 못하기 때문입니다.77)

　　그의 전형화는 개성적이며 구체적이며 감흥적인 미학적 형식으로 생활 현
상과 개성을 일반화하고 그 일반성을 다시 개성화하는 예술에서의 창작 수단이
다. 그는 이 전형화를 바탕으로 현실의 기계적 재현이나 사진식 복사가 아니라
현실의 보다 성격적인 특질을 반영해야 한다고 전형론을 강조한다. 그의 이런
전형론은 당파성의 절대화를 지적한 말렌코프의 전형론을 비판한 것이다. 이는
현실 생활의 진실성을 강조하는 리얼리즘 원칙에 입각한 지적이다. 그는 "생동
한 문학 형상을 심장과 피가 없는 창백한 시체로 만들어 버리"78)는 도식주의
를 강하게 비판한다.

　　〈조선로동당〉 제3차 대회의 독단주의 비판을 기반으로 하여 제2차 조선작
가대회에서 말렌코프의 '의식적인 과장과 강조'를 지적한 전형론은 비판의 대상
이 된다. 1955년 〈소련공산당〉 중앙위원회 기관지 『공산주의자』에 게재된 권
두 논문인 「문학 예술에서의 전형적인 것에 관한 문제」(『조선문학』, 1956. 3)에
따라 말렌코프의 '과장과 강조'에 입각한 안함광, 한효, 엄호석, 박근, 김명수
등의 전형론은 공식적인 비판을 받는다. 「문학 예술에서의 전형적인 것에 관한
문제」에서는 리얼리즘에서 생활의 모든 사실과 현상들이 사회적 본질의 무미
건조한 추상 형태가 아니라 생활 자체의 형식으로써 표시되는 것이라는 점을
지적한다. 전형적인 것이란 사회역사적 본질만을 표현하는 것이라는 오류를 비
판하고 문학 예술의 특수성이라는 면에서 문학 예술 자체의 독자성을 강조한
다.

　　김명수는 「문학 예술의 특수성과 전형성의 문제」에서 안함광, 한효, 엄호
석, 박근 등의 전형론을 비판한다. 특히 그는 안함광의 「조선에 있어서의 사회
주의적 사실주의 문학의 발생과 발전」에서 『황혼』의 준식 형상화와 관련하여

---

77) 한설야, 「전후 조선 문학의 현 상태와 전망 – 제2차 조선 작가 대회에서 한 한 설야
　　위원장의 보고」, 『제2차 조선 작가 대회 문헌집』, 조선작가동맹출판사, 1956, 39〜
　　40면.
78) 위의 글, 44면.

민족해방투쟁사를 해설하는 듯한 그의 비평을 비판한다.

　『황혼』에 있어 여순이의 이야기가 사랑의 삼각 관계를 중심으로 하며 부르
쥬아지들의 가정 생활의 비밀이며 그들의 부도덕을 폭로하면서 많이 얽어지고
있다. 그러나 이 작품의 사상—쩨마적 과제로 보아 여순이를 중심으로 한 이
러한 이야기가 준식이를 중심으로 한 혁명적 생활보다. 더 우위(優位)의 것이
라고는 생각할 수 없다. 그러한 생활의 두개 측면은 준식이를 중심으로 엮어
지는 혁명적 생활의 통일적 형상에 이바지하고 있다.[79]

　그는 『황혼』을 마치 민족 해방 투쟁사를 해설하는듯한 견지에서만, 즉 구
체적으로 지적하면 30년대에 있어서 자본 계급의 ‘산업 합리화’ 정책을 반대
하는 로동 계급의 투쟁, 맑스주의 사상과 로동 운동의 결합, 당시 조선 로동
계급의 정치 투쟁의 제반 특질의 반영으로서만 리해하려고 한다. (……) 안
함광은 전기 론문에서 려순이를 주인공으로 보는 엄 호석의 견해를 비판하면
서. (……)『황혼』을 읽은 어떤 사람에게나 명백한 것은 려순이를 등장시킨
것이 다만 부르죠아지들의 가정 생활의 부패상을 묘사하기 위한 것만이 아니
라는 사실이다.[80]

　"『황혼』의 중심 주인공은 이 작품의 구조로 보아서는 누구보다 려순이라고
말할 수 있다. 왜 그런가 하면 『황혼』은 무엇보다 우선 려순의 이야기기로 꾸
며져 있기 때문이다. 뿐만 아니라 작가의 사랑, 지지, 동정이 각광이 가장 집
중된 것도 려순이다."
　나로서는 지금도 이 견해에 아무 변동이 없다. 그러나 작품의 중심 주인공
이 준식이냐 려순이냐 하는 문제는 지금의 경우 이 론문의 지향과는 별개의
문제다. 이 문제는 따로 론쟁할 수 있으며 또 실지 김 명수에 의하여 전개되었
다. 물론 김 명수의 견해에는 부분적인 과오가 있다. 그 중요한 하나는 마치
려순의 장성과 운명이 당시의 로동 계급의 정치적 투쟁의 제반 특질과 아무
관련이 없는 것처럼 서술되어 있는 점이다.[81]

---

79) 안함광,「조선에 있어서의 사회주의 사실주의 문학의 발생과 발전(2) - 1930년대 조
　　선 문학의 특성」,『조선어문』, 1956. No.3, 32~33면.
80) 김명수,「문학 예술의 특수성과 전형성의 문제」,『조선문학』, 1956. 9, 154면.
81) 엄호석,「문학 평론에 있어서의 미학적인 것과 비속 사회학적인 것」,『조선문학』,
　　1957. 2, 130면.

안함광은 엄호석의 「한 설야의 문학과 『황혼』」(『조선문학』, 1955. 11)에서 여순 중심의 이야기라는 견해를 비판하면서 "1930년대에 있어서의 조선 로동 계급의 정치 투쟁의 제반 특질을 반영하면서 근로 계급의 리익을 옹호하는 투사의 전형"[82]이 준식이며, 여순을 중심으로 한 부르주아 가정 생활의 비밀과 그들의 부도덕에 대한 이야기가 준식이를 중심으로 한 혁명적 생활보다 우위의 것이라고는 생각할 수 없고, 이러한 생활의 두 개 측면이 준식을 중심으로 엮어지는 혁명적 생활의 통일적 형상에 이바지하고 있다고 지적한다.

김명수는 안함광이 한설야의 『황혼』을 조선 노동계급의 정치 투쟁의 제반 특질의 반영으로 이해하고 민족해방투쟁사를 해설하려는 듯한 견지에서 작품을 평가하고 있다고 비판한다. 그는 이런 견지에서 여순보다 준식을 중심으로 한 혁명적 생활보다 우위에 두고 작품을 평가하려는 안함광의 견해를 비판한다. 여순을 주인공으로 보지 않으려는 견해는 다양한 생활 모습을 거세하여 작품의 예술적 의의를 축소시키고 문학을 다만 사회학적 명제에 귀착시키는 오류를 범한다.

엄호석은 안함광이 준식의 혁명적 생활이 여순의 이야기보다 우위에 둔 견해를 비판하면서 동시에 여순의 장성과 운명이 당시의 노동계급의 정치적 투쟁의 제반 특질과 아무 관련이 없는 것처럼 서술한 김명수의 견해도 비판한다. 한설야의 『황혼』은 온순하고 무지한 보통 노동자가 점차적으로 노동계급의 투사로 변모하는 과정과 사회주의적 의식의 자각으로 발전하는 과정을 중심으로 구상된 것이며, 당시 대중의 사회주의적 의식의 급속한 자각의 과정과 이 과정에서 배출된 혁명 투사의 형상을 그린 작품이다.

> 사회 발전의 객관적 법칙과 합치하며 그것을 추동 촉진시키는 특성은 준식이도 려순이도 다 같이 체현한다. 그러면서 준식이가 려순이보다 우위로 또는 비중이 높이 되여 있다고 보는 리유는 어디에 있는가. 그것은 이 작품에 있어 사회 발전을 촉진하는 현실적 투쟁을 조직하며 지도하며 전개하는 데 있어서 또는 모든 투쟁 력량을 집대성하며 그와 관련된 모든 인간 운명(려순의 인간 장성까지도 포함하여)을 지도 개척해 나가는 데 있어서 려순이보다는 준식이

---

82) 안함광, 앞의 글, 33면.

가 중심에 서 있기 때문이다.[83]

안함광은 엄호석이 문학의 목적이 인간을 묘사하는 그 자체에 있다는 견해를 비판하면서 문학 예술의 목적이 생활의 진실한 반영을 구체적 성격 창조를 통하여 보여주는 것임을 지적한다. 이런 입장에서 그는 조선의 노동 운동이 경제 투쟁으로부터 정치 투쟁으로 발전하는 당대의 현실적 특질을 반영하며 모든 투쟁의 역량을 집대성하고 모든 인간의 운명을 지도 개척한다는 입장에서 중심적인 긍정적 주인공이 준식임을 강조한다. 안함광의 평가는 당대 현실의 본질적 대립관계인 자본가와 노동자의 대립이라는 점과 사회 발전의 합목적성을 강조하는 입장에서 중심적인 긍정적 주인공이 준식임을 강조한 것이다.

> 준식이가 자기 방직 공장 내에 맑스—레닌주의 소조를 조직하고 로동자들의 혁명적 진출을 맑스—레닌주의적 전략 전술에 립각하여 조직 지도하며, 또한 자기들의 투쟁의 종국적 승리에 대한 확고한 신심과 명확한 민족 해방의 리념, 사회주의적 리상을 갖게 된 것도 박 상훈의 직접적인 지도와 사상적 영향에 의한 것이었다. (……) 박 상훈은 조국 광복회에 소속한 공작원의 초상이거나 그렇치 않으면 조국 광복회가 조직되기 이전에 김 일성 동지에 의하여 국내에 파견된 정치 공작원의 초상이라는 것이 명백하다.[84]

북한에서 한설야의 『황혼』은 1930년대 "사회주의적 사실주의 방법에 립각하여 창작된 예술 작품"[85]이며 "기념비적 작품"[86]으로 평가된다. 특히 1955년 4월 이전에 개작된 것[87]으로 추정되는 『황혼』 개작본은 준식을 뛰어난 혁명가 박상훈의 지도를 받는 것으로 형상화되고, 김일성의 항일무장투쟁의 영향

---

83) 안함광, 「문학 전통의 심의와 도식을 반대하는 투쟁에서의 새로운 도식들을 중심으로」, 『조선문학』, 1957. 4, 143면.
84) 계 북, 「한 설야 작 장편 소설 『황혼』과 사회주의적 사실주의 제 문제」, 리효운·계 북, 『『고향』과 『황혼』에 대하여』, 조선작가동맹출판사, 1958, 200~201면.
85) 위의 글, 259면.
86) 안함광, 『조선문학사』(교육도서출판사, 1956) 3, 연변교육출판사, 1957, 276면.
　　윤세평, 『해방전 조선 문학』, 조선작가동맹출판사, 1958, 300면.
87) 김병길, 「한설야의 『황혼』 개작본 연구」, 『연세어문학』 30·31, 1999. 2, 158~159면.

하에서 창작된 작품으로 설정된다. 김일성이 지휘한 〈조국광복회〉나 그가 국내
에 파견한 정치 공작원의 초상이 박상훈이라는 사실[88]은 프롤레타리아 운동
위에 군림하는 것이 바로 김일성의 항일무장투쟁임을 단적으로 드러낸다. 이는
혁명적인 전통인 항일무장투쟁의 정치사상적 영향 아래에서 발전한 것이 카프
문학임을 천명한 것이다. 결국 『황혼』의 개작이란 김일성을 정점으로 한 서사
의 재구성이다. 1962년 숙청 이후 그의 문학의 재평가와 더불어 다시 준식은
"로동계급의 대중적투쟁의 선각자, 선구자로서의 풍모"를 지닌 인물로 지적되
며 『황혼』은 "해방전 로동계급의 생활과 투쟁을 폭넓게 취급한 장편소설로서
프로레타리아문학발전과 사회주의적사실주의확립에 의의 있는 기여"[89]를 한
것으로 평가된다.

> "저는 한번 눈을 딱 감고 지금 생각하는대로 해볼작정이예요. 구태어 높은
> 자리를 구할 필요도 없으니까 공장도 좋고……무엇이든지 가리지 않을 작정이
> 예요."
> 　여순은 이렇게 결론을 지었다. 물론 그는 아직도 파고들어가보면 확고히
> 어떤 결심이 섰다고는 볼수없었다. (……) 사실인즉 아직도 그 결심이 그 자
> 신의 피와살과호흡이 되지 못한까닭이었다. (……) 그래서 그자신도 그새 좀
> 더강해지랴고 여러가지로 반성하고 겸하야 준식의 권고도 간곡한바 있어서 어
> 쨌던 위선 준식의권고를 따르기로 하였던것이다.[90]

사회주의 미학의 관점에서 평가하면 준식은 긍정적 주인공에 가깝고 여순
은 중도적 주인공[91]에 가깝지만, 이들이 중도적 주인공이나 긍정적 주인공의

---

88) 박상훈이 〈조국광복회〉의 정치 공작원이라는 지적은 다소 무리가 있고, 이 단체 조직
　　이전에 김일성이 국내에 파견한 정치 공작원으로 보는 것이 타당할 것이다. 〈조국광복
　　회〉은 1936년 말부터 조직 구축이 시작되고, 김일성은 36년 9월부터 장백현에 정치
　　공작원을 파견하기 시작한다.(和田春樹, 『김일성과 만주항일전쟁』, 이종석(역), 창작
　　과 비평사, 1992, 151면)
89) 류　만, 『조선문학사』 9, 과학백과사전종합출판사, 1995, 151면, 153면.
90) 한설야, 『황혼』, 영창서관, 1940, 443~444면.
91) 긍정적 주인공은 이상형의 주인공이 아니며 진부한 선인들의 총합도 아니며, 영웅적인
　　노동계급의 훌륭한 자질을 소유한 인간이다. "사상적 신념, 고도의 정치의식, 사회에
　　대한 의무의 이해, 혁명 전통들에 대한 신뢰 ; 노동과 민중의 자질에 대한 새로운 태

가능성92)을 지니고 있을 뿐 이런 주인공으로 보는 것은 무리이다. 이기영 소
설『고향』의 관념적 인물 갑순과 마찬가지로 여순의 전화가 '한번 눈을 딱 감고'
간곡한 '준식의 권고도' 있고 하여 우선 공장으로 들어가 노동계급 투사로 변신
한다는 설정은 극히 부자연스럽다. 특히 여순의 갈등이 "주관적 의지와 그것을
실현할 수 없게 만드는 상황 사이의 갈등이며 더욱이 그 갈등은 역사적 대립과
는 무관한 것이다."93) 결국 여순은 역사적 대립과는 무관한 주관적 의지의 실
현과 관련된 갈등 상황에 위치한 인물이다. 준식은 긍정적이고 낙관적 성격으
로 묘사되어 있을 뿐 노동자 계급의 본질이나 역사적 필연성과 무관하게 추상
적으로 형상화된 이상적 인물이다.94) 결국 북한의 준식이나 여순의 전형적 인

도, 조직성과 책임감, 사회주의 애국심과 프롤레타리아 인터내셔널리즘 ; 고도의 사
회, 정치적 적극성 ; 자발적으로 자신의 개인적 기쁨을 사회를 위해 희생할 각오와 집
단주의, 그러한 행동에서 만족과 행복을 느끼는 성격 등등, 이러한 특성들이 새로운 인
간형의 뛰어난 모습이다."(Shcherbina(외),『소련 현대문학비평』, 이강은(역), 혼겨
레, 1986, 276면) 중도적 주인공이란 "상호 대립하고 있는 두 개의 역사적 힘을 그
차체내에 모순적으로 체현한 인물로 된다. 이 중도적 주인공을 통해서 부차적 인물로
나타나는 완결된 인물—이는 현실 속에서는 세계사적 개인이다—의 출현의 필연성을
뒷받침해준다는 것이다."(G. Lukács,『역사소설론』, 이영욱(역), 거름, 1987, 32~
37면, 채호석,「『황혼』론」,『민족문학사연구』1, 1991. 9, 239면)

92) 역사문제연구소,『카프 문학운동연구』, 역사비평사, 1989, 188면, 189면.

93) 채호석, 앞의 글, 240면.

94) 한설야는 이 작품을 설명하는 자리에서 양심있는 인텔리 청년의 고민을 그린 작품이라
고 지적한다.(한설야,「본지를 빛날 신장편소설 '황혼'」,『조선일보』, 1936. 1. 28) 그
의 이 진술에 의거하면 "『황혼』의 주인공은 인텔리 청년인 '경재'이고, '려순'은 그를 비
추는 대조적 인물이"며, 이 "소설의 초점은 경재에 놓여 있으며, 그를 둘러싼 자본가와
노동자는 그가 생활하는 공간적 지형도이고, 경재가 일련의 방황을 통해 두 계급 중 어
느 하나를 선택하는 과정이『황혼』의 주제를 결정한다." "『황혼』은 작가의 이상을 경재
와 여순의 형상을 빌어 표현한 것으로, '인간이란 결국 되는대로 살 수밖에 없다'는 자
조 속에 소시민적 삶을 걸어가는 경재가 암흑기 한설야의 실존적 모습이라면, 여순은
그럼에도 불구하고 견지해야만 하는 이념적 지표인 셈이다."(강진호,「지식인의 자기
인식과 민중의 생명력 - 한설야론」,『한국근대문학 작가연구』, 깊은샘, 1996, 219면,
223면)
이에 반해 장석홍은『황혼』을 경재, 여순, 준식의 대등한 인력으로 작용되어 형성된
작품으로 평가한다. "『황혼』의 작품성과 신념과 지향이라는 작가의 자존심을 맞바꾼
것이라 말할 수 있다. (……)『황혼』의 관념은 한설야의 자의식이 말들어 낸 의도적인
것이 되며, 여순의 노동자로의 존재 전이는 역사의 방향성에 대한 작가의 신념이 될
수 있는 것이다. (……) 현실에서 방향하는 경재, 방향성을 추구하는 여순, 그리고 작

물에 대한 평가는 일면적 성격을 면하기 어렵다.

　김명수는 안함광과 같은 사회학적 명제를 설명하는 듯한 비평은 문학 전통
의 단순화와 빈약화를 초래할 따름이라고 지적한다.

　　　현실의 본질적 측면을 형상적 수단에 의하여 일반화하는 것 즉 전형화는
　　우리 문학의 가장 중요한 특징적인 속성이다. (……) 무릇 예술가는 이러저러
　　한 현상의 물결 속에서 본질적인 것을 캐여내며, 그것들을 호상 련계 속에서
　　전형화 할 수 있는 능력을 가져야만 한다. 이것은 곧 작가에 의한 예술적 개괄
　　의 힘, 예술적 일반화의 능력이다.[95]

　　　흔히 전형적인 것이라는 개념을 일반적인 것 또는 본질적인 것이라는 개념
　　으로, 전형화를 일반화와 동일한 개념으로 사용하고 있으나 이것은 정확한 견
　　해가 아니다. 이것은 형상적 사유의 특수성, 예술적 인식의 독자성에 대한 부
　　정확한 견해의 표현이다. 한 실례로 안 함광은 「조선 문학의 발전상과 전형화
　　상의 몇가지 문제」(『조선 문학』 1954, 2호) 라는 론문에서 전형성에 대한 주
　　지되여 있는 정의를 인용하면서 다음과 같이 쓰고 있다.[96]

　안함광이 현실의 본질적 측면을 형상적 수단에 의하여 일반화하는 것을 전
형화라는 것에 대해서 김명수는 전형화를 일반화와 동일한 개념이나 예술적 개
괄이나 예술적 일반화의 개념으로 사용하는 것은 부정확한 견해로 비판한다.
그는 "개별적 개성적인 것과 일반적인 것의 통일체로서의 전형적인 것, 개성화
와 일반화의 통일체로서의 전형화의 개념"[97]을 강조한다. 개성화와 일반화의
분리는 다만 개성적인 목소리가 배제되고 일반적인 목소리만 남아 있는 작품이
나 창작의 유형화를 가져오는 것이다.

　　가의 관념 속에서 주관적 시간을 맞이하는 준식, 이 세 인물이 작품 안에서 대등한 인
　　력으로 작용하고 있다고 볼 수 있다."(장석홍, 『한설야 소설 연구』(한설야 소설에 나타
　　난 계급의식의 변모 양상 연구, 건국대 박사, 1996), 박이정, 1997, 104~105면)
95) 안함광, 「소설 문학의 발전상과 전형화상의 몇가지 문제」, 『조선문학』, 1954. 2, 12
　　9~130면.
96) 김명수, 「문학 예술의 특수성과 전형성의 문제」, 『조선문학』, 1956. 9, 159면.
97) 위의 글, 159면.

　　우리 문학 앞에는 우리 인민의 싸우는 모습을 어떻게 훌륭하게 묘사할 것
인가 하는 과업이 제기되여 있다. 우리 인민의 생활에서 무엇이 중요하고 무
엇이 본질적인 것인가를 알아내여 그것을 강조하며 과장하며, 새 것과 낡은
것과의 투쟁이 어떤 형태로 진행되며 새 것이 어떻게 승리하고 낡은 것이 어
떻게 멸망하는 가를, 추상적으로서가 아니라 구체적으로 묘사하는 것, 이것이
바로 우리 작가들의 과업이다.[98]

　　개별적 작품들의 주인공과 주제들을 어떤 공식적인 명제의 귀착시키거나
때로는 그것을 외곡하는 일이 우리의 평론들에서 례외적 현상이 아니라는 것
을 지적할 필요가 있다. 이러한 척도에 걸리기만 하면 해당 작품에 묘사된 생
활의 다양성과 인간들의 성격적 독자성들이 대번에 물거품처럼 사라지고 말며
평자가 만들어낸 명제만이 허공에 남아있게 된다. 그리하여 그 작품은 작품대
로 그 작품에 대한 평가는 평가대로 저 갈 길을 각기 달리게 마련이다. 다만
하나의 실례만을 들면 한효의 평론「생활과 보조를 같이 하는 것은 작가들의
신성한 의무이다」(『조선 문학』 1954, 10호)에서 송영의 희곡『두 처녀』에 대
한 분석이다.[99]

　　말렌코프의 전형론의 영향으로 한효는 인민 생활의 본질적인 것을 찾아내
어 그것을 강조하며 과장하여 새 것과 낡은 것의 투쟁에서 새 것의 승리와 낡
은 것의 멸망을 구체적으로 묘사하는 것이 작가들의 과업이라고 지적한다. 이
러한 그의 지적은 도식주의적 견해로 비판받는다. 그의 견해는 작품의 주인공
과 주제를 어떤 공식적인 명제의 귀착시키거나 그것을 왜곡하는 것이며 작품에
묘사된 생활의 다양성과 인간들의 성격적 독자성이 배제되고 공식적인 명제만
이 남아 있는 것으로 비판된다. 송영의 희곡에 대한 한효의 평가는 공식적인
처방에 따른 것이지만 공식적인 명제가 모든 작품에 있어서 다 들어맞지 않는
것처럼 공식적인 처방 역시 들어맞지 않을 수 있다는 것을 보여준다. 특히 사
회적 현상의 본질을 추상화된 공식으로 작품을 분석하고 처방을 하는 경우 생
활의 풍부성과 인간의 다양한 성격적 특징을 좀먹는 것이 바로 도식적 경향이

---

98) 한　효,「생활과 보조를 같이하는 것은 작가들의 신성한 의무이다」, 『조선문학』,
　　　1954. 10, 105면.
99) 김명수, 앞의 글, 156면.

다. 김명수는 과학에서 연구하는 사회적 전형과 문학 예술에서 표현되는 전형적 성격을 혼동해서는 안 된다는 점을 지적하면서 문학 예술의 전형화는 "일반화와 개성화의 유기적 통일체"[100]임을 강조한다.

> 과거의 비판적 사실주의의 문학이나 오늘 남조선을 포함한 자본주의 국가의 진보적 문학을 일률적으로 당성의 척도에서 보는 것이 속학적인 독단주의라면 사회주의 사실주의 문학이 맑스—레닌주의 세계관—공산주의적 당성과의 결합체라는 것을 보지 못하는 것도 력사적 구체성을 무시한 속학적이며 반맑스주의적인 견해다.
> 우리들에게는 생활의 연구, 맑스—레닌주의의 무장, 예술적 소양 및 기교의 체득이 전형적 형상 창조의 필수 조건이라는 것을 다시금 명심할 필요가 있다.[101]

그는 말렌코프가 지적한 '의식적인 과장과 강조'에 의한 전형론을 비판하고 "생활의 진실을 전형적 환경에 있어서의 전형적 성격의 형상을 통하여 보여 주는" 것과 전형화를 일반화와 개성화의 유기적 통일체라고 주장한다. 그의 전형론은 "전형적 상황에서의 전형적 성격들의 충실한 재현"[102]이라는 엥겔스의 비판적 리얼리즘론으로 복귀한 것이며, 전형화를 일반화와 개성화의 유기적 통일체란 루카치가 말하는 '특수성'의 개념과 연관된다. 특수성이란 "개별자와 보편자의 분리될 수 없는 유기적 통일체이며, 따라서 이들이 더 이상 식별될 수 없도록 용해되어 이루는 새로운 종합"[103]이다. 결국 김명수의 전형론이란 비판적 리얼리즘론으로 복귀로 보이지만, 궁극적으로는 속학적인 독단주의 비판과 사회주의 리얼리즘에 대한 강조를 위한 것이다. 특히 도식주의 비판과 관련된 것이지만, 그의 남조선을 포함한 자본주의 국가의 진보적 문학을 일률적으로 당성의 척도에서 보는 것이 속학적인 독단주의라는 비판은 어느 정도 그의

---

100) 위의 글, 159면.
101) 위의 글, 170~171면.
102) F. Engels, 「엥겔스가 런던의 마가렛 하크니스에게」, K. Marx, F. Engels, 『맑스·엥겔스 문학예술론』 1, 조만영·정재경(역), 돌베개, 1990, 163면.
103) G. Lukács, 『미학서설』, 홍승용(역), 실천문학사, 1987, 270면.

유연한 사고를 보여 준다. 이런 유연한 사고는 제2차 조선작가대회에서 한설야 위원장의 "민족의 량심을 가지고 남반부에서의 현존 제도를 반대하고 인민의 리익을 대변하는 애국적인 작가들도 있습니다"104) 라는 발언의 연장선상에 놓여 있다.

> 문학의 대상이 감성적이며 구체적인 동시에 개성적인 인간이라고 한다면 그것에 대한 작가의 미학적 관계—그 평가와 태도에 있어서도 역시 감성적, 구체적인 동시에 개성적이다. 따라서 문학 작품의 내용은 어디까지나 감성적, 구체적이며 개성적이다. (……) 개성이 없는 인간은 인간이 아니며 개성이 없는 작가는 작가가 아니다. 정서적 륜리적 심리적 제 측면에서 독자적인 자기 세계를 가지고 있지 못한 인물을 상상할 수 없는 것처럼 그러한 인간들 속에서 독자적인 자기 세계를 찾아내지 못하는 작가를 또한 상상할 수 없다. 바로 이러한 것의 통일 속에 개성적인 예술적 형상이 이루어지는 것이다.105)

> 김명수는 이 '개성적 특성'을 어데로 끌고 갔는가? 그는 과학과 문학이 서로 다른, 말하자면 동일시되여서는 안 되는 그런 '사회적 현상의 본질'을 표현하는 것으로 보았기 때문에 그것을 객관적 법칙으로 나타나는 사회적 현상의 본질을 표현함에 있어서의 예술의 특수한 작용, 즉 예술적 특수성으로써 받아들일 수 없게 되였다. 그리하여 그는 그 '개성적 특성'을 각이한 작가들의 각이한 주인공들의 각이한 성격으로 끌고 갈 수 밖에 없었는바 이러한 것들은 벌써 철학적인 및 미학적인 내용을 가진 예술적 특수성인 것이 아니라 그 특수성을 거쳐서 나타난 이러저러한 결과들인 것이다.106)

김명수는 문학의 대상이 감성적이고 구체적이고 개성적인 인간이며 문학의 내용이 감성적이고 구체적이고 개성적인 것이라고 지적한다. 작가는 이런 인간들의 성격과 운명에 대한 작가 자신의 정서적 반응과 미학적 태도에 있어서 다른 작가와 달리 개성적인 측면을 갖는다. 개성이 없는 인간은 인간이 아니며 개성이 없는 작가는 작가가 아니다. 작품에서 독자적인 세계를 갖지 못한 인물

---

104) 한설야, 「전후 조선 문학의 현 상태와 전망」, 59면.
105) 김명수, 「문학에서 '미학적인 것'을 바로 찾기 위하여 - 엄 호석 「문학 평론에서 미학적인 것과 비속 사회학적인 것」을 중심으로」, 『조선문학』, 1957. 3, 138~139면.
106) 한 효, 「아름다운 것과 미학적 태도」, 『조선문학』, 1957. 6, 101면.

을 상상할 수 없는 것과 마찬가지로 이런 인물 속에서 독자적인 세계를 찾아내지 못하는 작가도 없다. 이런 김명수의 예술적 특수성을 작가의 개성과 관련하여 이해한 것은 문제성을 띤다. 과학과 문학이 동일한 사회적 현상의 본질을 표현하는 것이며 객관적 법칙으로 나타나는 사회적 현상의 본질을 표현하는 것에 있어 예술의 특수한 작용인 예술적 특성이 나타나는 것이다.

한효는 김명수의 이런 예술적 특수성의 이해를 비판하면서 예술적 특수성이 문학과 예술에 고유한 특성으로서 결코 작가의 개성이 아니라는 점을 강조한다. 김명수의 예술적 특수성과 작가의 개성을 혼동하는 것은 명백한 오류이다. 까간이 지적하듯이 과학과 예술의 인식 차이는 그 인식 대상의 차이가 아니라 그 인식 대상의 구조 차이에 있다. 과학의 인식 대상의 구조는 단층적(einschichtig)이고 오직 하나의 차원에 존재하며 그 객관성 속에서 하나의 의미만을 지니지만, 예술적 인식대상의 구조는 이층적(zweischichtig)이며 객관적인 것과 주관적인 것, 자연적인 것과 사회적인 것, 물질적인 것과 정신적인 것이 결합되어 있다. 예술인식의 특수성은 "물질적인 것을 통하여 정신적인 것으로"107)라는 말로 설명된다. 예술인식의 특수성이란 주관과 객관이 특수한 방식으로 결합된 가치론적인 것이다.

김일성의 교시 「작가, 예술인들 속에서 낡은 사상 잔재를 반대하는 투쟁을 힘있게 벌릴데 대하여」(1958. 10. 14), 「공산주의교양에 대하여」(1958. 11. 20)에서 부르주아적 잔재의 청산과 공산주의 교양을 강조하면서 1959년 4월 〈조선작가동맹〉 중앙위원회 제4차 전원회의에서 행한 한설야의 보고에서 작가들의 소부르주아적 개인 취미와 부르주아 사상 잔재들을 지적하고, 사회주의 리얼리즘을 왜곡하고 이탈하는 편향의 오류를 비판하고, 사회주의 건설의 완성과 공산주의 사회를 현실화할 것을 강조한다. 당의 정확한 문예정책을 받들고 사회주의 리얼리즘의 기치 아래 전진하는 공산주의 문학이란 "일체 부르죠아적 낡은 사상과 저급한 취미의 문학을 배제하며 공산주의 사상을 기본으로 하여 우리들의 새로운 생활을 반영하고 새로운 사람들인 공산주의자의 정신적 풍모와 성격을 창조하며 근로자들인 공산주의자의 정신으로 교양하는 문학"108)이

---

107) M. S. Kagan, 『미학강의』 I, 진중권(역), 새길, 1989, 284면.

다. 결국 이 시기의 공산주의 문학이란 당의 문예정책에 따라 공산주의적 당성 원칙을 강화하고 이를 교양하는 문학이다.

> 평론 분야에서도 도식주의와 비속 사회학적 경향을 반대한다는 구실 밑에 사상성을 홀시하고 소부르죠아적 개인 취미를 조성하는 편향들이 나타났는바 김 명수의 평론은 그 대표적 실례로 됩니다.
>
> 김 명수는 그 일련의 평론들에서 우리 문학을 항상 첨예한 사회 정치적 투쟁의 밖으로 내몰고 부르죠아적 미학 사상을 류포시켰으며 특히 서 만일, 김 순석의 소부르죠아적 시편들을 찬양하여 그의 해독성을 조장시켰습니다.
>
> 이와 함께 엄 호석도『김 소월론』과『들』을 평한 평론들에서 들끓는 시대적 빠포스와는 거리가 먼 안온하고 사상성이 희박한 작품들을 내세움으로써 자기의 소부르죠아적 미학 취미를 발로시켰습니다.109)

이 시기에 공산당의 문예 정책에 따라 김명수의 평론은 도식주의와 비속 사회학적 경향을 반대한다는 구실 밑에 사상성을 무시하고 소부르주아적 개인 취미를 조성하는 편향을 드러낸 것으로 비판받고, 엄호석은 안온하고 사상성이 희박한 작품을 긍정적으로 평가함으로써 소부르주아적 미학 취미를 드러낸 것으로 비판받는다. 결국 김명수와 엄호석의 평론에 대한 비판은 공산주의 교양과 관련하여 사성성 강화와 관련된 것이다. 결국 이런 조치는 사회주의 리얼리즘이 "무엇보다도 사회주의 사상을 선명히 표현하고 옹호하는 문학이며 우리의 사회주의적 현실에 대한 높은 긍정의 빠포스로 관철된 문학"110)임을 강조하기 위한 것이다. 결국 이 시기의 문학이란 공산주의적 당성 원칙을 강화하고 이를 교양하는 문학이다. 이 부르주아 사상 잔재 비판과 더불어 1958년 이후 영웅적 주인공에 대한 강조와 항일혁명문학이 혁명적 전통으로 자리잡기 시작한다. 결국 이 시기는 문학과 정치의 어느 정도의 긴장 관계가 무너지면서 문학이 정치에 매몰된다.

---

108) 한설야, 「공산주의 교양과 우리 문학의 당면 과업 – 조선 작가 동맹 중앙 위원회 제 4차 전원 회의에서 한 보고」, 한설야(외), 『공산주의 교양과 창작문제』, 조선작가동맹출판사, 1959, 40면.
109) 위의 글, 33~34면.
110) 위의 글, 43면.

북한 문학에서 1953년 말렌코프의 '과장과 강조'라는 혁명적 낭만주의를 기반으로 한 전형론은 도식주의의 함정에 빠질 수 밖에 없다. 이러한 전형론은 1956년 제2차 조선작가대회를 중심으로 하여 도식주의나 독단주의 비판과 더불어 다시 생활의 진실을 강조하는 리얼리즘론으로 복귀한다. 그러나 이런 리얼리즘론으로 복귀는 1959년 공산주의 교양과 부르주아 사상 잔재 청산과 관련된 비판이 시작되면서 사상성과 혁명적 낭만성을 강조하는 리얼리즘론으로 회귀하게 된다.

2) 도식주의론

도식주의에 대한 기원은 1946년 겨울 〈원산문학동맹〉에서 발간된 시집인 『응향』에 대한 〈북조선문학예술총동맹〉이 1947년 1월 퇴폐적이고 반동적인 시집으로 규정111)한 것과 관련된 일련의 조치에서 찾을 수 있다. 〈북조선문학예술총동맹〉 지도부는 순수서정시를 게재한 『응향』, 『예원써클』, 『관서 시인집』, 『문장독본』 등의 작가와 작품에 대한 조직적 차원에서 직접 개입하여 북한 문학이 사회주의적 당의 문학이어야 함을 규정한다. 이 『응향』 사건은 문학예술에 대한 관료적 통제의 시작이다. 한효는 북한문학의 도식주의 기원을 1947년 『백두산』에 대한 안함광의 비판과 그 이후의 박해에서 찾고 있다.

> 도식주의가 어느때부터 그렇게도 우리 문학에 고질이 되기 시작하였는가에 대해서 말하는 것은 그리 쉬운 일이 아니다. 그러나 만일 나의 생각에 틀림이 없다면 나는, 1947년 봄 한 평론가에 대한 언어도단의 란폭한 박해가 있은 뒤에 도식주의가 우리 문학에서 꺼리낌 없는 고질로 되기 시작하였다고 말하는 데 서슴치 않겠다. 나는 지금 장편 서사시 『백두산』에 대한 안함광 동무의 평론에 대하여 취해진 일부 사람들의 참으로 놀랠만한 박해를 넘두에 두고 말하는 것이다.112)

---

111) "시집 『응향』에 수록된 시중의 태반은 조선현실에 대한 회의적 공상적 퇴폐적 현실도피적 심하게는 절망적인 경향을 갖었음을 지적하면서 이에 대하여 비판을 가한다."(「시집 『응향』에 관한 결정서 – 북조선문학예술총동맹 중앙상임위원회의 결정서」, 『문학』, 1947. 4, 71면)

　　장편 서사시『백두산』에 대한 안함광과 조기천의 논쟁은 정치적 고려에 의해서 조기천의 승리와 안함광에 대한 박해로 이어진다. 안함광은 "시적인 매력이 없는 뻣뻣한 리듬과 내용을 설명하는 억지, 특히 산문과 다름없는 시행 회화의 시적 연소의 부족"과 "수령인 김일성의 빨치산 생활을 영웅화한 나머지 그 전형이 나오지 않았다는 점" 등의 결함을 지닌 것으로『백두산』을 평가한다. 안함광의 이런 평가에 대한 조기천의 그에 대한 비판과 그들의 심각한 갈등은 당 선전부장인 김창만이 "안함광의 글은 옳지 않으며, 쏘련서 온 시인에게 대하여 그 무슨 폭언이냐는 듯히 결론을 맺은 글"113)로 조기천의 입장을 지지함으로써 일단락된다. 안함광은 심한 박해 이후 "항일 유격 투쟁에 관한 웅장하고도 광활한 화폭을 보여 주는 작품"114)으로 장편 서사시『백두산』을 평가한다. 북한에서 조기천의『백두산』은 항일혁명투쟁사를 형상화한 바람직한 본보기이며 최고의 전범으로 평가된다. 김일성의 항일유격투쟁은 인민군대의 기원이며 바람직한 혁명적 전통으로 평가된다. 결국 조기천『백두산』은 "국제 공산주의 운동과의 련계 밑에 조선 혁명의 정당한 로선을 개척한 이 투쟁의 의의에 침투함으로써 김 대장과 그 전우들의 성격에 거대한 력사적 진실성을 부여"한 작품이며, "김일성 항일 무장 유격 투쟁의 력사적 의의"115)를 표명한 작품으로 평가된다. 그러나 실질적으로『백두산』은 사건의 극적 전개에 치중하여 시적인 형상화가 미약한 결점116)을 갖고 있는 작품이다.

---

112) 한　효,「도식주의를 반대하여」,『제2차 조선 작가 대회 문헌집』, 조선작가동맹출판사, 1956, 175면.
113) 현　수,『적치 6년의 북한문단』(국민사상지도원, 1952), 보고사, 1999, 86~87면.
114) 안함광,『조선문학사』(교육도서출판사, 1956) 3, 연변교육출판사, 1957, 418면.
115) 엄호석,「인민 군대와 우리 문학」,『조선문학』, 1958. 2, 104면.
116) 엄호석은『백두산』의 부분적 약점을 예술적 형상화 미약과 통속극적인 요소를 지적한다. "『백두산』에는 시'적인 것보다 극적인 것이 우세하며 사색으로 심오화된 시'구들로서 독자들의 머리 속에 형성되여 오래 자리잡는 그런 시'적 형상이 미약한 대신에 사건의 극적 전개만으로 다우쳐 나간 그런 예술적 약점으로부터 제외되지 못하였다. 주재소 습격과 꽃분이의 집에서 철호를 일제 경관의 눈으로부터 감추는 장면들도 빨찌산 투쟁에서 특징적인 에피소드들로 선택되였음에도 불구하고 그것들이 시인에 의하여 얼마간 통속극적으로 윤색되여 취급된 부분적 약점을 가지고 있다."(위의 글, 104면)

1947년『응향』사건과 마찬가지로『백두산』에 대한 안함광과 조기천의 논쟁은 북한 문단의 문학예술에 대한 관료적 통제의 시작을 의미하는 사건이다. 한효는 안함광의 평론에 대한 난폭한 박해가 있은 뒤 도식주의가 북한 문단의 고질적인 문제로 되기 시작한 것이며 생활과 담을 쌓은 빈 구호들만이 되풀이되고 있다고 비판한다. 북한 문단은 1947년 문학예술에 대한 관료적 통제의 시작과 더불어 도식주의는 북한문학에 내재한 특징이 된다. 결국 도식주의란 실상 해야할 이야기만 할 수 있는 북한 문학 자체에 내장되어 있는 것이다.

> 우리는 성스러운 조국 해방 전쟁을 승리하였고 또 전후 인민 경제 복구 발전의 웅장한 첫 걸음을 내어 디디었습니다. 그렇기 때문에 나는 생각합니다. 사람의 얼굴이 다른 것처럼 시인들의 즐기는 노래도 다를 것이라는 것을…… 시인들의 개성은 작품을 통하여 다양하게 표현되어야 할 것입니다. 그럼에도 불구하고 왜 우리의 시들은 서정이 적으며 주제가 다채롭지 못한가?117)
> 나는 우리 문학의 독자들로부터 왕왕히 다음과 같은 목소리를 듣게된다. 즉 작품이 시사론문처럼 딱딱하고 따분하다. 혹은 재미가 없고 감동이 희박하다. 모두 그것이 그것처럼 비슷비슷하다. 심지어는 끝까지 읽어 나가기에는 견인성과 완강성이 요구된다는 아이로니까지 수반되고 있다. 인민들의 숨김없는 이 목소리를 한 마디로 종합하면 형상성의 빈약과 추상성의 범람으로 규정할 수 있다. 이러한 현상은 우리의 적지 않은 부분적 작품들 속에 뿌리 깊게 남아있는 공통된 현상이다.118)

1954년 5월『조선문학』에 게재된「편집부에 온 독자의 편지」란에 게재된 독자의 서신에는 북한 시의 도식적인 면에 대한 불만족이 표현되어 있다. 시문학의 기본적으로 부족한 점이 개성이 없다는 것, 서정이 적다는 것, 주제가 다채롭지 못하다는 것이다. 이러한 문제점과 관련하여 이정구는 서정시에 대해서 서정과 내용의 산만성, 서정시와 서정 서사시의 한계를 규정할 수 없는 변태적 장르, 형식의 방임성과 무규율성, 언어의 부정확한 사용, 산문적이고 비음악적인 언어의 사용 등을 비판한다. 그는 완전한 전형적 서정 창조와 문학의 중요

---

117) 박창인,「편집부에 온 독자의 편지 - 시의 주제를 다양하게」,『조선문학』, 1954. 5, 151면.
118) 김명수,「우리 문학의 형상성 제고를 위하여」,『조선문학』, 1954. 6, 111면.

한 수단인 언어를 통한 형상화를 강조한다. 전형을 창조하는 것이란 "우리 인민의 생활과 감정에 합치되는 것이며 우리 나라의 사회 력사적 현상의 본질에 부합되는 것"이다. 결국 "시인이 사회 력사적 현상의 본질에 합치되는 전형적이며 성격적인 서정을 창조한다는 것"은 "당성을 발휘한다는 것"이다. 그는 언어에 대한 문제에서 "작품 속에서 성격과 사상과 감정을 그가 선택하는 단어의 정확성, 선명성, 음향성에 의해서만 창조할 수 있"기 때문에 "모국어에 대한 광범한 지식의 축적이 필요하며 그 속에서 가장 정확하고 가장 예리하고 가장 힘있는 단어들을 골라내는 능력이 필요하다"[119]고 지적한다. 특히 그의 언어외 관련된 형식에 관한 문제 제기는 내용만 강조해 온 북한 시에 대한 간접적 비판이기도 하다.

김명수는 독자들이 작품에 대한 재미가 없고 감동이 적다는 비난은 형상성의 빈약과 추상성의 범람에 원인이 있다고 판단한다. 문학의 추상성의 원인이 바로 주관주의와 도식주의이다. 그는 "주관의 확성기를 가지고 문학을 하려는 옳지 않은 경향"인 주관주의와 "인간을 판에 박아낸 것처럼 류형화하며 규격화"하는 도식주의를 비판한다. 그의 지적은 바로 "문학은 '시대 정신의 메가폰'도 아니며 작자의 주관을 쏟아붓는 확성기도 아니"[120]라는 점이다. 이런 도식주의와 주관주의의 결과가 문학의 죽음을 의미하는 추상성의 범람이다. 특히 리얼리즘의 인물은 작가의 경험을 토대로 한 구체적이고 생동감 있는 현실적인 상황의 창조를 통해서 살아있는 인물을 묘사하는 '구체적 보편성'[121]을 가져야 한다.

로동 계급의 전형은 하나라고하는 그릇된 견해는 일반적인 것과 개별적인 것을 분리하여 가지고 일반적인 것에만 매여달리는 것을 의미하며 인물의 도식적 류형화를 합리화하려는 변명인 것이다. 그리고 이것이 형상적 사유와는 아무런 인연도 없다는 것은 두말할 것도 없다. (……) 우리 문학에서 인물에

---

119) 리정구, 「최근 우리 시문학 상에 제기되는 몇가지 문제 – 주로 서정시를 중심으로」, 『조선문학』, 1954. 9, 74면, 75면, 83면.
120) 김명수, 앞의 글, 117~118면.
121) G. Bisztray, 『마르크스주의 리얼리즘 모델』, 인간사 편집실(역), 인간사, 1985, 72면.

대한 도식적 류형화의 실례는 얼마든지 들 수 있다. 전투 영웅을 묘사한 작품
에서나 선진적 로동 계급을 형상한 작품들에서 그것은 더욱 현저하게 드러나
고 있으며 갑의 주인공이나 을의 주인공이나 모두 대동소이한 인물들이
다.122)

김명수는 노동계급의 전형은 하나라는 잘못된 견해가 일반적인 것과 개별
적인 것을 분리하여 일반적인 것을 강조하는 것을 말하는 것으로 인물의 도식
적 유형화를 합리화하는 변명이라고 지적한다. 특히 그는 전투 영웅이나 노동
계급에 대한 도식적 유형화를 비판하고 일반적인 것과 개별적인 것의 통일체로
서 나타나는 전형적 상황에서 "개별적인것 속에 일반적인 것을 형상화할 수 있
는 힘"을 강조한다. 그는 "작가들의 창작 태도와 작품 평가에 있어서 형상성과
사상성을 서로 분리해서 보는데로부터 형상 여하를 불문하고 경향성이 두드러
진 작품이면 된다"는 잘못된 견해와 적지 않은 "개념적이며 구호적인 작품"123)
의 창작에 대해서 비판한다. 그는 문학에 표현된 사상은 형상화된 사상이며 감
성적으로 표현된 사상임을 지적하여 문학에서 있어서 사상성과 형상성이 유기
적인 통일체임을 강조한다.

도식적 인물은 "하나의 생동하는 구체적 인간이 행동하는 것이 아니라 인간
의 형식을 빌려 쓰고 나온 작가의 개념이 움직"이는 것이며, 도식적 플롯은 "현
실의 법칙이 각이한 조건과 환경 속에서 다양하게 발현되는 것을 보지못한 소
이이며 안이한 자기 개념으로써 사물을 처리하는데 기인하는 것"124)이다. 북
한 문학은 생활의 복잡한 모순을 작가의 의도에 따라 단순하고 일직선적으로
묘사함으로 생활의 진실을 형상화할 수 없고 결국 도식주의의 함정에 빠질 수
밖에 없다. 북한문학은 승리의 역사라는 북한만의 역사를 기술할 수 밖에 없는
한계에 의한 자연스러운 결과이다. 당과 수령에 의해서 해야 할 이야기와 하지
말아야 할 이야기는 미리부터 정해져 있는 것이다. 결국 북한 문학이란 "개인들
을 시대정신의 단순한 전달도구로 전락"125)시키는 주관주의적 관념론의 함정

---

122) 김명수, 앞의 글, 119~120면.
123) 위의 글, 119면, 125면.
124) 위의 글, 115면, 122면.

에서 자유롭지 못하다.

북한 문학의 도식주의란 실상 해야할 이야기만 할 수 있는 북한 문학 자체에 내장되어 있던 것이다. 북한 문학의 창작 방법인 사회주의 리얼리즘은 문학의 모든 긍정적인 계기만을 강조하는 혁명적 낭만주의 세계관을 내포하고 있다. 그러나 현실의 본질적이고 객관적 인식 없이 단지 주관적으로 가능한 것이나 긍정적인 것을 강조할 때는 루카치의 표현대로 "경제적 주관주의의 미학적 대응물"에 불과한 것이 된다. 이는 사회주의 리얼리즘론에 대한 많은 오해를 발생시키는 긍정적 전범인 주인공, 갈등의 직선적 명료성, 낙관적 결말 등의 "무갈등 이론"126)의 오류를 범할 위험성을 가진다. 결국 북한 문학의 도식주의란 북한 문학 자체에 내포된 것이며 그 비판의 계기가 바로 말렌코프의 전형론 비판이다.

> 전형은 우리가 매개의 이러저러한 사건들이나 인물들 속에 명확하게 알아보지 못하는 우리 인민들의 우수한 특징들을 하나의 생생한 사건이나 인물 속에 집중하여 과장함으로써 명확하게 알아보게 하며 사람들로 하여금 류사한 모든 현상들에 대한 종합적 결론을 가지는 데 도움이 된다.127)

엄호석은 리얼리즘이 사물 자체의 자동적 반영에 있는 것이 아니라 독자들의 교양을 위하여 그것을 개조하여 전형을 창조하는 것에 있음을 지적하면서 전형이 리얼리즘의 법칙이며 전형을 떠나서는 어떤 리얼리즘에 대해서도 말할 수 없다고 강조한다. 그의 리얼리즘의 전형화에 대한 이해는 생생한 사건이나 인물 속에 집중하여 과장을 중요한 요소로 파악하고 있다. 이는 말렌코프의 전형론에서 지적한 형상에 대한 의식적인 과장과 강조의 영향이다. 한설야를 비롯한 대부분의 평론가의 글에서 말렌코프의 전형론을 언급하면서 과장과 강조

---

125) K. Marx, 「맑스가 베를린의 라쌀레에게」, K. Marx, F. Engels, 『맑스·엥겔스 문학예술론』 1, 조만영·정재경(역), 돌베개, 1990,, 191면.
126) 김영룡, 「사회주의 현실주의 논의의 역사적 전개에 관한 일 고찰」, 문학예술연구소(편), 『현실주의 연구』 I, 제3문학사, 1990, 23면.
127) 엄호석, 「생활의 체험과 작가 - 「싸우는 마을 사람들」을 중심으로」, 『조선문학』, 1954. 7, 129면.

를 지적한다. 그러나 이 과장이나 강조는 생활의 복잡한 모순의 진실한 형상화라기보다는 작가의 관념에 의한 도식적 구성을 발생시키며, 생활의 진실을 형상화하는 리얼리즘 미학과는 거리가 생기며 결국 도식주의의 함정에 빠질 수밖에 없다. 특히 이런 도식주의의 함정은 엄호석이 지적하는 "자기 개인의 행복만을 위하여서가 아니라 조국과 인민의 행복을 위하여 살려는 우리 시대의 모든 영웅들의 견지에서는 해결할 수 없는 그런 절망적 비극일 수 없"고 "우리 시대의 영웅들에게 특징적인 락관주의, 혁명의 리익을 위하여는 모든 개인적인 것을 희생하는 그런 혁명적 락관주의"128)의 당연한 귀결이다. 그가 지적하는 현실이란 '있어야 할 현실'인 당위적 현실이다. 이런 당위적 현실을 강조하는 것은 목적론적 사고의 필연적 산물이다.

　1956년 4월 〈조선로동당〉 제3차 대회 「당 중앙위원회 사업 총결 보고」에서 김일성은 문학예술인에게 자유주의적 산만성의 극복, 부르주아 반동작가들의 사상적 악영향을 완전히 숙청을 할 것, 반동적 부르주아 사상을 반대하는 견결한 사상 투쟁을 완강히 전개할 것, 사회주의 리얼리즘의 창작 방법을 엄격하게 입각하여 자연주의와 순수 예술의 각종 표현들을 반대하는 투쟁을 할 것을 강조한다. 제3차 〈조선로동당〉 대회의 보고와 관련하여 1956년 10월 제2차 조선작가대회에서 한설야는 도식주의를 비판한다. 그는 도식주의란 미학적으로 작품의 내용에 대한 속학적 견해이며 주관주의적 창작 태도의 발현이라고 지적한다.

　　문학 작품에 있어서는 작가의 사상이 곧 작품의 내용으로 되는 것은 아닙니다. 작가에 의하여 선택된 일정한 생활 현상 즉 객관적 모멘트와 작가의 세계관—사상 즉 주관적 모멘트가 형상적으로 통일되는 곳에 작품은 형성되는 것입니다. 그리고 형상적 형식과 그의 모든 요소들의 사명은 그 내용을 진실하고 생동하게 전달하는 데 있는 것입니다. 그럼에도 불구하고 작가의 사상성만이 인공적인 확성기를 통하여 직선적으로 울려나올 때에 그것은 독자들을 예술적으로 감동시킬 수 없는 도식주의적 작품이 되는 것입니다. 즉 문학 예술의 고유한 개성적인 형식, 쓰찔 등이 무시되기 때문입니다.129)

---

128) 위의 글, 135면.

> 아직도 그 어떤 도식의 저울대를 가지고 작품을 저울질하며 그 저울눈에
> 조금이라도 어긋나기만 하면 당장에 책을 거두어 들이라고 호령을 하기에 습
> 관이 된 자들이 있지 않은가? 아직도 우리 작가들이 4-5년 동안에 거쳐 심혈
> 을 기울여 써낸 작품을 30분도 읽어 보지 않고 대번에 무슨 감투를 씌우려 덤
> 비는 자들의 시도가 폭군처럼 우리 문학에 군림하고 있지 않은가?[130]

한설야는 "도식적 구호적으로 만든" "전형적 형상 창조에서 의식적 과장"이
독단주의이며 "생동한 문학 형상을 심장과 피가 없는 창백한 시체로 만들어 버
리"는 것이 도식주의이며 "예술의 형상과 생활 자체를 혼돈하면서 현실의 본질
적인 것과 우연적인 것을 구분하지 못하는 자연주의의 변종"[131]이 기록주의라
고 지적하며, 독단주의, 도식주의, 기록주의를 공식적으로 비판한다. 특히 그
는 작가의 사상성만을 인공적인 확성기를 통하여 직선적으로 주장하는 도식주
의적 작품은 문학 예술의 고유한 개성적인 형식이나 문체 등을 무시하는 것이
라고 지적한다. 그의 이런 비판이란 결국 말렌코프가 지적한 '의식적인 과장과
강조'를 기계적으로 수용한 자신의 오류를 자기 비판한 형식이기도 하다. 북한
의 독단주의, 도식주의, 기록주의 비판을 통해 드러나는 사실은 생활적 진실의
반영이나 개별성과 보편성의 분리될 수 없는 유기적 통일체인 특수성에 대한
리얼리즘의 기본적 입장에 대한 '무지'라기보다는 한효가 적절히 지적하고 있듯
이 "정치적 고려"[132]에 의한 권력 통제의 역기능에 대한 비판의 성격이다.

1956년 10월 제2차 조선작가대회에서 행한 이런 비평적 논의가 당 지도
부에 반영되어 1956년 12월 25일 문학예술부분 지도일군들과 한 담화에서
김일성은 우리 현실을 반영한 좋은 작품이 창작하지 못하는 것에 대해서 "문학
예술부분에 교조주의와 사대주의, 형식주의, 도식주의적 경향이 있는 것과 관
련"된 것으로 비판하고, 현실을 반영한 문학예술작품을 많이 창작할 것을 강조

---

129) 한설야, 「전후 조선 문학의 현 상태와 전망 - 제2차 조선 작가 대회에서 한 한 설야
　　　위원장의 보고」, 45면.
130) 한　효, 「도식주의를 반대하여」, 『제2차 조선 작가 대회 문헌집』, 조선작가동맹출판
　　　사, 1956, 182면.
131) 한설야, 앞의 글, 42면, 44면.
132) 한　효, 앞의 글, 175면.

하는 동시에 이런 도식주의 비판이 가져올 역기능인 "당의 령도를 거부하는 자유주의, 수정주의적사상 경향"133)에 대해서도 비판한다.

이런 도식주의 비판과 관련하여 천세봉의 『싸우는 마을 사람들』에서 당일꾼이나 당원의 형상화에 대한 문제가 여러 논자에 의해 제기된다.

> 이 작품에 등장하는 많은 인물들에 비하여 세포 위원장 최상준과 면당 위원장의 인물 형상이 도식적으로 묘사된 일은 유감스러운 일이며 이 사람들을 다만 과업과 전투 지시만을 주는 사람으로 취급한다는 것은 강점 시기에 진행한 당 단체의 거대한 지도적 역할을 옳게 인식하고 진실하게 형상하는 태도가 아니다.134)

> 천세봉의 「싸우는 마을 사람들」에는 많은 우점들이 있지만 큰 결함은 대호산 일대에 근거지를 둔 한 개의 군의 빨찌산 지휘처의 책임 일꾼들과 거기에서 핵심적 역할을 노는 당 단체들이 잘 형상화되지 않은 그 점에 있다.135)

김명수는 천세봉의 『싸우는 마을 사람들』에 대해서 일제 강점기의 농민들의 애국적 투쟁의 모습을 생동하게 보여준 작품으로 긍정적으로 평가하지만 '부록식'으로 등장하는 당일꾼에 대한 도식적 유형화에 대해선 비판한다. 그는 당일꾼이나 당원은 가장 선진적인 긍정적 인물로 형상화되어야 할 것을 강조하면서 우리 문학에서 비판되어야 할 엄중한 현상이 바로 당일꾼에 대한 도식적 유형화이며, 당일꾼이 단지 어떤 과업이나 지시를 하기 위해서만, 당의 지도와 영향을 표시하기 위해서만, 당의 지도와 영향을 표시하기 위해서만 등장하는 부록식의 인물로 나타나는 것을 비판한다.

당일꾼에 대한 도식적 유형화를 비판하는 김명수와 마찬가지로 김강은 당원이나 당 단체들을 도식적으로 형상화하는 문제점을 지적한다. 우리 사회의

---

133) 김일성, 「현실을 반영한 문학예술작품을 많이 창작하자」, 『김일성저작집』 10, 조선로동당출판사, 1980, 455면, 460면.
134) 김명수, 앞의 글, 121면.
135) 김　강, 「최근 문학 평론에 나타난 몇가지 결함들과 그의 당면 과업」, 『조선문학』, 1954. 8, 103면.

가장 전형적이며 기본적인 문제들을 적절하게 반영하기 위해서는 가장 아름다운 인물인 선진적 당일꾼과 그들이 수행하는 사업과 성격을 다각적이고 심오하게 형상화해야 한다. 그는 "실지로 우리 문학 작품에 우리 당적 인간들의 형상화가 아무런 결함도 오류도 없고 완전무결한 것인가?"[136]라고 문제 제기한다. 그는 당 일꾼들의 형상화에 나타나는 결함을 다음과 같이 지적한다.

> ① 우리 당의 향도적 조직적 역할을 사회주의적으로 묘사함에 있어서 사상과 의지와 행동의 통일적 조직체로서 미약하게 형상화하는 경향이다.
> ② 우리 당 일꾼들이 한 개의 직위로, 다시 말하면 작가가 그들에게 '위원장'이나 '부위원장'이란 렛텔을 붙이는 경향이다.
> ③ 우리 당적 인간들을 형상화함에 있어서 그들의 인간적 면모, 내면 세계를 소홀히 취급하는 경향이다.
> ④ 당 일꾼, 당원들을 아무 발전 없는 인간들처럼 묘사하는 경향이다.[137]

이런 당일꾼에 대한 형상화 오류의 지적이란 사상성과 형상성의 유기적인 통일과 인물의 전형성을 강조하기 위한 것이다. 그러나 "우리 사회에 있어서 전형성 문제를 말하며, 혁명의 본질적 면의 반영을 말하며, 현실의 본질적 진리를 운운함에 있어서 당 및 당원 대중, 당적 인간들의 조직적 및 향도적 역할을 중심 문제로 보지 않을 때에는 벌써 기본적인 것을 잃는 것이다."[138] 실질적인 의미에서 이런 그의 지적이란 당적 인간의 형상화에서 가장 중요한 것은 사상성에 있다는 것을 강조한 것에 불과하다.

김하명은 사건의 "현실적으로 사건의 발전 권외에 서서 행동에는 가담하지 않고 사건의 '중재자'적 역할"만 하거나 "어느 응원단장의 격려사 같은 말"[139]만 하는 당일꾼의 형상화을 비판한다. 그는 당일꾼은 공산주의적 이상의 실현을 위한 적극적 투사이며, 이런 형상화가 이루어지지 않는다면 현실에 대한 왜곡이며 이런 당일꾼은 마땅히 풍자적 조소의 대상이 되어야 함을 지적한다. 특

---

136) 위의 글, 102면.
137) 위의 글, 102~104면.
138) 위의 글, 102면.
139) 김하명, 「부정적 인물의 형상화에 대하여」, 『조선문학』, 1954. 9, 102~103면.

히 그는 부정적 인물의 형상화에서 풍자성에 대한 관심을 갖는다. 한효는 당일 꾼이나 직맹 위원장이 "으레 어떤 '판결'을 내리는 역할이 부여되어 있으며 이 인물들에게서는 거의 인간적 감정이라는 것을 느낄 수 없는 것"으로 형상화되 며, 성분이 좋은 사람들은 "아무런 불평 불만이 없는 그런 무성격의 인간"으로 묘사되어 "모든 낡은 것과의 투쟁에서 완전히 무력한 인간"140)이 되어버린다 고 비판한다.

천세봉의 『싸우는 마을 사람들』과 관련된 당일꾼의 형상화에 대한 여러 비 판은 결국 당일꾼의 전형적 성격 창조의 문제이다. 이는 당일꾼이나 당원이 가 장 선진적인 긍정적 인물로 형상화되어야 할 인물인데 이들을 도식적 유형화하 거나 부록식으로 형상화하는 것은 잘못된 경향이며 이들을 전형화의 원리에 의 해서 그려져야 한다는 것이다.

1947년 이후 북한 문단의 고상한 사실주의와 관련하여 도식주의 작품이 창작되기 시작되고, 1952년 당성을 절대화하는 방식으로 드러난 말렌코프의 전형론이, 1956년 제2차 조선작가대회에서 진실에 대한 관념적 규정을 부각 하는 방법인 말렌코프의 전형론을 비판하면서 도식주의에 대한 공식적인 비판 이 행해진다. 1958년 10월 14일 김일성은 「작가, 예술인들 속에서 낡은 사상 잔재를 반대하는 투쟁을 힘있게 벌릴데 대하여」라는 교시에서 부르주아적 잔 재의 청산을 강조한다. 이에 따라 1959년 〈조선작가동맹〉 중앙위원회 제4차 전원회의 보고에서 한설야는 제2차 작가 대회에서 행한 도식주의 비판은 정당 한 것이지만 여러 작가들이 이를 기회로 하여 "소부르죠아적 개인 취미"를 가지 고 "부르죠아 사상 잔재들"과 "사회주의적 사실주의를 외곡하고 그들로부터 리 탈하는 편향"141)을 드러내는 오류를 범한 것이라고 비판하고 사회주의 건설의 완성과 공산주의 사회를 현실화할 것을 강조한다. 북한 문단은 1956년 '8월 전원회의 사건' 이후 사상투쟁과 경제건설을 위한 전면적 대중운동인 '천리마 운동'을 계기로 하여 다시 공산주의 교양의 강화로 인해 도식주의적 작품이 창

---

140) 한 효, 「생활과 보조를 같이하는 것은 작가들의 신성한 의무이다」, 『조선문학』, 1954. 10, 123면.
141) 한설야, 「공산주의 교양과 우리 문학의 당면 과업 – 조선 작가 동맹 중앙 위원회 제 4차 전원 회의에서 한 보고」, 29면, 24면.

작된다. 결국 1956년 공식적인 도식주의 비판은 1958년 이후 도식주의적 경
향을 배격한다는 미명 아래 개인적인 소부르주아적 취미를 드러낸 것으로 재비
판된다. 이 시기는 문학과 정치의 긴장 관계가 무너지고 문학이 일방적으로 정
치에 종속되는 기간이다. 결국 북한 문단은 문학이 정치에 함몰됨으로 정해진
이야기를 다시 재구성하는 체계가 구축된다. 그 이후 1980년대 도식주의에 대
한 반성이 일어나며, 1992년 김정일의『주체문학론』에서 "창작에서 중요한 것
은 도식적인 틀에서 벗어나는 것"이며, "작가는 대담하게 착상하고 형상하여야
한다"142)는 점을 지적하면서 다시 도식주의가 비판된다. 그러나 실질적인 의
미에서는 늘 현실긍정의 문학으로 되어야 한다는 것이 바로 주체문학론이다.
거시적인 관점에서 볼 때, 북한문학사는 도식주의란 지배적인 지속의 축과 도
식주의 비판이라는 어느 정도 변화의 축이 반복하는 성격을 일정하게 갖고 있
다.

3) 무갈등론

1934년 제1차 소비에트 작가총회는 사회주의 리얼리즘은 창조적 이니셔
티브(창의성)를 발현하고 다양한 형식, 양식, 장르를 선택할 특별한 가능성을
보장한다고 규정하며, 스탈린 격하를 공식화한 1956년 〈소련공산당〉 대회에
이어서 당의 기관지『공산주의자』에서도 "예술 창조의 양식과 형식의 다양성
및 전형적인 묘사방법 상의 다양성"을 지적하면서 사회주의 리얼리즘 예술방법
이 무궁무진한 가능성을 열어주고 있음을 강조한다.143) 사회주의 리얼리즘은
양식과 기법의 다양성을 강조144)하며 편협한 소재주의나 무갈등론의 지배를
거부한다. 이러한 양식적 개방성과 다양성에 대한 합리적 규정에도 불구하고

---

142) 김정일, 앞의 책, 242면.
143) 김수영, 「예술방법과 사회주의 현실주의」, 문학예술연구소(편),『현실주의 연구』
      Ⅰ, 제3문학사, 1990, 42면.
      H. Arvon,『마르크스주의와 예술』, 오병남·이창환(역), 서광사, 1981, 121~
      122면.
144) T. Motyljowa, 「사회주의 현실주의의 새로운 문제점들에 대한 고찰」, 문학예술연구
      소(편),『현실주의 연구』Ⅰ, 제3문학사, 1990, 174면.

정치 권력의 이데올로기로 경직화되는 가능성이 다분하다. 스탈린 시대에 착취가 사라진 사회주의 사회에서는 모든 갈등이 사라진다는 무갈등론이나 소련 사회의 긍정적 면을 사실주의적으로 그리는 것이 사회주의 리얼리즘이라는 것이 경직화의 대표적인 경우145)이다. 1954년 소비에트 작가회의를 전후하여 문학적 영웅론과 무갈등론을 극복해야 할 필요성을 제기하면서 스탈린 사후 1954~1957년의 논쟁을 통해서 무갈등론은 폐기된다.

사회주의 리얼리즘은 생활을 혁명적 발전에서 역사적으로 구체적이고 진실하게 묘사할 것과 현실 생활의 극적 갈등을 생동하게 표현해야 한다. 그러나 사회주의 리얼리즘에서 있어야 할 당위적 현실에 대한 낙관적 전망의 강조는 사회주의 사회에는 어떠한 적대적인 갈등도 없다는 위험한 결론에 이르게 된다. 이 "장미 빛 안경을 통해 새로운 사회주의자의 현실을 제시"146)하는 것은 사회 발전의 합법칙성을 무시하고 사회의 긍정적인 상황을 묘사하는 무갈등론의 함정에 빠지게 된다. 삶의 모순성은 사회주의 혁명을 통한 계급적 대립의 사회적 극복으로 끝나지 않는다. 만약 사회주의 사회에는 단지 아무 문제가 없는 무투쟁이나 무갈등의 자기만족에서 나오는 지루한 즐거움만이 있다고 믿는다면, 이것은 삶에 대한 전적인 비변증법적이며 평면적인 파악147)이다. 무갈등론이란 현 사회가 적대적 모순이 사라지고 비적대적 모순만이 존재한다는 긍정적 것만이 강조될 때 좋은 것과 더 좋은 것의 갈등만이 존재한다는 것이다. 이는 현실에서 존재하는 모순과 갈등을 형상화하지 않고 이상적인 주인공이나 현실을 미화하는 것이다. 항상 북한 문학은 이 무갈등의 오류에서 자유롭지 못하다. 북한 문학은 낡은 것과 새 것의 적대적 갈등을 부정하고 좋은 것과 더 좋은 것의 비적대적 모순만 그려내는 무갈등론적 경향이 그 자체 내에 포함하고 있다.

---

145) 백낙청, 「민족문학론과 리얼리즘론」, 김학성·최원식(외), 『한국 근대문학사의 쟁점』, 창작과 비평사, 1990, 300면.
146) A. S. Vásquez, 「오늘날에 있어서의 마르크스주의와 예술」, H. Arvon, 『마르크스주의와 예술』, 오병남·이창환(역), 서광사, 1981, 157면.
147) G. Lukács, 『역사소설론』, 이영욱(역), 거름, 1987, 119~120면.

　　말렌꼬브 동지는 19차 당대회 보고에서 말하기를 "우리 나라 작가 예술가들은 작품을 통하여 사회에 퍼져있는 악덕, 결함, 병적 현상들을 퇴치하기 위하여 채찍질 해야하며 긍정적인 예술적 형상화에 의하여 인간적인 가치의 위용에 빠짐이 없는 새 형의 사람들을 밝혀내고 그리함으로써 자본주의로부터 발생한 질병과 악덕이 조금도 섞이지 않은 성격, 행습, 관습들을 우리 사회 사람들에게 교양하는 것을 방조하여야 한다"고 하였으며 계속하여 "우리에게는 모든 부정적인 것, 부패한 것, 죽어가는 것, 전진을 방해하는 모든 것을 풍자의 불길로써 불살라 버릴 수 있는 소베트의 고골리, 쉐드린들이 필요하다"고 하였다.148)

　　갈등의 약화는 조선 문학에 있어서 우연한 사실이 아니다. 한때 문학계에서 낡은 것을 대표하는 부정면과 부정적 인물에 대한 문제가 분분한 의론을 일으킨 일이 있다. 그것은 인민 민주주의 제도와 그 일꾼들에 대한 권위의 손상이라는 견해에 근거했다. 일부 사람들은 자기 창작 과정에서 맞서게 되는 생활의 리얼리테와 여상이 '정치적 고리'와의 모순으로 말미암아 갈등의 약화시키는 것을 '현명'한 수법인 것처럼 생각하였거나 혹은 그것을 회피하곤 하였다.149)

　　1952년 말렌코프는 제19차 당대회 보고에서 문학 예술이 항상 모순과 갈등을 대담하게 보여주어야 하며 "모든 부정적인 것, 부패한 것, 죽어가는 것, 전진을 방해하는 모든 것을 풍자의 불길로써 불살라 버릴" 것에 대한 지적의 영향으로 1952년 이후 북한에서 무갈등론은 비판받기 시작한다.

　　엄호석은 사회주의 사회의 낡은 것을 대표하는 부정적인 면과 부정적인 인물의 형상화가 인민민주주의 제도와 그 일꾼들에 대한 권위 손상이라는 이유 때문에 작품의 갈등이 약화된다고 지적한다. 그는 사회주의 사회에는 어떠한 적대적인 갈등도 없다는 무갈등론에 대해 비판한다. 사회주의 사회에서 새 것과 낡은 것을 그리는 갈등의 약화는 작품의 예술적 영혼과 극적 감동을 거세하게 된다. 그는 새 것과 낡은 것의 투쟁에서 일어나는 갈등이 생활 발전의 중요한 내용이며 생활을 진실하게 형상화하는 사회주의 리얼리즘 문학의 가장 중요

---

148) 한　효, 「자연주의를 반대하는 투쟁에 있어서의 조선문학」, 402~403면.
149) 엄호석, 「문학 발전의 새로운 징조 - 최근의 작품들과 그 경향을 말함」, 283면.

한 예술적 과제가 된다고 지적한다. 그는 발전하는 사회에 모순이 없을 수 없고 모순이 없이는 발전도 없다는 점을 지적하며 갈등의 제시를 강조한다.

한효는 무갈등론자를 비판하면서 "누가 감히 우리 사회에는 부정적인 것, 부패한 것, 죽어가는 것, 전진을 방해하는 것이 없다고 말할 수 있겠는가! 누가 감히 이런 모든 부정적인 것과의 투쟁이 무의미하며 그다지 대수롭지 않은 것이라고 말할 수 있겠는가!"150)라고 문제를 제기하면서 갈등 제시의 필요성을 강조한다. 특히 그는 인민군대를 취급한 작품들이 부정적 갈등이나 부정적 인물의 형상화하는 것을 반대하여 무개성적이고 감정이 고갈되고 활기 없고 다만 토론하고 의논하며 명령에 복종할 줄만 아는 인물로 형상화하고 있다고 지적한다. 이런 갈등의 제시는 김일성이 지적한 일제 사상 잔재 투쟁과 반관료주의 투쟁을 강조한 것과 관련된 부르주아 잔재 청산과 연관된 것이다.

제2차 소련 작가 대회의 보고와 관련하여 엄호석은 조선 문학에서 예술적 형상 속에서 당성의 발현을 고의적인 작가적 선언으로 대치하려는 교조주의적 경향과 투쟁할 것을 주장한다. 그는 "우리 사회에는 사회적 생활과 개인적 생활 간의 모순이 없다고만 생각하여서도 잘못이다. 우리 사회에도 그러한 모순이 있다"는 점을 강조한다. 생활의 객관적 법칙에 의거해서 우리 사회의 갈등을 제시하고 주인공의 운명을 혁명적 발전 속에서 형상화해야 한다. 특히 그는 사회주의 리얼리즘의 중요한 지향의 하나가 개성의 발전을 촉진하여 이를 문학의 다방면에 반영할 것이라고 지적하면서 "청년들의 륜리적 교양에 기여하는 한에 있어서 사랑의 쩨마에 대하여 많이 써야 하며 사회에서 사랑의 갈등뿐 아니라 가정에서의 사랑의 갈등도 써야 한다"151)고 지적한다. 그의 이런 사랑의 갈등 문제에 대한 형상화의 필요성 지적은 초기 북한 문학의 변화된 변모이다. 그러나 한효는 엄호석과 같이 "사회적 현상의 본질과 동떨어진 어떤 사랑의 속삭임이나 자연에 대한 찬미를 엮어 보려고 애쓰는 사람들이 없지 않다"고 지적하면서 "이러한 사람들이 창작의 부르죠아적 '자유'에 련련한 매혹을 품고 있다는 것"152)을 비판한다.

---

150) 한 효, 앞의 글, 403면.
151) 엄호석, 「사회주의 레알리즘과 우리 문학 – 제2차 전련맹 쏘베트 작가대회와 관련하여」, 『조선문학』, 1955. 3, 150면.

갈등의 예리성은 적대적 력량간의 대립의 격화의 정도에만 달려 있는 것이 아니라 분규를 일으킨 문제의 정치—도덕적 심오성의 정도에도 달려 있다. 그러기 때문에 실지의 작품에 표현된 문제의 심오성에 따라서는 적대적 갈등보다 비적대적 갈등이 더 예리할 수 있다. 이것을 한 마디로 말하여 갈등의 예리성은 적대적 력량간의 대립의 격화의 정도에만 달려 있는 듯이 비속 사회학적으로 리해할 것이 아니라 작가가 제기한 문제의 예술적 심오성의 정도 즉 미학적 기준으로 리해하여야 할 것이다.153)

잡지『꼼무니스트』 권두 론문이 전형적인 것을 사회적 현상의 본질에만 귀착시킨 정의를 번쇄 철학적이며 문학 예술의 특수성을 무시한 규정이라고 비판한 것은, 문학 작품이 사회적 현상의 본질도 천명하고 또 다른 현상의 본질도 천명한다는 뜻에서 말한 것은 아니다. 그것은 바로 문학 작품이 다른 과학에서도 연구하는 사회적 현상의 본질을 다른 각도에서 다르게 천명한다는 특수한 측면을 보지 않은 데 대한 지적이다.154)

엄호석은 갈등을 다만 사회적 현상의 본질적 측면만을 강조하는 데 머물고 그 갈등이 내포한 다른 다양한 심리적 측면들을 제거함으로써 작품을 단순화하는 일이 자주 있음을 말하면서 작품에서 갈등의 예리성을 강조한다. 긍정적인 것과 부정적인 것이 날카롭게 대립되는 적대적 갈등이 있음에 불구하고 아무런 문제성도 없는 빈약한 내용의 갈등이 제시되는 것처럼 작품에서 갈등의 예리성은 분규를 일으킨 문제의 정치-도덕적 심오성의 정도에 달려 있음을 그는 강조한다.

사회적 현상의 본질적 측면만을 강조하여 갈등의 다양한 심리적 측면을 제거하여 작품을 단순화한다고 엄호석은 지적한다. 김명수는 이러한 그의 지적이 전형적인 것을 사회적 현상의 본질에만 귀착시키지 말아야 한다는 새로운 명제를 잘못 이해한 것 같다고 비판한다. 〈소련공산당〉 중앙위원회 기관지에 게재

---

152) 한 효, 「아름다운 것과 미학적 태도」, 『조선문학』, 1957. 6, 109면.
153) 엄호석, 「문학 평론에 있어서의 미학적인 것과 비속 사회학적인 것」, 『조선문학』, 1957. 2, 131면.
154) 김명수, 「문학에서 '미학적인 것'을 바로 찾기 위하여 - 엄 호석 「문학 평론에서 미학적인 것과 비속 사회학적인 것」을 중심으로」, 『조선문학』, 1957. 3, 139~140면.

된 권두 논문에서 전형적인 것을 사회적 현상의 본질에만 귀착시킨 규정이 문학 예술의 특수성을 무시한 것이라는 비판은 문학 작품이 사회적 현상의 본질도 천명하고 또 다른 현상의 본질도 천명한다는 규정이 아니라 과학에서 연구하는 사회적 현상의 본질을 문학작품에서는 다른 각도에서 다르게 천명해야 한다는 특수한 측면을 보지 않은 것에 대한 지적이다. 그는 엄호석이 마치 문학 작품에서는 사회적 현상의 본질이 아닌 어떤 다른 것도 천명하는 것이 문학 예술적 특수성인 것처럼 이해하면서 한 극단에서 다른 극단으로의 이행과정을 보여 주고 있다고 비판한다.

김명수는 갈등이 생활에서의 새 것과 낡은 것의 모순과 투쟁인 사회 발전의 합법칙성에 토대를 둔 것으로 작가의 계급적 입장에서 영향을 받는 이데올로기적 미학적 개념이라고 지적한다. 그는 문학의 특수성을 지적하면서 과학 저술에서 표현되는 갈등과 달리 문학 작품에서 표현되는 갈등의 내용은 "개성적 개인적인 것과 사회적 일반적인 것과의 유기적 통일에 기초한 개별적 인간들의 대립적인 호상 관계, 성격과 성격간의 충돌, 인간의 내면 세계, 정서, 심리 륜리적 제 측면의 총화 속에서 이루어지는 공감과 반감, 긍정과 부정이며 이런 것들을 통하여 표현되는 생활의 합법칙성"155)이라고 지적한다. 사회 과학적 저서는 모순을 법칙적인 일반화의 형태로 명백하게 제시하지만, 문학 작품은 갈등을 인간들의 성격과 복잡한 분규 속에서 개성적으로 표현되며 새 것의 승리와 낡은 것의 패배가 작품의 구성 안에서 명백하게 표현되지 않고 전망 속에서 암시적으로 표시되는 경우도 있다. 결국 김명수는 문학 예술의 특수성을 '문학 작품이 사회적 현상의 본질도 천명하고 또 다른 현상의 본질도 천명한다는 뜻'으로 이해한 엄호석의 해석을 비판한다.

북한 문학예술에서 무갈등론과 관련하여 부정적 정황과 부정적 인물의 형상화에 대한 문제가 제기된다. 엄호석은 부정적 현상과 부정적 인물에 대한 묘사는 자족적인 의의를 가지는 것이 아니라 "작가의 긍정적 리상의 주장과 관련되는 때만이 예술적 의의를 가지는 법"이며, 이는 작가가 부정적 현상과 부정적 인물을 폭로하는 것은 "새 것과 낡은 것과의 투쟁에 있어서 낡은 것의 사멸을

---

155) 위의 글, 138~139면. 141면.

촉진하며 새 것의 승리를 옹호하는 립장으로부터 출발"156)해야 한다고 지적한다. 이는 새 것과 낡은 것의 갈등을 반영한 작품에서 부정적 현상과 부정적 인물에 대한 묘사는 결국 긍정적 인물의 묘사에 전적으로 복무해야 한다는 것이다.

김하명은 역시 '무갈등성' 이론이나 소위 '만세식' 작품의 유해성을 지적하면서 낡은 것에 대한 투쟁을 강조하면서 유항림의 「직맹반장」의 부정적 인물에 대한 형상화의 결함을 비판한다. 먼저 그는 긍정적인 것이 부정적인 것의 폭로 없이는 불가능한 것이며, 조국과 인민의 전진을 위해서 낡은 것을 폭로하고 비판하는 것이 사회주의 리얼리즘의 기본 임무의 하나임을 역설한다. 낡은 것과 관련된 부정적 인물의 형상화에 있어서 작가가 "사회적 력량의 본질적이며 전형적 측면을 반영하여야 하며 생활의 필연적인 론리에 의하여 그들이 발전의 길을 추구하며 백만 대중의 립장, 바로 당적 립장으로부터 엄정한 평가를 주어야 한다"고 그는 지적한다. 이와 관련하여 그는 유항림의 「직맹반장」에 대해서 "작중 인물에 대한 작가적 립장의 불명료성, 갈등의 도식성, 부정적 현상에 대한 관대성"157)이라는 부정적 인물 형상화의 결함을 지적한다.

작가는 우리 사회의 새 것과 낡은 것의 투쟁의 상호관계에서 긍정적인 새 것과 대비하여 낡은 것의 우매성을 폭로해야 한다. 유항림의 「직맹반장」은 작가의 작중 인물에 대한 입장의 불명료성이 선명하게 드러난 작품이다. 특히 공산주의적 이상 실현을 위한 적극적 투사인 당 일꾼인 당 위원장이나 공장 지배인의 형상화는 작가 입장의 불명료성을 단적으로 드러낸다. 이 소설의 당 일꾼들은 부정적 인물에 속하며 이 인물들은 풍자적 조소의 대상이 되어야 한다. 그는 당 일꾼에 대한 잘못된 형상화는 현실 왜곡이며 엄중한 과오임을 지적한다. 작가의 부정적 형상에 대한 관대성은 부정적 인물들의 유해한 행동을 긍정적 인물이 활발히 행동할 수 있는 새로운 제도의 선명한 환경 속에 묘사하지 못하는 결과를 초래한 것이다. 결국 그는 이 작품이 사회적 역량의 본질적이며 전형적 측면을 반영하지 못하고 생활의 필연적인 논리에 의한 발전의 길을 추

---

156) 엄호석, 「생활의 체험과 작가 - 「싸우는 마을 사람들」을 중심으로」, 144면.
157) 김하명, 앞의 글, 87면, 99면.

구하는 당의 입장을 제대로 형상하지 못한 작품으로 비판한다.

> 작자는 부정 인물 준호의 형상을 통하여 조선 인민의 장엄한 건설 투쟁을 백방으로 반대하는 암해분자의 정체를 극명히 폭로함으로써 인민들의 적개심과 그러한 사악한 것들에 대한 비타협적 공격의 정신을 강화하여 주었으며, 우리 인민들의 사업에서 막대한 손해와 지장을 야기시키는 이러저러한 부정적 현상의 발생은 그것이 많은 경우에 해당 직장에 잠입한 적대적 분자들의 의식적인 해독 행위와 관계된다는 사실에 대하여 경각심을 높이여 주었다.[158]

이에 반해 안함광은 이 작품의 지나친 또는 부당한 비난으로부터 응당 변호되어야 할 작품이라고 지적한다. 직공장 학선의 형상의 의의는 "일체의 낡은 것의 해독적 작용과 영향에 대한 견결한 당적인 비타협성을 강화"[159]하는 것에 있다. 기본적 부정적 인물인 통계원 준호의 형상은 해당 직장에 잠입한 적대적 분자들의 의식적인 해독 행위를 극명히 폭로한 것과 인민들의 적개심과 비타협적인 공격의 정신을 높여준 것이다. 준호의 형상은 부르주아 반동들에 대한 철저한 치명적 비판이라는 의의를 가진다. 그는 이 작품에서 당 부위원장과 지배인의 형상이 부정적 인물에 속하며 김하명이 지적한 풍자적 조소의 대상이 되어야 한다는 요구도 부당한 것이라고 비판한다. 그러나 그는 이 작품에 대해서 작가의 견해를 지나치게 배제하는 객관주의적 수법의 잔재로 인해 작품의 지루함과 산만성의 발생을 중요한 결함으로 지적한다.

> 문학에 있어서 객관주의는 자연주의의 한 형태이다. 그것은 생활 현상에 대하여 아무런 평가도 내리지 않으며 그 발전 방향도 제시하지 않으며 생활에서 무엇이 기본적인가를 보지않는다. 과연 「직맹반장」은 이러한 정치적 과오를 범하고 있는가? 로력 혁신자 최 영희는 가는 길이 알 수 없으며 직공장 학선이에 대하여 아무런 평가도 주지 않았으며 암해분자 준호의 운명에 대하여 눈을 감았단 말인가? 이 작품이 "예리성과 생동성이 부족하며" "지루성과 산만성으로 특징되고 있는 이 비밀"이 참으로 객관주의의 해독에서 오는 것인가?

---

158) 안함광, 「문학의 사상적 기초 ― 전후 인민 경제 복구 건설기의 소설 문학의 특징과 방향」, 『조선문학』, 1955. 1, 143면.
159) 위의 글, 142면.

적어도 그렇지는 않은 것 같다. 그렇다고 나는 이 소설이 뛰어난 형상력을 가
진 우수한 작품이라고는 말하지 않으며 또한 그렇다고 객관주의적인 해독적
작품이라고는 더욱 말하지 않는다. 다만 말하고저 하는 것은 문학의 사상성의
기치를 독단적인 교조주의와 바꾸지 말자는 것이며 작가와 작품의 예술적 개
성을 무시하고 하나의 틀 속에 몰아 넣지 말자는 것이다.160)

안함광이 「직맹반장」에 대해서 객관주의에 의한 결함이란 비판에 대해서
김명수는 구체적인 근거도 없이 객관주의라고 지적함으로써 이 작품에 대해서
치명적인 타격을 준 것이라고 지적한다. 그는 문학의 객관주의란 생활 현상에
대하여 아무런 평가도 내리지 않으며 그 발전 방향도 제시하지 않으며 생활에
서 무엇이 기본적인가를 보지 않는 자연주의의 한 형태라고 지적한다. 김명수
의 자연주의의 한 형태인 객관주의의 평가나 안함광의 작가의 견해를 배제하는
객관주의적 수법이나 모두 리얼리즘의 선택 원리인 시각의 문제와 관련된다.
현실을 있는 그대로 그리려고 하는 태도인 객관주의는 리얼리즘의 선택 원리인
'시각'의 문제에 위배된다. 리얼리즘의 선택 원리인 시각이란 "한 작가가 그의
세부묘사를 선택하고 자연주의적 함정을 피하는 기준으로서 작용하는가를 보
여주어야" 하는 것이다. 리얼리즘은 "본질적인 것의 선택이고 비본질적인 것의
제거"161)이다. 그들이 설명한 객관주의에 대한 비판은 선택의 원리인 시각 결
여의 문제이며, 결국 객관주의란 자연주의 한 형태이다.

안함광과 김명수의 차이란 지루성과 산만성의 원인의 문제이다. 이 결함에
대해 안함광은 객관주의 수법의 잔재로 파악하고 김명수는 사건의 비탄력적 전
개의 약점으로 파악한다. 김명수는 이 작품이 "하나의 락후한 직장을 선진적인
것으로 묶어 세우는 일상적인 투쟁 행정에서 주인공이 가진 새 인간의 미와 품
성을 밝혀내려는데 주안"점이 있는 것이기에 첨예한 상황 속에서 사건을 전개
할 필요도 없고 어떤 긴박한 사건을 제기할 필요도 없다고 지적한다. 이는 "이
작가가 가진 하나의 개성적인 측면이 있는 것이며 이 작품이 가지는 특성이 있
다"162)는 것이다. 그는 작품에서 생활의 다양성과 장르와 스타일의 다양한 발

---

160) 김명수, 「농촌생활과 문학의 진실」, 『조선문학』, 1955. 3, 163면.
161) G. Lukács, 『우리시대의 리얼리즘』, 문학예술연구회(역), 인간사, 1986, 53면.

전을 억압하는 독단적인 교조주의를 비판한다. 그러나 안함광과 김명수의 원인 규명이란 거의 유사한 것으로 단지 원인과 결과의 관계일 따름이다. 생활을 평가하지 않거나 방향을 제시하지 않고 현실을 있는 그대로 그리는 객관주의 수법을 사용하면 당연히 사건은 비탄력적으로 전개되고 작품은 지루하고 산만할 것이다.

> 유함림은 자기 머리 속의 일정한 도식과 천편 일률적인 모형으로 엮어놓는 그러한 경향과 심각히 자기를 대립시켰다. 그는 어데까지나 생활의 진실한 묘사를 통하여, 인간을 통하여, 특히 인간과 인간과의 관계를 통하여 그것을 보여 주려고 하였다.
> 유항림은 인물들을 다만 그 직업적 측면에서만 추구하려 하는 그러한 작품들이 어쩔 수 없이 범하게 되는 잘못으로부터 자기의 형상을 완전히 구출하지 못하였다.
> 우리 생활에 있어서 모순과 갈등은 비상히 다양하고 복잡하다. 유항림은 모든 모순과 복잡성을 대담하게 밝혀 놓기는 하였으나 그것들을 더욱 예리하게 만들고 충분히 강조하지는 못하였다.[163]

한효는 작가의 일정한 도식과 천편일률적인 모형에 의한 구성에 벗어나 있고 현실을 어떤 틀에 의해 제멋대로 맞추거나 윤색하지 않은 작품이 「직맹반장」이라고 긍정적으로 평가한다. 단지 이 작품은 생활의 모순과 복잡성을 대담하게 묘사하고 있으나 그 모순과 복잡성에 대하여 예리하게 깊게 파악하고 강조하지 못한 점이나 인물들의 내면 세계를 더 깊이 파고 들어가지 못한 점 등의 결함을 드러낸다. 그는 유항림의 작품이 진지한 태도로 현실 다양한 모순과 갈등을 추구한 점에서 성공한 작품 중 하나라고 평가한다. 유항림의 「직맹반장」에 대한 공식적 평가는 "우리 공업 건설 분야에 조성된 난관과 곤난한 사업 환경을 모순 속에서 대담하게 드러내놓고 그것을 극복하는 주인공의 심각한 투쟁 과정과 그들의 심리 발전을 진실하게 그린 데 그 모범"[164]이 된 작품이라는 것

---

162) 김명수, 앞의 글, 163면.
163) 한 효, 「생활과 보조를 같이하는 것은 작가들의 신성한 의무이다」, 106면.
164) 한설야, 「전후 조선 문학의 현 상태와 전망 – 제2차 조선 작가 대회에서 한 한 설야

이다.

결국 안함광의 부정적 인물에 대한 평가나 김명수의 생활의 다양성과 장르와 스타일의 다양성에 대한 강조나 한효의 현실의 다양한 모순과 갈등의 추구는 결국 북한 사회의 부정적 현상에 대한 형상화의 필요성을 지적한 것이라고볼 수 있다. 실상 이런 평가는 북한 문학 속에 내포된 긍정적인 계기만을 형상화하게 되는 무갈등론에 대한 비판의 성격을 가진다. 실질적으로 1950년대 소련의 논쟁 이후 사회주의 리얼리즘은 예술 방법 개념[165]을 특정의 양식 규범과 동일시하는 것을 거부하고 양식과 기법의 다양성을 강조한다. 특히 원론적으로 사회주의 리얼리즘은 특정한 형상화 방법 내지 양식을 확정하지 않고 편협한 소재주의나 무갈등론의 지배를 거부한다.

전후 시기 북한 문단의 도식주의적 작품에서 드러나는 무갈등론은 제2차조선작가대회에서 도식주의에 대한 공식적인 비판과 더불어 무갈등론이 심각하게 비판을 받는다. 1956년 '8월 전원회의 사건' 이후 '천리마 운동'을 계기로하여 다시 공산주의 교양의 강화와 관련하여 갈등이 약화되기 시작하며, 그 이후 1980년대 북한 문학의 획일성에 대한 반성으로 현실적 상황을 반영할 것을교시하며, 1992년 김정일의 『주체문학론』에서 창작에서 중요한 것은 도식적인 틀에서 벗어나는 것임을 지적하면서 다시 갈등론이 강조된다. 그러나 주체문학의 이면에서는 "늘 현실긍정의 문학으로 되어야 한다"[166]는 무갈등론이지배하고 있다.

위원장의 보고」, 30면.

165) "예술방법이란 논리적·합리적 조종메카니즘이 아니라 특수한 예술적 반영과정에서의 인식방법과 가치평가방법의 관계를 규정하는 정신적·이념적 조종중심"이다. "이러한 조종중심을 통해 개별적인 방법상의 부분과정들이 특수한 방식으로 움직여진다. (……) 예술방법이란 인식방법과 가치평가방법의 변증법적 통일을 포괄하는, 모든 단계에서의 예술적 반영과정을 조종하는 기본적인 원리, 방식, 규칙들의 체계이다."(R. Schober, 「예술방법의 몇 가지 문제를 위하여」, 문학예술연구소(편), 『현실주의 연구』 I, 제3문학사, 1990, 71~72면) 사회주의 리얼리즘에서 제시하는 방법이란 양식 규정이 아니라 문학 예술의 창작과 수용 전반의 대체적인 방향을 제시하는 방법이다. 이는 예술에는 통상적인 의미의 '방법'도 적용할 수 없다는 것이다.(백낙청, 앞의 글, 332면)

166) 김성수, 앞의 글, 222면.

1.3. 종파주의 비판

소련의 통제 아래에 있던 국제 공산주의 운동 시기에 모든 공산당은 스탈린이 해석하는 마르크스-레닌주의의 이론적 준거로 하여 이것으로부터 이탈하는 경향을 좌경적 또는 우경적 편향으로 비판한다. 해방기 북한 사회에 수용된 이데올로기는 바로 스탈린이 해석하는 마르크스-레닌주의인 소련형 마르크스-레닌주의이다. 이러한 스탈린 해석의 준거틀로 하여 북한 사회는 이것으로부터 이탈하려는 경향을 수정주의나 종파주의로 비판한다. 북한 문학은 종파주의에 대한 비판과 사회주의 문학 건설이라는 명제를 기반으로 한다.

1947년 8월 무렵부터 시작된 미군정의 〈조선문학가동맹〉을 비롯한 〈조선문화단체총연합〉에 대한 대대적인 검속으로 인해 대부분의 작가들이 월북을 감행한다. 1946년 9월에 월북한 이원조와 1947년 11월에 월북한 임화는 해주에서 활동하며, 1946년 7월에 월북한 이태준과 1947년 말경에 월북한 김남천은 평양에서 머물면서 활동한다. 1952년 12월 15일 김일성은 로동당 중앙위원회 제5차 전원회의에서 한 보고 「당의 조직적 사상적 강화는 우리 승리의 기초」에서 "흉악한 원쑤들은 자기들을 자유와 민주의 '수호자'라고 부르고있습니다. 그들은 인민들을 속이며 대중의 의식을 마비시키며 대중에게 비렬한 품성을 배양하기 위하여 온갖 수단을 다하고있습니다" 라고 지적하고, "지금 문예총내부에 있는 남이니 북이니 또는 무슨 파니 하는 협애한 지방주의적 및 종파주의적 경향을 철저히 분쇄"167)할 것을 엄중하게 경고한다.

김일성의 보고와 관련하여 1952년 말 남로당계 문인에 대한 숙청이 시작되면서부터 임화, 이원조, 김남천 등이 비판의 대상이 된다. 박헌영, 이승엽, 임화, 조일명, 이원조 등이 미제국주의자들의 머슴꾼으로 전락하여 반인민적 파괴 행동과 부르주아적 자연주의 작품들을 전파하기 위한 파괴 공작에 광분한 것으로 남로당계는 비판받는다. 1953년 8월 5일 〈조선로동당〉 중앙위원회 제6차 전원회의에서 한 보고에서 김일성은 정전 협정 체결과 관련하여 전후 인민

---

167) 김일성, 「당의 조직적사상적강화는 우리 승리의 기초」, 『김일성저작집』 7, 조선로동당출판사, 1980, 424면, 428면.

경제 복구 발전을 위한 투쟁과 당의 금후 임무와 관련하여 "'모든것을 민주기지 강화를 위한 전후인민경제복구발전에로!'라는 구호를 높이 들고 힘차게 진군"168)할 것을 지적한다. 이에 따라 정치 경제에서부터 문학 창작에 이르기까지 전후 인민 경제 복구 건설 투쟁의 문제에 초점이 맞추어진다. 1953년 9월 26~27일 〈조선문학예술총동맹〉 조직은 해소되고 〈조선문학동맹〉은 〈조선작가동맹〉으로 개편된다. '모든 것을 전후 인민 경제 복구 발전을 위하여'라는 기치 아래 전국 작가예술가 대회가 개최된다.

> 반국가적 간첩 테로 음모를 획책하여 온 박헌영 리승엽, 림화, 조일명, 리원조 등의 조종하에 리태준, 김남천, 김순남, 박찬모 등 악당들은 당과 조국과 인민의 리익을 옹호하는 진정한 인민적 문예 로선을 반대하여 반동적 부르죠아 문예 로선을 대치하려 하였습니다. (……) 이와 같은 간첩 파괴 암해 공작을 위하여 문학 예술 분야에 잠입한 림화 도당들은 사회주의 레알리즘의 작품의 출현을 막고 부르죠아적 자연주의 작품들을 전파하기 위한 파괴 공작에 광분하였던 것입니다. (……) 림화를 비롯하여 리원조, 김남천, 리태준 등 파괴 종파 도당들은 제국주의 침략자들에 대한 굴종과 투항을 권고했으며 미국과 서구라파에 대한 아첨을 설교하였으며 개인주의와 에로찌즘을 전파하기 위하여 광분했으며 우리의 문학적 전통을 파렴치하게 말살하려고 시도하였습니다.169)

한설야는 전국 작가예술가 대회 기조 연설에서 조국과 인민을 배반하고 미제국주의자들의 더러운 머슴꾼이며 반국가적 간첩 테러 음모를 획책하여 온 박헌영, 이승엽, 임화, 조일명, 이원조 등과 그들의 조종 하에 이태준, 김남천, 김순남, 박찬모 등은 당과 조국과 인민의 이익을 옹호하는 진정한 인민적 문예 노선을 반대하고 반동적 부르주아 문예노선을 지지한다고 비판한다. 그는 이들이 사회주의 리얼리즘 작품의 출현을 막고 부르주아적 자연주의 작품들을 전파하기 위한 파괴공작에 광분한 것이라고 지적한다. 임화를 비롯한 남로당계열의

---

168) 김일성, 「모든것을 전후인민경제복구발전을 위하여」, 『김일성저작집』 8, 조선로동당 출판사, 1980, 424면, 64면.
169) 한설야, 「전국 작가 예술가 대회에서 진술한 한설야 위원장의 보고」, 『조선문학』, 1953. 10, 121면.

문학에 대해서 "문학에서 당성과 계급성을 거세하며 우리 문학의 사상적 무장 해제를 획책하였으며 현실을 외곡 비방하는 것을 주안으로 하는 자연주의 및 형식주의를 백방으로 부식시키려고 기도"[170]한 것으로 평가한다. 특히 엄호석은 임화, 이태준, 김남천이 일제 시대에 가혹한 박해에도 굴하지 않고 조국의 해방을 위하여 투쟁하는 노동계급의 혁명적 형상을 절망적인 생활과 희망 없는 투쟁 앞에서 우는 비겁하고 허위적 형상으로 대치시킨 작품을 많이 창작한 "부르죠아적 퇴폐주의와 야비한 동물주의"[171]를 지닌 작가로 비판한다.

전후 경제 복구 건설을 둘러싼 북한 지도부의 세력 관계는 1955년 12월 김일성이 선전부문에서 박창옥을 중심으로 하여 박영빈, 기석복, 전동률, 정률 등의 소련계에 대해서 교조주의와 관련하여 비판함으로써 새로운 국면을 맞이한다.[172] 1955년 12월 28일 김일성은 당선전선동일군들 앞에서 한 연설인 「사상사업에서 교조주의와 형식주의를 퇴치하고 주체를 확립할데 대하여」에서 박창옥이 조선의 혁명적 전통을 부인한 것과 부르주아 반동작가로 이태준을 비판한다. 박창옥이 부르주아 반동작가인 이태준과 관련된 것으로 비판받는 것을 계기로 하여 기석복, 전동혁, 정률이 직적접인 비판의 대상이 된다. 이 문제는 1956년 1월 7일 〈조선작가동맹〉 중앙위원회 제22차 상무위원회에서 검토가 되고, 1956년 1월 18일 「문학예술분야에 있어서의 반동 부르주아사상과의 투쟁을 더욱 강화함에 대하여」라는 결정서가 채택된다. 이는 〈조선작가동맹〉 내부의 기석복과 정률의 혁명전통인 카프의 평가와 사회주의 리얼리즘 발생문제의 견해에 대한 비판의 계기가 된다. 북한문학계는 1953년부터 1956년에 걸쳐 전개되었던 일명 '반종파투쟁'[173]을 거치면서 카프를 유일한 혁명적 전

---

170) 위의 글, 121~122면.
171) 엄호석, 「로동 계급의 형상과 미학상의 몇가지 문제」, 『조선문학』, 1953. 11, 122면.
172) 서동만, 「1950년대 북한의 정치 갈등과 이데올로기 상황」, 역사문제연구소(편), 『1950년대 남북한의 선택과 굴절』, 역사비평사, 1998, 315면.
173) 일명 '반종파투쟁'이라 지칭되는 것은 실질적으로 정치 지도부 권력갈등에만 있는 것이 아니라 전후북구건설 경제정책을 둘러싼 전반적인 사회적 경제적 위기상황에 대한 대응과정에서 북한 지도부내의 권력갈등으로 표면화된 것이다.(백준기, 「1950년대 북한의 권력갈등의 배경과 소련」, 역사문제연구소(편), 『1950년대 남북한의 선택과 굴절』, 역사비평사, 1998, 456면)

통174)으로 인식하기 시작한다.

북한은 1958년 8월 농업 집단화와 개인 상공업의 국영화의 완료와 더불어 전 사회의 사회주의적 개조가 일단락된 것과 당의 일원적 지도체계가 성립된다. 이에 따라 북한 문단에서는 공산주의 교양과 부르주아 사상 잔재 비판을 수행한다. 이와 함께 김일성의 항일 혁명 투쟁을 중심으로 한 역사 해석을 일원화하는 혁명적 전통 확립 운동이 시작되면서 항일혁명문학이 혁명적 전통으로 자리잡기 시작한다.175) 이 시기는 문학과 정치의 긴장 관계가 무너지면서 문학이 정치에 함몰된다. 이 표본이 바로 항일혁명문학이다.

1) 임화 비판

임화의 민족문학은 일본제국주의 잔재의 소탕과 이 장애물을 제거하는 투쟁을 통하여 건설되는 "완전히 근대적인 의미의 민족문학"176)이다. 지금 단계의 민족문학이란 분명히 노동계급 이념에 기초한 것이며, 노동계급 이념이 인민의 이념이며, 인민의 이념이 민족의 이념임을 요청하는 문학이다. 그는 노동자 계급을 위시한 농민과 중간층의 진보적 시민을 기반으로 하는 인민성을 바탕으로 한 인민민주주의 민족문학을 정립한다. 그의 문학론은 인민의 연대성에 기초한 민족문학론이다.

1952년 이후 남로당 숙청과 관련하여 그의 민족문학론은 북한 비평가들에게 심각한 비판을 받는다. 북한의 민족문학이란 프롤레타리아 국제주의와 고상한 애국주의를 바탕으로 한 사상적 통일을 근거로 한 문학이다. 북한문학에서 국제주의와 애국주의는 서로 뗄 수 없는 문제이다. 임화의 해방 후 건설해야

---

174) 1956년 1월 18일 〈조선로동당〉 중앙위원회 상무위원회 결정서에서 "일제 통치하에서 사회주의적 사실주의의 예술 방법에 립각한 문예 활동으로써 반일 민족 해방 투쟁에 기여한 진보적 반일 문학 예술 단체"로 카프를 규정한다.(윤세평, 『해방전 조선문학』, 조선작가동맹출판사, 1958, 229면)

175) 이 시기의 역사와 정치의 결합에 대해서 서동만은 "역사 서술의 절대화는 통속화와 동시적으로 진행"되어 "역사와 정치와의 결합에서 둘 사이의 긴장관계가 무너짐으로써 역사가 정치로 매몰"되어 간 것으로 평가한다.(서동만, 앞의 글, 347면)

176) 임 화, 「조선민족문학건설의 기본과제에 관한 일반보고」, 조선문학가동맹, 『건설기의 조선문학』, 조선문학가동맹 중앙집행위원회서기국, 1946. 6, 41~42면.

할 민족문화는 계급문화가 아니라 근대적인 의미의 민족문화여야 한다는 주장
이 비판의 핵심이다. 이 주장과 관련하여 엄호석을 비롯한 비평가들은 그가 계
급문화를 부정하고 부르주아 반동문화를 선전하고 이승만 정권에 기여한 것이
라고 비판한다. 그러나 그의 민족문화론이 계급문화를 부정한 것이 아니라 단
지 현 단계의 민족문화가 인민성을 기반으로 한 근대적인 민족문화의 건설의
단계에 있다는 설정이다. 계급문화의 부정이나 부르주아 반동문화를 선전한 것
이란 비판은 결국 남로당 숙청과 관련된 정치적 개입에 의한 논리이다.

> 이러한 파렴치한 위조 행위와 관련하여 여기서 임화 자신의 문학적 활동에
> 대한 그의 위조 행위에 대하여 말하는 것이 필요하다. (……) 그의 작품들 중
> 압도적인 다수가 창작된 시기인 1930년대의 그의 작품들이 보여주는 근대 구
> 라파 부르죠아 문화에의 굴종, 생에 대한 굴종과 패배주의, 영탄과 통곡의 세
> 계에서 과연 애국주의와 영웅주의가 노래될 수 있었겠는가? (……) 임화의 저
> 서『조선문학』이 포함하고 있는 파렴치하고 불손한 날조와 왜곡은 과학적 유
> 물사관의 견지와는 아무런 공통성도 없는 것이며 완전히 적대적인 경향이
> 다.177)

이기영, 한설야와 더불어 이태준이나 '저명한 시인'178) 임화는 문학예술분
야에서 활발하게 투쟁하는 문인으로 평가되다가 남로당 숙청과 관련하여 비판
의 대상이 된다. 임화의 저서『조선문학』은 날조와 왜곡을 주축으로 한 역사
위조 문건이며, 과학적 유물론사관과는 적대적인 경향을 가진 것이며, 제국주
의 문학에 대한 아첨으로 일관된 것으로 신랄하게 비판된다. 엄호석은 이 저서
에서 우리 문학 유산을 평가절하하고 우수한 사실주의 작가인 최서해, 이상화
등으로 대표하는 신경향파 문학에 대한 자연주의적이라는 비방은 "우리 문학의
사실주의적 전통에 대한 참을 수 없는 모독"179)이라고 지적한다. 임화의 문학

---

177) 한 효, 「자연주의를 반대하는 투쟁에 있어서의 조선문학」(『문학예술』, 1953. 1~
    4), 이선영 · 김병민 · 김재용(편), 『현대문학 비평 자료집』 2, 태학사, 1993, 46
    9~470면.
178) 기석복, 「조국해방전쟁과 우리 문학」(『인민』, 1952), 이선영 · 김병민 · 김재용(편),
    『현대문학 비평 자료집』 2, 태학사, 1993, 235면.
179) 엄호석, 「로동 계급의 형상과 미학상의 몇가지 문제」, 『조선문학』, 1953. 11, 120면.

이란 "정치적 무관심성, 무사상성의 정신"으로 "절망적 정신과 불신과 영탄과 패배주의"180)를 교양하는 문학이다. 결국 북한에서 임화의 『조선문학』은 역사를 위조한 문학사로 평가된다.

> 사랑하는 나의 아이야
>
> 한밤중 어느
> 먼 하늘에 바람이 울어
> 새도록 잦지 않거든
> 머리가 절반 흰 아버지와
> 가슴이 종이처럼 얇아
> 항상 마음 아프던
> 너의 엄마와
> 어린 동생이
> 너를 생각하여
> 잠 못 이루는 줄 알아라
>
> 사랑하는 나의 아이야
>
> 너 지금
> 어느 곳에 있느냐181)

「너 어느 곳에 있느냐」 「바람이여 전하라」……등 기타 시작품들에 있어서도 거대한 비애를 뚫고 나가는 스산함과 이 더러움 속에서도 미래를 확인 전망하는 낭만성을 또한 표현하고 있는 것이다. 이것은 두말할것도 없이 아주 귀중한 것이다. (……) 기본적으로는 혁명적 낭만의 세계를 노래하면서도 적지 않은 작품들에서 어둠과 정적 등의 서경적 배치로서 감상적 기분의 조선을 방조하며, 시적 디테일에 대한 감각과 선택에 있어 감상적인 특질을 보여주기도 한다.182)

---

180) 한설야, 앞의 글, 132면.

181) 임 화, 「너 어느 곳에 있느냐 - 사랑하는 딸 혜란에게」(1950. 12), 김외곤(편), 『임화전집』 1, 박이정, 2000, 323면.

182) 안함광, 「싸우는 조선의 시문학이 제기하는 주요한 몇가지 특징」(『문학예술』, 1951.

임화의 전선시는 감상적인 특질을 보이지만 거대한 비애를 뚫고 나가는 스산함과 이 더러움 속에서도 미래를 확인 전망하는 낭만성을 표현한 혁명적 낭만의 세계를 노래한 작품으로 긍정적으로 평가된다. 그의 시에 대한 긍정적인 평가는 남로당 숙청과 더불어 퇴폐적인 부르주아 반동 문학으로 부정적으로 평가된다. 특히 그의 시집 『너 어느 곳에 있느냐』에 실려 있는 전선시 「너 어느 곳에 있느냐」, 「바람이여 전하라」, 「흰 눈을 붉게 물들인 나의 피 위에」 등은 박헌영과 이승엽 등 남로당 계열의 숙청과 더불어 영탄, 통곡, 고독과 패배주의를 노래한 시이며 현실을 왜곡한 시로 극단적으로 비판된다. 이 시에서 "경애하는 우리 수령은 / 무엇이라 말하였느냐 / 한 치의 땅 / 한 뼘의 진지일지라도 / 피로써 지켜 내거라 / 한 모금의 물 / 한 톨의 벼알일지라도 / 원수들에 주지 않기 위하여 / 너의 전력을 다하거라 / 원수가 망하고 우리가 / 승리할 때까지 싸우라"183)고 인민들의 투지와 현실적 투쟁 임무에 대하여 시화하고 있다. 이런 면에서 볼 때 그의 전선시에 대한 퇴폐적인 부르주아 반동 문학이란 극단적 평가는 정치적 고려에 의한 것이다.

> 임화는 전쟁 중에 쓴 그의 여러 시편들에서 싸우는 인민의 불패의 신심과 벅참 감정을 노래할 대신에 패배주의와 영탄과 통곡과 고독을 노래함으로써 인민들의 투지를 저하시키려고 하였으며 그들을 현실적 투쟁 임무로부터 이탈시키려고 시도하였다.184)

> 림 화는 그의 시 「너 어느 곳에 있느냐」에서 전선에 간 자식을 생각하여 한정없이 초조하여진 아버지의 마음과 '종잇장처럼 얇아진' 어머니의 가슴, 그리고 온 집안이 전선에 간 자식을 생각하여 잠 못 이루는 광경을 그렸으며 「바람이여 전하라」에서 '머리 더욱 회고 가슴 더욱 얇아진' 어머니를 그렸으며 「흰 눈을 붉게 물들인 나의 피 우에」에서 우리의 마뜨로쑈브 영웅의 애국주의를 파렴치하게 외곡하면서 영웅의 어머니를 아무도 돌보는 사람이 없는 듯이 외로운 어머니로서 절망적으로 보여 주었습니다.185)

---

8), 이선영 · 김병민 · 김재용(편), 『현대문학 비평 자료집』 2, 태학사, 1993, 137면.
183) 임 화, 앞의 글, 321면.
184) 한 효, 앞의 글, 492면.
185) 한설야, 「문예 전선에 있어서의 반동적 부르죠아 사상을 반대하여 – 평양시당 관하

　　미군 고용 간첩인 림 화는 김 창걸을 노래한 「흰 눈을 붉게 물들인 나의 피
우에」에서 김 창걸 영웅의 위훈을 무의미한 '자기 희생'과 고독하고 절망적인
비극으로 묘사하였으며 「바람이여 전하라」, 「너 어느 곳에 있느냐」 등에서 패
배주의를 고취하면서 총과 함께 무의미한 '자기 희생'을 버리고 적들 앞에 투
항할 것을 전사들에게 암시하였다.186)

　　한효는 임화의 시가 조국 해방 전쟁에서 투쟁하는 인민들의 불패의 신심과
벅찬 감정을 노래하지 않고 영탄, 통곡, 고독과 패배주의를 시화하여 인민들의
투지를 저하시키고 현실적 투쟁 임무로부터 이탈시키려고 시도한 것으로 지적
하면서 생활의 진실과 단절하여 현실을 왜곡하고 있다고 비판한다. 한설야는
그의 시에 대해 인민들의 영웅적 투쟁 모습을 가련한 고역자의 모습으로 묘사
하여 인민의 영웅적 애국주의를 왜곡한 것으로 공식적인 비판을 한다. 엄호석
역시 그의 작품을 조국의 발전을 위하여 선두에 선 혁명 투사들을 조국이라는
추상적 관념을 위하여 자기의 청춘을 희생시키는 것으로 형상화한 "자기 희생
의 문학"187)으로 비방한 것이라고 비판한다.

　　결국 그의 전선시는 영탄, 통곡, 고독과 패배주의를 노래한 작품이며, 부르
주아 사회에서 해결의 길이 막힌 절망적이며 암담한 비극을 담은 시로 공식적
으로 비판된다. 그의 시가 객관적 현실을 왜곡하여 부르주아적 퇴폐주의를 유
포시킨 부르주아 반동문학이라면 북한의 공식적인 비판은 타당할 수 있다. 이
시기 북한 문학의 과제는 임화 비판과 같은 부르주아 사상 잔재 비판을 통한
사회주의 미학을 확립하는 작업이다. 그러나 이런 비판이 단지 정치적 논리에
따른 것이라면 이는 다양한 시적 감수성의 억압이며, 결국 문학을 단순히 이데
올로기 전달의 수단으로 도구화하는 것에 불과한 것이다.

　　문학 예술 선전 출판 부문 열성자 회의에서 한 보고」, 한설야(외), 『문예전선에 있어
서의 반동적 부르죠아 사상을 반대하여』(자료집 1), 조선작가동맹출판사, 1956, 2
2~23면.
186) 엄호석, 「인민 군대와 우리 문학」, 『조선문학』, 1958. 2, 109면.
187) 위의 글, 109면.

2) 이원조 비판

　　리원조는 해방 전, 예술 지상주의를 고취하면서 당성 원칙의 기치를 높이
들고 나선 카프 문학을 로골적으로 비방하는데 정력을 기울여온 자이며 1932
년 이후 사회주의 레알리즘의 창작 방법이 우리 문학에 소개되고 진보적 평론
가들 사이에 이에 대한 진지한 연구와 론의가 진행되었을 때, 이러한 일들이
전혀 무의미한 탁상공론에 불과하다고 타매하였다. 이자들은 예술의 사상성과
정치성에 대하여 히스테리적인 반항을 시도하였으며 카프 문학의 엄폐될 수
없는 사실주의 전통을 말살하고 리태준에 의하여 지도되는 반동적 「구인회」의
순수 문학을 문단의 주류로 선전하는데 광분하였다.188)

　　이원조는 1946년 9월에 월북하여 1947년 11월에 월북한 임화와 함께 해
주에서 머물면서 활동하며, 1951년 6월 〈조선로동당〉 중앙위원회 선전선동부
부부장에 임명되기도 하지만, 1953년 8월 임화 등과 함께 남로당 숙청 때 미
제 간첩이라는 죄명으로 투옥되어 1955년 옥사한다. 1952년 말 남로당 숙청
과 관련된 이후 그는 해방전의 활동, 해방기의 민족문학론, 월북 이후 평론 가
운데 특히 그의 민족문학론과 영웅 형상화에 대한 평론이 공식적으로 비판된
다. 홍순철은 그가 예술지상주의를 고취하고 카프문학을 노골적 비방한 것과
사회주의 리얼리즘의 창작 방법에 대한 진지한 논의를 무의미한 탁상공론에 불
과한 것으로 평가한 것, 사실주의 전통을 말살하고 반동적 순수문학을 선전한
것 등을 제시하여 이원조를 부르주아 반동 평론가라고 비판한다.
　　해방기 이원조가 지적한 현 단계가 역사의 주체인 프롤레타리아트를 중심
으로 하여 농민, 지식인, 도시 소시민의 전 근로인민의 손으로 수행되는 민주
주의이며 이를 기반한 문학이 인민적 민주주의 민족문학이라는 주장은 남로당
숙청과 관련하여 북한의 비평가들에게 임화의 주장과 더불어 부르주아 민족문
학론으로 심한 비난을 받는다. 결국 임화의 주장을 정교화한 그의 민족문학론
은 계급문학을 부정한 부르주아 민족문학론에 불과한 것으로 비판된다.
　　1951년 6월 30일 김일성의 「우리 문학예술의 몇가지 문제에 대하여」라는

---

188) 홍순철, 「문학에 있어서의 당성과 계급성」, 『조선문학』, 1953. 12, 87면.

교시에서 지적한 대중적 영웅 형상화와 관련하여 이원조는 이 영웅의 형상이 예술적으로 형상화된 영웅이 아니라 "노트식 영웅"189)이라는 점을 비판한다. 그는 도식적인 영웅은 노트식 영웅이지 예술적으로 형상화된 영웅이 아니라고 지적하며 '노트식 영웅 제조 방법'을 비판한다. 1952년 말 이후 남로당 숙청과 관련되면서 그의 영웅 형상화에 대한 주장은 작가들을 기록적 사실과 실증 문헌의 노예로 전락시킬 수 있는 위험성을 내포한 주장으로 비판을 받는다. 한효는 그를 "비애국주의적 종파분자"190)로 비난한다. 한효는 영웅 형상화에서 전형성을 강조하면서 전형성을 벗어난 영웅 형상화에 대하여 말하는 것이 무의미하며 사회주의 문학 예술에 대한 배반임을 강조한다. 그러나 한효의 평가와 달리 이원조 역시 전형적인 환경에서 전형적인 인간을 형상화하는 것을 강조하고 노트식 영웅 제조 방법인 기록주의를 비판하고 있다. 이런 한효의 평가는 남로당계의 숙청과 관련된 공식적인 비판의 성격을 갖는다. 결국 북한에서 임화나 김남천과 마찬가지로 이원조의 비평이란 부르주아 반동 문학에 불과한 것으로 공식적으로 평가된다.

3) 김남천 비판

1950년 12월 〈조선로동당〉 중앙위원회 제3차 전원회의에서 「남북 근로단체들을 통합할 데 대하여」라는 결정이 내려지고, 1951년 3월 11∼12일에 〈북조선문학예술총동맹〉과 〈남조선문화단체총연맹〉의 합동이 이루어져 대대적인 조직개편이 이루어진다. 이 합동에서 〈조선문학가총동맹〉의 서기장으로 피선된 김남천은 오랜 침묵 후에 단편 「꿀」(『문학예술』, 1951. 4)을 발표한다. 한효는 「우리 문학의 전투적 모습과 제기된 몇 가지 문제」(『문학예술』, 1951. 6)에서 이 작품에 대해 성공작이라는 긍정적 평가와 함께 아쉬움을 표현한다. 이 한계는 부상병을 화자로 설정하여 이야기를 서술하는 구성에서 야기될 수밖에 없는 제한성을 염두에 둔 것이다.191)

---

189) 이원조, 「영웅 형상화의 문제에 대하여」(『인민』, 1952. 2), 이선영·김병민·김재용(편), 『현대문학 비평 자료집』 2, 태학사, 1993, 182∼183면.
190) 한 효, 앞의 글, 502면.

1950년 8월 하순의 어떤 날, 락동강 전선에서, 얼마 아니 격하여 있는 합천 관기리 야전 병원에서 한나절을 나와 가치 지내인 부상병 동무는 다음과 같이 이야기를 계속하였다. (……) 펀뜻 고향 생각이 납니다. 할머니, 어머니, 누이 동생 ― 그들은 지금 내가 이렇게 하염없이 죽을 경지에 헤매이고 있는 것을 알고 있는 것일까? 살그머니 꿈결처럼 들려오는 할머니의 발자취 소리. ― 나는 일시 그것이 내가 고향에 두고 온 할머니의 발자취 소리로 혼돈합니다. (……) 단지기 뚜껑을 열어 놓고 소복이 담겨 있는 산청 가운데로 놋숟가락을 푹 박습니다. 그리고는 잽사게 꿀을 떠서 냉수 그릇에 옮깁니다. 물에 알맞게 꿀을 떠 놓고는 그 숟갈로 다시 자루에서 미수가루를 퍼냅니다. 한 손으로 양푼을 누르고 익숙한 솜씨로 숟갈을 저웁니다. (……) 나는 오직 분초를 다투는 조처에 눈시울이 뜨거워질 뿐이였습니다. / 할머니는 벌써 마당에 나가 들것에 멜방을 매고 백이지 않게 깔개를 깔고 하며 부산하게 움직입니다. 동무들은 나를 맞들어 뜰 가운데로 나릅니다. (……) 나는 부상병동무의 이야기를 귀 기우려 듣고 나서 이 짧다란 이야기가 남기고 가는 여운을 따라가노라고 잠시 아무 대꾸도 건느지 못하였다.192)

이 작품에서 그는 여전히 「원뢰」에서처럼 순전히 인식 과정의 첫 단계―감각과 지각의 세계에서 벗어나지 못하고 있다는 것을 보여 주었다. 그는 이 작품에서 우리의 장엄한 현실을 어떤 높은 자리에 앉아서 방관하면서 그리고 인물들의 깊은 감정 세계를 들어가기를 끝까지 거부하면서 현실과 작가 사이에 개재하는 어떤 매개물을 통하여 받게 되는 감각과 지각을 가지고 사건들과 인물들을 형상화하려는 태도를 취하였다. 그러므로 이 작품에서는 "보다 많이 심각한 사색에로"(레닌) 향하여야 하는 작가의 사색이 억지로 제약되었으며 따라서 자연주의적 '일반화'의 방식이 지배적으로 되어 있다.193)

김 남천의 그의 단편 소설 「꿀」에서 우리 인민군 정찰병을 비방적으로 묘사하면서 우리 인민 군대의 고상한 동지적 전우애를 모독하였으며, 부상당한 한 정찰병이 죽음 앞에서 비겁하며 향수에 잠기여 애상의 세계에 허덕이는 광경을 보여 주었습니다. 그리하여 이 작품 전체를 값싼 쎈치멘탈리즘으로 일관시키면서 김 남천은 비애와 절망의 독소를 전파하여 인민들에게 염전 사상과

---

191) 김재용, 「월북 이후 김남천의 문학활동과 '「꿀」 논쟁'」, 『작가연구』 6, 1998. 10, 348~350면.
192) 김남천, 「꿀」(『문학예술』, 1951. 4), 『작가연구』 6, 1998. 10, 333~345면.
193) 한 효, 앞의 글, 497면.

패배주의 사상을 고취하려 하였습니다.194)

　　1951년 4월에 발표한 김남천의 「꿀」은 꿀과 미수가루를 내어다가 부상병을 먹이는 할머니의 애정과 동네 노동당원들의 도움을 통해서 인민 군대와 인민들의 혈연적 관계를 보여준 단편 소설이다. 이러한 점에서 한효는 이 작품을 성공한 작품으로 평가한다. 내부 이야기(내화)를 부상병 화자로 설정하여 사건을 전개하고 있는 액자식 구성에 의해 거리의 객관화를 통해 신뢰감을 주는 반면 인민 군대와 인민들의 혈연적 관계를 더욱더 효과적으로 부각시킬 수 없는 제한성을 가진다. 그는 부상병이라는 화자를 통해서가 아니라 작가 자신이 할머니의 애정을 직접으로 대면하면서 그리는 것이 더욱더 효과적이라고 지적한다.

　　1952년 말 이후 남로당계의 숙청과 관련되면서 김남천의 「꿀」에 대한 공식적인 평가는 비애와 절망의 독소를 전파하여 인민들에게 염전사상(厭戰思想)과 패배주의 사상을 고취시킨 작품이다. 그의 작품을 긍정적으로 평가했던 한효는 정치적 고려에 의해 다시 김남천의 작품을 자연주의적 일반화의 방식이 지배적인 작품으로 비판한다. 그는 얼빠진 인간을 묘사한 김남천의 「원뢰」가 감각과 지각의 단계를 벗어나지 못한 작품이며 이 연장선상에 있는 단편 소설이 「꿀」이라고 지적한다. 이 작품은 장엄한 현실을 방관하면서 깊은 감정 세계를 파악하기를 거부하고 단지 감각과 지각을 가지고 사건과 인물을 형상화하려는 자연주의적 일반화의 방식이 지배적인 소설이라고 지적한다. 이는 그가 거리의 객관화를 통한 신뢰감을 준다는 긍정적 평가를 배제하고 인민 군대와 인민들의 혈연적 관계를 효과적으로 표현하지 못한 아쉬움 부분을 극단화한 평가이다. 그는 "자기 자신의 마음 속의 '소시민'과 '유다'를 일제 앞에 '고발'함으로써 굴복을 선포"한 김남천이 지금의 현실에서도 "여전히 그 싫어하고 무서워하고 마땅치 못하게 생각하던 것에 접근하기를 주저하고 있는 것"195)을 보여준다고 비판한다. 결국 그는 김남천의 소설이 독자들을 비관, 영탄, 패배주의로

---

194) 한설야, 앞의 글, 23면.
195) 한　효, 앞의 글, 497~498면.

이끄는 작품이라고 혹평한다.

초기 한효의 긍정적인 평가와 달리 처음부터 엄호석은 「작가들의 사업과 정열」(『조선문학』, 1951. 7)에서 김남천의 「꿀」을 형식주의적 작품으로 부정적으로 평가한다. 김남천의 「꿀」에 대한 그의 지속적인 평가는 「우리 문학에 있어서의 자연주의와 형식주의 잔재와의 투쟁」(『노동신문』, 1952. 1. 17), 「로동 계급의 형상과 미학상의 몇가지 문제」(『조선문학』, 1953. 11) 등에서 나타난다. 그는 일관되게 김남천의 작품을 비판한다. 그는 "남반부에 진주한 인민 군대 전사가 우연히 만난 외로운 80세의 파파 늙은이의 애처로운 처지와 그로부터 얻어먹은 꿀에 대한 이야기를 슬픈 회상으로 묘사하면서 우리 인민 군대가 남반부에 진주한 감격적인 사건과 그들의 영웅적인 씩씩한 면모를 애수의 흐느낌 속에 잠기게 했다"196)고 부정적으로 비판한다. 그의 비판은 감격적인 사건과 영웅적인 씩씩한 면모를 강조하는 점에서 혁명적 낭만주의 세계관에 기초한 작품 평가이다. 1952년 말 이후 이런 평가는 퇴폐적이며 형식주의적 반동적 부르주아 문학으로 더욱 폄하된다.

홍순철은 「문학에 있어서의 당성과 계급성」에서 김남천의 「꿀」이 "그가 우리 현실의 한 구석에서 이를 랭담하게 관조하면서 인민들의 장엄한 투쟁을 작가적 정열로써 고무하는 그런 애국자의 립장에서가 아니라 남의 일을 곁눈질하듯이 바라보고 있는 그런 방관자의 립장에서 쓴 해독적 작품"이며 "형식주의와 자연주의의 독소로 충만된" 작품이라고 평가한다. 그의 문학은 "초당과 비계급성의 병풍 뒤에서 일제와 미제의 리익에 충실히 복무하였으며 특히 조국 해방 전쟁 시기에는 미국 야수들의 군사 행동에 직접적인 방조를 주는 사상적 무기의 역할을 담당"197)했다고 극단적으로 폄하된다. 결국 이는 정치주의적 파행성의 극단적 평가이다.

결국 정치적 파행으로 인하여 김남천의 모든 작품은 자연주의적 '일반화'의 방법에 의거한 해독적 작품으로 부정적으로 평가된다. 특히 그의 소설 『대하』는 "'가족사'의 형식으로 1910년대의 조선 사회를 묘사하면서 끝까지 비전형적

---

196) 엄호석, 「로동 계급의 형상과 미학상의 몇가지 문제」, 126~127면.
197) 홍순철, 앞의 글, 93면.

인 사건과 인물들을 추구함으로써 당해 시대의 정형을 왜곡한 자연주의 작품"198)이다. 이는『대하』가 3·1운동 전야의 일반적 전형을 그리지 못하고 부패하고 낙후한 인물들을 묘사함으로써 인민들의 혁명 투쟁을 저해시킨 작품이라는 평가이다. 그에 대한 공정한 평가는 사라지고 남로당계의 숙청이라는 파행적인 정치적 목적에 의해 그의 모든 문학은 부르주아 반동문학으로 부정적으로 비판된다.

1952년 12월 〈조선로동당〉 중앙위원회 제5차 전원회의 보고인「당의 조직적 사상적 강화는 우리 승리의 기초」에서 지방주의, 종파주의 잔재 사상과의 엄격한 투쟁을 전개할 것을 지적한다. 1953년 남로당 숙청과 관련하여 임화, 김남천, 이원조 등에 대한 비판이 본격화된다. 1953년 임화, 김남천, 이원조 등에 대한 비판은 남로당 제거의 일환이라는 정치적 사건의 의미를 가진 것이지만, 부르주아 사상 잔재 비판이라는 비평사적 의의도 가진다. 이 시기 북한 문학이란 프롤레타리아 국제주의와 고상한 애국주의를 바탕으로 한 사상적 통일을 근거로 한 사회주의 리얼리즘 문학이다. 임화 등에 대한 부르주아 사상 잔재 비판을 통한 "어쩡쩡한 위상을 가졌던 사회주의 리얼리즘이 북한 문학의 유일한 미학적 기초"임을 확인한다. 1953년 북한 문학은 "사회주의 리얼리즘의 자기 정립의 완성"과 제1차 작가 대회를 통한 "인적 자원의 전면 재정비"199)를 이룬다. 그러나 이런 사실에서도 북한 문학이 바로 도식적 정치주의 경향을 배제할 수 없다는 특징을 보여준다.

이런 북한 문학의 부르주아 사상 잔재 비판은 진보적 사유의 한계를 명백히 보여준다. 사회주의 국가 수립이라는 말해지는 이상적 사회 건설이라는 명제는 부르주아 사상 잔재 척결이라는 명분으로 반대파에 대한 '무자비한' 숙청을 감행하는 결과를 낳게 한다. 북한 사회는 정치적 기적을 바라는 절망적 희망과 이상 사회 건설이라는 목적이 단지 하나의 지옥을 만들고 있는 것이다. 이는 진보적 사유로 말미암은 이상 사회에 대한 믿음을 갖고 월북을 감행한 '자유주의자'들을 참혹한 정치의 논리에 의해 희생자의 모습으로 드러난다. 결국

---

198) 한 효, 앞의 글, 467면.
199) 김성수,「1950년대 북한 문학과 사회주의 리얼리즘」,『현대북한연구』(경남대) 2-2, 1999. 12, 136면.

북한 사회의 모순이란 이상적 사회 건설이라는 진보적 사유의 한계이며 이는 근대의 모순과도 관련된다.

4) 이태준 비판

이태준은 1946년 7월에 월북하여 1947년 말경에 월북한 김남천과 함께 평양에서 머물면서 활동하며, 1949년 2월 27~28일 〈북조선문학예술총동맹〉 제3차 대회에서 기석복, 정률 등 소련파의 도움으로 비당원 자격으로 부위원장으로 기용되며, 1952년 소련파의 후원으로 남로당과 함께 비판되지만 숙청될 위기를 넘기나 1955년 박창옥과 함께 비판당하면서 1956년 소련파의 몰락과 함께 '노동 개조' 처분을 받고 숙청된다.

> 딱 꿍,
> 딱 꿍 치르르……
> 카빈총 소리는 철교 서쪽 잿등에서이므로 상당히 먼 거리이나, 한 두 총구에서 쏟아지는 것이 아니었다. 총알은 강바닥을 덮어 소낙비 퍼붓듯 물방울쳐 쏟아지고 말았다.
> 총탄의 소나기는 잠시 뒤에 멎었다.
> 그러나 사위는 다시 괴괴할 뿐, 그만 북쪽 강기슭에도 남쪽 강기슭에도 사람이 나오는 그림자나 물소리는 나지 않고 말았다.[200]

> 그는 북반부에 새 제도 앞에서 동요하다가 「먼지」에서 한뫼 선생으로 변신한 다음 자기의 동요와 의혹을 '좌도 우도 아니다' 라는 중립의 허위적 가면으로 가리우면서 '백문이 불여일견' 이라 하여 다시 서울로 가서 미군정하의 리승만 통치를 직접 눈으로 보게 되었다. (……) 리태준은 한뫼 선생으로 하여금 서울 네거리에서 단선 반대에 서명하기를 거절케 하였으며 북반부로 돌아오는 길에 38선에서 총살당하게 하고 북반부에 다시 돌아오지 못하게 함으로써 그 자신이 북반부에 대한 반대를 표시하였다.[201]

---

200) 이태준, 「먼지」(『문학예술』, 1950. 3), 『민족문학사연구』 10, 1997. 3, 323면.
201) 엄호석, 앞의 글, 125면.

북반부 인민들의 새 생활에 대한 악의로 충만된 단편 「먼지」에서 리 태준은 5년간이나 북조선에서 살아 오면서 제반 민주 개혁 성과들을 직접 목격한 주인공 '한뫼 선생'이 그래도 어느 편이 좋은지 몰라 남조선으로 가 보는 이야기를 썼는 바 남조선에 갔다 돌아오는 길에 '한뫼 선생'은 누가 쏘았는지도 모를 총에 맞아 38선 중간에서 머리를 남반부로 돌린채 죽어버린 것으로 소설의 끝을 맺음으로써 북반부 현실에 대한 비방은 그 극도에 달하고 있습니다.202)

1950년 3월 〈북조선문학예술총동맹〉의 기관지인 『문학예술』에 발표한 이태준의 「먼지」는 한뫼 선생이 삼팔선 이북에 살다가 이남의 현실을 직접 자기 눈으로 확인하기 위하여 서울로 내려와서 다양한 경험을 한 후 다시 이북하다가 38선 경계선이 지나는 강에서 38선 이남에 날아온 총탄을 맞고 죽는 내용이다. 이 소설은 한뫼 선생을 통하여 북한의 정치 노선과 남한의 정치 현실에 대한 문제 의식이 담겨 있는 작품이다. 그의 「먼지」는 남로당계 숙청과 관련하여 이태준 비판의 핵심이 되는 소설이다. 엄호석은 그의 「먼지」에서 한뫼 선생의 죽음이 고립된 개인의 자기 개체의 운명을 방위하기 위한 무의미한 희생이며, 결국 그의 죽음이란 북반부에 대한 반대의 가면과 반대 의사의 표시라고 지적한다. 또한 한설야가 평양시 열성자 회의에서 한 공식적인 평가는 북반부 현실에 대한 극도로 비방한 작품이라는 것이다. 특히 북한의 공식적인 평가인 남조선에 갔다 돌아오는 길에 한뫼 선생이 누가 쏘았는지 모를 총에 맞아 38선 중간에서 머리를 남반부로 돌린 채 죽어버리는 결말을 통해 북반부 현실에 대한 극도의 비방이라는 지적은 이 소설에 대한 잘못된 평가이다. 그의 비판과 달리 한뫼 선생이 맞은 총탄이 '카빈 총'이라는 부분으로 볼 때 이남에서 날아온 총탄이며, 그가 "북조선 정치노선이 옳은 줄은 안다"203)고 분명하게 지적한 사실에서 볼 때, 그의 평가는 부당한 것이다. 이 작품에 대한 북반부 현실에 대한 극도의 비방이라는 지적은 결국 남로당 숙청과 관련된 정치적 개입에 의한 공식적인 비판이다.

---

202) 한설야, 앞의 글, 21~22면.
203) 이태준, 앞의 글, 278면.

이 작품과 관련하여 엄호석은 혁명적 낭만주의적 세계관을 바탕으로 비극적 죽음에 대해 비판하면서 낙관적 죽음을 강조한다. "우리의 영웅들의 죽엄은 고립된 개인의 비극적 죽엄에서 보는 것과 같은 그 어떤 무의미한 희생인 것이 아니라 조국과 동포를 위한 공동 사업으로서 수많은 사람들과 련결되어 있는 집단적 인간의 죽엄이며 자기 개체의 운명을 방위하기 위하여 그것을 가로막는 사회 환경과 희망없는 투쟁을 시도하는 그런 비극적 주인공의 죽엄인 것이 아니라 그와 반대로 조국과 새 제도를 방어하기 위하여 오히려 자기 개체의 운명을 희생하면서 감행하는 락관적인 죽엄이다."204) 그는 비극적 죽음을 고립된 개인의 자기 개체의 운명을 방위하기 위한 무의미한 희생이며, 낙관적 죽음을 조국의 새 제도를 방어하기 위한 집단적 인간적 죽음이라고 지적한다. 이 낙관적 죽음은 개인의 비극적인 인식을 극복하여 낙관주의로 나아가게 한다. 우리 사회의 장래 발전에 기여하기 위한 새 것의 성장을 지원하고 우리 사회의 장래 발전을 저해하는 낡은 것과의 투쟁하는 것이 문학의 당성의 표현이며 우리 작가들의 고상한 당적 과업이다. 이런 그의 인식은 기본적으로 혁명적 낭만주의 세계관을 바탕으로 한 것이며, 1960년대 이후 사용되기 시작한 투쟁의 현실과 미래의 믿음을 기반으로 하는 '혁명적 비극'과 관련된다. 이 혁명적 비극이란 새 것의 승리와 낡은 것의 패배를 기본축으로 하여 당에 의해 그 승리를 보장받는 형식이다. 결국 당에 의해서 승리를 보장받는 것이란 결국 주인공의 의식이 필연적인 과정을 통해서 발전하는 것이 아님을 드러낸다. 결국 그의 작품「먼지」에서 한뫼 선생의 죽음은 무의미한 개인적 죽음에 불과한 것으로 평가된다.

> 조선 인민은 오래전부터 작가 이태준의 반인민적이며 해독적인 작품상 경향을 잘 알고 있다. 그의 모든 작품들은 절망과 영탄과 염세주의와 타락과 무기력과 죽음의 부패한 설교로써 일관되어 있으며 조선 인민들에게 대한 고의적이며 악의적인 훼방 중상으로 구상되어 있다. 그의 주인공들은 예외 없이 장님이며 점쟁이며 아편쟁이며 생식주의자며 연애쟁이며 매음부며 변태 성욕자며 무기력자며 염세주의자며 폐병환자들이다. (……) 그러므로 해방전에 있

---

204) 엄호석, 앞의 글, 127~128면.

어서의 이태준의 작가적 활동과 그의 작품상 경향은 반드시 그가 관여하였던
또한 그가 지도자로 되어 있었던 반동적 문학 단체인 '구인회'와 결부하여 평
가하여야 하며 이 원칙적인 입장을 떠나서 그에게 어떤 평가를 주는 것은 완
전히 허위적이며 인민들 앞에서의 묵과될 수 없는 기만 행위인 것이다.205)

1952년 말 이후 한효가 지적하듯이 이태준은 "새 생활을 창조하는 길에 들
어선 북조선 인민들의 의식을 마비시키며 그들에게 불신과 절망의 사상을 주입
할 목적으로 산문 분야에서 노골적으로 자연주의의 독소를 뿌린 자"206)로 비
난받는다. 이태준에 대한 비판의 핵심은 문학의 사상성 거부를 표방한 반카프
적 문학 단체의 지도자라는 점과 절망, 영탄, 타락, 무기력, 죽음, 염세주의 등
의 부패한 설교로 일관된 반인민적인 해독적 작품 경향이다. 한효는 이태준의
소설이 장님, 점쟁이, 아편쟁이, 생식주의자, 연애쟁이, 매음부, 변태 성욕자,
무기력자, 염세주의자, 폐병환자를 주인공으로 한 반인민적이고 해독적인 작
품이라고 지적한다. 엄호석 역시 그의 인물들이란 "자기의 보수주의적 견해와
유습을 버리지 못함으로써 급격히 전변하는 자본주의적 생활의 급류에서 찌꺼
기로 뒤에 남아 거기에 발 붙일 자리를 잃은 말하자면 자기 시대를 다 산 무의
미한 존재이며 그 이데올로기에 있어서는 리조 왕권의 회복을 몽상하는 복고주
의"207)적 특징을 가진다고 지적한다. 홍순철은 "조선 인민을 무기력하고 무능
력하고 유치하고 문명치 못하고 우매하고 영탄과 절망에 허덕이는 그런 인간들
로 묘사"하고 "이런 인물 묘사를 통하여 조선 인민의 해방 투쟁을 마음껏 비웃"
는다고 지적하며, 그의 작품들이 "조선 인민과 조선 인민의 민족 해방 투쟁에
대한 비렬한 악의를 품은 비방"208)이라고 비판한다. 결국 이태준에 대한 평가
란 부르주아 반동 문학가라는 것이다.
전후 북한의 문학은 부르주아 사상 잔재 비판과 관련된 종파주의자에 대한
비판을 통하여 북한 문학의 기본적 구도를 형성해 간다. 이 기본적 구도란 임

---

205) 한 효, 앞의 글, 466~467면.
206) 위의 글, 487면.
207) 엄호석, 앞의 글, 125면.
208) 홍순철, 앞의글, 90면.

화, 이원조, 김남천, 이태준 등의 남로당계열 작가들의 문학을 부르주아 반동
문학으로 규정하여 이에 대한 부정적인 평가와 이기영, 한설야 등의 카프 작가
나 조기천과 같은 북한 작가에 대한 긍정적인 옹호라는 구도이다. 특히 카프는
우리 나라에서 사회주의 리얼리즘 창작방법에 의거한 첫 번째 문화 단체이며,
일본제국주의을 반대하여 투쟁한 유일한 혁명적 문화 단체로 고평되며, 카프의
이기영과 한설야는 자연주의를 반대하고 리얼리즘 전통을 수립한 대표적 작가
로 높이 평가된다. 결국 이 기본적 구도의 성립이란 사회주의 문학이 새 것과
낡은 것의 투쟁이라는 사실을 반영한 것에 불과하다. 이는 근대적 사유가 생성
시킨 이분법적 사고의 반영이다.

5) 기석복과 정률 비판

> 내가 박창옥과 그를 추종하는 사람들에게 무엇때문에 '카프'를 반대하느냐
> 고 물어보니 그들은 대답하기를 거기에 일부 변절자들이 있었기때문이라고 합
> 니다. 그러면 우리 나라의 우수한 프로레타리아작가들이 주요핵심으로 활약하
> 던 '카프'가 무의미한 존재였단 말입니까? 우리는 '카프'의 투쟁업적을 높이 평
> 가해야 합니다. (……) 박창옥은 우리 나라의 력사와 우리의 현실을 연구하지
> 않았기때문에 부르죠아반동작가인 리태준과 사상적으로 결탁하게 되었습니
> 다. 물론 그에게는 부르죠아사상잔재도 있었지만 우리 나라의 현실을 연구도
> 하지 않고 자기가 모든것을 다 안다고 자고자대하는데서 일이 잘못되었습니
> 다.209)

1955년 12월 28일 김일성은 「사상사업에서 교조주의와 형식주의를 퇴치
하고 주체를 확립할데 대하여」에서 우수한 전통을 계승 발전시키지 않고 조선
역사를 부인한 것이라고 박창옥과 이태준을 비판한다. 박창옥에 대한 비판은
우수한 프롤레타리아 작가와 카프를 무의미한 존재로 파악한 것과 부르주아 사
상 잔재와 우리 현실을 연구하지 않은 것에 대한 것이다. 이에 따라 임화, 이태
준, 김남천의 비판과 기석복, 전동혁, 정률에 대한 직접적인 비판의 계기가 된

---

209) 김일성, 「사상사업에서 교조주의와 형식주의를 퇴치하고 주체를 확립할데 대하여」,
　　『김일성저작집』 9, 조선로동당출판사, 1980, 471~476면.

다. 이 문제는 1956년 1월 7일 〈조선작가동맹〉 중앙위원회 제22차 상무위원회에서 검토되고, 1956년 1월 18일 「문학예술분야에 있어서의 반동 부르주아 사상과의 투쟁을 더욱 강화함에 대하여」라는 결정서가 채택된다. 이는 〈조선작가동맹〉 내부의 기석복과 정률의 혁명전통인 카프의 평가와 사회주의 리얼리즘 발생문제에 대한 입장이 비판의 계기가 된다.

> 그 첫장본인은 당의 사상 전선과 문학 예술 분야에서 자기의 세력을 확장하여 출세주의적 야망을 충족시키기 위하여 림 화 도당을 지지 옹호하면서 반당적인 종파 행위를 감행한 허 가이이며, 허 가이가 죽은 후에는 박 헌영, 리 승엽 도당과 허 가이의 반당적 행위의 악영향을 숙청할 데 대한 당의 중요한 방침들을 옳게 집행하지 않으면서 도리여 허 가이의 종파적 관료주의의 '틀'을 그대로 계승한 박 창옥, 박 영빈 동무들이며 그들의 주위에 규합되어 사상 전선과 문학 예술 분야에서 당의 정책을 고수할 대신에 부르죠아 반동 사상과 결탁하여 당에 막대한 해독을 끼친 기 석복, 전 동혁, 정 률 동무들입니다. 이들은 박 헌영 도당이 파견한 림 화, 리 태준, 김 남천 등과 사상적으로 결탁하여 당의 문예 정책에 충실한 작가들을 공격하는 비당적 행위를 감행하였으며 림 화, 리 태준 도당의 창작 활동을 적극 지지 옹호하여 나섰습니다.210)

한설야는 평양시 당 관하 문학 예술 선전 출판 부문 열성자 회의에서 이태준, 임화, 김남천이 박헌영 도당의 반혁명적 문화노선을 지향하는 해독적인 작품과 패배주의 사상을 전파한 부르주아 반동사상과 결탁한 인물로 비판하고, 기석복, 전동혁, 정률도 부르주아 반동사상과 결탁하여 당의 문예정책을 공격하는 비당적 행위를 감행한 것으로 비판한다. 그의 기석복과 정률에 대한 비판은 허가이의 종파적 관료주의의 틀을 계승한 박창옥, 박영빈과 결탁한 것과 그들의 부르주아 문학관이 임화 등의 반동작가들의 사상과 연결된 것에 대한 비판이다. 이는 소련계 숙청과 관련하여 종파주의자로 바라보는 북한 내부의 관점이다. 그의 비판은 기석복이나 정률이 이태준이나 김남천의 저열한 부르주아 자연주의 작품을 긍정적으로 평가한 것이 그의 부르주아 사상적 입장을 폭로한 점과 그들의 사회주의 리얼리즘 발생 시기를 카프가 아니라 행방 후라는 관점

---

210) 한설야, 앞의 글, 26면.

에 대한 것이다. 이는 사회주의 리얼리즘 발생 시기를 해방 후로 설정하는 것
이 바로 혁명적 전통을 왜곡하는 것이 되기 때문이다.

> 그는 기석복 동무와 한가지로 이태준의 「호랑이 할머니」를 극구 찬양하는
> 논문을 썼으며 심지어 해방후 10년간의 문학 예술을 총화하는 논문에서 임화,
> 이태준, 김남천 도당의 사상적 영향을 입었을 뿐만 아니라 그 사상적 독소를
> 전파하여 온 박종식 동무를 노골적으로 찬양하여 나서기를 서슴치 않았습니
> 다. (……) 특히 종교의식에 사로잡힌 정률 동무는 해방후 10년간의 문학을
> 개괄하는 그의 최근 논문에서 해방 후 문학이 마치 어떠한 전통도 없이 자라
> 난 것처럼 사태를 묘사하려 하였으며, 또 다른 그의 논문 「시인과 현실」에서
> 는 조선에서 사회주의 리얼리즘이 해방 후에 처음 발생된 듯이 주장함으로써
> 위대한 사회주의 10월 혁명의 영향으로 벌서 1920년대 이후에 조선에서 발
> 생한 사회주의 리얼리즘 문학예술의 발전과 그 전통을 부정 말살하려고 시도
> 하였습니다.[211]

정률은 시집 『응향』의 시인이며 조직자의 한 사람이다. 한설야는 1946년
함흥에서 출판된 『문장독본』과 원산에서 발행된 『응향』에 대해서 북조선의 인
민들과 새 생활을 비방하고 북조선에 창설된 인민민주주의 제도를 반대한 것으
로 평가한다. 이와 함께 그의 핵심적 비판은 정률이 부르주아 반동작가인 임
화, 이태준, 김남천과 결탁하고 그들의 작품에 대한 열렬한 찬양자라고 점과
해방 후 문학이 어떠한 전통도 없이 발생한 것으로 묘사한 것과 소련의 사회주
의 10월 혁명의 영향으로 1920년대 이후에 발생한 조선의 사회주의 리얼리즘
문학예술의 발전과 그 전통을 부정 말살하려고 시도한 것이라는 점이다. 특히
그는 카프가 "1925년 창건된 이후 1930년대 김 일성 원수의 항일무장투쟁의
영향으로 강화 발전되었으며 사회주의 리얼리즘의 창작 방법에 입각하여 반일
민족 해방 투쟁에 기여한 혁명적 반일 문학예술 단체"[212]라고 평가한다. 그는
카프가 김일성의 항일무장투쟁의 영향에서 강화 발전된 것으로 사실을 왜
곡[213]한다.

---

211) 위의 글, 511~513면.
212) 위의 글, 497면.

그의 전동혁에 대한 비판도 임화, 이태준 도당의 작품에 대한 찬양자이며 창작 생활의 적극적인 협조자이며 이태준의 부르주아 사상과 결탁한 것이라고 비판한다. 특히 한설야의 비판의 핵심이 바로 기석복에 대한 비판이다. 정률이나 전동혁에 대한 비판과 마찬가지로 기석복에 대한 비판도 임화, 이태준, 김남천의 반동적이고 해독적인 작품을 긍정적 평가하고 찬양한 것에 대한 것이다.

> 이태준의 일련의 해독적인 작품들이 문예총의 합평도 없이 그들에 의하여 무원칙하게 우리 출판물들에 계속 발표될 수 있는 기회를 가지게 되었으며 특히 당시 노동신문 주필로 있었던 기석복 동무에 의하여 당보가 임화 이태준 김남천 도당의 반동적인 작품들에 많은 지면을 제공하게 되었던 사실만으로써도 명백합니다. (……) 1949년에 쓴 그의 논문에서 이태준의 해독적인 작품인 「호랑이 할머니」를 해방후 조선 문학에서의 최대의 '걸작'으로 추켜세우면서 "…우리 인민들을 새로운 사상으로 교양하는 사업에 절대한 방조를 주리라고 믿는다"고 썼습니다. (……) 기석복 동무와 같은 비당적 견지에 선 사람들에게 있어서는 김남천의 「꿀」이 '고상한 사상성'을 가진 '사실주의 작품'으로 될 수 있고 따라서 그와 같은 '에피소드'가 그야말로 그 무슨 '전설'과도 같이 생각될 수 있는 것입니다. (……) 그의 일련의 '평론'들에서 우리 시대의 사회적 힘의 본질을 부정하며 그것을 덮어버리며 그것에 항거하는 그의 부르죠아 사상의 입장을 스스로 폭로하였습니다.214)

그는 이태준의 해독적인 작품들을 지속적으로 출판할 기회를 준 것이나 「호랑이 할머니」를 해방 후 최대의 걸작으로 평가한 것과 김남천의 「꿀」을 고상한 사상성을 가진 사실주의 작품으로 평가한 것을 비판한다. 이는 부르주아 반동

---

213) 이는 "1930년대 이후 김 일성 원수께서 지도하신 항일 혁명 무장 투쟁의 전 인민적 영향하에 조선 혁명의 새 단계 즉 로동 운동과 농민 운동이 맑스—레닌주의와 더욱 긴밀히 결부되는 정세하에서 프로레타리아 문학의 조직 대렬인 '카프'가 국내 각지 인민 속에 확대 강화되고 일본 동경에까지 지부를 가지게 된 것과 관련하여"로 까지 왜곡된다.(한 효, 「부르죠아 문학 조류들을 반대하는 투쟁에 있어서의 조선 현대 문학」, 한 효(외), 『문예전선에 있어서의 반동적 부르죠아 사상을 반대하여』(자료집 2), 조선작가동맹출판사, 1956, 16면)
214) 위의 글, 510~511면.

작가에 대한 긍정적 평가와 함께 우리 시대의 사회적 힘의 본질을 부정 왜곡하는 그의 평론들이 바로 부르주아 사상적 입장을 반영한 것이라는 비판이다. 그는 기석복의 사회주의 리얼리즘의 해방 후 발생에 대한 견해를 허무주의적 견해이며 역사를 위조한 것으로 비판한다. 결국 이는 기석복의 부르주아 사상 잔재에 대한 비판이다.

> 기석복 동무는 해방 전에는 마치 우리 나라에서 사회주의 리얼리즘 문학이 발생될 수 없었던 것처럼 역사를 위조하면서 "일제 시대에 있어서 조선 문단에서의 기본적 방향은 비판적 사실주의였다." (……) 기석복 동무의 견해에 의하면 해방 전에 자기의 걸출한 노작들로써 노동계급에 복무하였으며 우리 인민의 혁명 투쟁에 기여한 '카프' 문학은 결국 비판적 사실주의에서 한걸음도 나아가지 못한 것으로 됩니다.215)

기석복은 해방 전의 창작 방법을 비판적 사실주의로 지적하고 사회주의 리얼리즘 발생 시기를 카프가 아니라 해방 후라고 평가한다. 이러한 사회주의 리얼리즘의 발생에 대한 관점은 한효, 엄호석, 홍순철, 안함광의 사회주의 리얼리즘의 발생이 해방 전이며 카프의 혁명적 전통에서 찾고자 하는 관점과 대립적인 것이다. 한효는 「사회주의 리얼리즘과 조선문학」에서 사회주의 리얼리즘의 발생기를 카프를 조직한 1925년에서 조직 재정비를 한 1927년으로 설정한다. 이후 엄호석은 「사회주의 리얼리즘과 우리 문학」에서 해방 전 카프의 문학에 있어서 사회주의 리얼리즘의 창작 방법이 널리 보급되어 이기영, 한설야, 송영, 이북명의 작품이 바로 구체적인 작품임을 지적한다. 홍순철은 「근로자들의 계급적 교양과 문학평론」에서 엄호석의 사회주의 리얼리즘의 발생에 대한 견해를 인정하면서 구체적인 논쟁의 소개와 작품에 대한 심오한 연구 분석의 필요성을 지적한다. 안함광은 「조선에 있어서의 사회주의적 사실주의 문학의 발생과 발전」에서 1920년대 카프 문학에서 사회주의 리얼리즘 발생 기점으로 잡는다. 사회주의 리얼리즘 발생 논쟁은 김일성의 박창옥과 이태준 비판과 관련하여 〈조선작가동맹〉에서 기석복과 정률을 종파주의로 비판함으로 일단락된

---

215) 위의 글, 514면.

다. 1956년까지는 아직 신경향파 문학에 대한 평가나 사회주의 리얼리즘 발생 시기에 대한 구체적인 연구사업이 미약하고, 신경향파나 카프문학에 대한 평가가 천편일률적이고 작가나 작품에 대한 구체적 분석이 없고 막연한 추상론에 머물고 있다.

6) 안함광과 한효 비판

초기 안함광, 한효의 비판이 도식주의와 관련하여 문학 예술적 입장에 대한 비판의 성격을 가진 것이지만 1957년 11월 〈조선작가동맹〉의 공식적인 비판 이후 그들은 박창옥, 최창익과 결탁된 종파주의자로 비판을 받는다. 이후 안함광은 이런 혐의에 벗어나서 1960년 활동을 재개216)하지만 1967년 주체 시기에 접어들면서 숙청된다.

> 심한 경우에 있어서는 평론이 의례적인 축하 연설로 화하는 때도 없지 않았는 바 가령 안함광 동무의 「전시하의 조선문학」(문학예술 1951년 4월호)과 같은 것은 그 대조적 실례라고 할 수 있는 바 이 논문은 다만 주제별로 시 작품들은 다수 인용하면서 조선 인민의 애국주의 또는 영웅주의를 강조하였을 뿐이며 인용한 시 작품들을 아무런 분석도 없이 극구 선전 찬양했을 뿐이다. (……) 난해하고 따분한 술어와 허다한 인용문을 남용하면서 일반적 추상론에 매어 달리는 경향은 안함광 동무의 부분적 평론 가운데서 전형적으로 찾아볼 수 있으며 그 밖에도 물론 허다한 실례가 있다.217)

---

216) 1959년 4월 〈조선작가동맹〉 중앙위원회 제4차 전원회의에서 한설야의 보고 「공산주의 교양과 우리 문학의 당면 과업」에서는 안함광의 이름이 빠져 있다. "우리 작가들은 림 화, 리 태준 도당들이 뿌려 놓은 악영향을 청산하기 위한 투쟁을 계속 전개하는 한편 최 창익, 박 창옥을 두목으로 한 반당 반혁명 종파 도당의 추종 분가인 홍 순철, 한 효 등의 종파적 여독을 숙청하며 안 막, 서 만일, 윤 두헌 등의 부르죠아적 사상의 독소를 제거하는 투쟁을 성과적으로 전개하였습니다."(한설야, 「공산주의 교양과 우리 문학의 당면 과업 – 조선 작가 동맹 중앙 위원회 제 4차 전원 회의에서 한 보고」, 21~22면)

217) 홍순철, 「평론사업의 강화를 위하여 – 조선 작가동맹 평론 분과 위원회 5월 21일 확대 위원회의에서의 보고」, 이선영·김병민·김재용(편), 『현대문학 비평 자료집』 3, 태학사, 1993, 527~530면.

홍순철은 안함광의 평론에 대해서 비판정신의 부족을 지적하면서 그 점을 평론의 자살 행위로 보고 그 비판정신이 엄격하게 비타협적인 당적 원칙성에 튼튼히 입각해야 함을 강조한다. 그리고 도식주의 비판과 관련하여 그는 안함광의 비평에서 난해하고 따분한 술어와 허다한 인용문을 남용하면서 일반적 추상론에 매어 달리는 경향을 지적한다. 그는 광범위한 인민을 상대로 하는 것을 포기하고 따분하고 난해한 용어들로 무장하고 광범위한 대중의 목소리에 귀를 기울이는 대신에 편협한 자기의 주견을 고집하는 것을 지적하며 비평의 지도성과 인민성을 제고할 것을 강조한다.

> 우리 평론 가운데는 작품을 이모 저모 각을 뜨고 해부하여 도리어 생명에 치명상을 주는 외과 수술과 같은 방법을 적용하는 일이 허다하게 있으며 해부해논 부분들을 옳게 뜯어 맞추고 이를 정리하여 하나의 정연한 체계 위에 이론화함으로써 옳은 창작방법의 길을 보여주지 못하는 경우가 비일 비재하게 있다.
> 복구 건설을 취급한 문학 작품에 대한 합평회에서 진술한 한효 동무의 보고는 결함만을 지적하고 여기에 해당한 구체적 대책들을 제시해 주지 못한 하나의 실례이다.218)

홍순철은 타도식 몽둥이를 휘두르는 것과 같은 비평이나 작품의 결함만을 지적하고 구체적 대책들을 제시하지 못하는 외과수술과 같은 방법의 한효 비평을 비판한다. 그는 비평에서 작품의 뒤꼬리를 따라 다니는 추미주의적 경향을 없애고 작가보다 한 걸음 앞서 문제를 제기하고 방향을 제시하는 비평의 선도적 역할을 수행할 것을 강조한다. 이런 홍순철의 지적은 결국 독단주의로 비판을 받는다.

> 평론가들이었던 한효와 안함광은 선도적인 이론과 작품의 창작적 분석이라는 평론의 본신 사명은 어디엔가 덮어 두고 자기들의 평론 사업을 작품 대상이 아니라 시세에 따라서 격찬하거나 타도하는 카메레온 같은 변색법으로 대

태학사, 1993, 527~530면.
218) 위의 글, 529면.

치하여 왔었다. 그들은 몇 개의 기존적인 죽은 척도를 가지고 산 작품을 함부로 재단하여 나가면서 문학 발전에 적지 않은 저해를 가하여 왔다. 그들은 단지 남의 책장에만 매달리면서 생활의 들끓는 현실에도 눈도 거들떠보지 않았다. 그들은 생활을 신문 사설에 의하여 연구하며 작품을 대하는 때 예술 창작의 특수성을 고려함이 없이 어떤 "안전한" 기성적인 규격과 척도와 조건으로써 대하는 것을 일삼는 것이다.219)

홍순철과 같이 안함광, 한효의 비판이 도식주의 비판과 연관된 문학 예술적 문제와 관련된 것이지만, 1957년 말 박창옥, 최창익과 결탁된 종파주의자로 안함광, 한효, 홍순철은 공식적인 비판을 받는다. 홍순철은 "난폭한 명령식 조치로 문학 지도 사업을 대하면서 동지들 간의 불신임과 이간을 조장시킨, 문학 대열에 끼여들었던 우연 분자이며 철면피한 관료주의자"220)로 비판받는다. 한효와 안함광은 선도적인 이론과 작품의 창작적 분석이라는 평론의 사명을 잊어버리고 자기들의 평론을 작품 대상이 아니라 시대 변화에 따라 격찬하거나 타도하는 카멜레온과 같은 변색법을 익힌 평론가로 비판받는다. 그들은 예술의 특수성을 무시하고 기성적인 규격, 척도, 조건으로 작품을 평가하는 도식주의자로 비난받는다. 그들에 대한 평가는 어떤 특정한 이론이나 주장에 대한 비판이라기보다는 단순히 과거의 부분적인 오류에 대한 문제점을 중심으로 비판된다. 특히 이들에 대한 비판은 박창옥이나 최창익과 관련된 정치적 고려에 의한 공식적인 비판에 불과하다.

한 효 동무는 부르죠아적 문예 사상의 적극적 전도사였다는 것이 명백함에도 불구하고 반동적 부르죠아 문예 사상을 반대하여 투쟁할 데 대한 1956년 조선 로동당 중앙 위원회 제 11차 상무 위원회의 결정이 나온 이후에도, 그리고 당의 충고가 있었음에도 불구하고 계속 자기를 비판하지 않고 오히려 당에 대한 불만을 품었다. 그런 결과에 그는 자기의 부르죠아적 사상을 시정할 수 없었고, 드디어 조선 로동당 중앙 위원회 8월 전원회의에서 폭로된 반혁명 반당적 종파 도당과 사상적으로 결탁하였다.221)

---

219) 서만일, 「작가와 시대정신」(『해방후 우리문학』, 조선작가동맹출판사, 1958), 이선영·김병민·김재용(편), 『현대문학 비평 자료집』 4, 태학사, 1993, 451면.
220) 위의 글, 452면.

박창옥과 최창익에 대한 공식적인 비판이라는 정치 상황과 관련하여 한효와 안함광은 부르주아 반동 사상을 가진 독단주의자로 비판된다. 김민혁은 한효가 임화의 영향으로 이인직, 이광수, 최남선을 자기의 선구자들로 가지는 자연주의 문학 또는 낭만주의 문학을 20년대 전반기의 우리 문학의 주류로 파악하고 신경향파 문학과 부르주아 반동문학과의 차이를 인정하지 않는 것이 바로 신경향파 문학의 본질을 왜곡하는 것이라고 비판한다. 그는 신경향파 문학의 사상적 경향성 및 당성을 파악하지 못하고 신경향파 문학을 비판적 사실주의의 범주로 파악한 것은 명백한 오류라고 지적한다. 결국 이는 유일조류론적 반동적 사상이라는 것이다. 이 유일조류론의 비판은 계급문화가 아닌 유일한 흐름의 민족문화의 구호란 계급사회에 있어서 불가능하다는 것이다.

> 문학에 있어서의 사상편중주의 대 사상경시주의는 결코 프로문학시기의 농민 문학 대 전원문학-향토문학의 형식으로 현상되어졌던 것이 아니라 프로문학 대 부르문학의 관계로 나타나졌던 것이다. 프롤레타리아문학에서 출발한 농민문학이 다른 여러가지 생활조건을 너무도 경시하고 정치적 사회적 관계에만 편중하게 되었었다는 거기에는 물론 여러가지 사회적 요인이 있는 것이지마는 그 요인중의 하나는 기실은 조선의 농민문학이 전원문학 향토문학의 전통을 과정하지 못하였다는 문학적 약점을 간과할 수 없다.222)

『무정』이 조선 신문학 건립사에 차지하는 바 비중이 결코 가벼웁지는 않으면서도 『무정』의 사상은 엄밀히 보자면 당시의 시대적 이데올로기보다 후행되어져 있던 것이며 또 『무정』이 말하는 자유에로의 사상은 일제와의 투쟁을 통한 정치적 자유의 획득의 문제이었다기보다는 정치적 자유를 소외한 문화주의적 자유의 회구이었던 것이다. 말하자면 시대적 이데올로기에 비하여 후퇴되어지면서 있던 민족자산계급의 사상적 대변의 한계를 벗어나지는 못했던 것이다. 자연주의 작가 김동인 염상섭 등에 있어서도 연애관계를 통해서나마 봉건적 속박에 대한 반대자의 위치에서 여성을 형상하기는 하였으나 진실한 여성의 해방은 일제 통치의 특수한 조건에 의하여 이중삼중으로 압제되어 있던 사

---

221) 김민혁, 「문예학에서의 당적 원칙성」, 『조선어문』, 1958, No.4, 12면.
222) 안함광, 「조선 농민문학의 특질의 회고와 오늘의 방향」(『민족과 문학』, 문화전선사, 1947), 김재용・이현식(편), 『안함광 평론선집』 3, 박이정, 1998, 94면.

회적, 정치적 제모순을 근본적으로 개혁함이 없이는 불가능하다는 곳에까지는 이르지 못한 것들이었다.223)

김민혁은 안함광이 문학의 당성과 계급성에 대한 부정확한 견해를 가진 사실이 바로 그의 부르주아 문예사상의 발로라고 지적한다. 그는 「문예학의 당적 원칙성」에서 안함광의 '프로레타리아 문학에서 출발한 농민 문학이 다른 여러 가지 생활 조건을 너무도 경시하고 정치적 사회적 관계로 나타났던 것이다'라는 구절을 근거로 하여 이것은 프롤레타리아 문학에 대한 중상이라고 비판한다. 프롤레타리아 문학에 대한 중상이라는 그의 비판은 정치적 고려에 의한 극단적인 비난에 불과하다. 안함광의 지적은 프롤레타리아 문학에서 출발한 농민 문학이 가질 수 있는 문학적 단점에 대한 파악이다.

김민혁은 안함광의 『무정』이 조선 신문학 건립사에 차지하는바 비중이 결코 가벼웁지는 않으면서 (……) 자연주의 작가 김 동인, 럼 상섭 등에 있어서도 련애 관계를 통해서나마 봉건적 속박에 대한 반대자의 위치에서 녀성을 형상하기는 하였으나'라는 그들의 문학사적 평가를 근거로 삼아 그의 반동적 부르주아 사상을 지적한다. 그는 안함광이 이광수나 김동인의 "일정한 '공로'와 '진보성' 및 '사실주의'를 인정하고 있는 이 리론은" "문학의 레닌적 당성 원칙에 대한 그의 기회주의적인 견해에서 오는 유일 조류론의 표현"224)으로 비판한다. 유일조류론이란 레닌이 지적하는 두 개의 민족문화론225)에 배치되는 것이며 계급문화가 아닌 유일한 흐름의 민족문화의 구호란 계급사회에 있어서 불가능하며 계급문학과 민족문학을 모순되는 것처럼 대립시키는 것도 오류이다. 김민혁의 안함광에 대한 평가는 특정한 주장에 대한 비판이라기보다는 과거의 오류에

---

223) 안함광, 「조선여성과 예술 – 여성법령발표에 제하여」(『민족과 문학』, 문화전선사, 1947), 김재용 · 이현식(편), 『안함광 평론선집』 3, 박이정, 1998, 114~115면.
224) 김민혁, 앞의 글, 15면.
225) "레닌은 '부르죠아 이데올로기냐, 그렇지 않으면 프로레타리아 이데올로기냐, 문제는 오직 이렇게 설 뿐이다. 여기에는 중간 로선은 없다. (왜냐하면 인류는 그 어떤 '제3의'의 이데올로기도 만들어 내지 않았을 뿐만 아니라 일반적으로 계급적 모순에 의하여 분렬되는 사회에서는 결코 계급외적 또는 초계급적 이데올로기란 있을 수 없기 때문에)'(『레닌 전집』, 제5권 355-356페지)라고 가르치였다."한 효, 앞의 글, 6면)

대한 문제점을 지적하는 방식이며 정치적 상황에 의한 공식적인 비판에 불과한 것이다. 이들에 대한 비판이 부분적인 오류를 확대 해석하여 그들을 일방적으로 종파주의자로 매도하고 있다.

> 문학예술부문의 당조직들은 이 부문에 기여든 반동작가들을 청산하기 위한 투쟁을 벌릴 때에 마땅히 작가, 예술인들 속에 남아있는 자본주의사상잔재에 대하여 경각성을 높이고 그와의 투쟁을 강하게 벌렸어야 할것입니다. 그러나 몇몇 반동작가들을 반대하는 투쟁에 그치고 작가, 예술인들 속에서 자본주의 사상잔재를 뿌리뽑기 위한 투쟁에는 주의를 적게 돌렸습니다.[226]

1958년 10월 14일 김일성은 「작가, 예술가들 속에서 낡은 사상잔재를 반대하는 투쟁을 힘있게 벌릴데 대하여」라는 작가와 예술인에게 한 연설에서 부르주아 잔재 청산을 강조한다. 이에 따라 윤세평의 「시 문학에서 부르죠아 사상 잔재를 반대하여」(『문학신문』, 1959. 1. 4), 박세영의 「시 문학의 전투적 기치를 높이자 - 1958년 시 문학 분과 창작 총화 회의에서 한 박 세영 동지의 보고」(『문학신문』, 1959. 2. 1), 장형준의 「평론에서의 당성을 옹호하며 - 서 만일의 론문을 비판함」(『조선문학』, 1959. 2), 신고송의 「부르죠아 사상과의 철저한 투쟁을 위하여 - 주로 「불길」, 「가족」을 중심으로」(『조선문학』, 1959. 3), 한중모의 「소설 분야에서의 부르죠아 사상의 표현을 반대하여 - 전 재경, 조 중곤의 작품을 중심으로」(『조선문학』, 1959. 4) 등은 부르주아 잔재 청산을 강조하며, 1959년 4월 〈조선작가동맹〉 중앙위원회 제4차 전원회의에서 한설야는 「공산주의 교양과 우리 문학의 당면 과업」에서 부르주아 잔재 청산과 관련된 총괄적인 비판을 행한다. 한설야는 최창익, 박창옥을 두목으로 한 종파 도당의 추종 분자인 홍순철, 한효 등의 종파적 여독을 숙청하며 안막, 서만일, 윤두헌 등의 부르주아적 사상의 독소를 제거하는 투쟁을 성과적으로 전개할 것을 지적한다. 그는 서만일을 "마치도 도식주의와 독단주의가 제 2차 조선작가대회 이전의 우리 문학에 있어서 주도적인 경향을 이룬 것처럼 인식하는 데로부터 자

---

226) 김일성, 「작가, 예술인들 속에서 낡은 사상 잔재를 반대하는 투쟁을 힘있게 벌릴데 대하여」, 『김일성저작집』 12, 조선로동당출판사, 1981, 556면.

기의 그릇된 론조를 끌어 내"어 사태를 왜곡한 것으로 비판하고, 윤두헌을 "도식주의를 반대한다는 구실 밑에 우리의 생활과 제도 자체를 중상하려 들었으며 당의 지도까지 시끄러운 것으로 생각"227)한 것으로 비판한다. 이 보고에는 안막에 대한 구체적인 비판은 결여되어 있다. 박세영은 안막에 대해서 "전투적인 정신을 거세하며 생활의 진실한 반영을 회피하면서 부르죠아 사상의 류포를 시도"228)한 것과 더불어 부르주아 미학관을 가진 우연 분자로 비판한다. 이런 안막, 서만일, 윤두헌 등에 대한 비판은 종파주의자로 비판된 것이 아니라 1958년 11월 20일 김일성의 교시 「공산주의교양에 대하여」와 관련된 공산주의 교양과 부르주아 잔재 청산에 대한 비판이다. 결국 이런 일단의 조치에 의하여 북한 문단은 당 정책에 대한 정치사상적 옹호와 당 정책에 대하여 반대하는 것에 대한 투쟁의 구도로 전개된다.

2. 사회주의 문학론

전후 사회주의 문학 예술에 대한 논의는 주로 사회주의 리얼리즘과 민족적 형식에 대한 논쟁이다. 사회주의 리얼리즘은 1932년 10월 26일 소련 제1차 작가대표회의에서 개념이 확립되고, 1934년 8월 제1회 소련작가동맹규약에서 이를 규정한다. 이후 1956~1957년 소련 과학원 어문학부와 막심 고리끼 연구소에서 개최된 리얼리즘에 관한 논쟁이 전개된다. 1957년 4월에 고리끼 연구소에서 개최된 세계문학 속에서 리얼리즘이 지닌 여러 문제들에 관한 소련의 리얼리즘 논쟁은 30년대 전개된 리얼리즘의 개념에 대한 비판적 수정을 한다.

1925년 5월 18일 스탈린은 프롤레타리아적인 문화를 '내용은 프롤레타리아적이고 형식은 민족적인'이라는 명제로 제시한다. 사회주의적 프롤레타리아 문화는 각 민족의 언어와 생활 풍습 등의 차이에 의해 다른 표현 형식과 표현

---

227) 한설야, 앞의 글, 27면, 26면.
228) 박세영, 「시 문학의 전투적 기치를 높이자 – 1958년 시 문학 분과 창작 총화 회의에서 한 박 세영 동지의 보고(요지)」, 『문학신문』, 1959. 2. 1.

방법을 가지게 된다. 사회주의가 지향하는 전인류적 문화란 내용은 프롤레타리아적이고 형식은 민족적인 문화이다. 그는 전 인류적인 사회주의적 문화는 민족 문화의 특수성을 배제하는 것이 아니라 인정하는 문화 형태임을 강조한다. 마오쩌둥(毛澤東)의 신민주주의 문화는 민족적 특성과 서로 결합하여 일정한 민족적 형식에 민주주의적 내용을 담은 문화이다. 중국 문화는 자신의 형식을 가져야 하는데 이 형식이 바로 민족적 형식이다. 스탈린이나 마오쩌둥의 유명한 명제는 프롤레타리아적 내용이나 신민주주적 내용이 민족적 구체성을 통하여 표현된다는 것이지 문학 예술적 개념에 국한된 것은 아니다. 민족적 형식은 문학 예술에서 민족적 특성과 결합하여 구체화된다. 결국 문학 예술에 쓰이는 민족적 특성이란 민족적 형식의 구체적 형상화에 해당한다.

전후 북한 문예학계에서는 사회주의 리얼리즘이 "사회주의 및 공산주의를 위한 로동 계급의 혁명 투쟁이 있는 조건 아래서 발생하는 력사 발전의 합법칙적인 현상"229)임을 강조한다. 사회주의 리얼리즘은 문학 예술의 가장 우수한 전통의 합법칙적으로 계승한 것이며 문학 예술 발전에서 가장 선진적이고 가장 혁명적인 창작 방법론이다. 특히 북한 문학에서 '사회주의적 사실주의'는 "현대의 유일하게 정당한 창작 방법"230)으로 평가된다. 김정일의 『주체문학론』에서는 이 사회주의적 사실주의가 발전한 형태가 바로 '주체 사실주의'임을 지적한다. 사회주의적 사실주의와 주체 사실주의의 결정적 차이는 "사람중심의 세계관, 주체의 세계관"231)이다. 이는 사회주의적 사실주의가 유물변증법적 세계관에 기초한 반면 주체 사실주의는 주체의 세계관에 기초하고 있다. 사회주의적 사실주의는 주로 "인간을 사회적 관계의 총체"를 형상화한 것이라면, 주체 사실주의는 "자주성, 창조성, 의식성을 가진 사회적 존재"232)로 인간을 형상화한 것이다. "주체문학의 무궁한 발전과 번영을 담보하는 리론적보물고"233)로

---

229) 박종식, 「우리 나라에서 사회주의적 사실주의 문학의 발생과 발전」, 박종식·현종호·리상태, 『문학개론』, 교육도서출판사, 1961, 211면.
230) 김일성, 「당 중앙위원회 사업 총화 보고」(1961. 9), 돌베개 편집부(편), 『북한 '조선로동당' 대회 주요 문헌집』, 돌베개, 1988, 217면.
231) 김정일, 『주체문학론』, 조선로동당출판사, 1992, 95면.
232) 위의 글, 100면.
233) 윤종성·현종호·리기주, 『주체의 문예관』, 문학예술종합출판사, 2000, 6면.

『주체문학론』을 평가하는 것에서 보듯이, 주체 사실주의란 주체사상에 충실한 창작방법론이다. 그리고 북한의 주체 문예 이론에서 민족적 형식을 "조선사람이 좋아하고 조선사람의 구미에 맞는 그런 형식"이며, 조선 인민은 "민족적 긍지가 높고 애국심이 강한 민족이며 용감하고 지혜로우며 근로하기를 좋아하는 인민"이며 "진리에 대한 탐구심이 크고 정의를 사랑하는 마음이 강하며 고상한 도덕적 품성"[234]을 가진 민족이다. 결국 이 주체 문예이론이란 자민족중심주의를 기반으로 한 문예이론이다.

2.1. 사회주의 리얼리즘론

1) 사회주의 리얼리즘의 기원

"사회주의 리얼리즘"은 1934년 8월 제1차 소비에트 작가 대회에서 공식적인 표어로서 채택되었다. (……) 결국 제 일차 소련 작가 대회에서는 다음과 같은 정관이 채택되었다.
"사회주의 리얼리즘은… 예술가들에게 혁명적으로 발전하는 현실에 대한 진지할 뿐만 아니라, 역사적으로도 구체적인 재현을 요구한다. 더우기 예술가는 사회주의 정신 하에서 노동자의 이데올로기적 변신과 교육에 기여해야만 한다."[235]

사회주의 리얼리즘은 1932년 10월 26일 소련 제1차 작가대표회의에서 개념이 확립되고 1934년 8월 제1회 소련작가동맹규약에서 이를 규정한다. 이 과정에서 사회주의 리얼리즘의 정의에 대한 여러 견해는 특정한 예술 방법, 예술과 현실의 관계의 특수한 방식으로 사회주의 리얼리즘을 규정하는 견해가 채택된다.[236] 사회주의 리얼리즘은 소련 예술, 문학, 문학 비평의 기본 방침으

---

234) 사회과학원 문학연구소, 『북한의 문예이론』(『주체사상에 기초한 문예이론』, 사회과학출판사, 1975), 인동, 1989, 147~148면.
235) H. Arvon, 『마르크스주의와 예술』, 오병남·이창환(역), 서광사, 1981, 109~111면.
236) 1934년 제1차 소련 작가총회에서 공식적으로 채택된 예술방법으로서의 사회주의 리얼리즘 개념은 단지 형상화 원칙 내지는 양식 개념으로 축소되어지는 한계를 지니게

로 특히 사회주의 현실의 혁명적 발전과 역사적 구체성을 강조한다. 이 리얼리즘의 기본 원칙은 ① 생활 현실을 그 혁명적 발전 속에서 정당히 묘사할 것을 전제로 하며, ② 생활 현실을 역사적 구체성 속에서 표현할 것을 요구하며, ③ 현실 표현의 진실성과 역사적 구체성으로써 근로대중을 사회주의적 교양하는 과업과 결합시킬 것을 작가들에게 요구하는 것이다. ③의 원칙은 사회주의 리얼리즘 문학 창조의 목적이며 사회주의 리얼리즘 문학의 지도적 원칙인 공산주의적 당파성을 요구한다.237) 다른 형태의 리얼리즘과 다르게 사회주의 리얼리즘은 프롤레타리아계급의 계급적 입장에 상응하는 예술창작의 정신적·이념적 전제들로서의 사회주의적 당파성을 요구한다.

1950년대 이후 사회주의 리얼리즘은 소련 및 여러 사회주의 국가의 중요한 예술방법이며 "자본주의 진영에서의 진보적 예술에 나타나는 강력한 경향이기도 하다." 1930년대와 달리 자본주의 사회를 포함하여 "사회주의 승리를 향한 대중투쟁이 전개되고 있는 곳에서는" "사회주의 리얼리즘의 예술이 탄생, 발전"한다고 지적한다. 사회주의 리얼리즘은 "참된 사회적 내용을 통해 전면적으로 정확히 반영하고 거기에 의미를 부여하는 것"인 리얼리즘과 "공산당의 사상, 마르크스 레닌주의의 세계관"을 바탕으로 하는 "공산주의적 당파성의 예술"이다. 그리고 "사회주의 리얼리즘예술의 다양한 표현방식을 정확히 이해하기 위하여 무엇보다도 역사적 구체성이 필요하다."238) 1950년대 논의는 사회주의 리얼리즘이 자본주의 사회에서 발생할 수 있다는 것과 역사적 구체성을 강조한 리얼리즘의 역사화가 특징적인 것이다.

초기 북한 문단의 사회주의 리얼리즘론은 일제 시대의 카프(KAPF)의 사회주의 리얼리즘 논쟁을 계승하고 있다. 1920년 후반에서 30년대까지 창작방법

된다. 고리끼가 지적하듯이 현실에 대한 미적 인식의 권장 사항 내지는 길잡이로서의 방법 개념이 창작 방법의 우위에 대한 논의를 거치면서 현실에 대한 객관적 반영이라는 명제에 의해 당파성이 무화되어 버리는 인식론 우위의 소위 비당파적 객관주의로 흐르게 된다.(김영룡, 「사회주의 현실주의 논의의 역사적 전개에 관한 일 고찰」, 문학예술연구소(편), 『현실주의 연구』 I, 제3문학사, 1990, 24~25면)

237) 박종식, 앞의 글, 212면.

238) 소련과학 아카데미(편), 『마르크스 레닌주의 미학의 기초이론』 II, 신승엽·전승주·유문선(역), 일월서각, 1988, 349~350면.

논쟁은 '프롤레타리아 리얼리즘', '유물변증법적 창작 방법론', '사회주의 리얼리즘'이다. 먼저 김기진은 「변증적 사실주의」에서 구라하라 고레히토(藏原惟人)의 '프롤레타리아 리얼리즘'을 원용하고 있지만, 그는 '양식 문제에 대한 소고'라는 부제로서 예술적·생산적 기본방침이 아닌 형식주의적 차원으로 문제를 협소화시킨다. 김기진으로부터 시작한 이런 논의 전개 과정에서 일명 '소장파'로 불리는 임화나 안막이 '당의 문학', '전위의 눈으로 세계를 바라보라'는 볼세비키화 관점을 프롤레타리아 리얼리즘의 근거로 삼고 있다는 사실이 카프의 프롤레타리아 리얼리즘에 대한 특수한 측면이다. 구라하라 이론의 핵심인 다음 예문을 통해 볼 때 이 사실은 명확히 드러난다.

> 첫째로 프롤레타리아의 전위의 '눈으로써' 세계를 볼 것, 둘째로 엄정한 리얼리스트의 태도로써 그것을 그려낼 것 …… 이것이 프롤레타리아 리얼리즘으로 가는 유일한 길이다.[239]

당시의 일본의 이론 수준을 짐작할 수 있게 하는 구라하라가 창안한 프롤레타리아 리얼리즘은 러시아에서 라프(RAPP)를 중심으로 한 '변증법적 유물론'의 슬로건이 제창되자 폐기되고, 1930년 4월에 열린 제2회 작가동맹대회에서 '문학운동의 볼세비키화' 슬로건이 정식으로 채택된다. 이는 프롤레타리아 문학이 공산주의 문학으로까지 고양되어야 하며, 나아가 그것을 대중 속에서 투쟁적으로 살려 나가야만 한다는 것이다. 일본 프로문학 운동은 이 슬로건으로써 당파성 확립의 기치를 내걸게 된다.

> 문학과 정치의 관계는 경제, 정치 및 이론의 관계와 마찬가지로 이러한 기계적인 것은 아니다. 그것은 프롤레타리아트의 계급 투쟁의 실천에 의하여 변증법으로 통일되는 것으로 인식하지 않으면 안된다. 이와 동시에 변증법적인 차별 및 현단계에 있어서 정치의 지도적 지위가 명확히 되어야 한다. 이 문제와 관련하여 문학(예술)의 당파성의 문제(레닌 : 「문학은 당의 것이 되지 않으면 안된다」)와 관련되어 있다.[240]

---

239) 藏原惟人, 「프롤레타리아 리얼리즘으로의 길」(『전기』, 1928. 5), 조진기(편), 『일본 프롤레타리아 문학론』, 태학사, 1994, 330면.

특히 구라하라가 주목한 것은 문학과 정치의 관계에서, 현 단계가 정치의 지도적 지위와 문학의 당파성 확립이 중요하다는 것이다. 카프에서는 이러한 러시아·일본의 영향을 받아 유물변증법적 창작방법의 슬로건이 대두된다. 제2차 방향 전환 이후 임화, 권환, 안막, 김남천 등의 소장파가 카프의 주도권을 잡자, 그들은 볼세비키화된 창작 방법론을 주장하는데, 이로 인해 이론의 도식적 인식을 통해 결과적으로 창작의 질식화를 초래하게 된다.

이러한 분위기 속에서 사회주의 리얼리즘이 유입된다. 나프(NAPF)에서 시인으로 활약한 바 있는 평론가 백철의 「문예시평」(『조선중앙일보』, 1933. 3. 2~8)에서 "변증법적 창작방법에서 사회주의적 리알이즘으로!"241)라는 표현을 찾아 볼 수 있는 것으로 미루어 보아, 대략 1933년에 사회주의 리얼리즘이 국내에 유입된 것으로 추정된다. 특히 안막의 「창작방법문제의 재토의를 위하여」(『동아일보』, 1933. 11. 30)가 발표되면서부터 사회주의 리얼리즘에 대한 찬반 논쟁이 본격화되어서 1935년에 가장 활발했고 1936년까지 지속된다. 그리고 이 시기의 특징적인 것은 일본의 경향과 비교함으로써 상대측을 추수론자로 비난하고 있다는 사실이다. 김남천이 안막의 위의 평문에 대해 이 "논문의 특징적 성격은 그의 비창조적인 곳에 잇으며 왜곡된 이식에 잇다"242)는 비판은, 비단 안막뿐만 아니라 대부분의 이론이 나프 비평가들의 이론에 대한 추수주의적 경향을 단적으로 드러낸 것이다. 이러한 사실에서 보는 바와 같이 카프는 프로문학의 국제주의(프롤레타리아 국제주의)라는 기본 전제를 승인하더라도, 일본의 나프 이론에 대한 추수주의적 경향이 강했던 것이다.

사회주의 리얼리즘은 러시아 프롤레타리아 작가 동맹(RAPP)이 주창해 왔던 유물변증법적 창작방법론의 오류를 비판하고, 1934년 8월 제1회 소비에트 작가동맹 규약으로 확정된다. 소련에서도 격렬한 논쟁이 있었던 것과 마찬가지로 일본 프로문학측에서도 사회주의 리얼리즘의 수용파와 반대파로 나누어져

---

240) 藏原惟人, 「예술 이론에 있어 레닌주의를 위한 투쟁」(『NAPF』, 1931. 11), 조진기 (편), 『일본 프롤레타리아 문학론』, 태학사, 1994, 571~572면.
241) 백　철, 「문예시평」, 『조선중앙일보』, 1933. 3. 2.
242) 김남천, 「창작방법에잇서서의전환의문제 – 추백의제의를중심으로」, 『형상』, 1934. 3, 48면.

논의가 진행된다. 이는 프로문학의 국제성(프롤레타리아 국제주의)에 닿아있는 문제이기도 하면서 각 나라의 지역적 특수성도 고려되어야 한다. 즉, 프로문학의 국제성과 아울러 러시아가 현실 사회주의 국가라는 것과 달리 일본이나 한국이 자본주의 사회라는 사실에 지역적 특수성이 존재한다.

일본에서 사회주의 리얼리즘을 적극적으로 주장하는 입장은 모리야마 케이(森山 啓), 미야모토 유리코(宮本百合子)이고, 구보 사카에(久保 榮), 가미야마 시게오(神山茂夫) 등은 적극적으로 이를 비판하는 입장에 서 있다. 카프 내에서도 일본과 마찬가지로 논의의 핵심은 사회주의 리얼리즘의 한국 수용 가능성에 두고 안막, 권환, 한효, 박승극과 김남천, 안함광, 김두용의 대립이 논쟁의 핵을 이룬다.243)

> 여긔서 인류가 도달한 최고의 문학방법론적 소산인 소시아리스틱리얼리즘 처음으로 생산된 것은 결코 우연한 사실은 아닐 것이다. (……) 자본주의후진국에 잇서서도 타당한 국제성을 가지고 잇는 것과 여(如)히 소시알리스틱·리얼리즘의 문학상에 창작방법도 국제성을 가지고 잇스리라는 것은 평범한 상식적 판단으로서도 용이히 이해할 수가 잇슬 것이다.244)

> 소시알리스틱·리알리슴이라는 것이 쏘베트동맹 에서 쏘베트적 현실에 조응해 나타난 새로운 창작방법이니만치 쏘베트적 특수한 성질과 잠시라도 분리해 볼 수가 없는 것은 재언을 요치 안치만 좀더 한거름 나가 생각하고 관찰할 때에 소시알리스틱·리얼리슴의 보편타당성, 일방의 국제성을 추출하지 못할가. (……) 만일 쏘베트적 특수성을 고집하야 국제적 보편성을 거부한다면 그것은 프로레타리아트의 국제적 연대성을 무시하는 것과기 같으며 나무만 보고 삼림은 보지 못하는 그런 자와도 같은 것이다.245)

> 그것이 '사회주의적 레알리즘'이 되리라고는 아직까지 생각할 근거를 알지 못하고 잇다. 웨이야하면 '사회주의적 레알리즘'은 소련의 푸로렛타리아―트의

---

243) 장사선은 사회주의 리얼리즘의 수용에 대해서, ① 시기상조를 내세워 반대하는 부류(이기영, 안함광), ② 찬성하는 부류(한효, 박승극), ③ 제3의 방안을 제출하는 부류(송강, 김두용)로 구분한다.(장사선, 『한국리얼리즘문학론』, 새문사, 1988, 152면)
244) 한 효, 「신창작방법의 재인식을위하야」, 『조선중앙일보』, 1935. 7. 24.
245) 박승극, 「창작방법의 확립을위하야」, 『조선중앙일보』, 1935. 12. 20.

작천상(作踐上) 과제와 관련하여 제창된 것이며 소련문학운동의 조직상 문제
와 결부되어 상정된 방법이며 소련과 조선과는 그 현실적 근거가 적지 안케
달는 까닭이다.246)

    조선의 현실면과 결부식혀 생각하여 볼 때 '사회주의적 레알리즘'이란 슬로
—간은 조선의 객관적 현실에 대한 사회적 적응성은 전연 가지고 잇지 못한
것이어서 그것을 곳 그대로 습용할 수는 업다는 것을 생각하지 안을 수는 업
다. (……) 나는 조선에 잇서는 재래의 '유물변증법적 창작방법'을 대신하야
'유물변증법적 레알리즘'이라는 슬로—간을 새로운 창작방법으로 내세우는 것
이 타당하리라고 생각하고 잇다.247)

    그 나라의 특징성에 따라 그 문학의 내용이 달러진다. 저 나라에 잇어서는
그 문학이 사회주의적 현실을 표현하니 그 문학의 리알리즘이 '사회주의적'이
되고, 아직 비약할 고개를 비약치 못한 나라에서는 그 문학의 내용이 비약하
는 현실 즉 대중의 ××× 투쟁 다시 말하면 ××× 현실을 그린 것이니 그 '리알리
즘'이 ×××(혁명적-인용자)이 될 것이다.248)

한효는 인류가 도달한 예술적 사유와 예술적 창조의 최고의 형태이며 단계
인 사회주의 리얼리즘이 자본주의 후진국에 있어서도 타당한 국제성을 가지고
있는 것이라고 하여, 적극적인 수용론을 주장한다. 박승극도 소련의 특수성을
고집하여 국제적 보편성을 거부하는 것이 프롤레타리아의 국제적 연대성을 무
시하는 것이라고 지적하면서, 사회주의 리얼리즘의 보편타당성을 들어 수용할
것을 주장한다. 결국 이들의 주장은 프롤레타리아 국제주의에 입각해서 사회주
의 리얼리즘을 적극적으로 수용하자는 것이다. 이에 반해 김남천은 소련과 조
선의 현실적 근거가 적지 않게 다른 까닭에 조선의 식민지적 현실을 회피하는
정치주의로부터의 이탈을 낳을 수 있다고 비판하며, 안함광은 사회주의 리얼리
즘이 소련의 현실과 조선 현실의 본질적 차이에 의하여 조선에 적용하기에는
어려운 점이 있다고 지적하여 '유물변증법적 리얼리즘'을 주장하고, 김두용도

---

246) 김남천, 앞의 글, 54면.
247) 안함광, 「창작방법문제의토의에기하야」, 『문학창조』, 1934. 6, 17면.
248) 김두용, 「창작방법의문제 – '리알리즘'과 '로맨티시즘'」, 『동아일보』, 1935. 8. 25.

역시 그 나라의 특징에 따라 그 문학의 내용이 달라진다는 점을 들어, 소련이 사회주의가 현실이므로 사회주의 리얼리즘이 일반화될 수 있지만, 아직 조선이 비약하는(혁명적) 현실에 있기에 일반화될 수 없다고 지적하여 '혁명적 리얼리즘'을 주장한다.

　사회주의 리얼리즘 수용론의 입장이 사회주의 리얼리즘 수용은 프로 대중이 존재하는 한 가능하다는 것이고, 반대론의 주장이 소련과 한국의 현실은 다르므로 사회주의 리얼리즘을 그대로 받아들일 수 없다는 견해 차이를 가진다. 이러한 문제는 1957년 소련의 리얼리즘 논쟁을 거치면서 해결된다. 이는 자본주의 사회를 포함하여 사회주의 승리를 향한 대중투쟁이 전개되고 있는 곳에서는 사회주의 리얼리즘 예술이 탄생하고 발전한다는 것이다.

2) 사회주의 리얼리즘의 전개

　이러한 일제 시대의 사회주의 리얼리즘에 대한 이론적 전개는 해방기를 거쳐 북한 문단에 그대로 이어진다. 먼저 한효는 「민족문학에 대하여」에서 고상한 리얼리즘이 마르크스·레닌주의적 사상성과 당파성으로써 이룩된 리얼리즘으로 규정한다. "고상한 리얼리즘의 특출한 성격은 그것이 맑스 레닌주의적 사상성과 당파성으로써 이룩된 리얼리즘이라는 점에 있다. 과거의 어떠한 리얼리즘도 일찍이 이러한 성격을 갖추지 못했었다. 우리 문학에 있어서의 새로운 내용과 그 탁월성은 맑스 레닌주의적 사상성과 당파성이 문학적 방법으로서의 사실주의를 새 역사적 단계로 제고시키는 힘이라는 것을 똑똑히 보여주고 있다."249) 북한 문단에서 고상한 리얼리즘은 점차 시간이 지남에 따라 사회주의 리얼리즘과 변별성이 거의 없어진다. 한효는 "조선에 있어서는 항용 사회주의 리얼리즘의 방법이 고상한 리얼리즘이란 말로 불리어 왔으며 또 불리우고 있"고, 이런 사실은 "그렇게 불리어지게 된 해방직후의 우리나라에 조성된 복잡한 정세에 비추어 순전히 정치적 고려에서 그렇게 불러온 것이며 관습화된

---

249) 한　효, 「민족문학에 대하여」(『민족문학에 대하여』, 문화전선사, 1949), 이선영·김병민·김재용(편), 『현대문학 비평 자료집』1, 태학사, 1993, 420면.

것"250)이라고 지적한다. 결국 고상한 리얼리즘은 사회주의 리얼리즘과 다른 내용을 가지고 있는 것이 아니라고 개념을 수정한다.

한효는 사회주의 리얼리즘의 견지에서 작가가 "노동계급의 이익을 옹호할 것과 완성되어 가는 사회주의 현실을 정확하게 묘사"해야 함을 강조한다. 그는 소련 작가동맹의 규약을 바탕으로 ① 현실에 대한 묘사의 진실성, 역사적 구체성, ② 현실묘사를 그의 혁명적 발전에서 미래에 대한 과학적인 예견 ③ 사회주의적 정신에 입각한 근로자들의 교양과 사상적 재교양과의 결부251) 등을 창작방법으로서의 사회주의 리얼리즘의 기본 내용이라고 지적한다.

마르크스-레닌주의 미학과 문학 예술에 관한 당의 결정서에서는 혁명적 낭만주의 개념이 거의 통용되지 않는다. 그러나 레닌은 "꿈꾸어야 한다!"고 지적한다. 그는 삐사레프의 "꿈꾸고 있는 사람이 자신의 꿈을 진지하게 믿는다면, 삶을 주의깊게 들여다보고 자신이 관찰한 바를 자신의 공중 누각과 비교해 본다면, 그러니까 자신의 공상을 실현하기 위해 성실히 활동한다면, 아무런 해악도 끼치지 않는다. 꿈과 삶 사이에 조금이라도 만나는 지점에 있다면 모든 것이 순조로울 것이다" 라는 부분을 인용하면서 "불행하게도 우리 운동에는 이러한 종류의 꿈꾸기가 너무 적다"252)고 지적한다. 이는 자신의 꿈을 실현하기 위하여 성실히 행동한다면 꿈과 현실 사이의 괴리는 문제가 되지 않고, 꿈과 현실이 만나는 지점에 있다면 모든 일이 순조롭게 진행될 것이라는 그의 지적이다. 이는 혁명 운동에서 낭만주의적 성격을 지적한 것이다. 고리끼는 이런 낭만주의적 성격을 문학 예술에 도입한다. 그는 사회주의 리얼리즘과 비판적 리얼리즘의 근본적인 차이를 "적극적인 미래지향적인 요소"에 근거하여 "이제까지 세계의 예술적 전유의 모든 긍정적인 계기를 내포"253)하는 점으로 혁명적 낭만주의를 설명하며, 1950년대 이후 논쟁에서는 전망의 형상화로 대치된다. 사회주의 리얼리즘에서 혁명적 낭만주의를 객관적 현실에 대한 과학적 인

---

250) 한 효, 「사회주의 리얼리즘과 조선문학」(『문학론』, 1952), 이선영·김병민·김재용(편), 『현대문학 비평 자료집』 2, 태학사, 1993, 338면.
251) 위의 글, 328면.
252) V. I. Lenin, 『무엇을 할 것인가?』, 최호정(역), 박종철출판사, 1999, 221~223면.
253) E. John, 『마르크스-레닌주의 미학입문』, 임홍배(역), 사계절, 1989, 181면.

식 대신 주관적인 전망으로 설정되면 사회주의 리얼리즘을 교조화하는 역할을 하게 된다.254)

> 사회주의적 레알리즘은 혁명적 로맨찌즘을 자기의 필요불가결의 구성 부분으로 한다. 이 명제는 사회주의 레알리즘에 있어서는 오늘의 생활에 대한 엄밀한 레알리즘적 묘사는 오늘의 생활 속에서 쟁취되고 있는 '미래'를 확인하며 긍정하는 랑만주의적 빠포스와 결합된다는 것을 의미한다. 그것은 한마디로 말하여 우리 나라의 오늘의 생활 속에 존재하는 현실적 로맨찌까를 천명하는 문제와 결부된다.255)

안함광은 사회주의 리얼리즘의 교조화에 대해서 비판적 입장을 견지하면서, 혁명적 낭만주의가 오늘 현실 생활 속에서 쟁취되고 있는 미래를 확인하며 긍정하는 혁명적 낭만성과 연결된 것이라고 지적하면서, 현실적 구체성을 기반으로 한 현실적 낭만성을 강조한다. 그는 사회주의 리얼리즘의 혁명적 낭만성을 오늘 현실에 있는 것이 아니라 내일의 생활에 있을 것을 묘사한다고 전제한 것이 현실적 구체성에서 파악하는 것이 아니라 미래의 생활, 반드시 있을 것으로서 파악하는 주장이라고 지적한다. 그는 이를 이상과 생활을 분리시키며 혁명적 낭만성을 단순한 하나의 장식물로 사용하는 입장이라고 비판한다. 이는 혁명적 낭만성을 주관적인 전망으로 설정하여 사회주의 리얼리즘을 교조화하는 것에 대한 그의 비판이다.

> 우리 시대의 긍정적 주인공은 이러저러한 특징들을 지니여야 한다거니, 이런 쩨마의 작품에는 반드시 이런 혹은 저런 면이 반영되여야 한다고들 론의하는 사이에, 어느새 긍정적 인물의 유일한 표본과 슈제트의 몇가지 표본을 머리 속에 완성하여 놓고, 그것으로 새로 창작된 모든 작품들을 맞아들이게 되었다. 그런때, 그들은 긍정적 주인공을 이렇게저렇게 고치라고 시비하며, 이 작품에는 이러저러한 자료를 반드시 넣어야 한다거나, 빼야한다거니 흥정하기

---

254) 김영룡, 「사회주의 현실주의 논의의 역사적 전개에 관한 일 고찰」, 문학예술연구소 (편), 『현실주의 연구』 I , 제3문학사, 1990, 23면.
255) 안함광, 「문학의 사상적 기초 - 전후 인민 경제 복구 건설기의 소설 문학의 특징과 방향」, 『조선문학』, 1955. 1, 151면.

마련이다. 그 결과 긍정적 주인공은 긍정적 일면만 과장되여 산 면모를 잃고,
죽은 바지 저고리로 되며 슈제트는 일반적으로 통용되는 공식적인 것으로 되
여 첫장을 읽으면 마지막 장을 내다 볼 수 있는 '보고문'으로 되고 마는 대신,
독자들을 불안과 격동 속에 두는 예리한 씨뚜아찌아들이 이모저모 깎여 버리
는 수가 허다하다.[256]

엄호석은 제2차 소련 작가대회의 보고와 관련하여 과거의 비판적 리얼리즘
이 그 시대를 부정하고 비판하는 면에서 사회주의 리얼리즘이 우리 시대를 긍
정만 하는 것처럼 인식하는 잘못된 견해에 대하여 비판한다. 그는 사회주의 리
얼리즘이 우리 현실을 긍정하는 리얼리즘인 동시에 우리 현실에 남아 있는 부
정적 현상들을 비판하는 리얼리즘이며 그 어떤 문학방법보다 더 철저한 비판적
리얼리즘임을 강조한다. 그는 사회주의 리얼리즘에 대한 잘못된 견해인 유일한
성격의 "긍정적 주인공, 유일한 슈제트, 유일한 구성을 작가들에게 강요"[257]하
는 행위에 대해서도 비판한다. 긍정적인 주인공의 고정화는 살아 있는 주인공
이 아니라 죽은 주인공을 형상화하게 되고, 구성의 고정화는 일반적으로 통용
되는 공식화된 '보고문'이 된다. 그는 문학 작품에서 갈등이 없고 그 긍정적 주
인공이 아무런 결함이나 난관 없이 성공하는 이상적 주인공의 형상화의 오
류[258]를 지적한다. 보고문과 같은 기록적 경향은 인물 성격을 빈약하게 하며
작가의 독창성을 사장시킨다. 그는 문학 예술에서 일반적 구호의 피상적 되풀
이와 잡다한 자료의 나열하는 것을 비판하고 현 시대의 다양한 목소리들의 화
음과 풍부한 인간 성격의 화랑이 되기 위해서 작가들의 정신적 다면성과 풍부
성이 요구된다고 강조한다. 그의 이런 논의는 소련 작가대회의 사회주의 리얼
리즘의 도식화 비판에 근거한 것이다. 특히 사회주의 리얼리즘의 긍정적 주인
공은 이상적 주인공이 아니다. 소련학계에서는 이 대회 이후 본격적인 리얼리

---

256) 엄호석, 「사회주의 레알리즘과 우리 문학 - 제2차 전련맹 쏘베트 작가대회와 관련하
　　여」, 『조선문학』, 1955. 3, 140면.
257) 위의 글, 140면.
258) 긍정적 주인공은 이상형의 주인공이 아니며 진부한 선인들의 총합도 아니며, 영웅적
　　인 노동계급의 훌륭한 자질을 소유한 인간이다.(Shcherbina(외), 『소련 현대문학
　　비평』, 이강은(역), 혼겨레, 1986, 276면)

즘 논쟁을 전개한다.

조선에 있어서 사회주의 리얼리즘의 문학이 발생할 시기는 카프문학이 자기의 존재를 처음으로 문학상에 나타내었던 시기이다. 연대상으로 말한다면 카프가 창건된 해인 1925년으로부터 또한 카프가 재조직되고 자기의 새로운 강령을 내걸게 된 해인 1927년에 이르는 기간을 우리나라에 있어서의 사회주의 리얼리즘의 발생기로 볼 수 있다.[259]

기 석복 동무는 해방 전에는 마치 우리 나라에서 사회주의 레알리즘 문학이 발생될 수 없었던 것처럼 력사를 위조하면서 "일제 시대에 있어서 조선 문단에서의 기본적 방향은 비판적 사실주의였다." (……) 기 석복 동무의 견해에 의하면 해방 전에 자기의 걸출한 로작들로써 로동 계급에 복무하였으며 우리 인민의 혁명 투쟁에 기여한 '카프' 문학은 결국 비판적 사실주의에서 한걸음도 나아가지 못한 것으로 됩니다.[260]

조선에 있어서도 사회주의 레알리즘이 완전한 자기 발전의 길에 들어서서 우리 문학의 유일한 기치로 되기 위하여서는 해방 후의 인민 민주주의 조건과 민주 건설이 필요하였지만, 10월 혁명후 쏘베트 문학의 선진적 영향하에 이미 해방 전의 현대 문학에 있어서 선진적 작가들의 창작 방법으로 널리 보급되고 있었다. 이것은 당시의 구체적 산 작품들이 말하여 주고 있다.[261]

필자(엄호석-인용자)는 반드시 사회주의 레알리즘을 교조적으로 리해하고 과거 우리 문학에서 그의 전통을 찾기를 반대하는 경향에 대하여 그 론자를 들어 구체적으로 지적 비판하였어야 할 것이다. 동시에 우리는 해방전 현대 문학에서 사회주의 사실주의 작가들과 작품들을 심오하게 연구 분석함으로써 우리 문학에서의 사회주의 레알리즘의 발생 과정을 정확하게 밝혔어야 할 것이다.[262]

---

259) 한 효, 앞의 글, 339면.
260) 한설야, 「문예 전선에 있어서의 반동적 부르죠아 사상을 반대하여 – 평양시당 관하 문학 예술 선전 출판 부문 열성자 회의에서 한 보고」, 한설야(외), 『문예전선에 있어서의 반동적 부르죠아 사상을 반대하여』(자료집 1), 조선작가동맹출판사, 1956, 31면.
261) 엄호석, 앞의 글, 138~139면.

한효는 「사회주의 리얼리즘과 조선문학」(『문학론』, 1952)에서 사회주의 리얼리즘의 발생기를, 카프를 조직한 1925년에서 조직 재정비를 한 1927년으로 설정한다. 그는 카프 문학의 성격을 "그의 전 역사를 통하여 진정한 인민적인 것이 되려는 경향, 또 인민 자신이 작품 중의 적극적인 주인공이 되어있는 그러한 경향 속에 나타나 있"263)는 것으로 지적한다. 그는 카프문학이 시대의 제약성으로 말미암아 그 성격을 충분히 발휘하지 못한 것으로 평가한다. 이후 기석복은 해방 전의 창작 방법을 비판적 사실주의로 지적하고 사회주의 리얼리즘 발생 시기를 카프가 아니라 해방 후라고 평가한다. 이러한 사회주의 리얼리즘의 발생에 대한 관점은 엄호석, 홍순철, 안함광의 사회주의 리얼리즘의 발생이 해방 전이며 카프의 혁명적 전통에서 찾고자 하는 관점과 대립적인 것이다.

엄호석은 「사회주의 레알리즘과 우리 문학」(『조선문학』, 1955. 3)에서 해방 전 카프 문학에 있어서 사회주의 리얼리즘의 창작 방법이 널리 보급되고 이기영, 한설야, 송영, 이북명의 작품이 바로 구체적인 작품임을 지적한다. 홍순철은 「근로자들의 계급적 교양과 문학 평론」(『조선문학』, 1955. 4)에서 엄호석의 사회주의 리얼리즘의 발생에 대한 견해를 인정하면서 구체적인 논쟁의 소개와 작품에 대한 심오한 연구 분석의 필요성을 지적한다. 한효, 엄호석, 홍순철의 주장이나 안함광의 「조선에 있어서의 사회주의 사실주의 문학의 발생과 발전」(『조선어문』, 1956. No.3)에서 1920년대 카프 문학에서 사회주의 리얼리즘의 발생의 기점으로 잡는다. 기석복, 정률과 엄호석, 홍순철, 안함광의 사회주의 리얼리즘의 발생 논쟁은 김일성의 종파주의 비판과 관련하여 〈조선작가동맹〉에서 기석복과 정률을 비판함으로 일단락된다. 1956년 10월 제2차 조선작가대회에서 이러한 사회주의 리얼리즘과 관련된 카프 문학을 혁명전통으로 결정한다. 한설야는 기석복과 정률의 사회주의 리얼리즘이 해방 후에 발생한 것이라는 주장에 대해 허무주의적 견해이자 역사를 위조한 것이라고 비판한다. 특히 혁명적 전통인 카프 문학이 김일성의 항일무장투쟁의 영향에서 강화 발전된 것으로 왜곡된다.

---

262) 홍순철, 「근로자들의 계급적 교양과 문학 평론」, 『조선문학』, 1955. 4, 178면.
263) 한 효, 앞의 글, 343면.

> 1930년대 항일 무장 투쟁은 이와 같은 혁명적 문학 예술의 발전에서 새로운 단계—레닌적 당성 원칙의 전면적인 발양을 가능케 하는 새로운 시기를 열어 놓았다. 그리하여 바로 이 시기에 우리 문학의 가장 진보적이며 혁명적 전통—항일 무장 투쟁 과정에서 창조된 혁명적 문학 예술과 항일 무장 투쟁의 사상 정치적 영향 하에 더욱 개화 발전된 '카프' 문학 예술의 고귀한 업적들이 이루어졌다. (……) 『황혼』, 『고향』 등으로 대표되는 국내 프로레타리아 문학 예술은 바로 항일 무장 투쟁에서 직접적으로 힘의 원천을 둠으로써 창조될 수 있었다.[264]

홍순철의 〈조선작가동맹〉 평론분과위원회 확대위원회 보고문인 「평론사업의 강화를 위하여」에서 볼 수 있듯이, 1956년까지는 아직 신경향파 문학에 대한 평가나 사회주의 리얼리즘 발생 시기에 대한 구체적인 연구사업이 미약하고 신경향파나 카프문학에 대한 평가가 천편일률적이고 작가나 작품에 대한 구체적 분석이 없고 막연한 추상론에 머물고 있다. 이 시기를 거치면서 가장 진보적이고 혁명적 전통인 항일혁명문학예술과 항일무장투쟁의 사상 정치적 영향 아래에서 더욱 개화 발전한 것이 카프문학임을 강조한다. 북한의 항일무장투쟁의 역사는 외적의 침략에 대한 저항을 강조하는 대항 민족주의의 논리에 기반한 것이다. 대항 민족주의에서 적의 침입에 맞서 민족의 단합을 외치는 것은 도덕적 정당성을 획득하지만 절대적 근거를 가진 것은 아니다. 이 민족주의는 일반적으로 민족적 적을 설정하여 민족적 일체감에 대한 호소를 손쉽게 유발해 낼 수 있지만, "국민통합이라는 지배세력의 정책적 고려에 부응하여, 형식적이고 맹목적으로 추구되는 '민족단합'의 지극히 효율적인 이데올로기로 전락할 수 있"고 "'가상적인' 외부의 적이 끊임없이 설정되는 동시에 '실질적인' 민족 내부의 적이 은폐될 수 있"[265]는 문제를 가진다. 그리고 근대 민족주의는 대부분 국가주의의 다른 이름이며 전체주의가 관철되는 하나의 방식으로 작용한다. 실질적으로 북한의 대항 민족주의는 적에 대한 저항의 역사가 북한 체제의 정당성과 체제 수립의 근거를 부여한다. 그러나 지속적으로 미국이나 남한 정권을

---

264) 최탁호, 「해방 후 문학 예술에서 레닌적 당성 원칙을 위한 당의 투쟁」, 『조선어문』, 1960. No.5, 83~84면.
265) 박호성, 『남북한 민족주의 비교연구』, 당대, 1997, 47면.

적으로 설정하여 대항할 것을 강조하는 '반제국주의 기획'의 일환이며, 지배세력의 정책적 고려에 부응한 효율적인 이데올로기로 전락하고 있다.

　3) 사회주의 리얼리즘 논쟁

　일제 시대의 사회주의 리얼리즘에 대한 이론적 전개는 해방기를 거쳐 북한 문단에 그대로 이어진다. 특히 소련의 리얼리즘 논쟁의 영향을 받아 1957년부터 1963년까지 북한 문예학계는 리얼리즘, 비판적 리얼리즘, 사회주의 리얼리즘의 역사적 단계를 규정하는 논쟁이 전개된다. 북한에서 1957년에부터 1963년까지 전개된 리얼리즘의 발생 논쟁은 이식문학론266)이나 전통단절론을 극복하고 우리 문학사의 합법칙성의 관점에서 조명하고 그 바탕 위에서 '사회주의적 사실주의'를 발전시키기 위한 내면적 요구 위에서 제출된 것이다. 이런 논쟁의 직접적 계기는 소련의 1956~1957년 소련 과학원 어문학부와 막심 고리끼 연구소에서 개최된 리얼리즘에 관한 논쟁이다. 1957년 4월에 고리끼 연구소에서 개최된 세계문학 속에서 리얼리즘이 지닌 여러 문제들에 관한 소련의 리얼리즘 논쟁은 30년대 전개된 리얼리즘의 개념에 대한 비판적 수정을 한다. 특히 이 논쟁은 예술의 역사를 리얼리즘과 반리얼리즘의 대립으로 보는 비역사적인 견해를 비판하고 역사적 전개 과정을 중시하며, 문학예술의 독자성을 확보하는 의의를 가진 것이다. 각 시기의 리얼리즘은 "구체적인 역사적 조건과 계급관계에 상응하여 나름대로의 방법으로"267) 형성된 역사상의 성과물이다. 특히 소련의 리얼리즘에 관한 논쟁에서 리얼리즘의 역사화와 함께 각 민족 문학의 특수성에 대한 고려의 필요성이 지적된다.

---

266) "'이식 문학론'은 복고주의와는 다른 사상적 근원에서 출발하고 있으나 전통과 혁신의 관계에 대한 관념론적 입장에 있어서는 동일하며 민족 문화 과정의 합법칙성을 간악하게 위반하고 있는 그 반동적 본질에 있어서도 동일하다. '이식 문학론'은 민족적 전통에 대한 허무주의적 설교를 조장했으며 '해외 문학파' 기타의 꼬스모뽈리찌즘의 신봉자들에게 영합함으로써 그 반동성을 더욱 구체적으로 들어 내였다."(고정옥, 「해방 후 15년간의 조선 문예학 – 문학사 연구 및 고전 계승 사업을 중심으로」, 『조선어문』, 1960. No.5, 99면)

267) R. Schober, 「예술방법의 몇 가지 문제를 위하여」, 문학예술연구소(편), 『현실주의 연구』 Ⅰ, 제3문학사, 1990, 79면.

소련의 현실주의 논쟁에서 우리는 두가지의 대립된 입장들을 분명하게 인
식할 수가 있다. 그 한 입장을 대변하는 자들은, 생활을 진실되게 반영하는 예
술작품이면 모두가 현실주의적인 것으로서 파악되어야 한다는 견해를 가지고
있다. 이들은 문학에서의 진리내실과 현실주의를 동일시하는 것이다. 그런데
어떤 시대를 막론하고 예술작품들 안에서는 진리내실이 입증될 수 있기 때문
에, 이 견해는 결국에 가서 현실주의란 예술에 내재하는 하나의 현상이라고
하는 결론에 도달하고 만다. (…) 예술의 역사는 현실주의와 반현실주의의 간
의 투쟁의 역사로 파악된다. 이러한 현실주의·반현실주의의 파악에 대립하여
엘스베르그 J. El'sberg는 논쟁 중에 일종의 역사적 현실주의관을 제시하였
다. 이 견해는 날이 갈수록 파급력을 더해 가기에 이르는데, 엘스베르그가 대
변하였던 견해란, 현실주의가 예술이 발전하는 데 있어 애초부터 내재되어 있
는, 말하자면 '영원'하고 '자연스러운' 형상화방식이 아니라, 모든 방면에서 현
실속으로의 진입이 성취되었던 르네상스 시기에 발달되었다는 것이다.268)

소련에서 리얼리즘의 본질에 대한 네도쉬빈과 엘스베르크의 상이한 견해는
전문가들에게 커다란 반향을 불러 일으킨다. 네도쉬빈(Nedoschiwin)은 「예술
의 이론에 관한 논문」에서 "전체 예술의 발전은 현실주의적 경향과 반현실주의
적 경향간의 투쟁 과정이며, 이때 현실주의적이라는 것은 여타의 예술조류들에
비해 진보적인 것으로 이해된다는 견해를 대변한다"고 지적한다. 그의 예술의
발전을 리얼리즘과 반리얼리즘의 투쟁 과정이라는 입장은 "수세기에 걸쳐 발생
한 여러 가지 문학경향들을 하나의 경직된 도식 속에 집어넣으며 예술의 발전,
특히 문학창작과정의 특수성을 무시한다."269) 이에 반해 엘스베르크는 리얼리
즘이 예술의 발전 과정에서 처음부터 내재되어 있는 자연스러운 형상화 방식이
아니라 모든 현실 속으로 진입하여 성취된다는 역사적 리얼리즘관을 제시한다.

1957년 4월 리얼리즘에 관한 소련 문예학자들의 최초의 대규모 회의에서
엘스베르크의 입장인 '일종의 역사적 리얼리즘관'을 채택하여 리얼리즘의 발생
을 르네상스 이후로 결론 내린다. 엘스베르크는 리얼리즘에 대한 연구에서 "구
체적인 역사적·이론적 목표를 지향할 수밖에 없으며, 작품이 지닌 내용과 형

---

268) H. Siegel, 『소비에트 문학이론』, 정재경(역), 연구사, 1988, 229~230면 재인용.
269) N. Htun, 「소련의 현실주의 논의」, 문학예술연구소(편), 『현실주의 연구』Ⅰ, 제3
    문학사, 1990, 144~145면.

식의 통일 속에서 그리고 작품들의 예술적인 특질 안에서, 또 작품들의 일회적인 독창성 안에서 작품들을 분석하는데에 기초"해야 한다는 것을 강조하며, 리얼리즘을 "도식적으로 진리에의 충실성, 예술적인 것, 심지어는 예술 그 자체와 등치시키기까지 하는 구상은 (…) 불가피하게 개략적이고 단순화된, 개성화되지 못한 평가와 정의로 귀착"[270]된다고 비판한다.

1956~1957년 소련의 논쟁은 북한 학계에 영향을 미쳐 사실주의의 역사를 체계화하기 위하여 '사실주의의 역사화'(사실주의→비판적 사실주의→사회주의적 사실주의)라는 논리를 도출한다. 이런 논리는 현실의 역사적 합목적성을 강조한 것이다. 이 사실주의 논쟁은 이식문학론이나 전통단절론을 극복하고 사회주의적 사실주의를 문학사의 합법칙성이라는 관점에서 발전시키기 위한 요구에서 제출된 것이다.

북한 문예학계에서 1956년 5월 5일 〈조선작가동맹〉 중앙위원회에서 '조선에서의 사회주의 사실주의의 발생 발전'에 대한 연구회에서 엄호석이 보고하고 김명수, 박팔양, 안함광, 한효 등이 토론에 참가하여 사회주의적 사실주의 발생 발전 논쟁을 전개한다. 이 연구회에서 신경향파 문학을 "사회주의 사실주의 문학의 맹아적 형태"로 규정하고, "아름다운 인간성, 즉 사회주의 리상과 함께 일제에 대한 반항과 투쟁, 그리고 혁명적 랑만주의가 농후한" 특징을 가지며 "신경향파의 일부 작품에서 표현되는 방화, 살인, 파괴의 현상을 자연주의 문학으로 보던 부르죠아 반동 작가들의 견해"[271]를 비판한다. 이 연구회 이후 1957년에서 1963년까지 사실주의, 비판적 사실주의, 사회주의적 사실주의의 역사적 단계를 규정하는 사실주의의 역사화에 대한 논쟁이 전개된다. 이 시기 사회주의적 사실주의 발생 발전 논쟁에서 문제의 핵심은 비판적 사실주의와 사회주의적 사실주의의 교체기인 1920년대 신경향파 문학을 어떻게 규정할 것인가에 대한 것이다.

본질적으로 사회주의적 사실주의도 동일한 사실주의 형태이며 다만 새로운

---

270) H. Siegel, 앞의 책, 238면.
271) 「'조선에서의 사회주의 사실주의의 발생 발전'에 대한 연구회」, 『조선문학』, 1956. 6, 210~211면.

력사적인 조건하에 사실주의인 것이다.

그러나 사회주의적 사실주의는 비판적 사실주의를 그대로 새로운 력사적인 조건하에 옮겨 놓은 사실주의는 아니다.

과거의 비판적 사실주의와 불가분리의 유기적 련계가 있다는 것은 그의 착취제도에 대한 무자비한 폭로, 인민성, 인도주의, 애국주의를 사회주의적 사실주의가 계승하고 있음을 말하는 것이며 과거의 사실주의를 새로운 조건하에 그대로 옮겨 놓은 것이 아니라 함은 현실을 혁명적인 발전 단계에서 묘사하며 당성을 주장한다는 것을 의미할 것이다.272)

사실주의는 각 나라의 사회 발전에 따라 고정 불변의 개념이 아니라 항상 발전하며 역사적으로 형성되어 가는 창작 방법이다. 사회주의적 사실주의는 비판적 사실주의와 유기적 관계를 가진 것이며, 현실을 혁명적인 발전 단계에서 묘사하며 당성을 주장하는 것이다. 따라서 사회주의적 사실주의란 "결코 고정 불변한 개념이 아니며 모든 우수한 전통 유산들을 비판적으로 섭취 계승하면서 부단히 발전하여 온 현실의 력사적 합법칙성의 반영의 강유력한 방법"273)이다. 이는 북한 문예학계가 강조하는 사회주의적 사실주의란 문학 예술의 가장 우수한 전통을 합법칙적으로 계승한 것으로 가장 선진적이고 가장 혁명적인 창작 방법임을 말하는 것이다. 특히 가장 선진적이고 혁명적인 창작 방법이 사회주의적 사실주의인 이유는 바로 공산주의적 당파성을 가진 것이기에 질적 차별성을 갖는다는 것이다.

사실주의라는 개념은 역사적인 범주이며 19세기 불란서 문학에서 처음으로 쓰여졌으나, 그 기본 창작원칙을 볼 때 그 개념은 좀더 넓혀서 보다 이른 시기의 문학에도 적용되며 그 뒤의 사회주의적 문학에도 적용될 수 있지만, 비판적 사실주의나 그 이전의 문예부흥기 사실주의, 계몽기 사실주의 또는 그 뒤의 사회주의적 사실주의라는 개념들은 엄격히 자기 시대에만 적용될 수 있으며 각각 자기의 구체적이며 역사적인 사회경제적 내용을 가진 개념이다.274)

---

272) 한형원, 「문학 예술 분야에서 나타난 국제 수정주의적 경향에 반대하여」, 『조선문학』, 1958. 10, 114면.
273) 위의 글, 114~115면.

김민혁은 사실주의를 구체적이며 역사적 사회경제적 내용을 가진 개념임을 지적한다. 그는 사실주의를 '문예부흥기 사실주의나 계몽기 사실주의 → 비판적 사실주의 → 사회주의적 사실주의'로 역사화한다. 비판적 사실주의는 자본주의의 승리의 조건하에서 형성 발전된 역사적 개념이다. 그는 비판적 사실주의에서의 비판이란 비판성 일반이라기보다는 비판의 방향이나 비판의 대상에 있음을 지적하면서, 그 비판의 대상이 주로 자본주의 제도에 대한 비판임을 강조한다. 이런 입장에서 그는 김하명이 지적한 우리 나라에서의 사실주의 창작 방법의 형성이 18세기 문학에서 찾는 지적은 찬성하지만, 그것이 비판적 사실주의라는 것에 대해서는 비판한다. 김하명이 지적한 박지원의 작품을 포함한 18세기의 문학의 비판이 자본주의 제도에 대한 비판이 아니기 때문에 사실주의적인 것임에도 불구하고 비판적 사실주의라고 할 수는 없다. 그는 우리 나라에서의 비판적 사실주의의 형성은 20세기에 들어와서 보이기 시작하며, 그 대표적 작가가 나도향임을 주장한다. 특히 그는 사실주의 개념이 역사적 범주임을 강조하면서, 그 개념을 무한정으로 확장하여 초역사적인 것이나 절대적인 것으로 사용할 수 없음을 지적한다.

> 지난 1920 년대 중엽에 우리 나라에서 비판적 사실주의는 자기의 진보적 사명을 끝마치고 력사 무대에서 점차로 물러 서기 시작하였다.
> 낡은 자본주의 사회를 부시고 인간에 의한 인간의 온갖 착취와 억압을 종국적으로 소멸시키는 로동 계급의 혁명적 진출은 새 시대에 적응하는 새 문학의 탄생을 요구하였다. 즉 이제부터 새 시대와 력사의 창조자인 로동 계급의 혁명투쟁을 묘사하는 새로운 창작방법, 사회주의적 사실주의가 비판적 사실주의와 교체되기 시작하였다.275)

박종식은 1920년대 중엽이 비판적 사실주의와 사회주의적 사실주의의 교

---

274) 김민혁, 「사실주의의 개념에 대한 역사적·구체적 이해를 위하여」(『사실주의에 관한 론문집』, 과학원출판사, 1959), 김성수(편), 『우리 문학과 사회주의 리얼리즘 논쟁』, 사계절, 1992, 22면.
275) 박종식, 「우리 나라에서 사실주의 문학의 발생과 발전」, 박종식·현종호·리상태, 『문학개론』, 교육도서출판사, 1961, 209면.

체 시기임을 지적한다. 사회주의적 사실주의는 현실 묘사의 역사적 구체성, 사실주의 전형의 창조, 인간 내면세계의 깊은 천명, 다양한 예술적 형식의 개척 등의 비판적 사실주의가 달성한 모든 긍정적이고 선진적인 문학을 합법칙적으로 계승하고 새로운 사회적 요구와 미학적 원칙에 의거하여 발전한 것이다. 새 시대와 역사의 창조자인 노동계급의 혁명투쟁을 묘사하는 새로운 창작 방법이 바로 사회주의적 사실주의이다. 특히 박종식의 이런 논의는 문학사의 합법칙성을 강조한 것이다.

> 한 편에 있어서는 10월 혁명 이후 국제 공산주의 운동의 앙양, 첫사회주의 국가의 현존, 그리고 쏘련에서의 사회주의의 승리와 같은 새로운 사회주의적 경험의 제 사실이 성숙되어 있었음에도 불구하고, 다른 한 편에 있어서는 아직 국내적으로 그것이 미숙하였다는 바로 이 특수한 사태가 비판적 사실주의를 넘어 섰으나, 사회주의적 사실주의로 썩 나아 가지 못한 그러한 특수한 조류 즉 '신경향파' 문학을 일정한 기간 지속시켰다. 그러면 무엇을 가지고 '신경향파' 문학을 사회주의적 사실주의 범주의 문학이면서 그 맹아 형태라고 말할 수 있는가[276]

엄호석은 1920년대 초두 신경향파 문학이 매우 복잡하고 모순에 찬 성격을 가진 것이지만, 비판적 사실주의에서 사회주의적 사실주의로 이행하는 과도기적 문학이며 사회주의적 사실주의의 맹아적 형태임을 지적한다. 이는 작가들의 사회주의적 이상과 혁명적 전망성을 가지고 있지만, 역사적 조건의 미숙성으로 인한 사회주의를 위한 대중적 혁명투쟁과 이와 연계된 새로운 긍정적 인물의 광범위하게 출현하지 못한 한계를 가진 것이다. 그는 신경향파 문학에서 사실주의적 묘사보다 낭만주의적 성격이 우세한 것을 지적하면서, 작가들의 마르크스-레닌주의 세계관의 형성으로 인한 미래에 대한 혁명적 전망, 작가들의 혁명적 파토스를 기초로 한 혁명적 성격, 소비에트 문학 특히 고리끼의 문학 창작 경험을 통한 사회주의적 사실주의의 탐구 등이 사회주의적 사실주의의 발생 조건임을 지적한다. 다시 말해서 그가 신경향파 문학을 사회주의적 사실주

---

276) 엄호석, 「조선문학에 있어서의 사회주의적 사실주의 발생과 관련하여」, 『조선어문』, 1958, No.1, 42면.

의의 맹아적 형태로 보는 근거란 10월 혁명 이후의 소비에트 문학의 영향과 작가들의 마르크스-레닌주의 세계관의 형성에 있다. 그는 사회주의적 사실주의 발생 문제에 관한 연구에서 우리 나라 사실주의 전통의 본질과 역사적 계승관계를 밝히는 문제가 가장 중요한 하나의 과제임을 지적한다. 그의 신경향파 문학을 사회주의적 사실주의적 맹아로 보는 근거는 결국 사실주의적 기초보다는 혁명적 낭만주의를 강조하는 입장에 놓여 있다.

> 우리 나라에서도 역시 20년대 초두에는 당시 프로레타리아 작가들이 사회주의적 리상을 소유하고 있었음에도 불구하고 그것을 생활적 화폭 속에 구현할 만한 사실주의적 기초 즉 사회주의를 위한 대중적 혁명 투쟁과 같은 중요한 사회주의적 경험의 제 사실이 아직 미약하지 않았는가.[277]

> 엄 호석 동지의 견해에 의하면 다음과 같은 의문이 제기된다. 즉 "그런 현실적 기초가 결여되여" 있었음에도 불구하고 작가들이 "과학적 사회주의 리상"을 소유할 수 있단 말인가? 물론 사회주의 10월 혁명의 영향이 컸다는 사실을 조금도 과소 평가할 수는 없지만 그러나 작가들이 그 영향에 의하여 과학적인 사회주의 리상을 소유하기 위해서는 바로 그 사상을 주체적으로 받아 들이여 자기의 것으로 만들 수 있는 객관적 현실 자체의 특성을 인정하지 않을 수 없는 것이다. (……) 이 견해의 부당성은 여기에만 있는 것이 아니라 객관적 현실과 예술과의 관계를 직선적으로 설명하려는 속학적 견해라는 데도 있다.[278]

> 이것은 엄호석 동지와 같이 작가의 주체적 준비는 되어 있는데 객관적인 생활적 기초가 미약하기 때문에 초기의 프롤레타리아 문학이 사회주의적 사실주의의 맹아 형태를 벗어나지 못했다는 말과는 아무런 인연도 없다. 이 시기 문학의 정형은 그것을 제약한 현실 발전의 구체적인 상태와 아울러 작가들이 아직 사회주의적 사실주의의 이론적 기초로서의 맑스-레닌주의 학설을 원만하게 소유하지 못하였다는 사정과도 관련된다.[279]

---

277) 위의 글, 41면.
278) 리상태, 「조선 문학에서의 사회주의적 사실주의 발생 문제와 관련한 몇 가지 의견」, 『조선어문』, 1959. No.1, 89~90면.
279) 한중모, 「1920년대 소설문학에서의 사회주의적 사실주의의 형성에 대하여」(『사실주

엄호석은 프롤레타리아 문학이 작가들의 과학적 사회주의적 이상과 혁명적 전망성에도 불구하고 역사적 조건의 미숙성으로 인한 사회주의를 위한 대중적 혁명투쟁이 전개되지 못한 한계를 가진 것이라고 지적한다. 이는 사회주의적 이상이라는 작가의 세계관과 대중적 혁명투쟁이라는 객관적 현실의 모순을 의미하는 것이다. 이는 예술의 내용이 "세계에 대한 인식과 예술가의 자기인식"[280]을 동시에 내포한다는 것을 파악하지 못하고 작가의 세계관과 창작방법을 분리해서 파악하는 오류이다. 그의 인식은 객관적인 역사적 조건과 문학 예술의 관계를 변증법적으로 인식하지 못한 것이다. 신경향파 문학을 사회주의적 사실주의로 인정하면서 객관적이고 주체적인 조건을 인정하지 않는 것은 문제성을 갖는다.

이에 대해 먼저 이상태는 우리 문학에 있어서의 객관적인 주체적 조건을 정당하게 인정하지 않은 견해라고 비판한다. 그는 우리 나라에서 사회주의적 사실주의가 발생할 수 있었던 객관적 조건이 1920년대 급속히 앙양되는 노동운동이라고 지적한다. 그리고 사회주의적 이상을 소유하기 위해서는 그 사상을 주체적으로 수용할 수 있는 객관적 현실 자체의 특성이 필요하다. 1920년대 중엽은 바로 주관적 객관적 조건이 성숙한 시기이다. 그는 객관적 현실과 작가의 세계관은 긴밀히 연관되어 있다는 것을 강조한다. 그는 엄호석이 우리 문학의 주체적 조건을 인식하지 못한 것과 아울러 객관적 현실과 예술과의 관계를 직선적으로 설명하려는 속학적 견해라고 비판한다. 그는 엄호석이 객관적 현실을 직선적으로 문학 작품에 결부시켜 다양한 문학 현상을 과학적으로 설명하지 못하는 한계를 가질 뿐만 아니라 객관적 현실을 과소 평가하는 입장에 서 있다고 지적한다.

한중모 역시 엄호석의 이런 주장을 비판하면서 초기 프롤레타리아 문학이 사회주의적 사실주의의 맹아적 형태를 벗어나는 못한 것은 이를 제약한 현실 발전의 구체적인 상태와 함께 작가들이 아직 사회주의적 사실주의의 이론적 기초로서의 마르크스-레닌주의 이론을 원만하게 소유하지 못한 것에 있다고 지

의에 관한 론문집』, 과학원출판사, 1959), 김성수(편), 『우리 문학과 사회주의 리얼리즘 논쟁』, 사계절, 1992, 220면.
280) M. S. Kagan, 『미학강의』 I, 진중권(역), 새길, 1989, 288면.

적한다.

　이 시기 북한의 문예학계는 사회주의적 사실주의 문학의 맹아적 형태인 신경향파 문학을 일반적으로 사회주의적 사실주의 문학에 포괄시키는데 의견이 일치된다. 그러나 이상화, 최서해, 조명희 등의 개별 작가들의 작품에 대한 평가에 있어서는 여전히 논쟁적이다. 특히 이 논쟁의 가장 핵심적인 것이 최서해의 「탈출기」가 비판적 사실주의 작품인가 그렇지 않으면 비판적 사실주의의 범위에서 벗어난 사회주의적 사실주의의 맹아적 특질을 구현한 작품인가에 대한 것이다.

> 　리 익상, 최 서해, 리 상화의 문학은 아직도 진정으로 과학적인 사회주의 사상으로 생활과 인간을 조명하였다고 보기는 힘들며, 그렇기 때문에 이 작가들의 작품은 아직은 사회주의 사실주의에까지 도달했다고 보기는 힘든 것이다.281)

> 　리 정구 동지의 론리 대로 하면 반드시 사회주의 레알리스트는 직접 "인민 대중과 련계"된 대중적 로동 운동만 그려야 된다는 결론이 어느덧 지어지게 된다. (……) 나의 의견에 의하면 최 서해는 다른 생활 환경의 범위가 아닌 바로 일제의 기반하에 조국 땅에서 쫓겨 나지 않을 수 없어 리상촌을 꿈꾸고 간도로 간 박군의 어떤 최하층의 처참한 생활을 체험하며, 어떻게 계급적으로 각성하며 사회주의 리상을 실천하기 위하여 혁명 전선에 참가하게 되는가 하는 과정을 혁명적 발전 과정에서 력사적 구체성을 가지고 진실하게 묘사하였다고 본다.282)

> 　현실을 이렇게 반영하기 위하여서는 현실을 모든 복잡성과 전면성에서, 낡은 것과 새 것의 투쟁에서 새 것의 필연적 장성과 낡은 것의 불가피적 멸망에서 — 한마디로 말하여 복잡하고 모순에 차 있는 현실을 변증법적 연계에서 파악하는 것이 필요하다. 물론 「탈출기」에도 창작방법상의 이러한 특질이 맹아적으로 체현되었다. 그러나 원만하게 체현되었다고는 볼 수 없다.283)

---

281) 리정구, 「1920년대 우리 나라 사실주의 문학의 정당한 리해를 위하여」, 『조선어문』, 1958. No.3, 54면.
282) 방연승, 「'신경향파 문학'에 대한 평가에서 제기되는 몇 가지 문제」, 『조선어문』, 1958. No.4, 55~185면.

이정구는 최서해, 조명희, 이상화의 대부분 작품이 사회주의적 사실주의 작품으로 평가할 수 없는 문제점을 가진 것으로 지적한다. 이들의 작품은 주로 당대 인민들의 빈궁한 생활, 불행, 고통을 묘사하고 있지만, 그 속에서 과학적 사회주의 사상으로 생활과 인간을 조명하고 있지 못하다. 이들 작품의 기본적 정서가 자본주의 제도의 불합리성에 대한 저주, 불만, 조소, 강한 반항심이지 생활 긍정의 정서나 사회 개혁적 정신은 아니다. 특히 그는 최서해의 「탈출기」에서 자본주의 사회의 모순을 극복해 나갈 수 있는 믿음직한 힘을 보여주는 방법으로 생활을 묘사하지 못한 한계를 지적한다. 그는 최서해의 작품에서 긍정적 주인공을 형상하지 못한 사실이 당대의 현실 속에 실제로 성장하고 있는 새 것의 힘인 미래 사회를 쟁취할 수 있는 인민의 위력을 보지 못한 것을 의미한다고 비판한다.

이에 대해 방연승은 이정구의 견해를 비판하면서 이들의 작품이 일제의 식민지 제도에 대한 예리한 비판과 강렬한 반항정신을 특징적으로 하는 사회주의적 사실주의 작품임을 지적한다. 사회주의적 사실주의 문학은 창작 방법과 작가의 세계관이 통일되어 있는 것이 특징적이다. 이는 마르크스-레닌주의 세계관을 가지고 현실을 혁명적 발전 과정에 역사적 구체성 속에서 진실하게 그리는 창작 방법임을 의미한다. 그는 최서해, 조명희, 이상화의 문학이 마르크스-레닌주의 세계관에 의하여 규정된 예리한 비판 정신을 가진 것임을 강조한다. 특히 최서해의 「탈출기」에서 식민지 사회에 반항하고 전복을 하려는 혁명 전선에 진출하는 것이 바로 박군이 사회주의 이상을 실천하려는 긍정적 주인공임을 알 수 있게 하는 근거이다. 그는 긍정적 주인공인 박군이 혁명전선에 참가하게 되는 과정을 혁명적 발전 과정에서 역사적 구체성을 가지고 진실하게 묘사한 작품이 바로 최서해의 「탈출기」임을 강조한다. 그는 최서해, 조명희, 이상화의 성과작을 통하여 사회주의적 사실주의의 맹아적 단계를 형성한 것으로 결론을 내린다.

한중모는 최서해의 「탈출기」가 사회주의적 사실주의의 맹아적 형태라는 것에 대해서는 일치하는 의견을 보이나, 방연승이 지적한 현실을 혁명적 발전에

---

283) 한중모, 앞의 글, 231면.

서 역사적 구체성을 가지고 진실하게 묘사한 작품이라는 평가에 대해서는 비판하면서 이런 특질을 원만하게 구현한 작품이 아니라 맹아적으로 체현한 작품임을 강조한다. 이 작품은 사회주의적 이상을 혁명 투쟁의 구체적 형상 속에서 구현하지 못하는 제약성을 갖고 있다. 그는 최서해의 「탈출기」에 대해서 비판적 사실주의의 테두리에서 벗어난 작품이지만, 사회주의적 사실주의의 특질을 맹아적으로 구현한 과도기적 단계의 작품임을 강조한다.

> 20년대 문학에는 라 도향, 김 소월 등과 같은 비판적 사실주의자도 있었으며, '신경향파' 작가이기는 하지만 비판적 사실주의 한계를 벗어 나지 못한 리 익상과 같은 작가들도 있었으며, 최 서해, 리 상화 등과 같이 복잡한 창작 로정을 거치면서 사회주의적 사실주의까지 도달한(맹아의 형태나) 작가들도 있으며, 조 명희, 한 설야, 리 기영, 송 영 등과 같이 사회주의적 사실주의의 초기적 특성을 훌륭하게 구현한 작가들도 있다. 이 복잡한 정황 속에서도 20년대 프로레타리아 문학은 조 명희, 한 설야, 리 기영, 송 영 등의 주도적인 역할에 의하여 건설되였으며, 바로 그들의 창작에 의하여 우리 나라에서 사회주의적 사실주의는 창작 방법으로서 형성되였으며 발전되여 나가게 되였다.284)

> 1930 년대에 항일 무장 투쟁 속에서 산생된 혁명적 문학 예술은 이 시기 우리 나라 사회주의적 사실주의 문학을 풍부화시켰으며 그 사상적 높이와 형식의 민주성에 의하여 우리 나라 사회주의적 사실주의 문학의 보다 높은 발전을 추동하였다.285)

이상태는 최서해의 대표작인 「탈출기」와 이상화의 말기 시작품이 사회주의적 사실주의의 맹아적 형태라고 지적한다. 그는 '비판적 사실주의(나도향, 김소월, 이익상)→사회주의적 사실주의 맹아의 형태(최서해, 이상화)→사회주의적 사실주의 초기적 특성(조명희, 한설야, 이기영, 송영)'으로 1920년대 문학을 역사화한다. 1920년대 프롤레타리아 문학의 역사적 제한성은 1930년대 항일혁명문학에 의하여 이 제약성을 극복되고 더 높은 단계로 발전한다. 박종식은 1930

---

284) 리상태, 「조선 문학에서의 사회주의적 사실주의 발생 문제와 관련한 몇 가지 의견」, 『조선어문』, 1959. No.1, 96면.
285) 박종식, 「우리 나라에서 사회주의적 사실주의 문학의 발생과 발전」, 219면.

년대 항일무장투쟁 과정에서 창작된 기념비적 작품인 항일혁명문학과 카프문
학의 무수한 작품이 사회주의적 사실주의 문학 발전의 밑천이 되었으며 영광스
러운 전통임을 강조한다. 결국 사회주의적 사실주의 발생 발전 논쟁은 신경향
파를 포함한 카프문학을 부각시키지만, 궁극적으로 항일혁명문학에 대한 강조
로 나아가게 된다. 이 시기 북한의 사실주의 작가에 대한 연구란 계급적 관점
에 의해서 긍정적으로 평가되는 작가에 대한 연구에 치중한 결과 다른 작가들
의 연구는 빈약하고 앙상한 성격을 그대로 드러낸다. 부르주아 반동작가에 비
판을 통한 사회주의 미학의 확립이라는 긍정적인 면에도 불구하고 이는 결국
계급환원주의 역작용을 단적으로 드러낸다.

　사실주의에 대한 북한 문예학계의 이해가 역사 발전의 합법칙성에 대한 인
식과 사실주의 창작방법이 동일한 것으로 이해하여 작가의 진보성이 곧 사실주
의를 구현하는 태도로 이해하는 문제점을 갖는다. 이런 북한학계의 논리에 따
르면, 진보적 세계관을 가진 작가란 사실주의 창작방법을 훌륭하게 구현할 수
있는 작가가 된다. 이는 그들이 창작방법과 세계관의 변증법적 통일을 강조하
지만, 실제 창작방법에 대한 작가의 세계관의 우위성을 의미하며 주체적인 면
을 강조한 것이다. 이에 반해 사회주의적 사실주의를 객관적 현실을 예술적으
로 묘사하는 것으로 인식할 경우 하나의 특정한 방식으로만 간주하여 자연주
의 평균화를 초래할 위험성을 갖는다. 또한 북한의 사실주의의 역사화는 문학
사의 합목적성과 역사적 전망만을 강조하는 일종의 '목적론'을 발생시킨다. '사
회주의적 사실주의'가 가장 이상적인 창작 방법이라는 목적이 먼저 설정되고
그 목적에 맞춰 사실주의를 규정되는 상황이 벌어진다. 객관적 현실에서 사실
주의의 계기를 찾는 것이 아니라 사실주의의 역사화라는 목적에 맞는 요소들만
이 자의적으로 취사선택하거나 왜곡하는 결과를 낳는다. 그 결과란 문학사의
합목적성이 아니라 문학사의 왜곡이다. 문학사는 사실주의와 반사실주의의 투
쟁의 역사로 도식화되고 여러 경향의 작가나 사조들은 평균화, 비속화된다. 문
학사의 왜곡의 대표적 예가 바로 항일혁명문학예술과 항일무장투쟁의 사상적
정치적 영향 아래에서 더욱 개화 발전한 것이 카프문학이라는 것이다. 결국 주
체 시기의 시작과 더불어 유일한 혁명 전통인 항일혁명문학만 남는 앙상한 문

학사가 전개된다.

4) 사회주의 리얼리즘의 변용

> 훌륭한 문학 예술 작품의 특징은 시대의 요구와 인민의 지향에 부합되는 높은 사상 예술성에 있습니다. 이러한 가치 있는 작품들은 현대의 유일하게 정당한 창작 방법인 사회주의적 사실주의에 의하여서만 창조될 수 있습니다. (……) 문학 예술이 인민의 심장을 울리며 인민에게서 사랑을 받기 위하여서는 그 사회주의적 내용과 슬기롭고 다양한 민족적 형식이 옳게 결합되여야 합니다.[286]

1961년 9월 김일성은 제4차 〈조선로동당〉 중앙위원회 사업 총화 보고에서 현대의 유일하게 정당한 창작 방법이 사회주의적 사실주의임을 지적한다. 사회주의적 사실주의란 "우리 혁명의 리익과 우리 나라의 구체적 현실로부터 출발"하여 "민족적 형식에 사회주의적 내용을 담는 것"[287]이다. 1990년대 김정일은 사회주의적 사실주의가 발전한 형태가 바로 '주체 사실주의'임을 지적한다. 그는 이 사회주의적 사실주의와 주체 사실주의 결정적 차이가 사람중심의 세계관, 주체의 세계관임을 지적한다.

> 사회주의적 사실주의 문학예술이 인민대중과 혁명위업을 위하여 훌륭히 복무하자면 무엇보다 먼저 사회주의적 내용을 가져야 한다. 사회주의적 내용에 관한 문제는 곧 주체사상에 관한 문제이다. 문학예술작품은 인민대중의 생활과 투쟁을 진실하게 반영하고 당과 로동계급의 혁명사상을 옳바로 구현한 사회주의적 내용을 가져야만 인식교양적 기능을 높일 수 있다. (……) 문학예술에서 주체란 자기 나라 사람들의 비위와 정서에 맞게 하는 것이라는 것을 심오하게 밝히시고 문학예술에서 주체를 세우기 위하여서는 민족문화유산을 새로운 현실의 요구에 맞게 비판적으로 계승발전시키며 민족적 형식을 문학예술 발전의 바탕으로 삼아야 한다는 것. (……) 력사적으로 형성된 민족적 형식에

---

286) 김일성, 「당 중앙위원회 사업 총화 보고」(1961. 9), 돌베개 편집부(편), 『북한 '조선 로동당' 대회 주요 문헌집』, 돌베개, 1988, 217면.
287) 사회과학원 문학연구소, 『북한의 문예이론』(『주체사상에 기초한 문예이론』, 사회과 학출판사, 1975), 인동, 1989, 16면.

> 는 그 나라 인민들의 민족적 특성이 깃들어 있다. 그러므로 문학예술창작에서 민족적 형식을 옳게 구현하는 것은 작품을 인민들의 정서와 구미에 맞게 만드는 중요한 조건으로 된다.288)

주체 시기에서 사회주의적 사실주의란 민족적 형식에 사회주의적 내용을 담는 것으로 정의된다. 사회주의적 내용이란 주체 사상을 바탕으로 한 인민의 생활과 투쟁을 진실하게 반영하고 당과 노동계급의 혁명사상을 올바로 구현하는 내용을 가진 것이다. 민족적 형식은 사회주의적 내용을 나타내는 민족적 구체성으로 문학에서 민족적 특성에 의해서 구체적으로 형상화된다. 각 나라의 인민들의 민족적 특성이 담겨 있는 민족적 형식은 인민들의 정서와 구미에 맞게 민족문화유산을 비판적으로 계승 발전시킨다. 사회주의적 사실주의는 사회주의적 내용과 민족적 형식을 변증법적으로 통합한 창작 방법이다.

그러나 북한의 사회주의적 사실주의는 사회주의적 내용과 민족적 형식이라는 규정은 절충적 성격이 강하며 실질적인 의미에서는 사회주의적 내용을 강조한다. 이런 사실을 보여주는 것이 바로 주체문예이론의 실천 강령인 종자론이다. 종자론이란 1970년대 도입되고 김정일의 『영화예술론』(1974)에서 공식화된 것이다. 종자는 "작품의 핵으로서 작가가 말하려는 기본문제가 있고 형상의 요소들이 뿌리내릴 바탕이 있는 생활의 사상적 알맹이"289)이다. 종자의 핵심이 사상성에 있고, 이 사상성은 당의 정책을 정확하게 반영하고 당의 노선과 정책에 철저하게 입각하여 사회 정치적 문제에 옳은 사상적 해답을 주어야 한다. 종자가 작품의 핵인 생활의 사상적 알맹이라면 이 고상한 사상성이란 당의 노선과 정책이며 바로 주체사상이다. 결국 북한의 종자론은 주체사상에 충실할 것을 강조한 것이다.

> 사회주의적사실주의는 유물변증법적세계관에 기초하고 있지만 주체사실주의는 사람중심의 세계관, 주체의 세계관에 기초하고있다. (……) 주체사실주의가 세계관발전의 가장 높은 단계를 이룬 사람중심의 철학적세계관에 기초하

---

288) 위의 책, 17면.
289) 위의 책, 209면.

고있다는 여기에 선행한 사회주의적사실주의와 질적으로 다른 근본특징이 있
다. (……) 주체사실주의와 선행한 사회주의적사실주의의 근본적인 차이는 사
람을 어떤 견지에서 보고 그리는가 하는데 있다. 선행한 사회주의적사실주의
에서는 주로 인간을 사회적관계의 총체로 보고 그리였다면 주체사실주의에서
는 인간을 자주성, 창조성, 의식성을 가진 사회적존재로 보고 그린다. 관점상
의 이러한 차이로 하여 두 창작방법에는 인간을 보고 그리는데서 근본적인 차
이가 있게 된다.290)

북한에서 사회주의적 사실주의에서 질적으로 발전된 형태로 제시한 것이
'주체 사실주의'이다. 김정일의 『주체문학론』에서 사회주의적 사실주의와 주체
사실주의의 질적 차이는 세계관의 차이에 있다. 이 질적 차이는 사회주의적 사
실주의가 유물변증법적 세계관에 기초한 것이라면 주체 사실주의는 사람 중심
의 세계관인 주체의 세계관에 기초해 있다는 점이다. 주체의 세계관이란 세계
에서 사람이 차지하는 지위와 역할 문제를 철학의 근본 문제로 새롭게 제기하
고 사람이 모든 것의 주인이며 모든 것을 결정한다는 철학적 원리를 규명한 사
람 중심의 철학적 세계관이다. 김정일은 사람을 중심으로 세계에 대한 견해를
세우고 사람을 중심으로 세계에 대하는 관점과 입장을 새롭게 밝힌 주체의 세
계관이 세계관 발전의 가장 높은 단계임을 지적한다. 주체적 세계관을 바탕으
로 한 주체 사실주의는 사회주의적 사실주의가 인간을 사회적 관계의 총체로
보고 형상화한 것과 달리 인간을 자주성, 창조성, 의식성을 가진 사회적 존재
로 보고 형상화한 것이다. 결국 "주체의 문예관은 주체사상을 기초로 하고있
다."291) 북한의 가장 선진적이고 혁명적인 창작방법으로 지적되는 주체 사실
주의란 바로 주체 사상에 충실한 창작방법임을 강조한 것이다. 주체 사실주의
를 강조하는 현실적인 의미란 1990년대 체제 위기 극복을 위한 방안과 관련된
것이다.

주체 시기 북한의 사회주의 리얼리즘에 대한 논의는 사회주의적 내용과 민
족적 형식이라는 절충주의적 성격이 강하며, 리얼리즘에 대한 근본적인 반성이

---

290) 김정일, 앞의 책, 95~100면.
291) 위의 책, 5면.

나 리얼리즘에 대한 진전된 면모는 보이지 않고, 단지 주체 사상을 설명하는 창작방법으로 고정화된다. 결국 북한의 주체문예이론이란 김일성의 주체사상을 선전하고 강조하기 위한 사회주의적 사실주의의 변형 형태인 것이다.

2.2. '민족적 특성'론

1) 민족적 형식론

스탈린은 사회주의적 문화가 내용은 '프롤레타리아적이고 형식은 민족적인 문화'임을 지적한다. 그의 민족적 형식론의 규정과 관련된 북한의 민족적 특성 논쟁은 훌륭한 전범으로 따라야 할 전통과 고상한 품성을 가진 긍정적 주인공을 창조해 낸다. 결국 이 논쟁은 리얼리즘 논쟁과 마찬가지로 주체 시기로 나아가는 길의 서곡이다.

> 우리들은 프로레타리아문화를 건설하고 있다. 이것은 전혀 옳다. 그런데 내용에 있어서 사회주의적인 프로레타리아문화는 사회주의건설에 인입된 각 이한 민족들에게 있어서 언어와 생활풍습등등의 상이에 따라 각이한 표현형식 및 표현방법을 가지게된다는것도 역시 옳다. 그내용에 있어서 프로레타리아적이며 형식에 있어서 민족적인 문화―이러한것이 사회주의가 지향하는 전인류적인 문화이다. 프로레타리아문화는 민족문화를 폐기하는것이 아니라 그것에다 내용을 주는것이다. 그와 반대로 민족문화는 프로레타리아문화를 폐기하는것이 아니라 그것에다 형식을 주는것이다.[292]

스탈린은 1925년 5월 18일 동방 근로자 공산대학의 열성적인 일꾼들의 임무에 대해서 연설한 「동방민족대학의 정치적 제과업에 관하여」에서 사회주의적 프롤레타리아 문화를 '내용은 프롤레타리아적이고 형식은 민족적인'이라는 명제로 제시한다. 사회주의적 프롤레타리아 문화는 각 민족의 언어와 생활풍습 등의 차이에 의해 다른 표현 형식과 표현 방법을 가진다. 사회주의가 지

---

292) I. V. Stalin, 「동방민족대학의 정치적 제과업에 관하여」(1925. 5. 18), 『이·웨·쓰딸린 저작집』 7, 외국문서적출판사, 1956, 182~183면.

향하는 전인류적 문화란 내용은 프롤레타리아적이고 형식은 민족적인 문화이다. 소련의 문화 건설 방침은 프롤레타리아적 내용의 민족 문화가 과거 부르주아 국가의 단결을 위한 민족 문화가 아니라 프롤레타리아를 주체로 한 소비에트 권력에 의해 국가적 단결이 진행되는 과정에 부응하는 문화 형태임을 제시한다. "약간의 개별적 민족에 있을수있는 동화는 민족들의 민족문화가 전인류적인 프로레타리아문화를 폐기하는것이 아니라 그것을 보충하며 풍부케하는것과 마찬가지로 프로레타리아적인 전인류적인 문화가 민족들의 민족문화를 배제하는것이 아니라 그것을 전제로 하며 또 배양한다."293) 그는 전 인류적인 사회주의적 문화는 민족 문화의 특수성을 배제하는 것이 아니라 인정하는 문화 형태임을 강조한다.

> 민족적 특성과 서로 결합하여 일정한 민족적 형식을 거쳐야만 유용한 것이며, 결코 그것을 주관적이고 도식적으로 적용해서는 안 된다는 것이다. 도식적 마르크스주의자들은 마르크스주의와 중국혁명을 희롱하고 있을 뿐이며 중국의 혁명대열 내에는 그들의 자리가 없다. 중국문화는 자신의 형식을 가져야하는 바 그것은 곧 민족적 형식이다. 민족적 형식에 신민주주의적 내용 — 이 것이 바로 오늘날 우리의 새 문화이다.294)

마오쩌둥(毛澤東)의 신민주주의 문화는 민족적 특성과 서로 결합하여 일정한 민족적 형식에 민주주의적 내용을 담은 문화이다. 중국 문화는 자신의 형식을 가져야 하는데 이 형식이 바로 민족적 형식이다. 스탈린이나 마오쩌둥의 유명한 명제는 프롤레타리아적 내용이나 신민주주의적 내용이 민족적 구체성을 통하여 표현된다는 것이지 문학 예술적 개념에 국한된 것은 아니다. 민족적 형식은 문학 예술에서 민족적 특성과 결합하여 구체화된다. 결국 문학예술의 민족적 특성이란 민족적 형식의 구체적 형상화에 해당된다.

기본적으로 1939~1940년에 걸쳐 진행된 중국의 민족적 형식 문제에 관한 논쟁은 1930년대 문예대중화 논쟁의 심화 발전된 형태이다. 소련의 민족적

---

293) 위의 글, 185면.
294) 毛澤東, 「신민주주의론」(1940. 1), 『모택동 선집』 2, 김승일(역), 박영사, 2002, 419면.

형식은 전체 소련 연방공화국에 참가한 각 민족이 동일한 사회주의적 내용을 자유롭게 다양한 형식으로 표현할 수 있음을 지적한 것이다. 그 목적은 내용의 보편성으로 각 민족의 특수성을 지양하고자 한 것이다. 소련과 달리 중국의 민족적 형식은 "'중국화' 내지 '대중화'의 동의어 외에 다름아니며, 그 목적은 민족의 특수성을 반영하여 내용의 보편성을 추진시켜 나가자는"295) 것에 있다.

  스탈린의 유명한 이 명제는 처음에는 교조주의적 해석을 통해 문학 예술에 기계적으로 적용되어, 민족적인 것은 형식으로만 표현되고 계급적인 것은 내용으로 표현된다는 견해가 지배적인 영향력을 발휘한다. 1957년 소련의 리얼리즘 논쟁에서는 리얼리즘의 역사화와 함께 각 민족 문학의 특수성에 대한 고려가 필요함이 지적된다. 1957~1959년에 일어난 민족적 특성 논쟁은 민족적인 것과 계급적인 것을 예술의 형식과 내용으로 구분하는 것이 지니는 관념적 성격을 비판296)한다. "예술의 이념내용은 민족적인 동시에 계급제약적이다. 왜냐하면 각 계급의 존재와 의식은 각자 나름의 방식대로 민족적인 삶과 민족적인 정신의 특수성을 변화시키기 때문이다. (……) 민족적인 것과 계급적인 것의 통일은 예술의 내용을 규정짓는 것이기 때문에 형식의 영역에서도 관철되지 않을 수 없다."297) 사회주의 미학에서 문학 예술의 민족적인 것과 계급적인 것은 변증법적 통일체이다. 그러나 이 논쟁에서 각 민족문학 속의 특수성에 대

---

295) 郭沫若, 「민족형식 논의」(「民族形式商兌」, 1940. 5. 3), 이득재·조 성(편), 『문학의 이론과 실천』, 사계절, 1986, 260면.

296) "우리는 예술작품의 내적인 조직, 구조(내적 형식)인 동시에 해당 예술종류 및 장르에 고유한 물질적 표현수단의 도움에 의해 만들어진 예술적 모상의 물질적 육체(외적 형식)로서의 예술형식은 모두 내용으로 충만한 형식이며 반면 일정한 사회적·미적 견해의 빛 속에서 예술가에 의해 전유되어 가공된 특수한 현실로서의 예술적 내용은 모두 형식화된 내용임을 알 수 있다. 즉 잠재적 형식으로서의 내용과 외화된 내용으로서의 형식의 범주는 실천적으로 전혀 분리되어 사고될 수 없는 변증법적 연관 속에 서 있는 것이다. (……) 맑스주의 미학의 역사에서는 종종 이러한 변증법적 사고가 견지되지 못한 채 형식을 단지 내용의 그릇 정도로 이해하는 기계적 견해가 끼여 들기도 했다. (……) 이러한 견해는 예술형식의 창조적 능동적 역할을 간과하고 형식의 표피적·외적 측면에만 매달려 그 내용과의 심오한 연관을 사상해버리는 미학상의 도식주의로 빠진다."(김창주, 「맑스주의 미학의 제문제 - M. 까간의 『미학강의』를 중심으로」, 『창작과 비평』, 1990. 여름, 263~264면)

297) M. S. Kagan, 『미학강의』 II, 진중권(역), 새길, 1991, 287면.

한 세분화된 고찰 방식은 결여되어 있다. 1958~1961년 북한의 민족적 특성 논쟁은 이러한 소련의 논의에 영향을 받아 전개된다.

조선 로동당 중앙 위원회 제29차 상무 위원회 결정은 다음과 같이 지적하고 있다.
"본 상무 위원회는 찬란한 민주주의 조선 민족 문화 수립을 위하여 조선 민족의 우수한 문화적 전통을 존중하며 그것을 정당히 계승 발전시키며 우리 민족의 고전 문학과 고전 예술을 비롯한 가치 있는 문화 유산들에 대하여 보다 높은 관심을 가지고 연구하며 고상한 민족적 특성과 민족적 향기가 발향된 새롭고 우수한 민족 형식을 창조하라고 주장하며 당의 문화 건설자들에게 호소한다."
해방후 우리 문학의 기본적 내용인 프로레타리아 국제주의 사상으로 일관된 고상한 애국주의 사상을 유감없이 체현하기 위하여 우리 문학 앞에는 조국의 오늘과 더불어 과거 그리고 자기 민족의 문화적 유산들을 혁신적으로 계승 발전시켜야 할 문제가 필수의 과업으로 제기된다.298)

1947년 3월 28일 〈북조선로동당〉 중앙위원회 상무위원회 제29차 회의 결정서인 「북조선에 있어서의 민주주의 민족 문화 건설에 관하여」에서는 고상한 민족적 특성과 민족적 향기가 발향된 새롭고 우수한 민족 형식의 계승과 발전을 강조한다. 이 논의의 연장선상에 놓인 것이 생기발랄한 민족적 품성을 가진 고상한 조선 사람을 형상화하는 방법인 고상한 리얼리즘이다. 이 고상한 인물이란 국가와 인민과 민주주의 조국건설을 위하여 헌신적으로 투쟁하며 고상한 목표를 위하여 고난을 극복할 줄 아는 새로운 조선사람이다. 이는 조선사람의 노력과 투쟁과 승리와 영예를 고상한 리얼리즘적 방법으로 고상한 사상성과 예술성을 가진 예술 작품을 창작하는 것이다. 민족적 품성을 가진 새로운 조선사람을 형상화하는 방법인 고상한 리얼리즘이란 바로 민족적 특성 논의의 구체적 발현 형태이다. 그러나 안함광의 민족적 특성에 대한 강조란 프롤레타리아 국제주의 사상에 일관한 계급성 우위의 입장을 바탕으로 한 것이다. 이에 반해

---

298) 안함광, 「해방후 조선 문학의 발전과 조선 로동당의 향도적 역할」, 조선작가동맹출판사(편), 『해방후 10년간의 조선 문학』, 조선작가동맹출판사, 1955, 15면.

1958~1961년 '민족적 특성' 논쟁은 계급성보다 민족성 우위의 논리로 수렴된다.

1952년 12월 〈조선로동당〉 중앙위원회 제5차 전원회의 보고에서 "맑스-레닌주의적 사상관점과 방법을 체득하여 그것을 우리 나라 실정에 맞게 적용할"[299] 것을 지적하며, 1955년 12월 「사상사업에서 교조주의와 형식주의를 퇴치하고 주체를 확립할 데 대하여」를 발표하면서, 1956년 이후 김일성은 개인 숭배와 독단주의 비판을 통해서 반대파를 제거하고 주체 노선을 선택한다. 1955년 연설에서 의미하는 주체란 마르크스-레닌주의의 맹목적 답습이 아닌 창조적 적용을 강조한 것이다. 이후 1961년 제4차 〈조선로동당〉 대회에서 공식화되고, 1965년 4월 반둥회의 10주년 행사차 인도네시아를 방문한 김일성의 연설을 통해 대내외적으로 공식적으로 표명된다.[300] 1956년 이후 주체 노선이란 소련이나 중국과 일정한 거리를 두는 독자적 노선을 의미한다. 민족적 자주성의 확립이 바로 '주체'로 가는 길이다. 이 주체를 확립하는 문제는 민족적 자주성을 가진 주체적 공산주의자인 민족적 공산주의를 형상화하는 것으로 드러난다. 이러한 "주체형의 공산주의적 인간"[301]을 형상화하는 것이 바로 주체 문학론이다. 이런 주체의 문제와 관련된 논쟁이 바로 민족적 특성 논쟁이다. 이 민족적 특성은 고정불변의 것이 아니라 생활의 변화 발전과 역사적 조건에 따라 규정되는 생활의 구체적 발현 형태인 민족적 구체성을 통해서 표현된다.

북한에서 사용되는 민족적 형식이란 문학 작품의 단순한 형식이 아닌 언어, 생활 환경, 풍습, 기질 등 민족적인 모든 특징들을 포괄하는 "민족적 구체성"[302]을 의미하며 사회주의적 내용의 표현 형태이다. 사회주의적 내용이란 사회주의적인 여러 원칙들을 의미한다. 특히 민족적 형식론은 언어나 문학의 형식이 아니라 "문학 예술을 포함한 문화 전반에 걸친 사회과학적 개념"[303]이

---

299) 김일성, 「당의 조직적사상적강화는 우리 승리의 기초」, 『김일성저작집』 7, 조선로동당출판사, 1980, 427면.
300) 전영선, 『북한 문학예술 운영체계와 문예 이론』, 역락, 2002, 171면.
301) 김정일, 『주체문학론』, 조선로동당출판사, 1992, 8면.
302) 김창석, 「문학 예술의 민족적 특성에 대하여」, 『조선문학』, 1959. 4, 125면.

다. 사회주의적 내용과 민족적 형식이 변증법적 통합을 통해서 각기 내용과 형식을 부여하는 것이다. 문학 예술에서 민족적인 것이 사회주의적 내용에 표현되며 사회주의적 내용이 민족적인 것을 통하여 표현된다. 민족적 형식론은 사회주의 원리가 어떻게 민족 문화로 발현되는가의 문제이다. 문학 예술에서의 민족적 형식은 구체적인 민족적 특성을 통해 형상화된다. "문학 작품에서 내용에도 형식에도 표현되는 민족적 특성을 발현시키고 있는 모든 형상적 체계를 총괄적으로 사회 과학적 범주인 민족적 형식의 개념에 포괄된다."304) 문학 예술에서 민족적 형식의 구체적 형상화를 의미하는 민족적 특성은 민족적 형식의 하위 개념으로 사용된다. 따라서 일반적으로 민족적 형식은 사회주의 문화 전반에 걸치는 사회과학적 개념이며, 민족적 특성은 주로 문학이나 예술에 국한된 개념으로 사용된다. 문학 예술에서 민족적 성격은 주로 인물 형상 창조와 관련하여 사용되는 개념이며, 민족적 특성이 구현되는 가장 근본적인 것이다. 민족적 특성이 구현되는 모든 분야 중에서 가장 결정적인 것이 바로 긍정적 인물의 성격이다. 특히 공산주의자의 도덕적 특질은 구체적인 민족적 특성을 갖고 표현된다. 민족적 특성의 발현은 그 자체에 목적이 있는 것이 아니다. 이는 우리 시대의 공산주의적 전형 창조에 있어서 공산주의적 도덕적 특질을 생동하게 형상화하는 표현 형태가 된다는 것에 있다. 결국 북한의 민족적 특성론이란 우리 시대의 공산주의자의 전형인 민족적 공산주의자의 형상화가 핵심적인 문제가 된다.

2) '민족적 특성' 논쟁

문학 형식에서 민족적 특성을 나타내기 위해서는 우선 맑스―레닌주의 미학 원칙에 의거하여 우리 나라의 민족적 특성과 전통을 살리며 오늘 사회주의 도덕의 기초로 되는 조선 인민의 전통적인 우수한 도덕과 례의, 그리고 량속미풍을 주인공들의 행동에서 구현되도록 하여야 할 것이다.

---

303) 윤세평, 「민족적 특성에 관한 의견 상위점 - 문제의 소재를 명백히 하자」, 『문학신문』, 1960. 3. 22.
304) 윤세평, 「공산주의자의 전형 창조와 관련된 민족적 특성에 대한 약간의 고찰」, 『조선문학』, 1960. 4, 110면.

조선 인민은 자기의 오랜 력사적 투쟁 과정에서 자기 계급의 고유한 도덕적 품성을 견지하면서 이를 남김없이 발휘하였다. 그것은 우선 조국에 대한 열렬한 애국심과 내외의 계급적 원쑤들에 대한 불타는 증오심, 그들과의 투쟁에서의 비타협성과 혁명성이였으며 온갖 애로와 난관을 돌파하고 나아가는 완강성, 인내성, 불요불굴하는 투지인 것이였다.305)

민족적 특성 논쟁은 1958년 류창선의 논문 「문학 형식에서의 민족적 특성」을 기점으로 하여 본격적으로 논의가 전개된다. 그는 박지원의 한문 소설과 18세기 고전적 작품인 「춘향전」, 「심청전」, 「흥부전」 등을 대상으로 하여 오늘 사회주의적 사실주의 문학은 내용에 있어서는 사회주의적이며 그 형식에 있어서는 민족적이라는 것을 전제하고 인물 성격의 묘사, 생활 반영의 진실성, 생활을 표현하는 수단인 언어 등에서 민족적 특성을 찾는다. 그는 문학 형식에서 민족적 특성이 조선의 민족적 특성과 전통을 계승하여 인민의 전통적인 우수한 도덕적 품성을 구현하는 조선 인민의 도덕적 품성을 강조한다. 그가 지적한 도덕적 품성은 조국에 대한 열렬한 애국심, 계급적 원수에 대한 불타는 증오심, 적과의 투쟁에서의 비타협성과 혁명성, 인민의 난관을 극복하는 완강성과 인내성, 불요불굴하는 투지 등이다. 문학작품에서 이런 인민의 도덕적 품성과 민족적 긍지를 기반으로 한 조선 인민들의 불타는 애국주의가 바로 민족적 형식을 더욱 풍부하게 발전시키는 모범이다. 특히 그의 논문은 민족적 특성과 민족적 형식의 관계 개념이 모호하다. 김하명은 그가 내용과 형식의 조화로운 일치와 창작 작품에서의 유기적 통일을 전제하지만, 실제 분석에서 형식적인 측면에서만 민족적 특성을 파악한 것으로 비판한다.

이 점에 있어서 류 창선의 평론 「문학 형식에서의 민족적 특성에 관하여」는 독자들에게 일정하게 개념상 혼란을 주고 있다. 이 론문에서는 문학 예술의 내용적 요소들과 형식적 요소들에 대하여 명확한 구분이 없이 혼동시되고 있다. 론문의 필자는 "문학 작품에서 인민 생활에 영향을 주는 력사적 조건과 자연 환경의 독특성, 또는 이와 관련된 세태 풍습적 조건들은 일정한 민족적

---

305) 류창선, 「문학 형식에서의 민족적 특성 – 18세기 고전 작품을 중심으로」, 『조선문학』, 1958. 11, 138면.

형식으로 된다"고 단정하면서 자연 환경, 세태 풍습, 심지어 인물의 외형 묘사
까지도 형식의 요소로서 설명하고 있다. 그러면 무엇이 문학 예술의 내용을
이루는가? 이 론문의 론리에 의한다면 오직 '인물의 성격'이나 '인간의 내면 세
계'만이 문학의 내용으로서 남게 된다. 물론 인간 성격, 인간의 내면 세계는
문학 예술 작품에서 사실적으로 묘사되어야 하며 그의 핵으로 되어야 한다.
그러나 인간 성격은 그들이 살고 활동하고 있는 그 생활 밖에서는 보여 줄 수
없다. 인간의 성격, 그의 사상과 감정은 자연과 사회 생활이나 또는 자기 자신
에 대한 관계를 통해서 표현되는 것이다.306)

그의 비판은 민족적 특성을 오직 문학의 형식에만 관계되는 것으로 이해하
거나 문학의 민족적 특성에 관한 문제와 문학의 민족적 형식에 관한 문제를 동
일시하는 것은 이론적 모순을 피할 수 없다는 것이다. 류창선의 논문은 일정하
게 문학 예술의 내용적 요소와 형식적 요소에 대한 명확한 구분을 하지 않고
혼동하고 있다. 그는 자연 환경, 세태 풍습, 인물의 외형 묘사까지도 형식적 요
소로 설명하고 있는 류창선의 글에 대해 그러면 무엇이 문학의 내용인가를 질
문하고 있다. 김하명은 그의 논리에 따르면 오직 인물의 성격이나 인간의 내면
세계만이 문학의 내용이 되는 결과를 낳게 된다고 비판한다.

김하명은 문학 예술의 민족적 특성이 "그 민족의 사회 생활, 그 력사 발전
의 특성에 의하여 규정되며 그 생활을 진실하게 반영하는 정도에 따라 그 인민
이 좋아하며 그들의 취미와 기호에 맞게 그들의 눈으로 보고 평가하는 정도에
따라 규정"307)되는 것이라고 지적한다. 그가 지적한 문학 예술의 민족성에 관
한 문제는 생활의 진실한 반영과 인민성과 관련된 문제이다. 이는 인민이 잘
아는 생활과 밀착된 절실한 문제를 쉽고 이해하기 쉬운 형식을 통해서 반영하
는 것이다. 그는 생활의 진실한 반영이 인민성을 구현하는 방식이라고 지적한
다. 문학 예술의 민족적 특성은 고정 불변의 것이 아니고 변화 발전하는 것이
다. 그러나 민족적 특성은 문학 예술의 형식과 내용을 동시에 규정하는 것이
다. 소련의 민족 형식론은 생활의 진실한 반영에 근거를 둔 민족적 성격을 인
민성으로 파악하고 있다. 민족 형식론의 근거로 제시되는 인민성은 "인민이 정

---

306) 김하명, 「문학의 민족적 특성과 생활 반영의 진실성」, 『문학신문』, 1959. 3. 12.
307) 위의 글.

신적이고 도덕적인 공동체를 구성한다는 생각에서 나온"308) 것이다.

> 예술 문학의 민족적 특성은 문학 작품의 모든 요소에서 구체적으로 표현되며 변화 발전하는 력사적 개념이다. (……) 예술 문학의 중심핵은 긍정적 주인공의 성격 창조에서 민족적 특성이 충분하게 구현되지 않고는 불가능하다. 왜냐 하면 문학의 민족적 특성은 결코 어떤 신비적이고 추상적인 것이 아니다. (……) 문학 작품의 성격은 구체적인 작품의 실례에서 내용과 형식의 통일의 결과에 의하여 이루어지는 객관적인 산물이기 때문이다.309)

류창선이 민족적 특성을 문학의 형식적인 측면에서 모색하려고 한 반면, 김하명은 생활의 진실한 반영을 인민성으로 파악하여 문학의 내용적인 측면에서 모색하려는 경향이 강하다. 방연승은 문학 예술의 민족적 특성이 문학 작품의 모든 요소에 구체적으로 표현되는 변화 발전하는 역사적 개념임을 지적하고, 문학 작품의 성격이 내용과 형식의 통일 결과에 의하여 이루어지는 객관적인 산물임을 강조한다. 민족적 특성은 문학 작품의 묘사 대상인 구체적인 특성을 가진 인간과 그의 생활에 의해 표현된다. 특히 그는 민족적 풍격을 가진 긍정적 주인공의 창조를 지적한다. 민족적 풍격을 가진 긍정적 주인공은 우리 시대의 영웅들의 인격적 속성, 심리적 속성, 감정 생활의 특성, 특히 혁명적 전통을 반영하는 인물이다. 그는 항일무장투쟁 과정에서 창작된 혁명적 문학과 카프의 혁명적 문학에 반영된 긍정적 주인공의 성격 파악이 긍정적 주인공의 민족적 풍격을 성공적으로 구현할 수 있는 방법임을 강조한다. 그는 민족적 특성을 민족적 풍격 구현의 문제와 관련시킨다. 그는 민족적 특성 문제를 '그것은 무엇인가'의 형태가 아니라 '어떻게 구현되는가'라는 문제에 관심을 갖는다.

사회주의 미학의 '사회주의적 내용에 민족적 형식'이라는 규정에서 문학의 형식으로 오해될 소지가 있는 민족적 형식은 민족적 특성이란 용어로 통합되어 논쟁이 진행되면서 내용과 형식의 변증법적 통일체로 이해된다. 사회주의적 내

---

308) 신형기, 「북한 문학에서의 '민족적 특성' 논의 – 주체 문학론의 발단」, 『민족 이야기를 넘어서』, 삼인, 2003, 284~285면.

309) 방연승, 「긍정적 주인공 창조에서 제기되는 민족적 풍격 문제」, 『문학신문』, 1959. 3. 29.

용과 민족적 형식, 사회주의적 애국주의와 프롤레타리아 국제주의 사상에 입각한 문학 예술의 민족적인 것과 계급적인 것, 민족적인 것과 국제주의적인 것은 필수불가결하게 연결된 변증법적 통일체이다.

> 예술가의 맑스—레닌주의적 사회 리상에 의하여 판단된, 각이한 인민들의 공통적인 목적을 달성하기 위한 승리적인 투쟁을 전개하는 생활을 사회주의적 사실주의 예술의 사회주의적 내용이라고 말할 수 있다. (……) 사회주의적 내용의 민족적 구체성은 어디에 표현되는가? (……) 첫째 각이한 민족의 경제적 및 력사적 생활 제 조건의 차이에서, 또는 그 력사적 발전 과정, 계급 투쟁의 특수성 등으로써 규정되는 민족적 쩨마찌까(주제성-인용자)에 표현된다. (……) 사회주의적 내용의 민족적 구체성은 둘째로 민족적 성격에 표현된다.310)

김창석은 「문학 예술의 민족적 특성에 대하여」에서 스탈린의 '사회주의적 내용에 민족적 형식'의 규정을 중심으로 류창선이나 김하명의 주장을 비판한다. 그는 사회주의적 내용과 민족적 형식은 변증법적으로 이해되어야 하고, 민족적 특성은 형식에서도 내용에서도 표현되는 것이라고 주장한다. 사회주의 미학에서 사회주의적 내용과 민족적 형식은 결코 추상적인 것이 아니며 언제나 국제주의적인 것과 민족적인 것, 계급적인 것과 민족적인 것의 유기적인 통일체311)이다. 그는 사회주의적 내용은 결코 어떤 추상적인 것이 아니라 일정한 민족적 형식인 민족적 구체성 속에 표현되며, 사회주의적 내용의 민족적 구체성은 민족적 주제성과 민족적 성격으로 표현된다고 지적한다.

> 민족적 성격은 력사적 발전에 따라 부단히 변화 발전하면서도 그 중의 견고한 부분들은 매개 민족 문화에 반영되어 그의 민족적 특성을 형성한다. 크나 작거나를 막론하고 매개 민족은 오직 그에게만 고유하고 다른 민족에게는 없는 그런 자기의 질적 특수성을 가지고 있으며 이 특수성은 매개 민족인 세계 문화의 일반적 보물고에 이바지하여 그것을 보충하며 풍부화시키는 기여로

---

310) 김창석, 앞의 글, 123~125면.
311) M. S. Kagan, 앞의 책, 287~300면.

되는 것이다.312)

민족적 성격은 물질적 생활 조건에 의하여 규정되는 일정한 역사적 생활과 함께 변화 발전하는 역사적 개념이다. 민족적 성격 속에 드러나는 민족을 구성하는 중요한 요소인 견고한 부문들이 문학예술에 표현되어 민족적 특수성을 형성하게 된다. 문학 예술의 민족적 특성은 민족적 성격에 의해서 가장 뚜렷하게 표현되는데, 민족적 성격은 계급적인 것과의 변증법적 통일성 속에서 묘사되어야 한다. 결국 문학 예술의 민족적 특성은 민족적 형식에만 표현되는 것이 아니라 민족적 내용 특히 민족적 성격에 의해서 표현된다. 역사적 계급적 성격을 갖는 민족적 성격은 문학 예술의 민족적 특성이 구체적으로 표현되는 인물에 의해 구현된다. 이 민족적 성격은 긍정적 주인공 형상화를 통한 '민족적 공산주의자'의 전형 창조의 문제로 논쟁이 전개된다. 결국 북한의 민족적 특성 논쟁은 공산주의자의 전형 창조와 관련된 전형론과 밀접한 관련을 맺는다. 그러나 이러한 논의는 민족적 형식론을 전형론과 관련시켜 올바르게 이해하려고 하지만, 성격적 특질을 고정옥이 지적한 애국주의, 인도주의나 김창석이 지적한 검박성과 담백성, 호상 방조와 상호 부조의 미덕, 외유 내강의 강직한 기질 등과 같은 것으로 나열하는 수준에 머무는 한계를 갖고 있다. 특히 민족적 특성론에서 각 민족에게 나타나는 고유하고 독특한 것으로만 이해하려는 편향이 지배적이다. 이러한 편향은 민족적 특성을 제한된 범위 내에서만 찾으려는 오류313)를 범한다.

사상적 순결성, 원쑤에 대한 비타협성, 당과 혁명의 위업에 대한 무한한 충

---

312) 김창석, 「공산주의자의 전형 창조에서 제기되는 리론적 문제」, 『조선문학』, 1959. 12, 101면.

313) 이러한 편향적 오류는 1960년 8월 31일 작가 동맹 평론 분과 위원회가 민족적 특성 문제를 논의한 연구회에서 비판을 받는다. 박종식은 "애국주의나 근면성들은 다른 민족에게도 공통적으로 존재하는 보편성을 띠면서도 우리 민족에게 있는 특수성이기도 하다는 것을 언급하면서 그 민족에게만 순수하게 고유한 것만을 찾아서는 안되면 그러한 순수한 민족적 특성은 존재하지도 않는다"고 강조한다. (「론의의 새로운 발전을 위하여 – 평론 분과에서 민족적 특성 문제 연구회 진행」, 『문학신문』, 1960. 9. 6)

> 실성, 고상한 도덕적 품성—이것은 공산주의자의 본질을 규정하는 특징들이
> 다. 그러나 이러한 특징들의 기계적 집계로서 전형적 성격으로서의 공산주의
> 자의 형상을 창조할 수는 없다. 개별적 인간의 개성적 성격의 미와 깊이와 힘
> 을 거쳐서 이러한 특징들이 묘사되였을 때만이 공산주의자의 진정한 전형적
> 면모를 발로시킬 수 있다. (……) 공산주의자의 긍정적 성격을 리상화하는 것
> 을 배격하면서 결함도 있고 오유도 반드시 범하는 인간으로 그를 묘사하여야
> 한다고 주장하여서는 안 된다. 그러나 동시에 단련 과정에서 부분적인 결함들
> 이 점차 시정되여 가는 그러한 투사의 성격을 묘사할 수도 있다는 사실을 전
> 적으로 부인하여서도 안될 것이다.314)

김창석은 공산주의 문학의 전면적 건설에 돌입한 이 시기에 공산주의자의
전형 창조의 문제가 가장 선결 과제임을 제시한다. 우리 시대의 신성한 임무란
이 시대의 전형인 천리마의 기수, 이 공산주의자의 위대한 업적과 이를 낳은
항일무장투쟁 과정에서 이룩된 빛나는 혁명 전통을 후손에게 길이 빛나게 하는
것이다. 공산주의자의 전형은 사상적 순결성, 원수에 대한 비타협성, 당과 혁
명의 위업에 대한 무한한 충실성, 고상한 도덕적 품성 등의 본질과 개별적 인
간의 개성적 성격의 미와 깊이와 힘을 거친 인물이다. 그는 이런 공산주의자의
전형은 이상적인 틀에 맞추어서 처음부터 완성된 투사의 형상이 아님을 지적한
다. 그러나 그는 공산주의자의 긍정적 성격을 이상화하는 것을 배격하면서 결
함도 오류도 반드시 범하는 인간으로 묘사해서는 안 되며, 성격적 단련 과정에
서 부분적인 결함들을 점차 시정하여 가는 투사의 성격을 묘사하는 것을 전적
으로 부인해서도 안 된다고 지적한다. 이는 부분적인 결함을 시정하는 인물의
형상화는 어느 정도 인정할 수 있으나, 결함과 오류를 반드시 범하는 인물의
형상화는 부인한다는 점이 특징적이다.(이 점은 아마도 그가 당의 정책적 입장에 대
한 고려로 보인다.) 그의 이런 지적은 결국 전형적 인물에 벗어난 결함과 오류를
범하지 않는 이상적 인물을 형상화하게 되는 결과를 초래한다. 결국 이 시대의
공산주의자의 전형이란 천리마의 기수들과 이를 낳은 김일성이 이끈 항일무장
투쟁 과정의 전사들이다. 이 전사들이란 따라야 할 훌륭한 전범이며 고상한 품

---

314) 김창석, 앞의 글, 104~105면.

성을 가진 이상적 주인공의 다른 이름이다.

> 나는 문학 예술에서의 전형적인 성격은 인간의 사회―계급적 본질까지도 포함한 인간의 본질을 다양하게 표현한다는 것과, 인간의 본질은 사회―계급적인 것, 전 인류적인 것, 민족적인 것, 인간적인 것의 변증법적 통일체라는 것을 강조하였다. (……) 예술적 전형―이는 구체적―감상적인 미학적 형식에서의 사회―계급적인 것, 전 인류적인 것, 민족적인 것, 인간적인 것의 변증법적 통일로 나타나는 인간 생활의 본질적 측면들의 있을 수 있는 발현 형태이다.315)

> 작년 『조선 문학』 12호에 발표된 김 창석의 「공산주의자의 전형 창조에서 제기되는 리론적 문제」라는 론문을 두고 보더라도 그는 사회적 전형과 예술적 전형의 차이를 밝힌다는 전제 밑에 인간 생활의 사회 계급적 측면보다도 소위 '전 인류적', '전 민족적', '인간적' 측면을 밝히는 데다가 지면을 대부분 제공하였을 뿐만 아니라 우리의 민족적 성격에 대한 '독창적'인 처방까지 내리였다.316)

김창석이 제시한 민족적 성격은 검박성과 담백성, 호상 방조와 상호 부조의 미덕, 외유 내강의 강직한 기질317)이다. 그는 한설야의 「형제」에서 드러나는 민족적 성격을 명확한 목적 의식적 규정성, 고도의 자각성 그리고 명랑성과 낙천성318)이라고 제시한다. 그가 제시한 공산주의자 전형이란 계급적인 것을 포함한 인간의 본질과 인류적 보편성을 강조한 전형이다. 이러한 그의 민족적 성격에 대한 견해는 기질론으로 비판받는다. 이는 민족의 심리적 구조를 기질과 동일시하여 민족적 성격을 전적으로 무계급적인 기질에 귀결시키는 오류319)를 범하고 만다는 것이다. 김창석의 기질론의 오류에 대한 비판은 그가 계급적인 것과 민족적인 것의 상호 관계에서 계급적 특성의 주도적 의의를 밝

---

315) 김창석, 앞의 글, 105~106면.
316) 윤세평, 「민족적 특성에 관한 의견 상위점 - 문제의 소재를 명백히 하자」, 『문학신문』, 1960. 3. 22.
317) 김창석, 앞의 글, 102면.
318) 김창석, 「리론적 명백성을 요하는 문제」, 『문학신문』, 1960. 2. 5.
319) 방연승, 「「형제」와 민족적 특성의 론의」, 『문학신문』, 1960. 2. 19.

히지 않고 민족적 특성 특히 그가 강조하는 민족적 성격을 계급적인 것과 무관한 것처럼 파악한 점에 대한 비판이다. 이것이 바로 그의 오류에 대한 비판의 핵심적 사항이다. 이는 그가 공산주의 사회의 계급적 특징보다 민족적, 인류적, 인간적 특징을 강조하여 사회 계급적 특징의 주도적 의의를 경시하고 있다320)는 것이다.

> 여기에 공산주의자의 성격을 두고 말할 때 그 계급적 특질이 기본 핵을 이루어 민족적 특징이나 개체적인 특징이 그 계급적 특질에 의하여 채색될 뿐만 아니라 그 관계는 마치도 보편적인 것과 특수적인 것, 주도적인 것과 종속적인 것의 호상 관계로 통일되며 따라서 민족적, 개체적 특징들은 계급적 특질의 구체적인 표현 형태로 된다는 것이 지금까지의 필자가 도달한 견해이다.321)

김창석이 강조한 인류적 보편성을 강조하는 전형론은 계급성을 강조하는 윤세평의 전형론에 의해 비판받는다. 이는 김창석의 주장이 계급성과 관련이 없는 민족이나 인류 전체에게 공통적인 어떤 특성을 찾으려는 경향에 대한 비판이다. 이는 계급성과 분리된 어떤 특성에서 민족적 특성을 찾으려는 것은 헛된 시도라는 것이다. 김창석의 견해는 계급적인 것과 민족적인 것이 서로 맺고 있는 현실적 연관성을 무시한 관념적 파악이다. 윤세평은 김창석이 공통적이고 순수한 민족적 성격이나 보편적인 것을 강조하는 입장에 대해 비판하면서 계급적 특질의 주도적 의의를 강조한다. 공산주의자의 성격은 그 계급적 특질을 기본 핵을 이루어 민족적 특징이나 개체적인 특징이 그 계급적 특질에 의하여 채

---

320) 윤세평이 지적한 김창석이 계급적인 것의 주도적 의의를 부정한 것이라는 비판을 그대로 인정할 수는 없다. "계급 사회에서 민족 예술에는 민족적인 것과 계급적인 것이 불가분리적으로 통일되여 존재하는 것이지만 항상 이에 있어서 계급적인 것에 주도적 의의가 부여된다."(김창석, 「문학 예술의 민족적 특성에 대하여」, 131면) 단지 김창석이 계급적인 것의 주도적 의의를 인정하면서 보편적인 것에 관심을 집중시키는 측면으로 변모해 간 것이다. 이후 이런 김창석의 견해는 "맑스-레닌주의적 리해로부터 리탈하여 '민족적 형식'의 '공통성'만을 강조하고 그의 사회 계급적 내용을 거세하는 수정주의자들의 리론에 추정"한 것으로 혹심한 비판을 받는다.(박종식, 「민족적 특성에 대한 수정주의적 외곡을 반대하여」, 『문학신문』, 1962. 3. 27)

321) 윤세평, 앞의 글, 171면.

색된다. 계급적인 것과 민족적인 것의 관계는 마치 보편적인 것과 특수적인 것, 주도적인 것과 종속적인 것의 상호 관계로 통일된다. 다시 말해서 공산주의자의 성격에서 볼 때 "계급적인 것은 성격의 핵으로서 보편적이며 내용적인 것으로 되며 민족적인 것, 개체적인 특징들은 특수적이며 형식적인 것으로서 유기적인 통일을 이루어 하나의 전일적이며 비반복적인 성격을 형성"322)하는 것이다. 그는 민족적 개체적 특징은 계급적 특질의 구체적인 표현 형태가 된다는 것을 강조한다. 그가 지적하는 민족적 특성이란 계급적 특징을 표현하는 형태일 뿐이다. 그의 관점은 계급적 관점에서 우리 시대의 공산주의자의 전형을 형상화해야 한다는 것이다. 윤세평의 계급 우선주의는 결국 프롤레타리아 국제주의라는 명목 하에 모든 것을 계급의 문제로 만드는 계급환원주의의 오류를 범하고 있다. 이는 모든 것을 하나의 근원이나 원천으로 파악하는 근원주의의 함정이기도 하다. 이 근원주의는 모든 것을 중심과 주변으로 나누고 중심을 절대화하는 방식이다.

> 그것은 민족적인 것과 계급적인 것이 사회-현실적으로 살아서 활동하는(바로 사회-계급적 총체로서의 인간인) 사람들에게 있어서나 그것의 형상적 반영으로서의 문학의 주인공들에 있어서 바로 유기적인 하나 속에 구체적으로 통일되어 존재한다는 진리를 도외시한 표현을 하고 있다는 점에서 그러하다.323)

한룡옥은 윤세평의 계급 우선주의적 관점이 민족적인 것과 계급적인 것의 유기적 통일체로 존재한다는 사실을 도외시하는 오류를 범하고 있다고 비판한다. 문학 예술의 창작적 실천에서 민족적 성격과 계급적 성격의 상호 관계는 인위적으로 분리할 수 없는 것이다. 문학 작품에서 공산주의자의 민족적 전형은 계급적인 것과 민족적인 것이 전혀 분리할 수 없는 유기적인 하나의 통일체이며 다른 하나가 다른 하나에 종속되거나 그 반대의 경우로 존재하는 관계에 놓여 있는 것은 아니다.

---

322) 윤세평, 「공산주의자의 전형 창조와 관련된 민족적 특성에 대한 약간의 고찰」, 113면.
323) 한룡옥, 「민족적 특성에 대한 의견」, 『문학신문』, 1960. 7. 15.

　1960년 8월 31일 작가 동맹 평론 분과 위원회가 개최한 연구회에서 민족적 특성 문제에 대한 공식적인 견해를 밝힌다. 공식적인 입장은 "민족적 특성은 문학의 내용과 형식에서 구현되며 특히 내용에서는 성격에서 주도적으로 표현된다는 것, 그리고 민족적인 것과 계급적인 것과의 변증법적으로 통일되어 있다는 것" 등이다. 특히 윤세평의 계급 우선주의적 관점은 "계급적인 것과 민족적인 것과의 련관 관계에서 정당하게 해명하여 왔음에도 불구하고 계급성을 지나치게 강조한 나머지 량자의 호상 통일 속에서도 상대적 독자성이 있다는 것을 경시하고 있으며 민족적인 것의 미학적 범주를 고려하지 않았다"324)고 공식적인 비판을 받는다. 민족적인 것과 계급적인 것은 하나의 통일체를 형성하지만 각각은 독자적인 범주를 가진 것이다. 안함광은 "민족적인 것과 계급적인 것은 결코 동일한 범주거나 병렬적인 것이 아니"라 "그것은 실지에 있어서는 분리할 수 없는 하나의 계급적 형상 속에서 나타난다"325)고 지적한다. 그는 민족적인 것이 계급적인 형상 속에 구현된다는 것이 윤세평이 단지 형상의 표현 체계 정도로 이해한 것과 달리 실제 내용상 하나의 계급적 형상 속에 구현된다는 것을 강조한 것이다.

　조선 인민의 민족적 성격 형성과 발전에 보다 결정적 영향을 준 단계는 조선 로동 계급이 민족 해방 투쟁의 령도자로 등장한 시기부터이다. (……) 조선 인민의 민족적 성격의 형성에서 그 우수한 성격적 특질의 보다 결정적이며 전면적인 발전과 공고화는 1930년대 김 일성 동지를 선두로 하는 조선 공산주의자들의 항일 유격 투쟁 과정에서 이루어졌다. 조선 인민의 가장 우수한 아들딸들이 참가한 이 민족 해방 투쟁의 보다 높은 적극적 단계에서 민족적 성격의 가장 우수한 특질들이 투쟁을 통하여 유감 없이 발현되었다.326)
　사상 사업에서 주체 확립의 필요성은 바로 우리 혁명의 요구로부터 필연적

---

324) 「론의의 새로운 발전을 위하여 - 평론 분과에서 민족적 특성 문제 연구회 진행」, 『문학신문』, 1960. 9. 6.
325) 안함광, 「문학의 민족적 특성 해명에서 제기된 몇 가지 문제」, 『문학신문』, 1960. 9. 20.
326) 박종식, 「우리 문학에서 주체의 확립과 민족적 특성」(『조선문학』, 1961. 2), 권순긍·정우택(편), 『우리 문학의 민족 형식과 민족적 특성』, 연구사, 1990, 264~265면.

으로 제기된다. 우리 인민은 조선에서 혁명을 하고 있으며 조선 혁명의 주인
도 바로 우리 인민이다. 그러므로 모든 사상 사업은 반드시 조선 혁명의 리익
에 복종되여야 하며 조선의 현실과 조선 인민의 특성에 맞게 진행되여야 한
다. 이것은 문학 예술을 포함한 전체 사상 전선 앞에 부과된 혁명적 요구이다.
이로부터 문학 예술 앞에는 주체를 확립할 데 대한 문제가 강력하게 제기되였
다.327)

1960년대 문학 예술에서 주체를 확립의 문제는 조선 혁명에 철저히 복무
하는 문학과 조선 현실과 혁명의 주인인 인민의 사상 감정에 맞게 문학을 발전
시켜야 한다는 것을 강조한다. 이 주체 확립과 관련하여 1960년대 천리마적
현실을 반영하는 북한 문학의 시대적 임무는 새롭게 형성되는 근로자들의 민족
적 성격을 탐구하고 반영하는 것이다. 이 천리마적 현실과 이 기수의 형상화와
관련된 민족적 특성론은 우리 시대의 민족적 공산주의자의 전형을 창조한다.
민족적 공산주의자의 전범이 바로 민족적 성격의 가장 우수한 특질들을 발현한
김일성이 이끈 항일무장투쟁 과정의 혁명 전사들이다. 이들은 항일무장투쟁 과
정에서 발휘한 "무비의 용감성, 혁명적 락천성, 난관 극복의 인내성과 완강성,
단결심과 동지애, 계급적 원쑤에 대한 강렬한 증오, 국제주의적 친선의 감정
등"328)의 민족의 가장 우수한 인민적 품성과 성격들을 형성하고 발전시킨 민
족적 전형이다. 김일성은 조선 인민의 가장 우수한 민족적 성격의 특질을 집약
하고 대표하는 민족적 공산주의자의 최고 전형이 된다. 이는 북한의 문학이 공
산주의 인간학에 수렴되는 것이며, 새로운 정치적 의식과 도덕적 풍모를 가진
새 인간 전형 창조의 역사임을 드러낸다. 이 시대에 문학 예술에서 민족적 특
성을 구현하는 것은 "자기 인민의 생활과 사상 감정에 맞게 작품을 창작하는
것"329)이며, 이는 주체문예이론의 핵심적 내용이다. 결국 '민족적 특성'론은
주체의 확립과 관련하여 민족적 공산주의자의 전범을 창조하며 주체 시기로 나

---

327) 장형준, 「우리 문학 예술에서의 주체의 확립과 민족적 특성의 구현」, 『문학신문』,
    1965. 9. 28.
328) 박종식, 앞의 글, 265면.
329) 장형준, 「우리 문학 예술에서의 주체의 확립과 민족적 특성의 구현」, 『문학신문』,
    1965. 9. 28.

아가는 길을 연다.

민족적 형식은 고정불변의 것이 아니고, 생활의 발전과 역사적 조건에 따라 규정되는 생활의 구체적 발현 형태인 민족적 구체성을 의미한다. 문학예술의 민족적 형식은 각 민족의 사회 생활과 역사 발전의 특성에 의하여 규정되는 민족적 특성의 구체적 형상화이며, 민족의 생활을 진실하게 반영하는 정도에 따라 그 민족의 취미, 기호, 미학에 맞는 것에 따라 평가되는 것이다. 초기의 이 논쟁은 민족적 특성에 대한 일반적인 명제와 미학적 해석에 집중된다. 이후 이 문제를 창작과 관련하여 이것을 해명하는 방향으로 전개된다. 이 논쟁은 '그것은 무엇인가'의 형태에서 '어떻게 구현되는가'라는 방향으로 문제가 전개된다. 문학 예술의 민족적 특성은 무엇보다도 작품에서의 긍정적 주인공의 형상화에 집중적으로 드러난다. 이 긍정적인 주인공에 대한 논의는 우리 시대의 공산주의자의 전형을 어떻게 형상화할 것인가의 문제로 전개된다. 결국 이 논쟁은 1930년대 항일무장투쟁의 전사인 민족적 공산주의자를 모범으로 하여 이 시대의 공산주의를 형상화해야 한다는 것으로 귀결된다.

북한 문학은 민족적 특성 논쟁을 통해 훌륭한 전범으로 따라야 할 전통과 긍정적 주인공들을 창조해 낸다. 이 논쟁은 민족적인 것과 계급적인 것을 결합하여 항일무장투쟁 전사를 민족적 공산주의로 설정한다. 이런 항일무장투쟁 전사를 이끈 김일성은 최고의 전범이며 따라야 할 유일한 영도자로 설정된다. 이 논쟁은 바로 주체 시기로 나아가는 서곡 역할을 하게 된다. 주체 시기는 유일한 혁명적 전통이 김일성의 항일혁명문학임을 천명한 시기이다. 다른 혁명적 전통에 대한 논의는 "혁명전통이 무엇인지 그 개념조차 모르는 몰상식한 견해이며 혁명전통을 오가잡탕으로 만들고 혁명전통을 이룩한 수령의 업적을 말아 먹으려는 반동적인 궤변이다."330) 민족적 특성론은 이후 1960년대 중반 유일사상체계의 전면화가 이루어지면서 개인 숭배를 정당화하기 위해 민족적인 것의 절대화로 변모한다. 결국 주체문예이론이란 자민족중심주의 이론으로 변용된다. 이후 "조선민족 제일주의라는 극단적인 민족주의적 담론을 통해 체제 통합력을 김일성 체제 정당화를 위한 논리적 기반으로 활용"한다. 김일성은 유일

---

330) 김정일, 앞의 책, 60면.

사상체제의 확립을 통해 절대권력을 장악하여 "독재권력의 영속화하고 개인 숭배를 합리화하기 위해 민족적 상징들과 민족주의적 언설들을 방편으로 활용"[331] 한다.

3) '민족적 특성'론의 변용

북한의 민족 특성론이 민족적인 것과 계급적인 관계 설정에 논쟁의 초점이 놓여 있었다면 1960년대 중반 이후 민족적인 것을 강조하는 방향으로 진행된다. 주체 확립의 문제와 관련하여 유일사상체계가 전면화되면서 민족적 특성론은 자민족중심주의 이론으로 변모한다.

> 사회주의적 사실주의 문학예술에서 민족적 형식이 사회주의적 내용을 표현하고 전달하는 데 가장 적절한 것은 그것이 문학예술작품을 인민들의 정서와 비위에 맞게 만드는 데서 커다란 작용을 하기 때문이다. (……) 우리 예술의 민족적 형식은 조선사람이 좋아하고 조선사람의 구미에 맞는 그런 형식이다. (……) 문학예술을 인민들의 정서와 구미에 맞게 만드는 문제는 단순히 형식에 관한 문제, 예술성에 관한 문제로만 그치는 것이 아니라 사상적 내용을 효과적으로 전달하며 작품의 교양적 기능과 동원적 역할을 높이는 문제로 된다. (……) 매개 나라 인민들에게는 력사적으로 형성되고 공고화된 민족적 특성이 있다. 민족적 특성은 그 나라 인민들에게 고유한 심리, 정서, 관습, 취미 등을 반영하고 있다. 따라서 민족적 특성을 구현하는 것은 문학예술을 그 나라 인민들의 민족적 정서에 맞게 발전시키는데서 매우 중요한 의의를 가진다.[332]

북한의 주체사상은 '사람이 모든 것의 주인이며 모든 것을 결정한다'는 철학적 원리를 기반으로 한다. 이 기본 원리를 반영한 주체문예이론에서 민족적 형식이란 조선사람이 좋아하고 조선사람의 구미에 맞는 그런 형식이며, 조선인민은 "민족적 긍지가 높고 애국심이 강한 민족이며 용감하고 지혜로우며 근로하기를 좋아하는 인민"이며 "진리에 대한 탐구심이 크고 정의를 사랑하는 마

---

331) 전미영, 『김일성의 말, 그 대중설득의 전략』, 책세상, 2001, 136~137면.
332) 사회과학원 문학연구소, 『북한의 문예이론』(『주체사상에 기초한 문예이론』, 사회과학출판사, 1975), 인동, 1989, 146~147면.

음이 강하며 고상한 도덕적 품성"333)을 가진 민족이다. 주체문예이론은 민족적인 것이 단지 생활감정이나 정서와 같은 것으로 말해지거나 조선인민의 우월성을 주장하는 생물학주의로 격하될 수 있는 문제점을 갖고 있다. 다시 말해서 주체문예이론은 인민 편향성과 민족우월주의로 신비화되고 실체화될 위험성을 내포하고 있다. 김정일의 『주체문학론』에서도 "주체의 문예관은 문학예술에서 민족적특성을 구현할것을 요구하는 문예관"이라고 지적한다. 이 자민족중심주의는 "우리 민족은 오랜 력사를 가진 문명하고 슬기로운 민족이며 하나의 피줄을 이어받은 단일민족이다. 우리 민족은 예로부터 강의한 의지와 뛰여난 재능, 아름다운 정서를 가진 근면하고 용감한 민족으로서 자기의 고상한 정신도덕적 풍모를 온 세상에 과시하였다"334) 등의 '조선민족제일주의'로 그대로 이어진다. 조선민족제일주의란 "우리 수령, 우리 당이 제일이고 우리 나라 사회주의가 제일이고 우리 민족이 제일"이라는 것으로, 이는 "끝없는 민족적 긍지와 자부심"335)의 강조이다. 이는 민족적 이해관계가 계급적 이해관계를 뛰어넘는 절박성의 표현이며, "사실상 프롤레타리아 국제주의의 폐기선언의 다른 표현"336)일 수도 있다. 이 이념은 "북한식 사회주의를 자부하도록 만드는 이념적 동력 구실"337)을 한다. 북한의 민족주의는 전형적인 저항 민족주의 속성을 갖는다. 남한의 민족주의가 반공산주의 기획을 기반으로 한 것이라면, 북한은 반제국주의 기획을 바탕으로 한 것이다. 북한의 민족주의는 "'자주성' 테제에서 드러나듯이, '밖으로부터의 자유'에 본질적으로 매달리는 반면에, '수령론' 등에 나타나는 것처럼, '안에서의 자유'는 외면하거나 무시 또는 왜곡"338)한다. 민족이 자기 운명의 주인이라는 민족자결권을 기반으로 한 밖으로부터의 자유를 강조하지만, 당과 수령의 영도를 중심으로 한 수령론은 안에서의 자유를 억압한다. 이것이 북한의 민족주의의 근본적인 문제점이다.

---

333) 위의 책, 147~148면.
334) 김정일, 앞의 책, 7면, 33면.
335) 윤종성·현종호·리기주, 『주체의 문예관』, 문학예술종합출판사, 2000, 25면.
336) 이종석, 「주체사상과 민족주의 - 그 연관성에 관한 연구」, 『통일문제연구』 21, 1994. 여름, 82면.
337) 박호성, 『남북한 민족주의 비교연구』, 당대, 1997, 137~138면.
338) 위의 글, 138면.

북한의 자민족중심주의는 모든 것을 민족의 문제로 만드는 환원주의의 오류를 범하고 있다. 이는 모든 것을 하나의 근원이나 원천으로 파악하는 근원주의의 함정이다. 이 근원주의는 모든 것을 중심과 주변으로 나누고 중심을 절대화하는 방식이다. 이 근원주의란 근대 계몽론의 이분법적 사고를 기반으로 한 것이다. 계몽론이란 중심과 주변을 구별하고 중심에 의한 주변의 계몽을 강조하는 사고 방식이다. 결국 북한의 주체문예이론이란 민족을 절대화하는 근원주의적 사고 방식이다.

북한 사회주의 미학은 '반제국주의 기획'을 기반으로 한 반동 문학 예술에 대한 비판과 사회주의 문학 예술에 대한 긍정이라는 기본적 구도을 갖고 있다. 전후 시기에는 임화 등에 대한 부르주아 사상 잔재 비판을 통한 사회주의 미학이 북한 문학의 유일한 미학임을 확인한다. 이 시기는 사회주의 리얼리즘의 자기 정립의 완성과 인적 자원의 전면 재정비의 시기이다. 이런 긍정적 면에도 불구하고 1958년 이후 어느 정도의 문학과 정치의 긴장 관계가 무너지고 문학이 일방적으로 정치에 종속되는 기간이다.

전후 소련의 논쟁의 영향을 받아 북한에서는 사회주의 리얼리즘이 문학 예술의 가장 우수한 전통을 합법칙적으로 계승한 것이며 문학 예술 발전에서 가장 선진적이고 가장 혁명적인 창작 방법론이라고 평가한다. 이 시기 북한의 리얼리즘의 역사화와 사회주의 리얼리즘 발생 발전 논쟁을 통하여 신경향파 문학과 카프 문학에 대한 공식적인 입장이 정리된다. 북한의 민족적 특성 논쟁은 1930년대 항일무장투쟁의 전사인 민족적 공산주의자를 모범으로 하여 이 시대의 공산주의를 형상화해야 한다는 귀착점에 이르고, 이를 통해 훌륭한 전범으로 따라야 할 전통과 민족적 공산주의자의 전범을 창조해 낸다. 이 민족적 특성론은 이후 1960년대 중반 유일사상체계의 전면화가 이루어지면서 개인 숭배를 정당화하기 위해 민족적인 것의 절대화로 변모한다. 바로 민족적 특성 논쟁은 주체 시기로 나아가는 길의 서곡 역할을 하며, 주체 시기란 유일한 혁명적 전통이 김일성의 항일혁명문학임을 천명한 시기이다.

북한 비평의 전개가 문학사의 합목적성과 역사적 전망만을 강조하다 보면 일종의 '목적론'을 발생시킨다. 이는 사회주의 리얼리즘이 가장 정당하고 이상적인 것이라는 목적을 먼저 설정하고 그 목적에 맞춰 객관적 현실에서 그 계기를 찾지 않고 사회주의 미학이라는 목적에 맞는 요소들만을 자의적으로 취사선택하거나 왜곡하는 결과를 낳는다. 이 목적론의 결과란 문학사의 합목적성이 아니라 문학사가 왜곡되고 리얼리즘과 반리얼리즘의 투쟁의 역사로 도식화되고 여러 경향의 작가나 사조들은 평균화되거나 비속화된다. 전후 시기 비평이 사회주의 미학에 기반을 둔 앙상한 비평사라면 주체 시기 비평이란 주체 사상에 근거한 더 삐적 마른 형태의 비평의 역사이다. 북한의 비평은 "보다 나은 미래의 비전과 수 세기를 통하여 항상 인간을 위로해 왔던 자유의 꿈을 향해 그 문을 활짝 열어 놓음으로써" 지금까지 "저질러온 몽매주의(obscurantism)의 도구노릇을 그만두고" "잠자는 양심에 경종을 울리고 넓게 펼쳐진 미래의 지평선을 향해 사람들을 재촉하며 또한 사람들에게 항상 변화하지만 그러나 영원한 그들 존재의 의미를 드러내주는"339) 역할을 해야 한다. 북한 사회에서 "희망의 원천이자 인간 상황을 적극적으로 변화시키고 개선시키는 데 이해를 두고 있는 수많은 인민들의 준거"인 사회주의가 단지 보다 고차원적인 수준의 "견고한 관료적 행정과 지배를 생산할 뿐"이다. 결국 북한의 비평은 "인간의 얼굴을 한 사회주의"340)를 만들려는 최선의 기도가 인간을 억압하는 체계를 옹호하는 비평으로 변질될 위험성에 직면해 있다. 다시 이 시점에서 '희생을 내면화하는 역사'341), '도대체 어디로 가는 것인가' 라는 근본적 질문을 제기할 수밖에 없다. 이런 근본적인 성찰이란 '현재의 심장부를 겨누는 화살'342)이다.

---

339) H. Arvon, 『마르크스주의와 예술』, 오병남·이창환(역), 서광사, 1981, 140면.
340) B. Smart, 『마르크스주의와 미셸 푸코의 대화』, 이유동·윤 비(역), 문학풍경, 1999, 174면, 31면.
341) M. Horkheimer, Th. W. Adorno, 『계몽의 변증법』, 김유동·주경식·이경훈(역), 문예출판사, 1995, 91면.
342) J. Habermas, 『새로운 불투명성』, 이진우·박미애(역), 문예출판사, 1995, 145면.

Ⅲ. 남북한 문학론의 대비

1. 남북한의 문학론

남북한 문학론은 같은 경험체계에서 다른 경험체계로 분화되어 그 차이에 의해 구축되어 전개된다. 이런 차이는 단순히 하나의 경험체계로 환원시킬 수 없다는 중요한 원칙을 제공해 준다. 근본적인 남북한 문학론의 차이는 체제와 이념의 논리에 의한 것이다. 남한이 '자유주의' 이데올로기에 의한 문학의 자율성과 사회성을 강조하지만, 북한은 '사회주의' 이데올로기에 의한 문학의 계급성을 강조한다. 남한은 개인성과 사회성의 이념을 기반으로 하여 표현론과 가치론을 동시에 주장하는 반면, 북한은 집단주의를 근거로 하여 가치론을 중심으로 하여 그 의미를 강조한다. 남북한의 문학론은 이런 근본적인 문학적 관점 차이에 의해서 문학론의 이질성이 나타난다. 특히 남한문학사는 문학의 실증적 서술을 중심으로 하여 다양한 미학적 원리를 바탕으로 문학을 기술하지만, 북한문학사는 당성, 노동계급성, 인민성의 원칙, 주체성의 원칙, 역사주의의 원칙을 강조하여, 사회주의 리얼리즘 문학과 항일혁명문학을 중심으로 기술된다.

> 서로 물고 뜯고, 죽이고 죽고하는 무자비한 투쟁으로 정권을 잡고 정권을 유지하는 정치적 술법이 그대로 북한의 '붉은 문단'에는 끊임없이 일어나고 있는 것이다. (……) 월북파작가들의 작품을 끄집어내서 코에걸면 코거리가 되고 귀에 걸면 귀거리가 되는 작품평의 방식으로서 월북파의 사상분석을 하여 박헌영도당과 일맥상통하다고 규정하므로써 여지없이 숙청하고 말았다. (……) 반드시 그들의 싸움은 정치적 면에서부터 발단되어 그 파동은 문단에 파급되는 것이 태반이고 이 파동으로 인하여 문단인도 언제 어떻게 될지 예측할 수 없는 것이다. 이리하여 창작과 자유없는 붉은 문단에는 헤게모니— 쟁탈전만이 소리없이 높아가고 있는 것이 예나 이제나 변함없는 원칙인 것이다.[1]

---

[1] 김윤동, 「한설야보고를 중심한 붉은 북한문단의 명멸상 – 제3차 전당대회전야의 암투상」, 『신태양』, 1956. 7, 188~197면.

오늘 남조선 반동 문학가들이 한편으로는 우리 문학의 고귀한 유산, 특히는 프로레타리아 문학의 혁명적, 사실주의적 전통을 말살하고 딴 편으로는 매국적 부르죠아 자연주의 문학을 우리 현대 문학의 정통으로 내세움으로써 문학사를 위조하려고 발광적인 시도를 감행하고 있는 목적은 미제와 리 승만 도당에게 봉사하며 예속 자본가, 지주들의 계급적 리해 관계에 부합되는 그런 문학사를 만들어 내려는 데 있다.

그들의 이러한 문학사 위조 행위는 또한 그들의 반동적 부르죠아 미학 원칙들에서 출발하고 있는 것이며 그의 온갖 설교들과 직접적으로 관련하여 있는 것이다.2)

전후 시기 남한 문단에서는 반공 이데올로기을 기반으로 한 '반공산주의 기획'에 의해 북한 문학론에 대한 구체적인 비평이나 연구가 없는 실정이다. 단지 '괴뢰 문단'이나 '붉은 문단' 등의 용어를 사용하여 주로 사회주의 문학론에 대해 부정적인 면을 부각하여 비판한다. 특히 남한의 시각은 붉은 문단에서는 항상 무자비한 권력쟁탈전만 존재한다는 원칙과 창작의 자유가 없음을 강조한다. 이런 기본적인 시각은 자유주의 이데올로기에 의한 것이고, 전후 반공 이데올로기의 반영이다. 이에 반해 북한의 시각은 '반제국주의 기획'을 중심으로 하여 체제 우위라는 기본적인 인식을 가지고 남한 문학론에 대한 평가와 비판을 한다. 전후 남한 문단에 비해서 북한에서는 지속적인 남한의 문학에 대한 관심과 이에 대한 비판을 한다. 계북은 남한의 문학자들이 우리 문학의 고귀한 유산인 프롤레타리아 문학의 혁명적이고 사실주의적 전통을 말살하고, 매국적 부르주아 자연주의 문학을 정통으로 파악하는 것, 미 제국주의자와 이승만 정권에게 봉사하는 것, 예속 자본가나 지주들의 계급적 이해를 반영한 것 등을 비판하면서, 이는 문학사를 위조하는 행위라고 비난한다. 그는 이를 반동적 부르주아 미학 원칙에 의한 문학사 위조 행위라고 비판한다. 이런 기본적인 시각은 주체 시기에도 계속 지속된다.

맑스주의문학론의 무지저조성(無智低調性)과 기만적 폭력성…3)

---

2) 계 북, 「남조선의 반동적 부르죠아 미학의 정체」, 『조선문학』, 1956. 6, 180면.
3) 김동리, 「민족문학의 이상과 현실 ─ 민족문학수립제1기의 점청(占晴)을 위하여!!」, 『문

공산주의나 폭력주의는 파괴니까 취할 수 없고[4]

코뮤니슴혁명이 반항이 아니고 앙심을, 정의보다 복수를 앞세움으로써 타락해버렸음을 암시하고 있읍니다. (……) 레닝은 부하들에게 공언하고 있읍니다. ─ '승리를 걷우기 위하여는 선동, 배신, 음모 등등 수단을 가리지 말라'고.[5]

민족의 량심을 가지고 남반부에서의 현존 제도를 반대하고 인민의 리익을 대변하는 애국적인 작가들도 있습니다.[6]

과거의 비판적 사실주의의 문학이나 오늘 남조선을 포함한 자본주의 국가의 진보적 문학을 일률적으로 당성의 척도에서 보는 것이 속학적인 독단주의…[7]

북한 문예학에서는 남한의 문학론을 부르주아 미학으로 규정한다. 북한에서 파악하는 부르주아 미학이란 착취와 압박, 예속과 지배의 불공정한 낡은 사회관계를 유지하려는 부르주아의 이해관계를 반영한 미학이다. 북한은 부르주아 미학을 문학예술의 본성을 왜곡하고 문학예술을 부르주아 계급의 향락의 도구나 이윤 추구의 수단으로 파악한다. 부르주아 문예란 개인의 안일과 향락을 위해서는 인류, 도덕, 사회적 정의도 모르는 극단적인 개인 이기주의자, 패륜패덕한 인간으로 만드는 사회적 독해물[8]이다. 북한문단이 마르크스-레닌주의의 원칙에 따라 남한문학을 부르주아 반동문학으로 규정하고 비판하는 것은, 남한과 마찬가지로 냉전 이데올로기의 반영이다. 특히 북한의 비판은 사회적 도덕성의 관점에서 남한 문학론의 퇴폐성을 강조하여 비판한다. 북한의 남한문

학춘추』, 1954. 2, 72면.
4) 김동리, 「한국문학의 방향 – 새로운 정신원천으로서의 동양」, 『서울신문』, 1957. 6. 17.
5) 김붕구, 「휴머니즘의 재건 – 까뮤를 중심으로 한 비판」, 『자유문학』, 1958. 2, 27~33면.
6) 한설야, 「전후 조선 문학의 현 상태와 전망 – 제2차 조선 작가 대회에서 한 한 설야 위원장의 보고」, 『제2차 조선 작가 대회 문헌집』, 조선작가동맹출판사, 1956, 59면.
7) 김명수, 「문학 예술의 특수성과 전형성의 문제」, 『조선문학』, 1956. 9, 170~171면.
8) 윤종성·현종호·리기주, 『주체의 문예관』, 문학예술종합출판사, 2000, 24면.

학 평가는 도덕적 인간주의 시각을 기반으로 한다. 남한에서는 사회주의 문학론을 폭력주의와 거의 동일한 의미로 파악하며, 사회주의란 목적을 위해서 선동, 배신, 음모 등의 수단 방법을 가리지 않는 타락한 사회로 비판하는데 반해, 북한은 체제 우위라는 관점에서 부르주아 문학에 대한 비판과 남한의 진보적 문학이나 작가에 대해 정당한 평가를 하려는 유연한 사고를 보이기도 한다.

남북한 문학론은 이런 근본적인 관점의 차이에 의해 상이한 양상으로 문학론이 전개된다. 전후 남한 비평이 자유주의 이데올로기에 기반으로 한 다양한 문학론의 전개 양상이라면, 북한은 사회주의 이데올로기를 기반으로 하여 사회주의 미학 수립을 위한 문학론의 전개 과정이다. 결국 전후 남북한 문학론의 전개란 각 사회가 설정한 이데올로기를 기반으로 한 자기 정립 과정에 해당된다.

전후 남한의 문학론을 '다원적 제한성'의 개념으로 접근할 수 있다면, 북한의 문학론은 '제한적 다원성'의 개념으로 설정된다. 다시 말해서 남한의 경우 저항문학론, 민족문학론, 분석비평론, 실존주의 문학론 등의 다양한 문학론이 전개되지만 깊이가 몰각되어 '세계주의'의 허상을 드러낸다면, 북한의 경우는 제한된 문학론이 전개되어 사회주의 문학론에 대한 깊이 있는 논의가 진행된다. 그러나 계급주의 시각에 제한되어 다양한 문학론의 검토가 사장되어 '국제주의'의 허상을 드러낸다. 특히 북한은 식민지 시대의 리얼리즘론을 계승하여 리얼리즘의 진전된 면모를 보여준다. 이런 면모에서 남북한 문학론은 서로의 '일그러진 모습'을 보여주는 거울과 같은 존재이다.

> 우리 민족은 오랜 력사를 가진 문명하고 슬기로운 민족이며 하나의 피줄을 이어받은 단일민족이다. 우리 민족은 예로부터 강의한 의지와 뛰여난 재능, 아름다운 정서를 가진 근면하고 용감한 민족으로서 자기의 고상한 정신도덕적 풍모를 온 세상에 과시하였다.9)

남북한 문학론은 전후 시기를 거치면서, 세계주의와 국제주의의 허상에 대한 반성적 인식으로 인해 민족성에 대한 관심이 고조된다. 남한이 전통의 재인

---

9) 김정일, 『주체문학론』, 조선로동당출판사, 1992, 33면.

식이나 민족문학론의 전개 과정으로 변화한다면, 북한은 '민족적 특성'론과 '대작 장편 창작'론을 거쳐 주체문학론으로 수렴되면서 민족 절대주의 문학론으로 변모한다. 전후 남한의 문학론은 민족성을 강조하고 계급성을 부정하는 반면, 북한은 계급성을 강조하는 입장에서 민족성과 계급성을 동시에 주장한다. 남북한은 전후 시기 이후 민족성을 강조하는 경향으로 변모한다. 특히 북한의 문학론은 전후 시기의 계급성의 강조에서 주체 시기의 민족성을 절대화하는 경향으로 변모한다.

1.1. 민족문학론

남북한의 민족문학론은 대부분 민족의식을 기반으로 하는 대항 민족주의적 차원의 민족문학의 성격이 강하다. 민족주의문학은 "사회 운동 노선상의 민족주의에 근거한 문학으로, 민족주의의 이상을 실천하는 것으로서 그 중요 임무를 삼는 형태의 문학만"10)을 의미한다. 대항 민족주의에서 적의 침입에 맞서 민족의 단합을 외치는 것은 도덕적 정당성을 획득하지만 절대적 근거를 가진 것은 아니다. 이 민족주의가 그 근거를 정서적 공감대에 기반을 두는 이유가 여기에 있다. 대항 민족주의는 일반적으로 민족적 적을 설정하여 민족적 일체감에 대한 호소를 손쉽게 유발할 수 있는 반면에, 국민통합이라는 지배세력의 정책적 고려에 부응하여, 형식적이고 맹목적으로 추구되는 '민족단합'의 지극히 효율적인 이데올로기로 전락할 수 있고, '가상적인' 외부의 적이 끊임없이 설정되는 동시에 '실질적인' 민족 내부의 적이 은폐될 수 있는 문제11)를 갖고 있다. 이 근대 민족주의는 대부분 국가주의의 다른 이름이며 전체주의가 관철되는 하나의 방식으로 작용한다.

북한의 대항 민족주의를 기반으로 한 문학론은 저항의 정당성을 강화하기 위해 부르주아 이데올로기에 대한 가차 없는 비판을 수행한다. 근본적으로 사회주의 이론에서 국제주의와 민족주의는 서로 양립할 수 없는 것이지만, 북한

---

10) 김윤식, 『한국근대문예비평사연구』, 일지사, 1976, 108면.
11) 박호성, 『남북한 민족주의 비교연구』, 당대, 1997, 47면.

은 사회주의 이론과 민족주의가 갖는 윤리적 요소를 활용하여 체제의 정당성이나 권력의 근거로 삼는다. 북한은 민족주의를 부르주아 민족주의로 규정하고 북한의 민족주의적 경향성을 고상한 애국주의로 재규정한다. 북한에서 국제주의와 애국주의는 배치되는 관계가 아니라 밀접한 관계를 가진 것으로 규정된다. 이는 북한과 같이 제국주의적 억압과 착취를 체험한 지역에서의 사회주의가 민족적 정향을 그 본질의 하나로 하여 민족적 정서에 편승할 수 있는 전술적 배려이다. 이런 북한의 논리는 계급성을 담보로 한 민족성 강조의 논리이다. 남한의 경우 계급성을 배제한 고유한 민족성을 강조한 반면, 북한의 경우 계급성을 강화하기 위한 민족성의 강조이다.

남한의 경우, 해방기 구세대의 민족문학론은 '민족혼'의 앙양을 강조하는 민족주의문학론의 성격을 갖는다. 박종화의 민족문학론은 민족적 긍지를 바탕으로 하여 외세에 대한 저항의식을 강조하는 대항 민족주의 문학론이다. 그는 민족문학의 원천인 저항의식을 기반으로 하여 민족문학 건설을 주장한다. 그의 민족문학론은 저항의식을 강조하지만, 실질적으로는 민족혼의 앙양을 위해 민족의 영웅 찬양에 머무는 현저히 추상적인 성격을 가진 것이다. 결국 그의 민족주의 문학론이란 민족을 절대화하는 보수주의와 몰역사성을 기반으로 한 보수적 민족문학론이며 반근대주의 문학론이다.

> 민족정신을 민족단위의 휴맨이즘으로 볼때 휴맨이즘을 그 기본내용으로 하는 순수문학과 민족정신이 기본되는 민족문학과의 관계란 벌서 본질적으로 별개의 것일 수 업다는 것을 알 수 잇다.[12]

> 내가 표방하는 민족문학 즉 인간주의적 민족문학은 한마디로 말하면— 따라서 그것이 또한 결론이기도 하겠지만— 그것은 곧 세계문학이란 뜻이다. (……) 다시 말하면 이러한 의미의 세계문학의 일환이 될 수 없다면 내가 말하는 의미의 민족문학이 될 수는 없는 것이다. 세계문학의 일환이 될 수 있는 '민족의 문학'이라야 진정한 민족문학이라는 것이다.[13]

---

12) 김동리, 「순수문학의 진의 - 민족문학의 당면과제로서」, 『서울신문』, 1946. 9. 15.
13) 김동리, 「민족문학의 이상과 현실 - 민족문학수립제1기의 점청(占晴)을 위하여!!」, 『문학춘추』, 1954. 2, 68면.

김동리의 민족문학론은 '구경적 삶'을 다룬 순수문학론이다. 휴머니즘을 본질로 하는 순수문학론은 몰역사성을 기반으로 한 보수적 민족문학론이다. 그의 문학론은 문학을 인간 존재의 근원적 의미와 운명에 대한 탐구의 한 방식으로 파악한다는 점에서 몰역사적 보편주의적 관점이다. 결국 그의 문학론이란 몰역사성을 기반으로 하는 반근대적 속성이 강한 문학론이다. 근대주의 문학론이 이성을 기반으로 한 진보의 역사를 다룬 문학론인 반면, '구경적 삶'을 다룬 순수문학은 영구불변의 민족을 상정하는 반근대적주의 문학론이다. 해방기 순수문학론의 연장선상에 있는 그의 인간주의적 민족문학이란 '세계문학의 일환으로서의 근대문학'론이다. 그의 인간주의적 민족문학론에서 인간주의는 그가 민족정신을 '세계사적 휴머니즘의 일환인 민족단위의 휴머니즘'이라고 정의한 것과 관련된 표현이다. 그의 인간주의적 민족문학론도 고정불변의 민족을 상정하는 반근대적주의 문학론이다. 따라서 그의 민족문학론은 계급성을 배제한 보수성, 몰역사성, 추상성을 기반으로 한 전근대적주의 문학론이다.

> 현대적인 서사정신이란 올바른 전통의 계승에 입각한 민족문학의 현대화를 말하는 것이며 그것은 분단된 민족의 통일의식이요 또한 현대적인 지성과 감성 그리고 사유와 행동, 이지와 정서가 동일성 위에 밀착되어진 그러한 통일된 인간을 민족적인 현실생활 속에서 창현하면서 근원적인 창조의 계기를 개시하는 민족정신을 말하는 것이다.[14]

전후 시기 남한의 민족문학론은 김동리의 순수문학론이 재생산된 인간주의적 문학론과 같은 보수적 민족문학론과 이 문학론을 비판한 진보적 민족문학론이다. 최일수의 민족문학론은 민족의 주체성을 바탕으로 한 이념 대립과 분단의 현실상황 극복을 위한 통일지향적 민족문학론이다. 보수적 민족문학론에 반해 그의 민족문학론은 구체적인 역사성을 기반으로 한 진보적 민족문학론이다. 그의 진보적 민족문학론은 역사의 '주체' 개념이 애매하며, 구체적인 역사 분석도 피상적이라는 점에서 좌파의 민족문학론에서 후퇴한 것이지만, 남한의

---

14) 최일수, 「우리문학의 현대적 방향 – 전통의 올바른 계승을 위하여」, 『자유문학』, 1956. 12, 173면.

1970년대 이후의 민족문학론에서 제기된 '분단문학론'이나 '제3세계문학론'의
이론적 맹아를 찾을 수 있다. 그의 문학론은 북한의 계급성과 역사성을 강조하
는 민족문학론과 남한의 민족성과 역사성을 강조하는 민족문학론의 차이를 보
여주는 문학론이다. 특히 북한의 민족문학론이 프롤레타리아라는 역사의 '주체'
에 대한 명확한 규정이 있는 반면, 그의 문학론은 주체 개념이 애매하다는 약
점을 가지고 있다. 결국 그의 진보적 민족문학론은 남한의 진보적 민족문학론
의 실질적인 기원의 역할을 하며, 대표적인 근대주의 문학론이다.

> 이 개혁은 역사의 새 담당자인 프로레타리아트를 중심으로 농민, 인테리,
> 도시소시민의 전근로인민의 손으로 수행되는 민주주의인 것이다.15)

> 민주주의 민족 통일 전선이란 것이 무산 계급이 영도하는 '각 민주 계급 연
> 합전선'16)

> 우리의 민족문화는 그의 궁극적 지향목표와 입장을 노동자 농민 기타 근로
> 대중의 기본적 요구를 실현하는 데 두어야 할 것이며17)

> 근로 인민대중의 진보적 민주세력이 영도하는 반일제 반봉건의 문학이며
> 진보적 민주주의의 내용을 민족적 형식으로 표현하는 민족문학18)

해방기 좌파의 민족문학론은 역사의 주체인 '프롤레타리아'를 중심으로 한
문학론이다. 남로당의 '근대적 민족문학론'은 프롤레타리아트를 중심으로 하여
농민, 지식인, 도시 소시민의 전 근로인민을 주체로 한 인민민주주의 민족문학
론이다. 임화나 이원조의 인민적 민주주의 민족문학론은 '민족문학=계급문학'

---

15) 清凉山人, 「민족문학론 - 인민민주주의민족문학건설을 위하여」, 『문학』, 1948. 4,
   104면.
16) 안 막, 「조선문학과 예술의 기본임무」(『문화전선』, 1946. 7), 이선영 · 김병민 · 김재
   용(편), 『현대문학 비평 자료집』 1, 태학사, 1993, 65면.
17) 안함광, 「민족문화론」(『해방기념평론집』, 1946. 8), 김재용 · 이현식(편), 『안함광 평
   론선집』 3, 박이정, 1998, 16면.
18) 안함광, 「민족문학재론」(『민족과 문학』, 문화전선사, 1947), 김재용 · 이현식(편),
   『안함광 평론선집』 3, 박이정, 1998, 38면.

의 논리를 도출한다. 임화·이원조가 중심이 된 〈조선문학가동맹〉의 민족문학론은 〈조선공산당〉의 기본 노선인 현 단계의 혁명이 진보적 민주주의 국가 수립을 목표로 한 부르주아 민주주의 혁명의 단계라는 설정에 충실한 문학론이다. 한효나 안막이 제시한 민족문학론은 가장 진보적인 계급인 프롤레타리아 계급을 중심으로 한 계급성에 기초한 프롤레타리문학론이다. 안함광의 '진보적 민족문학론'은 인민대중의 진보적 민주세력인 프롤레타리아를 중심으로 진보적 민주주의의 내용을 민족적 형식으로 표현한 문학론이다. 결국 안함광의 진보적 민족문학과 이원조의 근대적 민족문학은 '민족문학=계급문학'의 논리로 수렴된다. 이들 민족문학론은 민족문학의 이념적 성격이나 구체적인 내용에 있어서는 일치한다. 임화나 이원조가 민족성에서 계급성의 방향으로, 안함광이 계급성에서 민족성의 방향으로 접근하여 도출한 것이 바로 '민족문학=계급문학'의 논리이다. 이 접근 방향의 차이는 남한과 북한의 현실적 상황의에 기인한다.

> 그것은 간첩 분자 림 화에 의하여 구체적으로 표현된 것이니 그는 남반부의 출판물에서 공공연히 "민족 문화는 계급 문화이여서는 아니된다"고 말하였으며 그것의 부르죠아적 성격을 확증하기 위하여 "우리가 수립해야 할 민족 문화는 근대적인 의미에서의 민족 문화이여야 한다."고 말하였다. 이렇게 그는 맑쓰의 계급 투쟁론을 부인하는 립장에서 문학의 계급적 내용과 계급적 성격을 반대해 나섰으며 민족 생활의 발전을 아무런 내부적인 계급적인 모순과 투쟁이 없는 단일한 행정으로 허위적으로 주장함에 의하여 미제국주의의 주구 리 승만 도배의 반동적 사상에 복무하였다.19)

북한에서 임화나 이원조의 근대적 민족문학론과 유일조류론은 계급문학을 부정하고 부르주아 반동문학을 선전한 문학론으로 비판된다. 그들의 민족문학론은 인민의 연대성에 기초한 민족문학론이다. 그들에 대한 비판의 핵심은 해방 후 건설해야 할 민족문학이 계급문학이 아니라 근대적 민족문학이라는 주장이다. 그들의 유일조류론은 레닌이 지적하는 두 개의 민족문화론에 배치되는

---

19) 안함광, 「해방후 조선 문학의 발전과 조선 로동당의 향도적 역할」, 조선작가동맹출판사(편), 『해방후 10년간의 조선 문학』, 조선작가동맹출판사, 1955, 20면.

것이며, 계급문화가 아닌 유일한 흐름의 민족문화의 구호란 계급사회에 있어서
불가능하며, 계급문학과 민족문학을 모순되는 것처럼 대립시키는 것도 오류라
고 비판된다. 그들의 민족문학론은 실질적인 내용과 달리 계급문학의 부정, 부
르주아 반동문학이 선전한 문학론으로 부정된다. 결국 북한의 민족문학론은 인
민연대성을 기반으로 한 근대적 민족문학론이 아니라 계급성을 기반으로 한 진
보적 민족문학론이다.

■ 남북한의 민족문학론

```
        ┌ 민족주의 문학론 : 몰역사성 + 민족성 → 전근대성
        ├ 순수문학론 : 몰역사성 + 민족성 → 전근대성
   ┌ 남한 ┤
        ├ 인간주의적 민족문학론 : 몰역사성 + 민족성 → 전근대성
        └ 진보적 민족문학론 : 역사성 + 민족성 → 근대성
   └ 북한 ┬ 근대적 민족문학론 : 역사성 + 인민연대성 → 근대성
         └ 진보적 민족문학론 : 역사성 + 계급성 → 근대성
```

　　결국 전후 북한의 민족문학론이 인민연대성을 강조하는 민족문학론을 비판
하고, 계급성과 역사성을 강조하는 진보적 민족문학론인 반면, 남한의 민족문
학론은 몰역사성을 바탕으로 하는 보수적 민족문학론에서 민족성과 역사성을
강조하는 진보적 민족문학론으로 변모한다. 남북한의 민족성에 대한 인식은 남
한이 계급성을 배제한 민족성의 강조와 북한이 계급성을 강화하기 위한 민족성
강조라는 차이가 있다. 특히 북한의 진보적 민족문학론이 프롤레타리아라는 민
족의 주체에 대한 개념이 명확한 데 반해, 남한의 진보적 민족문학론은 주체에
대한 개념이 애매하다는 문제점을 내포하고 있다. 이런 남한의 민족문학론은
산업화 시기에 접어들면서 민족의 주체 설정의 문제가 명확해진다. 결국 남북
한의 민족문학론은 각 사회의 민족문학론의 자기 정립과정이라고 할 수 있으
며, 남북한의 민족문학론은 자유주의와 사회주의 이데올로기의 차이에 의해 분
화된 것이다. 남북한 민족문학론은 민족성과 계급성의 변증법적 통합의 논리를
도출할 필요가 있다. 특히 북한의 '민족적 특성'론에서 민족성과 계급성의 변증

법적 논리 도출은 중요한 성과이다.

1.2. 리얼리즘론

전후 남한의 경우 반공 이데올로기에 의해 리얼리즘에 대한 논의가 극히 소수에 의해서 진행된 반면에, 북한의 경우 식민지 시대 리얼리즘론을 계승하여 깊이 있는 논의가 진행된다. 이런 현상은 이데올로기 선택에 따른 문학론의 전개 양상의 차이에 의해서 발생한 것이다. 남한의 경우 대표적인 리얼리즘론이 '작가적 리얼리즘', '진보적 리얼리즘' '민족적 리얼리즘'인데 반해, 북한의 경우 '고상한 리얼리즘'과 '사회주의 리얼리즘'이다.

> 한 작가의 생명(개성)적 진실에서 파악된 '세계'(현실)에 비로소 그 작가적 리알리즘은 시작 하는 것이며, 그 '세계'의 여율(呂律)과 그 작가의 인간적 맥박이 어떤 문자적 약속아래 유기적으로 육체화 하는데서 그 작품(작가)의 '리알'은 성취되는 것이다.[20]

> 현대적 서사문학이 지향하는 민족적 '리아리즘'은 이러한 역사적 시대정신으로서의 통일된 민족의식을 있는 그대로 반영하며 나아가서 약소민족들이 완전한 자유를 확보해야하고 또한 확보할 수밖에 없으며 그리고 주권의 자립이 계속적으로 수행되면서 있는 이러한 역사적인 관점에서 현실을 파악하고 인식하는 작가의 세계관이 문학속에 구체적으로 반영하고 또한 현실적으로 참여하게 되는 것을 적극 제기하게 되는 것이다.[21]

김동리의 '작가적 리얼리즘' 또는 '본격적 리얼리즘'은 '세계'의 여울과 작가의 인간적 맥박이 어떤 문자적 약속 아래 유기적으로 육체화하는 것에서 작품(작가)의 '리얼'이 성취되는 리얼리즘이다. 주관과 객관의 합일을 강조하는 그의 리얼리즘 논리는 낭만적 사고 방식이지만, 정확하게는 주관과 객관의 분리에서

---

20) 김동리, 「나의 소설수업 - '리알리즘'으로 본 당대작가의 운명」, 『문장』, 1940. 3, 174면.
21) 최일수, 「현대문학과 민족의식 - '헤밍웨이'의 순수감각비판」, 『조선일보』, 1955. 1. 12.

합일 지향하는 것이 아니라 주관과 객관의 조화와 통일의 원리를 기반으로 하는 동양의 유기론적 사고 방식이다. 그의 리얼리즘은 현실의 객관적 반영 원리를 기반으로 한 것이 아니라 유기론적 사유를 바탕으로 한 것이다. 그의 '작가적 리얼리즘'은 역사성을 배제한 '운명' 탐구를 통한 생의 절대성을 추구하는 문학론의 창작 방식이다. 그의 리얼리즘은 현실을 반영을 한다는 점에서는 리얼리즘의 속성을 가진 것이지만, 그 현실이 객관적 현실이 아니라 작가의 주관에 의해서 가공된 현실이란 측면에서 추상성을 면하기 어렵다. 따라서 그의 '작가적 리얼리즘'은 '추상적 리얼리즘'이라고 재규정할 수 있다. 이 추상적 리얼리즘은 유기론적 사유방식을 기반으로 한 낭만주의이며, 객관적 현실의 반영이나 진보성과 역사성을 무화시킨 리얼리즘이다.

전후 최일수의 '민족적 리얼리즘'은 작가의 민족적인 세계관의 정당한 반영과 현실의 올바른 반영, 역사적 시대정신인 민족의식을 있는 그대로 반영할 것과 약소민족의 자주성 확립에 역점을 둘 것, 문학예술의 형상적 본질을 정확하게 인식할 것 등을 내용으로 하는 리얼리즘이다. 그의 '민족적 리얼리즘'은 작가의 민족 의식이라는 세계관과 객관적 현실을 반영하는 리얼리즘이다. 그의 자연주의적 리얼리즘이란 현실을 있는 그대로 묘사하는 자연주의이며, 그가 강조하는 '민족적 리얼리즘'은 혁명적 낭만주의 또는 낙관적 전망을 형상화하는 사회주의 리얼리즘(변형된 리얼리즘)에 가깝고, 사회주의 리얼리즘에서 강조하는 당파성 대신에 민족의식을 강조하는 리얼리즘이다. 그의 리얼리즘은 객관적 현실의 반영이 아니라 '반드시 있어야 하고 또 있을 수 밖에 없는 현실'의 당위성을 형상화한다는 점에서 현실을 추상화하는 자연주의이다.

해방기 좌파의 리얼리즘은 남한의 진보적 리얼리즘과 북한의 고상한 리얼리즘이다. 남한의 진보적 리얼리즘은 민주개혁의 지향점과 창작방법론의 발전 단계를 복합적으로 고려하여 사용한 용어이며, 북한의 고상한 리얼리즘은 긍정적 인물의 성격 묘사를 고려하여 창안해낸 용어이다.

> 우리가 거족적으로 총역량을 결집해서 싸우고 승리적으로 해결하여야 할 민족적 역사적 과제가 진보적 민주주의의 건설이라는데 있지 안으면 아니되겠다. (……) 민주주의적 과제의 해결을 볼 수 있는 현재의 민족적 과제야말로

이것을 위하여 싸우는 민족의 거대한 꿈과 영웅적인 정신과 함께 정히 민족의
위대한 로맨티시즘이 아닐 수 없기 때문이다.22)

오늘날 새로운 조선문학에 있어 요구되는 새로운 긍정적 전형은 국가와 인
민을 진심으로 사랑하는 민주주의 조국건설을 위하여 헌신적으로 투쟁하는 모
든 낡은 구습과 침체성에서 벗어난 높은 민족적 자신과 민족적 자각을 가진
고상한 목표를 향하여 만난을 극복할 줄 아는, 모든 문제를 해결하는데 있어
서 높은 창의와 재능을 발양하는 고독치 않고 배타적이 아닌, 다른 사람들을
이끌고 용감하게 나아가는 그야말로 김일성장군께서 말씀하신 생기발랄한 민
족적 품성을 가진 그러한 조선사람의 형상을 말하는 것이다.23)

당은 이에서 '고상한 사실주의'의 기본 특성을 밝혀 주었는바, 그 성격과 사
명에 있어서 바로 사회주의적 사실주의를 말한 것이다.24)

본질적으로 사회주의적 사실주의도 동일한 사실주의 형태이며 다만 새로운
력사적인 조건하에 사실주의인 것이다.
그러나 사회주의적 사실주의는 비판적 사실주의를 그대로 새로운 력사적인
조건하에 옮겨 놓은 사실주의는 아니다.
과거의 비판적 사실주의와 불가분리의 유기적 련계가 있다는 것은 그의 착
취제도에 대한 무자비한 폭로, 인민성, 인도주의, 애국주의를 사회주의적 사실
주의가 계승하고 있음을 말하는 것이며 과거의 사실주의를 새로운 조건하에
그대로 옮겨 놓은 것이 아니라 함은 현실을 혁명적인 발전 단계에서 묘사하며
당성을 주장한다는 것을 의미할 것이다.25)

남로당의 진보적 리얼리즘은 혁명적 낭만주의를 내포한 민주변혁기의 변형
된 사회주의 리얼리즘의 형태이다. 김남천의 진보적 리얼리즘이란 자연주의와

---

22) 김남천, 「새로운 창작방법에 관하여」, 조선문학가동맹, 『건설기의 조선문학』, 조선문
    학가동맹 중앙집행위원회서기국, 1946. 6, 168~169면.
23) 안 막, 「민족문학과 민족예술 건설의 고상한 수준을 위하여」(『문화전선』, 1947. 8),
    이선영·김병민·김재용(편), 『현대문학 비평 자료집』1, 태학사, 1993, 243면.
24) 김하명, 「조선 로동당의 문예정책의 빛나는 승리」, 윤세평(외), 『전진하는 조선 문학』,
    조선작가동맹출판사, 1960, 19면.
25) 한형원, 「문학 예술 분야에서 나타난 국제 수정주의적 경향에 반대하여」, 『조선문학』,
    1958. 10, 114면.

혁명적 낭만주의가 기계적으로 결합한 것이며, 진보적 현실을 주관적으로 추상화시키는 위험을 내포한 리얼리즘이다. 한효의 인민연대성과 전형의 원리를 중심으로 한 진보적 리얼리즘은 김남천의 진보적 리얼리즘에 내포된 자연주의의 함정을 벗어난 진전된 면모를 갖고 있지만, 그의 전형의 원리는 혁명적 낭만주의에 귀속됨으로서 현실을 추상화하는 역할을 한다. 북한의 고상한 리얼리즘은 모든 긍정적 계기를 내포하는 혁명적 낭만주의와 고상한 민족적 품성을 가진 긍정적 인물의 성격 묘사를 기반으로 한 리얼리즘이다. 이 고상한 인물이란 필연적으로 주체형 공산주의 혁명가로 변모한다. 이 주체형 공산주의 혁명가란 수령에게 끝없이 충직하고 수령이 개척한 혁명위업수행에 몸바쳐 투쟁하는 공산주의자의 전형이다. 북한에서 1950년대 이후 점차 '고상한 리얼리즘'은 '사회주의적 사실주의'와 동일한 것으로 재규정되어, 해방 후 문학은 '사회주의적 사실주의' 방법에 철저히 입각하여 발전한 것으로 왜곡된다.

북한의 사회주의 리얼리즘은 사회주의 현실의 혁명적 발전과 역사적 구체성을 강조한 리얼리즘이다. 다른 형태의 리얼리즘과 다르게 사회주의 리얼리즘은 프롤레타리아 계급의 계급적 입장에 상응하는 예술창작의 정신적·이념적 전제들로서의 사회주의적 당파성을 요구한다. 북한의 사회주의 리얼리즘은 사회주의와 공산주의를 위한 노동계급의 혁명투쟁이 있는 조건 아래서 발생하는 역사 발전의 합법칙적인 현상이며, 문학 예술의 가장 우수한 전통을 합법칙적으로 계승한 것이며, 문학 예술 발전에서 가장 선진적이고 가장 혁명적인 창작 방법론으로 규정된다. 북한의 사회주의 리얼리즘은 사회주의적 당파성을 바탕으로 한 리얼리즘이다. 전후 북한은 리얼리즘을 역사화(사실주의→비판적 사실주의→사회주의적 사실주의)하고 사회주의 리얼리즘 발생 발전 논쟁을 통하여 신경향파 문학과 카프 문학에 대한 공식적인 입장을 정리한다.

■ 남북한의 리얼리즘론

```
┌ 남한의 리얼리즘론 ┬ 작가적 리얼리즘론 : 창조성 + 유기론적 세계관
│                  ├ 진보적 리얼리즘론 : 진보성 + 혁명적 낭만주의
│                  └ 민족적 리얼리즘론 : 민족성 + 혁명적 낭만주의
└ 북한의 리얼리즘론 ┬ 고상한 리얼리즘론 : 진보성 + 혁명적 낭만주의
                   └ 사회주의 리얼리즘론 : 당성 + 혁명적 낭만주의
                              ↓
남한 ┬ 작가적 리얼리즘론 : 낭만주의 + 유기론적 세계관
     │                   → 추상적 리얼리즘론
     ├ 진보적 리얼리즘론 : 자연주의 + 혁명적 낭만주의
     │                   → 변형된 사회주의 리얼리즘론
     └ 민족적 리얼리즘론 : 자연주의 + 혁명적 낭만주의
                         → 변형된 리얼리즘론
북한 ┬ 고상한 리얼리즘론 : 자연주의 + 혁명적 낭만주의
     │                   → 변형된 사회주의 리얼리즘론
     └ 사회주의 리얼리즘론 : 리얼리즘 + 혁명적 낭만주의
                           → 사회주의 리얼리즘론
```

　　작가적 리얼리즘론은 전형의 원리나 총체성의 개념에 따른 것이 아니라 유기론적 세계관을 바탕으로 하여 작가의 창조성을 강조한 추상적 리얼리즘론이다. 진보적 리얼리즘이나 고상한 리얼리즘은 리얼리즘의 시각 원리에 위배되기에 자연주의에 가깝고, 낙관적 전망이나 혁명적 낭만주의 원리를 반영하기 때문에, 변형된 사회주의 리얼리즘론이다. 민족적 리얼리즘은 반드시 있어야 할 것을 반영하는 혁명적 낭만주의와 당파성 대신에 민족성을 강조하기 때문에 변형된 리얼리즘론이다. 북한의 사회주의 리얼리즘론은 당성과 혁명적 낭만주의 원리를 바탕으로 한 리얼리즘론이다. 특히 전후 시기, 당성은 당파성과 동일한 의미로 사용되지만, 전후 시기를 거치면서 당성은 당파성과 다른 의미로 사용된다. 즉, 전후 시기 이후 사회주의적 경향성이나 사상성인 당파성은 당에 대한 충실성과 수령에 대한 충실성의 개념인 당성의 개념으로 대체된다. 남한이 반공 이데올로기의 영향으로 대부분 리얼리즘에 대한 깊이 있는 인식이 드러나

지 않고 모더니즘에 관한 논의가 집중적으로 행해진 반면에, 북한은 리얼리즘
에 대한 집중적인 검토를 하지만 반리얼리즘적 경향에 대해서는 부정적인 것으
로 평가한다.

남북한의 리얼리즘론을 비교할 때, 북한의 리얼리즘론은 식민지 시대의 리
얼리즘론을 이어 받아 진전된 면모를 보인다. 북한이 리얼리즘을 "구체적이며
역사적인 사회경제적 내용을 가진 개념"26)으로 파악하여 역사의 합목적성을
강조한 리얼리즘의 역사화(리얼리즘→비판적 사실주의→사회주의 리얼리즘)나, 식
민지 시대 사회주의 리얼리즘론의 찬반론을 정리하여 자본주의 사회를 포함하
여 사회주의 승리를 향한 대중투쟁이 전개되고 있는 곳에서 사회주의 리얼리즘
의 예술이 탄생·발전한다고 정리한 점이나, "일반화와 개성화의 유기적 통일
체"27)로 파악하여 진전시킨 전형론 등은 북한의 리얼리즘론의 성과이다.

1.3. 전통론

우리들에겐 돌아갈 전통이 없다. 시대의 문화를 비판하고 균제하는 전통
그것이 없다.28)

문화사 전반에 걸쳐 고스란히 해당하는 얘기겠지만 한국의 문학사를 일별
할 것 같으면 하나의 단절, 단층이 엄존해 있다.29)

'이식 문학론'은 복고주의와는 다른 사상적 근원에서 출발하고 있으나 전통
과 혁신의 관계에 대한 관념론적 입장에 있어서는 동일하며 민족 문화 과정의
합법칙성을 간악하게 위반하고 있는 그 반동적 본질에 있어서도 동일하다. '이
식 문학론'은 민족적 전통에 대한 허무주의적 설교를 조장했으며 '해외 문학파'
기타의 꼬스모뽈리찌즘의 신봉자들에게 영합함으로써 그 반동성을 더욱 구체

---

26) 김민혁, 「사실주의의 개념에 대한 역사적·구체적 이해를 위하여」(『사실주의에 관한
    론문집』, 과학원출판사, 1959), 김성수(편), 『우리 문학과 사회주의 리얼리즘 논쟁』,
    사계절, 1992, 22면.
27) 김명수, 앞의 글, 159면.
28) 이어령, 「우리문화의 반성 - 신화없는 민족」, 『경향신문』, 1957. 3. 14.
29) 유종호, 「현대시의 50년」, 『사상계』, 1962. 5, 304면.

적으로 들어 내였다.[30]

　　전후 남북한의 전통론에서 남한이 전통단절론과 전통계승론의 상반된 관점을 가지고 있는 반면, 북한은 전통단절론을 극복하고 전통계승론의 입장에서 바람직한 전통을 모색한다. 특히 전통에 대한 진전된 면모는 북한의 '민족적 특성'론에서 잘 드러난다. 남한의 경우 신세대 이어령과 유종호 등의 전통단절론의 제기와 달리, 북한은 지속적인 고전문학 연구[31]와 문학사의 합법칙성의 관점에서 이식문학론이나 전통단절론의 극복 논리를 제시한다.

　　부르죠아 문예학자들은 조선 사람들의 민족적 성격을 '풍류'의 정신으로 규정한다. 하나 그것은 근로 대중을 착취하여 한가한 세월을 보내던 무위도식배들에게는 해당한 것인지도 모른다. 그렇다고 하는 것은 '풍류'라는 것은 원래로 현실 도피적인 유흥과 인생은 덧 없다는 사상으로부터 오는 애수의 혼합물이기 때문이다. 이러한 '풍류'가 절대 다수의 조선 사람의 민족적 특성일 수 없다는 것은 말할 것이 없다.[32]

　　부르죠아 민족주의자들, 제국주의 침략에 무릎을 꿇고 있는 제국주의 어용학자들은 항상 민족적 성격을 력사적으로 고정 불변한 것으로 신비함으로써 대중에게 민족 배타주의 사상과 복고주의를 주입시키며 력사적으로 반동화되고 낡고 로쇠한 계급의 성격적 특질들을 과장하고 리상화함으로써 인민 대중의 전진을 저해한다.[33]

---

30) 고정옥, 「해방 후 15년간의 조선 문예학 – 문학사 연구 및 고전 계승 사업을 중심으로」, 『조선어문』, 1960. No.5, 99면.

31) 북한의 고전 문학 연구는 1953년 9월 제1차 전국작가대회 이후 활발한 연구가 이루어지나 1967년 이후 20여 년간 연구가 중단된다. 이후 1986년 7월 김정일이 '조선민족제일주의'를 제창하면서 다시 이 방면에 대한 연구가 논의되기 시작한다. 특히 1950년대 문예 정책의 특징의 하나가 활발한 고전문학 연구이다. 북한은 인민의 고유한 민족적 전통과 민족적 형식을 비판적으로 계승 발전시켜 새로운 내용에 부합하는 민족 고전 연구 사업을 광범위하게 진행한다.

32) 안함광, 「문학의 민족적 특성 해명에서 제기된 몇 가지 문제」, 『문학신문』, 1960. 9. 20.

33) 박종식, 「우리 문학에서 주체의 확립과 민족적 특성」(『조선문학』, 1961. 2), 권순긍·정우택(편), 『우리 문학의 민족 형식과 민족적 특성』, 연구사, 1990. 260면.

북한은 남한의 전통론에 대하여 계급적인 관점에서 부정적으로 인식하여 비판한다. 북한은 부르주아 민족주의자들이 민족적 성격을 고정불변의 것으로 인식하여 신비화하고, 민족배타주의 사상과 복고주의를 주입시킨다고 지적한다. 북한의 이런 평가는 남한의 구세대가 고정불변의 실체로 민족을 파악하는 관점과 달리 역사적 개념임을 강조하는 입장이다. 남한의 진보적 민족문학론에서 '민족'을 역사적 개념으로 파악하는 입장과 동일하다. 그러나 남한의 전통론이 자유주의 이데올로기를 기반으로 하여 주체성과 고유성에 기반을 둔다면, 북한의 전통론은 사회주의 이데올로기를 중심으로 하여 진보성과 역사성을 강조한다.

> 우리문학의 전통은 향가에서 시조로 흐르는 절충적인 것보다는 춘향전 등의 평민문학에서 정성(定成)되어지는 주체성의 확립과 인간평등의 자유정신의 통일된 정신속에서 찾아볼수 있는 것이다.[34]

> 고전은 한 역사적인 단계위에 놓고 종적으로 고찰되어야 한다. 횡적인 고찰에선 졸작이란 낙인밖엔 있을 수 없는 것도 종적인 고찰에선 귀중한 가치를 제공해 준다. 즉 그것은 현대문학에 그대로 전승되어 온 전통을 밝혀 주고 수성적(隨性的)으로 진행하는 현대문학의 방향과 수정되어야 할 방향을 제시해 주기도 한다.[35]

> 나는 보다 우리의 근대문학이 이미 실학파문학으로 부터 태동되어서 전통 속에 깊숙히 노정되었던 사실을 발굴하는 작업이 긴요하다는 것이다.[36]

남한에서 신세대의 전통단절론과 구세대의 전통계승론은 전통을 재인식하는 방향으로 전개된다. 구세대인 김동리나 조연현의 전통주의나 동양주의는 지방주의나 풍속주의이다. 이어령은 구세대의 전통관을 반전통주의라고 비난하지만, 그의 주장은 주체적 인식 결여라는 점에서 추상적 세계주의나 보편주의

---

34) 최일수, 「우리문학의 현대적 방향 - 전통의 올바른 계승을 위하여」, 『자유문학』, 1956. 12, 185~186면.
35) 김우종, 「항거없는 성춘향」, 『현대문학』, 1957. 6, 219~220면.
36) 윤병로, 「전통의 제문제 - 실학과 관련해서」, 『자유문학』, 1959. 3, 294~295면.

의 성격을 갖는다. 특히 신세대의 전통단절론은 자기 인식이나 민족적 주체성의 결여라는 문제점을 갖는다. 이에 대한 비판적 인식으로 드러난 것이 50년대 후반 이후의 전통 부정에 대한 전통을 재인식하고자 하는 여러 논의들이다. 이런 대표적 논의는 평민문학에서 '저항 정신'을 추출하여 이를 계승하고자 한 최일수의 전통론, 고전의 현대적 재해석을 통해 전통의 새로운 국면을 열어 보이려는 김우종의 전통론, 실학파의 문학에서 근대문학의 기점을 잡으려는 윤병로의 전통론 등이다. 그러나 북한과 달리 남한의 전통단절론이나 전통계승론은 한국문학의 '후진성'을 기본적인 전제로 한다는 점에서, 두 인식은 근본적으로 동일하다. 전통의 발견이나 민족문학의 연속성을 강조하는 입장은 근대 따라잡기의 함정에 자유롭지 못하다.

> 문학 형식에서 민족적 특성을 나타내기 위해서는 우선 맑스―레닌주의 미학 원칙에 의거하여 우리 나라의 민족적 특성과 전통을 살리며 오늘 사회주의 도덕의 기초로 되는 조선 인민의 전통적인 우수한 도덕과 례의, 그리고 량속 미풍을 주인공들의 행동에서 구현되도록 하여야 할 것이다.37)

남한이 자기 정체성을 강조하는 입장에서 전통단절론에서 주체적 계승론으로 전개된 반면, 북한은 마르크스-레닌주의 미학의 원칙에 따라 전통론의 범주에 속하는 '민족적 특성'론을 중심으로 논의가 전개된다. 북한은 남한의 전통단절론을 극복하면서 지속적인 고전문학연구나 '민족적 특성'론을 통하여 바람직한 전통에 대한 집중적인 논의를 한다. 특히 북한은 사회주의 미학에 입각하여 바람직한 전통인 혁명적 전통을 모색한다. '민족적 특성'론은 민족적인 것과 계급적인 것의 관계에 대한 논의가 핵심적인 것이다. 북한은 '민족적 특성'론을 통하여 조선 인민의 새로운 민족적 성격 속에 형성된 과거의 우수한 전통을 밝히고 이를 우리 시대의 새 인간인 전형의 창조에 유기적으로 결합시킬 것을 강조한다. 북한은 '민족적 특성' 논쟁을 통해 훌륭한 전범으로 따라야 할 전통과 긍정적 주인공들을 창조해 낸다. 이 논쟁은 민족적인 것과 계급적인 것을 결합

---

37) 류창선, 「문학 형식에서의 민족적 특성 - 18세기 고전 작품을 중심으로」, 『조선문학』, 1958. 11, 138면.

하여 항일무장투쟁 전사를 민족적 공산주의로 설정한다. 북한은 이런 항일무장
투쟁 전사를 이끈 김일성은 최고의 전범이며 따라야 할 유일한 영도자로 설정
한다. 이 민족적 특성론을 거치면서 결국 주체문학론으로 수렴된다. 이는 계급
성의 강조에서 민족성의 강조 방향으로 전환된다. 이와 마찬가지로 남한에서도
신세대의 전통단절론에서 전통을 재인식하는 방향으로 변화한다. 북한이 바람
직한 전통을 민족적인 것과 계급적인 것을 결합하여 '혁명적 전통'을 모색한 반
면에, 남한의 경우는 민족의 주체성을 강조하는 입장에서 고전문학에서 전통을
탐색한다.

> 그것은 민족적인 것과 계급적인 것이 사회-현실적으로 살아서 활동하는(바
> 로 사회-계급적 총체로서의 인간인) 사람들에게 있어서나 그것의 형상적 반영
> 으로서의 문학의 주인공들에 있어서 바로 유기적인 하나 속에 구체적으로 통
> 일되여 존재한다는 진리를 도외시한 표현을 하고 있다는 점에서 그러하다.38)

남한의 전통론에서 조윤제의 '은근과 끈기', 이희승의 '멋', 서정주의 '초연
(超然)', 조지훈의 '고삽미(苦澁美)', 이은상의 '얼과 넋' 등과 같은 전통적 인자를
모색하는 것과 마찬가지로, 북한의 민족적 특성론에서도 성격적 특질을 고정옥
의 '애국주의, 인도주의', 김창석의 '검박성과 담백성, 호상 방조와 상호 부조의
미덕, 외유 내강의 강직한 기질' 등을 나열하는 수준에 머무는 한계를 갖고 있
다. 남북한의 전통론은 각 민족에게 나타나는 고유하고 독특한 것으로만 이해
하려는 편향이 지배적이다. 남한의 전통론은 고전문학 속에서의 전통 찾기나
한국적인 것 찾기에 기반을 둔 것이다. 북한은 민족적 특성이 보편성을 띠면서
도 특수성을 가진 것이라고 지적하면서, 이런 편향을 극복한다. 남한이 민족적
인 고유성에서 전통을 찾는 반면에, 북한은 '민족적 특성'론을 통해서 민족적인
것과 계급적인 것의 변증법으로 인식하려고 노력한다.

특히 북한의 전통론과 관련하여 가장 특징적인 것이 '혁명적 전통'이란 개
념의 제시이다. 북한의 경우 1958년 8월 농업 집단화와 개인 상공업의 국영화
의 완료와 더불어 전 사회의 사회주의적 개조가 일단락된 것과 당의 일원적 지

---

38) 한룡옥, 「민족적 특성에 대한 의견」, 『문학신문』, 1960. 7. 15.

도체계가 성립되면서 항일혁명문학을 혁명적 전통으로 규정한다.

> 그것은 경애하는 수령 김 일성 동지께서 말씀하신 바와 같이 혁명 전통을
> 살리고 계승함으로써 선혈들이 과거 혁명 투쟁에서 승리한 것처럼 우리가 앞
> 으로도 승리할 수 있다는 신심을 매개 사람들에게 굳게 하여 주며 그들에게
> 열렬한 애국심과 혁명적 투지를 북돋아 주기 때문이다. (……) 김 일성 동지
> 를 선두로 한 공산주의자들에 의하여 쌓아 올려진 혁명 전통은 어제와 오늘에
> 있어서는 물론, 래일에 있어서까지도 아니 영원히 혁명 력량의 근간으로, 전
> 진 운동의 원동력으로 될 것이다.[39]

> 수령의 형상은 우리 문학의 내용을 더욱 심화시켰으며 문학의 사상 정서적
> 교양의 기능을 무한히 제고시켜 주었다. 그것은 수령의 형상을 묘사한다는 사
> 실 자체가, 탁월한 령도자, 지도자일 뿐 아니라 가장 인간적이며 가장 견실한
> 공산주의자의 전형을 그린다는 것을 의미하기 때문이다.[40]

북한의 대항 민족주의의 논리는 과거혁명투쟁의 전통을 계승하여 인민의
애국심과 혁명적 투지의 고양을 위한 교양적 기능과 적에 대한 저항을 강조하
는 도덕적 논리에 기반을 둔 것이다. 이 대항 민족주의의 전범이 바로 김일성
을 선두로 한 항일무장투쟁의 역사이다. 이 투쟁을 이끈 김일성은 민족적 공산
주의자의 전범이 된다. 김일성은 탁월한 영도자, 지도자이며 가장 인간적이고
가장 견실한 공산주의자의 전형이다. 이 혁명적 전통은 훌륭한 전범인 수령 형
상 창조와 과거, 현재, 미래의 혁명역량의 근간이며 전진 운동의 원동력임을
강조하여, 지배체제의 정당성을 부여하는 효율적인 이데올로기의 역할을 한다.
따라서 북한의 대항 민족주의는 적에 대한 저항의 역사가 북한 체제의 정당성
과 체제 수립의 근거를 부여하지만, 지속적으로 미국이나 남한 정권을 적으로
설정하여 저항할 것을 강조하며, 지배세력의 정책적 고려에 부응한 효율적인
이데올로기로 전락한다.

---

39) 장형준, 「혁명 전통 형상화에서의 사실과 허구, 원형과 전형」, 『조선문학』, 1960. 1,
   119면.
40) 강능수, 「우리 문학에서의 수령의 형상」, 『조선문학』, 1959. 4, 111면.

1.4. 실존주의 문학론

　　실존철학이나 실존주의는 합리적 이성에 대한 불신에서 출발하여, 합리적 이성에서 벗어나 존재와 주체적 존재인 인간에 대한 탐구를 그 핵심으로 한다. 전후 남한의 실존주의는 사르트르나 카뮈의 작품을 중심으로 수용된다. 50년대 중반 이전에는 사르트르가 50년대 중반 이후에는 카뮈가 중심적으로 수용되며, 50년대 후반에는 다시 사르트르의 참여문학에 대한 관심이 집중되기 시작한다.

　　관념상으로 영원히 존재하는 인간이 아니고 여기 이 세상에 서로 운명과 싸워가는 인간들이다. 그것은 부조리인간이며 반역인간이다. 자유인간이다. 자유이기에 반역하며, 인간적 반역반역에서 절도가 나온다. 절도는 반역에서 나오며, 반역에 의해서 생명을 가진다.41)

　　이렇듯 절망에서 출발한 행동주의건만, 문학사상에 획기적인 전환을 가져 왔다는 사실을 주목하지 않을 수 없다. 첫째 그것은 문학을 담배 연기 자욱한 실내에서 넓은 세계로 해방시켰다. 둘째로 절망에서 출발했고, 항시 생사의 접경을 넘나드는 행동세계를 무대로 하는 이상 그것은 끊임없이 인간의 근본 조건과 운명에 대면하는 문학이 아닐 수 없다. 셋째로 따라서 문학은 이미 미학적 위안이나 흥미거리가 아니고 인간총체에 대한 산 '증언'이다. 이것을 매우 중대한 일이다.42)

　　전후 프랑스문학 전공자들은 사르트르나 카뮈의 인간존재에 대한 탐구를 중점적으로 검토하여 긍정적으로 수용한다. 손우성은 사르트르를 중심으로 하여 실존주의를 일종의 결정론적 인생관으로부터의 생명주권 회복에 대한 기도 (企圖)로 파악하며, 50년대 후반 카뮈를 중심으로 하여 카뮈의 인간이란 부조리 인간이며 반역인간이며 자유인간임을 강조하여 긍정적으로 평가한다. 김붕구는 행동주의 문학을 인간 총체에 대한 산 '증인'의 문학이라고 긍정적으로 평

---

41) 손우성, 「부조리 인간 - 까뮤의 사상적출발」, 『자유문학』, 1958. 1, 153면.
42) 김붕구, 「실존주의문학」, 『사상계』, 1958. 8, 73면.

가한 반면, 사르트르의 참여적 경향에 대해서 부정적으로 비판한다. 그는 행동
주의 문학을 휴머니즘과 연결시키고 휴머니즘 재건의 길을 역설한다. 남한의
전후 문학에서는 인간 탐구가 중심적인 관심사였고, 이 인간 탐구의 표본으로
실존주의 문학이 유행한다. 인간 탐구의 가장 중요한 것이 바로 휴머니즘이다.
프랑스문학 전공자들의 실존주의 탐구란 주로 휴머니즘과 관련하여 실존주의
를 긍정적으로 수용한다. 이런 전후 실존주의 수용은 전후 세대의 사상적 탈출
구의 역할을 하지만 정치의식의 거세를 의미하는 것으로 지배체제의 억압을 승
인하고 공고화하는 역할을 한다.

> 우리 문단에 그러한 요소가 새로운 풍조로서 영향을 끼친것만은 사실이었
> 다. 그리고 또한 그것이 독자들사이에 충분히 소화되지 못했다할지라도 무서
> 운 힘으로써 도시지식층과 또한 그러한 성분의 젊은 현대작가들에 의하여 병
> 리적으로 영합되었다는 것만도 사실인 것이다.43)

> 실존주의는 철저한 개인주의에서 출발해서 그것이 세계의 본연의 존재방식
> 임을 증명하고 그 개인들의 불안과 절망을 타당화시키기 위하여 그것은 인간
> 과 세계(동일한 것이지만)의 본질적인 바탕으로서 세상은 부조리와 불안의 거
> 대한 기업체의 순환이며 생활이란 부조리의 확대 재생산에 불과하다고는 것을
> 지적하고 있다.44)

이에 반해 최일수나 정태용과 같은 진보적 민족문학론을 주장하는 비평가
들은 실존주의를 부정적으로 평가한다. 그들은 전후의 절망, 불안, 허무, 죽음
등을 유행시킨 세계적 유행사조로서 실존주의를 비판한다. 실존철학이나 실존
주의의 본질에 대한 비판이라기보다 한때의 세계적 유행사조인 실존주의를 비
판한다. 최일수는, 실존주의가 자유주의적 사상을 가진 도시지식인이 혼란과
개방의 전환기에 있어서 정치적 종교적 절망 중에서 사회와 현실에서 분열되
어, 현존 가치와 전통을 일체 부정함으로써 인간성을 일방적으로 옹호하려는
니힐리즘(nihilism)의 한 경향으로 파악한다. 그의 실존주의 비판은 니힐리즘

---

43) 최일수, 「실존문학의 총화적 비판 – 하나의 서론적 고찰」, 『경향신문』, 1955. 4. 13.
44) 정태용, 「실존주의와 불안 – 불안의 심리적 형상과 극복」, 『현대문학』, 1958. 9, 226면.

의 불안과 동요를 극단적인 내면화에서 파생된 병리적인 현상에 대한 것이다. 정태용은 실존주의가 철저한 개인주의자들의 고민, 불안, 절망을 타당화시키려는 절망적인 노력의 대표적 증상이라고 비판한다. 이들의 주장은 실존주의의 사상 체계를 비판한 것이 아니라 세계 유행사조로 풍미한 실존주의를 비판한 것이다. 결국 그들의 비판이란 민족문학의 관점에서 실존주의의 병리적인 면과 정치성 결여에 대한 비판이다. 이는 신세대의 세계주의나 보편주의적 경향에 대한 비판적 기능을 수행한다.

> 악명 높은 프로이드주의, 실존주의 '이론'에 기초하고 있는 남반부 문학 예술에서의 살인과 란륜을 자행하는 패덕적인 성격 파산자들이 바로 인민의 건전한 정신과 그들의 계급 의식을 말살하기 위한 것임을 구태여 설명할 필요도 없다.45)

> 미제가 류포하는 각종 부르죠아 반동 미학 중에서 가장 허위적이며 침략적인 존 듀우위의 실용주의 미학을 비롯하여 실존주의 미학, 모더니즘 기타들인 바 이것들은 오늘 남조선에서 사실주의 문학을 반대하고 미제의 침략을 합리화하는 데 직접 간접으로 복무하고 있다.46)

> 실존주의 문학은 바로 20세기 초 이 같은 자본주의 데카당 문학의 한 류파이다. (……) 주관적 관념론의 한 변종인 실존주의 철학은 실용주의 철학과 함께 객관적 세계의 발전 법칙을 부인하고 진리의 척도를 인간의 자의적인 주관에서 찾는다. 따라서 실존주의 철학은 과학과 리성을 부인하고 현실의 본질 파악을 인간 '량심'에 호소한다. 그에 의하면 인간 의식은 객관적 현실의 반영인 것이 아니라 인간 자체에 고유한 '고민', '불안', '절망' 의식으로 특징화된다는 것이다.47)

북한의 남한문학론에 대한 기본적인 인식은 사실주의 문학을 반대하고, 썩

---

45) 최탁호, 「해방 후 문학 예술에서 레닌적 당성 원칙을 위한 당의 투쟁」, 『조선어문』, 1960. No.5, 85면.
46) 박종식, 「남조선에서 미제가 류포하는 부르죠아 반동 미학의 본질」(1957), 『새 시대의 문학』, 조선문학예술총동맹출판사, 1964, 267면.
47) 위의 글, 278면.

어빠진 실존주의 미학, 모더니즘과 같은 미 제국주의자의 침략을 합리화하는데 복무하는 미학이라는 것이다. 이런 점은 북한 문학론이 '반제국주의 기획'을 바탕으로 한 리얼리즘의 옹호와 반리얼리즘의 비판이라는 기본적인 구도를 선명하게 보여준다. 이런 인식의 연장선상에서 북한에서 파악하는 "주관적 관념론의 변종"48)인 실존주의는 미 제국주의가 유포하는 각종 부르주아 반동 미학 중에서 가장 허위적이며 침략적인 미학 이론 중에 하나로 비판을 받는다. 북한은 유물론의 관점에서 주관적 관념론의 변종으로 실존주의를 파악하고, 제국주의의 반동성을 드러낸 것으로 비난한다.

박종식은 실존주의가 자본주의 데캉당스 문학의 한 유파로 객관적 세계의 발전 법칙을 부인하고 인간의 진리 척도를 자의적인 주관에서 찾는 것으로 파악한다. 그는 실존주의 미학을 ① 제국주의에 복무하는 반동성, ② 인간 비극의 찬미, ③ 전통에 대한 허무주의 등으로 비판한다. 그의 비판은 실존주의가 제국주의에 복무하는 반동성의 본질을 드러내어, 인간 비극을 찬미하여 생활의 전망과 인간의 미래에 대한 허무주의를 유포시키고, 과거의 전통을 말살하여 서구의 데카당 문학을 이식하고 모방하고자 하는 점이다. 이는 마르크스-레닌주의 세계관을 반대하고 제국주의 침략자에게 유리한 고민, 불안, 절망, 공포를 유포시키며 프롤레타리아계급의 혁명 투쟁을 약화시키는 작용을 하는 것이다. 결국 실존주의란 가장 허위적이고 침략적인 부르주아 반동 미학이다.

> 실존주의 미학자들의 해석에 의하면 인간이란 본래 '고독한 비극적 존재'로서 그에게 고유한 불안과 절망에 의하여 '본래의 자기'로 돌아 가야 하며 또 그러는 곳에 인간 존재의 면목이 있다는 것이다. (……) 실존주의 미학의 이러한 설교의 영향 밑에 오늘 남조선이 출판물들에는 변절분자, 배신자, 살인자, 강도, 자살자, 정인 병자, 매춘부 등 삶에 대한 불안과 절망에 빠진 인간들을 긍정적 주인공의 옷을 입혀 등장시키고 있는 썩어빠진 문학 산물들이 꼬리를 달고 나타나고 있다.49)

---

48) 박영근, 「인간 증오를 설교하는 실존주의 문학」, 『문학신문』, 1963. 1. 8.
49) 계 북, 「불안과 고독과 절망의 문학」, 『문학신문』, 1958. 3. 13.

  사변후 우리 문단에서도 실존주의 문학을 중심으로 많은 논의가 거듭되어 왔다. 처음에는 난해하다는 평, 다음에는 분명하지 못하다는 평, 그 다음에는 나온 것이 인간에 대한 신뢰를 잃어버린 불안과 절망의 문학이며 도덕과 윤리에 배반된다는 평이 나왔다. 이 평은 실존주의 문학에 대한 어느 정도의 이해가 되어진 이후의 비평이다. 이 비평이 정당한 평이라 가정한다 하더라도 이것은 예술과 도덕의 차원을 이해못하는 평론이 아니면 완고한 도덕자형의 문화정책가가 할수 있는 평이다. 그 다음에 전쟁후의 병들은 서구 중산 지식인의 이데오로기와 의식의 표현이며 자본주의 문명의 말기적 현상이라는 논의가 나왔다. 물론 타당한 것이다. 그러나 이것은 인간정신과 예술을 사회구조의 반영이라고 보는 맑스주의 문학의 비평이 아니면 사회심리학자나 문화사가 추구할 영역이다.50)

  남한의 전후 절망, 불안, 허무, 죽음 등을 유행시킨 것이라는 비판과 마찬가지로 북한에서도 실존주의는 이와 같은 것을 유포시키는 미학이론이라는 시각이다. 남북한의 실존주의를 바라보는 기본적 관점은 극단적인 내면화에서 파생된 개인주의라는 관점은 유사하지만, 남한의 인간 탐구라는 측면에서 휴머니즘을 지적하거나 허무주의 극복을 위한 저항정신을 강조한 반면, 북한은 마르크스-레닌주의의 관점에서 제국주의에 복무하는 반동성을 비판하며, 도덕적 인간주의의 관점에서 실존주의의 퇴폐성을 비난한다.

  남북한의 허무주의, 자살, 죽음 등을 조장한다는 평가는 실존철학이나 실존주의와 관련된 것이라기보다 실존철학의 속류화 형태인 세계적으로 유행한 사조적 측면에서 파악한 비판에 가깝다. 사르트르는 인간의 자유가 획득된 자유가 아니라 인간조건으로 인해 운명 지어진 것이며, 이런 인간이란 본래 고독한 존재이므로 고독과 허무를 극복하기 위해서 자신의 실존 속에서 스스로 창조해야만 한다고 지적한다. 사르트르는 『구토』에서 로캉텡이 한 권의 책, 되도록이면 한 권의 소설을 쓰리라는 희망에 의해 구토를 물리치고 문학에 의한 구원 가능성을 제시한다. 카뮈의 『이방인』에서 뫼르소가 부조리 인식을 통해서 세계의 애정어린 무심함(tendre indifférence)에 마음을 열었기에 행복에 도달한 것이다. 따라서 "부조리의 인간은 자살하지 않을 것이다. 그는 자기가 그 어

─────────────────────────────

50) 이교창, 「인간존재의 탐구 ─ 싸르트르 「구토」론」, 『문학예술』, 1956. 12, 174~175면.

떤 확신도 포기하지 않으며 내일도 희망도 없이 그렇다고 체념하지도 않으면서 살고자 한다. 부조리의 인간은 반항 속에서 자기 자신을 긍정한다. 그는 정열로 가득 찬 주의를 기울여서 죽음을 응시하는데 바로 그 집요한 응시가 그를 해방한다."51) 실존주의는 허무나 자살을 조장하는 것이 아니라 그 극복 가능성을 제시한다. 지나친 남북한의 평가는 실존주의의 본질에 대한 평가라기보다는 시대적 유행에 대한 평가일 뿐이다.

> 그것은 실존주의 사상이 현존 착취 사회와 미제 식민지 통치에 대한 타협과 복종을 설교하며 미제와 그 주구들에 대한 노예적 순종을 합리화하기 때문이다.52)

북한의 실존주의에 대한 평가란 반제국주의 기획의 일환으로 반동미학 비판을 통하여 사회주의 미학의 확립이라는 긍정적인 면을 갖지만, 존재와 주체적 존재인 인간에 대한 탐구나 구원 가능성의 제시라는 본질적인 측면을 간과하고 실존주의를 사상적 도덕적인 관점에서 퇴폐문학이라는 규정은 과도한 평가이다. 특히 북한의 실존주의 평가란 도덕적 인간주의 시각에서의 비판이며, 모든 것을 계급적 관점에서 파악하는 계급환원주의에 의한 오류이다. 남한의 평가도 실존주의가 "제국주의의 해외침략을 위한 사상문화적 침투의 중요한 수단의 하나"53)라는 점을 간과하고 있다. 즉, 남한의 실존주의의 유행은 반공 이데올로기를 내면화하는 역할을 하며, 전후의 정신적 탈출구의 기능을 한 세계주의나 보편주의에 대한 허상을 반영한 것이다. 따라서 실존주의에 대해서, 남한은 휴머니즘의 옹호라는 긍정적인 평가와 허무주의라는 부정적인 평가가 동시에 제시된 반면, 북한은 제국주의에 복무하는 반동성과 퇴폐문학이라는 부정적 평가만 존재한다. 특히 남한의 실존주의의 유행과 북한의 실존주의 비판은 남한의 '세계주의'나 '보편주의'의 허상과 북한의 '국제주의'의 허상을 동시에 드

---

51) J. P. Sartre, 「『이방인』 해설」, 김화영(편), 『카뮈』, 문학과 지성사, 1978, 44면.
52) 박영근, 앞의 글.
53) 박종식, 「실존주의문학사조의 반동적 본질」(1975), 『문학사조와 작가정신』, 평양출판사, 1993, 91면.

러낸다.

2. 남북한 문학론의 '근대성'

근대 철학은 "나는 생각한다, 그러므로 나는 있다"[54]라는 명제에서 시작된다. '나'는 명석하고 판명하게 사고하는 주체로 정립되고, 이 주체가 존재의 근거가 된다. 이 주체의 정립은 대상을 배제하는 역할을 한다. 의식적인 주체가 모든 것의 출발점이 된 시대가 바로 근대이다. 이 시대는 이성적 주체에 의한 진리 탐구의 길이 열린 시대이다. 근대성의 제도적 측면에서 주체가 프롤레타리아를 제외한 부르주아 계급이며, 의식적 측면의 주체란 계급을 무시한 '나'라는 이성적 개인이다. 헤겔주의로 말해지는 근대성이란 이성적 주체인 인간에 대한 믿음과 지속적인 진보로 연결되는 역사 흐름의 강조이다.

근대세계에 대한 기본적인 이야기는 19세기 중엽 이전에 이미 아주 확고하게 자리잡았다. (……) 이 기본적인 이야기는 무엇인가? 그건 비교적 단순하다. 옛날옛적에 유럽은 봉건적이었다. 그것은 '암흑시대'였다. 대부분의 사람들은 농민들이었고, 대부분의 농민들은 많은 땅을 소유한 영주들에게 지배당했다. (어떻게 그리고 정확히 언제인가는 여전히 논란거리이지만 여하튼) 어떤 과정을 통해 중간계층들이 나타났으며, 이들은 주로 도시주민이었다. 새로운 사상이 등장하거나 재등장했으며(일종의 르네상스), 경제적 생산이 팽창하고 과학과 기술이 번창하였다. 이는 마침내 '산업혁명'을 불러일으켰다. 이 거대한 경제적인 변화와 더불어 어떤 정치적 변화가 일어났다. 부르조아지가 이런저런 식으로 해서 귀족계급을 타도했고 그 과정에서 자유의 영역을 확장시켰다. 이 모든 변화들은 함께 진행되었다. 하지만 그것들이 모든 곳에서 동시에 일어난 것은 아니었다. 어떤 나라들은 다른 나라들보다 먼저 진보를 성취했다. 이 선두다툼에서 가장 촉망받는 후보자는 진작부터 영국이었는데, 이는 세계경제에서 영국이 거머쥔 헤게모니의 후광 밑에서 움터나온 신화의 맥락으로 봐도 자연스러운 것이었다. 다른 나라들은 더 '후진적'이거나 덜 발전된 상태였다. 하지만 이 이야기 바탕에 깔린 기본적인 낙관론에 비추어볼 때 전혀

54) R. Descartes, 「방법서설」, 『방법서설 · 성찰 · 데까르뜨 연구』, 최명관(역), 서광사, 1983, 30면.

낙담할 이유가 없었는데, 왜냐하면 뒤처진 국민들은 앞장선 또는 진보적인 국민들을 모방할 수 있었기(또 모방해야 하기) 때문이며, 그럼으로써 같은 진보의 열매들을 또한 맛볼 수 있었기(또 맛보아야 하기) 때문이었다.[55]

월러스턴은 '구성신화' 또는 '근대 세계의 연극'이 바로 우리가 바라보는 '정상적인' 근대의 모습이라고 지적한다. 현재 우리의 지배적인 구성신화는 3가지 오류, 즉 ① 근대 국가를 분석단위(사회 행위의 장)의 원초적인 단위로 설정하는 것(근대국가들은 역사발전이 진행되어온 원초적인 틀이 아니라 자본주의 세계 경제내의 일련의 사회제도이다), ② 등장 인물의 배역이 이중으로 허위 조작된 것(부르주아와 프롤레타리아의 관계는 형식상 성격상 고정되어 있는 것이 아니라 상대적인 관계 속에서 정의된 것이며, 부르주아와 귀족은 서로 대비되는 독자적인 배역이라는 것은 분명한 사실이 아니며, 프롤레타리아와 농민의 관계도 이와 마찬가지이다), ③ 무엇보다도 기본 줄거리가 잘못된 점(이 전략은 봉건제에서 자본주의 세계경제로의 이행, 즉 직접 생산자로부터의 잉여착취가 낡은 체제에서 그랬던 것보다 좀더 간접적이고 표면에 잘 드러나지 않는 또 다른 생산양식을 채택하는 것이다) 등[56]을 갖고 있다. 따라서 헤겔과 마르크스의 논리를 기반으로 한 근대성을 이성에 의한 바람직한 사회 건설의 믿음으로 규정할 수 있고, 월러스턴의 '근대 세계의 연극'을 바탕으로 하여, 이 근대성의 이성이나 진보에 대한 믿음은 허구에 불과하다. 이런 논리를 인정한다면 근대성을 '진보의 신화'로 규정할 수 있다.

따라서 근대의 본질적 특성인 근대성이란 역사가 이성적으로 진행된다는 믿음과 역사의 발전법칙이 자유 개념의 진전으로 파악한 헤겔적 논리의 반영이다. 헤겔의 논리는 민족국가를 긍정하면서, 이 민족주의의 확장된 형태로 나타나는 것이 제국주의이다. 마르크스는 이런 민족성을 바탕으로 하는 민족주의를 비판하면서 주체를 프롤레타리아로 설정하면서 계급성을 강조하여 바람직한 사회의 모습을 제시한다. 따라서 근대성의 본질은 이성, 진보성, 역사성, 민족성, 계급성을 기반으로 한 '진보의 신화'이다. 이런 근대 담론은 근대성, 반근대

---

55) I. Wallerstein, 『사회과학으로부터의 탈피』, 성백용(역), 창작과 비평사, 1994, 71~72면.
56) 위의 책, 73~78면.

성, 전근대성, 탈근대성으로 다양하게 변주된다. 근대 담론이란 다양한 근대성의 역동성에 의해서 성립된 것이며, 자신을 끝없이 혁신하고자 하는 내적 메커니즘의 산물이다.

남북한 문학론의 근대성의 모습을 보면, 먼저 해방기 우파의 민족문학론은 보수성, 영원성, 보편성, 몰역사성을 반영하는 반근대적 속성을 가진 문학론이다. 이에 반해 좌파의 민족문학론은 이성을 기반으로 한 진보성과 역사성을 강조하는 근대적 속성을 가진 문학론이다. 전후 시기 저항문학론은 이성적 사유를 바탕으로 한 몰역사성을 기반으로 한 문학론이다. 보수적 민족문학론은 해방기 우파의 민족문학론의 연장선상에 있는 반면, 진보적 민족문학론은 민족의 주체성을 바탕으로 진보성과 역사성을 기반으로 한 문학론이다. 분석비평론은 과학성이나 객관성을 강조하는 근대성과 보수적 이데올로기를 강조하는 반근대성을 동시에 갖고 있는 문학론이다. 실존주의 문학론은 합리적 이성에서 벗어나 존재와 주체적 존재인 인간에 대한 탐구라는 점에서 근대성의 연속이지만, 개인의 사회적 속성인 개인의 기본적인 인간관계를 부정함에 따라 근대성의 단절의 길을 제시한 문학론이다. 특히 이 문학론은 근대성의 본질인 진보의 신화를 약화시키는 경향이다. 북한의 사회주의 문학론은 마르크스-레닌주의를 기반으로 한 진보성, 역사성, 계급성을 강조하는 문학론이다. 이를 바탕으로 한 반동문학 비판론은 부르주아 근대성을 철저하게 비판하는 형태의 문학론이다.

남북한의 문학론은 기본적으로 근대성을 기반으로 한 근대주의 문학론이다. 근대성의 본질이란 이성, 진보성, 역사성, 민족성, 계급성을 강조하는 '진보의 신화'이다. 전후 남한 문학론이 진보의 신화가 약화되는 방향으로 전개된다면, 북한 문학론은 진보의 신화가 강화되는 방향으로 변모한다. 남한의 산업화 시기는 진보의 신화가 강화되는 방향으로 진행되고, 북한의 주체 시기는 진보의 신화가 약화되는 방향으로 진행된다. 전후 남한은 우파의 반근대주의 문학이 근대주의 문학론으로 변모한 반면, 북한은 좌파의 근대주의 문학론이 점차 시간이 지나면서 주체 시기에 접어들어 반근대주의 문학론으로 변모한다. 전후 시기 북한 문학론이 사회적 근대성에 대한 거부를 통한 전망의 제시라는 리얼리즘적 관점에서 성립된 것이라면, 남한 문학론은 사회적 근대성의 비판을 통한 자본주의 사회에 대한 역겨움을 드러낸 모더니즘 방식에서 성립된 것이다. 긍정적이든 부정적이든 남한의 비평은 우파의 반근대주의 문학론의 지양 형태로 진행된 것이 전후 근대주의 문학론이며, 북한의 비평이란 좌파의 근대주의 문학론의 발전적 형태로 진행된 것이 전후 근대주의 문학론이다. 전후 시기 이후 남한의 산업화 시기의 비평이 민족문학론이나 민중문학론이라는 근대주의 문학론이 강화되는 방향으로 진행된다면, 북한의 주체 시기 비평은 근대주의 문학론의 지양 형태로 '사회정치적 생명체'를 강조하는 반근대주의 문학론으로 변모한다.

결 론

전후 남한의 문학론이 '다원적 제한성'의 개념으로 접근할 수 있다면, 북한의 문학론은 '제한적 다원성'의 개념으로 설정된다. '다원적 제한성'이란 다양한 문학론의 전개라는 점에서 다원적이지만 집중적이고 깊이 있는 검토가 되지 않고 제한된다는 점에서 표현된 용어인 반면, '제한적 다원성'이란 제한적인 문학론의 전개이지만, 제한성 속에서 다양하고 집중적인 검토가 이루어진다는 점에서 표현된 용어이다. 남한의 경우 저항문학론, 민족문학론, 분석비평론, 실존주의 문학론 등의 다양한 문학론이 전개되지만 깊이가 몰각되어 '보편주의'나 '세계주의'의 허상을 드러낸다. 북한의 경우는 사회주의 문학론이라는 제한된 문학론이 전개되지만 사회주의 미학에 대한 전반적인 검토와 깊이 있는 논의가 진행되지만, 계급주의 시각에 제한되어 다양한 문학론의 검토가 사장되어 프롤레타리아 '국제주의'의 허상을 드러낸다. 특히 북한은 식민지 시대 문학론의 리얼리즘론을 이어 받아 리얼리즘론의 진전된 면모를 보여준다. 이런 남북한 문학론은 남한의 '반공산주의 기획'과 북한의 '반제국주의 기획'을 기반으로 한 서로의 '일그러진 모습'을 보여주는 거울과 같은 존재이다.

남북한 비평의 각 문학론의 성격과 그 전개 과정을 살펴보면, 전후 시기 비평은 해방기의 좌우파 문단의 민족문학론에 대한 검토의 연장선상에서 시작된다. 해방기 우파 문학론은 영원성, 보편성을 지향하는 순수문학론이 정식화된 반근대주의 문학론이다. 이들 문학론은 동양적 사유인 유기론적 사고를 기반으로 한 몰역사성을 특징으로 하는 순수문학론이다. 따라서 우파 문단의 반근대주의 문학론이란 실상은 전근대적주의 문학론이다. 이들의 문학론은 근대 기획이 파생시킨 모순 극복을 전제로 한 근대적 반근대주의 문학론이다. 좌파 문단의 문학론은 남로당의 '근대적 민족문학론'과 북로당의 '진보적 민족문학론'으로 구분할 수 있다. 남로당의 '근대적 민족문학론'은 프롤레타리아트를 중심으로 하여 농민, 지식인, 도시 소시민의 전 근로인민을 주체로 한 인민 민주주의 민족문학론이다. 임화나 이원조의 인민적 민주주의 민족문학론은 '민족문학=계급문학'의 논리를 도출한다. 한효나 안막이 제시한 민족문학론은 가장 진보적인 계급인 프롤레타리아 계급을 주체로 한 계급성에 기초한 프로문학론이다. 북로당계열의 안함광의 '진보적 문학론'은 인민대중의 진보적 민주세력인 프롤레타리아를 중심으로 진보적 민주주의 내용을 민족적 형식으로 표현하는 문학론이다. 안함광의 진보적 민족문학론과 이원조의 근대적 민족문학은 '민족문학=계급문학'의 논리를 도출된다. 이들 민족문학론은 민족문학의 이념적 성격이나 구체적인 내용에 있어서는 일치한다. 임화나 이원조가 민족성에서 계급성의 방향으로, 안함광이 계급성에서 민족성의 방향으로 접근하여 도출한 것이 '민족문학=계급문학'의 논리이다. 이 접근 방향의 차이는 남북한 사회의 현실적 상황에 기인한다. 이런 좌파의 문학론은 근대가 상정한 이성과 진보를 바탕으로 한 대표적인 근대주의 문학론이다.

해방기 우익의 창작방법론에 대한 구체적인 언급은 없지만, 김동리의 '작가적 리얼리즘'의 연장선상에 있다. 주관과 객관의 합일을 강조하는 그의 리얼리즘 논리는 주관과 객관의 조화와 통일의 원리를 기반으로 하는 동양의 유기론적 사고 방식이다. 그의 '작가적 리얼리즘'은 역사의 진보성을 배제한 '운명' 탐구를 통하여 생의 절대성을 추구하는 문학론의 창작 방식이다.

좌익의 창작방법론은 남한의 진보적 리얼리즘과 북한의 고상한 리얼리즘이다. 남한의 진보적 리얼리즘은 민주개혁의 지향점과 창작방법론의 발전단계를 복합적으로 고려하여 사용한 용어이며, 북한의 고상한 리얼리즘은 긍정적 인물의 성격 묘사를 고려하여 만들어낸 용어이다. 김남천의 진보적 리얼리즘은 혁명적 낭만주의를 내포한 민주변혁기의 변형된 사회주의 리얼리즘의 형태이다. 그의 진보적 리얼리즘이란 자연주의와 혁명적 낭만주의가 기계적으로 결합한 것이다. 한효의 인민연대성과 전형의 원리를 중심으로 한 진보적 리얼리즘은 김남천의 진보적 리얼리즘에 내포된 자연주의의 함정을 넘어선 보다 진전된 면모를 갖고 있지만, 그의 전형의 원리는 혁명적 낭만주의에 귀속됨으로서 현실을 추상화한다. 북한의 고상한 리얼리즘은 모든 긍정적 계기를 내포하는 혁명적 낭만주의와 고상한 민족적 품성을 가진 긍정적 인물의 성격 묘사를 기반으로 한다. 이 고상한 인물이란 필연적으로 주체형 공산주의 혁명가로 변모한다.

전후 남한의 문학론은 저항문학론, 민족문학론, 분석비평론, 실존주의 문학론 등의 다양한 전개 양상을 보여준다. 저항문학론은 구세대 비판과 신세대 옹호의 논리와 전통단절론을 반영한 문학론이다. 신세대의 구세대 비판과 전통단절론은 자기 정체성에 대한 사유의 결여를 보여준다. 그들의 논리란 '한국적=전근대적', '서구적=근대적'이라는 한국문학의 낙후성에 대한 인식과 한국문화 비판의 논리이다. 결국 신세대의 이런 주장은 서구의 '선진' 문학 수용이라는 추상적 세계주의의 허상을 보여준다. 신세대의 새로운 근대성이란 바로 몰역사성을 기반으로 한 신세대의 세계주의나 보편주의의 허상이다. 이 허상의 비판이 자기 정체성 확인을 통한 전통의 재인식이다.

남한의 민족문학론은 김동리의 순수문학론이 재생산된 인간주의적 문학론과 같은 보수적 민족문학론과 이 문학론을 비판한 진보적 민족문학론이다. 최일수의 진보적 민족문학론은 민족의 주체성을 바탕으로 한 이념 대립과 분단의 현실상황 극복을 위한 통일지향적 민족문학론이다. 보수적 민족문학론에 반해 그의 진보적 민족문학론은 구체적인 역사성을 기반으로 한 문학론이다. 그의 진보적 민족문학론은 역사의 '주체' 개념이 애매하며, 구체적인 역사 분석도 피상적이라는 점에서 좌파의 민족문학론에서 후퇴한 것이지만, 남한의 1970년대 이후의 민족문학론에서 제기된 '분단문학론'이나 '제3세계문학론'의 이론적 맹아를 찾을 수 있다. 그의 진보적 민족문학론은 1970년대 이후의 남한의 진보적 민족문학론의 실질적인 기원의 역할을 하며, 남한의 대표적인 근대주의 문학론이다. 최일수의 민족적 리얼리즘은 작가의 민족 의식이라는 세계관과 객관적 현실을 반영한 리얼리즘이다. 그가 강조하는 '민족적 리얼리즘'은 혁명적 낭만주의 또는 낙관적 전망을 형상화하는 사회주의 리얼리즘(변형된 리얼리즘)에 가깝고, 사회주의 리얼리즘에서 강조하는 당파성 대신에 민족의식을 강조하는 리얼리즘이다. 그의 리얼리즘은 객관적 현실의 반영이 아니라 '반드시 있어야 하고 또 있을 수 밖에 없는 현실'의 당위성을 형상화한다는 점에서 자연주의이다.

분석비평론은 대학의 지적 풍토에 의해서 수용되고, 한국 문단의 비과학적인 비평적 경향에 대한 비판의 기능을 한다. 특히 이는 대학에서 문학을 전공한 비평가들의 등장과 인상주의나 감상주의적인 막연한 관념적 비평적 경향에 대한 비판적 기능으로, 과학적이고 분석적인 비평의 수립이라는 문제 의식에서 소개된 것이다. 이 비평은 과학성이나 객관성을 강조하는 근대성과 보수성으로 말해지는 반근대성을 동시에 갖고 있다. 그러나 남한의 분석비평론은 과학성, 객관성에 대한 인식만 드러나지 그 세계관의 보수성에 대한 인식은 없다. 결국 남한의 분석비평론은 과학성, 객관성이라는 근대적 측면에 대한 인식은 있지만, 보수성이라는 반근대적 측면에 대한 인식은 거의 없다. 이는 주체적 자각을 통한 '정체성'을 확인도 없이 분석 비평적 방법론의 유입이란 보편주의나 세계주의의 허상의 다른 이름이다. 뉴크리티시즘의 세계관에 대한 깊이 있는 검토의 결여란 근대 따라잡기인 서구화를 지향하는 보편주의나 세계주의의 허상일 뿐이다. 또한 이 비평에 대한 관심은 이념적 중립성이나 거리두기, 이데올로기에 대한 혐오증과 관련되지만, 실질적인 의미에서는 반공 이데올로기의 자기 내면화에 해당된다.

전후 실존주의 문학론은 전후 정신적 황폐화와 휴머니즘 긍정의 논리를 동시에 보여주는 문학론이다. 실존철학이나 실존주의는 합리적 이성에 대한 불신에서 출발하여, 합리적 이성에서 벗어난 존재와 주체적 존재인 인간에 대한 탐구를 핵심으로 한다. 전후 프랑스문학 전공자들은 사르트르나 카뮈의 인간존재에 대한 탐구를 중점적으로 검토한다. 손우성은 사르트르를 중심으로 하여 실존주의를 일종의 결정론적 인생관으로부터의 생명주권 회복에 대한 기도(企圖)로 파악하며, 50년대 후반 카뮈를 중심으로 하여 카뮈의 인간이란 부조리 인간이며 반역인간이며 자유인간임을 강조하여 실존주의를 긍정적으로 평가한다. 김붕구는 행동주의 문학을 인간 총체에 대한 산 '증인'의 문학이라고 긍정적으로 평가한 반면, 사르트르의 참여적 경향에 대해서는 부정적으로 비판한다. 그는 행동주의 문학을 휴머니즘과 연결시키고 휴머니즘 재건의 길을 강조한다. 프랑스문학 전공자들의 실존주의 탐구란 주로 휴머니즘과 관련하여 실존주의를 긍정적으로 수용한다.

　이에 반해 진보적 민족문학론을 주장하는 비평가들은 극단적인 개인주의로 파악하여 부정적으로 평가한다. 그들은 전후의 절망, 불안, 허무, 죽음 등을 유행시킨 세계적 유행사조로서 실존주의를 비판한다. 최일수는 실존주의가 자유주의적 사상을 가진 도시지식인이 혼란과 개방의 전환기에 있어서 정치적 종교적 절망 중에서 사회와 현실에서 분열되어, 현존 가치와 전통을 일체 부정함으로써 인간성을 일방적으로 옹호하려는 니힐리즘의 한 경향으로 파악한다. 그는 니힐리즘의 불안과 동요를 극단적인 내면화에서 파생된 병리적인 현상으로 파악하여 이를 비판한다. 정태용은 실존주의가 철저한 개인주의자들의 고민, 불안, 절망을 타당화시키려는 절망적인 노력의 대표적 증상이라고 비판한다. 이들의 주장은 실존주의의 사상 체계를 비판한 것이 아니라 세계 유행사조로 풍미한 실존주의를 비판한 것이다. 진보적 민족문학론을 주장하는 비평가들은 민족문학의 관점에서 실존주의의 병리적인 측면과 관련하여 저항 정신이나 정치성의 결여를 비판한다. 그들의 주장은 세계주의나 보편주의의 한 경향으로 실존주의를 파악한 것으로, 신세대의 주체성이 결여된 세계주의의 허상을 비판하는 역할을 한다. 이런 실존주의 수용은 분석비평의 수용과 마찬가지로 전후 세대의 사상적 탈출구의 역할을 하지만, 정치의식의 거세를 통한 지배체제의 억압을 승인하고 공고화하는 역할을 한다.

　전후 북한의 문학론은 반제국주의 기획의 일환으로 마르크스-레닌주의적 세계관을 바탕으로 하여, 반동문학 비판론과 사회주의 문학론을 기반으로 하여 전개된다. 사회주의 리얼리즘에 입각하여 형식주의와 자연주의 등의 다양한 부르주아 반동문학을 비판하고, 리얼리즘 문학을 옹호한다. 북한의 반동문학 비판론은 자연주의, 도식주의, 종파주의 비판으로 구분할 수 있고, 사회주의 문학론은 사회주의 리얼리즘론과 '민족적 특성'론으로 구분할 수 있다.

북한의 자연주의는 한효나 박임이 사용한 모든 부패한 자본주의 문학을 대표하는 개념이다. 안함광이 자연주의에 대해서 어느 정도의 미학적 관점에서 평가하지만, 한효는 리얼리즘과 대립되는 모든 부르주아 문학을 통칭하여 사용한다. 북한의 자연주의란 한효가 리얼리즘과 대립되는 개념으로 사용한 반리얼리즘적 경향을 의미하는 것으로, 프롤레타리아 이데올로기와 관련이 없는 모든 문학을 통칭하는 개념이다. 북한의 형식주의란 형식 우위를 강조하는 경향을 통칭하는 개념으로, 자연주의와 마찬가지로 현실을 왜곡하는 경향이다. 북한의 기록주의란 '있는 그대로'의 기록적 사실과 실증 문헌을 기록하는 자연주의의 한 경향이다. 기록주의는 현실을 '있는 그대로' 피상적으로 촬영함으로써 현실의 본질을 왜곡하는 자연주의적 독소이다. 북한에서 자연주의, 형식주의, 기록주의 등을 포함한 문학인 '자연주의'는 리얼리즘과 달리 현실을 있는 그대로 묘사하는 경향을 의미하며, 현실을 왜곡하는 부르주아 반동문학이라는 점에서 비판된다.

북한의 도식주의는 문학에 있어서 현실을 공식화하고 개념화하고 단순화하는 경향을 의미한다. 도식주의란 작가가 현실로부터 출발하여 현실의 진실을 묘사는 것이 아니라 일정한 작가의 사상으로부터 출발하여 현실을 그에 알맞도록 강요하는 경향이다. 이는 현실의 모순과 부정성을 내포한 복잡한 상태를 객관적으로 형상화하지 않고, 작가의 의도에 따라 긍정적으로 묘사하는 것이다. 결국 도식주의란 사회주의 리얼리즘의 속류화이다. 북한의 도식주의 비판에서 가장 핵심적인 사항이 전형론이다. 1953년 말렌코프의 전형론은 과장과 강조라는 혁명적 낭만주의를 기반으로 한 것으로, 1956년 제2차 조선작가대회를 중심으로 하여 도식주의로 비판받는다. 1956~1958년의 도식주의 비판은 생활의 진실을 강조하는 전형론을 바탕으로 하는 리얼리즘의 기반 위에서 행해진다. 북한에서 이 기간은 리얼리즘론의 진전된 면모를 보여주는 시기이다. 다시 1959년 공산주의 교양과 부르주아 사상 잔재 청산과 관련된 비판이 시작되면서 사상성과 혁명적 낭만성을 강조하는 리얼리즘론으로 회귀하게 된다. 1958년 이후 어느 정도의 문학과 정치의 긴장 관계가 무너지고 문학이 일방적으로 정치에 종속되는 기간이다. 1958년 도식주의 비판 이후 북학문학은 문학이 정치에 함몰됨으로 정해진 이야기를 재구성하는 체계가 구축된다.

해방기 북한 사회에 수용된 이데올로기는 스탈린이 해석하는 마르크스-레닌주의인 소련형 마르크스-레닌주의이다. 이러한 스탈린 해석의 준거틀로 하여 북한 사회는 이것으로부터 이탈하려는 경향을 수정주의나 종파주의로 비판한다. 전후 북한의 문학은 부르주아 사상 잔재 비판과 관련된 종파주의자에 대한 비판을 통하여 북한 문학의 기본적 구도를 형성해 간다. 임화, 이원조, 김남천에 대한 비판은 남로당 제거의 일환이라는 정치적 사건의 의미와 부르주아 사상 잔재 비판이라는 비평사적 의의도 갖는다. 해방 후 건설해야 할 민족문학이 계급문학이 아니라 근대적 민족문학이라는 임화나 이원조의 주장은 실질적인 내용과 달리 계급문학의 부정, 부르주아 반동문학을 선전한 문학론으로 비판받는다. 결국 북한의 민족문학론은 인민연대성을 기반으로 한 근대적 민족문학론이 아니라 계급성을 기반으로 한 진보적 민족문학론이다. 기석복, 전동혁, 정률은 혁명전통인 카프의 평가와 사회주의 리얼리즘 발생 문제에 대한 견해가 비판되면서 부르주아 사상 잔재에 대해 비판을 받는다. 한효, 안함광은 과거의 오류에 대한 문제점을 지적하는 방식으로 비판되며, 안막, 서만일, 윤두헌은 부르주아적 사상의 독소를 유포한 것으로 비판을 받는다. 이 시기는 부르주아 사상 잔재 비판을 통한 사회주의 리얼리즘이 북한 문학의 유일한 미학적 기초임을 확인한 기간이다.

북한의 고상한 리얼리즘은 모든 긍정적 계기를 내포하는 혁명적 낭만주의와 고상한 민족적 품성을 가진 긍정적 인물의 성격 묘사를 기반으로 한 리얼리즘이다. 이 고상한 인물이란 필연적으로 주체형 공산주의 혁명가로 변모한다. 이 주체형 공산주의 혁명가란 수령에게 끝없이 충직하고 수령이 개척한 혁명위업수행에 몸바쳐 투쟁하는 공산주의자의 전형이다. 북한에서 1950년대 이후 '고상한 리얼리즘'은 '사회주의적 사실주의'와 동일한 것으로 재규정하여, 해방 후 문학은 '사회주의적 사실주의' 방법에 철저히 입각하여 발전한 것으로 왜곡된다.

사회주의 리얼리즘은 사회주의 현실의 혁명적 발전과 역사적 구체성을 강조한 리얼리즘이다. 다른 형태의 리얼리즘과 다르게 사회주의 리얼리즘은 프롤레타리아계급의 계급적 입장에 상응하는 예술창작의 정신적·이념적 전제들로서의 사회주의적 당파성을 요구한다. 북한의 사회주의 리얼리즘은 사회주의와 공산주의를 위한 노동계급의 혁명투쟁이 있는 조건 아래서 발생하는 역사 발전의 합법칙적인 현상이며, 문학 예술의 가장 우수한 전통의 합법칙적으로 계승한 것이며, 문학 예술 발전에서 가장 선진적이고 가장 혁명적인 창작 방법론으로 규정된다. 북한의 사회주의 리얼리즘은 당성을 바탕으로 리얼리즘이다. 특히 전후 시기 북한의 리얼리즘에 대한 역사화(사실주의→비판적 사실주의→사회주의적 사실주의)와 사회주의 리얼리즘 발생 발전 논쟁을 통하여 신경향파 문학과 카프 문학에 대한 공식적인 입장이 정리된다.

북한의 민족적 형식은 고정불변의 것이 아니라 생활의 발전과 역사적 조건에 따라 규정되는 생활의 구체적 발현 형태인 민족적 구체성을 의미한다. 이 민족적 형식은 각 민족의 사회 생활과 역사 발전의 특성에 의하여 규정되는 민족적 특성의 구체적 형상화이며, 이 민족적 특성은 무엇보다도 작품에서의 긍정적 주인공의 형상화에 집중적으로 드러난다. 결국 '민족적 특성' 논쟁은 1930년대 항일무장투쟁의 전사인 민족적 공산주의자를 모범으로 하여 이 시대의 공산주의를 형상화해야 한다는 귀결점에 이른다. 이 논쟁은 훌륭한 전범으로 따라야 할 전통과 긍정적 주인공들을 창조해 낸다. 민족적인 것과 계급적인 것이 결합된 항일무장투쟁 전사가 민족적 공산주의의 전범이 된다. 이런 항일무장투쟁 전사를 이끈 김일성은 최고의 전범이며 따라야 할 유일한 영도자로 설정된다. '민족적 특성'론은 이후 1960년대 중반 유일사상체계의 전면화가 이루어지면서 개인 숭배를 정당화하기 위해 민족적인 것의 절대화로 변모한다. 결국 주체 문예 이론은 자민족중심주의 이론으로 변용된다. 바로 '민족적 특성' 논쟁은 주체 시기로 나아가는 길의 서곡 역할을 한다. 주체 시기란 유일한 혁명적 전통이 김일성의 항일혁명문학임을 천명한 시기이다.

■ 남북한의 민족문학론

```
┌ 남한 ┬ 민족주의 문학론 : 몰역사성 + 민족성 → 전근대성
│      ├ 순수문학론 : 몰역사성 + 민족성 → 전근대성
│      ├ 인간주의적 민족문학론 : 몰역사성 + 민족성 → 전근대성
│      └ 진보적 민족문학론 : 역사성 + 민족성 → 근대성
└ 북한 ┬ 근대적 민족문학론 : 역사성 + 인민연대성 → 근대성
        └ 진보적 민족문학론 : 역사성 + 계급성 → 근대성
```

■ 남북한의 리얼리즘론

```
┌ 남한의 리얼리즘론 ┬ 작가적 리얼리즘론 : 창조성 + 유기론적 세계관
│                  ├ 진보적 리얼리즘론 : 진보성 + 혁명적 낭만주의
│                  └ 민족적 리얼리즘론 : 민족성 + 혁명적 낭만주의
└ 북한의 리얼리즘론 ┬ 고상한 리얼리즘론 : 진보성 + 혁명적 낭만주의
                    └ 사회주의 리얼리즘론 : 당성 + 혁명적 낭만주의
                              ↓
```

```
   남한 ┬ 작가적 리얼리즘론 : 낭만주의 + 유기론적 세계관
        │                       → 추상적 리얼리즘론
        ├ 진보적 리얼리즘론 : 자연주의 + 혁명적 낭만주의
        │                       → 변형된 사회주의 리얼리즘론
        └ 민족적 리얼리즘론 : 자연주의 + 혁명적 낭만주의
                                → 변형된 리얼리즘론
   북한 ┬ 고상한 리얼리즘론 : 자연주의 + 혁명적 낭만주의
        │                       → 변형된 사회주의 리얼리즘론
        └ 사회주의 리얼리즘론 : 리얼리즘 + 혁명적 낭만주의
                                → 사회주의 리얼리즘론
```

■ 남북한 리얼리즘론의 전개 양상

```
┌ 우파 문단 ─ 작가적 리얼리즘론 → 비판 → 남한의 리얼리즘론
│        └ 남한의 리얼리즘론 → 민족적 리얼리즘론
└ 좌파 문단 ─┬ 남로당 : 진보적 리얼리즘론 ─────┐
             └ 북로당 : 고상한 리얼리즘론 → 수정 ┘
   └ 북한의 리얼리즘론 → 사회주의 리얼리즘론
```

■ 남북한 문학론의 전개 양상

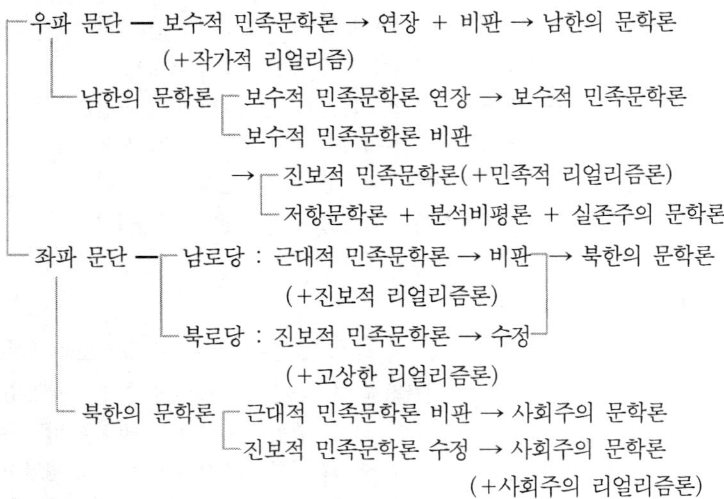

따라서 남북한의 문학론의 전개 양상을 정리하면, 남한의 문학론은 우파 문단의 보수적 민족문학론을 연장한 구세대의 문학론과 이를 비판한 저항문학론, 진보적 민족문학론, 분석비평론, 실존주의 문학론의 전개이다. 북한의 문학론은 남로당의 근대적 민족문학론을 비판하고 북로당의 진보적 문학론을 수정한 사회주의 문학론의 전개이다.

근대 담론은 근대성, 반근대성, 전근대성, 탈근대성으로 변주되며, 다양한 근대성의 역동성에 의해서 성립된 것이며, 자신을 끝없이 혁신하고자 하는 근대의 내적 메카니즘의 산물이다. 남북한의 문학론은 기본적으로 근대성을 기반으로 한 근대주의 문학론이다. 근대성의 본질은 이성, 진보성, 역사성, 민족성, 계급성을 강조하는 '진보의 신화'이다. 전후 남한 문학론이 진보의 신화가 약화되는 방향으로 전개된다면, 북한 문학론은 진보의 신화가 강화되는 경향으로 전개된다. 남한은 해방기 우파의 반근대주의 문학이 전후 시기 이후 근대주의 문학론으로 변모한 반면, 북한은 좌파의 근대주의 문학론이 주체 시기를 지나면서 반근대주의 문학론으로 변모한다. 전후 북한 문학이 부르주아 근대성에 대한 거부를 통한 전망의 제시라는 리얼리즘적 관점에서 성립된 것이라면, 남한 문학은 부르주아 근대성의 비판을 통한 자본주의 사회에 대한 역겨움을 드러낸 모더니즘 방식에서 성립된 것이다. 따라서 전후 시기 남한의 근대성은 모더니즘의 이데올로기를 대변하는 실체인 실존주의 문학론의 양상을 중심으로 다양한 문학론의 전개로 드러나며, 북한의 근대성의 모습은 부르주아 근대성에 대한 비판과 사회주의 리얼리즘론의 전개로 나타난다. 긍정적이든 부정적이든 남한의 비평은 해방기 우파의 반근대주의 문학론의 지양 형태로 진행된 것이 전후 시기의 근대주의 문학론이며, 북한의 비평은 좌익의 근대주의 문학론의 발전적 형태로 진행된 것이 전후 시기의 근대주의 문학론이다. 전후 시기 이후 남한의 산업화 시기의 비평이 민족문학론이나 민중문학론의 근대주의 문학론의 발전적 형태로 진행된다면, 북한의 주체 시기 비평은 근대주의 문학론의 지양 형태로 '사회정치적 생명체'를 강조하는 전근대적 속성을 가진 근대적 반근대주의 문학론으로 변모한다.

남한의 산업화 시기 민족문학론은 민중을 주체로 한 구체적인 반식민·반봉건의 민중적 의식의 문학적 표출이며 세계문학으로서의 선진성을 획득해야 한다는 점을 강조한다. 민족문학론의 관점과 방법을 더욱 진보적인 성격으로 드러낸 민중문학론은 민족문학론의 실천적 한계의 극복이라는 측면을 강조한 근대주의 문학론이다. 이 민족문학론이나 민중문학론은 진보에 대한 믿음을 기반으로 한 문학론이며, 근대 모순 극복을 지향하는 문학론이다. 북한의 주체 시기의 문학론은 주체사상에서 강조하는 '사회정치적 생명체'론을 바탕으로 한 반근대주의 문학론이다. '사회정치적 생명체'론은 김일성 지배체제를 철저히 옹호하고 정당화하기 위한 이념적 장치이다. 이는 전통적 혈연에 기초한 가족주의적 성격이 강한 주자학적 원리를 이용하여 체제 유지를 강화하고 있다는 것이다. 1990년대 주체 문학론은 유교의 충효 이념을 강화하여 체제 안정을 위해서 이용한다. 결국 주체 시기 북한의 문학론은 주자학적 논리를 기반으로 하는 전근대주의 문학론이며, 근대 기획이 배태한 모순 극복을 전제로 한 근대적 반근대주의 문학론이다.

남한의 문학론이 전후 시기 세계주의의 허상에 대한 반성으로 자기정체성에 대한 확인을 위한 전통론으로 전개되고, 이후 역사성을 강조하는 민족문학론과 민중문학론으로 전개된다. 북한의 문학론은 프롤레타리아 국제주의에 대한 반성으로 민족성을 강조하는 주체문학론으로 전개된다. 남한이 역사성을 강조하는 민족문학론으로 전개된 반면, 북한은 혈연을 강조하는 주체문학론으로 전개된 것이다. 남한의 문학론이 근대성이 강화되는 반면 북한의 문학론은 전근대성으로 회귀한다.

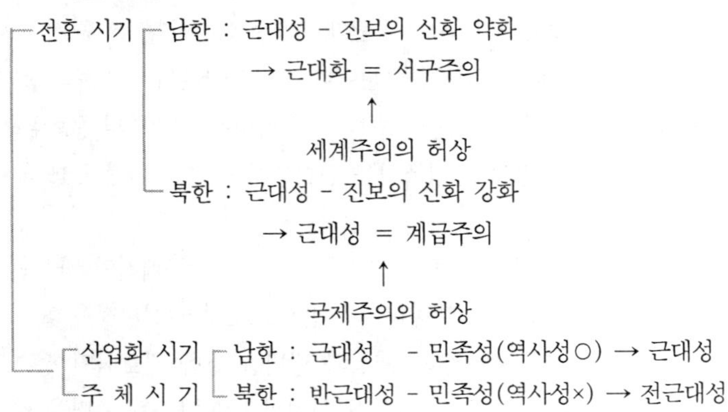

■ 분단 시대 비평의 근대성

분단 시대 문학	해 방 기 비 평	우익 문단	좌익 문단	근 대 성 전근대성
		반근대성+	근대성+	
	전후 시기　비평	남한	북한	근 대 성
		근대성-	근대성+	
	산업화 시기　비평	남한	북한	근 대 성 전근대성
	주체　시기　비평	근대성+	반근대성+	

(+ : 강화, − : 약화)

　　남북한 문학론을 내재적·비판적 접근 방법에서 평가하면, 남한은 다양한 문학론의 전개 과정이며, 북한은 사회주의 문학론의 전개 과정이다. 남한의 저항문학론은 자기 정체성 확인을 통한 전통을 재인식하는 계기를 마련하고, 진보적 민족문학론은 산업화 시기의 민족문학론과 민중문학론의 실질적인 기원의 역할을 하고, 분석비평론의 수용은 과학적 방법론의 확립 과정이며, 실존주의 수용은 문학의 사상성이나 철학성의 확보의 과정으로 전후 남한 문학론을 평가할 수 있다. 북한은 사회주의 미학의 자기 확립 과정으로, 특히 사회주의 리얼리즘의 자기 확립 과정이다. 이런 측면에서 긍정적이든 부정적이든 남북한 문학론은 근대성의 창출에 일정한 역할을 한다. 그러나 남한의 문학론의 근대성이란 남한의 '근대화=서구주의'의 논리에 함몰되어 '세계주의'나 '보편주의'의 허상을 드러내고, 북한의 문학론의 근대성이란 '근대성=계급주의'의 논리에 함몰되어 '정치주의'와 '국제주의'의 허상을 드러낸다. 이는 남한의 '반공산주의 기획'과 북한의 '반제국주의 기획'의 근본적인 문제성과 관련된 것이다.

참고문헌

1. 기본 자료

고석규·김재섭, 『초극』, 삼협문화사, 1954.

권순긍·정우택(편), 『우리 문학의 민족 형식과 민족적 특성』, 연구사, 1990.

김남천, 「꿀」, 『작가연구』 6, 1998. 10.

김동리, 『문학과 인간』, 백민문화사, 1948.

김붕구, 『불문학산고』, 신태양사, 1959.

김성수(편), 『우리 문학과 사회주의 리얼리즘 논쟁』, 사계절, 1992.

김외곤(편), 『임화전집』 1~2, 박이정, 2000~2001.

김재용·이현식(편), 『안함광 평론선집』 1~5, 박이정, 1998.

남원진(편), 『1950년대 비평의 이해』, Ⅰ~Ⅱ, 역락, 2001.

돌베개 편집부(편), 『북한 '조선로동당' 대회 주요 문헌집』, 돌베개, 1988.

리효운·계 북, 『『고향』과 『황혼』에 대하여』, 조선작가동맹출판사, 1958.

박종식·현종호·리상태, 『문학개론』, 교육도서출판사, 1961.

박종식, 『새 시대의 문학』, 조선문학예술총동맹출판사, 1964.

백 철, 『문학의 개조』, 신구문화사, 1959.

송기한, 『해방공간의 비평문학』 1~3, 태학사, 1991.

안함광, 『조선문학사』 3, 연변교육출판사, 1957.

유종호, 『비순수의 선언』, 신구문화사, 1963.

윤세평, 『해방전 조선 문학』, 조선작가동맹출판사, 1958.

윤세평(외), 『전진하는 조선 문학』, 조선작가동맹출판사, 1960.

이선영·김병민·김재용(편), 『현대문학 비평 자료집』 1~8, 태학사, 1993.

이어령, 『저항의 문학』, 예문관, 1965.

이태준, 「먼지」, 『민족문학사연구』 10, 1997. 3.

정호웅·손정수(편), 『김남천 전집』 I~II, 박이정, 2000.

조선문학가동맹, 『건설기의 조선문학』, 조선문학가동맹 중앙집행위원회서기국, 1946.

조선 민주주의 인민 공화국 과학원 언어 문학 연구소 문학 연구실, 『조선문학통사』(상~
　　　　하), 과학원출판사, 1959.

조선작가동맹출판사(편), 『해방후 10년간의 조선 문학』, 조선작가동맹출판사, 1955.

조연현, 『조연현 전집』 1~5, 어문각, 1977.

조지훈, 『시의 원리』, 신구문화사, 1959.

조지훈, 『조지훈 전집』 1~9, 나남, 1996.

한설야, 『황혼』, 영창서관, 1940.

한설야(외), 『문예전선에 있어서의 반동적 부르죠아 사상을 반대하여』(자료집 1), 조선
　　　　작가동맹출판사, 1956.

한　효(외), 『문예전선에 있어서의 반동적 부르죠아 사상을 반대하여』(자료집 2), 조선
　　　　작가동맹출판사, 1956.

한설야(외), 『제2차 조선 작가 대회 문헌집』, 조선작가동맹출판사, 1956.

한설야(외), 『공산주의 교양과 창작문제』, 조선작가동맹출판사, 1959.

『문예』, 『현대문학』, 『문학예술』, 『자유문학』, 『사상계』, 『조선문학』, 『조선어문』, 등

2. 국내 저서

강경화, 『한국문학비평의 인식과 담론의 실현화 연구』, 태학사, 1999.

강정구, 『통일시대의 북한학』, 당대, 1996.

강진호, 『한국근대문학 작가연구』, 깊은샘, 1996.

고　은, 『1950년대』, 청하, 1989.

고철훈, 『문학예술의 주체성과 민족성』, 사회과학출판사, 2001.

구인환(외), 『한국전후문학연구』, 삼지원, 1995.

권명아, 『가족이야기는 어떻게 만들어지는가』, 책세상, 2000.

권영민(편), 『북한의 문학』, 을유문화사, 1989.

권영민, 『한국현대문학사』, 민음사, 1993.

김남식(편), 『남로당 연구』 Ⅱ, 돌배개, 1988.

김병익·김주연·김치수·김 현, 『현대한국문학의 이론』, 민음사, 1972.

김성수(편), 『북한 『문학신문』 기사목록(1956~1993)』, 한림대학교 아시아문화연구
　　　소, 1994.

김성수, 『통일의 문학 비평의 논리』, 책세상, 2001.

김영민, 『한국현대문학비평사』, 소명, 2000.

김원택, 『남조선민중문학의 발전과 특징』, 사회과학출판사, 1992.

김윤식, 『한국근대문예비평사연구』, 일지사, 1976.

김윤식, 『한국현대문학사』, 일지사, 1976.

김윤식, 『한국 현대문학 비평사』, 서울대학교출판부, 1982.

김윤식, 『황홀경의 사상』, 홍성사, 1984.

김윤식, 『해방공간의 문학사론』, 서울대학교출판부, 1989.

김윤식(외), 『해방공간의 문학운동과 문학의 현실인식』, 한울, 1989.

김윤식, 『북한문학사론』, 새미, 1996.

김일성, 『김일성저작집』, 조선로동당출판사, 1979~1997.

김재용, 『북한 문학의 역사적 이해』, 문학과 지성사, 1994.

김재용, 『분단구조와 북한문학』, 소명, 2000.

김정일, 『김정일선집』, 조선로동당출판사, 1992~2000.

김창현, 『한일 소설 형성사』, 책세상, 2002.

김춘식, 『근대성과 민족문학의 경계』, 역락, 2003.

김 철, 『국문학을 넘어서』, 국학자료원, 2000.

김 철·신형기(외), 『문학 속의 파시즘』, 삼인, 2001.

김하명, 『새문학건설』, 문학예술종합출판사, 1993.

김학성·최원식(외), 『한국 근대문학사의 쟁점』, 창작과 비평사, 1990.

김혜니, 『한국근현대비평문학사연구』, 월인, 2003.

문학사와 비평학회, 『최서해 문학의 재조명』, 국학자료원, 2002.

문학예술연구소(편), 『현실주의 연구』 Ⅰ, 제3문학사, 1990.

박명림, 『한국전쟁의 발발과 기원』 Ⅰ~Ⅱ, 나남, 1996.

박상선(편), 『포스트모던의 예술과 철학』, 흙과 생기, 2002.

박종식, 『문학과 현대성』, 문학예술종합출판사, 2001.

박종원·최탁호·류 만, 『조선문학사』(19세기말~1925), 과학, 백과사전출판사, 1980.

김하명·류 만·최탁호·김영필, 『조선문학사』(1926~1945), 과학, 백과사전출판사,
　　　1981.

사회과학원 문학연구소, 『조선문학사』(1945~1958), 과학, 백과사전출판사, 1978.

박호성, 『남북한 민족주의 비교연구』, 당대, 1997.

반민족문제연구소, 『청산하지 못한 역사』 2, 청년사, 1994.

사회과학원 문학연구소, 『조선문학통사』(현대문학 편), 인동, 1988.

사회과학원 문학연구소, 『북한의 문예이론』(주체사상에 기초한 문예이론), 인동, 1989.

선우현, 『우리 시대의 북한철학』, 책세상, 2000.

송두율, 『역사는 끝났는가』, 당대, 1995.

송두율, 『계몽과 해방』, 당대, 1996.

신형기 · 오성호, 『북한문학사』, 평민사, 2000.

신형기, 『민족 이야기를 넘어서』, 삼인, 2003.

실천문학 편집위원회(편), 『다시 문제는 리얼리즘이다』, 실천문학사, 1992.

안희열, 『문학예술의 종류와 형태』, 문학예술종합출판사, 1996.

역사문제연구소(편), 『1950년대 남북한의 선택과 굴절』, 역사비평사, 1998.

역사문제연구소, 『카프 문학운동연구』, 역사비평사, 1989.

윤종성 · 현종호 · 리기주, 『주체의 문예관』, 문학예술종합출판사, 2000.

윤평중, 『푸코와 하버마스를 넘어서』, 교보문고, 1997.

이강은(편), 『소련 현대문학비평』, 혼겨레, 1986.

이득재 · 조 성(편), 『문학의 이론과 실천』, 사계절, 1986.

이명재(편), 『북한문학의 이념과 실체』, 국학자료원, 1998.

이미순, 『한국 현대문학비평과 수사학』, 월인, 2000.

이병천(편), 『북한학계의 한국근대사논쟁』, 창작과 비평사, 1989.

이상섭, 『복합성의 시학』, 민음사, 1987.

이승훈, 『모더니즘 시론』, 문예출판사, 1995.

이종석, 『조선로동당연구』, 역사비평사, 1995.

이진경, 『맑스주의와 근대성』, 문화과학사, 1997.

이춘길(편), 『리얼리즘미학의 기초이론』, 한길사, 1985.

임철규, 『왜 유토피아인가』, 민음사, 1994.

장사선, 『한국리얼리즘문학론』, 새문사, 1998.

장석홍, 『한설야 소설 연구』, 박이정, 1997.

장시기, 『포스트모던 시대의 문학과 언어』, 동인, 1996.

전기철, 『한국전후문예비평연구』, 서울, 1994.

전미영, 『김일성의 말, 그 대중설득의 전략』, 책세상, 2001.

정명환, 『문학을 찾아서』, 민음사, 1994.

정홍교·박종원, 『조선문학개관』 Ⅰ, 사회과학출판사, 1986.
박종원·류 만, 『조선문학개관』 Ⅱ, 사회과학출판사, 1986.
정홍교, 『조선문학사』 1, 사회과학출판사, 1991.
정홍교, 『조선문학사』 2, 과학백과사전종합출판사, 1994.
김하명, 『조선문학사』 3, 사회과학출판사, 1991.
김하명, 『조선문학사』 4, 사회과학출판사, 1992.
김하명, 『조선문학사』 5, 과학백과사전종합출판사, 1994.
류 만·리동수, 『조선문학사』 7, 과학백과사전종합출판사, 2000.
류 만, 『조선문학사』 8, 사회과학출판사, 1992.
류 만, 『조선문학사』 9, 과학백과사전종합출판사, 1995.
오정애·리용서, 『조선문학사』 10, 사회과학출판사, 1994.
김선려·리근실·정명옥, 『조선문학』 11, 사회과학출판사, 1994.
리기주, 『조선문학사』 12, 사회과학출판사, 1999.
최형식, 『조선문학사』 13, 사회과학출판사, 1999.
천재규·정성무, 『조선문학사』 14, 사회과학출판사, 1996.
김정웅·천재규, 『조선문학사』 15, 사회과학출판사, 1998.
조건상(편), 『한국전후문학연구』, 성균관대학교출판부, 1993.
조남현, 『한국 현대문학사상 탐구』, 문학동네, 2001.
조연현, 『한국현대문학사』, 성문각, 1969.
조영복, 『월북 예술가 오래 잊혀진 그들』, 돌베개, 2002.
조진기(편), 『일본 프롤레타리아 문학론』, 태학사, 1994.
조한혜정·이우영(편), 『탈분단 시대를 열며』, 삼인, 2000.
조희연(편), 『한국의 정치사회적 지배담론과 민주주의 동학』, 함께 읽는 책, 2003.
최동호(편), 『남북한 현대문학사』, 나남, 1995.
최문규, 『(탈)현대성과 문학의 이해』, 민음사, 1996.
한강희, 『한국 현대비평의 인식과 논리』, 태학사, 1998.
한국문학연구회, 『현역중진작가연구』 Ⅲ, 국학자료원, 1998.
한국사르트르연구회(편), 『사르트르와 20세기』, 문학과 지성사, 1999.
한국현대문학연구회, 『한국전후문학연구』, 태학사, 1991.
한수영, 『한국현대 비평의 이념과 성격』, 국학자료원, 2000.
함석헌, 『함석헌 선집』 1, 한길사, 1996.

3. 논문, 기타

강경성, 「반공주의」, 『역사비평』, 1999. 여름.

권영민, 「민족 공동체 문화의 확립을 위한 방안 – 남북한 문화예술 교류와 통합의 길은 동질성 회복」, 『문학사상』, 1992. 4.

김 철, 「문학사의 지양과 실현」, 『문학과 사회』, 1993. 봄.

김 철, 「한국 보수우익 문예조직의 형성과 전개」, 『문학과 논리』 3, 1993. 6.

김 현, 「소설은 왜 쓰는가 – 나에 대한 비판에 대한 대답으로서」, 『월간문학』, 1970. 3.

김 현, 「민족문학 · 그 문자와 언어」, 『월간문학』, 1970. 10.

김 현, 「테로리즘의 문학 – 50년대 문학소고」, 『문학과 지성』, 1971. 여름.

김동훈, 「북한학계 리얼리즘논쟁의 검토」, 『실천문학』, 1990. 가을.

김명인, 「근대성과 미적 근대성 – 위기 의식의 복원과 새로운 패러다임의 구성을 위한 시론」, 『현대사상』, 1998. 9.

김병길, 「한설야의 『황혼』 개작본 연구」, 『연세어문학』 30 · 31, 1999. 2.

김병익 · 김동식, 「4 · 19 세대의 문학이 걸어온 길」, 『작가연구』 9, 2000. 4.

김성수, 「우리 문학에서 사회주의적 사실주의의 발생 – 북한의 사회주의적 사실주의 논쟁 1」, 『창작과 비평』, 1990. 봄.

김성수, 「1950년대 북한 문학과 사회주의 리얼리즘」, 『현대북한연구』(경남대) 2-2, 1999. 12.

김성수, 「1990년대 주체문학에 나타난 충효이데올로기」, 『현대북한연구』(경남대) 5-1, 2002. 6.

김승룡, 「정태용의 비평문학」, 동국대 석사, 1985.

김외곤, 「해방공간의 민족문학 논쟁과 카프의 문학이념」, 『문학사상』, 1995. 7.

김용옥, 「황장엽이 말하는 주체사상의 올바른 이해와 비판을 위하여 – 통일론의 한 초석」, 『전통과 현대』, 1997. 여름.

김윤식, 「앓는 세대의 문학」, 『현대문학』, 1969. 10.

김윤식, 「비평의 변모 – 의식의 문제를 중심으로」, 『월간문학』, 1969. 12.

김윤식, 「근대성 또는 주인과 노예의 변증법」, 『현대문학』, 1991. 11.

김윤식, 「고석규의 정신적 소묘 – 1950년대 비평감수성의 기원」, 『시와 시학』, 1991. 겨울~1992. 봄.

김윤식, 「1950년대 한국문예비평의 3가지 양상 – 고석규의 정신적 소묘(2)」, 『오늘의 문예비평』, 1992. 봄.

김윤식, 「문학사의 흐름에 본 통일시대의 민족문학 – 통일문학사론 · 준통일문학사론 ·

병행문학사론의 범주에 대한 시론」, 『문예중앙』, 2000. 가을.

김윤태, 「조지훈」, 『역사비평』, 2001. 겨울.

김재용, 「카프 해소·비해소파의 대립과 해방 후의 문학운동」, 『역사비평』, 1988. 가을.

김재용, 「북한 문예학의 전개과정과 과학적 문학사의 과제」, 『실천문학』, 1992. 봄.

김재용, 「북한문학계의 '반종파투쟁'과 카프 및 항일혁명문학」, 『역사비평』, 1992. 봄.

김재용, 「월북 이후 김남천의 문학활동과 '꿀」 논쟁'」, 『작가연구』 6, 1998. 10

김재용, 「냉전시대 한설야 문학의 민족의식과 비타협성」, 『역사비평』, 1999. 여름.

김재용, 「북한 문학과 민족문제의 인식 – 1960년대 전반기 민족적 특성 논쟁을 중심으로」, 『현대북한연구』(경남대) 2-1, 1999. 6.

김춘식, 「모더니즘의 전통과 반전통 – 신비평(New Criticism)을 중심으로」, 『국어국문학논문집』(동국대) 18, 1998. 2.

남원진, 「이기영 문학사상 연구 – '유토피아' 의식을 중심으로」, 건국대 석사, 1997.

남원진, 「1950년대 비평 연구 1 – 새로운 비평의 가능성과 한계」, 『겨레어문학』 28, 2002. 2.

남원진, 「해방기 비평 연구 1 – 우익 문학론의 가능성과 한계」, 『겨레어문학』 29, 2002. 10.

남원진, 「해방기 비평 연구 2 – 좌익 문학론의 가능성과 한계」, 『겨레어문학』 30, 2003. 4.

남원진, 「전후 시대 비평 연구 3 – 실존주의 문학론」, 『건국대대학원학술논문집』 56, 2003. 9.

남원진, 「전후 시대 비평 연구 2 – 북한의 사회주의 리얼리즘론의 가능성과 한계」, 『겨레어문학』 31, 2003. 10.

류양선, 「해방기 순수문학론 비판 – 김동리의 비평 활동을 중심으로」, 『실천문학』, 1995. 여름.

류철균, 「이어령(李御寧) 문학사상의 형성과 전개 – 초기 소설 창작과 창작론을 중심으로」, 『작가세계』, 2001. 가을.

박희병, 「북한 학계의 사실주의 논쟁의 성과와 문제점」, 『창작과 비평』, 1989. 가을.

방민호, 「전후 알레고리 소설에 대한 연구 – 장용학, 김성한, 유주현을 중심으로」, 『외국문학』, 1994. 여름.

방민호, 「역사와 문학의 시적 완성이라는 문제 – 백낙청론」, 『동서문학』, 2000. 봄.

백낙청, 「새로운창작과 비평의 자세」, 『창작과 비평』, 1966. 겨울.

백낙청, 「시민문학론」, 『창작과 비평』, 1969. 여름.

백낙청, 「민족문학이념의 신전개」, 『월간중앙』, 1974. 7.

서영채, 「알레고리의 내적 형식과 그 의미 - 장용학의 『원형의 전설』론」, 『민족문학사연구』 3, 1993. 4.

송두율, 「북한사회를 어떻게 볼 것인가 - 북한사회를 제대로 인식하기 위해서는 정당한 방법론이 마련되어야 한다」, 『사회와 사상』, 1988. 12.

송두율, 「북한 연구에 있어서의 '내재적 방법' 재론」, 『역사비평』, 1995. 봄.

송두율, 「북한 : 내재적 접근법을 통한 전망」, 『역사비평』, 2001. 봄.

송희복, 「남북한 문학사 비교연구」, 『동원논집』(동국대) 2, 1989. 12.

유종호·이남호, 「1950년대와 한국문학」, 『작가연구』 1, 1996. 4.

윤여탁, 「해방정국의 문학운동과 조직에 대한 연구 - 좌파 문단을 중심으로」, 『한국학보』, 1988. 가을.

이광호, 「민족문학의 역사적 범주에 관하여 - 최근 민족문학론에 대한 비판적 읽기」, 『실천문학』, 1994. 가을.

이광호, 「모순으로서의 근대 문학사 - 20세기 한국 문학사에 관한 비판적 가설」, 『문학과 사회』, 1999, 겨울.

이선영·하정일, 「해방 직후의 민족문학론과 근대관」, 『민족문학사연구』 8, 1995. 12.

이승현, 「1960년대 북한의 권력구조 재편과 유일사상의 대두 - 제한적 다원성에서 유일 체제로」, 『현대북한연구』(경남대) 5-1, 2002. 6.

이정일, 「미국 순수시의 발자취 - 미국 현대시의 한 측면에 대한 몇가지 단상」, 『현대시』, 1996. 4.

이종석, 「북한 연구방법론, 비판과 대안」, 『역사비평』, 1990. 가을.

이종석, 「주체사상과 민족주의 - 그 연관성에 관한 연구」, 『통일문제연구』 21, 1994. 여름.

이헌경, 「북한사회의 유교문화」, 『세계지역연구논총』 16, 2001. 8.

임규찬, 「카프 해소·비해소파를 분리하는 김재용에 반박한다」, 『역사비평』, 1988. 겨울.

임대식, 「1960년대 초반 지식인들의 현실인식」, 『역사비평』, 2003. 겨울.

임지현, 「한반도 민족주의와 권력 담론 - 비교사적 문제 제기」, 『당대비평』, 2000. 봄.

임헌영, 「8·15직후의 민족문학관 - 문학가동맹과 민족문학론」, 『역사비평』, 1987. 가을.

장사선, 「남북한 실존주의문학 수용 비교 연구」, 『비교문학』 27, 2001. 8.

장사선, 「남북한 자연주의 문학론 비교 연구」, 『국어국문학』 130, 2002. 5.

장영우, 「4·19 세대의 문체 의식 - 김승옥의 「무진기행」을 중심으로」, 『작가연구』 6, 1998. 10.

전기철, 「한국 전후문예비평 전개 양상 고찰 - 불안의식의 내재화와 응전력을 중심으로」, 서울대 박사, 1992.

전승주, 「1950년대 비평에서의 '현대성' 인식」, 한국어문교육연구회, 『어문연구』 115, 2002. 가을.

정과리·홍정선, 「한국현대문학사」 3, 『문예중앙』, 1988. 가을.

정명환, 「사르트르의 문학과 행동 – 후기의 표현을 중심으로」, 『세계의 문학』, 1979, 봄.

조용관, 「북한 가족정책의 변화와 전통적 가정문화」, 『복지행정연구』(안양대) 14, 1998. 11.

채호석, 「『황혼』론」, 『민족문학사연구』 1, 1991. 9.

최문규, 「역사철학적 현대성과 그 이념적 맥락」, 『세계의 문학』, 1993. 가을.

최승호, 「조지훈의 시학에 있어서 형이상학론적 관점」, 『관악어문연구』 16, 1991. 12.

표언복, 「북한의 '반종파투쟁'과 문학운동」, 어문연구학회, 『어문연구』 35, 2001. 4.

하정일, 「해방기 민족문학론 연구」, 연세대 박사, 1992.

한강희, 「1950~60년대 전통론의 이월 및 정체성 모색의 세 국면」, 『성균어문연구』 32, 1997. 12.

한강희, 「1960년대 한국문학비평 연구 – 전통론, 세대론, 참여론을 중심으로」, 성균관대 박사, 1998.

한수영, 「1950년대 한국 문예비평론 연구 – 민족문학론, 실존주의문학론, 모더니즘론을 중심으로」, 연세대 박사, 1996.

한수영, 「최일수 연구 – 1950년대 비평과 새로운 민족문학론의 구상」, 『민족문학사연구』 10, 1997. 3.

한수영, 「'순수문학론'에서의 '미적 자율성'과 '반근대'의 논리 – 김동리의 경우」, 『국제어문』 29, 2003. 12.

4. 외국 논저

Albéres, R. M., 『싸르트르의 사상과 문학』, 정명환(역), 신양사, 1958.

Anderson, B., 『민족주의의 기원과 전파』, 윤형숙(역), 나남, 1991.

Arvon, H., 『마르크스주의와 예술』, 오병남·이창환(역), 서광사, 1981.

Berman, M., 『현대성의 경험』, 윤호병·이만식(역), 현대미학사, 1994.

Bisztray, G., 『마르크스주의 리얼리즘 모델』, 인간사 편집실(역), 인간사, 1985.

Brooks, C.(외), 『신비평과 형식주의』, 고려원, 1991.

Brooks, C., 『잘 빚어진 항아리』, 이경수(역), 문예출판사, 1997.

Calinescu, M., 『모더니티의 다섯 얼굴』, 이영숙·백한울·오무석·백지숙(역), 시각과 언어, 1993.

Camus, A., 『카뮈 전집』 1~5, 김남주 · 유기환 · 김혜숙 · 우종길(역), 청하, 1993~ 1994.

Eagleton, T., *Literary Theory - An Introduction*, Basil Blackwell Publisher, 1983.

Eagleton, T., 『문학이론입문』, 김명환 · 정남영 · 장남수(역), 창작과 비평사, 1986.

Erlich, V., 『러시아 형식주의』, 박거용(역), 문학과 지성사, 1983.

Foucault, M., 『말과 사물』, 이광래(역), 민음사, 1987.

Foucault, M., 『성의 역사』 1, 이규현(역), 나남, 1990.

Habermas, J., 『현대성의 철학적 담론』, 이진우(역), 문예출판사, 1994.

Hegel, G. W. F., 『정신현상학』 I ~ II, 임석진(역), 지식산업사, 1988.

Hegel, G. W. F., 『역사철학강의』, 김종호(역), 삼성출판사, 1990.

Hegel, G. W. F., 『미학』 I ~ III, 두행숙(역), 나남, 1996.

Horkheimer, M., Adorno, Th. W., 『계몽의 변증법』, 김유동 · 주경식 · 이상훈(역), 문예출판사, 1995.

Jakobson, R., 『문학 속의 언어학』, 신문수(역), 문학과 지성사, 1989.

Jamenson, F., 『변증법적 문학이론의 전개』, 여홍상 · 강영희(역), 창작과 비평사, 1984.

John, E., 『마르크스-레닌주의 미학입문』, 임홍배(역), 사계절, 1989.

Kagan, M. S., 『미학강의』 I ~ II, 진중권(역), 새길, 1989, 1991.

Koselleck, R., 『지나간 미래』, 한 철(역), 문학동네, 1998.

Lenin, V. I., 『문학에 관하여』, 조선로동당출판사, 1957.

Lenin, V. I., 『레닌의 문학예술론』, 이길주(역), 논장, 1988.

Lenin, V. I., 『무엇을 할 것인가?』, 최호정(역), 박종철출판사, 1999.

Lukács, G., 『우리시대의 리얼리즘』, 문학예술연구회(역), 인간사, 1986.

Lukács, G., 『미학서설』, 홍승용(역), 실천문학사, 1987.

Lukács, G., 『역사소설론』, 이영욱(역), 거름, 1987.

Marx, K., Engels, F., 『맑스 · 엥겔스 문학예술론』 1, 조만영 · 정재경(역), 돌베개, 1990.

Marx, K., Engels, F., *The German Ideology*, Prometheus Books, 1998.

Marx, K., Engels, F., 『독일 이데올로기』 I, 박재희(역), 청년사, 1988.

Neocleous, M., 『파시즘』, 정준영(역), 이후, 2002.

Novack, G.(편), 『실존과 혁명』, 김영숙(역), 한울, 1983.

Popper, K. R.,『열린사회와 그 적들』Ⅰ, 이한구(역), 민음사, 1997.

Said, E. W.,『오리엔탈리즘』, 박홍규(역), 교보문고, 1991.

Sartre, J. P.,『존재와 무』1~2, 손우성(역), 삼성출판사, 1990.

Smart, B.,『마르크스주의와 미셸 푸코의 대화』, 이유동·윤　비(역), 문학풍경, 1999.

Speck, J.(편),『근대독일철학』, 원승룡(역), 서광사, 1986.

Stalin, I. V.,『이·웨·쓰딸린 저작집』7, 외국문서적출판사, 1956.

Stalin, J. V.,『스탈린 선집』1~2, 서중건(역), 전진, 1990.

Unamuno, M.,『생의 비극적 의미』(외), 장선영(역), 삼성출판사, 1976.

Wallerstein, I.,『사회과학으로부터의 탈피』, 성백용(역), 창작과 비평사, 1994.

Weber, M.,『직업으로서의 학문』, 이상률(역), 문예출판사, 1994.

Wellek, R., Warren, A., *Theory of Literature*, Penguin Books, 1963.

Wellek, R., Warren, A.,『문학의 이론』, 김병철(역), 을유문화사, 1982.

Zimmermann, F.,『실존철학』, 이기상(역), 서광사, 1987.

소련과학 아카데미(편),『마르크스 레닌주의 미학의 기초이론』Ⅰ~Ⅱ, 신승엽·전승주·유문선(역), 일월서각, 1988.

姜尙中,『오리엔탈리즘을 넘어서』, 이경덕·임성모(역), 이산, 1997.

今村仁司,『근대성의 구조』, 이수정(역), 민음사, 1999.

毛澤東,『모택동 선집』1~2, 김승일(역), 박영사, 2002.

劉若愚,『중국의 문학이론』, 이장우(역), 명문당, 1994.

和田春樹,『김일성과 만주항일전쟁』, 이종석(역), 창작과 비평사, 1992.

부록 : 북한 문학 연구 목록

1) 일반 논문

김윤동, 「한설야보고를 중심한 붉은 북한문단의 명멸상 - 제3차전당대회전야의 암투상」,
　　　『신태양』, 1956. 7.

한재덕, 「북한문학계의 실정 - 한국문학가협회창립10주년기념축전에서의 강연초고」,
　　　『현대문학』, 1959. 8.

최태응, 「북한문단 10여년사」, 『신사조』, 1962. 8~10.

최태응, 「월북문화인의 비극」, 『사상계』, 1962. 12~1963. 6.

구　상, 「북한의 시 - 그 변질화과정에 대한 소고」, 평화통일연구소, 『통일정책』 4-2,
　　　1978. 7.

국토통일원 자료관리국, 「'북한문학'의 실태」, 평화통일연구소, 『통일정책』 4-2, 1978. 7.

김윤식, 「북한의 평론 - 북한 문화예술정책에 대한 비판」, 『통일정책』 4-2, 1978. 7.

선우휘, 「북한의 아동문학 - 북한아동의 정서와 의식형성」, 평화통일연구소, 『통일정책』
　　　4-2, 1978. 7.

신상웅, 「북한의 희곡」, 평화통일연구소, 『통일정책』 4-2, 1978. 7.

양태진, 「월북작가론 - 김일성에 대한 '글 심부름꾼'의 허상」, 평화통일연구소, 『통일정
　　　책』 4-2, 1978. 7.

이은상, 「'문학부재'의 북한」, 평화통일연구소, 『통일정책』 4-2, 1978. 7.

홍기삼, 「북한의 소설 - 소설형태와 소설이전」, 평화통일연구소, 『통일정책』 4-2,
　　　1978. 7.

이기봉, 「북한문학의 뿌리와 현실」, 『동서문학』, 1986. 6.

임헌영, 「분단시대의 민족·민중문학론」, 송건호·박현채·노중선·임헌영·강원돈,
　　　『변혁과 통일의 논리』, 사계절, 1987.

구　상, 「북한의 시」, 『시대문학』, 1987. 가을.

오현주, 「북한 문학사 서술 방식의 변천과정」, 『원우논집』(연세대) 16, 1988. 2.

김　철, 「분단의 언어·통일의 언어」, 『실천문학』, 1988. 봄.

권영민, 「문학사의 총체성 회복과 월북문인」, 『문학사상』, 1988. 6.

정창범, 「북한문학의 실상」, 『민족지성』 29, 1988. 7.

성기조, 「북한의 문학예술 40년에 관한 연구 - 소설문학을 중심으로」, 『비평문학』 2,

1988. 8.

김재용, 「해금작가들과 민족문학사」, 『월간중앙』, 1988. 9.

김윤식, 「북한의 문학이론 - 북한 문학 예술 정책에 대한 이해를 위해」, 『문예중앙』, 1988. 가을.

윤미량, 「북한문학에서의 혁명적 낙관주의」, 『민족재결합의 모색』 40, 1988. 12.

황패강, 「분단시대의 문학사 서술」, 『숭실대논문집』 18, 1988. 12.

김명환, 「분단극복과 민족문학운동」, 『실천문학』, 1988. 겨울.

임규찬, 「8·15 직후 민족문학론에 있어서 민중성과 당파성의 문제」, 『실천문학』, 1988. 겨울.

권영민, 「북한에서의 근대 문학사 연구 -『조선문학사』를 중심으로」, 권영민(편), 『북한의 문학』, 을유문화사, 1989.

권영민, 「북한의 문예 이론과 문예 정책」, 권영민(편), 『북한의 문학』, 을유문화사, 1989.

권영민, 「북한의 문학을 어떻게 볼 것인가」, 권영민(편), 『북한의 문학』, 을유문화사, 1989.

김열규, 「북한 문학의 한 위상」, 권영민(편), 『북한의 문학』, 을유문화사, 1989.

김윤식, 「주체 사상에 기초한 사회주의적 문예 이론」, 권영민(편), 『북한의 문학』, 을유문화사, 1989.

김재홍, 「북한 시의 한 고찰」, 권영민(편), 『북한의 문학』, 을유문화사, 1989.

유민영, 「북한의 희곡」, 권영민(편), 『북한의 문학』, 을유문화사, 1989.

이재선, 「사회주의 역사 소설과 그 한계 - 박태원 『갑오농민전쟁』론」, 권영민(편), 『북한의 문학』, 을유문화사, 1989.

임진영, 「해방직후 민주건설기의 북한문학」, 김남식(외), 『해방전후사의 인식』 5, 한길사, 1989.

임헌영, 「북한의 항일 혁명 문학」, 권영민(편), 『북한의 문학』, 을유문화사, 1989.

정호웅, 「북한소설의 비판적 이해」, 『해방공간의 민족문학연구』, 열음사, 1989.

조남현, 「북한 소설의 한 단면 -『두만강』·『설봉산』·『서산대사』를 중심으로」, 권영민(편), 『북한의 문학』, 을유문화사, 1989.

오현주, 「북한의 혁명문학 40년」, 『사회와 사상』, 1989. 2.

김윤식, 「북한 문학을 어떻게 대할 것인가」, 『문학과 사회』, 1989. 봄.

박찬승, 「북한학계의 근대사 연구」, 『문학과 사회』, 1989. 봄.

백낙청, 「통일운동과 문학」, 『창작과 비평』, 1989. 봄.

이동하, 「북한문학과 우리 소설」, 『문학과 비평』, 1989. 봄.

최일남·한홍구·정도상·김 철, 「북한문학 바로 읽기의 입문」, 『문예중앙』, 1989. 봄.

권영민, 「북한에서의 근대문학 연구 – 당의 정책변화와 '주체의 문예이론' 정립과정을 중심으로」, 『문학사상』, 1989. 6.

김열규, 「북한문화의 특성과 남북문화 교류의 전망」, 『문학사상』, 1989. 6.

김윤식, 「주체사상에 기초한 사회주의적 문예이론」, 『문학사상』, 1989. 6.

김재홍, 「『백두산』 그 진행형 테마 – 조기천·백두산론」, 『문학사상』, 1989. 6.

이재선, 「사회주의 역사소설과 그 한계 – 박태원·갑오농민전쟁론」, 『문학사상』, 1989. 6.

임헌영, 「북한의 창작문학 – 소설을 중심으로」, 『문학사상』, 1989. 6.

조남현, 「『두만강』을 통해 본 북한문학 – 이기영·두만강론」, 『문학사상』, 1989. 6.

김성수, 「소련에서의 조명희」, 『창작과 비평』, 1989. 여름.

백진기, 「북한의 문예에 대한 올바른 이해를 위해」, 『실천문학』, 1989. 여름.

유중하, 「주체문예이론의 대중노선에 대하여 – 중국 현대문학의 관점에서 본 북한문학 연구 노트」, 『창작과 비평』, 1989. 여름.

임헌영, 「북한문학 개관」, 『실천문학』, 1989. 여름.

이복규, 「북한의 문학사 서술양상」, 『국제어문』 9·10, 1989. 7.

김윤식, 「이기영론 – 『고향』에서 『두만강』까지」, 『동서문학』, 1989. 8~10.
　　 = 『한국현대현실주의소설 연구』, 문학과 지성사, 1990.
　　 = 정호웅(편), 『이기영』, 새미, 1995.

임형택·최원식·김명환·김형수, 「통일을 생각하며 북한문학을 읽는다」, 『창작과 비평』, 1989. 가을.

정호웅, 「『두만강』론 – 항일무장투쟁의 길」, 『창작과 비평』, 1989. 가을.

감태준, 「시적 대상의 유형 – 이용악의 시세계」, 『월간문학』, 1989. 12~1990. 1.

김승환, 「남북한 근대문학과 언어이데올로기적 대차」, 『국제관계연구』(충북대) 1, 1989. 12.

구인환, 「이기영의 두만강」, 『월간문학』, 1989. 12.

신동한, 「갑오농민전쟁론」, 『월간문학』, 1989. 12.

홍낙훈, 「정치선동의 조작품」, 『월간문학』, 1989. 12.

김윤식, 「1930년대 후반기 카프 문인들의 전향 유형 분석」, 『한국 현대 현실주의 소설 연구』, 문학과 지성사, 1990.

김윤식, 「1946~1960년대 북한 문학의 세 가지 직접성 – 한설야의 「혈로」, 「모자」, 「승냥이」 분석」, 『한국 현대 현실주의 소설 연구』, 문학과 지성사, 1990.

김윤식, 「80년대 북한 소설 읽기」, 『한국 현대 현실주의 소설 연구』, 문학과 지성사, 1990.

김윤식, 「내면 풍경의 문학사적 탐구 – 한설야의 『청춘기』」, 『한국 현대 현실주의 소설 연구』, 문학과 지성사, 1990.

김윤식, 「박태원론 – 모더니즘과 리얼리즘의 관련 양상」, 『한국 현대 현실주의 소설 연구』, 문학과 지성사, 1990.

김윤식, 「북한 문학을 어떻게 대할 것인가 – 현실주의와 유토피아」, 『한국 현대 현실주의 소설 연구』, 문학과 지성사, 1990.

김윤식, 「빨치산 소설의 기원 – 이태준의 「첫전투」와 박태민의 「제2전구」」, 『한국 현대 현실주의 소설 연구』, 문학과 지성사, 1990.

김윤식, 「우리 현대 문학사의 연속성 – 염상섭의 『취우』와 한설야의 『대동강』」, 『한국 현대 현실주의 소설 연구』, 문학과 지성사, 1990.

김윤식, 「이기영론 – 『고향』에서 『두만강』까지」, 『한국 현대 현실주의 소설 연구』, 문학과 지성사, 1990.

김윤식, 「작가의 관념적 오류와 소설적 진실 – 이기영의 「농막일기」와 「농막선생」」, 『한국 현대 현실주의 소설 연구』, 문학과 지성사, 1990.

김윤식, 「주체 사상에 기초한 사회주의적 문예 이론 비판」, 『한국 현대 현실주의 소설 연구』, 문학과 지성사, 1990.

김윤식, 「최명익론 : 평양 중심화 사상과 모더니즘 – 「심문」에서 『서산대사』까지」, 『한국 현대 현실주의 소설 연구』, 문학과 지성사, 1990.

김윤식, 「토지 개혁과 개벽 사상 – 이기영의 『땅』」, 『한국 현대 현실주의 소설 연구』, 문학과 지성사, 1990.

김윤식, 「한설야론 – 「과도기」에서 『설봉산』까지」, 『한국 현대 현실주의 소설 연구』, 문학과 지성사, 1990.

김윤식, 「황건론 – 정치·문학 일원론에 이른 길」, 『한국 현대 현실주의 소설 연구』, 문학과 지성사, 1990.

이윤상, 「근현대사의 시대구분」, 안병우·도진순(편), 『북한의 한국사 인식』, 한길사, 1990.

장윤익, 「교류의 방향과 전망 – 남북문학사의 비평적 조명」, 『남북문학의 비평적 조명』, 백문사, 1990.

박상천, 「해방 후 북한의 문학」, 『현대시』, 1990. 1~2.

이상호, 「북한의 문학연구의 기본관점」, 『현대시』, 1990. 1~2.

김윤식, 「80년대 북한 문학작품 읽기 1 – 한국문학사 연구노트 7」, 『동서문학』, 1990. 2.

이우용, 「이태준의 『농토』에 나타난 인물성격 연구 – 사회주의 리얼리즘 논의를 중심으로」, 『건국대대학원논문집』 30, 1990. 2.

김경원, 「해방 직후 남북한 리얼리즘 소설에 나타난 긍정적 주인공의 양상」, 『동서문학』, 1990. 3.

김성수, 「우리 문학에서 사회주의적 사실주의의 발생 - 북한의 사회주의적 사실주의 논쟁 1」, 『창작과 비평』, 1990. 봄.

홍정선, 「통일문학사와 정통성의 장벽 - KAPF 처리 문제를 중심으로」, 『문학과 사회』, 1990. 여름.

성기조, 「북한문학연구 - 성과작으로 내세우는 작품 중 정치성과 노동관을 중심으로」, 『문학예술』, 1990. 7.

오현주, 「남북한의 6·25문학 비교 - 소설을 중심으로」, 『한길문학』, 1990. 7.

송희복, 「분단문학사와 통일문학사」, 『문학공간』, 1990. 8.

박형규·김종현·반성완·임헌영, 「민족문학과 사회주의문학」, 『한길문학』, 1990. 8.

임헌영, 「주체사상에 따른 항일혁명문학이 주류」, 『한길문학』, 1990. 8.

권영민, 「분단문학으로서의 북한문학의 성격」, 『세계의 문학』, 1990. 가을.

김대행, 「북한의 문학사 연구, 어디까지 왔는가」, 『문학과 비평』, 1990. 가을.

김동훈, 「북한학계 리얼리즘논쟁의 검토」, 『실천문학』, 1990. 가을.

서경석, 「문학사 서술에 나타난 남북한의 거리」, 『문학과 비평』, 1990. 가을.

이 훈, 「도시 속의 지식인과 노동자 - 「소설가 구보씨의 일일」과 『황혼』을 중심으로」, 『문학과 비평』, 1990. 가을.

홍정선, 「카프와 주체사상의 관계」, 『문학과 비평』, 1990. 가을.

김윤식, 「한설야론(상) - 「과도기」에서 『설봉산』까지」, 『동서문학』, 1990. 9.

성기조, 「북한문학연구 - 성과작으로 내세우는 작품중 정치성과 노동관을 중심으로」, 『비평문학』, 1990. 10.

홍정선, 「북한문학과 주체문예 이론」, 『전망』 46, 1990. 10.

권영민, 「김일성의 주체사상과 북한문학」, 『통일로』 27, 1990. 11.

권영민, 「분단문학으로서의 북한문학의 성격」, 『세계문학』, 1990. 겨울.

신범순, 「분단 역사의 흔적에 대한 소설적 글쓰기의 모험」, 『세계문학』, 1990. 겨울.

이기철, 「북한문학사 기술의 시점」, 『영남대민족문화논총』 11, 1990. 12.

정주환, 「북한문학의 이질화와 우리의 과제」, 『호남대사회교육』 3, 1990. 12.

김승종, 「황건의 「개마고원」론」, 한국문학연구회(편), 『1950년대 남북한 문학』, 평민사, 1991.

김재홍, 「광복50년 남북한 시의 한 검토」, 『한국현대시사의 쟁점』, 시와 시학사, 1991.

서경석, 「1950년대 북한문학의 한 양상 - 윤세중의 소설을 중심으로」, 문학사와 비평연구회(편), 『1950년대 문학연구』, 예하, 1991.

심원섭, 「1950년대 북한 시 개관」, 한국문학연구회(편), 『1950년대 남북한 문학』, 평민사, 1991.

양승국, 「1945년~1953년의 남북한 희곡에 나타난 분단문학적 특질」, 문학사와 비평연구회(편), 『1950년대 문학연구』, 예하, 1991.

윤여탁, 「한국전쟁후 남북한 시단의 형성과 시세계」, 『한국 현대시사의 쟁점』, 시와 시학, 1991.

한형구, 「1950년대의 한국시 – 전쟁시 혹은 전후시의 전개」, 문학사와 비평연구회(편), 『1950년대 문학연구』, 예하, 1991.

김용직, 「이데올로기와 창작활동 – 북한의 문예이론, 문예정책」, 『동서문학』, 1991. 1.

심경훈, 「주체적 문예이론과 서정시론」, 『예술과 비평』, 1991. 봄.

김승환, 「해방공간의 북한문학 – 문화적 민주기지 건설론을 중심으로」, 『한국학보』, 1991. 여름.

김성수, 「근대문학과 사회주의 리얼리즘의 발생 – 1950~60년대 북한 학계의 사회주의 리얼리즘 발생 발전 논쟁에 대한 비판적 검토」, 김성수(편), 『우리 문학과 사회주의 리얼리즘 논쟁』, 사계절, 1992.

김윤식, 「분단문학, 통일문학」, 『현대소설과의 대화』, 현대소설사, 1992.

김윤식, 「남북작가회의에의 길」 1~2, 『현대소설과의 대화』, 현대소설사, 1992.

김재남, 「김사량 문학연구」, 김재남(편), 『김사량 작품집』(종군기), 살림터, 1992.

김재남, 「『북한의 비판적 사실주의 문학 연구』 해제」, 리동수, 『북한의 비판적 사실주의 문학 연구』, 살림터, 1992.

정영진, 「문학사의 미궁 찾기 1 – 북행문인·북한문학산고」, 『현대문학』, 1992. 1.

정영진, 「문학사의 미궁 찾기 2 – 시인 조벽암의 월북 전후」, 『현대문학』, 1992. 2.

홍문표, 「남북한 시의 이질화에 관한 고찰」, 『명지어문학』 20, 1992. 2.

Tibor Méray, 「설정식에 대한 추억」, 홍정선(역), 『현대문학』, 1992. 2.

김재용, 「북한문학개론의 '반종파투쟁'과 카프 및 항일혁명문학」, 『역사비평』, 1992. 봄.

김재용, 「북한 문예학의 전개과정과 과학적 문학사의 과제」, 『실천문학』, 1992. 봄.

정영진, 「문학사의 미궁 찾기 3 – '정치문인' 박승극의 궤적」, 『현대문학』, 1992. 3.

권영민, 「민족 공동체 문화의 확립을 위한 방안 – 남북한 문화예술 교류와 통합의 길은 동질성 회복」, 『문학사상』, 1992. 4.

김외곤, 「북한문학에 나타난 민족해방투쟁의 형상화와 그 문제점 – 민촌 이기영의 『두만강』을 중심으로」, 『문학정신』, 1992. 4.
　　= 『한국근대리얼리즘문학 비판』, 태학사, 1995.

이형기·조정래·정동주·김영헌, 「남북 문학교류에 대한 제언 – 중견작가 4인이 말하는 교류의 의미와 이정표」, 『문학사상』, 1992. 4.

전영애, 「통일후 독일문단의 과도기적 현상 – 분단의 상흔 속에 아직은 모색단계」, 『문학사상』, 1992. 4.

전영태, 「민족적 대서사시의 창출을 위한 준비작업 – 통일문학의 기본적 전제와 예비적 절차에 관한 논의」, 『문학사상』, 1992. 4.

정영진, 「문학사의 미궁 찾기 4 – '문맹' 최후의 사령탑 배호」, 『현대문학』, 1992. 4.

류보선, 「이상적 현실의 형상화와 소설적 진실 – 이기영의 『땅』에 대하여」, 『문학정신』, 1992. 5.

김동훈, 「장편소설론의 이상과 '혁명적 대작 장편' 창작방법 논쟁 – 북한의 사회주의적 사실주의 논쟁・3」, 『한길문학』, 1992. 여름.

정영진, 「문학사의 미궁 찾기 5 – 프로희곡사의 산 증인 신고송」, 『현대문학』, 1992. 6.

김외곤, 「1930년대 적색농조운동과 낙관주의적 비극 – 한설야의 『설봉산』」, 『문학정신』, 1992. 7.

조남철, 「한설야 소설 연구 – 『설봉산』을 중심으로」, 『한국방송통신대논문집』 14, 1992. 7.

정영진, 「문학사의 미궁 찾기 6 – 박태원과 북의 『삼국지』」, 『현대문학』, 1992. 7.

김만수, 「북한 문학평론의 폐쇄성과 편협성 – 주체적인 사회주의적 문학예술」, 『문학사상』, 1992. 8.

서경석, 「남북한 소설의 차별성 ; 창작방법론과 관련하여 – 주체적인 사회주의적 문학예술」, 『문학사상』, 1992. 8.

송기한, 「90년대 남북 시의 한 단면 – 정서적 공감대 통한 이질화의 극복」, 『문학사상』, 1992. 8.

양승국, 「북한의 희곡문학과 연극의 실상 – 남북 연극의 괴리 ; 이질화의 뚜렷한 증거」, 『문학사상』, 1992. 8.

정영진, 「문학사의 미궁 찾기 7 – 요절작가 안동수의 '8・15소설'」, 『현대문학』, 1992. 8.

정영진, 「문학사의 미궁 찾기 8 – 해방공간의 우상문학」, 『현대문학』, 1992. 9.

정영진, 「문학사의 미궁 찾기 9 – 동요시인 윤복진 반전극」, 『현대문학』, 1992. 10.

정영진, 「문학사의 미궁 찾기 10 – 극작가 박로아의 무상한 변신」, 『현대문학』, 1992. 11.

정영진, 「문학사의 미궁 찾기 11 – 소설가 엄흥섭의 의문점들」, 『현대문학』, 1992. 12.

김재용, 「80년대 북한 소설문학의 특징과 문제점 – 사회주의 현실 주제의 중장편을 중심으로」, 『창작과 비평』, 1992. 겨울.

권영민, 「북한의 문학」, 『한국현대문학사』(1945~1990), 민음사, 1993.

김성수, 「1950년대 북한 문예비평의 전개과정」, 조건상(편), 『한국전후문학연구』, 성균관대출판부, 1993.

김윤식·정호웅, 「북한소설 개관」, 『한국소설사』, 예하, 1993.

조남현, 「이기영의 『두만강』」, 『한국현대소설의 해부』, 문예출판사, 1993.

현재원, 「'전후복구건설시기' 북한희곡에서의 도식주의 – 문예정책과의 관련을 중심으로」, 조건상(편), 『한국전후문학연구』, 성균관대출판부, 1993.

류보선, 「모더니즘적 이념의 극복과 영웅성의 세계 – 박태원의 『갑오농민전쟁』」, 『문학 정신』, 1993. 2.

박명용, 「북한문학의 양태 고찰 – 해방 이후의 시를 중심으로」, 『대전어문학』 10, 1993. 2.

강진호, 「『조선문학개관』을 통해 본 북한의 문학사 서술」, 『극동문제』 169, 1993. 3.

김동훈, 「전후문학의 도식주의 논쟁 – 1950년대 북한 문예비평사의 쟁점」, 『문학과 논 리』 3, 1993. 6.

박철석, 「남북 시문학 비교 연구 – 80년대 시를 중심으로」, 『동아논총』 30, 1993. 12.

김성수, 「사실주의 비평논쟁사 개관 – 북한 비평사의 전개(1945~1967)와 『문학신문』」, 김성수(편), 『북한 『문학신문』 기사목록(1956~1993)』(사실주의 비평사 자료 집), 한림대학교 아시아문화연구소, 1994.

김재용, 「1980년대 북한 소설 문학의 특성과 문제점 – '사회주의 현실' 주제의 중·장편 을 중심으로」, 『북한 문학의 역사적 이해』, 문학과 지성사, 1994.

김재용, 「8·15 직후의 민족문학론 – 조선문학가동맹과 북조선문예총 사이의 논쟁을 중 심으로」, 『북한 문학의 역사적 이해』, 문학과 지성사, 1994.

김재용, 「북한 문예학의 전개 과정과 과학적 문학사의 과제」, 『북한 문학의 역사적 이 해』, 문학과 지성사, 1994.

김재용, 「북한 문학계의 '반종파 투쟁'과 카프 및 항일 혁명 문학」, 『북한 문학의 역사적 이해』, 문학과 지성사, 1994.

김재용, 「북한 문학의 역사적 이해를 위하여」, 『북한 문학의 역사적 이해』, 문학과 지성 사, 1994.

김재용, 「북한에서의 항일 혁명 문학 평가의 역사」, 『북한 문학의 역사적 이해』, 문학과 지성사, 1994.

김재용, 「북한의 프로 문학 연구 비판 – 북한 문예학계의 사회주의 사실주의의 발생 발전 논의와 관련하여」, 『북한 문학의 역사적 이해』, 문학과 지성사, 1994.

김재용, 「유일 사상 체계의 확립과 북한 문학의 변모 – 천세봉의 『안개 흐르는 새 언덕』 에 대한 평가를 중심으로」, 『북한 문학의 역사적 이해』, 문학과 지성사, 1994.

김재용, 「초기 북한 문학의 형성 과정과 냉전 체제」, 『북한 문학의 역사적 이해』, 문학과 지성사, 1994.

김재용, 「최근(1990년대) 북한 소설의 경향과 그 역사적 의미」, 『북한 문학의 역사적 이해』, 문학과 지성사, 1994.

최연홍, 「북한이 보는 남한문학·세계문학」, 『북한』 266, 1994. 2.

신두원, 「해방직후 북한의 문학비평」, 『한국학보』, 1994. 봄.

김재용, 「초기 북한문학의 형성과정과 냉전체제」, 『통일문제연구』 21, 1994. 7.

서준섭·신형기·하정일·김성수·김재용·임진영, 「북한문학 이해의 올바른 방향」, 『민족문학사연구』 5, 1994. 7.

박선애, 「『해방전후』, 『농토』 연구」, 『원우론총』(숙명여대) 12, 1994. 11.

김현숙, 「북한문학에 나타난 여성인물 형상화의 의미」, 『이화여대여성학논집』 11, 1994. 12.

신형기, 「북한문학 연구의 성과 – 김재용, 『북한문학의 역사적 이해』」, 『민족문학사연구』 6, 1994. 12.

신형기, 「북한문학 연구의 성과와 근대 리얼리즘의 가닥잡기 – 김재용『북한문학의 역사적 이해』, 정호웅『우리 소설이 걸어 온 길』」, 『오늘의 문예비평』, 1994. 겨울.

김종회, 「주체문학론과 부수적 현실주제 문학론의 병행」, 최동호(편), 『남북한 현대문학사』, 나남, 1995.

김춘식, 「근대 민족문학의 두 가지 방향과 분단기 한국문학사의 전개 – 분단기 한국문학사를 바라보는 몇 가지 관점」, 최동호(편), 『남북한 현대문학사』, 나남, 1995.

김춘식, 「문예학의 원칙 확립과 미학의 제문제」, 최동호(편), 『남북한 현대문학사』, 나남, 1995.

김한식, 「북한소설에서 현실모순의 형상화 문제」, 최동호(편), 『남북한 현대문학사』, 나남, 1995.

김행숙, 「북한문학사 서술의 원칙과 성격」, 최동호(편), 『남북한 현대문학사』, 나남, 1995.

손화숙, 「공산주의적 교양과 긍정적 인물의 변모양상」, 최동호(편), 『남북한 현대문학사』, 나남, 1995.

유지현, 「분단체제 심화기 남북한 사회의 동력과 문학적 사유 : 시대개관」, 최동호(편), 『남북한 현대문학사』, 나남, 1995.

윤동재, 「도식성과 산문화 경향 극복을 위한 모색」, 최동호(편), 『남북한 현대문학사』, 나남, 1995.

이광호, 「문학사 인식과 시대구분」, 최동호(편), 『남북한 현대문학사』, 나남, 1995.

이상숙, 「사상 예술성의 고양과 시대적 전형의 창조」, 최동호(편), 『남북한 현대문학사』, 나남, 1995.

이창민, 「분단체제 변혁을 위한 문학적 실천 : 시대개관」, 최동호(편), 『남북한 현대문학사』, 나남, 1995.

임진영, 「북한문학의 이해 – 단편소설을 중심으로」, 민족문학사연구소(편), 『민족문학사강좌』(하), 창작과 비평사, 1995.

전도현, 「현실 창조의 문학과 이질성의 심화」, 최동호(편), 『남북한 현대문학사』, 나남, 1995.

정혜경, 「'인민'의 사회주의적 정체성 건설과 '고상한' 리얼리즘」, 최동호(편), 『남북한 현대문학사』, 나남, 1995.

정혜경, 「분단시대의 출발과 정체성의 모색 : 시대개관」, 최동호(편), 『남북한 현대문학사』, 나남, 1995.

조해옥, 「유일사상의 확립과 시적 형상화 주체의 변모」, 최동호(편), 『남북한 현대문학사』, 나남, 1995.

최동호, 「남북한 현대문학사 서술을 위한 서설」, 최동호(편), 『남북한 현대문학사』, 나남, 1995.

홍창수, 「남한문학사 서술양상과 북한문학 연구동향」, 최동호(편), 『남북한 현대문학사』, 나남, 1995.

渡邊直紀, 「분단시대 남북한 문학과 전후 일본 문학이 비교 가능성」, 최동호(편), 『남북한 현대문학사』, 나남, 1995.

김재용, 「도시를 동경하는 북한농촌의 젊은이들」, 『통일한국』 134, 1995. 2.

이명재, 「북한문학사 기술의 문제점」, 『자유』 258, 1995. 2.

강형철, 「최근 북한시에 나타난 서정의 문제점과 민족 동질성」, 『북한문화연구』 2, 1995. 4.

김귀옥, 「1980년대 북한 소설에 반영된 여성노동자 및 근로자의 가치관」, 『북한문화연구』 2, 1995. 4.

김재용, 「북한문학을 통해 본 북한사람들 3 – 여성해방」, 『통일한국』 135, 1995. 3.

김동훈, 「북한 문예이론의 역사적 변모와 김정일의 『주체문학론』」, 『북한문화연구』 2, 1995. 4.

김재용, 「1990년대 전반기 북한문학과 이후의 전망」, 『북한문화연구』 2, 1995. 4.

김재용, 「김정일 시대의 주체문학론」, 『문예중앙』, 1995. 봄.

신형기, 「90년대 북한문학의 동향」, 『문예중앙』, 1995. 봄.

김윤식, 「유럽에서 만난 북한 학자들 – 유럽지역 한국학대회(AKSE) 참관기」, 『문예중앙』, 1995. 여름.

김재용, 「90년대 남북한 문학의 비판적 조망 – 젊은 작가들의 소설을 중심으로」, 『창작과 비평』, 1995. 여름.

김재용, 「근대문학 기점 논의와 한국문학의 근대성」, 『문학사상』, 1995. 7.

김윤식, 「50년대 북한 문학의 동향에 대한 연구」, 『한국학보』, 1995. 가을.

김재용, 「문학의 정치성과 정치주의 – 8·15이후 안 함광의 문학론을 중심으로」, 『현상과 인식』, 1995. 가을.

김재용, 「북한문학의 공식성과 비공식성」, 『민족예술』 8, 1995. 10.

박보영, 「북한문학 50년」, 『통일로』 86, 1995. 10.

권영민, 「북한의 문학 50년」, 『북한문화연구』 3, 1995. 12.

이상경, 「토지개혁과 북한문학 – 체험에서 역사로」, 『북한문화연구』 3, 1995. 12.

손광은, 「북한시의 위상과 동질성 회복 문제」, 『용봉논총』(전남대) 24, 1995. 12.

김윤식, 「50년대 북한문학의 동향」, 『북한문학사론』, 새미, 1996.

김윤식, 「남북한 현대 문학사 서술 방향에 대한 예비고찰 – 위기의식의 두 양상」, 『북한문학사론』, 새미, 1996.

김윤식, 「북한문학 50년의 비평사적 검토 – 세 개의 문제점을 중심으로」, 『북한문학사론』, 새미, 1996.

김윤식, 「북한문학 개관」, 『북한문학사론』, 새미, 1996.

김윤식, 「북한문학 연구사」, 『북한문학사론』, 새미, 1996.

김윤식, 「북한문학을 어떻게 대할 것인가 – 현실주의와 유토피아」, 『북한문학사론』, 새미, 1996.

김윤식, 「유럽지역의 한국학 대회와 북한학자들의 발표내용 – AKSE 제 17차 대회의 표정」, 『북한문학사론』, 새미, 1996.

김윤식, 「한국근대문학사와 월북작가 문제 – 최근정부의 규제완화조치와 관련하여」, 『북한문학사론』, 새미, 1996.

김재용, 「1990년대 남북한 문학의 비판적 조망 – 젊은 작가의 소설을 중심으로」, 『민족문학운동의 역사와 이론』 2, 한길사, 1996.

김재용, 「남북한 문학과 근대성」, 『민족문학운동의 역사와 이론』 2, 한길사, 1996.

김재용, 「망각의 세월과 자기인식의 원근법」, 『민족문학운동의 역사와 이론』 2, 한길사, 1996.

이상옥, 「분단문학의 양극화 현상과 극복과제」, 『홍익어문』 15, 1996. 2.

최호열, 「북한문학의 흐름 – 남한에서 출간된 작품들을 중심으로」, 『민족예술』 14, 1996. 4.

김재용, 「김일성 사후의 북한문학 – 90년대 중반 북한소설의 새로운 경향과 그 의미」,

『문예중앙』, 1996. 여름.

최수봉, 「김 부자 체제 지탱하는 북한의 '주체적' 문학·예술 – 북한문학의 현황과 실제」, 『새물결』 183, 1996. 7.

최수봉, 「북한문학 발목잡는 '전형성의 원칙' – 북한문학의 현황과 실제 2」, 『새물결』 184, 1996. 8.

신춘호, 「이기영의 『두만강』 연구」, 『건국대중원인문논총』 15, 1996. 8.

최수봉, 「'원칙'과 '규제'뿐인 문학창작의 불모지대 – 북한문학의 현황과 실제 3」, 『새물결』 185, 1996. 9.

최수봉, 「'검열' 사슬에 묶인 문학창작·출판의 현실 – 북한문학의 현황과 실제 4」, 『새물결』 186, 1996. 10.

최수봉, 「'김부자 우상화' 사명에 신음하는 북한 문예 – 북한문학의 현황과 실제 5」, 『새물결』 187, 1996. 11.

장사선, 「한효론(Ⅱ)」, 『동서문화연구』(홍익대) 4, 1996. 12.

이명재, 「북한문학사의 특질과 그 평가」, 『현대문학』, 1997. 1.

권영민, 「북한의 문학(상)」, 『학교경영』, 1997. 3.

김용직, 「주체사상 문예판의 실상과 허상 – 종자이론에 대하여」, 『현대문학』, 1997. 3.

김우종, 「문학에서의 민족의 뜻」, 『현대문학』, 1997. 3.

임헌영, 「북한문학에서의 민족」, 『현대문학』, 1997. 3.

전영태, 「남쪽 민족문학론의 전개 – 민족문학의 가능성」, 『현대문학』, 1997. 3.

이선영, 「남북한의 문학과 사회 – 작가와 정치권력의 관계를 중심으로」, 『문학과 의식』, 1997. 봄.

김준오, 「조선족문학·한국문학·북한문학의 동질성과 이질성 – 서술시를 중심으로」, 『한국문학논총』 20, 1997. 6.

권영민, 「북한의 문학은 어떻게 변화해 왔는가(하)」, 『학교경영』, 1997. 7.

설성경·김영민·최유찬·양문규·심원섭, 「통일 한국 문학의 진로와 세계화방안 연구 – 남북한 문학의 총체적 비교와 전망을 중심으로」, 『동방학지』(연세대) 98, 1997. 12.

이재인, 「새로운 영웅의 창조 – 북한문예정책의 고찰」, 『경기대인문논총』 5, 1997. 12.

김재용, 「전후 북한문학계의 도식주의 비판과 좌절」, 역사문제연구소(편), 『1950년대 남북한의 선택과 굴절』, 역사비평사, 1998.

노귀남, 「북한문학의 혁명전통과 전형의 변화」, 박이도(외), 『전환기 한국문학의 과제와 전망』, 시와 시학사, 1998.

신형기, 「북한문학의 발단과 기원 (1)」, 한국문학연구회, 『현역중진작가연구』 Ⅲ, 국학자료원, 1998.

진창영, 「미적 범주에서 본 남북한 시의 공유점 고찰」, 『한국 현대시의 리얼리즘과 모더
　　니즘적 탐색』, 새미, 1998.

신형기 · 김화영, 「'천리마 대고조기'의 북한문학」, 『경성대논문집』, 1998. 2.

신형기, 「전후시기의 북한문학 - 새것과 낡은것의 갈등」, 『경성대논문집』, 1998. 2.

양문규, 「북한문학을 통해 본 북한의 일상」, 『통일문제연구』(강릉대) 14, 1998. 2.

안숙원, 「역사소설과 박태원의 『갑오농민전쟁』 연구」, 『서울보건대논문집』 18, 1998. 8.

김윤영, 「북한문학의 우상화에 관한 소고 - 1980년대 소설에 나타난 김일성부자 우상화
　　실태분석을 중심으로」, 『공안연구』 54, 1998. 10.

조병기, 「북한문학의 실상과 민족문학적 접근」, 『인문논총』(동신대) 5, 1998. 12.

고봉준, 「1960~1970년대 북한문학의 흐름」, 김종회(편), 『북한문학의 이해』, 청동거
　　울, 1999.

고인환, 「주체소설에 나타난 미세한 균열 - 백남룡의 『60년 후』와 『벗』을 중심으로」, 김
　　종회(편), 『북한문학의 이해』, 청동거울, 1999.

김수이, 「백인준의 정치적 편력과 시의 성격」, 김종회(편), 『북한문학의 이해』, 청동거
　　울, 1999.

김용희, 「북한의 아동시가문학」, 김종회(편), 『북한문학의 이해』, 청동거울, 1999.

김종성, 「이기영 소설의 반봉건성과 혁명의식 - 『땅』과 『두만강』을 중심으로」, 김종회
　　(편), 『북한문학의 이해』, 청동거울, 1999.

김종회, 「해방 후 북한문학의 전개와 실증적 연구 방향」, 김종회(편), 『북한문학의 이
　　해』, 청동거울, 1999.

김주성, 「『안개 흐르는 새 언덕』과 비평적 관점의 변화 - 천세봉론」, 김종회(편), 『북한
　　문학의 이해』, 청동거울, 1999.

노귀남, 「북한문학의 혁명 전통과 전형의 변화」, 김종회(편), 『북한문학의 이해』, 청동
　　거울, 1999.

노희준, 「해방 후 1960년대까지 북한문학의 흐름」, 김종회(편), 『북한문학의 이해』, 청
　　동거울, 1999.

박주택, 「1980년 이후 북한문학의 흐름」, 김종회(편), 『북한문학의 이해』, 청동거울,
　　1999.

백지연, 「항일 투쟁의 영웅화와 민중적 연대 - 조기천의 『백두산』을 중심으로」, 김종회
　　(편), 『북한문학의 이해』, 청동거울, 1999.

서하진, 「박태원의 『갑오농민전쟁』의 구성 양식」, 김종회(편), 『북한문학의 이해』, 청동
　　거울, 1999.

신형기, 「북한문학의 발단과 기원 (2)」, 한국문학연구회, 『현역중진작가연구』 IV, 국학
　　　자료원, 1999.
유진월, 「북한 문예이론의 변천과 연극의 특성」, 김종회(편), 『북한문학의 이해』, 청동
　　　거울, 1999.
이봉일, 「숨은 영웅과 새로운 공산주의적 인간 – 남대현의 『청춘송가』」, 김종회(편),
　　　『북한문학의 이해』, 청동거울, 1999.
이선이, 「1990년대 북한 서사시의 변화와 한계」, 김종회(편), 『북한문학의 이해』, 청동
　　　거울, 1999.
홍용희, 「동상의 제국과 시인의 운명 – 김철론」, 김종회(편), 『북한문학의 이해』, 청동거
　　　울, 1999.
김병길, 「한설야의 『황혼』 개작본 연구」, 『연세어문학』 30 · 31, 1999. 2.
신형기, 「북한문학의 성립」, 『연세어문학』 30 · 31, 1999. 2.
김재용, 「민주기지론과 북한문학의 시원」, 『한국학보』, 1999. 봄.
김재용, 「북한 문학과 민족문제의 인식 – 1960년대 전반기 민족적 특성 논쟁을 중심으
　　　로」, 『현대북한연구』(경남대) 2-1, 1999. 6.
신상성, 「북한문학에 나타난 분단문제와 민족정서 연구 – 90년대 전후 북한소설을 중심
　　　으로」, 『비평문학』 13, 1999. 7.
조병기, 「북한문학의 실상과 민족문학적 접근」, 『비평문학』 13, 1999. 7.
진창영, 「미적 범주에서 본 남북한 시의 비교」, 『비평문학』 13, 1999. 7.
김성수, 「1950년대 북한 문학과 사회주의 리얼리즘」, 『현대북한연구』(경남대) 2-2,
　　　1999. 12.
김재용, 「북한문학에서의 여성과 민족, 그리고 국가」, 『통일논총』(숙명여대) 17, 1999.
　　　12.
박상천, 「김정일 시대의 북한 시문학 –『조선문학』을 중심으로」, 『통일논총』(숙명여대)
　　　17, 1999. 12.
이명재 · 엄동섭, 「월북 및 재북 문인 조사 연구」, 중앙어문학회, 『어문논집』 27, 1999.
　　　12.
이병순, 「해방기 북한 소설 연구」, 『통일논총』(숙명여대) 17, 1999. 12.
홍용희, 「해방 이후 북한 시의 역사적 고찰」, 『외대어문논총』(경희대) 9, 1999. 12.
김영철, 「북한문학사 기술의 제 문제」, 『한국 현대시의 좌표』, 건국대출판부, 2000.
김윤식, 「북한 소설의 '직접성'」, 『한국현대문학비평사론』, 서울대출판부, 2000.
김윤식, 「통일문학사론 · 준통일문학사론 · 병행문학사론의 범주」, 『한국현대문학비평사
　　　론』, 서울대출판부, 2000.

김재용, 「낯익은 것과의 결별 그리고 평등한 세상의 회구 - 4세대 문학의 새로움과 특징」, 『분단구조와 북한문학』, 소명, 2000.

김재용, 「냉전적 분단구조하 한설야 문학의 민족의식과 비타협성」, 『분단구조와 북한문학』, 소명, 2000.

김재용, 「민주기지론과 북한문학의 시원」, 『분단구조와 북한문학』, 소명, 2000.

김재용, 「북한 사회와 서정시의 운명 - 김순석론」, 『분단구조와 북한문학』, 소명, 2000.

김재용, 「북한문학과 민족문제의 인식 - 1960년대 전반기 민족적 특성 논쟁을 중심으로」, 『분단구조와 북한문학』, 소명, 2000.

김재용, 「북한문학에서의 여성과 민족 그리고 국가」, 『분단구조와 북한문학』, 소명, 2000.

김재용, 「북한문학의 수용과 문학적 통합의 길 - 남북문학전집 기획과 관련하여」, 『분단구조와 북한문학』, 소명, 2000.

김재용, 「북한의 분단문학 - 치안대 문제를 중심으로」, 『분단구조와 북한문학』, 소명, 2000.

김재용, 「북한의 여성문학」, 『분단구조와 북한문학』, 소명, 2000.

김재용, 「분단구조하의 남북 중심주의와 민족문학의 과제」, 『분단구조와 북한문학』, 소명, 2000.

김재용, 「서정성과 산문화 사이에서 - 8 · 15 이후의 북한 시문학」, 『분단구조와 북한문학』, 소명, 2000.

김재용, 「월북 이후 김남천의 문학활동과 「꿀」 논쟁」, 『분단구조와 북한문학』, 소명, 2000.

김재용, 「월북 이후 이태준의 문학활동과 「먼지」의 문제성」, 『분단구조와 북한문학』, 소명, 2000.

김재용, 「전후 북한문학의 도식주의 비판」, 『분단구조와 북한문학』, 소명, 2000.

송도영, 「북한 문화 정책에서의 탈식민 담론」, 조한혜정 · 이우영(편), 『탈분단 시대를 열며』, 삼인, 2000.

이우영, 「남북한 문화 정책 비교 - 건국 초기 남북한 문화 정책」, 조한혜정 · 이우영(편), 『탈분단 시대를 열며』, 삼인, 2000.

이우영, 「남북한 사회의 문학 예술 - 개념과 사회적 역할의 차이」, 조한혜정 · 이우영(편), 『탈분단 시대를 열며』, 삼인, 2000.

임영봉, 「고난의 행군의 전위, 우리 식 평론 - 1990년대 북한의 문학평론」, 『한국 현대문학 비평론』, 역락, 2000.

임영봉, 「북한 문학사 개관 - 시기별 쟁점을 중심으로」, 『한국 현대문학 비평론』, 역락,

2000.

표언복, 「북한문학연구의 현황과 과제」, 『백록어문』 16, 2000. 2.

김동훈, 「주체문학의 역사와 이론」, 『동서문학』, 2000. 봄.

김재용, 「낯익은 것과의 결별 그리고 평등한 세상의 회구 – 4세대 문학의 새로움과 특징」, 『동서문학』, 2000. 봄.

홍정선, 「월북문인들의 유형과 북한에서의 활동」, 『동서문학』, 2000. 봄.

장사선, 「안함광의 해방 이후 활동 연구」, 『국어국문학』 126, 2000. 5.

최웅권·장연호, 「북한의 의인소설 연구 현황」, 『한국민족문화』(부산대) 15, 2000. 6.

김병민, 「남북한 민중을 위한 문학 – 신채호, 강경애의 경우」, 『실천문학』, 2000. 여름.

김재용, 「남북 문학계의 교류와 문학유산의 확충 – 남북에서 함께 읽는 홍명희와 염상섭」, 『실천문학』, 2000. 여름.

홍용희, 「통일문학의 원형성 – 남북에서 함께 읽는 정지용과 백석」, 『실천문학』, 2000. 여름.

김윤식, 「문학사의 흐름에서 본 통일시대의 민족문학 – 통일문학사론·준통일문학사론·병행문학사론의 범주에 대한 시론」, 『문예중앙』, 2000. 가을.

신형기, 「혁명적 낭만주의의 시대를 넘어 – 90년대의 북한 문학」, 『문예중앙』, 2000. 가을.

신형기, 「북한 문학의 과거와 현재」, 『문학과 의식』, 2000. 가을.

박상천, 「북한문학 연구의 성과와 전망」, 『문화예술』, 2000. 11.

김영철, 「통일문학 방법론 서설」, 우리말글학회, 『우리말글』 20, 2000. 12.

김웅교, 「리찬의 개작시 연구 – 『리찬 시선집』(1958)을 중심으로 – 이찬(李燦)시 연구 2」, 『민족문학사연구』 17, 2000. 12.

김효석, 「북한의 장편소설 『전환』을 통해 본 '수령형상' 문학의 특성과 창작원리」, 『어문논집』 28, 2000. 12.

장사선, 「안함광의 해방 이후 활동 연구 Ⅱ」, 『동서문화연구』(홍익대) 8, 2000. 12.

김성수, 「1920년대 신경향파 문학과 사회주의 리얼리즘의 발생」, 『통일의 문학 비평의 논리』, 책세상, 2001.

김성수, 「1920년대 카프의 목적의식론과 「낙동강」」, 『통일의 문학 비평의 논리』, 책세상, 2001.

김성수, 「1930년대 초의 리얼리즘론과 프로 문학」, 『통일의 문학 비평의 논리』, 책세상, 2001.

김성수, 「1950년대 북한 문학과 사회주의 리얼리즘」, 『통일의 문학 비평의 논리』, 책세상, 2001.

김성수, 「1960년대 북한 문학과 대작 장편 창작방법 논쟁」, 『통일의 문학 비평의 논리』, 책세상, 2001.

김성수, 「1990년대 북한 문학과 주체 사실주의」, 『통일의 문학 비평의 논리』, 책세상, 2001.

김성수, 「통일 문학사를 위한 남북한 문학 통합논리」, 『통일의 문학 비평의 논리』, 책세상, 2001.

신형기, 「가상의 인격, 도덕의 광기」, 김 철·신형기(외), 『문학 속의 파시즘』, 삼인, 2001.

신형기, 「남북한 문학과 '정치의 심미화'」, 김 철·신형기(외), 『문학 속의 파시즘』, 삼인, 2001.

노귀남, 「신 김정일시대의 북한문학 읽기 – 남북공동선언 이후의 『조선문학』을 중심으로」, 『문학과 창작』, 2001. 1.

김영철, 「21세기 현대문학의 연구방향과 과제」, 『성심어문논집』 23, 2001. 2.

서동수, 「북한문학사 기술의 정치성 연구 – 혁명적 문예전통의 변모를 중심으로」, 『겨레어문학』 26, 2001. 2.

이우영, 「문학예술을 통해서 본 김정일 시대의 북한」, 『경제와 사회』, 2001. 2.

이재원, 「북한 문학사에 서술된 단군신화 고찰」, 『한국체대교양교육논문집』 6, 2001. 2.

노귀남, 「신군혁명문학과 김정일 문학세기 – 『조선문학』 2000년 11, 12호에서」, 『문학과 창작』, 2001. 3.

이항구, 「북한 문화예술의 현황」, 『통일로』 151, 2001. 3.

표언복, 「북한의 '반종파투쟁'과 문학운동」, 어문연구학회, 『어문연구』 35, 2001. 4.

노귀남, 「생존을 위한 투쟁 – 『조선문학』 2001년 1, 2호에서」, 『문학과 창작』 2001. 5.

오성호, 「북한 시의 형성과 전개 – 송가, 서사시, 서정시를 중심으로」, 배달말학회, 『배달말』 28, 2001. 6.

노귀남, 「선군혁명의 문학적 형상 – 『조선문학』 2001년 3, 4호에서」, 『문학과 창작』, 2001. 7.

서동익, 「북한 작가들의 문단등용 과정과 창작환경」, 『북방문제연구』 2, 2001. 7.

노귀남, 「혁명이념의 문학적 승화 – 『조선문학』 2001년 5-6호를 중심으로」, 『문학과 창작』, 2001. 9.

김윤영, 「북한 '선군혁명문학'에 관한 고찰」, 『공안연구』 69, 2001. 10.

김영철, 「통일문학 방법론」, 『겨레어문학』 27, 2001. 10.

김상희, 「소설 「첫수확」에 나타난 도식적 요소」, 『국어국문학』(동아대) 20, 2001. 12.

김윤영, 「북한이 주장하는 '선군혁명문학'의 실체」, 『북한』 360, 2001. 12.

김재용, 「제국주의와 북한문학」, 『민족문학사연구』 19, 2001. 12.

박태상, 「새로 발견된 이기영의 『기행문집』 연구 - 공산주의적 유토피아로서의 '소련'」, 『북한연구회보』 5-2, 2001. 12.

우상렬, 「북한 현대문학에서의 '수령형상창조문학'을 이해하기 위한 시론」, 『정신문화연구』, 2001. 12.

홍혜미, 「북한 문학을 이해하기 위한 시론 - 북한의 문학사 검토」, 전단학회, 『단산학지』 7, 2001. 12.

고봉준, 「남북한 시문학의 접점과 근대문학 - 정지용과 백석을 중심으로」, 김종회(편), 『북한문학의 이해』 2, 청동거울, 2002.

고인환, 「『주체문학론』의 서술 체계와 특징」, 김종회(편), 『북한문학의 이해』 2, 청동거울, 2002.

김병진, 「해방 이후 북한 소설사」, 김종회(편), 『북한문학의 이해』 2, 청동거울, 2002.

김성민, 「북한 문학의 사회학」, 목원대학교 국어교육과(편), 『북한문학의 이해』, 국학자료원, 2002.

김성수, 「남북한 문학사의 비교와 통합방안」, 목원대학교 국어교육과(편), 『북한문학의 이해』, 국학자료원, 2002.

김성수, 「북한문학의 실상과 통일문학의 이상」, 목원대학교 국어교육과(편), 『북한문학의 이해』, 국학자료원, 2002.

김영민, 「남북한 근대문학사의 비교 - 근대계몽기 문학에 대한 서술을 중심으로」, 목원대학교 국어교육과(편), 『북한문학의 이해』, 국학자료원, 2002.

김영택, 「『북한문학의 주인공 ; 인격의 정치학』과 관련하여」, 목원대학교 국어교육과(편), 『북한문학의 이해』, 국학자료원, 2002.

김영택, 「해방 직후 민족문학론의 논리」, 목원대학교 국어교육과(편), 『북한문학의 이해』, 국학자료원, 2002.

김종회, 「오늘의 북한문학, 어떻게 볼 것인가」, 김종회(편), 『북한문학의 이해』 2, 청동거울, 2002.

노귀남, 「김정일 시대의 북한문학 - 사회주의 강성대국 건설과 관련하여」, 김종회(편), 『북한문학의 이해』 2, 청동거울, 2002.

노희준, 「1990년대 『조선문학사』의 현대문학 서술 체계와 방법론」, 김종회(편), 『북한문학의 이해』 2, 청동거울, 2002.

문홍술, 「최근 북한 소설에 나타난 통일문제」, 김종회(편), 『북한문학의 이해』 2, 청동거울, 2002.

박덕규, 「통일지향 의식과 1990년대 남북한 소설」, 김종회(편), 『북한문학의 이해』 2,

청동거울, 2002.

박주택, 「북한 산수시의 전개 양상 - 1990년대 시를 중심으로」, 김종회(편), 『북한문학
　　　의 이해』 2, 청동거울, 2002.

신형기, 「북한문학의 주인공 : 인격의 정치학」, 목원대학교 국어교육과(편), 『북한문학
　　　의 이해』, 국학자료원, 2002.

안영훈, 「1990년대 북한의 고전문학사 서술 양상 - 신간 『조선문학사』의 특징적 국면을
　　　중심으로」, 김종회(편), 『북한문학의 이해』 2, 청동거울, 2002.

오성호, 「북한 시의 형성과 전개 - 송가, 서사시, 서정시를 중심으로」, 목원대학교 국어
　　　교육과(편), 『북한문학의 이해』, 국학자료원, 2002.

오태호, 「남북에서 함께 읽는 이광수와 염상섭 - 이광수의 『개척자』, 「혁명가의 아내」와
　　　염상섭의 「만세전」을 중심으로」, 김종회(편), 『북한문학의 이해』 2, 청동거울,
　　　2002.

유임하, 「토지개혁과 남북한소설의 편차」, 『기억의 심연』, 이회, 2002.

유진월, 「북한 연극의 혁명적 여성상 - 『꽃파는 처녀』를 중심으로」, 김종회(편), 『북한
　　　문학의 이해』 2, 청동거울, 2002.

이봉일, 「1990년대 북한 소설의 세대론에 대하여」, 김종회(편), 『북한문학의 이해』 2,
　　　청동거울, 2002.

이선이, 「북한문학의 문체적 특성」, 김종회(편), 『북한문학의 이해』 2, 청동거울,
　　　2002.

이정재, 「해방 이후 북한 민속학사 - 남한의 연구」, 김종회(편), 『북한문학의 이해』 2,
　　　청동거울, 2002.

임헌영, 「통일문학사 서술의 문제점」, 목원대학교 국어교육과(편), 『북한문학의 이해』,
　　　국학자료원, 2002.

최동성, 「북한의 '불후의 고전적 명작'들」, 목원대학교 국어교육과(편), 『북한문학의 이
　　　해』, 국학자료원, 2002.

최동성, 「북한의 '위대한 작가'들에 대한 이야기」, 목원대학교 국어교육과(편), 『북한문
　　　학의 이해』, 국학자료원, 2002.

최동성, 「수령형상문학의 형성과정」, 목원대학교 국어교육과(편), 『북한문학의 이해』,
　　　국학자료원, 2002.

최진이, 「북한에서 문학 예술분야에 대한 당적 영도」, 목원대학교 국어교육과(편), 『북
　　　한문학의 이해』, 국학자료원, 2002.

최진이, 「북한의 아동문학」, 목원대학교 국어교육과(편), 『북한문학의 이해』, 국학자료
　　　원, 2002.

표언복, 「북한문학 연구의 현황과 과제」, 목원대학교 국어교육과(편), 『북한문학의 이해』, 국학자료원, 2002.

표언복, 「북한문학 이해의 필요성」, 목원대학교 국어교육과(편), 『북한문학의 이해』, 국학자료원, 2002.

홍용희, 「임헌영, 「통일문학사 서술의 문제점」에 대한 토론문」, 목원대학교 국어교육과(편), 『북한문학의 이해』, 국학자료원, 2002.

홍용희, 「해방 이후 북한 시의 역사적 고찰」, 김종회(편), 『북한문학의 이해』 2, 청동거울, 2002.

홍창수, 「약정 질의서」, 목원대학교 국어교육과(편), 『북한문학의 이해』, 국학자료원, 2002.

노귀남, 「개방 문제와 애국주의 -『조선문학』 2001년 7·9호를 중심으로」, 『문학과 창작』, 2002. 1.

김종군, 「통일문학사에서의 소설의 기원(起源) 문제 - 남북한문학사에서 이야기 문학의 분석 평가에 주목하여」, 『겨레어문학』 28, 2002. 2.

김윤식, 「북한문학 연구자들과의 어떤 만남들 - ‘해방후 조선-한국문학 발전과 특징 연구 국제 학술회의’ 참석기」, 『현대문학』, 2002. 3.

노귀남, 「강성부흥과 개방으로 가는 길목 -『조선문학』 2001. 10-11호를 중심으로」, 『문학과 창작』, 2002. 3.

김성수, 「북한에서의 현대소설 연구 - 주체사실주의 방법론」, 『현대소설연구』 16, 2002. 6.

김윤영, 「북한 현대문학 논쟁에 관한 고찰」, 『공안연구』 72, 2002. 6.

박승희, 「이찬의 북한 시와 남북한 문학의 단절」, 『배달말』 30, 2002. 6.

오양열, 「북한 문화예술정책의 최근 동향과 향후 전망」, 『한국음악사학보』 28, 2002. 6.

곽 근, 「해방후 북한에서의 최서해 논의에 대한 연구」, 『비평문학』 16, 2002. 7.

김동규, 「북한 문학예술의 기본원리와 각급학교 국어과 교과내용에서의 문학예술 학습 단원의 분석연구」, 『통일문학』 1-1, 2002. 7.

오은경, 「남북한 여성의 정체성 탐구 - 1980년대 소설을 중심으로」, 『북한연구학회』 6-1, 2002. 8.

김종회, 「북한문학의 실상과 연구의 방향성 문제」, 『작가연구』 14, 2002. 10.

권영민, 「북한문학을 보는 눈 - 변화 속에서 남북한 문학의 이질화 현상의 극복 가능성을 발견」, 『문학사상』, 2002. 11.

김종회, 「최근 북한문학의 변화와 분단사적 의미 - 민족적 삶의 원형, 의식화된 실체로서의 문학과 문화의 효용성」, 『문학사상』, 2002. 11.

서연호, 「유일우상화극을 민족극과 동일시하고 있는 북한연극 - 유일사상 체계의 확립 시기를 기점으로 고찰」, 『문학사상』, 2002. 11.

신형기, 「끊임없는 자기투사로 유지되는 북한의 사회상 - 요즘 북한소설의 경향과 성격」, 『문학사상』, 2002. 11.

홍용희, 「'주체문학론'의 정립과 시대정신의 요청 - 최근 북한 시의 특성과 동향」, 『문학사상』, 2002. 11.

김성수, 「프로문학과 북한문학의 기원」, 『민족문학사연구』 21, 2002. 12.

오창은, 「1960년대 북한 문학평론의 '민족주의적 성격'에 관한 고찰」, 『중앙우수논문집』 4, 2002. 12.

이상숙, 「북한 문학의 전통론 연구 - "민족 형식, 민족적 특성"의 시(詩)적 형상화를 중심으로」, 『북한연구학회보』 6-2, 2002. 12.

오태호, 「소설의 사회적 자아와 시의 서정적 개입 - 단편소설 「막내딸」 「제비」, 시 「아이를 키우며」를 중심으로」, 『문학사상』, 2003. 1.

홍용희, 「통일시대를 향한 북한문학의 이해 - 민족통합을 위한 문학적 탐색을 중심으로」, 『현대문학의 연구』 20, 2003. 2.

김동규, 「북한 문학 예술의 기본 원리와 각급학교 국어과 교과내용에서의 문학 예술 학습 단원의 분석 연구」, 『통일문학』 2-2, 2003. 3.

노귀남, 「사회정치적 생명과 인민의 삶 - 「영원한 삶의 노래 - 한 정치일군의 수기」(『조선문학』, 2002. 11)」, 『문학과 창작』, 2003. 3.

고인환, 「소재와 구성을 통해 본 최근의 북한 소설」, 『문학수첩』, 2003. 봄.

남원진, 「해방기 비평 연구 2 - 좌익 문학론의 가능성과 한계」, 『겨레어문학』 30, 2003. 4.

박은미, 「주체사상 시기의 북한의 시 연구」, 『겨레어문학』 30, 2003. 4.

서동수, 「김정일의 『주체문학론』 고찰 - 『주체사상에 기초한 문예이론』과의 비교를 중심으로」, 『겨레어문학』 30, 2003. 4.

한금화, 「북한 서사시의 특성과 창작 양상」, 『겨레어문학』 30, 2003. 4.

김윤영, 「북한의 '수령영생문학'에 관한 연구」, 『공안연구』 78, 2003. 6.

박상천, 「'평화적 건설 시기'의 북한 정권 수립에서 문학의 역할」, 『한국언어문화』 23, 2003. 6.

박영정, 「북한 경희극 연구」, 한국문학언어학회, 『어문논총』 38, 2003. 6.

이선미, 「'위훈'을 성찰하는 냉소적 시선과 근검 절약의 이데올로기 - 북한작가 한웅빈 소설 연구 Ⅰ」, 『현대소설연구』 18, 2003. 6.

이영미, 「해방기 북한 정치체제와 문학」, 『한국언어문화』 23, 2003. 6.

박영정, 「'선군시대'의 북한문학예술 연구」, 『통일연구』(연세대) 7-1, 2003. 8.
이영미, 「해방기 북한 정치체제 선전매체 문학 연구」, 『현대소설연구』 19, 2003. 9.
박태상, 「주체사상 이후, 최근 북한문학의 동향」, 『동서문학』, 2003. 가을.
신형기, 「'주체'의 길, 고립의 길 – 전후 북한문학의 모습」, 『동서문학』, 2003. 가을.
고인환, 「'거인'의 몰락과 북한 소설의 향방」, 『문학수첩』, 2003. 가을.
이성천, 「혁명구호와 시적 주제의 상관성 -『조선문학』 2003년 3, 4, 5월호를 중심으로」,
　　　『문학수첩』, 2003. 가을.
김윤영, 「북한 선군혁명문학의 전형화 연구」, 『공안연구』 80, 2003. 10.
남원진, 「전후 시대 비평 연구 2 – 북한의 사회주의 리얼리즘론의 가능성과 한계」, 『겨
　　　레어문학』 31, 2003. 10.
김윤영, 「북한 강성대국건설기의 '태양민족문학' 연구」, 『공안논총』 15, 2003. 11.
고성호, 「북한의 문학과 예술」, 『통일로』 184, 2003. 12.
김재용, 「"운우의 꿈을 깨니 일장춘몽이라…" – 비극적이지만 아름다운 사랑이야기」, 『통
　　　일문학』 3, 2003. 12.
임순희, 「북한문학의 '수령형상 창조'」, 『분단·평화·여성』 7, 2003. 12.
김태철, 「순간 속에서 잡아낸 영원, 영원히 살아 있는 순간 : 북한문학 연구 – 시인 백인
　　　준」, 『문학마을』 2003. 겨울~2004. 봄.
박태상, 「생동한 인물 성격 창조와 작가의 창발성 – 북한 역사소설 『황진이』에서 드러난
　　　사랑의 묘약」, 『통일문학』 3, 2003. 12.
고인환, 「자의식의 투사와 첫사랑의 무늬」, 『문학수첩』, 2004. 봄.
김종회, 「북한 대표소설의 계급적 관점과 탈계급적 관점 – 홍석중의 『황진이』가 우리 문
　　　학과 같은 점, 또는 다른 점」, 『문학사상』, 2004. 5.

2) 학위 논문

김성렬, 「광복직후 좌우대립기의 문학연구」, 고려대 박사, 1990.
곽해룡, 「문학작품에 나타난 북한인민의 생활상 연구 -『조선문학』의 소설분석을 중심으
　　　로(1979-1990)」, 서강대 석사, 1991.
송희복, 「해방기문학비평연구」, 동국대 박사, 1991.
하정일, 「해방기 민족문학론 연구」, 연세대 박사, 1992.
조광석, 「북한의 창작문학에 대한 고찰 – 시, 소설, 아동문학을 중심으로」, 호남대 석사,
　　　1992.

장노현, 「북한의 초기 문학운동론 – 1945년 8월부터 1950년 6월까지」, 한국정신문화
　　　연구원 석사, 1993.

양옥순, 「북한 문예정책의 변천에 관한 연구 – 소설의 주제 변화를 중심으로」, 한국교대
　　　석사, 1996.

이인제, 「북한의 국어과 교육에 관한 연구」, 한국교대 박사, 1996.

김정우, 「북한문학의 특질 연구 –『꽃파는 처녀』,『피바다』를 중심으로」, 중앙대 석사,
　　　1998.

오양열, 「남·북한 문예정책의 비교연구」, 성균관대 박사, 1998.

문선희, 「북한의 고등중학교 문학교육 – 남한과의 비교 및 지향점 모색」, 이화여대 석사,
　　　1999.

송창우, 「국어 교육을 통한 통일교육 연구」, 원광대 석사, 2000.

권순택, 「남북통일 이전과 이후의 북한저작물 보호방안에 관한 연구」, 고려대 석사,
　　　2001.

엄경순, 「김정일형상문학에 나타난 북한사회의 작동원리」, 동국대 석사, 2001.

이주미, 「북한의 농민소설 연구 – 해방 직후부터 1960년대 초까지를 중심으로」, 동덕여
　　　대 박사, 2001.

강병호, 「1990년대 북한소설에 나타난 사랑의 성격과 도식성 연구 –『조선문학』을 중심
　　　으로」, 부경대 석사, 2002.

김지선, 「조기천의『백두산』연구 – 구조와 이데올로기 분석을 중심으로」, 부경대 석사,
　　　2003.

양지연, 「유일지도체제의 성립과 문학예술의 역할 – 1967년 북한 문학예술계의 반종파
　　　투쟁을 중심으로」, 경남대 석사, 2003.

우문숙, 「북한의 ‘선군혁명문학’을 통해서 본 선군정치의 체제유지기능에 관한 연구」, 경
　　　남대 석사, 2003.

한상수, 「북한문학 연구의 비판적 검토와 전망 – 남북한 현대시문학사의 통합 서술을 중
　　　심으로」, 고려대 석사, 2003.

남원진, 「남북한의 비평 연구 – 전후 문학론의 전개 양상을 중심으로」, 건국대 박사,
　　　2004.

최윤정, 「북한 아동시가 연구」, 건국대 석사, 2004.

3) 단행본

현 수, 『적치 6년의 북한문단』, 국민사상지도원, 1952(보고사, 1999).

이철주, 『북의 예술인』, 계몽사, 1965.

국토통일원 조사연구실, 『북한의 문예정책과 문예이론 연구』, 국토통일원 조사연구실, 1979.

국토통일원 조사연구실, 『북한의 문화예술』, 국토통일원 조사연구실, 1981.

홍기삼, 『북한의 문예이론』, 평민사, 1981.

국토통일원 남북대화사무국(편), 『북학의 문화예술』, 국토통일원 남북대화사무국, 1985.

국토통일원 통일연구소(편), 『북한의 문화예술정책』, 국토통일원 통일연구소, 1986.

이기봉, 『북의 문학과 예술인』, 사사연, 1986(고려원, 1990).

신형기(편), 『해방 3년의 비평문학』, 세계, 1988.

이상우(외), 『북한 40년』, 을유문화사, 1988.

태백편집부(편), 『북한의 사상』(주체의 사상·이론·방법), 태백, 1988.

국토통일원, 『북한 및 공산권관계 장서목록』, 국토통일원, 1989.

권영민(편), 『북한의 문학』, 을유문화사, 1989.

김윤식(편), 『해방공간의 민족문학 연구』, 열음사, 1989.

김윤식, 『해방공간의 문학운동과 문학의 현실인식』, 한울, 1989.

동아일보사(편), 『원자료로 본 북한』, 동아일보사, 1989.

사회과학원 문화연구소, 『주체사상에 기초한 문예이론』(사회과학원출판사, 1975), 인동, 1989.

성기조, 『사회주의사상 통일문학』(소설), 신원문화사, 1989.

성기조, 『주체 사상을 위한 혁명적 무기의 역할』(시), 신원문화사, 1989.

이병천, 『북한학계의 한국 근대사 논쟁』, 창작과 비평사, 1989.

전기철(편), 『전후 한국문학 비평 자료집』 1~20, 토지, 1989.

정영진, 『통한의 실종문인』, 문이당, 1989.

태백편집부(편), 『주체사상 연구』, 태백, 1989.

한국비평문학회, 『혁명전통의 부산물』(납·월북문인 그후), 신원문화사, 1989.

국어국문학회, 『북한의 국어국문학연구』, 지식산업사, 1990.

김대행, 『북한의 시가문학』, 문학과 비평사, 1990.

김윤식, 『한국 현대 현실주의 소설 연구』, 문학과 지성사, 1990.

성기조, 『북한비평문학40년』(정치성과 노동관을 중심으로), 신원문화사, 1990.

이형기·이상호(편), 『북한의 현대문학』 1, 고려원, 1990.

윤재근·박상천(편), 『북한의 현대문학』 2, 고려원, 1990.

한길문학현집위원, 『남북한 문학사 연보』, 한길사, 1990.

민족문학사연구소, 『북한의 우리 문학사 인식』, 창작과 비평사, 1991.

김성수(편), 『우리 문학과 사회주의 리얼리즘 논쟁』. 사계절, 1992.

리동수, 『북한의 비판적 사실주의 문학 연구』, 살림터, 1992.

이우영, 『미군정기 민족문학의 논리』, 태학사, 1992.

이선영·김병민·김재용(편), 『현대문학비평 자료집』(이북편) 1~8, 태학사, 1993~
　　　　1994.

김성수(편), 『북한 『문학신문』 기사목록(1956~1993)』(사실주의 비평사 자료집), 한
　　　　림대학교 아시아문화연구소, 1994.

김재용, 『북한 문학의 역사적 이해』, 문학과 지성사, 1994.

신상성·박충록, 『한국통일문학사론』, 아사달의 꽃, 1994.

이우영, 『남북한 문화정책 비교 연구』, 민족통일연구원, 1994.

이명재, 『북한문학사전』, 국학자료원, 1995.

이종석, 『현대북한의 이해』, 역사비평사, 1995.

최동호(편), 『남북한 현대문학사』, 나남, 1995.

김윤식, 『북한문학사론』, 새미, 1996.

김철학(편), 『북한의 대표적 서정시』, 한빛, 1996.

신형기, 『북한소설의 이해』, 실천문학사, 1996.

한국문학연구회(편), 『1950년대 남북한 시인 연구』, 국학자료원, 1996.

국립국어연구원, 『북한문학작품의 어휘』, 국립국어연구원, 1998.

이우영, 『김정일 문예정책의 지속과 변화』, 민족통일연구원, 1998.

김종회(편), 『북한문학의 이해』, 청동거울, 1999.

박태상, 『북한문학의 위상』, 깊은샘, 1999.

이미림, 『월북작가 소설연구』, 깊은샘, 1999.

김재용, 『분단구조와 북한문학』, 소명, 2000.

신우현, 『우리 시대의 북한철학』, 책세상, 2000.

신형기·오성호, 『북한문학사』, 평민사, 2000.

조재수, 『남북한말 사전』, 한겨레신문사, 2000.

조한혜정·이우영(편), 『탈분단 시대를 열며』, 삼인, 2000.

김성수, 『통일의 문학 비평의 논리』, 책세상, 2001.

임순희, 『북한문학의 김정일 형상화 연구』, 통일연구원, 2001.

김종회(편), 『북한 문학의 이해』 2, 청동거울, 2002.

목원대학교 국어교육과(편), 『북한문학의 이해』, 국학자료원, 2002.

박태상, 『북한문학의 동향』, 깊은샘, 2002.

전영선, 『북한의 문학예술 운영체계와 문예 이론』, 역락, 2002.

조영복, 『월북 예술가 오래 잊혀진 그들』, 돌베게, 2002.

편집부(편), 『북한문학의 이해』, 은하출판사, 2002.

강용택, 『김소월과 조기천의 시어 사용 양상 비교 연구』, 역락, 2003.

이주미, 『북한 문학예술의 실제』, 한국문화사, 2003.

‖ 임 화 ‖

1) 일반 논문

김기진, 「단편서사시의 길로」, 『조선문예』 1, 1929. 5.
김기진, 「예술운동에 관하여」, 『동아일보』, 1929. 9. 20~22.
김기진, 「1929년 문예계 총관」, 『중외일보』, 1930. 1. 1~22.
권 환, 「시평과 시론」, 『대조』 4, 1930. 6.
안석주, 「문단 메리꼬-라운드 – 조선 바렌치노 청로 임화씨」, 『조선일보』, 1933. 1.
    21.
김남천, 「임화에 관하여 – 그에 대한 수감의 이토막 저토막」, 『조선일보』, 1933. 7. 2
    2~25.
김남천, 「임화적 창작평과 자기비판」, 『조선일보』, 1933. 7. 29~8. 4.
박승극, 「프로작가의 동향 – 임화의 문예시평을 논함」, 『조선일보』, 1933. 9. 2.
김남천, 「창작방법에 있어서의 전환의 문제」, 『형상』 2, 1934. 3.
녹 수, 「지용과 임화 시」, 『중앙』 27, 1936. 1.
- 기자, 「문인 임화씨와의 잡담집」, 『신인문학』, 1936. 10.
윤곤강, 「임화론」, 『풍림』 5, 1937. 4.
이동규, 「임화론 – 작가가 본 평가」, 『풍림』 6, 1937. 5.
최재서, 「시와 휴머니즘 – 임화시집 『현해탄』을 읽고」, 『동아일보』, 1938. 3. 25.
이 련, 「임화 시집 『현해탄』을 읽고」, 『조선일보』, 1938. 3. 31.
김중원, 「임화의 처녀시집 『현해탄』을 읽고」, 『매일신보』, 1938. 4. 17.
민병휘, 「젊은 문화인 임화군 – 그리운 문우들」, 『청색지』 3, 1938. 12.
정철모, 「기성문인들에게 – 임화씨의 「신인불가외」를 읽고」, 『매일신보』, 1939. 5. 14.
권 환, 「임화 저 『문학의 논리』를 읽고」, 『매일신보』, 1941. 2. 24.
이원조, 「임화 저 『문학의 논리』에 대하여」, 『문장』 24, 1941. 3.
한설야, 「임화 저 『문학의 논리』」, 『인문평론』 16, 1941. 4.

안함광, 「임화 저『문학의 논리』」, 『춘추』 6, 1941. 7.

정진석, 「임화 저『찬가』를 읽고」, 『자유신문』, 1943. 4. 24.

김동석, 「임화론 - 그의 시를 중심으로」, 『상아탑』 3・4, 1946. 1.

김동석, 「시와 자유」, 『중외일보』, 1946. 9. 11~14.
　　=『예술과 생활』, 박문출판사, 1947.

김동석, 「시와 행동 - 임화론」, 『예술과 생활』, 박문출판사, 1947.

안회남, 「임화씨에게」, 『문학평론』 3, 1947. 4.

임긍재, 「임화론」, 『백민』 14, 1948. 4.

조연현, 「우리나라의 비평문학 - 그 회고와 전망」, 『문학예술』, 1956. 1.
　　=『휴일의 의장』, 인간사, 1957.

김윤식, 「임화 연구」, 『한국근대문예비평사 연구』, 일지사, 1976.

김윤식, 「1930년대의 비평 - 이데올로기의 내재화」, 『한국 현대문학 비평사』, 서울대출
　　판부, 1982.

염무웅, 「서사시의 가능성과 문제점」, 김윤수・백낙청・염무웅(편), 『한국문학의 현단
　　계』 I, 창작과 비평사, 1982.
　　=『혼돈시대에 구상하는 문학의 논리』, 창작과 비평사, 1995.

김윤식, 「현해탄의 사상과 品川驛의 사상」, 『한국근대문학사상사』, 한길사, 1984.

이승훈, 「한국 프로시의 분석」, 『비교문화연구』(한양대), 1984.

김윤식, 「임화의 신문학사 방법론 비판」, 『역사와 문학』, 한길사, 1986.

김윤식, 「이식문학론 비판」, 『한국문학의 근대성과 이데올로기 비판』, 서울대출판부,
　　1987.

정재찬, 「시인 '임화'론」, 『임화선집』 1, 세계, 1988.

김윤식, 「임화를 위한 변론 - 정치적 진실과 문학적 진실」, 『실천문학』, 1988. 봄.

김재용, 「카프 해소・비해소파의 대립과 해방후의 문학운동」, 『역사비평』, 1988. 가을.

정과리・홍정선, 「한국현대문학사」 3, 『문예중앙』, 1988. 가을.

임규찬, 「카프 해소・비해소파를 분리하는 김재용에 반박한다」, 『역사비평』, 1988. 겨울.

김윤식, 「임화와 김남천 - '물논쟁'에서 '문학가 동맹' 조직까지」, 『문학사상』, 1988. 10.

김윤식, 「임화와 박영희」, 『문학사상』, 1988. 11.

김윤식, 「임화와 이북만」, 『문학사상』, 1988. 12.

조형진, 「'단편 서사시'와 부유한 관념」, 『현대시학』, 1988. 12.

김윤식, 「신문학사론 비판」, 권영민(편), 『월북문인연구』, 문학사상사, 1989.

김윤식, 「해방공간의 정신사 - 임화를 중심으로 한 내면풍경 연구」, 『해방공간의 문학사
　　론』, 서울대출판부, 1989.

박민수, 「계급적 자아의 확립과 저항적 분노 - 임화」, 『현대시의 사회시학적 연구』, 느티
　　　　나무, 1989.

박상천, 「임화론」, 『한국현대시인 연구』, 태학사, 1989.

정재찬, 「1920~30년대 한국프로시의 전개과정」, 역사문제연구소, 『카프문학운동 연
　　　　구』, 역사비평사, 1989.

조정환, 「1930년대 현실주의 논쟁과 프롤레타리아문학의 독자성 문제 - '미적 주체성'
　　　　개념을 중심으로」, 『민주주의문학론과 자기비판』, 연구사, 1989.

김윤식, 「임화와 백철(상) - 거울화의 두 표정」, 『한국문학』, 1989. 3.

정영진, 「비운의 여류작가 지하운 - 남편 임화의 분신으로 파멸한 미완의 문학 일생」,
　　　　『현대공론』 13, 1989. 5.

김윤식, 「임화와 전향 논리」, 『한국학보』 1989. 여름.

김재용, 「낭만파 프로시인, 임화」, 『한국문학』, 1989. 6~7.

최두석, 「임화의 시세계」, 『사회비평』, 1989. 여름.
　　　　＝『리얼리즘의 시정신』, 실천문학사, 1992.

김윤식, 「1930년대 후반기 카프 문인들의 전향 유형 분석」, 『한국 현대 현실주의 소설
　　　　연구』, 문학과 지성사, 1990.

하정일, 「30년대 후반 휴머니즘 논쟁과 민족문학의 구도」, 이선영(편), 『1930년대 민
　　　　족문학의 인식』, 한길사, 1990.

한기형, 「임화의 문학사 서술에 대한 관점의 몇 가지 문제 - 신경향파 소설을 중심으로」,
　　　　김학성・최원식(편), 『한국근대문학사의 쟁점』, 창작과 비평사, 1990.

김용직, 「임화와 일제말 암흑기」, 『문학정신』, 1990. 2.

김윤식, 「해방공간 문화운동의 갈래와 그 전망 - 임화, 김남천의 내면풍경 분석을 중심
　　　　으로」, 『한국학보』, 1990. 봄.

최정숙, 「월북시인 임화의 문학과 죽음」, 『통일』 102, 1990. 3.

최정숙, 「월북시인 임화의 문학과 죽음 - 해금작가의 의식과 작품세계」, 『통일』 103,
　　　　1990. 4.

김용직, 「이데올로기 지향시의 해석문제 - 임화의 전선시를 중심으로」, 『문학과 사회』
　　　　10, 1990. 여름.

정효구, 「대화적 성격과 낭만적 세계관 - 임화의 「우리 오빠와 화로」」, 『문학과 비평』,
　　　　1990. 여름.

김외곤, 「'물' 논쟁의 미학적 연구」, 『외국문학』, 1990. 가을.

이상경, 「임화의 소설사론에 대한 비판적 검토」, 『창작과 비평』, 1990. 가을.

김용직, 「당파성의 영광과 비극」, 임화, 『다시 네거리에서』, 미래사, 1991.

이숭원, 「임화 시의 선동성과 낭만적 열정」, 한국현대문학연구회, 『한국의 전후문학』, 태학사, 1991.

임규찬, 「임화의 『신문학사』에 대한 연구 1」, 『문학과 논리』, 1991.

오현주, 「임화의 문학사 서술에 대한 고찰」, 『현상과 인식』, 1991. 봄~여름.

하정일, 「1930년대 후반 사회주의 리얼리즘론의 발전과 반파시즘 인민 전선」, 『창작과 비평』, 1991. 봄.

조두섭, 「임화 서간체시의 정체」, 『대구어문논총』 9, 1991. 6.

강진호, 「임화 낭만주의론의 성격과 의미」, 『우리문학』, 1991. 여름.

신승엽, 「이식과 창조의 변증법 – 임화의 '이식문학론'의 정당한 이해를 위하여」, 『창작과 비평』, 1991. 가을.

신명경, 「임화의 낭만정신론 연구」, 『동아어문논집』 1, 1991. 11.

임규찬, 「임화의 문학사를 바라보는 최근의 관점과 비판 – 임화 『신문학사』에 대한 연구 2」, 『한길문학』, 1991. 겨울.

고영자, 「中野重治と林和」, 『용봉논총』(전남대) 20, 1991. 12.

박건명, 「임화 시연구」, 건국현대문학연구회, 『한국현대문학의 이해』, 서강학술자료사, 1992.

이양숙, 「해방직후 임화의 민족문학론에 대하여」, 『문학과 논리』, 1992.

박성준, 「임화의 본격소설론 연구 1」, 『대전어문학』 9, 1992. 2.

박정희, 「임화 시 연구 – 시적 양식을 중심으로」, 『한양여전논문집』 15, 1992. 2.

이현식, 「카프 대중화론 연구」, 『원우논집』(연세대) 19, 1992. 2.

유임하, 「1920~30년대 시에 나타난 근대문명 인식」, 『한국문학연구』(동국대) 14, 1992. 2.

오현주, 「임화의 문학사 서술의 추이에 관한 연구」, 『실천문학』, 1992. 봄.

신종호, 「임화의 비평의식 연구」, 『숭실어문』 9, 1992. 5.

이경훈, 「전쟁을 시(詩)쓰기 – 임화 시집 『너 어느곳에 있느냐』에 대하여」, 『한길문학』, 1992. 여름.

원종찬, 「일제시대의 민족협동전선과 절충주의 문학론」, 『창작과 비평』, 1992. 여름.

나병철, 「임화의 리얼리즘론과 소설론」, 한국문학연구회, 『1930년대 문학연구』, 평민사, 1993.

오성호(외), 「단편서사시 양식의 출현 – 임화」, 『한국근대민족문학사』, 한길사, 1993.

이승훈, 「임화의 시론」, 『한국현대시론사』, 고려원, 1993.

임규찬, 「임화 '신문학사'의 올바른 이해를 위하여」, 『신문학사』, 한길사, 1993.

김중호, 「임화 초기시의 형식문제」, 『홍익어문』 12, 1993. 2.

정희모, 「임화의 '본격소설론' 연구」, 『연세어문학』 25, 1993. 2.

김용직, 「경향시의 대명사 - 임화론(하)」, 『현대시』, 1993. 5.

정효구, 「임화의 단편서사시에 나타난 방법적 특성의 고찰」, 『충북대인문학지』 9, 1993. 6.

김재용, 「카프 해소파의 이론적 근거 - 임화론」, 『실천문학』, 1993. 여름.

이경훈, 「임화의 1930년대 후반기 시 연구」, 『비평문학』, 1993. 10.

김지연, 「임화의 시론과 시에 관한 일 고찰」, 『국어국문학』, 110, 1993. 12.

류보선, 「환멸과 반성, 혹은 1930년대 후반기 문학이 다다른 자리」, 『민족문학사연구』 4, 1993.12.

김윤식, 「다시 가 본 베를린의 표정들 - AKSE 제16차대회와 관련하여」, 『설렘과 황홀의 순간』, 솔, 1994.

조현일, 「임화 소설론 연구」, 한국현대문학연구회, 『한국문학과 모더니즘』, 한양출판, 1994.

문혜원, 「한국 경향시의 모색과 좌절」, 『현대시』, 1994. 5.

이 훈, 「임화의 초기 문학론 연구 - 프로문학으로의 전환과정을 중심으로」, 『국어국문학』, 1994. 5.

임주언, 「임화의 문학사 서술에 나타난 근대성 인식의 문제」, 『단국대국문학논집』 14, 1994. 5.

김명인, 「1930년대 중후반 임화시의 양상과 성격」, 『민족문학사연구』 5, 1994. 7.

황국명, 「계급문학에서의 장편소설 논쟁」, 『경남대인문논총』 6, 1994. 12.

김진기, 「임화의 『조선신문학사』 비판」, 『해천김현룡교수화갑논총』, 박이정, 1995.

송희복, 「근현대 문학사론의 전개과정」, 『한국문학사론연구』, 문예출판사, 1995.

윤여탁, 「파시즘의 진군 앞에 선 시문학」, 민족문학사연구소, 『민족문학사 강좌』(하), 창작과 비평사, 1995.

이 훈, 「1930년대 임화의 문학론과 근대성」, 민족문학사연구소(편), 『민족문학과 근대성』, 문학과 지성사, 1995.

하정일, 「1930년대 후반 문학비평의 변모와 근대성」, 민족문학사연구소, 『민족문학과 근대성』, 문학과 지성사, 1995.

박배식, 「세태소설의 개념 연구」, 『서울사대선청어문』 234, 1995. 4.

이태동, 「역사와 신비평, 그리고 메타비평 - 해방공간에서 90년대까지의 문학비평」, 『문학사상』, 1995. 4.

신형기, 「비평의 열림과 민족 모순의 심화 - 해방기와 한국전쟁 이후 비평의 흐름」, 『문학사상』, 1995. 4.

이 훈, 「임화의 1920년대 중반~1930년대 초 문학론 연구 – 정치주의를 중심으로」,
  『국어국문학』 114, 1995. 5.
이 훈, 「임화의 1940년대 전반기 문학비평 연구 – 전망의 상실과 관련하여」, 『목포대학
  논문집』, 1995. 6.
김외곤, 「임화의 소설론과 생활 세계의 인식」, 『한국학보』, 1995. 겨울.
이선영·하정일, 「해방 직후의 민족문학론과 근대관」, 『민족문학사연구』 8, 1995. 12.
이숭원, 「임화시와 격정·고뇌의 가락」, 『현대시』, 1995. 12.
강진호, 「임화론 – 낭만주의론의 성격과 의미」, 『한국근대문학 작가연구』, 깊은샘,
  1996.
김재용, 「중일 전쟁과 카프 해소·비해소파 – 임화·김남천에 대한 안함광의 비판을 중
  심으로」, 『민족문학운동의 역사와 이론』 2, 한길사, 1996.
송현호, 「도시시의 어제와 오늘」, 『한국 현대 문학의 비평적 연구』, 국학자료원, 1996.
이승훈, 「임화 – 「우리 오빠와 화로」」, 『한국 현대시 새롭게 읽기』, 세계사, 1996.
최두석, 「한국 현대 리얼리즘시 연구」, 『시와 리얼리즘』, 창작과 비평사, 1996.
김춘식, 「한국문예비평사의 사회·문화사적 서술을 위한 시론 – 임화의 '신문학사 서술
  방법론'을 중심으로」, 『동국대국어국문학논문집』 17, 1996. 2.
임성운, 「임화의 문학사기술방법 연구 – 지리적 공간인식을 중심으로」, 『순천대어학연
  구』 7, 1996. 6.
정호웅, 「임화 소설 비평의 구조」, 『한국학보』, 1996. 여름.
이승훈, 「1920년대 한국모더니즘시 연구」, 『한양대한국학논집』 29, 1996. 8.
서경석, 「1930년대 문학비평에 나타난 '탈근대성' 연구 – 임화·김남천의 '사상' 모색을
  중심으로」, 『한국학보』, 1996. 가을.
오세영, 「임화의 「우리 오빠와 화로」」, 『현대시』, 1996. 11.
최원식, 「근대문학 기점론」, 『현대문학』, 1997. 1.
김윤태, 「1930년대 프로시론의 전개와 양상」, 한계전(외), 『한국 현대시론사 연구』, 문
  학과 지성사, 1998.
김 철, 「'국문학'을 넘어서 – 국문학 연구 방법론에 대한 하나의 제안」, 한국문학연구회,
  『현역중진작가연구』, 국학자료원, 1998.
하정일, 「'사실' 논쟁과 1930년대 후반 문학의 성격」, 『작가연구』 6, 1998. 10.
권성우, 「근대 문학 비평과 '타자의 현상학'」, 『모더니티와 타자의 현상학』, 솔, 1999.
김윤식, 「'조선 발렌티노' 임화와의 대화 – 근대문학사를 위한 노교수의 변명」, 『농경사
  회와 유랑민의 상상력』, 문학동네, 1999.
김윤식, 「세 가지 표정의 책 – 임화『문학의 논리』, 루카치『소설의 이론』, 김동리『무녀

도』」,『농경사회와 유랑민의 상상력』, 문학동네, 1999.

김윤식, 「체험으로서의 한국근대문학사론 – 근대문학의 기원과 문학사의 원환 구조」, 『한국근대문학연구방법론입문』, 서울대출판부, 1999.

나병철, 「한국문학 근대성 논의의 성과와 전망」,『모더니즘과 포스트모더니즘을 넘어서』, 문예출판사, 1999.

이승훈, 「한국 프로시의 미적 구조」,『한국 현대시의 이해』, 집문당, 1999.

이승훈, 「한국 현대시론의 변증법」,『한국 현대시의 이해』, 집문당, 1999.

최하림, 「조선의 발렌티노 임화」,『시인을 찾아서』, 프레스 21, 1999.

권용선, 「30년대 후반 임화 문학론에 나타난 근대성 인식 고찰」,『인천어문학』 14 · 15, 1999. 2.

김정훈, 「1920년대 아나키즘 논쟁의 일고찰 – 임화의 초기 평론을 중심으로」,『전농어문연구』(서울시립대) 11, 1999. 2.

김현정, 「1930년대 후반 임화의 휴머니즘론 고찰」,『대전어문학』 16, 1999. 2.

최예열, 「카프 서사시의 일 고찰 – 임화, 박세영, 권환을 중심으로」,『대전어문학』 16, 1999. 2.

선주원, 「1930년대 후반 반파시즘 인민전선론에 관한 비판적 검토」,『청람어문학』 21, 1999. 3.

허형만 · 이 훈, 「1930년대 임화의 리얼리즘론 연구」,『한국언어문학』 42, 1999. 5.

송기섭, 「서정의 힘과 이념 – 임화론」, 어문연구학회,『어문연구』 31, 1999. 6.

이명찬, 「1940년 전후의 시정신 –『인문평론』과『문장』을 중심으로」,『한성어문학』 18, 1999. 6.

이미경, 「1930년대 '기교주의 논쟁'의 전개양상과 그 의미」, 한국어문학회,『어문학』 67, 1999. 6.

최명표, 「단편서사시론」,『한국문학논총』 24, 1999. 6.

이명원, 「카프 해산 직후 임화 비평에 나타난 '주체재건'의 양상에 대한 고찰」,『타는 혀』, 새움, 2000.

고명철, 「진보적 문학전통을 구축한 카프 – 카프의 결성과 해체」,『문학과 창작』, 2000. 1.

김외곤, 「임화의 문학 비평과 미술 비평의 관련성」,『인문과학연구』(서원대) 9-1, 2000. 2.

양영길, 「임화의 한국 근대문학사 인식 방법 연구」,『백록어문』 16, 2000. 2.

이종희, 「임화와 김남천의 창작방법 논쟁」,『대전어문학』 17, 2000. 2.

박배식, 「1930년대 임화의 리얼리즘론의 변모 양상」,『국민어문연구』(국민대) 8, 2000. 3.

신두원, 「변증법적 문학이론의 전개 - 비평가로서의 임화」, 『한국문학평론』, 2000. 봄.
양문규, 「한국 프로소설 연구사」, 『강릉대인문학보』 29, 2000. 6.
김영택·권순부, 「임화의 『신문학사』에 관한 일 연구」, 『목원대논문집』 39, 2000. 8.
홍정선, 「임화와 이상」, 『황해문화』 28, 2000. 9.
김경원, 「解放期文學者の自己批判について - 特に林和, 李泰俊を中心に」, 『국제언어문학』 2, 2000. 12.
김재용, 「한국전쟁과 임화」, 『작가연구』 10, 2000. 12.
류찬열, 「1930년대 기교주의 논쟁에 관한 연구 - 김기림 시론과 임화 시론에 나타난 낭만주의 수용과 재평가를 중심으로」, 중앙어문학회, 『어문논집』 28, 2000. 12.
정홍섭, 「임화 문학론 비판 - 이식문학론 극복을 위하여」, 『작가연구』 10, 2000. 12.
김영민, 「임화의 신문학사(新文學史) 연구의 성과와 의미 - 신문학의 발생 및 성장 과정에 대한 논의를 중심으로」, 『매지논총』(연세대) 18, 2001. 2.
정찬영, 「임화의 문학론 연구」, 『우암어문논집』 11, 2001. 3.
권용선, 「1920년대말 한·일 프롤레타리아 시인의 근대성 인식 비교 고찰 - 임화와 나카노 시게하루를 중심으로」, 『인하어문연구』 5, 2001. 5.
김영민, 「1920년대 소설의 근대적 특성 연구」, 『현대문학이론연구』 15, 2001. 6.
신재기, 「임화의 창조적 비평론 연구」, 『한민족어문학』 38, 2001. 6.
이명찬, 「네 거리를 고향으로 둔 시인의 운명 - 임화 시론」, 『민족문학사연구』 18, 2001. 6.
이혜선, 「해방직후 좌·우익의 문학운동과 근대기획」, 『연세학술논집』 34, 2001. 8.
박은미, 「임화 시에 나타난 가족 모티브 연구」, 『겨레어문학』 27, 2001. 10.
이경수, 「임화 시에 나타난 '운명'의 의미」, 민족어문학회, 『어문논집』 44, 2001. 10.
김주언, 「임화의 낭만주의론, 그 의미와 한계」, 한국어문교육연구회, 『어문연구』 112, 2001. 겨울.
박배식, 「임화의 비평의식 변모 양상」, 『동신대인문논총』 8, 2001. 12.
이호림, 「전체시 논쟁 고찰」, 『성균어문연구』 36, 2001. 12.
김지연, 「임화 시의 낭만성 시의식에 관하여」, 『성심어문논집』 24, 2002. 2.
김형필, 「임화의 시연구」, 『한국외대논문집』 34, 2002. 5.
채호석, 「탈-식민의 거울, 임화」, 『한국학연구』(고려대) 17, 2002. 하반기.
염형운, 「소설 위기상황 인식의 전체주의로의 귀결 - 최재서, 임화, 김남천의 소설론을 중심으로」, 『한국어문학연구』(한국외대) 16, 2002. 9.
남원진, 「해방기 비평 연구 1 - 우익 문학론의 가능성과 한계」, 『겨레어문학』 29, 2002. 10.

신두원, 「계급문학, 민족문학, 세계문학 - 임화의 경우」, 『민족문학사연구』 21, 2002.
　　12.

이현식, 「한국 근대비평사를 바라보는 하나의 관점 - 리얼리즘론과 관련하여」, 『민족문
　　학사연구』 21, 2002. 12.

이형권, 「현해탄 시편의 양가성(兩價性) 문제 - 30년대 후반의 임화시를 중심으로」, 『한
　　국언어문학』 49, 2002. 12.

渡邊直紀, 「'조선문학'이란 무엇인가 - 1930년대 중·후반의 임화의 견해를 중심으로」,
　　『한중인문학연구』 9, 2002. 12.

김동수, 「한국현대시 그 주역 100인선」, 『시문학』, 2003. 2.

김외곤, 「임화의 초기 문학 활동 연구」, 『인문과학연구』(서원대) 12, 2003. 2.

최　용, 「임화 시 연구 - 감정시를 중심으로」, 『교육논총』(건국대) 3, 2003. 2.

남원진, 「해방기 비평 연구 2 - 좌익 문학론의 가능성과 한계」, 『겨레어문학』 30,
　　2003. 4.

박정선, 「1930년대 기교주의 논쟁 - 표현 층위와 내용 층위를 중심으로」, 『제3의 문
　　학』, 2003. 여름.

김병택, 「임화 시의 현실의식」, 『영주어문』 6, 2003. 8.

송광수, 「임화 - 시화된 현장 '네거리'로의 파산」, 『현대시문학』, 2003. 가을.

이정환, 「'바다' 시편에 나타난 일제말 임화의 내면 풍경」, 민족어문학회, 『어문논집』
　　48, 2003. 10.

박몽구, 「임화의 서술시와 대화주의」, 『한국언어문화』 24, 2003. 12.

이숭원, 「정치 현실에 대한 두 시인의 반응 - 임화와 김수영의 경우」, 『한민족어문학』
　　43, 2003. 12.

임경순, 「비평 행위와 현실 인식의 상관성에 관한 연구 - 임화의 문학 비평을 중심으로」,
　　『한국언어문학』 51, 2003. 12.

2) 학위 논문

최두석, 「1930년대 시의 표현에 관한 고찰」, 서울대 석사, 1982.

정재찬, 「1920~1930년대 한국 경향시의 서사 지향성 연구」, 서울대 석사, 1987.

전승주, 「임화의 신문학사 방법론에 관한 연구」, 서울대 석사, 1988.

박성준, 「임인식 문학비평 연구를 위한 시론」, 연세대 석사, 1988.

유임하, 「임화시의 변모 양상에 관한 연구」, 동국대 석사, 1989.

김진희, 「임화시 연구 – 단편서사시를 중심으로」, 이화여대 석사, 1990.

민경희, 「임화의 소설론 연구」, 서울대 석사, 1990.

이현식, 「1930년대 후반 사실주의 문학론 연구 – 임화와 안함광을 중심으로」, 연세대 석사, 1990.

정경운, 「임화의 낭만주의론 연구」, 전남대 석사, 1990.

황정범, 「임화 비평 연구」, 부산대 석사, 1990.

신두원, 「임화의 현실주의론 연구」, 서울대 석사, 1991.

신명경, 「임화 시 연구」, 동아대 석사, 1991.

이태숙, 「임화 시의 변모 양상에 관한 고찰」, 서울대 석사, 1991.

김수종, 「1930년대 휴머니즘론 연구 – 백철·임화를 중심으로」, 고려대 석사, 1992.

김주언, 「임화 시론 연구」, 단국대 석사, 1992.

남기혁, 「임화 시의 담론구조와 장르적 성격」, 서울대 석사, 1992.

신종호, 「임화 연구」, 숭실대 석사, 1992.

성진희, 「임화의 신문학사론 연구」, 서울대 석사, 1992.

전상기, 「임화 리얼리즘론의 변모과정 연구」, 성균관대 석사, 1992.

정찬영, 「1930년대 후반기 리얼리즘론 연구 – 김남천과 임화를 중심으로」, 부산대 석사, 1992.

김병구, 「임화의 소설론 연구」, 서강대 석사, 1993.

김주일, 「1930년대 리얼리즘론 연구 – 임화·김남천의 문예론을 중심으로」, 연세대 박사, 1993.

이 훈, 「1930년대 임화의 문학론 연구」, 서울대 박사, 1993.

전재은, 「해방후 임화시 연구 – 시집『찬가』제1부「너 어느곳에 있느냐」를 중심으로」, 숙명여대 석사, 1993.

기나연, 「임화 시 연구」, 성신여대 석사, 1994.

김현정, 「임화와 김기림 비평의 대비적 연구」, 대전대 석사, 1994.

김오경, 「임화시 연구」, 충남대 석사, 1995.

김현옥, 「임화 시 연구」, 우석대 석사, 1995.

이수남, 「한국 현대 서술시의 특성 연구 – 임화, 박세영, 백석, 이용악의 시를 중심으로」, 부산외대 석사, 1995.

최두석, 「한국 현대 리얼리즘시 연구 – 임화, 오장환, 백석, 이용악의 시를 중심으로」, 서울대 박사, 1995.

김영옥, 「한국현대시의 서사성 연구 – 김동환, 임화, 신동엽을 중심으로」, 충남대 석사, 1996.

김정훈, 「임화 시 연구」, 한양대 박사, 1995.

김형숙, 「임화 리얼리즘 문학론 연구 – ‘주체’ 문제를 중심으로」, 한국교원대 석사,
　　　1996.

박정선, 「1930년대 후반기 임화 시 연구」, 경북대 석사, 1996.

이장렬, 「한국 근대시에 나타난 도시공간 연구 – 김기림과 임화를 중심으로」, 경남대 석
　　　사, 1996.

김중호, 「임화연구 – 창작방법론에 나타난 문학의 논리와 전향의 논리」, 홍익대 석사,
　　　1997.

박진영, 「임화 신문학사론 연구」, 연세대 석사, 1997.

이형권, 「임화 문학 연구」, 충남대 박사, 1997.

안심순, 「임화 연구 – 시의 변모양상과 그 요인」, 국민대 석사, 1998.

최수진, 「1930년대 임화 시 연구 –『현해탄』에 나타난 낭만성을 중심으로」, 경희대 석
　　　사, 1998.

서지영, 「한국 현대시의 산문성 연구 – 오장환·임화·백석·이용악·이상 시를 대상으
　　　로」, 서강대 박사, 1999.

오형엽, 「1930연대 시론의 구조적 연구 – 김기림·임화·박용철을 중심으로」, 고려대
　　　박사, 1999.

정진용, 「임화 시의 계급의식 연구 – 단편 서사시를 중심으로」, 아주대 석사, 1999.

김윤태, 「1930년대 한국 현대시론의 근대성 연구 – 임화와 김기림의 시론을 중심으로」,
　　　서울대 박사, 2000.

박승희, 「한국시의 미적 근대성 연구 – 최남선, 임 화, 김기림을 중심으로」, 영남대 박사,
　　　2000.

하재연, 「임화 시 연구 – 발화 구조의 변모를 중심으로」, 고려대 석사, 2000.

양상선, 「임화 시의 엘리트 의식 고찰」, 군산대 석사, 2001.

이진형, 「임화의 소설 이론 연구 – 본격소설론의 형성과 구조」, 연세대 석사, 2001.

임정택, 「임화 전기시의 변모양상 연구」, 울산대 석사, 2001.

전병준, 「이상화와 임화의 시 비교 연구」, 고려대 석사, 2002.

전성은, 「임화시의 전개양상」, 한남대 석사, 2002.

정준희, 「임화 시 연구」, 경기대 석사, 2003.

남원진, 「남북한의 비평 연구 – 전후 문학론의 전개 양상을 중심으로」, 건국대 박사,
　　　2004.

3) 단행본

임　화, 『임화선집』 1, 세계, 1988.
신승엽(편), 『임화전집』(현해탄) 1, 풀빛, 1988.
임　화, 『문학의 논리』, 서음출판사, 1989.
임규찬·한진일(편), 『신문학사』, 한길사, 1993.
김외곤(편), 『임화전집』 1~2, 박이정, 2000~2001.
松本淸張, 『북의 시인 임화』, 김병걸(역), 미래사, 1987.
김윤식, 『임화 연구』, 문학사상사, 1989.
김용직, 『임화문학연구』, 세계사, 1991.
정호웅, 『임화』, 건국대출판부, 1996.
김정훈, 『임화 시 연구』, 국학자료원, 2001.
정영진, 『바람이여 전하라』, 푸른사상, 2002.

작가 연구 목록

‖ 김 남 천 ‖

1) 일반 논문

임 화, 「1931년간의 갑프 문예운동의 정황」,『중앙일보』, 1931. 12. 7~13.

유진오, 「침통한 문학, 기타」,『동방평론』, 1932. 4.

윤기정, 「창작가로서의 김남천군의 인상」,『문학건설』, 1932. 12.

임 화, 「6월중의 창작」,『조선일보』, 1933. 7. 12~19.

박승극, 「프로작가의 동향 - 김남천의 과오에 대하여」,『조선일보』, 1933. 9. 3.

임 화, 「비평의 객관성의 문제」,『동아일보』, 1933. 11. 9~10.

임 화, 「비평에 있어 작가와 그 실천의 문제 - N에게 주는 편지를 대신하여」,『동아일
　　　보』, 1933. 12. 19~21.

김팔봉, 「프로문학의 현재 수준」,『신동아』, 1934. 2.

김석종, 「김남천씨의 억설을 읽고 - 엇지하야 조선의 '루넷산스'를 '나치스'의 색채로 채
　　　색하려는가」,『조선중앙일보』, 1935. 11. 1~5.

임 화, 「작가의『눈』과 문학의 세계 -「남매」의 작가에게 보내는 편지에 대신하여」,『조
　　　선문학』, 1937. 6.

김용재, 「「소년행」의 미로와 호반작가의 비약」,『동아일보』, 1937. 8. 11.

채만식, 「신간평 -『대하』를 읽고서」,『조선일보』, 1939. 1. 29.

현 민, 「문학의 영원성과 역사성 -『대하』가 보여준 우리 문학의 신세기」,『동아일보』,
　　　1939. 2. 2.

백 철, 「김남천씨저『대하』를 독함」,『동아일보』, 1939. 2. 8.

冬水生, 「『대하』를 읽고」,『비판』, 1939. 3.

유진오, 「문예시감 -『대하』의 역사성」,『비판』, 1939. 3.

채만식, 「소재와 구성 - 민촌의 「묘목」과 남천의 「녹성당」」,『동아일보』, 1939. 3. 10.

현 민, 「새 초석 하나 - 김남천씨의 신저『소년행』」,『동아일보』, 1939. 4. 6.

이원조, 「신간월평 -『소년행』」,『문장』, 1939. 6.

안함광, 「작가 남천론 – 문학의 주장과 실험의 세계 –『대하』의 작자의 거러온 길」, 『비
    판』, 1939. 7.
채만식, 「김남천 저『사랑의 수족관』 평」, 『매일신보』, 1940. 11. 19.
정인택, 「신간평 – 김남천 저『사랑의 수족관』」, 『인문평론』, 1941. 1.
임 화, 「소설의 인상」, 『춘추』, 1943. 1.
조연현, 「우리나라의 비평문학 – 그 회고와 전망」, 『문학예술』, 1956. 1.
  =『휴일의 의장』, 인간사, 1957.
이재선, 「한국 가족사소설의 전망」, 『소설문학의 해석』, 새문사, 1981.
김윤식, 「1930년대의 비평 – 이데올로기의 내재화」, 『한국 현대문학 비평사』, 서울대출
    판부, 1982.
신형기, 「1930년대 장편소설 논의」, 『정통문학』, 1985. 4.
이동하, 「1940년대 전후의 소설에 나타난 지식인상」, 『국어국문학』 94, 1985. 12.
김재용, 「중일 전쟁과 카프 해소·비해소파 – 임화·김남천에 대한 안함광의 비판을 중
    심으로」, 『민족문학운동의 역사와 이론』 2, 한길사, 1996.
정호웅, 「30년대 리얼리즘 문학의 한 양상 – 김남천론」, 『한국학보』, 1986. 겨울.
김윤식, 「자기 고발과 주체성 재건에 대하여 – 김남천론」, 『한국현대문학사론』, 한샘,
    1988.
  = 이상갑(편), 『김남천』, 새미, 1995.
정호웅, 「김남천론 – 주체의 정립과 리얼리즘」, 김윤식·정호웅(편), 『한국근대리얼리즘
    작가연구』, 문학과 지성사, 1988.
김재용, 「카프 해소–비해소파의 대립과 해방 후의 문학운동」, 『역사비평』, 1988. 8.
김윤식, 「임화와 김남천 – ‘물논쟁’에서 ‘문학가 동맹’ 조직까지」, 『문학사상』, 1988. 10.
임규찬, 「카프 해소–비해소파를 분리하는 김재용에 반박한다」, 『역사비평』, 1988. 11.
현길언, 「닫힌 시대와 역사에 대한 소설적 전망 – 김남천의 소설세계」, 『세계의 문학』,
    1988. 겨울.
김윤식, 「해방후 남북한의 문화운동 – 두 개의 민족문학론의 전대와 그 비판」, 김윤식
    (편), 『원본 한국현대현실주의 비평선집』, 나남, 1989.
김춘섭, 「김남천의 관찰문학론」, 『한국학연구』(고려대) 2, 1989.
정구향, 「『대하』의 인물유형 분석을 통해 본 작가의식」, 『야천이병호박사회갑기념논문
    집』, 1989.
서경석, 「김남천론 – 정치적 실천과 문학적 실천」, 『문학사상』, 1989. 1.
서종택·정덕준·김춘섭, 「납월북 작가 작품 연구 – 이태준, 박태원, 김남천을 중심으로」,
    『고려대인문대논집』 7, 1989.

신상성, 「김남천론 - 『대하』를 중심으로」, 『운당구인환선생회갑기념논문집』, 한샘, 1989.

윤여탁, 「풍속의 묘사와 역사의 서술」, 구인환(외), 『한국현대장편소설연구』, 삼지원, 1989.

이동하, 「김남천의 「경영」 - 「맥」 연작에 대한 재고찰」, 『운당구인환선생회갑기념논문집』, 한샘, 1989.

조정환, 「1930년대 현실주의 논쟁과 프로레타리아문학의 독자성 문제 - '미적 주체성' 개념을 중심으로」, 『민주주의 민족문학론과 자기비판』, 연구사, 1989.

한승옥, 「1930년대 가족사 연대기소설 연구」, 『한국현대장편소설연구』, 민음사, 1989.

권영민, 「소설창작의 이론가 김남천」, 『월간경향』, 1989. 2.

신상성, 「한국 가족사소설의 형성과 리얼리즘 연구 - 김남천의 『대하』를 중심으로」, 『국어국문학』 101, 1989. 5.

김윤식, 「신분상승의 문학사적 성격 - 『대하』(김남천), 『농토』(이태준), 『동행』(전상국)에 관하여」, 『동서문학』, 1989. 6.

이재선, 「김남천 소설의 양상」, 『현대문학』, 1989. 6.

나병철, 「김남천의 소년 주인공 소설 연구」, 『비평문학』 3, 1989. 8.

이동하, 「일제말 지식인의 고뇌와 갈등 - 김남천의 「경영」 - 「맥」 연작」, 『현대문학』, 1989. 9.

고정욱, 「김남천의 리얼리즘론과 『대하』의 성과」, 『성균관대수선논집』 14, 1989. 12.

신재기, 「김남천의 『대하』론」, 『상지전문대논문집』 19, 1989. 12.

홍성암, 「김남천 연구」, 『한양어문연구』 7, 1989. 12.

김윤식, 「1930년대 후반기 카프 문인들의 전향 유형 분석」, 『한국 현대 현실주의 소설 연구』, 문학과 지성사, 1990.

나병철, 「김남천의 창작방법론 연구」, 이선영(편), 『1930년대 민족문학의 인식』, 한길사, 1990.

우한용, 「소설과 풍속의 의미」, 『한국현대소설구조연구』, 삼지원, 1990.

임규찬, 「카프 해산 문제에 대하여」, 김학성 · 최원식(편), 『한국근대문학사의 쟁점』, 창작과 비평사, 1990.

현길언, 「닫힌 시대와 역사에 대한 소설적 전망 - 김남천의 소설 세계」, 서종택 · 정덕준(편), 『한국현대소설연구』, 새문사, 1990.

김춘섭, 「김남천의 관찰 문학론」, 『표현』 18, 1990. 1.

신상성, 「김남천론」, 『문학예술』, 1990. 3~7.

김윤식, 「해방공간 문화운동의 갈래와 그 전망 - 임화, 김남천의 내면풍경 분석을 중심

　　　　으로」, 『한국학보』, 1990. 봄.

오양호, 「김남천의 『대하』론」, 『동서문학』, 1990. 5.

송하춘, 「1930년대 후기 소설 논의와 실제에 관한 연구 - 김남천의 『대하』를 중심으로」,
　　　　『세계의 문학』, 1990. 여름.

김외곤, 「'물'논쟁의 미학적 연구」, 『외국문학』, 1990. 가을.

김동환, 「1930년대 후기 장편소설에 나타나는 '풍속'의 의미」, 『관악어문연구』 15,
　　　　1990. 12.

송하춘, 「1930년대 후기 소설논의와 실제에 관한 연구 - 김남천의 『대하』를 중심으로」,
　　　　『고려대인문논집』 35, 1990. 12.

신재기, 「이원조와 김남천 비평의 시대대응논리」, 『상지전문대논문집』 20, 1990. 12.

김재용, 「중일 전쟁과 카프 해소·비해소파 - 임화·김남천에 대한 안함광의 비판을 중
　　　　심으로」, 한국문학사연구회(편), 『1950년대 남북한 문학』, 평민사, 1991.

이현식, 「1930년대 후반의 비평사 연구동향에 대한 검토 - 최근 연구를 중심으로」, 『문
　　　　학과 논리』 1, 1991.

임환모, 「김남천의 고발문학론 연구」, 『전남대어문논총』 12·13, 1991. 2.

임환모, 「김남천의 초기 문학비평 연구」, 『한국언어문학』 29, 1991. 5.

이은자, 「김남천 후기단편에 나타난 내면갈등의 변모양상 - 창작집 『맥』을 중심으로」,
　　　　『원우론총』(숙명여대) 9, 1991. 8.

김성수, 「카프 문학부 편 『캅프작가7인집』에 대하여」, 『민족문학사연구』 1, 1991. 9.

김외곤, 「사상없는 시대의 왜곡된 인간 군상 - 김남천의 『사랑의 수족관』에 대하여」,
　　　　『문학정신』, 1991. 9.

하정일, 「소설사 연구방법론에 대한 문제제기적 검토」, 『민족문학사연구』 1, 1991. 9.

이덕화, 「1930년대 후반기 장편소설 비교연구」, 『문학과 의식』, 1991. 가을.

권오현, 「김남천의 지식인소설 연구 - 작품 「낭비」, 『경영』, 『맥』을 중심으로」, 『계명어
　　　　문학』 6, 1991. 10.

신동욱, 「김남천의 소설에 나타난 지식인의 자아확립과 전향자의 적응문제」, 『동양학』
　　　　(단국대) 21, 1991. 10.

김용선, 「『경영』, 『맥』의 내적구조와 전향윤리의 수준 - 오시형의 전향동기와 논리를 중
　　　　심으로」, 『청람어문학』 5, 1991. 11.

권영민, 「김남천과 계급의식의 창작적 실천」, 『소설과 운명의 언어』, 현대소설사, 1992.

김승환, 「해방 직후 문학연구의 경향과 문제점」, 『문학과 논리』 2, 태학사, 1992.

김외곤, 「『대하』와 『동맥』에 나타난 개화 사상과 개화 풍경」, 한국현대문학연구회, 『한
　　　　국근대장편소설연구』, 모음사, 1992.

= 이상갑(편), 『김남천』, 새미, 1995.

김윤식, 「1930년대 후반기 카프문인들의 전향유형 분석」, 『한국현대문학사상사론』, 일지사, 1992.

신형기, 「역사의 방향 – 김남천의 『1945년 8·15』」, 『해방기소설연구』, 태학사, 1992.

조건상, 「김남천 소설 연구 – 단편집 『소년행』을 중심으로」, 『성균관대인문과학』 22, 1992. 3.

김외곤, 「새나라 건설을 위한 노력과 좌절 – 김남천의 『1945년 8·15』」, 『외국문학』, 1992. 여름.

김용희, 「김남천의 모랄론」, 『한신논문집』 9, 1992. 11.

김외곤, 「사상 없는 시대의 왜곡된 인간 군상 – 김남천의 『사랑의 수족관』론」, 정호웅(외), 『장편소설로 보는 새로운 민족문학사』, 열음사, 1993.

정호웅, 「새로운 세계에 대한 열망과 그 한계 – 김남천의 『대하』론」, 정호웅(외), 『장편소설로 보는 새로운 민족문학사』, 열음사, 1993.

= 이상갑(편), 『김남천』, 새미, 1995.

정희모, 「1930년대 후반 김남천의 장편소설론 연구」, 한국문학연구회(편), 『1930년대 문학연구』, 평민사, 1993.

하정일, 「프리체의 리얼리즘론과 30년대 후반의 리얼리즘론」, 한국문학연구회(편), 『1930년대 문학연구』, 평민사, 1993.

이호규, 「김남천 『대하』 연구 – 『대하』의 창작구도와 작품과의 연계에 대해」, 『연세어문학』 25, 1993. 2.

조남현, 「『대하』 1·2부 재해석」, 『소설과 사상』, 1993. 봄.

황효일, 「김남천 소설연구」, 『국민대북악논총』 11, 1993. 5.

이강언, 「1930년대 김남천 도시소설 연구」, 『영남어문학』 23, 1993. 6.

박헌호, 「30년대 후반 '가족사연대기' 소설의 의미와 구조」, 『민족문학사연구』 4, 1993. 12.

황국명, 「1930년대 후반기 장편소설론 연구 – 김남천의 장편소설개조론을 중심으로」, 『인제논총』 9-2, 1993. 12.

김동환, 「1930년대 후반기 소설의 대체현실 추구와 의사 낭만성 – 『대하』 『봄』 『탑』을 중심으로」, 『한성어문학』 13, 1994. 5.

이현식, 「관조주의적 미학과 리얼리즘의 가능성 – 1930년대 후반 김남천의 단편소설들」, 『현상과 인식』, 1994. 10.

송기섭, 「김남천 소설 연구」, 어문연구회, 『어문연구』 25, 1994. 11.

황국명, 「계급문학에서의 장편소설 논쟁」, 『영남대인문논총』 6, 1994. 12.

강진호, 「통속소설, 차선의 의미」, 이상갑(편), 『김남천』, 새미, 1995.

문영진, 「자아와 현실세계의 대결의 소멸」, 이상갑(편), 『김남천』, 새미, 1995.

이상갑, 「자기 검토와 개조의 의미」, 이상갑(편), 『김남천』, 새미, 1995.

채호석, 「김남천 창작방법론 연구」, 이상갑(편), 『김남천』, 새미, 1995.

현길언, 「이념형 소설읽기의 한 예 - 김남천의 초기 소설의 의미」, 『현대문학』, 1995. 3.

김성진, 「김남천의 고발문학론」, 『서울사대선청어문』 23, 1995. 4.

박배식, 「세태소설의 개념연구」, 『서울사대선청어문』 23, 1995. 4.

이은자, 「일제말 지식인의 내면갈등의 변모양상 - 김남천론」, 채 훈(외), 『월북작가에
　　　대한 재인식』, 깊은샘, 1995.

박배식, 「김남천의 『대하』에 나타난 풍속성 연구」, 『동신대인문논총』 2, 1995. 6.

이상갑, 「문학과 사회의 변천 - 김남천의 『대하』에서 마광수의 『즐거운 사라』까지」, 『문
　　　화예술』 200, 1996. 3.

장춘화, 「김남천의 성장소설 연구」, 『대구어문론총』 14, 1996. 6.

현길언, 「김남천의 소설 연구 - 전향의 논리와 지식인 상」, 『한양대한국학논집』 29,
　　　1996. 8.

서경석, 「1930년대 문학비평에 나타난 '탈근대성' 연구 - 임화 · 김남천의 초기 소설의
　　　의미」, 『한국학보』, 1996. 가을.

조진기, 「김남천의 『대하』 연구」, 『영남어문학』 30, 1996. 12.

현길언, 「이념형 소설 읽기의 한 예 - 김남천의 초기 소설의 의미」, 『소설은 어떻게 읽은
　　　것인가』, 나남, 1997.

이강현 · 박여범, 「1930년대 가족사 · 연대기 소설 연구」, 『중부대논문집』 9-1, 1997. 8.

김용희, 「김남천 소설 속의 도시성 - 『경영』, 『맥』, 「가애자」, 「녹성당」을 중심으로」, 한
　　　국어문교육연구회, 『어문연구』 95, 1997. 9.

김인옥, 「김남천의 『경영』 『맥』 연작에 대한 고찰」, 『숙명여대논문집』 7, 1997. 12.

천이두, 「성장소설의 계보와 실상 - 이광수, 이태준, 김남천」, 『우리시대의 문학』, 문학
　　　동네, 1998.

홍성암, 「김남천론 - 창작 방법론과 사회주의적 리얼리즘론」, 『한국 현대 비평가 연구』,
　　　태학사, 1998.

이건제, 「김남천의 소설을 통해 본 일제말 '전향'과 '근대성'의 문제 - 『경영』과 『맥』의 인
　　　물 분석을 중심으로」, 『어문논집』 37, 1998. 2.

이수형, 「김남천의 문학에서의 이데올로기와 실천의 관계」, 『한국학보』, 1998. 가을.

김재용, 「월북 이후 김남천의 문학활동과 ''꿀' 논쟁」, 『작가연구』 6, 1998. 10.

이성혁, 「김남천의 발자크 수용에 대한 고찰」, 『이문논총』(한국외대) 18, 1998. 12.

和田とも美, 「김남천의 취재원(取材源)에 관한 일고찰」, 『관악어문연구』 23, 1998. 12.

곽승미, 「김남천 소설의 근대성 연구 – 「오월」 연작을 중심으로」, 『전농어문연구』(서울시립대) 11, 1999. 2.

서경석, 「김남천의 「발자크 연구노트」론」, 『대구대인문예술논총』, 1999. 2.

김원우, 「발자크·김남천·염상섭」, 『현대문학』, 1999. 12.

최재선, 「1930년대 경향파 작가의 기독교 인식 연구」, 『지역학논집』(숙명여대) 3, 1999. 12.

이종희, 「임화와 김남천의 창작방법 논쟁」, 『대전어문학』 17, 2000. 2.

조남현, 「1930년대 후반 장편소설의 갈래」, 『소설과 사상』, 2000. 봄.

채호석, 「한 근대주의자의 비극적 삶과 문학 – 김남천론」, 『한국문학평론』, 2000. 여름.

곽승미, 「김남천의 『사랑의 수족관』론 – 통속성과 주체 정립의 의지」, 『이화어문논집』 18, 2000. 10.

간호옥, 「김남천의 「소설의 운명」 연구」, 『한국어문학연구』 12, 2000. 12.

김영진, 「해방기 대중화론의 전개 – 김영석과 김남천의 관점을 중심으로」, 중앙어문학회, 『어문논집』 28, 2000. 12.

송기섭, 「풍속의 정신사적 해명 –『대하』론」, 한국언어문학회, 『한국언어문학』 45, 2000. 12.

정호웅, 「1940년 전후 소설 속의 지식인」, 『홍익대인문과학』 8, 2000. 12.

임관수, 「김남천의 소설론연구」, 어문연구학회, 『어문연구』 35, 2001. 4.

김 철, 「'근대의 초극', 『낭비』 그리고 베네치아(Venetia) – 김남천과 근대초극론」, 『민족문학사연구』 18, 2001. 6.

최택균, 「전향문학의 논리와 서사구조연구 – 김남천의 『경영』, 『맥』, 『낭비』를 중심으로」, 한국어문교육학회, 『어문학교육』 23, 2001. 11.

염형운, 「소설 위기상황 인식의 전체주의로의 귀결 – 최재서, 임화, 김남천의 소설론을 중심으로」, 『한국어문학연구』(한국외대) 16, 2002. 9.

서영인, 「김남천 연구에 나타난 '근대성 담론'의 이데올로기」, 경북어문학회, 『어문론총』 36, 2002. 6.

조미숙, 「김남천 전향소설에 나타난 여성 자각 과정 연구」, 『인문과학논총』(건국대) 38, 2002. 12.

남원진, 「해방기 비평 연구 2 – 좌익 문학론의 가능성과 한계」, 『겨레어문학』 30, 2003. 4.

이금란, 「김남천의 장편소설 『대하』 연구」, 『숭실어문』 19, 2003. 6.

서경석, 「카프 작가의 일본어 소설연구」, 『우리말글』 29, 2003. 12.
이철호, 「동양, 제국, 식민주체의 신생 – 1930년대 후반 김남천과 김사량 소설을 중심으
　　　로」, 『한국문학연구』 26, 2003. 12.

2) 학위 논문

강영주, 「1930년대 소설논고」, 서울대 석사, 1976.
홍문표, 「한국 현대 문학 논쟁의 비평사적 연구」, 고려대 박사, 1979.
이주형, 「1930년대 한국 장편소설 연구 – 현실인식과 작품전개방식의 변모 양상을 중심
　　　으로」, 서울대 박사, 1983.
조계숙, 「1930년대 후반기의 장편소설론 연구」, 고려대 석사, 1983.
김주일, 「1930년대 후반기 장편소설의 사적 고찰」, 연세대 석사, 1985.
신상성, 「1930년대 한국가족사소설 연구」, 동국대 박사, 1986.
최유찬, 「1930년대 한국 리얼리즘론 연구」, 연세대 박사, 1986.
김동환, 「1930년대 한국전향소설연구」, 서울대 석사, 1987.
김미란, 「김효식 문학 연구」, 고려대 석사, 1987.
김재용, 「1930년대 도시소설의 변모양상 연구」, 연세대 석사, 1987.
류보선, 「1920~30년대 예술대중화론 연구」, 서울대 석사, 1987.
서경석, 「1920~30년대 한국경향소설연구」, 서울대 석사, 1987.
신형기, 「해방직후의 문학운동 연구」, 연세대 박사, 1987.
조현일, 「1920~30년대 노동소설 연구」, 서울대 석사, 1987.
채호석, 「김남천 창작방법론 연구」, 서울대 석사, 1987.
유문선, 「1930년대 창작방법 논쟁연구」, 서울대 석사, 1988.
이공순, 「1930년대 창작방법론 소고」, 연세대 석사, 1988.
박성구, 「일제하(1920년대 중반~1930년대 초반) 프롤레타리아 예술운동에 관한 연구」,
　　　서울대 석사, 1989.
김기호, 「김남천 소설론의 전개과정과 그 특성 – 전반기(1930~1942)의 비평을 중심
　　　으로」, 한국외대 석사, 1989.
문영진, 「김남천의 해방전 소설 연구」, 서울대 석사, 1989.
박용규, 「조선문학가동맹의 민족문학론 연구」, 서울대 석사, 1989.
장성수, 「1930년대 경향소설 연구」, 고려대 박사, 1989.
정홍섭, 「1920~30년대 예술운동에 있어서의 방향전환론 연구」, 서울대 석사, 1989.

김외곤, 「1930년대 한국 현실주의 소설 연구」, 서울대 석사, 1990.

김혜영, 「김남천 문학의 현실인식에 대한 연구」, 서울대 석사, 1990.

나병철, 「1930년대 후반기 도시소설 연구」, 연세대 박사, 1990.

박영순, 「1930년대 세태소설 연구」, 이화여대 박사, 1990.

이양숙, 「해방직후의 진보적 리얼리즘론 연구」, 서울대 석사, 1990.

이정윤, 「김남천 소설 연구」, 건국대 석사, 1990.

전경희, 「김남천 소설의 저항성 연구 – 「경영」과 「맥」을 중심으로」, 부산대 석사, 1990.

강옥희, 「김남천의 장편소설론과 『대하』」, 상명여대 석사, 1991.

권오현, 「김남천 소설 연구」, 계명대 석사, 1991.

김재남, 「김남천 문학 연구」, 세종대 박사, 1991.

김현주, 「김남천, 이기영의 작품 속에 나타난 기독교적 특성 연구」, 숙명여대 석사,
       1991.

김형수, 「1930년대 김남천 리얼리즘론 연구」, 창원대 석사, 1991.

남민영, 「김남천과 한설야의 1930년대 소설 연구」, 연세대 석사, 1991.

류종렬, 「1930년대말 한국 가족사·연대기소설 연구」, 부산대 박사, 1991.

이덕화, 「김남천 연구」, 연세대 박사, 1991.

주일란, 「김남천 소설 연구 – 해방 전 단편소설을 중심으로」, 숙명여대 석사, 1991.

강운석, 「김남천 소설 연구 – 공간구조를 중심으로」, 숭실대 석사, 1992.

김용선, 「김남천 전향소설 연구」, 한국교원대 석사, 1992.

김재용, 「일제하 프로소설사론 연구」, 연세대 박사, 1992.

서종규, 「김남천의 소설 『대하』에 나타난 인간상 고찰」, 조선대 석사, 1992.

신재기, 「한국근대문학비평론 연구」, 고려대 박사, 1992.

양윤모, 「김남천의 『대하』 연구」, 고려대 석사, 1992.

윤석달, 「한국현대가족사소설연구의 서사형식과 인물유형연구」, 고려대 박사, 1992.

윤영옥, 「김남천 소설 연구 – 1935 ~ 1945년을 중심으로」, 전북대 석사, 1992.

원은영, 「가족사연대기소설 연구 – 김남천의 『대하』, 이기영의 『봄』, 한설야의 『탑』을
       중심으로」, 이화여대 석사, 1992.

이순직, 「김남천 소설 연구」, 국민대 석사, 1992.

임환모, 「1930년대 한국문학비평 연구 – 김남천과 최재서를 중심으로」, 전남대 박사,
       1992.

정찬영, 「1930년대 후반기 리얼리즘론 연구 – 김남천과 임화를 중심으로」, 부산대 석
       사, 1992.

하정일, 「해방기 민족문학론 연구」, 연세대 박사, 1992.

강성애, 「김남천 소설 연구 – 고발론과 모랄론의 관계를 중심으로」, 경남대 석사, 1993.
곽승미, 「김남천소설 인물 행위연구」, 이화여대 석사, 1993.
김주일, 「1930년대 리얼리즘론 연구 – 임화·김남천의 문예론을 중심으로」, 연세대 박사, 1993.
이복주, 「김남천소설연구 – 해방전 소설을 중심으로」, 국민대 석사, 1993.
하응백, 「김남천 문학연구 – 문학과 정치의 상관관계를 중심으로」, 경희대 박사, 1993.
한금윤, 「김남천의『대하』연구」, 연세대 석사, 1993.
권보드래, 「1930년대 후반의 프롤레타리아작가 소설 연구」, 서울대 석사, 1994.
남금희, 「김남천의 단편소설 연구 – 소년 주인공 소설을 중심으로」, 한양대 석사, 1994.
민병인, 「김남천 문학론 연구 – 1930년대 창작방법론의 전개를 중심으로」, 중앙대 석사, 1994.
박상준, 「김남천 문학연구」, 명지대 석사, 1994.
박선영, 「김남천 단편소설 연구 – 서술상황을 중심으로」, 서강대 석사, 1994.
백일기, 「김남천 문학연구」, 영남대 석사, 1994.
신혜경, 「김남천 소설 연구」, 덕성여대 석사, 1994.
양명주, 「김남천의 대중소설 연구 –『사랑의 수족관』을 중심으로」, 부산외대 석사, 1994.
이병호, 「김남천 소설의 서술방법 연구」, 서울대 석사, 1994.
이상갑, 「1930년대 후반기 창작방법론 연구」, 고려대 박사, 1994.
임은영, 「김남천 소설 연구 – 전향소설을 중심으로」, 성균관대 석사, 1994.
김규석, 「김남천 소설 연구 – 창작방법론과 지식론 소설을 중심으로」, 성균관대 석사, 1995.
김외곤, 「김남천 문학에 나타난 주체 개념의 변모과정 연구」, 서울대 박사, 1995.
김하연, 「김남천 소설 연구」, 충남대 석사, 1995.
손덕식, 「김남천 소설 연구」, 경남대 석사, 1995.
정재석, 「한국 소설에서의 유년시점 연구 – 김남천, 현덕, 황순원 소설의 유년 인물을 중심으로」, 서강대 석사, 1995.
김성동, 「김남천 소설 연구 – 해방전 소설에 나타난 지식인 유형을 중심으로」, 국민대 석사, 1996.
김재관, 「1930년대 김남천 창작방법론 연구」, 단국대 석사, 1996.
신동성, 「김남천 연구 –『대하』를 중심으로」, 인천대 석사, 1996.
심규찬, 「이북명과 김남천의 노동소설 비교 연구 – 공장 내 사건을 다룬 작품에 한정하여」, 국민대 석사, 1996.

이재인, 「김남천 단편소설 연구 - 소년주인공을 중심으로」, 동국대 석사, 1996.

이희정, 「김남천 소설 연구 - 단편 소설을 중심으로」, 성신여대 석사, 1996.

강명효, 「1930년대 후반기 김남천 소설 연구」, 서울대 석사, 1997.

박수진, 「1930년대 후반기 창작방법론 연구 - 김남천의 비평을 중심으로」, 영남대 석사, 1997.

신계동, 「김남천 연구」, 전북대 석사, 1997.

전범진, 「지식인 인물의 유형과 권력의 상관성 연구 - 1930년대 후반기 김남천과 채만식의 소설을 중심으로」, 고려대 석사, 1997.

권인근, 「김남천 전향소설 연구」, 영남대 석사, 1998.

김효정, 「1930년대 전향소설의 의식 변모 양상 연구 - 이기영, 한설야, 김남천을 중심으로」, 대구효성가톨릭대 박사, 1998.

윤은미, 「김남천의 소설『대하』연구」, 성신여대 석사, 1998.

이수형, 「김남천 문학 연구 - 이데올로기와 실천의 관계를 중심으로」, 서울대 석사, 1998.

김기택, 「김남천『대하』연구」, 계명대 석사, 1999.

채호석, 「김남천 문학 연구」, 서울대 박사, 1999.

이은영, 「이니시에이션 소설의 서사구조와 비유 연구 - 김남천·황순원의 단편소설을 중심으로」, 서강대 석사, 2000.

곽승미, 「김남천 문학 연구 - 인식적, 미학적 원리로서의 근대성」, 이화여대 박사, 2001.

김제자, 「김남천 문학론」, 창원대 석사, 2001.

배순복, 「김남천의『대하』에 나타난 근대성 연구」, 인천대 석사, 2002.

이미성, 「김남천 문학 연구 - 가족이야기 구조를 중심으로」, 동국대 석사, 2002.

정명중, 「김남천 문학비평 연구」, 전남대 박사, 2002.

서영인, 「김남천 문학 연구 - 리얼리즘의 주체적 재구성 과정을 중심으로」, 경북대 박사, 2003.

최은아, 「1930년대 가족사소설 연구」, 연세대 석사, 2003.

남원진, 「남북한의 비평 연구 - 전후 문학론의 전개 양상을 중심으로」, 건국대 박사, 2004.

3) 단행본

정호웅·손정수(편), 『김남천전집』 1~2, 박이정, 2000.
이덕화, 『김남천연구』, 청하, 1980.
신상성(편), 『김남천연구』 1~2, 경설출판사, 1990~1991.
김재남, 『김남천 문학론』, 태학사, 1991.
이덕화, 『김남천 연구』, 청하, 1991.
김재남, 『김남천』, 건국대출판부, 1994.
이상갑(편), 『김남천』, 새미, 1995.
이재인, 『김남천 문학』, 문학아카데미, 1996.
하응백, 『김남천 문학연구』, 시와 시학사, 1996.

작가 연구 목록

‖ 안 함 광 ‖

1) 일반 논문

한 효, 「신창작방법의 재인식을 위하야」, 『조선중앙일보』, 1935. 7. 23~27.

홍효민, 「문예평단의 회고와 전망」, 『조선문학』, 1937. 1.

한 효, 「병자년평단회고」, 『비판』, 1937. 2.

민병휘, 「민촌 이기영형과 안광 안종언군」, 『청색지』, 1939. 5.

김윤식, 「프로문학운동을 중심으로 한 문예비평」, 『한국근대문예비평사연구』, 일지사, 1976.

芹川哲世, 「한일농민문학론의 비교고찰 – 1930년 전후를 중심으로」, 『관악어문연구』 5, 1980. 12.

김윤식, 「1920년대의 비평 – 프롤레타리아 문학론과 민족주의 문학론」, 『한국 현대문학 비평사』, 서울대출판부, 1982.

김명인, 「민족문학과 농민문학」, 백낙청·염무웅(편), 『한국문학의 현단계』 III, 창작과비평사, 1984.

김윤식, 「농민문학론」, 『한국근대문학사상사』, 한길사, 1984.

최원식, 「농민문학론을 위하여」, 백낙청·염무웅(편), 『한국문학의 현단계』 III, 창작과비평사, 1984.

권영민, 「식민지시대의 농민운동과 농민문학」, 『한국민족문학론연구』, 민음사, 1988.

장사선, 「사회주의적 리얼리즘」, 『한국리얼리즘문학론』, 새문사, 1988.

김재용, 「카프 해소·비해소파의 대립과 해방후의 문학운동」, 『역사비평』, 1988. 가을.

임규찬, 「카프 해소·비해소파를 분리하는 김재용에 반박한다」, 『역사비평』, 1988. 겨울.

김재용, 「안함광론 – 카프 비해소파의 이론적 근거」, 이선영(편), 『1930년대 민족문학의 인식』, 한길사, 1990.

류보선, 「안함광 문학론의 변모과정과 리얼리즘에 대한 인식」, 『관악어문연구』 15, 1990. 12.

류보선, 「최근 리얼리즘 논의의 성격과 재인식」, 『실천문학』, 1990. 겨울.

김재용, 「중일 전쟁과 카프 해소·비해소파 – 임화·김남천에 대한 안함광의 비판을 중심으로」, 한국문학사연구회(편), 『1950년대 남북한 문학』, 평민사, 1991.

하정일, 「1930년대 후반 사회주의 리얼리즘론의 발전과 반파시즘 인민전선」, 『창작과 비평』, 1991. 봄.

김영조, 「안광함의 프로문학론 고찰 – 1930년대를 중심으로」, 『기전어문학』(수원대) 6, 1991. 12.

김혜영, 「카프 농민문학론의 비판적 검토」, 『강릉어문학』 8, 1993. 6.

이현식, 「1930년대 후반 안함광 문학론의 구조」, 『민족문학사연구』 5, 1994. 7.

황국명, 「계급문학에서의 장편소설 논쟁」, 『인문논총』(경남대) 6, 1994. 12.

오현주, 「안함광 문학론에 나타난 근대와 현대에 대한 인식」, 민족문학사연구소, 『민족문학과 근대성』, 문학과 지성사, 1995.

김재용, 「문학의 정치성과 정치주의 – 8·15이후 안 함광의 문학론을 중심으로」, 『현상과 인식』, 1995. 가을.
　　=『민족문학운동의 역사와 이론』 2, 한길사, 1996.

김재용, 「안함광과 카프 비해소파」, 『민족문학운동의 역사와 이론』 2, 한길사, 1996.

김재용, 「중일 전쟁과 카프 해소·비해소파 – 임화·김남천에 대한 안함광의 비판을 중심으로」, 『민족문학운동의 역사와 이론』 2, 한길사, 1996.

장사선, 「안함광의 해방 이전의 문학론 연구」, 『동서문화연구』(홍익대) 6, 1998. 2.

조계숙, 「현대문학비평에 나타난 소설의 묘사론」, 안암어문학회, 『어문논집』 37, 1998. 2.

신재기, 「안함광의 ‘주체 건립론’ 비판」, 『한국근대문학비평가론』, 월인, 1999.

선주원, 「1930년대 후반 반파시즘 인민전선론에 관한 비판적 검토」, 『청람어문학』 21, 1999. 3.

권유리야, 「안함광 리얼리즘 미학의 전개 양상 연구」, 『문창어문논집』 36, 1999. 12.

장사선, 「안함광의 해방 이후 활동 연구」, 『국어국문학』 126, 2000. 5.

장사선, 「안함광의 해방 이후 활동 연구 Ⅱ」, 『동서문화연구』(홍익대) 8, 2000. 12.

하정일, 「북한문학에의 새로운 접근을 위한 돌파구 – 김재용·이현식(편), 『안함광 평론선집』」, 『통일시론』 6, 2000. 4.

곽　근, 「해방후 북한에서의 최서해 논의에 대한 연구」, 『비평문학』 16, 2002. 7.

김재용, 「비서구 주변부의 자기인식과 번역 비평의 극복 – 안함광론」, 『한국학연구』(고려대) 17, 2002. 하반기.

남원진, 「해방기 비평 연구 2 – 좌익 문학론의 가능성과 한계」, 『겨레어문학』 30, 2003. 4.

채호석, 「안함광 비평에서의 '주체'와 '식민성'에 대한 연구 – 「조선 문학 정신 검찰 – 세계관·문학·생활적 현실」을 중심으로」, 『한국어문학연구』(한국외대) 18, 2003. 8.

남원진, 「전후 시대 비평 연구 2 – 북한의 사회주의 리얼리즘론의 가능성과 한계」, 『겨레어문학』 31, 2003. 10.

2) 학위 논문

이공순, 「1930년대 창작방법론 소고」, 연세대 박사, 1986.

최유찬, 「1930년대 한국리얼리즘론 연구」, 연세대 박사, 1987.

손광식, 「1930연대 한국프로문학론 연구 – 볼셰비키화 및 사회주의 리얼리즘 논쟁을 중심으로」, 성균관대 석사, 1990.

엄현영, 「1930년대 안함광의 리얼리즘론 연구」, 연세대 석사, 1990.

이현식, 「1930년대 후반 사실주의 문학론 연구 – 임화와 안함광을 중심으로」, 연세대 석사, 1990.

구재진, 「1930년대 안함광 문학론 연구」, 서울대 석사, 1992.

김영조, 「안함광의 프로문학론 고찰 – 1930년대를 중심으로」, 수원대 석사, 1992.

구자황, 「안함광의 문학론 연구 – 1930년대 리얼리즘론의 변모양상과 이론구조를 중심으로」, 성균관대 석사, 1993.

장노현, 「북한의 초기 문학운동론 – 1945년 8월부터 1950년 6월까지」, 한국정신문화연구원 석사, 1993.

선주원, 「1930년대 후반 안함광의 소설론 연구」, 한국교원대 석사, 1999.

권유리야, 「안함광 리얼리즘 미학의 전개 양상 연구」, 부산대 석사, 2000.

정봉희, 「안함광 문학의 이데올로기 연구 – 해방이후 문학론을 중심으로」, 전남대 박사, 2001.

김두환, 「안함광 문학론 연구 – 해방 전의 활동을 중심으로」, 단국대 석사, 2003.

박진미, 「해방시기 안함광의 민족문학론 연구」, 영남대 석사, 2003.

남원진, 「남북한의 비평 연구 – 전후 문학론의 전개 양상을 중심으로」, 건국대 박사, 2004.

3) 단행본

김재용·이현식(편), 『안함광 평론선집』 1~5, 박이정, 1998.

작가 연구 목록

‖ 박 종 화 ‖

1) 일반 논문

노천명, 「인간월탄」, 『문예』, 1949. 9.

고려문화사(편), 「문인생활별견기 – 월탄 박종화씨와 횡보 염상섭씨」, 『민성』, 1949. 6.

김춘수, 「형태상으로 본 한국의 현대시」(제2~3회), 『문학예술』, 1955. 9~10.

조연현, 「정사적 작가 – 월탄 박종화론」, 『신태양』, 1956. 2.

김상일, 「한국의 상징주의 – 방법을 중심으로 한 시험」, 『현대문학』, 1957. 6.

정태용, 「현대시인연구 – 시사적 견지에서」, 『현대문학』, 1957. 6.

정귀영, 「꿈과 수사와 시」, 『시와 시론』, 1958. 9.

김규동, 「우리 시가 걸어온 길 – 해외 시의 영향 아래 탄생된 제유파」, 『신문예』, 1959. 3.

윤병로, 「박종화론」, 『현대작가론』, 형설출판사, 1979.

김동리, 「선비와 민족과 문학 – 고월탄 박종화 선생의 인간과 문학」, 『한국문학』, 1981. 2.

윤병로, 「낭만적 민족문학의 시종 – 고월탄 박종화 선생의 작품세계」, 『한국문학』,
        1981. 2.

  = 「박종화(朴種和)론 – 낭만적 민족문학으로 시종」, 『소설의 이해』, 성균관대출판부,
        1982.

윤병로, 「월탄의 초기 비평활동고」, 『성균관대대동문화연구』 16, 1982. 10.

강영주, 「박종화의 역사소설」, 『상명여대논문집』 18, 1986. 3.

홍성암, 「역사소설의 양식 고찰 – 해방 이후의 작품을 중심으로」, 『한양대한국학논집』
        11, 1987. 2.

송백헌, 「박종화의 『민족』 연구」, 『국어국문학』 100, 1988. 12.

박종홍, 「대원군 집정기의 소설화 양상 – 『운현궁의 봄』, 『전야, 여명』, 『조양홍』을 중심
        으로」, 『국어국문학』 104, 1990. 12.

조규일, 「박종화의 역사소설에 나타난 표현기법 고찰」, 『광운대논문집』 21, 1992. 6.

조규일, 「월탄 박종화 역사소설연구 Ⅱ – 『전야』·『여명』을 중심으로」, 『광운대논문집』

24, 1995. 9.

윤병로, 「월탄 박종화의『금삼의 피』론」,『대동문화연구』(성균관대) 30, 1995. 12.

홍경표, 「박종화의 역사소설 연구 -『전야』,『여명』,『민족』을 중심으로」,『문학과 언어』, 16, 1995. 5.

조규일, 「박종화 역사소설『대춘부』연구」,『광운대인문사회과학논문집』26, 1997. 9.

한승민, 「월탄 박종화의 초기시 일고찰 연구 -『백호』에 실린 작품을 중심으로」,『동해전문대논문집』6, 1997. 12.

유문선, 「신경향파 시론」, 한계전(외),『한국 현대시론사 연구』, 문학과 지성사, 1998.

탁광혁, 「박종화 초기 작품론」,『한국외대한국어문학연구』9, 1998. 12.

윤병로, 「소설가 박종화(1901~1981) - 역사적 사실과 낭만적 민족정신의 조화」,『문학사상』, 1998. 12.

송백헌, 「월탄의 역사소설『여명』(黎明) 연구」,『충남대인문학연구』27-1, 2000. 6.

김종일, 「역사 소설의 현재적 의미 연구 - 월탄 박종화의『여인천하』를 중심으로」,『한민족문화연구』9, 2001. 12.

조규일, 「박종화 역사소설 연구 Ⅲ」,『한민족문화연구』9, 2001. 12.

남원진, 「해방기 비평 연구 1 - 우익 문학론의 가능성과 한계」,『겨레어문학』29, 2002. 10.

고석호, 「월탄 역사소설의 민족 각성」,『성균어문연구』37, 2002. 12.

김동수, 「한국현대시 그 주역 100인선」,『시문학』, 2003. 1.

2) 학위 논문

배룡자, 「『백조』파 시인 연구 - 이상화 홍사용 박종화 작품을 중심으로」, 동아대 석사, 1976.

정두식, 「월탄 박종화론」, 성균관대 석사, 1986.

강영주, 「한국근대력사소설연구」, 서울대 박사, 1987.

나준호, 「박종화의 역사소설 연구」, 전남대 석사, 1987.

민숙자, 「월탄 박 종화시 연구」, 성신여대 석사, 1987.

손해일, 「박종화 시 연구」, 홍익대 석사, 1987.

조규일, 「월탄 박종화 역사소설 연구」, 성균관대 박사, 1989.

유미림, 「박종화의 역사소설 연구 -『금삼의 피』『다정불심』을 중심으로」, 연세대 석사, 1990.

김형식, 「역사소설『여명』연구」, 충남대 석사, 1991.
고정욱, 「한국 근대 역사소설 연구」, 성균관대 박사, 1993.
김인수, 「박종화 소설의 현실의식 연구」, 영남대 석사, 1993.
장세진, 「박종화 장편역사소설 연구」, 서남대 석사, 1998.
고석호, 「월탄 박종화 역사소설 연구 - 1950년대 이후 작품을 중심으로」, 성균관대 박
　　　사, 2003.
남원진, 「남북한의 비평 연구 - 전후 문학론의 전개 양상을 중심으로」, 건국대 박사,
　　　2004.

3) 단행본

박종화, 『월탄박종화대표작선집』1~6, 삼성출판사, 1966.
윤병로, 『박종화의 삶과 문학』, 성균관대출판부, 1998.
박종화탄신100주년문집간행회, 『박종화의 문학과 사상』, 범우사, 2001.

작가 연구 목록

‖ 백 철 ‖

1) 일반 논문

안석주, 「투계같은 백철」, 『조선일보』, 1933. 2. 6.

임 화, 「동지 백철군을 논함」, 『조선일보』, 1933. 6. 16.

정비석, 「작가가 본 평가, 백철」, 『풍림』, 1937. 5.

임긍재, 「허망과 아부 – 백철씨의 신윤리의 제창을 읽고」, 『평화일보』, 1948. 3. 23~27.

조연현, 「개념의 공허와 그 모호성 – 백철씨의 『조선신문학사조사』를 중심으로」, 『문학과 사상』, 세계문화사, 1949.

이남수, 「문학이론의 빈곤성 – 백철·김기림 양씨의 문학개론에 대하여」, 『신천지』 34, 1949. 4.

김동리, 「현대문학의 길 – 백철의 「소설의 길」을 박함」, 『국도신문』, 1950. 3. 18~19, 22, 24.

三芝洞人, 「논전을 위한 논전인가? – 특구세력의 백철 대 김동리 싸움」, 『연합신문』, 1950. 4. 13.

조연현, 「본격소설에의 길 – 백철씨의 오류에 대하여」, 『경향신문』, 1950. 6. 6~8.

김경린, 「백철씨의 현대의 불안과 문학에 대하여 – 현대의 항변」, 『연합신문』, 1953. 2. 22~25.

임긍재, 「제3문학관의 독소성 – 백철씨의 「모색하는 현대문학」을 중심으로」, 『문예』, 1953. 9.

문화부, 「위기에 선 문단 윤리 15년 – 백철씨 대 조영암씨 사건을 중심으로」, 『중앙일보』, 1953. 11. 9.

손우성, 「비평의 창작성 – 백철씨와의 사담을 중심으로」, 『사상계』, 1955. 7.

조연현, 「우리나라의 비평문학 – 그 회고와 전망」, 『문학예술』, 1956. 1.
= 『휴일의 의장』, 인간사, 1957.

이철범, 「백철씨에게 보내는 서한」, 『문학평론』 2, 1959. 2.

강신재, 「평론가의 예술적 감각 - 백철씨의 평을 박한다」, 『동아일보』, 1959. 5. 27.

문덕수, 「비평의 수입문제와 반항의 윤리」, 『현대문학』, 1959. 8.

김상일, 「남북교류론을 오해한다 - 백철의 「문학의 개조」론을 읽다」, 『현대문학』, 1961. 4.

정태용, 「현대와 휴매니즘 - 실존주의와의 관련에서」, 『현대문학』, 1961. 5~8.

유종호, 「성장과 심화의 궤적 - 한국문학 20년」, 『사상계』, 1965. 8.

김윤식, 「백철 연구을 위한 각서」, 『청파문학』 7, 1967. 4.

김윤식, 「한국문학연구방법론 - 뉴크리티시즘에 대하여」, 『근대한국문학연구』, 일지사, 1973.

김윤식, 「1930년대의 비평 - 이데올로기의 내재화」, 『한국 현대문학 비평사』, 서울대출판부, 1982.

김종대, 「1930년대 휴머니즘 논쟁에 대한 고찰」, 『중앙대어문논집』 19, 1985.

김 현, 「비평의 유형학을 위하여」, 『예술과 비평』, 1985. 봄.

　=『분석과 해석』, 문학과 지성사, 1988.

오세영, 「30년대 휴머니즘비평과 생명파」, 『동양학』(단국대) 15, 1985. 10.

김재홍, 「백철의 생애와 문학」, 『문학사상』, 1985. 11.

이명재, 「백철문학연구 서설」, 『중앙대어문논집』 19, 1986. 5.

최동호, 「한국 근대문학의 정신사와 인류사적 지향」, 『불확정시대의 문학』, 문학과 지성사, 1987.

김윤식, 「임화와 백철(상) - 거울화의 두 표정」, 『한국문학』, 1989. 3.

김윤식, 「임화와 백철 - 거울화의 두 표정」, 『한국문학』, 1989. 5.

윤여탁, 「1930년대 서술시에 대한 연구 - 백철과 김용제를 중심으로」, 『국어국문학』 101, 1989. 5.

권영민, 「1930년대 일본프로시단에서의 백철」, 『문학사상』, 1989. 9.

김윤식, 「1930년대 후반기 카프 문인들의 전향 유형 분석」, 『한국 현대 현실주의 소설 연구』, 문학과 지성사, 1990.

권영민, 「1930년대 한국 문단의 휴머니즘 문학론 - 백철의 경우를 중심으로」, 『서울대 예술문화연구』 1, 1991. 7.

임종수, 「백철의 1930년대 문학비평론 - 전향이후의 비평을 중심으로」, 『관동어문학』 7, 1991. 12.

김종옥, 「백철의 초기 문학론에 대한 비판적 고찰」, 『목원어문학』 11, 1992. 12.

임종수, 「전형기의 문학론 연구 - 백철의 문학론 중심으로」, 어문연구회, 『어문연구』

24, 1993. 10.

김주일, 「백철 문학론 연구」, 『목원어문학』 12, 1993. 12.

이경훈, 「백철의 친일문학론 연구」, 『원우논집』(연세대) 21, 1994. 2.

송희복, 「근현대 문학사론의 전개과정」, 『한국문학사론연구』, 문예출판사, 1995.

정명호, 「백철 문학론 - 1930년대를 중심으로」, 『명지어문학』 22, 1995. 3.

홍성암, 「백철 비평 연구」, 『동대논총』 25, 1995. 4.

손종업, 「백철 후기 비평의 본질 - 평론집 『문학의 개조』를 중심으로」, 『중앙대어문논
    집』 24, 1995. 8.

김 철, 「친일문학론 : 근대적 주체의 형성과 관련하여 - 이광수와 백철의 경우」, 『민족
    문학사연구』 8, 1995. 12.

남송우, 「1930년대 백철 비평의 해석학적 연구」, 『한국문학논총』 16, 1995. 12.

이병순, 「해방기 중간파 문학론 연구」, 『숙명여대어문논집』 5, 1995. 12.

김재용, 「환상에서 환멸로 - 카프 전향파에 대한 연구」, 『민족문학운동의 역사와 이론』
    2, 한길사, 1996.

이주형, 「백철론 - 새로움을 향한 모색의 도정」, 김윤식(외), 『한국 현대 비평가 연구』,
    강, 1996.

안한상, 「해방기의 문단 조직과 문학론 연구 - 소위 '중간파'의 입장과 문학론을 중심으
    로」, 『전농어문연구』(서울시립대) 8, 1996. 3.

정재찬, 「백철의 신비평 수용에 관한 연구」, 『한국국어교육연구회논문집』 57, 1996. 3.

정명호, 「백철의 초기문학론 연구 - 농민문학론과 유물변증법적 창작방법론에 한하여」,
    『명지어문학』 23, 1996. 8.

이해연, 「말기의 행동주의 문학론 연구 - 순수 문학자의 절충적 평가」, 『부산대어문교육
    논총』 15, 1996. 9.

한형구, 「30년대 휴머니즘 비평의 속성과 그 파장 - 백철 비평의 원질과 그 지 속의 성격
    을 이해하기 위한 연구」, 『안성산업대논문집』 28, 1996. 12.

정재찬, 「백철의 신비평 수용에 관한 연구」, 문학사와 비평 연구회, 『한국 근대문학 연구
    의 반성과 새로운 모색』, 새미, 1997.

최원식, 「근대문학 기점론」, 『현대문학』, 1997. 1.

진영백, 「백철 문학론 연구 - 1930년대 비평담론을 중심으로」, 『부산외대우암어문논집』
    8, 1997. 11.

박미령, 「비평의 휴머니즘과 인간탐구」, 『어문연구』 29, 1997. 12.

송왕섭, 「전후 '신비평'의 수용과 그 의미」, 『성균어문연구』 32, 1997. 12.

김윤태, 「1930년대 프로시론의 전개와 양상」, 한계전(외), 『한국 현대시론사 연구』, 문

학과 지성사, 1998.

홍성암, 「백철론 - 비평 영역의 확대와 합리주의」, 『한국 현대 비평가 연구』, 태학사, 1998.

조찬제, 「백철 초기시 9편 발굴 - 문학사상, 1929년 일잡지게재 시소개」, 『경향신문』, 1998. 1. 31.

권영민, 「비평가 백철과 일본동경의 『지상낙원』 시대 - 일본어를 바탕으로 성립된 식민지 문화에 대한 도전」, 『문학사상』, 1998. 2.

김진석, 「심리소설론의 전개 양상」, 『서원대인문과학연구』 7, 1998. 2.

김영진, 「해방기 행동주의 문학론의 위치 - 백철의 관점을 중심으로」, 『목포어문학』(목포대) 1, 1998. 7.

하정일, 「'사실' 논쟁과 1930년대 후반 문학의 성격」, 『작가연구』 6, 1998. 10.

김윤식, 「비평의 자립적 근거에 대하여 - 문학사와 비평의 관련 양상」, 『한국근대문학연구방법론입문』, 서울대출판부, 1999.

최하림, 「연설하다 연행된 백철」, 『시인을 찾아서』, 프레스 21, 1999.

진영백, 「백철 초기비평의 연구 - 일본프롤레타리아 문학론을 중심으로」, 『부산외대우암어문논집』 9, 1999. 2.

김기한, 「『신문학사조사』 연구」, 『건국어문학』(건국대) 23 · 24, 1999. 3.

김윤식, 「비평의 자립적 근거에 대하여 - 한국문학사와 비평의 관련양상」, 『한국학보』, 1999. 여름.

김상선, 「전후 문학론 서설」, 중앙어문학회, 『어문논집』 27, 1999. 12.

김현정, 「백철의 휴머니즘론에 나타난 주체의 욕망과 변모과정 연구」, 『한국언어문학』 43, 1999. 12.

김영민, 「1950년대 신세대론」, 『한국 현대문학비평사』, 소명, 2000.

김영민, 「1950년대 모더니즘론」, 『한국 현대문학비평사』, 소명, 2000.

남송우, 「이데올로기의 대립과 민족문학론」, 박철희 · 김시태(편), 『한국현대문학사』, 시문학사, 2000.

이미순, 「신비평의 수용과 형식탐구」, 『한국 현대문학비평과 수사학』, 월인, 2000.

임영봉, 「1960년대의 한국 문학 비평」, 『한국 현대문학 비평론』, 역락, 2000.

진영백, 「백철 비평 연구 - 1960년대 전통론을 중심으로」, 『우암어문논집』 10, 2000. 2.

임영봉, 「1960년대 한국 문학비평 연구 - 비평 세대와 문학 인식의 분화 양상을 중심으로」, 『한국문학평론』, 2000. 봄.

양문규, 「한국 프로소설 연구사」, 『강릉대인문학보』 29, 2000. 6.

염　철, 「어떤 자유주의 평론가의 비애 - 백철론」, 『한국문학평론』, 2000. 가을.

남원진, 「1950년대 비평의 이해」, 남원진(편), 『1950년대 비평의 이해』 Ⅱ, 역락, 2001.

김윤식, 「베이징, 1945년 초여름 – 김사량, 백철 그리고 노천명」, 『문예중앙』, 2001. 봄.

박경수, 「1930년대 재일 한국인의 일어시 연구」, 『외대어문논집』 16, 2001. 2.

김윤식, 「백철 비평의 특질과 그 변모 과정 연구」, 『한국학보』 102, 2001. 봄.

남원진, 「1950년대 비평 연구 1 – 새로운 비평의 가능성과 한계」, 『겨레어문학』 28, 2002. 2.

양영길, 「백철의 한국 근대문학사 인식 방법」, 『영주어문』 4, 2002. 2.

이경재, 「백철 비평과 천도교의 관련양상 연구」, 『육사논문집』 59-3, 2003. 10.

2) 학위 논문

박용찬, 「1930년대 백철문학론 연구」, 경북대 석사, 1985.

김기한, 「백철의 1930년대 비평 연구」, 건국대 석사, 1988.

유은낭, 「백철의 문예비평 연구」, 전북대 석사, 1990.

임종수, 「백철 연구」, 충남대 박사, 1991.

김수종, 「1930년대 휴머니즘론 연구 – 백철·임화를 중심으로」, 고려대 석사, 1992.

김종석, 「백철의 인간주의론 연구」, 홍익대 석사, 1992.

송희복, 「해방기 문학비평연구」, 동국대 박사, 1992.

김정자, 「백철의 프로 문학론과 휴머니즘론의 대비적 연구」, 동덕여대 석사, 1995.

연은숙, 「백철 비평 연구」, 청주대 석사, 1997.

정명호, 「백철 비평 문학론 연구」, 명지대 박사, 1997.

김현정, 「백철의 휴머니즘 문학 연구」, 대전대 박사, 2000.

윤순재, 「해방이후 근현대문학사 비교 연구 – 백철의 『조선신문학사조사』와 조연현의 『한국현대문학사』를 중심으로」, 홍익대 석사, 2000.

김기한, 「백철문학론연구」, 건국대 박사, 2001.

진영백, 「백철의 비평담론 연구」, 부산대 박사, 2002.

남원진, 「남북한의 비평 연구 – 전후 문학론의 전개 양상을 중심으로」, 건국대 박사, 2004.

3) 단행본

김팔봉 외(편), 『백철문학전집』 1~3, 신구문화사, 1968.
백　철, 『인간탐구의 문학』(백철문학선), 창미사, 1986.

작가 연구 목록

‖ 김 동 리 ‖

1) 일반 논문

김우철, 「생활과 진실과 체험 - 김동리씨의 「산화」」, 『동아일보』, 1936. 2. 21, 25~26.

김환태, 「심리의 입체적 구도 - 8월 창작평」, 『조선일보』, 1936. 8. 11.

박영희, 「창작월평 - 고흔 해학과 냉정한 묘사」, 『조선일보』, 1937. 1. 21.

김동성, 「「황토기」」, 『문장』, 1939. 5.

유진오, 「대립보다는 협력을 요망 - 김동리씨에게」, 『매일신보』, 1940. 2. 23.

이원조, 「허구와 진실 - 서울신문 단편 리레를 읽고」, 『서울신문』, 1946. 9. 1.

김병규, 「순수문제와 휴머니즘」, 『신천지』, 1947. 1.

김병규, 「순수문학과 정치」, 『신조선』, 1947. 2.

김광주, 「문학의 정신 - 김동리씨의 「무녀도」를 중심으로」, 『경향신문』, 1947. 7. 21.

김동석, 「순수의 정체 - 김동리론」, 『신천지』, 1947. 11.
　　=『뿌르조아의 인간상』, 탐구탕, 1949.

백　철, 「작품점평 - 최근의 문제작 3편」, 『백민』, 1947. 11.

조연현, 「무식의 폭로 - 김동석씨의 김동리론을 논함」, 『구국』 1, 1948. 1.

조연현, 「허무에의 의지 - 김동리씨 「황토기」를 중심으로」, 『민중일보』, 1948. 1. 23.

임긍재, 「민족문학 제창 후의 작품경향」, 『예술조선』, 1948. 4.

박　원, 「신문학에 있어서의 휴머니즘론」, 『청년문학』, 1948. 6. 15.

김광주, 「최근의 창작계」, 『백민』, 1948. 7.

조지훈, 「입명의 문학 - 김동리 평론집 『문학과 인간』에 대하여」, 『경향신문』, 1948. 11. 23.

서정주, 「김동리 평론집 문학과 인간에 대하여」, 『백민』, 1949. 1.

홍효민, 「김동리 저 『문학과 인간』 서평」, 『백민』, 1949. 1.

이광현, 「민족문학의 재검토」, 『자유신문』, 1949. 1. 25~28.

조연현, 「허무에의 의지 - 김동리씨 「황토기」를 읽고」, 『국제신문』, 1949. 1. 30.

김 송, 「제3세계를 지향하는 문학 – 김동리 「황토기」를 읽고」, 『경향신문』, 1949. 2. 22.

박래원, 「김동리와 「무녀도」」, 『가우』(중앙대) 29, 1949. 7. 20.

임긍재, 「주관성의 박약」, 『민성』, 1949. 12.

백 철, 「산문문학과 리얼리즘 – 김동리의 미몽을 계함」, 『국도신문』, 1950. 3. 29, 31~
　　　　4. 1.

三芝洞人, 「논전을 위한 논전인가 – 특구세력의 백철 대 김동리 싸움」, 『연합신문』,
　　　　1950. 4. 13.

양병식, 「김동리씨에게」, 『연합신문』, 1953. 3. 25.

곽종원, 「6・25동란이후의 작단개관」, 『신천지』, 1953. 4.

조연현, 「1월의 작단」, 『현대문학』, 1955. 2.

조연현, 「2월의 소설」, 『현대문학』, 1955. 3.

조연현, 「4월의 창작」, 『현대문학』, 1955. 5.

곽종원, 「상반기작단총평 – 순화된 동란문제의 대두」, 『현대문학』, 1955. 6.

손우성, 「주류의 생성전기 – 제일사반기 소설개관」, 『사상계』, 1955. 6.

박계주, 「진실한 문인이 되라 – 김동리씨의 망언에 답함」, 『서울신문』, 1955. 7. 8.

한교석, 「전통의식과 창작 – 근작 몇 편을 읽고」, 『사상계』, 1955. 8.

백 철, 「문예 – 시평」, 『새벽』, 1955. 9.
　　= 「창작계 활기 띠는가」, 『문학의 개조』, 신구문화사, 1959.

곽종원, 「1955년도 창작계 별견」, 『현대문학』, 1956. 1.

전봉건, 「문학적 비양식 – 김동리씨의 선민의식과 학생문제」, 『신세계』, 1956. 4.

이어령, 「우상의 파괴 – 문학적 혁명기를 위하여」, 『한국일보』, 1956. 5. 6.

방기환, 「'3인칭대명사' 소고 – 최현배・김동리・황순원씨의 시안에 대하여」, 『문학예
　　　　술』, 1956. 12.

김성민・김동리, 「원작과 각색의 한계 – 각본 「처와 애인」은 소설 「실존무」의 표절인가?」,
　　　　『세계일보』, 1957. 1. 25, 27~29.

김상일, 「한국의 상징주의 – 방법을 중심으로 한 시험」, 『현대문학』, 1957. 6.

백 철, 「상반기신구의 창작계 – 월간지의 작품을 중심」, 『사상계』, 1957. 7.

조연현, 「민족적 특성과 인류적 보편성 – 서정주와 김동리의 전통에 대한 태도를 중심으
　　　　로」, 『문학예술』, 1957. 8.

K.E.B.생, 「1000자 인물평 – 자기도취의 김동리」, 『현대문학』, 1957. 11.

김우종・김양수・천상병, 「신예평론가정담 – 1957년의 문단과 문학」, 『현대문학』,
　　　　1957. 12.

김종후, 「무위문학의 본질 – 김동리를 해부한다」, 『자유세계』, 1958. 6.

조연현, 「무대의 확대와 사상의 심화 - 김동리 제4창작집 『실존무』에 대하여」, 『현대문학』, 1958. 6.

곽종원, 「피안과 현세의 대결 - 김동리의 『사반의 십자가』를 읽고」, 『조선일보』, 1958. 10. 27.

김우종, 「주제와 구성의 문제 - 『사반의 십자가』에 대하여」, 『현대문학』, 1958. 12.

김우규, 「하늘과 땅의 변증법 - 『사반의 십자가』의 문제성」, 『현대문학』, 1959. 1.

김우종, 「중간소설론을 비평함 - 김동리씨의 발언에 대하여」, 『조선일보』, 1959. 1. 23.

이어령, 「영원한 모순 - 김동리씨에게 묻는다」, 『경향신문』, 1959. 2. 9~10.

원형갑, 「금단의 무기 - 이어령씨의 「영원한 모순」을 읽고」, 『연합신문』, 1959. 2. 15.

이어령, 「못박힌 기독은 대답없다 - 다시 김동리씨에게」, 『세계일보』, 1959. 2. 20~21.

이어령, 「논쟁의 초점 - 다시 김동리씨에게」, 『경향신문』, 1959. 2. 25~28.

이어령, 「희극을 원하는가」, 『경향신문』, 1959. 3. 12~14.

이철범, 「언쟁이냐 논쟁이냐 - 김동리씨와 이어령씨의 논쟁을 보고…」, 『세계일보』, 1959. 3. 28.

임순철, 「서글픈 만용이 아니었기를 - 독자로서 김동리·이어령 양씨에게 말한다」, 『경향신문』, 1959. 3. 30.

김원중, 「김동리론」, 『국어국문학논문집』 8, 1959. 6.

손우성, 「하늘과 땅의 비중 - 사반의 십자가론」, 『사상계』, 1960. 2.

정태용, 「현대와 휴매니즘 - 실존주의와의 관련에서」, 『현대문학』, 1961. 5~8.

이봉구, 「문학적 산보」, 『현대문학』, 1961. 7.

유종호, 「한국의 페시미즘 - 운명론의 계보」, 『현대문학』, 1961. 9.
　　=『비순수의 선언』, 신구문화사, 1962.

유종호, 「일별이언 - 1961년의 소설」, 『사상계』, 1961. 12.
　　=『비순수의 선언』, 신구문화사, 1962.

김춘수, 「에피소드의 역할」, 『경북대어문논총』, 1962. 12.

이유식, 「(속) 프로메테우스적 인간상」, 『현대문학』, 1963. 7.

이형기, 「김동리론 - 「등신불」을 중심으로」, 『문학춘추』, 1964. 5.

홍사중, 「동토의 계절」, 『문학춘추』, 1964. 5.

장일수, 「동리문학을 논함」, 『한양』 33, 1964. 11.

정태용, 「비극미와 성격미 - 김동리론」, 『예술원논문집』 3, 1964. 12.

이광훈, 「사양의 토속적 인간상 - 김동리의 경우」, 『문학춘추』, 1965. 1.

신동욱, 「미토스의 지평 - 김동리의 「무녀도」를 중심으로」, 『현대문학』, 1965. 2.

조연현, 「해방 20년(문학) - 김동석 김동리 대논쟁」, 『대한일보』, 1965. 5. 8.

유종호, 「성장과 심화의 궤적 - 한국문학 20년」, 『사상계』, 1965. 8.

곽종원, 「노작이 없는 저조」, 『현대문학』, 1966. 2.

이형기, 「세 작품의 콘트라스트」, 『현대문학』, 1966. 2.

정창범, 「저회적인 풍경」, 『현대문학』, 1966. 2.

윤병로, 「자리잡히는 사소설」, 『현대문학』, 1966. 2.

김우정, 「이달의 문제작」, 『주간한국』, 1966. 8. 7.

염무웅, 「7월의 수확 - 상황과 문체」, 『문학』 4, 1966. 8.

임헌영, 「니힐과 반항」, 『현대문학』, 1966. 8.

정창범, 「서정과 전형」, 『세대』, 1966. 8.

천이두, 「한국의 두 가지 소설」, 『현대문학』, 1966. 8.

구창환, 「김동리의 문학세계」, 『조선대어문학논총』 7, 1966. 11.

조연현, 「김동리와 성불의 미학」, 『현대문학』, 1966. 11.

백낙청, 「서구문학의 영향과 수용 - 그 부작용과 반작용」, 『신동아』, 1967. 1.

김우종, 「명작에서 본 10태 - 김동리 작 「바위」」, 『대한일보』, 1967. 5. 11.

이형기, 「「석노인」의 워밍업」, 『현대문학』, 1967. 6.

곽종원, 「현실 야유의 미학」, 『현대문학』, 1967. 10.

김우종, 「신당의 미학」, 『한국현대소설사』, 선명문화사, 1968.

이보영, 「연화의 비의 - 김동리론」, 『중앙』, 1968. 1.

천이두, 「에고적 측면과 초에고적 측면」, 『현대문학』, 1968. 5.

이철범, 「관념세계의 설정과 그 한계 - 한국관념소설의 내용」, 『사상계』, 1968. 12.

천이두, 「토속세계의 설정과 그 한계 - 김동리·황순원·오유권 등을 중심으로」, 『사상
　　　계』, 1968. 12.

염무웅, 「샤아머니즘의 미학 - 김동리론」, 『한국단편문학대계』 4, 삼성출판사, 1969.

천이두, 「한의 인정」, 『한국현대소설론』, 형설출판사, 1969.

김병익, 「개안 - 예술가의 생성(2)」, 『동아일보』, 1969. 1. 16.

고　은, 「실내작가론(2) - 김동리」, 『월간문학』, 1969. 4.

김경임, 「한국의 관념 소설고 - 김동리, 장용학씨를 중심으로」, 『한국어문학연구』(이화
　　　여대) 10, 1970. 2.

염무웅, 「문학의 교육 - 김동리 「무녀도」」, 『월간문학』, 1970. 6.

이보영, 「신화적 소설의 반성」, 『현대문학』, 1970. 12.

정한숙, 「현미경과 돋보기 - 김동리의 단편소설에 대한 고찰」, 『고려대논문집』 16,
　　　1970. 12.

김치수, 「김동리의 「무녀도」」, 『한국현대소설작품론』, 문장, 1971.

정창범, 「김동리와 그 문학」, 『신한국문학전집』 15, 어문각, 1972.

김영숙, 「김동리 문학과 니힐리즘」, 『문호』(건국대) 6·7, 1972. 2.

최원식, 「신성사와 세속사의 갈등」, 『신동아』, 1972. 4.

유금호, 「샤머니즘과 동리의 허무」, 『새시대문학』, 1972. 7~8.

안병무, 「종교가가 본 한국작가의 종교의식」, 『문학사상』, 1972. 12.

고　은, 「전선의 휴머니즘」, 『1950년대』, 민음사, 1973.

김윤식·김　현, 「김동리 혹은 제3휴머니즘의 기수」, 『한국문학사』, 민음사, 1973.

김병욱, 「영원회귀의 문학」, 서라벌예술대학, 『동리문학 연구』, 서라벌예술대학, 1973.

이보영, 「연화의 비의」, 서라벌예술대학, 『동리문학 연구』, 서라벌예술대학, 1973.

이형기, 「김동리론 – 「등신불」을 중심으로」, 서라벌예술대학, 『동리문학 연구』, 서라벌
　　　　예술대학, 1973.

정한숙, 「현미경과 돋보기」, 서라벌예술대학, 『동리문학 연구』, 서라벌예술대학, 1973.

백　철, 「30년대의 문단상황과 김동리 문학론의 의의」, 서라벌예술대학, 『동리문학 연
　　　　구』, 서라벌예술대학, 1973.

이철균, 「모순적 자기동일성에의 영원한 참여」, 서라벌예술대학, 『동리문학 연구』, 서라
　　　　벌예술대학, 1973.

신경림, 「문학과 민중 – 현대한국문학에 나타난 민중의식」, 『창작과 비평』, 1973. 봄.

서경수, 「소신의 미학 – 종교가가 본 한국작가의 종교의식」, 『문학사상』, 1973. 6.

남상학, 「『사반의 십자가』의 문제점」, 『기원』, 1973. 6.

김병익, 「자연에의 친화와 귀의」, 『한국문학』, 1973. 12.

조연현, 「전통의 개념과 그 가치 – 서정주와 김동리의 전통에 대한 태도를 중심으로」,
　　　　『보운』(충남대) 3, 1973. 12.

김윤식, 「전통지향성의 한계 – 김동리론」, 『한국근대작가론고』, 일지사, 1974.

이상섭, 「이무기의 둔갑」, 『문학과 지성』, 1974. 봄.

김주연, 「생명의 신비와 불멸의 믿음」, 『서울평론』, 1974. 2.

이철균, 「모순적 자기동일성에의 영원한 참여」, 『시문학』, 1974. 3.

이보영, 「관념성의 허실」, 『한국문학』, 1974. 7.

이상희, 「청년문화론은 선정주의의 가면」, 『문학사상』, 1974. 7.

김영수, 「동리 문학의 사상적 궤적」, 『한국문학』, 1975. 6.

김상일, 「동리문학의 성역, 동리문학의 체계」, 『한국문학』, 1975. 11.

김영주, 「「석노인」고」, 『수련어문논집』(부산여대), 1975. 12.

천이두, 「동리문학의 구조 – 「등신불」을 중심으로」, 『국어국문학』(전북대) 17, 1975. 12.

김윤식, 「구경적 생의 형식」, 『한국현대문학사』, 일지사, 1976.

박동규, 「신당과 원시의 풍경 – 김동리론」, 『한국현대작가 연구』, 민음사, 1976.

신동한, 「신진대기성의 공방」, 임헌영(편), 『한국문학대전집』(문학논쟁집), 태극출판사,
    1976.

이형기, 「김동리론」, 『감성의 논리』, 문학과 지성사, 1976.

임종국, 「현대소설과 불교 – 김동리의 「등신불」을 중심으로」, 『법륜』, 1977. 4.

김양수, 「김동리와 선우휘」, 『현대문학』, 1978. 1.

정재훈, 「한국 현대소설에 나타난 죽음의 연구」, 『월간충정』, 1978. 1~3.

정창범, 「서정과 리얼리티 – 구「바위」와 신「바위」」, 『독서생활』, 1976. 1.

김윤식, 「원작과 개작의 거리 – 김동리의 「바위」의 경우」, 『독서생활』, 1976. 1.

송상일, 「서사구조와 아픔의 환기」, 『현대문학』, 1976. 4.

이규호, 「전쟁과 실존과 논리 – 김동리의 「실존무」」, 『한국문학』, 1976. 6.

이동희, 「순수의식과 문체미학 – 김동리의 경우」, 『안동교대논문집』, 1976. 9.

김윤식, 「문협정통파의 정신구조 – 생의 구경적 형식」, 『한국근대문학사상 비판』, 일지
    사, 1978.

정창범, 「김동리의 바위」, 『작중인물의 심층분석』, 평민사, 1978.

이재선, 「정신사적 구원의 문제」, 『문학사상』, 1978. 5.

이태동, 「동리문학과 휴머니즘」, 『한국문학』, 1978. 6.

김희보, 「김동리의 『사반의 십자가』와 구원의 문제 – F. Kafka의 「성」과의 비교」, 『기
    독교사상』, 1978. 9.

천이두, 「허구와 진실」, 『현대문학』, 1978. 9~10.

김병익, 「한국소설과 한국 기독교」, 『상황과 상상력』, 문학과 지성사, 1979.

이재선, 「정신사적 구원의 문제」, 『한국현대소설사』, 홍성사, 1979.

구창환, 「김동리의 문학세계」, 중앙대학교 예술대학 문예창작학과, 『동리문학이 한국문
    학에 미친 영향』, 중앙대학교 예술대학 문예창작학과, 1979.

김상일, 「동리문학의 성역」, 중앙대학교 예술대학 문예창작학과, 『동리문학이 한국문학
    에 미친 영향』, 중앙대학교 예술대학 문예창작학과, 1979.

김양수, 「한국문학의 사상성 모색을 위한 동의」, 중앙대학교 예술대학 문예창작학과,
    『동리문학이 한국문학에 미친 영향』, 중앙대학교 예술대학 문예창작학과, 1979.

김영수, 「동리문학의 사상적 궤적」, 중앙대학교 예술대학 문예창작학과, 『동리문학이 한
    국문학에 미친 영향』, 중앙대학교 예술대학 문예창작학과, 1979.

서경수, 「소신의 미학」, 중앙대학교 예술대학 문예창작학과, 『동리문학이 한국문학에 미
    친 영향』, 중앙대학교 예술대학 문예창작학과, 1979.

송백헌, 「토속신의 미학과 원색적 인간상」, 중앙대학교 예술대학 문예창작학과, 『동리문

학이 한국문학에 미친 영향』, 중앙대학교 예술대학 문예창작학과, 1979.
신동욱, 「김동리의 「무녀도」」, 중앙대학교 예술대학 문예창작학과, 『동리문학이 한국문
　　학에 미친 영향』, 중앙대학교 예술대학 문예창작학과, 1979.
천이두, 「동굴의 미학과 광장의 신학」, 『세계의 문학』, 1979. 봄.
강성천, 「샤머니즘의 문학적 수용 – 김동리의 「무녀도」를 중심으로」, 『월간문학』,
　　1979. 4.
최래옥, 「김동리 소설의 죽음과 구원문제 – 무녀도, 등신불, 사반의 십자가를 중심으로」,
　　『숭전대논문집』 9-1, 1979. 5.
이동희, 「영남지방의 현대소설 – 현진건 · 김동리론」, 『교대춘추』, 1980. 1.
김　현, 「김동리에게 청한다 – 단편소설 「참외」를 읽고」, 『뿌리깊은 나무』, 1980. 11.
우남득, 「동리문학의 사의 구경탐구」, 『이화어문론집』 3, 1980. 11.
김병욱, 「영원회귀의 문학 – 김동리론」, 김병욱 · 김영일 · 김진국 · 최　무(편), 『문학과
　　신화』, 대람, 1981.
이재선, 「소설에 나타난 사랑과 죽음」, 『한국문학의 지평』, 새문사, 1981.
이재선, 「신비와 현실의 양극적 거리」, 『한국문학의 지평』, 새문사, 1981.
이재선, 「정신사의 충돌과 영상의 문학」, 『한국문학의 지평』, 새문사, 1981.
김정숙, 「김동리 소설에 나타난 민속의 문제」, 『중앙대어문논집』 15, 1981. 6.
서지현, 「김동리의 「무녀도」에 나타난 문학적 상징성 연구」, 『서울여대태능어문』 1,
　　1981. 7.
신동욱, 「김동리의 소설에 나타난 비극적인 삶의 인식 – 주로 김동리의 「무녀도」 개작을
　　중심으로」, 『동방학지』, 1981. 9.
류준형, 「「등신불」과 「빈처」의 시점에 대하여」, 『어문학교육』, 1981. 12.
유인순, 「「등신불」을 위한 새로운 독서 – 기호학적 구조분석으로의 접근」, 『이화여대논
　　문집』 4, 1981. 12.
이보영, 「기독교문학의 가능성」, 『예술원논문집』 20, 1981. 12.
김윤식, 「1930년대의 비평 – 이데올로기의 내재화」, 『한국 현대문학 비평사』, 서울대출
　　판부, 1982.
신동욱, 「김동리의 소설에 나타난 비극적인 삶의 인식」, 『우리시대의 작가와 모순의 미
　　학』, 개문사, 1982.
정무룡, 「김동리 소설의 무속소연구 – 「무녀도 · 을화」를 중심으로」, 『국어국문학』(동아
　　대) 4, 1982. 1.
류종렬, 「김동리 소설의 개작고 – 「무녀도」 「산화」 「바위」를 중심으로」, 『국어국문학』
　　(부산대) 18 · 19, 1982. 3.

정영자, 「원시신앙의 문학적 전개」, 『월간문학』, 1982. 3.

신동욱, 「선사적 공간의 의미」, 『소설문학』, 1982. 7.

조낙현, 「김동리의 「무녀도」고」, 『관동어문학』 2, 1982. 9.

권영민, 「한국문학과 이데올로기」, 『한국근대문학과 시대정신』, 문예출판사, 1983.

김병익, 「하늘과 땅의 대결 - 김동리의 『사반의 십자가』」, 『부드러움의 힘』, 청아,
        1983.

김열규, 「속신과 불안」, 『한국문학사』(그 형상과 해석), 탐구당, 1983.

구인환, 「현실변혁을 지향하는 두 영광」, 『광장』, 1983. 1.

최병탁, 「김동리의 「황토기」에 나타난 풍수설화 모티프와 그 구조 및 문학」, 『북악논총』
        1, 1983. 2.

이동희, 「김동리의 「만자동경」고」, 『시문학』, 1983. 5.

우한용, 「현대소설의 고전 수용에 관한 연구 - 『을화』의 ‘바리공주’ 수용을 중심으로」,
        『전북대논문집』 25, 1983. 8.

곽학송, 「동리 김시종」, 『전북대논문집』 25, 1983. 8.

천이두, 「분단시대의 비극과 한국소설」, 『현대문학』, 1983. 10.

류종렬, 「김동리 소설의 공간과 죽음의 구조」, 『동래여전논문집』 2, 1983. 11.

이인복, 「한국소설에 나타난 기독교 수용양상에 관한 연구 - 전영택과 김동리를 중심으
        로」, 『숙명여대논문집』 24, 1983. 12.

김우종, 「김동리와 순수문학의 지향」, 『한국현대소설사 연구』, 민음사, 1984.

김치수, 「소멸의 미학 - 김동리의 「무녀도」」, 『문학과 비평의 구조』, 문학과 지성사,
        1984.

이보영, 「김동리의 초기 소설」, 『식민지시대 문학론』, 필그림, 1984.

안성수, 「한국 현대소설의 구조와 미학적 특성 ① 「무녀도」 - ‘죽음’과 ‘떠남’의 변증법적
        구조」, 『중앙대어문논집』 17, 1984. 1.

이동하, 「김동리의 소설에 대한 일 고찰」, 『관악어문연구』 9, 1984. 12.

구창환, 「토속적 상징과 휴머니즘 - 김동리론」, 김용성 · 우한용(편), 『한국근대작가연
        구』, 삼지원, 1985.

김흥규, 「민족문학과 순수문학 - 광복 직후 좌우 대립기에 있어서의 조지훈 · 김동리의
        순수문학-민족문학론」, 백낙청 · 염무웅(편), 『한국문학의 현단계』 IV, 창작과 비
        평사, 1985.

조남현, 「「저승새」와 보살행화 설화」, 『한국현대문학의 자계』, 평민사, 1985.

김영숙, 「동리문학에 나타난 종교의식 - 『사반의 십자가』를 중심으로」, 『건국대대학원논
        문집』 20, 1985. 2.

윤미분, 「「역마」의 소설미학」, 『성심어문론집』 8, 1985. 5.

이태동, 「막다른 끝의 '밀다원' - 「밀다원 시대」」, 『문학사상』, 1985. 6.

유한근, 「제3휴머니즘과 문학적 모반」, 『한국문학』, 1985. 8.

오동춘, 「「무녀도」 소설의 시간구조」, 『새국어교육』, 1985. 12.

김용희, 「공간의 전환구조」, 『현대소설에 나타난 길의 상징성』, 정음사, 1986.

임헌영, 「세대논쟁, 순수논쟁」, 임헌영·홍정선(편), 『한국근대비평사의 쟁점』(1), 동
　　　성사, 1986.

서연호, 「회비극적 접근 새 가능성 - 대중의 「무녀도」」, 『한국일보』, 1986. 6. 7.

이상구, 「제3휴머니즘과 문학적 형상화 - 김동리 문학론」, 『경남대어문논집』, 1986. 8.

유기룡, 「죽음과 재생의 이미지로 본 「무녀도」」, 『계성문학』 3, 1986. 10.

이광풍, 「동리문학과 신화적 상상력 - 「무녀도」와 「달」을 중심으로」, 『국제대논문집』
　　　14, 1986. 12.

이인복, 「김동리의 신령주의」, 『한국문학과 기독교사상』, 우신사, 1987.

설중환, 「작가와 사회」, 『백수문학』 21, 1987.

이광풍, 「「무녀도」의 신화학적 이해」, 『이응호박사회갑논총』, 1987.

조낙현, 「김동리의 『을화』고」, 『관동대논문집』 15, 1987. 2.

조춘호, 「김동리의 「황토기」론 - 르네 지라르의 '욕망'의 삼각형 이론의 적용을 통하여」,
　　　『대구한의대논문집』 5, 1987. 12.

이윤택, 「이데올로기와 사랑」, 『해체 실천 그 이후』, 청하, 1988.

임금복, 「김동리의 「달」에 나타난 원형적 의미」, 『성신어문학』 1, 1988. 2.

조낙현, 「김동리의 「달」에 나타난 인간관」, 『관동대논문집』 16, 1988. 2.

장백일, 「「무녀도」의 정신분석학적 접근」, 『월간문학』, 1988. 3.

박영순, 「김동리의 「해방」 연구」, 『국어국문학』 99, 1988. 6.

김우석, 「김동리의 초기소설 연구」, 『행당논집』(한양대) 3, 1988. 7.

장현숙, 「김동리소설의 민족의식과 허무의식 - 초기소설을 중심으로」, 『고황논집』(경희
　　　대) 3, 1988. 8.

이형우, 「절대자의 차원과 인간의 몫 - 「무녀도」, 『만다라』, 『사람의 아들』의 갈등구조
　　　로 본 작가의식의 연구」, 『동양문학』 4, 1988. 10.

전정구, 「죽음의 한 연구 - 동리의 「까치소리」를 중심으로」, 『월간문학』, 1988. 11.

김종익, 「『을화』에 나타난 등장인물의 의미작용 분석」, 『동양어문논집』 23, 1988. 12.

이동하, 「김동리의 「극락조」에 대하여」, 『전농어문연구』(서울시립대) 1, 1988. 12.
　　 =『현대소설의 정신사적 연구』, 일지사, 1989.

최규익, 「김동리의 죽음의식 - 「무녀도」를 중심으로」, 『국민어문연구』(국민대) 1,

1988. 12.

이동하, 「한국문학의 전통지향적 보수주의 연구」, 『현대소설의 정신사적 연구』, 일지사,
　　　1989.

최병우, 「보수주의의 문학적 형상화」, 『한국 현대장편소설 연구』, 삼지원, 1989.

안성수, 「죽음과 떠남의 변증법」, 『조선일보』, 1989. 1. 6~10.

윤병로, 「1930년대 소설의 일 연구」, 『대동문화연구』(성균관대), 1989. 2.

이동하, 「순수문학과 독재정권 – 김동리, 서정주, 김춘수의 경우」, 『대학문화』(서울시립
　　　대) 12, 1989. 2.

김혜니, 「언술과 이야기의 서술 연구」, 『이화어문논집』 10, 1989. 3.

곽경숙, 「김동리 단편소설의 일반의미론적 연구」, 『국어교육』 65 · 66, 1989. 7.

홍경표, 「민간전승 모티프의 소설적 수용 – 김동리 소설에 나타난 전통의식」, 『전통문화
　　　연구』(효성여대) 5, 1989. 7.

윤병로, 「김동리의 「무녀도」론」, 『이병호박사회갑논총』, 1989. 6.

유금호, 「동리 소설의 「본향」 회귀고」, 『구인환박사회갑논총』, 1989. 10.

김정숙, 「사반의 십자가와 을화 – 김동리 대표작 장편소설 이편에 대하여」, 『월간문학』,
　　　1989. 11.

이동하, 「한국현대소설과 기독교의 관련양상에 대한 고찰」, 『배달말』 14, 1989. 12.

최규익, 「황토기 분석」, 『국민어문연구』(국민대) 2, 1989. 12.

한승옥, 「기독교와 소설문학」, 『숭실대논문집』 19, 1989. 12.

김우종, 「김동리와 순수문학의 지향」, 『동서한국문학전집』 10, 동서문화사, 1990.

서종택, 「김동리의 초기소설」, 『한국 현대소설 연구』, 새문사, 1990.

신동욱, 「「무녀도」와 『을화』의 작품세계」, 『동서한국문학전집』 10, 동서문화사, 1990.

이용남, 「김동리 생애와 작품 경향」, 『동서한국문학전집』 10, 동서문화사, 1990.

이태동, 「순수문학의 진의와 휴머니즘」, 『동서한국문학전집』 10, 동서문화사, 1990.

고정상, 「김동리 「황토기」론」, 『백록어문』(제주대) 7, 1990. 2.

이은숙, 「김동리의 「무녀도」 연구」, 『성신어문학』 3, 1990. 2.

이동하, 「한국현대소설과 기독교의 관련 양상 – 「목공 요셉」과 「라울전」의 경우」, 『한국
　　　문학』, 1990. 3.

김정숙, 「김동리 소설의 공간적 상징」, 『평사민제선생회갑논총』, 1990. 10.

임영천, 「갈등의 종교사회학 – 한국문학 속의 기독교」, 『기독교교육』 271, 1990. 12.

정호웅, 「50년대 소설론」, 문학사와 비평연구회(편), 『1950년대 문학연구』, 예하,
　　　1991.

박양호, 「김동리소설의 인물연구」, 『전남대어문논총』 12 · 13, 1991. 2.

최규익, 「김동리의 사회사적 소설연구」, 『국민어문연구』(국민대) 3, 1991. 4.

이정숙, 「샤머니즘의 가능성과 그 한계 -『을화』의 구조분석을 통하여」, 『한성어문학』 10, 1991. 5.

이동하, 「『사반의 십자가』의 개작에 대한 고찰」, 『전농어문연구』(서울시립대) 4, 1991. 12.

김윤식, 「근대성 또는 주인과 노예의 변증법」, 『현대문학』, 1991. 11.

이상구, 「김동리 소설의 서사구조 연구」, 『청람어문학』 6, 1991. 12.

구모룡, 「생의 형식과 반근대주의 미학 - 김동리의 소설 유기론」, 『한국문학과 열린 체계의 비평담론』, 열음사, 1992.

김윤식, 「니힐리즘과 한국근대문학 - 김동리와 손창섭」, 『현대소설과의 대화』, 현대소설사, 1992.

송현호, 「「무녀도」, 「바위」, 「역마」, 『사반의 십자가』, 「등신불」, 「까치소리」」, 『한국현대소설의 해설』, 관동출판사, 1992.

신형기, 「순수의 정체 - 해방기의 김동리」, 『해방기소설 연구』, 태학사, 1992.

김택중, 「「무녀도」의 줄거리를 중심으로 한 층위분석」, 『대전어문학』 9, 1992. 2.

김윤식, 「우리 근대문학 연구의 한 방향 - 근대와 그 초극에 관련하여(1)」, 『외국문학』, 1992. 봄.

　=『한국문학의 근대성 비판』, 문예출판사, 1993.

김윤식, 「한국 근대문학 교육의 어떤 좌표 - 근대와 그 초극에 관련하여」, 『현대비평과 이론』, 1992. 봄.

　=『한국문학의 근대성 비판』, 문예출판사, 1993.

김윤식, 「정신주의에 대한 비판 - 소월시와 김동리 문학」, 『서정시학』 2, 1992. 6.

　=『한국문학의 근대성 비판』, 문예출판사, 1993.

심영덕, 「현대소설에 나타난 죽음의 일고찰 - 「화수분」, 「무녀도」, 『죽음의 한 연구』를 중심으로」, 『영남어문학』 21, 1992. 6.

전영숙, 「「무녀도」소설의 구조 분석 연구」, 『신흥전문대논문집』 15, 1992. 6.

김윤식, 「1930년대 한국평단의 문예시평과 문학이념의 관련양상에 대한 연구」, 『한국학보』, 1992. 여름.

김성렬, 「광복 직후 소설의 몇가지 양상 - 소설문학의 근대성 제고를 위한 반성적 고찰」, 『민족문화연구』(고려대) 25, 1992. 7.

류보선, 「탈근대적 지향과 전근대적 귀결 - 김동리의 『을화』에 대하여」, 『문학정신』, 1992. 7.

손봉주, 「김동리의 『사반의 십자가』 소고 - 구조와 사상을 중심으로」, 『청람어문학』 7,

1992. 7.

김윤식, 「『을화』론 - 서사무가와 소설 사이에 걸린 등불 하나」, 『대학신문』, 1992. 9.
　　　28.

구모룡, 「생의 형식과 서정적 소설론 - 김동리의 문학유기론에 대한 고찰」, 『한국문학론
　　　총』 13, 1992. 10.

김윤식, 「은유로서의 노벨문학상 - 김동리의 『을화』」, 『문학사상』, 1992. 10.

강진호, 「탈이념과 '무'의 현실적 의미 - 일제하 김동리 소설고」, 『고려대어문논집』 31,
　　　1992. 12.

김영견, 「김동리의 「무녀도」 연구 - 대립과 통합으로 본 김동리 문학의 정향점」, 『경남
　　　어문논집』 5, 1992. 12.

이명재, 「변증법적 휴머니즘의 소설 미학 - 김동리 『을화』」, 『문학사상』, 1992. 12.

김윤식, 「글쓰기의 기원 - 구경적 삶의 형식으로서의 글쓰기 / 김동리의 경우」, 『한국문
　　　학의 근대성 비판』, 문예출판사, 1993.

송희복, 「순수문학의 비평적 소명 - 김동리론」, 『해방기 문학비평 연구』, 문학과 지성사,
　　　1993.

이태동, 「한국순수문학의 위대한 집념」, 『김동리』, 벽호, 1993.

박헌호, 「50년대 비평의 성격과 민족문학론으로의 도정」, 조건상(편), 『한국전후문학연
　　　구』, 성균관대출판부, 1993.

손봉주, 「김동리 『사반의 십자가』의 분석적 연구」, 『청람어문학』 8, 1993. 1.

진정석, 「일제말기 김동리 문학의 낭만주의적 성격」, 『외국문학』, 1993. 여름.

김윤식, 「구경적 삶의 형식의 문학관 형성과정에 관한 연구」, 『한국학보』, 1993. 여름.

김윤식, 「김동리 문학의 고전적 성격」, 『소설과 사상』, 1993. 가을.

김윤식, 「소설과 우연성의 문제 - 김동리, 조연현, 九鬼周造」, 『문예중앙』, 1993. 가을.

김윤식, 「땅끝의식과 그 초극」, 『심상』, 1993. 겨울.

곽종원, 「김동리문학의 동서양 사상적측면의 구명 - 「등신불」과 『사반의 십자가』를 중심
　　　으로」, 『예술론문집』 32, 93. 12.

권오현, 「전후소설의 지식인상 연구」, 『계명어문학』, 1993. 12.
　　＝『문학에 대한 두 가지 단상』, 사람, 2000.

양선규, 「한국근대소설의 보수주의 미학 연구 - 김동리, 황순원 소설에 대한 분석심리학
　　　적 접근을 중심으로」, 『충북대인문학지』 10, 1993. 12.

이혜원, 「좌절된 힘의 의미 - 아기장수 전설의 현대적 변용양상」, 『고려대어문논집』 32,
　　　1993. 12.

고 은, 「김동리 서설 - 문장의 경이」, 김동리, 『김동리대표작선』, 책세상, 1994.

김윤식, 「극한의식으로서의 비평과 실존주의」, 『한국근대문학사상 연구』 2, 아세아문화
　　　사, 1994.
이종환, 「'존재의 널뛰기'로서의 문학」, 김동리, 『김동리대표작선』, 책세상, 1994.
장양수, 「신앙소설 – 김동리 『사반의 십자가』」, 『한국의 문제소설』, 집문당, 1994.
정상균, 「김동리」, 『한국현대서사문학연구』, 새문사, 1994.
정호웅, 「50년대 소설론」, 『우리 소설이 걸어온 길』, 솔, 1994.
김종익, 「비평가 김동리론 – 초기의 비평활동을 중심으로」, 『홍익어문』 13, 1994. 2.
김택중, 「식민지시대 소설에 나타난 현실인식 – 김동리의 「산화」와 이기영의 「민촌」을
　　　중심으로」, 『대전어문학』 11, 1994. 2.
이미림, 「김동리 소설의 전반적 양상」, 『우산어문학』(상지대) 2, 1994. 3.
황효일, 「신성과 모성의 갈등 – 「무녀도」의 죽음의식」, 『북악론총』(국민대) 12, 1994. 6.
임영천, 「갈등의 종교사회학」, 『비평문학』 8, 1994. 9.
홍신선, 「순수문학론 고찰」, 『기전어문학』(수원대) 8 · 9, 1994. 11.
김윤식, 「이무기의 논리와 생리 – 김동리 문학의 비극성」, 『문예중앙』, 1994. 겨울.
김종익, 「김동리의 '구경추구'에 관한 고찰 – 김동리의 비평문 「김동인론」, 「이효석론」,
　　　「김소월론」, 「청록파에 대하여」를 중심으로」, 『동국어문학』 6, 1994. 12.
류양선, 「세대–순수 논쟁과 김동리의 비평」, 『진단학보』 78, 1994. 12.
박찬두, 「신과 인간의 갈등, 조화 그리고 초월 – 동리소설의 시간인식을 중심으로」, 『동
　　　악어문논집』 29, 1994. 12.
유인순, 「광야의 소리와 별빛 – 『사반의 십자가』의 구조와 성서의 변형 수용」, 『국어교
　　　육』 85 · 86, 1994. 12.
유인순, 「광야의 소리와 별빛 – 『사반의 십자가』의 구조와 성서의 변형수용」, 『강원대어
　　　문학보』 17, 1994. 12.
최현주, 「「무녀도」에 드러난 죽음의 문제」, 『용봉논총』(전남대) 23, 1994. 12.
김윤식, 「「무녀도」에서 『을화』에 이른 길」, 김동리, 『을화』, 동아출판사, 1995.
김윤식, 「김동리 문학의 성격 – 주인과 노예의 변증법」, 『김동리전집』 2, 민음사, 1995.
김윤식, 「『을화』론 – 이승과 저승 사이에 걸린 등불 하나」, 『김동리전집』 6, 민음사,
　　　1995.
김치수, 「김동리의 초기 단편」, 『김동리전집』 3, 민음사, 1995.
유종호, 「현실주의의 승리 – 다시 읽는 김동리 초기 단편」, 『김동리전집』 1, 민음사,
　　　1995.
　　= 『문학의 즐거움』, 민음사, 1995.
이건재, 「민족문학을 향한 전통과 근대의 변증법」, 최동호(편), 『남북한 현대문학사』,

나남, 1995.

이동하, 「영웅 소설의 전통과 보수적 기독교의 문제」, 『김동리전집』 5, 민음사, 1995.

이태동, 「자연과의 친화 -『무녀도』와『회색인』의 경우」, 김우창(외), 『한국문학이란 무엇인가』, 민음사, 1995.

진정석, 「역사에서 설화로, 설화에서 우화로 - 김동리의 역사 소설에 대하여」, 『김동리전집』 4, 민음사, 1995.

하정일, 「1930년대 후반 문학비평의 변모와 근대성」, 민족문학사연구소, 『민족문학과 근대성』, 문학과 지성사, 1995.

이태동, 「역사와 신비평, 그리고 메타비평 - 해방공간에서 90년대까지의 문학비평」, 『문학사상』, 1995. 4.

신형기, 「비평의 열림과 민족 모순의 심화 - 해방기와 한국전쟁 이후 비평의 흐름」, 『문학사상』, 1995. 4.

이현식, 「해방 직후의 순수문학논쟁 연구」, 『민족문학사연구』 7, 1995. 6.

류양선, 「해방기 순수 문학론 비판 - 김동리의 비평 활동을 중심으로」, 『실천문학』, 1995. 여름.

김종익, 「순수문학 모색의 한 양상 - 논쟁을 통해서 본 김동리의 순수무학」, 『동국어문학』 7, 1995. 12.

안용철, 「「무녀도」 연구 - 삶의 명분과 생존을 위한 삶」, 『용봉논총』(전남대) 24, 1995. 12.

이동길, 「김동리의 『을화』론」, 『영남어문학』 28, 1995. 12.

이선영·하정일, 「해방 직후의 민족문학론과 근대관」, 『민족문학사연구』 8, 1995. 12.

조회경, 「김동리 문학과 '신명찾기'」, 『숙명여대한국학연구』 5, 1995. 12.

최택균, 「김동리의 제3휴머니즘과『사반의 십자가』 - 구경적 거리와 원형 회귀성」, 『성균어문연구』 30, 1995. 12.

강진호, 「1930년대 후반기 신세대 작가 연구」, 『한국근대문학작가 연구』, 깊은샘, 1996.

이동하, 「한국비평의 재조명 3 - 김동리 비판」, 『한국문학과 비판적 지성』, 새문사, 1996.

이동하, 「대결의 문학 - 김동리」, 『한국문학과 비판적 지성』, 새문사, 1996.

이재선, 「「무녀도」에서 『을화』까지 - 현실과 시대의 원격적 관조자」, 『한국문학의 원근법』, 민음사, 1996.

진정석, 「김동리론 - 근대성 비판과 비평의 이데올로기」, 김윤식(외), 『한국현대비평가 연구』, 강, 1996.

김종익, 「죽음과 신, 인간에 대한 명상 - 김동리론」, 『시문학』, 1996. 2.
김윤식, 「문예지의 이념과 그 문학사적 의의 - 『문예』, 『현대문학』, 『문학예술』의 경우」, 『동서문학』, 1996. 봄.
  = 『발견으로서의 한국현대문학사』, 서울대출판부, 1997.
윤재천, 「김동리의 수필세계 - 정서의 지성화」, 『수필학』 3, 1996. 3.
정혜영, 「김동리 연구 1 - 삶의 근거, 문학의 근거」, 『문학과 의식』, 1996. 5.
김일수, 「궁핍과 혼란의 도시문화 - 김동리, 계용묵, 염상섭, 채만식의 소설을 중심으로」, 『국토정보』 178, 1996. 8.
서재원, 「황순원과 김동리 소설 비교 연구 - 설화적인 소설을 중심으로」, 『고려대한국어문교육』 8, 1996. 12.
정재곤, 「김동리의 「등신불」 - 한 구절에 대한 정신분석적 읽기」, 『현대비평과 이론』, 1996. 겨울.
이택화, 「나르시스 신화의 재현인 「무녀도」와 「달」」, 『개신어문연구』 13, 1996. 12.
한명환, 「김동리소설의 '죽음'에 대한 고찰 - 「황토기」, 「바위」, 「저승새」, 「까치소리」를 중심으로」, 『순천향대인문과학논총』 2, 1996. 12.
김윤식, 「『문학과 인간』의 사상사적 배경 - 김동리의 경우」, 『발견으로서의 한국현대문학사』, 서울대출판부, 1997.
남원진, 「1950년대 문학 연구 - 실존주의의 관련 양상을 중심으로」, 『한국현대작가연구』, 박이정, 1997.
황충일, 「해방기 김동리의 문학론 연구」, 『청람어문학』 18, 1997. 1.
이영희, 「김동리 소설 연구 - 무속성을 중심으로」, 『성신어문학』 9, 1997. 2.
이상우, 「김동리의 소설 세계 - 삼각 관계와 짝사랑에 대하여」, 『국제어문』 18, 1997. 7.
조병춘, 「김동리론 - 운명적 삶의 설화적 공간」, 『문학과 의식』, 1997. 11.
최선희, 「김동리 소설의 가족의식 - 『을화』를 중심으로」, 『한국전통문화연구』(대구효성가톨릭대) 12, 1997. 12.
조회경, 「김동리 초기 작품고 - 상실과 회복의 변주」, 전혜자·서정자·변정화(외), 『한국현대소설연구』, 국학자료원, 1998.
이영희, 「김동리 소설 연구 - 작품에 나타난 불교적 세계관을 중심으로」, 『성신어문학』 10, 1998. 2.
최영구, 「신화적 담론 수용과 미학적 거리 극복의 소설미학」, 『신라대수련어문학논집』 24, 1998. 4.
김윤식, 「고전의 형식과 민담의 형식 - 「구운몽」과 「우렁각시」 설화에 부쳐」, 『문학사상』, 1998. 8.

이진우, 「김동리 소설에 나타난 구경의 세계」, 『대전대인문과학논문집』 26, 1998. 8.

김윤식, 「세 가지 표정의 책 - 임화 『문학의 논리』, 루카치 『소설의 이론』, 김동리 『무녀도』」, 『농경사회 상상력과 유랑민의 상상력』, 문학동네, 1999.

김윤식, 「유랑민의 상상력과 정주민의 상상력 - 「서편제」와 「무녀도」」, 『농경사회 상상력과 유랑민의 상상력』, 문학동네, 1999.

김윤식, 「우주의 넋과 마주한 사람의 누지개 두 편 - 김동리 유작시 30편에 부쳐」, 『농경사회 상상력과 유랑민의 상상력』, 문학동네, 1999.
  = 권영민(편), 『김동리가 남긴 시』, 문학사상사, 1999.

김윤식, 「환청과 환각 틈에 낀 작가의 육성 - 『김동리와 그이 시대』 3부작의 경우」, 박완서 · 신경림 · 김윤식 · 김병익, 『아름다운 성찰』, 한울, 1999.

김윤식, 「근대의 초극론은 가능한가 - 병적 그리움과 미적 열망」, 『한국근대문학연구방법론입문』, 서울대출판부, 1999.

김윤식, 「체험으로서의 작가론과 그 존립 방식 - 『사반과의 대화』에 부쳐」, 『한국근대문학연구방법론입문』, 서울대출판부, 1999.

김주현, 「김동리의 전후소설 연구」, 박동규(외), 『한국전후문학의 분석적연구』, 월인, 1999.

김 철, 「김동리와 파시즘 - 「황토기」를 중심으로」, 한국문학연구회, 『현역중진작가연구』 Ⅳ, 국학자료원, 1999.

이정숙, 「『을화』를 통해 본 샤머니즘의 가능성과 그 한계」, 『한국 현대소설 연구』, 깊은샘, 1999.

구수경, 「김동리 소설의 신비화 방식 고찰 - 「무녀도」, 「황토기」, 「등신불」을 중심으로」, 『건양대인문논총』 3, 1999. 2.

이동하, 「작가적 생애 전부가 스며들어 있는 작품 - 김동리의 『을화』」, 『문학사상』, 1999. 3.

이정숙, 「모티프(motif)」, 『소설과 사상』, 1999. 봄.

김윤식, 「무엇을 위한, 무엇에 대한 '회계(會計)인가 - 김동리의 일제 말기 작품 「회계」 분석」, 『현대문학』, 1999. 5.

권오현, 「한국소설의 기독교사상 수용 양상 연구」, 『계명어문학』 12, 1999. 6.
  = 『문학에 대한 두 가지 단상』, 사람, 2000.

김종균, 「김동리 초기소설의 반근대성 연구」, 『한국외대논문집』 31, 1999. 6.

양진오, 「문학의 새 지평 문제를 둘러싼 세대 논쟁 - 문학사적 전통에 대한 차별화 전략의 문제」, 『문학사상』, 1999. 9.

이화진, 「식민지 시대 김동리 소설의 순수정신과 현실의 관계」, 『안동어문학』 4, 1999.

11.

손종업, 「30년대 후반기 반근대주의 담론의 진정성 - 숲으로의 회귀」, 중앙어문학회, 『어문논집』 27, 1999. 12.

오창은, 「전후 실존주의·전통론의 '단절과 계승' - 1950년대 비평문학을 중심으로」, 중앙어문학회, 『어문논집』 27, 1999. 12.

김영민, 「1950년대 민족문학론」, 『한국 현대문학비평사』, 소명, 2000.

남송우, 「이데올로기의 대립과 민족문학론」, 박철희·김시태(편), 『한국현대문학사』, 시문학사, 2000.

한수영, 「실존주의 문학론의 수용과 그 영향」, 『한국현대 비평의 이념과 성격』, 국학자료원, 2000.

한희수, 「김동리 소설과 기독교」, 『한남어문학』 24, 2000. 1.

김도희, 「1930년대 세대·순수 논쟁 연구」, 『대전어문학』 17, 2000. 2.

장양수, 「샤머니즘-인간 구원의 길 - 김동리 단편 「무녀도」의 의미」, 『동의논집』(인문사회과학) 32, 2000. 2.

김윤식, 「김동리의 미수록 작품 「산이야기」에 대하여 - 「무녀도」계와 「산제」계」, 『현대문학』, 2000. 6.

김영진, 「김동리론 - 순수문학론에 대한 논의 - 해방기 비평을 중심으로」, 『목포어문학』 2, 2000. 8.

서재원, 「김동리 소설의 서서구조 연구 - 해방기를 중심으로」, 『고려대어문논집』 42, 2000. 8.

유금호, 「「무녀도」 서두 구조의 의미 고찰」, 『목포어문학』 2, 2000. 8.

이혜자, 「미셸 뚜르니에와 김동리 문학에 나타난 신화적 인물이 호흡하는 초자연적 심화」, 『비교문학』 25, 2000. 8.

박심자, 「「무녀도」의 서술자와 주인공 연구」, 『한국어문학연구』(한국외대) 12, 2000. 12.

남원진, 「1950년대 비평의 이해」, 남원진(편), 『1950년대 비평의 이해』 II, 역락, 2001.

이민정, 「김동리 단편소설 「까치소리」, 「등신불」의 서술자 연구」, 『한남어문학』 25, 2001. 2.

이진우, 「김동리 소설의 소설사적 위상」, 『대전대인문과학논문집』 31, 2001. 2.

홍경표, 「김동리 소설의 담론 형식 연구 - 설화적 '모티프'의 단편을 중심으로」, 『어문학』 72, 2001. 2.

김윤식, 「김동리의 소설 「목공 요셉」 3부작 - 미수록 자료 「마리아의 회태」 재조명」, 『문학사상』, 2001. 3.

김종회, 「한국문학에 수용된 기독교사상 연구 – 기독교 문학의 의미영역과 그 반영방식을 중심으로」, 한국어문교육연구회, 『어문연구』 109, 2001. 3.

이현식, 「현실 앞에 선 한 완고(頑固)주의자의 문학적 초상 – 김동리의 문학」, 『실천문학』, 2001. 여름.

이혜선, 「해방직후 좌·우익의 문학운동과 근대기획」, 『연세학술논집』 34, 2001. 8.

김종균, 「김동리의 문학사상 연구」, 『한국사상과 문화』 13, 2001. 9.

김기문, 「동리와 목월의 생애」, 『경주문화』(경주문화원) 7, 2001. 12.

김주현, 「「무녀도」 개작에 나타난 작가의식 고찰」, 경북어문학회, 『어문논총』 35, 2001. 12.

박영식, 「식민주의적 글쓰기 양상 소고 –『혈의 누』와 『홍남철수』를 중심으로」, 『한민족어문학』 39, 2001. 12.

이상우·김정옥, 「김동리 소설 연구 – 「역마」·「바위」에 나타난 공간을 중심으로」, 『교육연구』 9, 2001. 12.

장윤익, 「운명적 삶의 공간과 경주 – 「무녀도」와 「선도산」을 중심으로」, 『경주문화』(경주문화원) 7, 2001. 12.

김주현, 「김동리 문학사상의 연원으로서의 화랑」, 한국어문학회, 『어문학』 77, 2002. 9.

남원진, 「해방기 비평 연구 1 – 우익 문학론의 가능성과 한계」, 『겨레어문학』 29, 2002. 10.

배경열, 「김동리 초기문학 고찰」, 『한국문학이론과 비평』 17, 2002. 12.

이강언, 「김동리 소설의 지방성 모티프 고찰」, 『나랏말쌈』(대구대) 17, 2002. 12.

조회경, 「김동리 문학에 나타난 생명적 상상력」, 한국문명학회, 『문명연지』 4-1, 2003. 1.

김주현, 「김동리의 사상적 계보 연구」, 한국어문학회, 『어문학』 79, 2003. 3.

김구중, 「「화랑의 후예」의 담론 분석과 윤리 의식 연구」, 어문연구학회, 『어문연구』 41, 2003. 4.

주근옥, 「공간의 이중구조와 중재자로서의 역할 – 김동리의 「바위」를 중심으로」, 어문연구학회, 『어문연구』 41, 2003. 4.

강경화, 「해방기 김동리 문학에 나타난 정치성 연구」, 『현대소설연구』 18, 2003. 6.

서재길, 「1930년대 후반 세대 논쟁과 김동리의 문학관」, 『한국문화』(서울대) 31, 2003. 6.

이영미, 「「역마」의 정치성 연구」, 『국제어문』 27, 2003. 6.

홍기돈, 「김동리의 소설 세계와 범부의 사상 – 일제시기 소설을 중심으로」, 『한민족문화연구』 12, 2003. 6.

504 남북한의 비평 연구

남원진, 「전후 시대 비평 연구 3 - 실존주의 문학론」, 『건국대대학원학술논문집』 56, 2003. 9.
홍기돈, 「일제시기 세대논쟁 연구」, 『인문학연구』(중앙대) 36, 2003. 9.
한수영, 「'순수문학론'에서의 '미적 자율성'과 '반근대'의 논리 - 김동리의 경우」, 『국제어문』 29, 2003. 12.

2) 학위 논문

차광희, 「소설의 신인간형 - 김동리와 카뮈의 중심으로」, 건국대 석사, 1964.
김영숙, 「김동리 문학과 니힐리즘」, 건국대 석사, 1971.
박양호, 「김동리 작품의 사상적 배경에 관한 연구」, 중앙대 석사, 1975.
허경탁, 「김동리에 대한 문체론적 연구」, 전북대 석사, 1978.
이선순, 「김동리의 「까치소리」 연구」, 서강대 석사, 1980.
최시한, 「현대소설의 구조시학적 연구」, 서강대 석사, 1980.
김은숙, 「동리문학에 나타난 샤머니즘 사상 연구」, 효성여대 석사, 1981.
김정숙, 「김동리 소설에 나타난 민속문제 소고」, 중앙대 석사, 1981.
유종열, 「김동리 소설에 나타난 죽음의 양상」, 부산대 석사, 1982.
권인옥, 「「무녀도」와 『을화』 거리」, 고려대 석사, 1982.
곽윤관, 「김동리 소설의 기독교 수용양상에 관한 연구」, 연세대 석사, 1983.
김현덕, 「김동리 소설의 구조 연구」, 서강대 석사, 1983.
박방식, 「김동리 문학의 배경사상 연구」, 원광대 석사, 1983.
오세정, 「김동리 소설에 나타난 죽음에 관한 연구」, 성신여대 석사, 1983.
우남득, 「동리문학의 사의 구경 추구」, 이화여대 석사, 1983.
우일제, 「소설 「바위」의 구조 연구」, 숭전대 석사, 1983.
유만상, 「김동리 연구」, 고려대 석사, 1983.
정한옥, 「김동리 초기단편소설 연구」, 숭실대 석사, 1983.
강기남, 「김동리 소설 연구」, 경희대 석사, 1984.
김기동, 「김동리와 황순원 소설의 문체론적 비교 연구」, 원광대 석사, 1984.
남명희, 「김동리 문학과 불의 원형적 상상력」, 이화여대 석사, 1984.
손상화, 「김동리 소설에 나타난 죽음 의식」, 경북대 석사, 1984.
이종림, 「동리의 액자소설 연구」, 계명대 석사, 1984.
조미숙, 「김동리 단편소설 연구」, 전남대 석사, 1984.

천영숙, 「김동리 작품의 구조분석적 연구」, 연세대 석사, 1984.
이미림, 「김동리 초기문학 연구」, 숙명여대 석사, 1985.
김창규, 「김동리 초기 단편소설 연구」, 경북대 석사, 1985.
최정여, 「김동리 소설에 나타난 죽음의 양상 연구」, 계명대 석사, 1985.
김태영, 「김동리문학의 배경사상 연구」, 원광대 석사, 1986.
김용재, 「김동리의 단편소설 연구」, 전북대 석사, 1986.
박병록, 「김동리 소설 연구 - 공동체 위기를 중심으로」, 전북대 석사, 1986.
권성길, 「김동리 소설의 죽음의식에 대한 연구」, 명지대 석사, 1987.
곽경숙, 「김동리 소설의 일반의미론적 연구」, 숙명여대 석사, 1987.
김경숙, 「김동리 소설의 공간성 연구」, 이화여대 석사, 1987.
김석우, 「김동리의 초기소설 연구」, 한양대 석사, 1987.
박영순, 「김동리 소설에 나타난 인물유형 연구」, 동국대 석사, 1987.
신형기, 「해방직후의 문학운동 연구」, 연세대 박사, 1987.
오정아, 「김동리 소설의 토속세계고」, 동국대 석사, 1987.
이유섭, 「김동리의 『사반의 십자가』 연구」, 단국대 석사, 1987.
조승영, 「김동리 문학에 나타난 불교사상」, 경남대 석사, 1987.
김우석, 「김동리의 초기소설 연구」, 한양대 석사, 1988.
이규태, 「김동리문학에서의 신인간주의」, 경북대 석사, 1988.
이유섭, 「김동리의 『사반의 십자가』 연구」, 단국대 석사, 1988.
이혜자, 「동리문학의 원형적 이미지 연구」, 중앙대 석사, 1988.
장현숙, 「김동리소설의 민족의식과 허무의식」, 경희대 석사, 1988.
조승영, 「김동리 문학에 나타난 불교사상」, 경남대 석사, 1988.
안성수, 「한국 근대단편소설의 플롯 연구 시론」, 중앙대 박사, 1989.
이동하, 「한국문학의 전통지향적 보수주의 연구」, 서울대 박사, 1989.
정한옥, 「김동리 초기 단편소설 연구」, 숭실대 석사, 1989.
김동준, 「김동리의 소설 연구」, 경북대 석사, 1990.
김정숙, 「현대소설에 나타난 상징성 연구 - 김동리 작품을 중심으로」, 중앙대 박사,
　　　1990.
이은숙, 「김동리의 「무녀도」 연구」, 성신여대 석사, 1990.
조영민, 「김동리 단편소설에 나타난 무속성 연구」, 관동대 석사, 1990.
김홍순, 「김동리 단편소설의 분석」, 부산대 석사, 1991.
이상조, 「김동리 소설에 나타난 샤머니즘과 기독교」, 강원대 석사, 1991.
이상호, 「김동리 초기 단편소설 구조 연구 - 「무녀도」를 중심으로」, 배제대 석사, 1991.

구모룡, 「한국 근대 문학유기론의 담론분석적 연구 - 조지훈, 김동리, 조윤제를 중심으로」, 부산대 박사, 1992.
소순희, 「김동리 「무녀도」에 나타난 샤머니즘 연구」, 원광대 석사, 1992.
이상구, 「김동리 소설의 서사구조 연구」, 한국교원대 석사, 1992.
이종옥, 「김동리 단편소설의 신화원형적 연구」, 전남대 석사, 1992.
이충우, 「김동리 소설의 사상적 배경 연구」, 성균관대 석사, 1992.
진영화, 「김동리 단편소설의 구조적 의미」, 연세대 석사, 1992.
한형구, 「일제말기 세대의 미의식에 관한 연구」, 서울대 박사, 1992.
간호배, 「김동리 소설의 원형과 영원회귀」, 고려대 석사. 1993.
박형욱, 「1930년대 김동리 문학 연구」, 서울대 석사, 1993.
손봉주, 「김동리 『사반의 십자가』의 분석적 연구」, 한국교원대 석사, 1993.
진정석, 「김동리 문학 연구」, 서울대 석사, 1993.
김영희, 「김동리 소설 연구 - 인물 유형에 따른 사상 중심으로」, 한남대 석사, 1994.
전경석, 「김동리와 황순원 시 연구」, 충남대 석사, 1994.
김영수, 「김동리 초기 문학 연구」, 연세대 석사, 1995.
박찬두, 「김동리 소설의 시간의식 연구」, 동국대 박사, 1995.
양순옥, 「김동리 소설에 나타난 인물의 현실극복 양상」, 경북대 석사, 1994.
유선혜, 「김동리 단편소설 연구」, 서강대 석사, 1995.
이영희, 「김동리 소설 연구 - 무속성을 중심으로」, 성신여대 석사, 1995.
최규익, 「김동리의 소설 연구」, 국민대 박사, 1995.
김영란, 「김동리 소설의 갈등양상 연구 - 「무녀도」 『을화』 『사반의 십자가』를 중심으로」, 전주대 석사, 1996.
김종익, 「김동리의 비평활동 연구」, 홍익대 박사, 1996.
서성원, 「김동리 소설에 나타난 죽음의 연구」, 고려대 석사, 1996.
윤인숙, 「김동리 단편소설 연구 - 샤머니즘계열 작품을 중심으로」, 국민대 석사, 1996.
임금복, 「한국 현대소설의 죽음의식 연구 - 김동리, 박상륭, 이청준의 작품을 중심으로」, 성신여대 박사, 1996.
정연희, 「김동리 문학에 나타난 '구경'의 의미」, 고려대 석사, 1996.
한수영, 「1950년대 한국 문예비평론 연구 - 민족문학론, 실존주의문학론, 모더니즘론을 중심으로」, 연세대 박사, 1996.
김성태, 「개작을 통해 본 김동리의 작가의식」, 영남대 석사, 1997.
박은성, 「김동리의 「무녀도」와 『을화』의 비교 고찰」, 조선대 석사, 1997.
이수길, 「김동리의 『사반의 십자가』 연구 - 성서와의 비교를 중심으로」, 공주대 석사,

1997.
이지훈, 「김동리 소설의 담론구조 연구」, 성균관대 석사, 1997.
이택화, 「김동리 소설 연구 - 정신분석적 관점을 중심으로」, 충북대 박사, 1997.
정혜영, 「김동리 소설 연구」, 경북대 박사, 1997.
조회경, 「김동리 소설 연구」, 숙명여대 박사, 1997.
최의영, 「김동리 소설의 여성 인물 연구」, 동국대 석사, 1997.
황충일, 「김동리의 문학론 연구 - 일제말기~해방기를 중심으로」, 한국교원대 석사,
    1997.
김동석, 「김동리 소설의 설화모티브 연구」, 명지대 박사, 1998.
김인수, 「김동리 역사소설 연구」, 부산외대 석사, 1998.
김찬기, 「1950년대 소설의 전통지향성 연구 - 김동리와 정한숙의 소설을 중심으로」, 고
    려대 석사, 1998.
양승희, 「김동리 소설의 기독교 사상」, 숙명여대 석사, 1998.
최은희, 「김동리 소설에 나타난 종교성 연구 - 시간을 중심으로」, 동국대 석사, 1998.
최정숙, 「문학교육의 실증적 방법 연구 - 김동리의 소설 「까치소리」에 대한 현장조사활
    동을 중심으로」, 중앙대 석사, 1998.
김동민, 「김동리 소설의 서사구조 연구 - 물과 서사구조의 관계」, 경상대 석사, 1999.
김동한, 「김동리 소설의 상상력 연구 - 음양오행 사상의 시각을 중심으로」, 중앙대 석사,
    1999.
김철웅, 「김동리 초기 문학과 문학교육」, 홍익대 석사, 1999.
손호승, 「김동리의 초기 문학세계 연구」, 중앙대 석사, 1999.
이영희, 「김동리 소설의 사상적 배경 연구」, 성신여대 석사, 1999.
이 찬, 「김동리 문학 연구」, 고려대 석사, 1999.
이훈이, 「김동리 소설 연구」, 한국외대 석사, 1999.
임준성, 「김동리 초기 소설 연구」, 한양대 석사, 1999.
정향미, 「김동리 소설의 어머니상 연구」, 동국대 석사, 1999.
최택균, 「김동리 소설 연구 - 초월성과 현실성을 중심으로」, 성균관대 박사, 1999.
고은경, 「김동리 순수문학론의 비판적 연구」, 홍익대 석사, 2000.
김택중, 「김동리 소설의 문학지형학 연구」, 대전대 박사, 2000.
박종수, 「김동리 소설의 갈등구조 연구 - 『을화』를 중심으로」, 중부대 석사, 2000.
방민화, 「김동리 소설의 서정성에 관한 연구」, 숭실대 박사, 2000.
이을선, 「김동리 초기 단편소설 연구 - 현실 인식과 초월성을 중심으로」, 경원대 석사,
    2000.

곽경숙, 「한국 현대소설의 생태학적 연구 – 김동리·황순원 소설을 중심으로」, 전남대 박사, 2001.

양일석, 「김동리 시에 나타난 죽음의식 연구」, 경기대 석사, 2001.

이민정, 「김동리 일인칭액자소설의 작중인물과 서술자 연구 – 「까치소리」, 「등신불」, 「여수」의 서술상황을 중심으로」, 한남대 석사, 2001.

이진우, 「김동리 소설 연구 – 죽음의 인식과 구원을 중심으로」, 성균관대 박사, 2001.

장재진, 「액자 소설의 담화 구조 연구 – 김동인, 김동리, 이청준 소설의 서사적 틀짜기」, 서강대 석사, 2001.

정순용, 「김동리 소설에 나타난 종교인식 연구」, 서원대 석사, 2001.

최순종, 「김동리의『사반의 십자가』연구」, 충남대 석사, 2001.

박경옥, 「김동리 단편소설과 문학교육」, 아주대 석사, 2002.

서재원, 「김동리·황순원 소설의 낭만적 특징 비교 연구」, 고려대 박사, 2002.

신정자, 「김동리 문학에 나타난 죽음의 미학」, 조선대 석사, 2002.

윤상덕, 「김동리 소설의 은유적 세계관 연구」, 고려대 석사, 2002.

이상희, 「김동리 소설 연구 – 생태주의적 관점에서」, 성신여대 석사, 2002.

이현주, 「김동리 소설연구 – 전생의 업보와 삼각관계의 사랑을 중심으로」, 명지대 석사, 2002.

한수연, 「김동리 소설에 나타난 재생과 주술 모티프 연구」, 건국대 석사, 2002.

김상연, 「김동리 초·중기 소설의 비교 연구 – 작품세계 및 창작기법을 중심으로」, 건양대 석사, 2003.

이민주, 「김동리 소설의 샤머니즘 연구」, 목포대 석사, 2003.

이지연, 「김동리 문학 연구 – '운명'과 '자연'을 가로지르는 '자유'의 서사」, 연세대 석사, 2003.

이지은, 「김동리 단편소설에 나타난 인물유형 연구」, 서울여대 석사, 2003.

정희수, 「김동리 소설 주제와 기법의 상관성 – 단편집『등신불』을 중심으로」, 아주대 석사, 2003.

남원진, 「남북한의 비평 연구 – 전후 문학론의 전개 양상을 중심으로」, 건국대 박사, 2004.

3) 단행본

김동리, 『김동리대표작선집』 1~5, 삼성출판사, 1967.

김동리, 『김동리대표작선』, 책세상, 1994.

김동리, 『김동리전집』 1~8, 민음사, 1995~1997.

이광호·이남호(편), 『김동리문학앨범』, 웅진, 1995.

권영민(편), 『김동리가 남긴 시』, 문학사상사, 1999.

중앙대학교 예술대학 문예창작학과, 『동리문학이 한국문학에 미친 영향』, 중앙대학교 예
       술대학 문예창작학과, 1979.

김윤식, 『김동리와 그의 시대』, 민음사, 1995.

이재선(편), 『김동리』, 서강대출판부, 1995.

김윤식, 『해방공간 문단의 내면풍경』(김동리와 그의 시대 2), 민음사, 1996.

김정숙, 『김동리 삶과 문학』, 집문당, 1996.

류기룡(편), 『김동리』, 살림, 1996.

이동하, 『김동리』, 건국대출판부, 1996.

김윤식, 『사반과의 대화』(김동리와 그의 시대 3), 민음사, 1997.

조희경, 『김동리 소설연구』, 국학자료원, 1999.

김윤식, 『미당의 어법과 김동리의 문법』, 서울대출판부, 2002.

이진우, 『김동리 소설연구』, 푸른사상, 2002.

작가 연구 목록

‖ 조 지 훈 ‖

1) 일반 논문

김윤성, 「한국의 현대시」, 『현대문학』, 1955. 2.

박목월, 「6월의 시단」, 『현대문학』, 1955. 7.

김용호, 「7월의 시단」, 『현대문학』, 1955. 8.

박두진, 「모색과 진통과 답보의 1년 – 특히 『현대문학』·『문학예술』지를 중심으로」, 『현
　　　대문학』, 1956. 1.

김춘수, 「형태상으로 본 한국의 현대시(제7회)」, 『문학예술』, 1956. 2.

김춘수, 「형태상으로 본 한국의 현대시(결)」, 『문학예술』, 1956. 4.

김현승, 「우리말의 특질과 현대시의 과제」, 『현대문학』, 1956. 11.

김춘수, 「1956년 시단총평 – 1956년의 시와 시론」, 『문학예술』, 1957. 2.

유 정, 「우리 현시단의 제경향(상)」, 『자유문학』, 1957. 6.

K.E.A.생, 「1000자 인물평 – 정치적인 조지훈」, 『현대문학』, 1957. 12.

유종호, 「7월의 창작평」, 『사상계』, 1958. 8.

이철범, 「상반기의 시」, 『지성』, 1958. 가을.

박두진, 「1958년 시단총평 – 다양한 분포와 성실한 업적」, 『현대문학』, 1959. 1.

유종호, 「성장과 심화의 궤적 – 한국문학 20년」, 『사상계』, 1965. 8.

송 욱, 「작단시감 – 조지훈 「마을」, 김수영 「의자가 많아서 걸린다」, 김현승 「치아의 시」」,
　　　『동아일보』, 1968. 7. 18.

김주연, 「시에서의 한국적 허무주의 – 청록파이후 시인에서 본관념의 허무와 그 지양」,
　　　『사상계』, 1968. 12.

김 현, 「1968년의 작가상황」, 『사상계』, 1968. 12.

홍신선, 「시의 의미와 속죄양 의식 – 청마·지훈·남수·종문의 경우」, 『현대시학』,
　　　1974. 8.

박희선, 「지훈의 초기작품에 나타난 선취」, 『시문학』, 1975. 6.

박희진, 「지훈선생의 이모저모」, 『시문학』, 1975. 6.

김종균, 「조지훈의 국학정신」, 『고대어문논집』 19·20, 1977. 9.

서준섭, 「불교적 소재의 시적 변용과 그 의미 - 조지훈 「승무」」, 정한모·김재홍(편), 『한국현대시평설』, 문학세계사, 1983.

김흥규, 「민족문학과 순수문학 - 광복 직후 좌우 대립기에 있어서의 조지훈·김동리의 순수문학-민족문학론」, 백낙청·염무웅(편), 『한국문학의 현단계』 Ⅳ, 창작과 비평사, 1985.

홍일식, 「해방 40년 한국인물 40선 - 조지훈」, 『정경문화』 239, 1985. 1.

권영민, 「조지훈과 민족시로서의 순수시론」, 『한국 민족문학론 연구』, 민음사, 1988.

조병화, 「떠난 세월, 떠난 사람 - 조병화씨와 그 주변」, 『현대문학』, 1988. 5.

서익환, 「조지훈의 시의 상상력 구조연구 - 「백지」와 「풀잎단장」을 중심으로」, 『국어국문학』 99, 1988. 6.

이승원, 「조지훈 시의 내면구조」, 『한국문학』, 1988. 7.

정과리·홍정선, 「한국현대문학사」, 3, 『문예중앙』, 1988. 가을.

정효구, 「유기체시론의 의미」, 『시와 젊음』, 문학과 비평사, 1989.

김기중, 「지훈시의 이미지와 상상적 구조」, 『민족문화연구』(고려대) 22, 1989. 2.

김정배, 「조지훈의 역사관 연구」, 『민족문화연구』(고려대) 22, 1989. 2.

김태곤, 「조지훈의 민속학 연구」, 『민족문화연구』(고려대) 22, 1989. 2.

오세영, 「조지훈의 문학사적 위치」, 『민족문화연구』(고려대) 22, 1989. 2.

정재각, 「지훈의 인품과 사상」, 『민족문화연구』(고려대) 22, 1989. 2.

최 철, 「조지훈의 국문학 연구」, 『민족문화연구』(고려대) 22, 1989. 2.

김용직, 「해방기 시단의 청록파 - 박목월·조지훈·박두진의 초기 작품세계」, 『외국문학』, 1989. 봄.

박미영, 「조지훈 시의 색채어 연구」, 『정신문화연구』 36, 1989. 5.

김재홍, 「6월, 포성과 들꽃의 아이러니」, 『현대시학』, 1990. 6.

김종길, 「다시 지훈을 생각하며 - 그의 초기시를 중심으로」, 『현대시』, 1990. 9.

박호용, 「시의식의 다양한 폭과 깊이 - 지훈의 초기시에 대한 고찰」, 『현대시』, 1990. 9.

성기조, 「조지훈의 시와 자연, 그리고 선미」, 『청람어문학』 3, 1990. 10.

김기중, 「수직성의 시학 - 조지훈론」, 『현대시학』, 1990. 12.

김명인, 「심미의식의 시적 전개 - 조지훈의 시와 시론을 중심으로」, 『경기대논문집』 27, 1990. 12.

백승수, 「『청록집』에 나타난 율격 연구」, 『동아대국어국문학논문집』 10, 1990. 12.

최동호, 「조지훈의 「승무」와 「범종」」, 『민족문화연구』(고려대) 24, 1991. 7.

백승수, 「『청록집』에 나타난 아니마 연구」, 『동아어문논집』 1, 1991. 11.

박경혜, 「조지훈의 시와 신비체험」, 『목원어문학』 10, 1991. 12.

최승호, 「조지훈의 시학에 있어서 형이상학론적 관점」, 『관악어문연구』 16, 1991. 12.

송영근, 「조지훈 시에 나타난 색채어 연구」, 『국어와 교육』(부산교대) 12, 1992. 2.

조기섭, 「조지훈의 전쟁시 연구」, 『외국어교육연구』(대구대) 7, 1992. 2.

최병준, 「지훈 시 연구사」, 『강남대논문집』 22, 1992. 3.

백승수, 「『청록집』에 나타난 이미지 연구」, 『어문학교육』 14, 1992. 6.

송희복, 「풍류를 아는 시인의 내면풍경 – 지훈과 목월」, 『문학사상』, 1992. 7.

김용진, 「지훈시 고찰 – 『문장』지에 수록된 작품을 중심으로」, 『안양전문대논문집』 15,
　　　 1992. 12.

신소영, 「해방기 전통서정시 연구 – 김영랑·김달진·조지훈을 중심으로」, 『경기어문
　　　 학』(수원대) 7, 1992. 12.

천이두, 「한의 어두운 면과 밝은 면」, 『한의 구조 연구』, 문학과 지성사, 1993.

송희복, 「한국시의 고전주의 – 정지용과 조지훈」, 『오늘의 문예비평』, 1993. 가을.

김용직, 「감성과 논리 – 『시의 원리』에 대하여」, 『현대문학』, 1993. 9.

김지연, 「조지훈 시 작품론 1 – 「절정」과 「언덕 길에서」에 관하여」, 『성심어문논집』 16,
　　　 1994. 2.

최병준, 「지훈 시의 미학 – 습작시기 작품의 정신지리」, 『강남대논문집』 23, 1992. 12.

이미순, 「한국 근대 유기체 시론 논의에 대한 반성 – 조지훈의 유기체론을 중심으로」,
　　　 『개신어문연구』(충북대) 10, 1994. 7.

조용란, 「조지훈론」, 『인하공전논문집』 19, 1994. 8.

주승택, 「전통문화의 지속과 단절이 갖는 문학사적 의미 – 조지훈의 시론을 중심으로」,
　　　 『한문학논집』 12, 1994. 11.

최태호, 「지훈 한시의 특질고」, 『한국외대교육논총』 10, 1994. 12.

신동인, 「조지훈 시 연구」, 『청람어문학』 13, 1995. 1.

이용훈,. 「지훈시의 본령」, 『한국해양어문연구』 5, 1995. 2.

조석구, 「지훈의 시적 변모」, 『시문학』, 1995. 8~11.

남근우, 「조지훈의 「민족문화학」」, 『한국문학연구』(동국대) 18, 1995. 12.

박제천, 「조지훈의 인간과 사상」, 『한국문학연구』(동국대) 18, 1995. 12.

송희복, 「조지훈의 학인적 생애」, 『한국문학연구』(동국대) 18, 1995. 12.

윤석성, 「조지훈의 시세계 – 만해 시와 관련하여」, 『한국문학연구』(동국대) 18, 1995.
　　　 12.

윤재웅, 「조지훈 시의 시세계 – 미당 시와 관련하여」, 『한국문학연구』(동국대) 18,

1995. 12.

홍신선, 「조지훈의 시론 연구」, 『한국문학연구』(동국대) 18, 1995. 12.

이승훈, 「조지훈 – 「승무」」, 『한국 현대시 새롭게 읽기』, 세계사, 1996.

김석환, 「『청록집』의 기호학적 연구 – 산의 기호작용과 의미를 중심으로」, 『명지대예체
　　　능논집』 6, 1996. 2.

고형진, 「순수시론의 본질과 전개과정 – 박용철과 조지훈의 순수시론을 중심으로」, 『현
　　　대시』, 1996. 4.

김형필, 「식민지시대의 시정신연구 – 조지훈」, 『한국외대논문집』 29, 1996. 6.

신현락, 「조지훈의 선적 시관과 상상력에 관한 고찰」, 『청람어문학』 16, 1996. 7.

이어령, 「다시 읽는 한국시 – 조지훈 「승무」」, 『조선일보』, 1996. 9. 10.

남근우, 「조지훈론 – 미완의 「민족문화론」」, 『한국민속학』 28, 1996. 12.

양혜경, 「조지훈 문학의 전통지향성 고찰」, 『동아대국어국문학논문집』 15, 1996. 12.

인권환, 「조지훈의 민속학 연구와 그 학사적 의의」, 『한국민속학』 28, 1996. 12.

배영애, 「조지훈 시 의식 연구」, 『수련어문논집』(부산여대) 23, 1997. 2.

서익환, 「조지훈 시의 문체고」, 『한양여전논문집』 20, 1997. 2.

최동호, 「한국문학의 거목을 재조명한다 – 시인 조지훈」, 『문학사상』, 1997. 6.

박호영, 「'문장'파의 전통주의 – 조지훈의 경우」, 한계전(외), 『한국 현대시론사 연구』,
　　　문학과 지성사, 1998.

이숭원, 「조지훈의 시와 순수의 서정성」, 『현대시학』, 1998. 5.

안수진, 「현대시에서 전통을 어떻게 가르칠 것인가 – 조지훈의 경우를 중심으로」, 『만해
　　　학보』 3, 1998. 6.

윤여탁, 「조지훈 다시 읽기」, 『만해학보』 3, 1998. 6.

송기한, 「문장파 전통주의의 현대적 성격 연구」, 『대전대인문과학논문집』 26, 1998. 8.

이숭원, 「청록파의 시적 특질과 문학사적 성격 – 황폐한 시대에 불 밝힌 순수 서정시의
　　　정화」, 『문학사상』, 1998. 10.

이승훈, 「한국 현대시론의 변증법」, 『한국 현대시의 이해』, 집문당, 1999.

최하림, 「피난길의 세 시인」, 『시인을 찾아서』, 프레스 21, 1999.

최하림, 「깃발을 날리며 청록파의 두 시인이 – 박목월과 조지훈」, 『시인을 찾아서』, 프레
　　　스 21, 1999.

인권환, 「조지훈 학문의 영역과 특징」, 『어문논집』(고려대) 39, 1999. 2.

홍종선, 「조지훈의 국어학 연구」, 『어문논집』(고려대) 39, 1999. 2.

박호영, 「해방전 전통주의의 전개 양상 – 1920년대 민족주의 문학론에서 조지훈의 전통
　　　론까지」, 『문학사상』, 1999. 5.

정진규, 「지훈시 읽기」, 『현대시학』, 1999. 7.

이병문, 「조지훈의 시세계 연구 - 1940년대를 전후하여」, 『광주보건대논문집』 24, 1999. 8.

최승호, 「조지훈론 - 서정적 유토피아와 은유에의 의지」, 『우리말글』 17, 1999. 11.

김용진, 「지훈의 시세계와 표현기법 고찰」, 『안양대논문집』 22, 1999. 12.

김은정, 「조지훈 시와 전통미」, 『한국언어문학』 43, 1999. 12.

김진희, 「조지훈의 「승무」 - 회고적 에스프리의 힘」, 『지구문학』 8, 1999. 12.

박종은, 「조지훈 시론의 기철학적 특성」, 『경기대인문논총』 7, 1999. 12.

장사선 · 임옥규, 「조지훈 문학의 미적 사유 방식」, 『동서문화연구』(홍익대) 7, 1999. 12.

이미순, 「조지훈의 동양적 유기체론과 유기적 형식론」, 『한국 현대문학비평과 수사학』, 월인, 2000.

한홍자, 「청록파의 자연관 연구」, 『돈암어문학』 13, 2000. 9.

조용헌, 「경북 영양의 시인 조지훈 종택 - '지조론' 낳은 370년 명가의 저력」, 『신동아』 2000. 10.

홍신선, 「시의 논리 선의 논리」, 『현대시』, 2000. 11.

임승빈, 「조지훈 시론 연구」, 『인문과학논집』(청주대) 22, 2000. 12.

최승호, 「제유적 세계인식과 서정적 대응방식」, 『성신여대인문과학연구』 20, 2000. 12.

홍신선, 「불교적 세계관으로 선을 노래한 나그네 - 조지훈」, 『불교와 문화』 37, 2000. 12.

강웅식, 「조지훈의 생명시론과 그 초월론적 성격」, 『작가연구』 11, 2001. 4.

금동철, 「청록파 시인의 서정화 방식 연구」, 『작가연구』 11, 2001. 4.

김종태, 「조지훈 초기 자연서정시에 나타난 세계와 자아의 대응 양상」, 『작가연구』 11, 2001. 4.

김기중, 「청록파의 시세계」, 『작가연구』 11, 2001. 4.

김용직, 「시와 선비의 미학 - 조지훈론」, 『작가연구』 11, 2001. 4.

김춘식, 「낭만주의적 개인과 자연 · 전통의 발견」, 『작가연구』 11, 2001. 4.

노 철, 「청록파 시에 대한 생태적 해석」, 『작가연구』 11, 2001. 4.

이홍래, 「조지훈 박목월 시의 경향과 화답시(和答詩)에 대하여」, 『경상어문』 7, 2001. 4.

김 선, 「불교사상의 수용에 관한 채색 - 조지훈론」, 『열린 문학』, 2001. 9 · 10.

김윤태, 「조지훈」, 『역사비평』, 2001. 겨울.

김연옥, 「조지훈 시에 나타난 선비 정신의 구현」, 『한국어문교육』(한국교원대) 11, 2002. 2.

정 민, 「조지훈 시에 나타난 선비 정신의 구현」, 『한국어문교육』(한국교대) 11, 2002. 2.

정　민, 「한시와 현대시 4제」, 『현대시학』, 2002. 4.
변　윤, 「현대불교시의 전개 양상 2」, 『시문학』, 2002. 5.
박남희, 「한국 유기체시론 연구 – 박용철, 정지용, 조지훈을 중심으로」, 『숭실어문』 18,
　　　2002. 6.
김인환, 「조지훈의 문학과 학문 – 멋과 지조의 세계」, 『비평』, 2002. 여름.
성기조, 「조지훈의 시와 자연, 그리고 선미」, 『시와 비평 & 시조와 비평』, 2002. 가
　　　을~2003. 봄.
남원진, 「해방기 비평 연구 1 – 우익 문학론의 가능성과 한계」, 『겨레어문학』 29,
　　　2002. 10.
한승옥, 「난세의 지식인과 선비정신」, 『인문학연구』(숭실대) 32, 2002. 12.
이문걸, 「한국 현대시의 원형 심상 연구」, 한국어문학회, 『어문학』 78, 2002. 12.
성기조, 「조지훈의 시와 자연, 그리고 선미 3」, 『시와 비평 & 시조와 비평』, 2003. 봄.
성기조, 「조지훈의 시와 자연, 그리고 선미 4」, 『시와 비평 & 시조와 비평』, 2003. 여
　　　름.
현광석, 「선시의 미학적 대칭점 – 조지훈·한용운의 시를 중심으로」, 『한국학보』 113,
　　　2003. 겨울.
유임하, 「조지훈의 「고풍의상」과 「승무」」, 『금강』 228, 2004. 1.

2) 학위 논문

양왕용, 「『청록집』을 통한 삼가(三家) 시인의 작품 연구」, 경북대 석사, 1969.
유병학, 「조지훈 연구」, 충남대 석사, 1973.
이기철, 「한국 현대시의 방법론적 연구 – 특히 『청록집』과 『후반기』 시의 구조 대비를
　　　통해 본」, 영남대 석사, 1974.
조상기, 「조지훈의 시문학 연구」, 동국대 석사, 1975.
한승옥, 「지훈 시 연구」, 고려대 석사, 1975.
배형우, 「청록파 시인의 자연관 연구 – 『청록집』을 중심으로」, 동아대 석사, 1979.
강준향, 「소월·미당·지훈 삼가시 연구」, 청주대 박사, 1980.
윤석송, 「조지훈론 – 시의식의 전개를 중심으로」, 동국대 석사, 1981.
김용진, 「청록파의 시와 정지용의 영향」, 한양대 석사, 1983.
전홍섭, 「조지훈의 시적 변모를 통한 시인의식 연구」, 중앙대 석사, 1983.
김지현, 「조지훈 시 연구」, 영남대 석사, 1984.

윤동재, 「청록집에 나타난 전통적 율격의 수용양상」, 고려대 석사, 1984.
이광수, 「지훈과 미당의 시론 비교」, 고려대 석사, 1984.
이기봉, 「조지훈의 시세계 고찰」, 조선대 석사, 1984.
서수원, 「『청록집』의 시 대비 연구」, 경남대 석사, 1985.
조상덕, 「조지훈의 시어 연구」, 경남대 석사, 1985.
김혜경, 「조지훈 시에 나타난 꽃과 촛불의 심상」, 고려대 석사, 1986.
정경아, 「조지훈 시 연구 - 시어를 중심으로」, 성신여대 석사, 1987.
김정연, 「Metaphor의 공간연구 - 조지훈을 중심으로」, 이화여대 석사, 1988.
유종해, 「조지훈 시의 연구 - 현실인식을 중심으로」, 영남대 석사, 1988.
이종우, 「청록파 시 연구 - 1940년대 초기시를 중심으로」, 연세대 석사, 1988.
서익환, 「조지훈 시 연구」, 한양대 박사, 1989.
안칠선, 「조지훈 시의 사상적 특성 연구 - 동양사상을 중심으로」, 경북대 석사, 1990.
양재형, 「조지훈 시 연구」, 국민대 석사, 1990.
박경혜, 「조지훈 문학 연구 - 시의 변모과정을 중심으로」, 연세대 박사, 1991.
송용석, 「조지훈 연구 - 선관과 주체적 미학을 중심으로」, 중앙대 석사, 1991.
구모룡, 「한국 근대 문학유기론의 담론분석적 연구 - 조지훈, 김동리, 조윤제를 중심으
       로」, 부산대 박사, 1992.
송희복, 「해방기 문학비평연구」, 동국대 박사, 1992.
권두용, 「조지훈의 시세계 연구」, 전주우석대 석사, 1993.
서지영, 「한국 현대시의 문체연구 -『청록집』을 대상으로」, 서강대 석사, 1993.
신소영, 「해방기 전통 서정시 연구 - 김영랑·김달진·조지훈을 중심으로」, 수원대 석
       사, 1993.
최병준, 「조지훈 시 연구」, 국민대 박사, 1993.
김지연, 「조지훈 시 연구」, 숙명여대 박사, 1994.
은정호, 「조지훈 시의 불교적 성격 연구」, 계명대 석사, 1994.
최승호, 「1930년대 후반기 시의 전통지향적 미의식 연구 - 문장파 자연시를 중심으로」,
       서울대 박사, 1994.
최태호, 「만해·지훈의 한시 연구」, 한국외대 박사, 1994.
신동인, 「조지훈의 시 연구」, 한국교원대 석사, 1995.
정근옥, 「지훈시에 나타난 민족정신고」, 중앙대 석사, 1995.
조석구, 「조지훈 문학 연구」, 세종대 박사, 1995.
한정희, 「조지훈의 시 연구」, 충남대 석사, 1995.
김정언, 「조지훈 시 연구」, 창원대 석사, 1996.

성윤석, 「해방기 조지훈의 민족시론 연구」, 수원대 석사, 1996.
송영미, 「조지훈시 연구」, 전남대 석사, 1996.
김경희, 「조지훈 시의 정신사적 연구」, 동국대 석사, 1997.
박수현, 「조지훈 시 연구」, 연세대 석사, 1997.
양혜경, 「정지용과 조지훈 시의 전통지향성 연구」, 동아대 박사, 1997.
이선희, 「조지훈의 시 연구 - 역사 의식을 중심으로」, 한국외대 석사, 1997.
이유환, 「조지훈 시에 나타난 현실의식 연구」, 영남대 석사, 1997.
김문주, 「조지훈 시에 나타난 생명의식 연구」, 고려대 석사, 1998.
신현락, 「한국 현대시의 자연관 연구 - 한용운, 신석정, 조지훈을 중심으로」, 한국교원대
     박사, 1998.
이환출, 「조지훈 시세계 고찰」, 경남대 석사, 1998.
한정순, 「조지훈 시 연구」, 성신여대 박사, 1998.
배영애, 「현대시에 나타난 불교의식 연구 - 한용운, 서정주, 조지훈 시를 중심으로」, 숙
     명여대 박사, 1999.
공상기, 「조지훈 시의 전통적 미양상 연구」, 한국교원대 석사, 2000.
김기호, 「조지훈과 크리슈나무르티의 선적 동질성 연구」, 한국외대 박사, 2000.
김영옥, 「조지훈의 시와 왕유의 시에 관한 비교 연구」, 한국교원대 석사, 2000.
윤동재, 「오일도·조지훈·김종길의 한시와 현대시 상관성 비교 연구」, 고려대 박사,
     2000.
현광석, 「한국 현대 선시 연구 - 한용운, 김달진, 조지훈, 고은의 시를 중심으로」, 경희
     대 석사, 2000.
조미숙, 『『풀잎 단장』 연구」, 한남대 석사, 2001.
강양희, 「조지훈 시의 시간과 공간 연구」, 충남대 박사, 2002.
김정님, 「조지훈의 시에 수용된 불교사상」, 원광대 석사, 2002.
김연옥, 「조지훈 시에 나타난 선비의식과 전통미 연구」, 한국교원대 박사, 2003.
김학식, 「「승무」의 형식론적 접근」, 연세대 석사, 2003.
박종실, 「조지훈 초기시 연구」, 충북대 석사, 2003.
이정은, 「조지훈 시 연구」, 숙명여대 석사, 2003.
이기준, 「조지훈 시 연구 - 변모양상을 중심으로」, 단국대 석사, 2003.
박승희, 「조지훈의 시의식 연구」, 충남대 석사, 2004.
남원진, 「남북한의 비평 연구 - 전후 문학론의 전개 양상을 중심으로」, 건국대 박사,
     2004.

3) 단행본

조지훈, 『조지훈전집』 1~7, 일지사, 1979.
조지훈, 『조지훈 전집』 1~9, 나남, 1996.
김종길(외), 『조지훈 연구』, 고려대출판부, 1978.
윤석송, 『조지훈』, 건국대출판부, 1997.
최병준, 『조지훈 시 연구』(시와 삶의 미학), 한국문화사, 1997.
서익환, 『조지훈 시와 자아·자연의 심연』, 국학자료원, 1998.

작가 연구 목록

‖ 조 연 현 ‖

1) 일반 논문

이어령, 「현대의 신라인들 - 외국문학에 대한 우리자세」, 『경향신문』, 1958. 4. 22~23.

유종호, 「성장과 심화의 궤적 - 한국문학 20년」, 『사상계』, 1965. 8.

김윤식, 「비평의 임무는 무엇인가 - 비평의 한계와 반성」, 『현대문학』, 1968. 12.

김윤성, 「문단 이면사 - 해방후부터 6·25까지」, 『심상』, 1974. 3.

곽종원, 「시단이면사 - 해방 직후부터 6·25 직후까지」, 『심상』, 1974. 4.

김병걸, 「조연현 선생을 생각한다 - 석제와의 관계」, 『월간문학』, 1982. 1.

김양수, 「창조적 비평의 선구 - 조연현문학의 비평사적 의의」, 『월간문학』, 1982. 1.

김우현, 「조연현 선생을 생각한다 - 마지막 대국」, 『월간문학』, 1982. 1.

김지향, 「조연현 선생을 생각한다 - 소박하고 부드러운 웃음으로」, 『월간문학』, 1982. 1.

김혜숙, 「조연현 선생을 생각한다 - 당신식대로 사시다 가신 분」, 『월간문학』, 1982. 1.

손소희, 「석제의 인간적 편모 - 곡 조연현선생」, 『월간문학』, 1982. 1.

송기숙, 「조연현 선생을 생각한다 - 첫 번째 대좌」, 『월간문학』, 1982. 1.

서인숙, 「조연현 선생을 생각한다 - 싸늘한 집념의 사나이」, 『월간문학』, 1982. 1.

오찬식, 「조연현 선생을 생각한다 - 주체서시면서까지 축하금」, 『월간문학』, 1982. 1.

이복숙, 「조연현 선생을 생각한다 - 날씨마저 춥습니다」, 『월간문학』, 1982. 1.

이원섭, 「석제의 인간적 편모 - 어디로 가십니까」, 『월간문학』, 1982. 1.

조경희, 「석제의 인간적 편모 - 늘 고마우셨던 분」, 『월간문학』, 1982. 1.

김 현, 「비평의 유형학을 위하여」, 『예술과 비평』, 1985. 봄.

곽종원, 「온화한 성품의 풍운아」, 『문학사상』, 1986. 9.

김동리, 「자유와 순수문학에의 신념」, 『문학사상』, 1986. 9.

김초혜, 「성실하고 큰 삶의 스승님」, 『문학사상』, 1986. 9.

박재삼, 「대범한 삶의 행적」, 『문학사상』, 1986. 9.

박철희, 「논리와 생리의 시학 - 조연현의 비평세계」, 『문학사상』, 1986. 9.

김시태, 「조연현 평론의 세계」, 『현대문학』, 1986. 11.
오학영, 「자존의 인간」, 『현대문학』, 1986. 11.
이형기, 「크고 따뜻한 품」, 『현대문학』, 1986. 11.
정의홍, 「면도날이라는 별명의 의미」, 『현대문학』, 1986. 11.
최 원, 「비밀스러운 나의 육친」, 『현대문학』, 1986. 11.
곽종원, 「생전 일화 몇 가지」, 『현대문학』, 1991. 11.
김시태, 「문학사가로서의 조연현」, 『현대문학』, 1991. 11.
김용운, 「가고 없는 대인」, 『현대문학』, 1991. 11.
김윤식, 「근대성 또는 주인과 노예의 변증법」, 『현대문학』, 1991. 11.
문덕수, 「좀더 오래 사셨더라면」, 『현대문학』, 1991. 11.
신동욱, 「조연현 문학평론의 특성」, 『현대문학』, 1991. 11.
이형기, 「조연현 문학의 감성의 논리」, 『현대문학』, 1991. 11.
장 호, 「조연현 선생 10주기에 생각나는 일들」, 『현대문학』, 1991. 11.
정의홍, 「서론보다 결론을 좋아하신 분」, 『현대문학』, 1991. 11.
천이두, 「석재 조연현의 문학비평 - 창조적 비평의 길」, 『현대문학』, 1991. 11.
허영자, 「맑고 드높은 가을 기상처럼」, 『현대문학』, 1991. 11.
홍신선, 「황야에 첫길을 내신 큰 발자국」, 『현대문학』, 1991. 11.
김시태, 「조연현의 문학사 기술방법 - 문학사가로서의 조연현」, 『한국문학연구』(동국
    대) 15, 1992. 12.
이형기, 「조연현의 감성논리 - 그의 비평과 에세이의 상관관계」, 『한국문학연구』(동국
    대) 15, 1992. 12.
천이두, 「조연현의 문학비평 - 창조적 비평의 길」, 『한국문학연구』(동국대) 15, 1992.
    12.
김윤식, 「소설과 우연성의 문제 - 김동리·조연현·九鬼周造」, 『문예중앙』, 1993. 가을.
류덕제, 「해방직후 조연현 비평 연구 서설」, 『국어 교육 연구』(경북대) 25, 1993. 12.
김윤식, 「조연현 소묘」, 『한국근대문학사상연구』 2, 아세아문화사, 1994.
김 철, 「순수의 정체 - 붓과 칼의 일치」, 반민족문제연구소, 『청산하지 못한 역사』 2,
    청년사, 1994.
  = 『국문학을 넘어서』, 국학자료원, 2000.
송희복, 「근현대 문학사론의 전개과정」, 『한국문학사론연구』, 문예출판사, 1995.
임옥규, 「조연현 비평 일고찰」, 『홍익어문』 14, 1995. 2.
김윤식, 「조연현론」, 『사울사대선청어문』 23, 1995. 4.
신형기, 「비평의 열림과 민족 모순의 심화 - 해방기와 한국전쟁 이후 비평의 흐름」, 『문

학사상』, 1995. 4.

이현식, 「해방 직후 순수문학논쟁 연구」, 『민족문학사연구』 7, 1995. 6.

김윤식, 「근대와 반근대」, 김윤식(외), 『한국 현대 비평가 연구』, 강, 1996.

김윤식, 「문예지의 이념과 그 문학사적 의의 - 『문예』, 『현대문학』, 『문학예술』의 경우」,
      『동서문학』, 1996. 봄.

  = 『발견으로서의 한국현대문학사』, 서울대출판부, 1997.

신두원, 「전후 비평에서의 전통논의에 대한 시론」, 『민족문학사연구』 9, 1996. 6.

최원식, 「근대문학 기점론」, 『현대문학』, 1997. 1.

김한식, 「현대문학사 기술에서 '근대'를 보는 관점의 비교 연구」, 『어문논집』 37, 1998. 2.

김명인, 「조연현의 문학사방법론 비판」, 『한국학연구』(인하대) 10, 1999. 3.

김영민, 「1950년대 신세대론」, 『한국 현대문학비평사』, 소명, 2000.

남송우, 「이데올로기의 대립과 민족문학론」, 박철희·김시태(편), 『한국현대문학사』,
      시문학사, 2000.

임영봉, 「1960년대의 한국 문학 비평」, 『한국 현대문학 비평론』, 역락, 2000.

천이두, 「창조적 비평의 길 - 조연현의 문학세계」, 『우리 시대의 문학』, 문학동네,
      2000.

임영봉, 「1960년대 한국 문학비평 연구 - 비평 세대와 문학 인식의 분화 양상을 중심으
      로」, 『한국문학평론』, 2000. 봄.

김명인, 「비합리주의, 비극적 세계관 그리고 파시즘 - 조연현론」, 『실천문학』, 2001. 여름.

이혜선, 「해방직후 좌·우익의 문학운동과 근대기획」, 『연세학술논집』 34, 2001. 8.

신재기, 「조연현의 창조적 비평론 연구」, 한국어문학회, 『어문학』 75, 2002. 2.

신재기, 「조연현의 순수문학론 연구 - '문학과 정치 분리론'을 중심으로」, 『우리말글』
      24, 2002. 4.

서준섭, 「조연현의 문학비평에 대하여 - 그의 창조적 비평 개념의 구조와 문학비평 방법
      론의 문제점」, 『한국학보』 107, 2002. 여름.

양영길, 「조연현의 한국 근대문학사 인식 방법」, 『영주어문』 6, 2003. 8.

남원진, 「해방기 비평 연구 1 - 우익 문학론의 가능성과 한계」, 『겨레어문학』 29,
      2002. 10.

2) 학위 논문

이광극, 「한국문학사 서술의 비교연구」, 건국대 석사, 1979.

심재추, 「한국현대문학사 서술방법론 연구」, 건국대 석사, 1983.
홍종옥, 「한국현대문학사 연구」, 건국대 석사, 1983.
김백희, 「조연현의 초기비평연구」, 국민대 석사, 1985.
김미진, 「해방기 문예비평의 전개양상」, 전북대 석사, 1992.
김영진, 「한국비평문학연구 - 40년대 후반기를 중심으로」, 동국대 석사, 1992.
송희복, 「해방기 문학비평연구」, 동국대 박사, 1992.
임옥규, 「조연현비평 연구」, 홍익대 석사, 1994.
김명인, 「조연현 연구」, 인하대 박사, 1998.
이지훈, 「조연현 문학비평 연구」, 서울대 석사, 1999.
윤순재, 「해방이후 근현대문학사 비교 연구 - 백철의 『조선신문학사조사』와 조연현의
　　　『한국현대문학사』를 중심으로」, 홍익대 석사, 2000.
곽영희, 「조연현 문학론 연구」, 동국대 석사, 2002.
남원진, 「남북한의 비평 연구 - 전후 문학론의 전개 양상을 중심으로」, 건국대 박사,
　　　2004.

3) 단행본

조연현, 『조연현문학전집』 1~6, 어문각, 1977.

작가 연구 목록

‖ 고 석 규 ‖

1) 일반 논문

박봉우, 「고독한 평론가 - 젊은 고석규형의 무덤에」, 『조선일보』, 1958. 5. 28.
 = 남송우·하상일(편), 『고석규 문학의 재조명』, 세종출판사, 2000.
김일곤, 「젊은 날의 성좌 - 석규와 제1회 시낭독회」, 『부산대신문』, 1958. 6. 20.
 = 남송우·하상일(편), 『고석규 문학의 재조명』, 세종출판사, 2000.
김정한, 「요절한 혜성 석규군을 생각한다」, 『부산대학보』, 1958. 6. 20.
 = 남송우·하상일(편), 『고석규 문학의 재조명』, 세종출판사, 2000.
김춘수, 「뉴크리티시즘의 기수 - 고석규 3주기를 맞이하여」, 『부산대학신문』, 1961. 4.
    17.
 = 남송우·하상일(편), 『고석규 문학의 재조명』, 세종출판사, 2000.
송영택, 「감상과 야심 속에서 간 고석규」, 『현대문학』, 1963. 2.
 = 남송우·하상일(편), 『고석규 문학의 재조명』, 세종출판사, 2000.
손경하, 「고석규의 기억」, 『부산문학』 5, 1973.
남송우, 「고석규, 그 잊혀진 미완의 비평적 행로」 1, 『부산문학』 17, 1985. 9.
남송우, 「고석규, 그 잊혀진 미완의 비평적 행로」 2, 『부산문예』 4, 1985. 12.
박홍배, 「고석규 연구」, 『在釜 작고시인 연구』, 아성출판사, 1988.
 =『오늘의 문예비평』 동인(편), 『고석규의 면모』, 책읽는 사람, 1993.
구모룡, 「고석규, 혹은 역설의 비평가 - 고석규 유고평론집 『여백의 존재성』」, 『현대시
    학』, 1991. 3.
 =『오늘의 문예비평』 동인(편), 『고석규의 면모』, 책읽는 사람, 1993.
남송우, 「고석규, 그 미완의 비평적 행로」, 『현대시학』, 1991. 3.
 =『오늘의 문예비평』 동인(편), 『고석규의 면모』, 책읽는 사람, 1993.
한계전, 「전후시의 모더니즘적 특성과 그 가능성」, 『시와 시학』, 1991. 봄~여름.
 =『문학과 논리』 3, 1993. 6.

김윤식, 「고석규의 정신적 소묘 – 1950년대 비평감수성의 기원」, 『시와 시학』, 1991.
　　　겨울~1992. 봄.
　　＝『한국현대문학사상사론』, 일지사, 1992.
　　＝『한국문학의 근대성 비판』, 문예출판사, 1993.
김윤식, 「1950년대 한국문예비평의 3가지 양상 – 고석규의 정신적 소묘(2)」, 『오늘의
　　　문예비평』, 1992. 여름.
　　＝『한국문학의 근대성 비판』, 문예출판사, 1993.
　　＝『오늘의 문예비평』 동인(편), 『고석규의 면모』, 책읽는 사람, 1993.
김윤식, 「전후문학의 원점 – 6 · 25와 릴케 · 윤동주 · 고석규」, 『문학사상』, 1992. 7.
　　＝『한국문학의 근대성 비판』, 문예출판사, 1993.
　　＝『오늘의 문예비평』 동인(편), 『고석규의 면모』, 책읽는 사람, 1993.
박태일, 「전쟁 속에 얼어붙은 꽃봉오리 – 고석규 유고 시집 『청동의 관』」, 『문학정신』,
　　　1992. 7~8.
　　＝『오늘의 문예비평』 동인(편), 『고석규의 면모』, 책읽는 사람, 1993.
김윤식, 「「청동의 계절」에서 「청동의 관」까지 – 고석규의 정신적 소묘(4)」, 『외국문학』,
　　　1992. 9.
　　＝『한국문학의 근대성 비판』, 문예출판사, 1993.
　　＝『오늘의 문예비평』 동인(편), 『고석규의 면모』, 책읽는 사람, 1993.
김윤식 · 정호웅, 「한국전쟁의 충격과 새로운 출발의 모색」, 『한국소설사』, 예하, 1993.
김정한, 「고석규에의 추억」, 『오늘의 문예비평』 동인(편), 『고석규의 면모』, 책읽는 사
　　　람, 1993.
김춘수, 「고석규의 평론세계」, 『오늘의 문예비평』 동인(편), 『고석규의 면모』, 책읽는
　　　사람, 1993.
김일곤, 「낭만이 깃들었던 시절 – 오랜 옛날 벗 고석규」, 『오늘의 문예비평』 동인(편),
　　　『고석규의 면모』, 책읽는 사람, 1993.
손경하, 「고석규의 기억」, 『오늘의 문예비평』 동인(편), 『고석규의 면모』, 책읽는 사람,
　　　1993.
장관진, 「고석규의 편모」, 『오늘의 문예비평』 동인(편), 『고석규의 면모』, 책읽는 사람,
　　　1993.
홍기종, 「석규와 나」, 『오늘의 문예비평』 동인(편), 『고석규의 면모』, 책읽는 사람,
　　　1993.
김규태, 「고석규의 죽음과 보들레르」, 『오늘의 문예비평』 동인(편), 『고석규의 면모』,
　　　책읽는 사람, 1993.

정상옥, 「선배님을 추모하며」, 『오늘의 문예비평』 동인(편), 『고석규의 면모』, 책읽는
　　　사람, 1993.
하연승, 「고석규와 만날 무렵」, 『오늘의 문예비평』 동인(편), 『고석규의 면모』, 책읽는
　　　사람, 1993.
문혜원, 「역설을 주제로 한 고석규 비평연구」, 『오늘의 문예비평』 동인(편), 『고석규의
　　　면모』, 책읽는 사람, 1993.
김경복, 「자폐와 심연에서의 빛 찾기 - 고석규의 시세계」, 『오늘의 문예비평』, 1993. 겨울.
　　= 남송우·하상일(편), 『고석규 문학의 재조명』, 세종출판사, 2000.
김윤식, 「한국 전후문학과 실존주의 - 고석규와 관련하여」, 『오늘의 문예비평』, 1993.
　　　겨울.
　　= 남송우·하상일(편), 『고석규 문학의 재조명』, 세종출판사, 2000.
김재섭, 「석규단장 삼제」, 『오늘의 문예비평』, 1993. 겨울.
　　= 남송우·하상일(편), 『고석규 문학의 재조명』, 세종출판사, 2000.
남송우, 「고석규, 그 역설의 진원지를 찾아」, 『오늘의 문예비평』, 1993. 겨울.
　　= 남송우·하상일(편), 『고석규 문학의 재조명』, 세종출판사, 2000.
유병근, 「고석규 씨와의 인연」, 『오늘의 문예비평』, 1993. 겨울.
　　= 남송우·하상일(편), 『고석규 문학의 재조명』, 세종출판사, 2000.
김윤식, 「전후비평 감수성의 세 가지 양상」, 문학사와 비평연구회(편), 『1970년대 문학
　　　연구』, 예하, 1994.
조영복, 「공포 체험의 시적 변용과 그로테스크의 시 - 고석규론」, 한국현대문학연구회
　　　(편), 『한국문학과 모더니즘』, 한양출판, 1994.
　　= 남송우·하상일(편), 『고석규 문학의 재조명』, 세종출판사, 2000.
김동환, 「이분법적 사유구조와 영웅지향성 - 고석규론」, 구인환(외), 『한국전후문학연
　　　구』, 삼지원, 1995.
　　= 남송우·하상일(편), 『고석규 문학의 재조명』, 세종출판사, 2000.
임영봉, 「전후문학과 고석규 비평의 의미」, 『중앙대어문논집』 24, 1995. 8.
김윤식, 「고석규와 더불어 범어사에 가다 - 팔푼이가 본 동백꽃」, 『오늘의 문예비평』,
　　　1996. 가을.
　　= 『농경사회와 유랑민의 상상력』, 문학동네, 1999.
　　= 남송우·하상일(편), 『고석규 문학의 재조명』, 세종출판사, 2000.
남송우, 「1950년대 고석규 비평의 해석학적 연구」, 『한국문학논총』 19, 1996. 12.
　　= 남송우·하상일(편), 『고석규 문학의 재조명』, 세종출판사, 2000.
하상일, 「1950년대 고석규 시와 시론의 '근대성' 연구」, 『국어국문학』(부산대) 33,

1996. 12.

김윤식, 「방법으로서의 문학사」, 『발견으로서의 한국현대문학사』, 서울대출판부, 1997.

하상일, 「1950년대 고석규 비평의 근대성 연구」, 『국어국문학』(부산대) 35, 1998. 12.
　= 남송우・하상일(편), 『고석규 문학의 재조명』, 세종출판사, 2000.

강경화, 「실존적 기획의 존재론적 지평과 에세이적 비평 – 고석규」, 『한국문학비평의 인
　식과 담론의 실현화 연구』, 태학사, 1999.
　= 남송우・하상일(편), 『고석규 문학의 재조명』, 세종출판사, 2000.

남송우, 「이데올로기의 대립과 민족문학론」, 박철희・김시태(편), 『한국현대문학사』,
　시문학사, 2000.

이미순, 「고석규의 비평과 수사학」, 『한국 현대문학비평과 수사학』, 월인, 2000.
　= 남송우・하상일(편), 『고석규 문학의 재조명』, 세종출판사, 2000.

임영봉, 「전후문학과 고석규 비평」, 『한국 현대문학 비평론』, 역락, 2000.
　= 남송우・하상일(편), 『고석규 문학의 재조명』, 세종출판사, 2000.

하상일, 「전쟁체험의 형상화와 유폐된 자아의 실존성 – 고석규의 시세계」, 남송우・하상
　일(편), 『고석규 문학의 재조명』, 세종출판사, 2000.

한수영, 「모더니즘론의 이념과 방법」, 『한국현대 비평의 이념과 성격』, 국학자료원,
　2000.

이미순, 「고석규 비평의 '역설'에 대하여」, 『개신어문연구』 17, 2000. 12.

남원진, 「1950년대 비평의 이해」, 남원진(편), 『1950년대 비평의 이해』 II, 역락,
　2001.

하상일, 「근대성의 초극과 비평정신 – 고석규의 비평세계」, 『한국문학평론』, 2001. 봄.

남원진, 「1950년대 비평 연구 1 – 새로운 비평의 가능성과 한계」, 『겨레어문학』 28,
　2002. 2.

남원진, 「전후 시대 비평 연구 3 – 실존주의 문학론」, 『건국대대학원학술논문집』 56,
　2003. 9.

2) 학위 논문

전기철, 「한국 전후문예비평 전개 양상 고찰 – 불안의식의 내재화와 응전력을 중심으로」,
　서울대 박사, 1992.
　= 『한국 전후 문예비평 연구』, 서울, 1994.

조영복, 「1950년대 모더니즘 시에 있어서 '내적 체험'의 기호화 연구」, 서울대 석사,

1992.
임태우, 「고석규 문학 비평 연구」, 서울대 석사, 1993.
  =『오늘의 문예비평』동인(편), 『고석규의 면모』, 책읽는 사람, 1993.
한수영, 「1950년대 한국 문예비평론 연구 – 민족문학론, 실존주의문학론, 모더니즘론을
        중심으로」, 연세대 박사, 1996.
  =『한국현대 비평의 이념과 성격』, 국학자료원, 2000.
강경화, 「1950년대의 비평 인식과 실현화 연구」, 성균관대 박사, 1998.
  =『한국문학비평의 인식과 담론의 실현화 연구』, 태학사, 1999.
하상일, 「1950년대 고석규 문학의 근대성 연구」, 부산대 석사, 1999.
심중수, 「고석규 시 연구」, 서경대 석사, 2002.
남원진, 「남북한의 비평 연구 – 전후 문학론의 전개 양상을 중심으로」, 건국대 박사,
        2004.

  3) 단행본

『오늘의 문예비평』동인(편), 『고석규유고전집』1~5, 책읽는 사람, 1993.
남송우·하상일(편), 『고석규 문학의 재조명』, 세종출판사, 2000.

작가 연구 목록

‖ 유 종 호 ‖

1) 일반 논문

장용학, 「해바라기와 ‘순수’ 신판 – 유종호씨의 「씨니씨즘 기타」에 일언」, 『문학춘추』, 1964. 8.

장용학, 「낙관론의 주변 – 평론가 유종호론 초」, 『세대』, 1964. 10.

장용학, 「편리한 비평정신 – 오류·아류·순수」, 『문학춘추』, 1964. 11.

장용학, 「원만주의자의 초상 – 단세포씨와 깍두기씨의 대화」, 『세대』, 1965. 2.

장용학, 「시장의 고독」, 『문학춘추』, 1965. 3.

김 현, 「한국문학과 전통의 확립」, 『세대』, 1966. 2.

백 철, 「뉴크리티시즘의 행방」, 『세대』, 1966. 2.

김윤식, 「비평의 변모 – 의식의 문제를 중심으로」, 『월간문학』, 1969. 12.

김 현, 「테로리즘의 문학 – 50년대 문학소고」, 『문학과 지성』, 1971. 여름.

김우종, 「문제점추구의 자세」, 임헌영(편), 『한국문학대전집』(문학논쟁집), 태극출판사, 1976.

곽광수, 「문학비평의 고전주의적 성취」, 『신동아』, 1982. 6.

이상옥, 「동시대 문학에 대한 탁월한 증언」, 『세계의 문학』, 1982. 여름.

선우휘·김우종·최동호, 「6·25와 분단문학의 극복」, 『한국문학』, 1985. 8.

이남호, 「비순수로부터 동시대로의 전개 – 유종호론」, 『문학의 시대』 3, 풀빛, 1986. 6.

곽광수, 「문학개론의 새로운 모습 – 유종호 『문학이란 무엇인가』」, 『세계의 문학』, 1989. 겨울.

김우창, 「쉰 목소리 속에서 – 유종호씨의 비평과 리얼리즘」, 유종호, 『현실주의 상상력』, 나남, 1991.

  = 『김우창 전집』 4, 민음사, 1993.

최유찬, 「1950년대 비평연구(1)」, 한국문학연구회(편), 『1950년대 남북한 문학』, 평민사, 1991.

김만수, 「전후비평에서 '전통' 논의의 의미」, 『현대 비평과 이론』 2, 1991. 가을.
박철희, 「언어와 리얼리즘적 관점 – 유종호 『현실주의 상상력』」, 『현대문학』, 1992. 1.
김 철, 「열린 현실주의 – 유종호 『현실주의 상상력』」, 『세계의 문학』, 1992. 봄.
이명재, 「비평의 터잡기와 폭넓힘 – 유종호 『현실주의 상상력』」, 『현대비평과 이론』 3,
    1992. 봄.
김윤식, 「1950년대 한국문예비평의 3가지 양상 – 고석규의 정신적 소묘(2)」, 『오늘의
    문예비평』, 1992. 여름.
  = 『한국문학의 근대성 비판』, 문예출판사, 1993.
  = 『오늘의 문예비평』 동인(편), 『고석규의 면모』, 책읽는 사람, 1993.
반경환·유종호, 「한 중진 비평가의 행복과 진실 – 유종호」, 『현대시세계』, 1992. 가을.
김윤식·정호웅, 「한국전쟁의 충격과 새로운 출발의 모색」, 『한국소설사』, 예하, 1993.
김윤식, 「전후비평 감수성의 세 가지 양상」, 문학사와 비평 연구회(편), 『1970년대 문
    학연구』, 예하, 1994.
이건재, 「민족문학을 향한 전통과 근대의 변증법」, 최동호(편), 『남북한 현대문학사』,
    나남, 1995.
이희중, 「상황과 모색 – 1960~70년대 남한의 문학비평」, 최동호(편), 『남북한 현대문
    학사』, 나남, 1995.
이태동, 「역사와 신비평, 그리고 메타비평 – 해방공간에서 90년대까지의 문학비평」, 『문
    학사상』, 1995. 4.
신경림, 「내가 만난 유종호」, 『오늘의 문예비평』, 1995. 여름.
이광호, 「인간과 문학의 전면적 진실 – 유종호론」, 『오늘의 문예비평』, 1995. 여름.
  = 『환멸의 신화』, 민음사, 1995.
이경수, 「비평의 창조성과 전문성 – 유종호 『시란 무엇인가』」, 『세계의 문학』, 1995. 가을.
서경석, 「유종호론 – 언어, 고전, 인문주의」, 김윤식(외), 『한국 현대 비평가 연구』, 강,
    1996.
송현호, 「유종호의 절충주의 문학론」, 『한국 현대문학의 비평적 연구』, 국학자료원,
    1996.
이동하, 「소설 및 문학평론과 역사적 진실의 문제」, 『인문과학』(서울시립대) 3, 1996. 2.
김윤식, 「문예지의 이념과 그 문학사적 의의 – 『문예』, 『현대문학』, 『문학예술』의 경우」,
    『동서문학』, 1996. 봄.
  = 『발견으로서의 한국현대문학사』, 서울대출판부, 1997.
이병헌, 「한국 원론 비평의 수준 – 유종호 『시란 무엇인가』」, 『현대비평과 이론』, 1996.
    봄·여름.

한 기, 「대가 비평의 초상, 강단 비평의 운명 - 『유종호 전집』에 대한 소론」, 『동서문
        학』, 1996. 봄.
   =『합리주의의 문턱에서』, 강, 1997.
김준오, 「인문주의와 90년대 - 유종호 전집 5, 『문학의 즐거움』」, 『현대문학』, 1996. 7.
구모룡, 「열린체계의 문학」, 『문학과 사회』, 1996. 가을.
신철하, 「비평의 운명」, 『무애』, 1998. 5.
강경화, 「자족의 비평과 지적 교양주의 - 유종호」, 『한국문학비평의 인식과 담론의 실현
        화 연구』, 태학사, 1999.
방민호, 「이어령의 구세대 비판 및 장용학의 한자사용론의 의미 - 전후 문학세대론의 맥
        락에서」, 박동규(외), 『한국전후문학의 분석적연구』, 월인, 1999.
김영민, 「1960년대 순수·참여문학론」, 『한국 현대문학비평사』, 소명, 2000.
남송우, 「이데올로기의 대립과 민족문학론」, 박철희·김시태(편), 『한국현대문학사』,
        시문학사, 2000.
임영봉, 「1960년대의 한국 문학 비평」, 『한국 현대문학 비평론』, 역락, 2000.
임영봉, 「1960년대 한국 문학비평 연구 - 비평 세대와 문학 인식의 분화 양상을 중심으
        로」, 『한국문학평론』, 2000. 봄.
하응백, 「서정적 진실과 신성(神聖)의 진실 - 유종호 『서정적 진실을 찾아서』, 김주연
        『디지털 욕망과 문학의 현혹』」, 『문예중앙』, 2001. 여름.
구모룡, 「문학비평의 존재의의 - 유종호 『서정적 진실을 찾아서』」, 『동서문학』, 2001. 6.
이광호, 「비평의 귀환 - 유종호 평론집 『서정적 진실을 찾아서』 황종연 평론집 『비루한
        것의 카니발』」, 『문학동네』, 2001. 여름.
정과리, 「경험적 고전주의자의 시선 - 유종호의 『서정적 진실을 찾아서』」, 『문학과 사
        회』, 2001. 여름.

2) 학위 논문

강경화, 「1950년대의 비평 인식과 실현화 연구」, 성균관대 박사, 1998.
   =『한국문학비평의 인식과 담론의 실현화 연구』, 태학사, 1999.
한강희, 「1960년대 한국문학비평 연구 - 전통론, 세대론, 참여론을 중심으로」, 성균관
        대 박사, 1998.
   =『한국 현대비평의 인식과 논리』, 태학사, 1998.
임영봉, 「1960년대 한국문학비평 연구」, 중앙대 박사, 1999.

＝『한국 현대문학 비평론』, 역락, 2000.
이정민, 「유종호 비평 연구」, 한국교원대 석사, 2003.
남원진, 「남북한의 비평 연구 - 전후 문학론의 전개 양상을 중심으로」, 건국대 박사,
　　2004.

3) 단행본

유종호, 『유종호 전집』 1~5, 민음사, 1995.

작가 연구 목록

‖ 이 어 령 ‖

1) 일반 논문

백 철, 「신인과 현대의식 – 본질은 찾아지고 있는가」, 1955. 10. 18~23, 25~28.

문덕수, 「비평의 모랄 – 일부신인의 난폭에 대하여」, 『현대문학』, 1956. 11.

김춘수, 「1956년 시단총평 – 1956년의 시와 시론」, 『문학예술』, 1957. 2.

김용권, 「비평의 문맥 – 용어의 객관적 의미에서 본」, 『자유문학』, 1958. 4.

서정주, 「나와 시의 신인들 – 이어령씨에게」, 『경향신문』, 1958. 10. 18.

백 철, 「반항과 공동의 의식 – 친애하는 이어령군에게」, 『자유문학』, 1958. 12.

원형갑, 「금단의 무기 – 이어령씨의 「영원한 모순」을 읽고」, 『연합신문』, 1959. 2. 15.

김동리, 「좌표이전과 모래알과 – 이어령씨에 답한다」, 『경향신문』, 1959. 2. 18~19.

김동리, 「초점, 이탈치말라 – 비평의 윤리와 논리적 책임」, 『경향신문』, 1959. 3. 5~6.

김동리, 「'눈물'의 의미」, 『경향신문』, 1959. 3. 20~22.

박영준, 「문학비평의 윤리성 – 의식적인 개인감정을 버리라」, 『동아일보』, 1959. 3. 20.

이철범, 「언쟁이냐 논쟁이냐 – 김동리씨와 이어령씨의 논쟁을 보고…」, 『세계일보』,
　　　 1959. 3. 28.

임순철, 「서글픈 만용이 아니었기를 – 독자로서 김동리·이어령 양씨에게 말한다」, 『경
　　　 향신문』, 1959. 3. 30.

장일우, 「무지의 모험 – 이어령씨의 비평안」, 『한양』, 1964. 1.

유종호, 「성장과 심화의 궤적 – 한국문학 20년」, 『사상계』, 1965. 8.

김 현, 「한국문학과 전통의 확립」, 『세대』, 1966. 2.

김수영, 「지식인의 사회참여 – 일간신문의 최근 논설을 중심으로」, 『사상계』, 1968. 1.

김수영, 「실험적인 문학과 정치적 자유 – 문예시평 「오늘의 한국문화를 위협하는 것」을
　　　 읽고」, 『조선일보』, 1968. 2. 27.

김수영, 「'불온'성에 대한 비과학적인 억측 – 위험세력설정의 영향 묵과 못해」, 『조선일
　　　 보』, 1968. 3. 26.

김병걸, 「참여론 백서」, 『현대문학』, 1968. 12.
　＝『격동기의 문학』, 일월서각, 2000.
김　현, 「1968년의 작가상황」, 『사상계』, 1968. 12.
구중서, 「역사의식과 소시민의식 － 60년대의 문예비평」, 『사상계』, 1969. 12.
김윤식, 「로망에로의 길 － 한국 소설의 문제점」, 『사상계』, 1969. 12.
김윤식, 「비평의 변모 － 의식의 문제를 중심으로」, 『월간문학』, 1969. 12.
임헌영, 「도전의 문학」, 『사상계』, 1969. 12.
김　현, 「모순된 방법론, 개념혼돈 － 이어령작 『한국과 한국인』을 읽고」, 『경향신문』,
　　　　1968. 12. 9.
김병걸, 「이어령의 언어장난」, 『시인』, 1970. 4.
　＝『격동기의 문학』, 일월서각, 2000.
김　현, 「테로리즘의 문학 － 50년대 문학소고」, 『문학과 지성』, 1971. 여름.
　＝『사회와 윤리』, 일지사, 1974.
김　현, 「한국 비평의 가능성」, 김병익·김주연·김치수·김　현, 『현대한국문학의 이
　　　　론』, 민음사, 1972.
김병걸, 「1960년대 참여론의 지평」, 임헌영(편), 『한국문학대전집』(문학논쟁집), 태극
　　　　출판사, 1976.
　＝『격동기의 문학』, 일월서각, 2000.
신동한, 「신진대기성의 공방」, 임헌영(편), 『한국문학대전집』(문학논쟁집), 태극출판사,
　　　　1976.
김윤식, 「1950년대 － 전후세대의 비평」, 『한국현대문학비평사』, 서울대출판부, 1982.
　＝「전후 세대의 비평과 이어령」, 김윤식(외), 『상상력의 거미줄』(이어령李御寧 문학
　　　　의 길찾기), 생각의 나무, 2001.
황병렬, 「이어령씨의 유니크한 일본론」, 『정경문화』 207, 1982. 5.
홍정선, 「작가와 언어 의식 － 해방 후 소설을 중심으로」, 김병익·김주연(편), 『해방 40
　　　　년 : 민족지성의 회고와 전망』, 문학과 지성사, 1985.
선우휘·김우종·최동호, 「6·25와 분단문학의 극복」, 『한국문학』, 1985. 8.
이병주, 「우리의 자랑 이어령」, 이어령, 『지성채집』, 나남, 1986.
　＝ 이어령, 『나를 찾는 술래잡기』, 문학사상사, 1994.
　＝「동서의 복안적 시점」, 김윤식(외), 『상상력의 거미줄』(이어령李御寧 문학의 길찾
　　　　기), 생각의 나무, 2001.
　＝ 이어령, 『바람이 불어오는 곳』, 문학사상사, 2003.
최석재, 「『신한국인』 발간에 붙여 － 필설을 다해 웨친 신한국인의 지표」, 이어령, 『신한

　　　국인』, 문학사상사, 1986.
김윤식, 「레몬의 향기와 멜론의 맛 - 이상이 도달한 길」, 『문학사상』, 1986. 6.
최동호, 「비평의 주체성 확립을 위하여 - 비평의 정신사서설」, 『불확정시대의 문학』, 문
　　　학과 지성사, 1987.
阿部誠文, 「韓國の微苦笑 - 李禦寧氏の『縮み'志向の日本人』とある文化觀」, 『외국어교육
　　　연구』(대구대) 2, 1987. 2.
김유중, 「순수와 참여 논쟁」, 김은전·김용직(외), 『한국 현대시사의 쟁점』, 시와 시학
　　　사, 1991.
최유찬, 「1950년대 비평연구(1)」, 한국문학연구회(편), 『1950년대 남북한 문학』, 평
　　　민사, 1991.
김윤식, 「이상 연구의 계보」, 『현대소설과의 대화』, 현대소설사, 1992.
김윤식, 「1950년대 한국문예비평의 3가지 양상 - 고석규의 정신적 소묘(2)」, 『오늘의
　　　문예비평』, 1992. 여름.
　　＝『한국문학의 근대성 비판』, 문예출판사, 1993.
　　＝『오늘의 문예비평』 동인(편), 『고석규의 면모』, 책읽는 사람, 1993.
염무웅, 「5, 60년대 남한문학의 민족문학적 위치」, 『창작과 비평』, 1992. 겨울.
김승희, 「언어의 율리시즈, 이어령 항해의 닻을 찾아서」, 이어령선생회갑논문집, 『64가
　　　지 만남의 방식』, 김영사, 1993.
　　＝ 이어령, 『이어령대표작품선집』, 책세상, 1995.
　　＝「언어의 율리시즈」, 김윤식(외), 『상상력의 거미줄』(이어령李御寧 문학의 길찾기),
　　　생각의 나무, 2001.
　　＝ 이어령, 『뜻으로 읽는 한국어 사전』, 문학사상사, 2002.
김윤식·정호웅, 「한국전쟁의 충격과 새로운 출발의 모색」, 『한국소설사』, 예하, 1993.
김채원, 「꿈을 현실로」, 이세기(외), 『영원한 기억 속의 작은 이야기』, 삼성출판사,
　　　1993.
박헌호, 「50년대 비평의 성격과 민족문학론으로의 도정」, 조건상(편), 『한국전후문학연
　　　구』, 성균관대출판부, 1993.
이경희, 「이어령 선생님을 통한 나의 문학 속으로의 여행」, 이세기(외), 『영원한 기억 속
　　　의 작은 이야기』, 삼성출판사, 1993.
이태동, 「『장군의 수염』과 캐넌 문제 - 소설가로서의 이어령」, 이어령선생님화갑기념논
　　　문집간행위원회(편), 『구조와 분석』 2(소설), 창, 1993.
　　＝ 이어령, 『이어령대표작품선집』, 책세상, 1995.
　　＝「『장군의 수염』과 캐논 문제 - 이어령의 「장군의 수염」」, 『소설과 사상』, 1995. 가을.

이태동, 「대덜러스의 욕망 – 이어령론」, 『우리문학의 현실과 이상』, 문예출판사, 1993.
　＝ 김윤식(외), 『상상력의 거미줄』(이어령李御寧 문학의 길찾기), 생각의 나무, 2001.
　＝ 이어령, 『환각의 다리』, 문학사상사, 2002.
김윤식, 「전후비평 감수성의 세 가지 양상」, 문학사와 비평 연구회(편), 『1970년대 문학연구』, 예하, 1994.
김윤식, 「배꼽 언어와 공적 언어의 양가성」, 이어령, 『나를 찾는 술래잡기』, 문학사상사, 1994.
　＝ 『농경사회 상상력과 유랑민의 상상력』, 문학동네, 1999.
서병욱, 「언론인이 본 이어령 장관 – 문학평론가·대학 교수·문화부 장관, 세 얼굴을 가진 그는 과연 누구인가」, 이어령, 『나를 찾는 술래잡기』, 문학사상사, 1994.
　＝ 이어령, 『기업과 문화의 충격』, 문학사상사, 2003.
이병주, 「일본에서의 이어령」, 이어령, 『축소지향의 일본인 그 이후』, 기린원, 1994.
　＝ 이어령, 『일본문화와 상인 정신』, 문학사상사, 2003.
임홍빈, 「한국과 일본과 세계를 놀라게 한 거인의 문화적 상상력과 사상의 원천 – 그 모든 것은 어린 시절의 체험에서 싹텄다」, 이어령, 『나를 찾는 술래잡기』, 문학사상사, 1994.
최석채, 「이어령의 사람과 글과 애국의 열정 – 누구도 따를 수 없는 다재 다능함과 우국 정성으로 필설을 다해 외친 신한국인의 지표를 제시한 그에게 박수를 보낸다」, 이어령, 『나를 찾는 술래잡기』, 문학사상사, 1994.
　＝ 이어령, 『오늘보다 긴 이야기』, 문학사상사, 2003.
최문정, 「이어령 선생 회갑 기념 – 오늘이 오늘이소서」, 『문학사상』, 1994. 1.
이건재, 「민족문학을 향한 전통과 근대의 변증법」, 최동호(편), 『남북한 현대문학사』, 나남, 1995.
이희중, 「상황과 모색 – 1960~70년대 남한의 문학비평」, 최동호(편), 『남북한 현대문학사』, 나남, 1995.
최혜실, 「실존주의 문학론」, 구인환(외), 『한국전후문학연구』, 삼지원, 1995.
이태동, 「역사와 신비평, 그리고 메타비평 – 해방공간에서 90년대까지의 문학비평」, 『문학사상』, 1995. 4.
신형기, 「비평의 열림과 민족 모순의 심화 – 해방기와 한국전쟁 이후 비평의 흐름」, 『문학사상』, 1995. 4.
이승훈, 「이어령이라는 텍스트의 매혹 – 이어령, 『시 다시 읽기』」, 『문학사상』, 1995. 11.
김우종, 「5~60년대의 비평」, 한국문학평론가협회(편), 『광복 50년 비평사가 남긴 문제와 전망』, 백문사, 1996.

이동하, 「이어령론 – 영광의 길, 고독의 길」, 김윤식(외), 『한국 현대 비평가 연구』, 강,
　　1996.
　= 『한국문학을 보는 새로운 시각』, 새미, 2001.
　= 「무지의 편견 지성의 외로움」, 김윤식(외), 『상상력의 거미줄』(이어령李御寧 문학
　　의 길찾기), 생각의 나무, 2001.
　= 이어령, 『장미밭의 전쟁』, 문학사상사, 2003.

이어령·류철균, 「21세기의 변화, 21세기의 문학」, 『상상』, 1996. 봄.
　= 김윤식(외), 『상상력의 거미줄』(이어령李御寧 문학의 길찾기), 생각의 나무,
　　2001.

신두원, 「전후 비평에서의 전통논의에 대한 시론」, 『민족문학사연구』 9, 1996. 6.

김윤식, 「방법으로서의 문학사」, 『발견으로서의 한국현대문학사』, 서울대출판부, 1997.

남원진, 「1950년대 문학 연구 – 실존주의의 관련 양상을 중심으로」, 『한국현대작가연
　　구』, 박이정, 1997.

정효구, 「이어령과 김수영의 '불온시' 논쟁」, 『20세기 한국시와 비평정신』, 새미, 1997.

이어령·이상갑, 「1950년대와 전후문학」, 『작가연구』 4, 1997. 10.
　= 김윤식(외), 『상상력의 거미줄』(이어령李御寧 문학의 길찾기), 생각의 나무,
　　2001.

진창영, 「순수·참여 문학 논쟁사와 리얼리즘시의 개념 문제」, 『한국 현대시의 리얼리즘
　　과 모더니즘적 탐색』, 새미, 1998.

허윤회, 「1960년대 '순수' 비평의 의미와 한계 – 순수·참여 논쟁을 중심으로」, 민족문
　　학사연구소 현대문학분과, 『1960년대 문학연구』, 깊은샘, 1998.

김명인, 「급진적 자유주의의 산문적 실천 – 김수영의 정치·사회·문화비평」, 『작가연
　　구』 5, 1998. 5.

마희정, 「1950년대 '김동리 대 이어령의 문학 논쟁' 고찰」, 『개신어문연구』 15, 1998. 12.

강경화, 「저항의 맥락과 비평의 문화주의 – 이어령」, 『한국문학비평의 인식과 담론의 실
　　현화 연구』, 태학사, 1999.

방민호, 「이어령의 구세대 비판 및 장용학의 한자사용론의 의미 – 전후 문학세대론의 맥
　　락에서」, 박동규(외), 『한국전후문학의 분석적연구』, 월인, 1999.
　= 「이어령 비평의 세대론적 의미에 관한 일고찰」, 김윤식(외), 『상상력의 거미줄』(이
　　어령李御寧 문학의 길찾기), 생각의 나무, 2001.
　= 이어령, 『거부하는 몸짓으로 이 젊음을』, 문학사상사, 2003.

이동하, 「한국 비평계의 '참여' 논쟁에 관한 연구 – 1960년대 말의 두 논쟁을 중심으로」,

　　『전농어문연구』11, 1999. 2.

오창은, 「전후 실존주의 · 전통론의 '단절과 계승' - 1950년대 비평문학을 중심으로」, 중
　　　앙어문학회, 『어문논집』27, 1999. 12.

윤경은, 「이어령씨 "잔머리 잘 굴리는 아이가 새천년 똑똑이"」, 『동아일보』, 1999. 12. 20.

김영민, 「1960년대 순수 · 참여문학론」, 『한국 현대문학비평사』, 소명, 2000.

김영수, 「새로운 지평 - 이어령」, 『한국문학 그 웃음의 미학』, 국학자료원, 2000.

　＝「비평의 신화적 섬광」, 김윤식(외), 『상상력의 거미줄』(이어령李御寧 문학의 길찾
　　　기), 생각의 나무, 2001.

남송우, 「이데올로기의 대립과 민족문학론」, 박철희 · 김시태(편), 『한국현대문학사』,
　　　시문학사, 2000.

임영봉, 「1960년대의 한국 문학 비평」, 『한국 현대문학 비평론』, 역락, 2000.

한수영, 「실존주의 문학론의 수용과 그 영향」, 『한국현대 비평의 이념과 성격』, 국학자
　　　료원, 2000.

한수영, 「새로운 세대의 등장과 비평의 좌표」, 한국종합예술학교 한국예술연구소(편),
　　　『한국현대예술사대계』II, 시공사, 2000.

　＝ 김윤식(외), 『상상력의 거미줄』(이어령李御寧 문학의 길찾기), 생각의 나무,
　　　2001.

고명철, 「문학과 정치권력의 역학관계 - 이어령/김수영의 '불온성' 논쟁」, 『문학과 창
　　　작』, 2000. 1.

임영봉, 「1960년대 한국 문학비평 연구 - 비평 세대와 문학 인식의 분화 양상을 중심으
　　　로」, 『한국문학평론』, 2000. 봄.

김치수, 「문학작품속에 숨은 '공간'의 의미는…」, 『조선일보』, 2000. 6. 23.

유윤종, 「이어령교수 첫 문학이론서『공간의 기호학』출간」, 『동아일보』, 2000. 6. 27.

송희복, 「이어령의 이상관이 지닌 비평사적 의미 - 이어령론」, 『한국문학평론』, 2000.
　　　가을.

채상우, 「위기의식과 문학적인 것의 불온성 - 1960년대 순수/참여문학논쟁 연구」, 『한
　　　국문학연구』(동국대) 23, 2000. 12.

홍　의, 「'자유'에의 뜨거움과 차가움 - 60년대 후반 김수영-이어령의 참여 · 순수 문학
　　　논쟁 고찰」, 『고황논집』(경희대) 27, 2000. 12.

柄谷行人, 「사케이(借景)에 관한 고찰」, 김윤식(외), 『상상력의 거미줄』(이어령李御寧
　　　문학의 길찾기), 생각의 나무, 2001.

강경화, 「저항의 문학, 문화주의 비평 - 1950년대 비평을 중심으로」, 김윤식(외), 『상
　　　상력의 거미줄』(이어령李御寧 문학의 길찾기), 생각의 나무, 2001.

= 이어령, 『저항의 문학』, 문학사상사, 2003.

권영민, 「저항의 문학, 그리고 비평의 논리와 방법 – 서간체로 쓰는 이어령론」, 김윤식
    (외), 『상상력의 거미줄』(이어령李御寧 문학의 길찾기), 생각의 나무, 2001.

김상태, 「이어령 문학의 문체론 – 수신자와 상황의 관점에서」, 김윤식(외), 『상상력의
    거미줄』(이어령李御寧 문학의 길찾기), 생각의 나무, 2001.

= 이어령, 『시와 함께 살다』, 문학사상사, 2003.

김용직, 「뒤집고 파헤치기, 새롭게 보기 – 이어령론」, 김윤식(외), 『상상력의 거미줄』
    (이어령李御寧 문학의 길찾기), 생각의 나무, 2001.

김치수, 「대립과 통합의 시학 – 이어령의 시론을 중심으로」, 김윤식(외), 『상상력의 거
    미줄』(이어령李御寧 문학의 길찾기), 생각의 나무, 2001.

高野孟, 「왜 지금 '축소지향의 일본인'인가」, 김윤식(외), 『상상력의 거미줄』(이어령李御
    寧 문학의 길찾기), 생각의 나무, 2001.

= 이어령, 『축소지향의 일본인』, 문학사상사, 2003.

남원진, 「1950년대 비평의 이해」, 남원진(편), 『1950년대 비평의 이해』 Ⅱ, 역락,
    2001.

성기옥, 「한국 고전 문학을 보는 시각 –『고전의 바다』와 『고전을 읽는 법』을 중심으로」,
    김윤식(외), 『상상력의 거미줄』(이어령李御寧 문학의 길찾기), 생각의 나무,
    2001.

= 이어령, 『노래여 천년의 노래여』, 문학사상사, 2003.

오세영, 「천재와 시인」, 김윤식(외), 『상상력의 거미줄』(이어령李御寧 문학의 길찾기),
    생각의 나무, 2001.

= 이어령, 『푸는 문화 신바람의 문화』, 문학사상사, 2003.

이승훈, 「읽히는 비평의 비밀과 매력」, 김윤식(외), 『상상력의 거미줄』(이어령李御寧 문
    학의 길찾기), 생각의 나무, 2001.

= 이어령, 『지성의 오솔길』, 문학사상사, 2004.

정우숙, 「이어령 희곡 연구」, 김윤식(외), 『상상력의 거미줄』(이어령李御寧 문학의 길찾
    기), 생각의 나무, 2001.

= 이어령, 『기적을 파는 백화점』, 문학사상사, 2003.

황도경, 「수염의 음모, 소설의 구원 – 이어령의 「장군의 수염」」, 김윤식(외), 『상상력의
    거미줄』(이어령李御寧 문학의 길찾기), 생각의 나무, 2001.

= 이어령, 『장군의 수염』, 문학사상사, 2002.

류철균, 「이어령(李御寧) 문학사상의 형성과 전개 – 초기 소설 창작과 창작론을 중심으
    로」, 『작가세계』, 2001. 가을.

= 「발화점을 찾아서 - 초기 소설 창작과 창작론을 중심으로」, 김윤식(외), 『상상력의
　　거미줄』(이어령李御寧 문학의 길찾기), 생각의 나무, 2001.
= 이어령, 『차 한 잔의 사상』, 문학사상사, 2003.
조갑제, 「새 문화를 개척하는 지적 모험가」, 이어령, 『젊은이여 한국을 이야기하자』, 문
　　학사상사, 2002.
남원진, 「1950년대 비평 연구 1 - 새로운 비평의 가능성과 한계」, 『겨레어문학』 28,
　　2002. 2.
김용직, 「감각과 슬기의 글쓰기 - 한국문화에 대한 장편 담론」, 『문학사상』, 2002. 9.
이태동, 「깨어 있는 한국인의 자화상 - 한국 에세이문학에 혁명의 바람을 일으킨 책」,
　　『문학사상』, 2002. 9.
함인희, 「한국인의 의식 혁명으로서의 『흙 속에 저 바람 속에』」, 『문학사상』, 2002. 9.
전승주, 「1950년대 비평에서의 '현대성' 인식」, 한국어문교육연구회, 『어문연구』 115,
　　2002. 가을.
한수산, 「네 안에 있는 네 사람」, 이어령, 『진리는 나그네』, 문학사상사, 2003.
김진애, 「'강인한 여인' 박경리 vs '경쾌한 청년' 이어령 - 김진애의 남녀열전 6」, 『월간중
　　앙』, 2003. 6.
= 이어령, 『저 물레에서 운명의 실이』, 문학사상사, 2003.
남원진, 「전후 시대 비평 연구 3 - 실존주의 문학론」, 『건국대대학원학술논문집』 56,
　　2003. 9.

2) 학위 논문

전기철, 「한국 전후문예비평 전개 양상 고찰 - 불안의식의 내재화와 응전력을 중심으로」,
　　서울대 박사, 1992.
= 『한국 전후 문예비평 연구』, 서울, 1994.
한수영, 「1950년대 한국 문예비평론 연구 - 민족문학론, 실존주의문학론, 모더니즘론을
　　중심으로」, 연세대 박사, 1996.
= 『한국현대 비평의 이념과 성격』, 국학자료원, 2000.
고명철, 「1960년대 순수·참여문학 논쟁 연구」, 성균관대 석사, 1998.
강경화, 「1950년대의 비평 인식과 실현화 연구」, 성균관대 박사, 1998.
= 『한국문학비평의 인식과 담론의 실현화 연구』, 태학사, 1999.
한강희, 「1960년대 한국문학비평 연구 - 전통론, 세대론, 참여론을 중심으로」, 성균관

대 박사, 1998.
　　＝『한국 현대비평의 인식과 논리』, 태학사, 1998.
임영봉, 「1960년대 한국 현대 문학비평 연구」, 중앙대 박사, 1999.
　　＝『한국 현대문학 비평론』, 역락, 2000.
채상우, 「1960년대의 순수/참여문학논쟁 연구 – 김수영–이어령 간의 불온시논쟁을 중
　　　심으로」, 동국대 석사, 2000.
남원진, 「남북한의 비평 연구 – 전후 문학론의 전개 양상을 중심으로」, 건국대 박사,
　　　2004.

3) 단행본

이어령, 『이어령엣세이 옴니버스』 1~5, 삼중당, 1966.
이어령, 『한국과 한국인』, 1~6, 삼성출판사, 1968.
이어령, 『이어령전작집』 1~6, 동화출판공사, 1969.
이어령, 『이어령 신작전집』 1~10, 갑인출판사, 1977.
이어령, 『이어령전집』 1~20, 삼성출판사, 1986.
이어령, 『이어령대표작품선집』, 책세상, 1995.
이어령, 『이어령 라이브러리 전집』 1~28, 문학사상사, 2002~2004.
박기현, 『이어령 문화주의』, 삼인행, 1991.
김윤식(외), 『상상력의 거미줄』(이어령李御寧 문학의 길찾기), 생각의 나무, 2001.

작가 연구 목록

‖ 정 태 용 ‖

1) 일반 논문

이영일, 「상식의 한계와 비판 – 정태용씨에 대한 재비판」, 『평화신문』, 1957. 3. 29~
        30, 4. 2.
최원식, 「민족문학론의 반성과 전망」, 『민족문학의 논리』, 창작과 비평사, 1982.
홍정선, 「민족문학 개념에 대한 역사적 검토」, 『문학과 사회』, 1988. 가을.
염무웅, 「5, 60년대 남한문학의 민족문학적 위치」, 『창작과 비평』, 1992. 겨울.
전기철, 「전통론」, 『한국전후문예비평연구』, 서울, 1994.
박헌호, 「50년대 비평의 성격과 민족문학론으로의 도정」, 조건상(편), 『한국전후문학연
        구』, 성균관대출판부, 1993.
김유중, 「중도적 비평의 전개양상 – 정태용론」, 구인환(외), 『한국전후문학연구』, 삼지
        원, 1995.
신두원, 「전후 비평에서의 전통논의에 대한 시론」, 『민족문학사연구』 9, 1996. 6.
한수영, 「최일수 연구 – 1950년대 비평과 새로운 민족문학론의 구상」, 『민족문학사연
        구』 10, 1997. 3.
한수영, 「민족문학론의 전개 양상」, 『한국현대 비평의 이념과 성격』, 국학자료원, 2000.
남원진, 「1950년대 비평의 이해」, 남원진(편), 『1950년대 비평의 이해』 II, 역락,
        2001.
남원진, 「1950년대 비평 연구 1 – 새로운 비평의 가능성과 한계」, 『겨레어문학』 28,
        2002. 2.

2) 학위 논문

김승룡, 「정태용의 비평문학」, 동국대 석사, 1985.

전기철, 「한국 전후문예비평 전개 양상 고찰 – 불안의식의 내재화와 응전력을 중심으로」,
    서울대 박사, 1992.
  =『한국전후문예비평연구』, 서울, 1994.
한수영, 「1950년대 한국 문예비평론 연구 – 민족문학론, 실존주의문학론, 모더니즘론을
    중심으로」, 연세대 박사, 1996.
  =『한국현대 비평의 이념과 성격』, 국학자료원, 2000.
남원진, 「남북한의 비평 연구 – 전후 문학론의 전개 양상을 중심으로」, 건국대 박사,
    2004.

작가 연구 목록

‖ 최 일 수 ‖

1) 일반 논문

이어령, 「우상의 파괴 - 문학적 혁명기를 위하여」, 『한국일보』, 1956. 5. 6.

김용권, 「비평의 문맥 - 용어의 객관적 의미에서 본」, 『자유문학』 13, 1958. 4.

백 철, 「신세대적인 문학 - 근대의 고대론을 읽고」, 『문학의 개조』, 신구문화사, 1959.

윤병로, 「식민 · 분단시대의 민족문학론 - 최일수 평론집 『민족문학신론』」, 『현대문학』,
        1983. 11.

선우휘 · 김우종 · 최동호, 「6 · 25와 분단문학의 극복」, 『한국문학』, 1985. 8.

최유찬, 「1950년대 비평연구(1)」, 한국문학연구회(편), 『1950년대 남북한 문학』, 평
        민사, 1991.

염무웅, 「5, 60년대 남한문학의 민족문학적 위치」, 『창작과 비평』, 1992. 겨울.

박헌호, 「50년대 비평의 성격과 민족문학론으로의 도정」, 조건상(편), 『한국전후문학연
        구』, 성균관대출판부, 1993.

전기철, 「전후 모더니즘론」, 『한국전후문예비평연구』, 서울, 1994.

강경화, 「분단현실의 비평적 소명의식과 민족문학 - 최일수 비평론」, 조건상(편),
        『1950년대 문학의 이해』, 성균관대출판부, 1996.

  = 「최일수 비평론」, 반교어문학회(편), 『근현대문학의 사적 전개와 미적 양상』 Ⅱ(해
        방후편), 보고사, 2000.

한수영, 「1950년대 문학의 재인식」, 『작가연구』 1, 1996. 4.

  = 『문학과 현실의 변증법』, 새미, 1997.

신두원, 「전후 비평에서의 전통논의에 대한 시론」, 『민족문학사연구』 9, 1996. 6.

한수영, 「최일수 연구 - 1950년대 비평과 새로운 민족문학론의 구상」, 『민족문학사연
        구』 10, 1997. 3.

강경화, 「민족문학과 현실주의 비평 - 최일수」, 『한국문학비평의 인식과 담론의 실현화
        연구』, 태학사, 1999.

김상선, 「전후 문학론 서설」, 중앙어문학회, 『어문논집』 27, 1999. 12.

김영민, 「1950년대 민족문학론」, 『한국 현대문학비평사』, 소명, 2000.

김영민, 「1950년대 신세대론」, 『한국 현대문학비평사』, 소명, 2000.

김영민, 「1960년대 순수·참여문학론」, 『한국 현대문학비평사』, 소명, 2000.

남송우, 「이데올로기의 대립과 민족문학론」, 박철희·김시태(편), 『한국현대문학사』, 시문학사, 2000.

남원진, 「1950년대 비평의 이해」, 남원진(편), 『1950년대 비평의 이해』 II, 역락, 2001.

남원진, 「1950년대 비평 연구 1 - 새로운 비평의 가능성과 한계」, 『겨레어문학』 28, 2002. 2.

이상갑, 「민족과 국가, 그리고 세계 - 최일수의 민족문학론」, 『상허학보』 9, 2002. 8.

전승주, 「1950년대 비평에서의 '현대성' 인식」, 한국어문교육연구회, 『어문연구』 115, 2002. 가을.

정학재, 「최일수 문학비평 연구 - 1950년대 비평담론의 장을 중심으로」, 한국언어문화학회 『한국언어문화』 22, 2002. 12.

이나영, 「1950년대 최일수 민족문학론 연구」, 『문학과 언어』 25, 2003. 5.

남원진, 「전후 시대 비평 연구 3 - 실존주의 문학론」, 『건국대대학원학술논문집』 56, 2003. 9.

2) 학위 논문

전기철, 「한국 전후문예비평 전개 양상 고찰 - 불안의식의 내재화와 응전력을 중심으로」, 서울대 박사, 1992.

　=『한국 전후 문예비평 연구』, 서울, 1994.

한수영, 「1950년대 한국 문예비평론 연구 - 민족문학론, 실존주의문학론, 모더니즘론을 중심으로」, 연세대 박사, 1996.

　=『한국현대 비평의 이념과 성격』, 국학자료원, 2000.

강경화, 「1950년대의 비평 인식과 실현화 연구」, 성균관대 박사, 1998.

　=『한국문학비평의 인식과 담론의 실현화 연구』, 태학사, 1999.

남원진, 「남북한의 비평 연구 - 전후 문학론의 전개 양상을 중심으로」, 건국대 박사, 2004.

3) 단행본

최일수, 『현실의 문학』, 형설출판사, 1976.
최일수, 『민족문학신론』, 동천사, 1983.
최일수, 『분단헐기와 고루살기의 문학』, 1993.

작가 연구 목록

‖ 송 욱 ‖

1) 일반 논문

김춘수, 「1956년 시단총평 - 1956년의 시와 시론」, 『문학예술』, 1957. 2.

이어령, 「1957년시총평」, 『사상계』, 1957. 12.

박목월, 「수운록 - 1958년도 시문학 총평」, 『사상계』, 1958. 12.

박두진, 「1958년 시단총평 - 다양한 분포와 성실한 업적」, 『현대문학』, 1959. 1.

김춘수, 「신년호 작품평 - 언어」, 『사상계』, 1959. 2.

박두진, 「5월의 시」, 『현대문학』, 1959. 6.

이어령, 「길에 도표가 없다 - 상반기의 시와 소설」, 『사상계』, 1959. 6.

유종호, 「비순수의 선언 -『하여지향』론」, 『사상계』, 1960. 3.

   =『비순수의 선언』, 신구문화사, 1962.

김종길, 「실험과 재능 - 우리 시의 현황과 그 문제점」, 『문학춘추』, 1964. 6.

유종호, 「성장과 심화의 궤적 - 한국문학 20년」, 『사상계』, 1965. 8.

염무웅, 「서정주와 송욱의 경우 - 1960년대의 한국시」, 『시인』, 1969. 12.

구중서, 「송욱의 「장미」론」, 『월간문학』, 1970. 6.

정현종, 「감각의 깊이, 관능 그리고 순진성」, 『지성』, 1971. 12.

오규원, 「시적 변용과 그 의미 - 송욱과 고은의 경우」, 『문학과 지성』, 1972. 봄.

김윤식 · 김 현, 「송욱」, 『한국문학사』, 민음사, 1973.

홍기창, 「송욱의 자연과 인간」, 『문학과 지성』, 1973. 여름.

이해녕, 「우주의 질서와 생명의 리듬 - 송욱의 시」, 『현대시학』, 1974. 10.

김 현, 「말과 우주 - 송욱의 사상적 세계」, 『세계의 문학』, 1978. 봄.

김춘수, 「형태의식과 생명긍정 및 우주감각」, 『세계의 문학』, 1978. 겨울.

이상섭, 「부끄러운 한국 문학과 경이로운 동양사상」, 『문학과 지성』, 1978. 겨울.

정현종, 「말과 자유연상의 세계 - 시신의 주소 」, 『월간조선』, 1981. 6.

전영태, 「비판적 지성과 풍자의 시」, 정한모 · 김재홍(편), 『한국현대시평설』, 문학세계사, 1983.

민 영, 「1950년대 시의 물길」, 『창작과 비평』, 1989. 봄.

한계전, 「송욱론」, 『정한모교수퇴임논문집』, 1989. 10.

이영섭, 「50년대 남한의 현실인식과 시적 형상」, 한국문학연구회(편), 『1950년대 남북한 문학』, 평민사, 1991.

　=『한국 현대시 형성 연구』, 국학자료원, 2000.

최유찬, 「1950년대 비평연구(1)」, 한국문학연구회(편), 『1950년대 남북한 문학』, 평민사, 1991.

김유중, 「부활에의 꿈 – 송욱론」, 『현대문학』, 1991. 7.

　=『한국현대시인론』, 시와 시학사, 1995.

오규원, 「시적 변용과 그 의미」, 『문학과 지성』, 1992. 봄.

이병헌, 「지식인의 가락」, 『현대시학』, 1992. 8.

이성모, 「말놀이의 시적 체험과 그 틀 – 송욱의 『하여지향』을 중심으로」, 『경남어문논집』 5, 1992. 12.

황정산, 「새로운 시어의 운영과 비순수의 추구 – 송욱론」, 송하춘·이남호(편), 『1950년대 시인들』, 나남, 1994.

진순애, 「송욱 시의 은유 연구」, 『문학사상』, 1994. 4.

김형자, 「뉴크리티시즘과 한국적 수용현상」, 구인환(외), 『한국전후문학연구』, 삼지원, 1995.

이경수, 「민족시 형성의 과제와 부정의 정신」, 최동호(편), 『남북한 현대문학사』, 나남, 1995.

송희복, 「집단적 삶 의식의 넓이, 개인적 실존 의식의 깊이 – 1960년대와 1970년대의 문학비평」, 『문학사상』, 1995. 4.

황현산, 「역사 의식과 비평의식 – 송욱의 『시학평전』」, 『현대비평과 이론』 10, 1995. 10.

진순애, 「송욱 시론의 비교 문학적 연구」, 『초강송백헌박사화갑기념논총』(충남대), 1995. 11.

이숭원, 「송욱론 – 비평 정신의 고양과 방법론의 모색」, 김윤식(외), 『한국현대비평가연구』, 강, 1996.

박종석, 「송욱의 『시학평전』 연구 – 뉴 크리티시즘의 가치 평가와 주체적 시학」, 『동아대국어국문학논문집』 15, 1996. 12.

진순애, 「한국 현대시의 실험시 계보」, 『개신어문연구』(충북대) 14, 1997. 12.

윤호병, 「T. S. 엘리엇 시와 시론의 영향과 수용」, 『문학의 파르마콘』, 국학자료원, 1998.

박제천, 「송욱 「장미」」, 『문학과 창작』, 1998. 6.
이미순, 「신비평의 수용과 형식탐구」, 『한국 현대문학비평과 수사학』, 월인, 2000.
이미순, 「송욱의 비평과 수사학」, 『한국 현대문학비평과 수사학』, 월인, 2000.
이건청, 「풍자적 현실인식과 객관의 정신 - 송욱의 시」, 『현대시학』, 2001. 10.
이건청, 「강한 투시력과 풍자적 언어 - 송욱의 시」, 『교육논총』(한양대) 17, 2001. 12.
오형엽, 「송욱 비평 연구 - 한국 현대비평의 구조와 계보 3」, 『한국문학논총』 31,
    2002. 10.

2) 학위 논문

권순섭, 「한국 현대시의 전통성 연구 - 김립과 송욱의 시에 나타난 골계를 중심으로」, 공
    주대 석사, 1990.
한원균, 「송욱 문학 연구」, 경희대 석사, 1992.
신진숙, 「전후시의 풍자 연구 - 송욱과 전영경의 시를 중심으로」, 경희대 석사, 1994.
진순애, 「송욱 시 연구 - 현상학적 창작과정을 중심으로」, 서울대 석사, 1994.
이순옥, 「1950년대 한국 풍자시 연구 - 송욱·전영경·민재식 시를 중심으로」, 부산대
    석사, 1995.
이승하, 「한국 현대시에 나타난 풍자성 연구 - 송욱·전영경·신동문·김지하를 중심으
    로」, 중앙대 박사, 1996.
천세웅, 「송욱 시 연구 - 허무의식의 극복과정을 중심으로」, 명지대 석사, 1998.
박숙회, 「송욱 시 연구 - 언어관에 따른 시적 변모양상을 중심으로」, 경희대 석사,
    1999.
박종석, 「송욱 문학 연구」, 동아대 박사, 1999.
전미정, 「한국 현대시의 에로티시즘 연구 - 서정주, 오장환, 송욱, 전봉건의 시를 중심으
    로」, 서강대 박사, 1999.
홍부용, 「송욱 시 연구」, 동국대 석사, 2000.
이 선, 「송욱의 비평정신과 실제비평」, 충북대 석사, 2002.
남원진, 「남북한의 비평 연구 - 전후 문학론의 전개 양상을 중심으로」, 건국대 박사,
    2004.

3) 단행본

김학동(외), 『송욱연구』, 역락, 2000.
박종석, 『송욱 평전』, 좋은날, 2000.
박종석, 『송욱 문학 연구』, 좋은날, 2000.

작가 연구 목록

‖ 김 종 길 ‖

1) 일반 논문

조지훈, 「4월의 시단 – 시의 빈곤」, 『현대문학』, 1955. 5.
서정주, 「내 시정신의 현황 – 김종길씨의 「우리 시의 현황과 그 문제점」에 답하여」, 『문
    학춘추』, 1964. 7.
서정주, 「시평가가 가져야 할 시의 안목 – 김종길씨의 「시와 이성」을 읽고」, 『문학춘추』,
    1964. 9.
김우창, 「감성과 비평, 『시론』」, 『창작과 비평』, 1966. 봄.
신동욱, 「실험과 전통의 비평, 『시론』」, 『시문학』, 1966. 2.
박목월, 「주체성과 순수한 모더니티, 『성탄제』」, 『현대시학』, 1969. 8.
김영태, 「『성탄제』」, 『월간문학』, 1969. 9.
정한모, 「김종길 『진실과 언어』」, 『문학과 지성』, 1975. 봄.
이승훈, 「시조집 『진실과 언어』」, 『심상』, 1975. 3.
김우창, 「『진실과 시어』론」, 『심상』, 1976. 4~5.
염무웅, 「50년대 시의 비판적 개관」, 『월간대화』, 1976. 11.
    =『민중시대의 문학』, 창작과 비평사, 1979.
김흥규, 「세계내적 초월의 비전과 절제」, 김종길, 『하회에서』, 민음사, 1977.
김우창, 「김종길 시선 『하회에서』」, 『한국문학』, 1977. 10.
정희성, 「김종길 시집 『하회에서』」, 『창작과 비평』, 1977. 겨울.
김주연, 「김종길의 『하회에서』」, 『세계의 문학』, 1979. 가을.
김우창, 「감각과 그 기율」, 『지상의 척도』, 민음사, 1981.
박청룡, 「산 그 침묵의 혓바닥」, 『현대시학』, 1981. 12.
유종호, 「점잖음의 미학 – 김종길의 시」, 『동시대의 시와 진실』, 민음사, 1982.
이승훈, 「「성탄제」의 구조적 분석 – 김종길 「성탄제」」, 정한모・김재홍(편), 『한국현대
    시평설』, 문학세계사, 1983.

장윤수, 「김종길 시의 특질 연구」, 『국제어문』 6~7, 1986. 8.

신동욱, 「시와 초월의 뜻」, 김용직(외), 『한국현대시연구』, 민음사, 1989.

김종길·고형진, 「우리시의 정체성을 생각한다」, 『현대시학』, 1990. 7.

이남호, 「명징성과 염결성」, 김종길, 『天地玄黃』, 미래사, 1991.

최동호, 「유가적 인본주의와 현대적 고고 – 김종길의 시」, 『현대시』, 1991. 11.

이건청, 「정통에 기초한 시편들의 주류 형성 – 김종길, 이태수, 박승철, 권이영의 시」, 『현대시학』, 1992. 9.

이희중, 「역사의 침몰과 시의 행로 – 김종길론」, 송하춘·이남호(편), 『1950년대의 시인들』, 나남, 1994.

이남호, 「1950년대와 전후세대 시인들의 성격」, 『현대시학』, 1994. 6.

김형자, 「뉴크리티시즘과 한국적 수용현상」, 구인환(외), 『한국전후문학연구』, 삼지원, 1995.

이경수, 「민족시 형성의 과제와 부정의 정신」, 최동호(편), 『남북한 현대문학사』, 나남, 1995.

송희복, 「집단적 삶 의식의 넓이, 개인적 실존 의식의 깊이 – 1960년대와 1970년대의 문학비평」, 『문학사상』, 1995. 4.

최동호, 「심미적 이성의 견고성과 비평 의식 – 김종길의 비평」, 『현대비평과 이론』 10, 1995. 가을·겨울.

이승훈, 「김종길 – 「성탄제」」, 『한국 현대시 새롭게 읽기』, 세계사, 1996.

송왕섭, 「전후 ‘신비평’의 수용과 그 의미」, 『성균어문연구』 32, 1997. 12.

하희정, 「영미 신비평의 기본 관점과 한국적 수용의 두 양상 – 김기림과 김종길의 경우」, 한계전(외), 『한국 현대시론사 연구』, 문학과 지성사, 1998.

고형진, 「날카로운 감각과 격조높은 시선 – 김종길, 『달맞이꽃』」, 『현대시』, 1998. 3.

이남호, 「김종길 시인의 시 – 『달맞이꽃』을 중심으로」, 『현대시학』, 1998. 3.

김선학, 「엄숙함과 경건함과 품격 그리고 어조 – 김종길의 시 세계」, 『문학과 의식』, 1998. 8.

박진환, 「김종길」, 『한국현대시인연구』, 자유지성사, 1999.

박진환, 「김종길 시인과의 대담」, 『한국현대시인연구』, 자유지성사, 1999.

윤호병, 「영겁의 시학 – 김종길의 시세계」, 『현대시의 아포리아』, 청예원, 1999.

이미순, 「신비평의 수용과 형식탐구」, 『한국 현대문학비평과 수사학』, 월인, 2000.

송인창, 「한국 현대시에 나타난 유교의식 – 김종길 시를 중심으로」, 『범한철학』 23, 2001. 5.

장경렬, 「어느 한 선비의 세상 보기, 그 시선을 따라 – 김종길 시론」, 『유심』, 2001. 여름.

윤동재, 「훌륭한 시, 훌륭한 시인」, 『문학과 창작』, 2002. 1.

2) 학위 논문

신희교, 「김종길 시 연구 – 이미지와 어조에 나타난 시의식의 변용을 중심으로」, 고려대
　　　석사, 2000.
윤동재, 「오일도·조지훈·김종길의 한시와 현대시 상관성 비교 연구」, 고려대 박사,
　　　2000.
남원진, 「남북한의 비평 연구 – 전후 문학론의 전개 양상을 중심으로」, 건국대 박사,
　　　2004.

3) 단행본

김종길, 『김종길전집』, 민음사, 1986.

저 | 자 | 소 | 개

남원진

건국대 강사, 문학박사

저서 : 『한국 현대 작가 연구』(도서출판 박이정, 1997)
편저 : 『1950년대 비평의 이해』 Ⅰ · Ⅱ(도서출판 역락, 2001)
논문 : 「이기영 문학사상 연구」, 「남북한의 비평 연구」,
     「해방기 비평 연구」, 「전후 시대 비평 연구」 등
     * 전자우편: n1222@hanmail.net

남북한의 비평 연구

인 쇄   2004년 9월 3일
발 행   2004년 9월 9일
저 자   남 원 진
펴낸이   이 대 현
편 집   이태곤 · 안현진 · 박윤정 · 권분옥
펴낸곳   도서출판 **역락** / 서울 성동구 성수2가 3동 301-80
         (주)지시코 별관 3층(우133-835)
전 화   3409-2058(대표) 3409-2060(편집부) FAX 3409-2059
이메일   yk3888@kornet.net / youkrack@hanmail.net
등 록   1999년 4월 19일 제2-2803호

정가 23,000원

ISBN 89-5556-329-9-93810

* 잘못된 책은 교환해 드립니다.